Die Masken von Florenz

Gianni ist erst zwölf und damit das unbedeutendste Mitglied einer Florentiner Kaufmannsfamilie zu Zeiten der Medici; doch sein Leben scheint bereits klar vorgezeichnet.

In der Frühzeit der italienischen Renaissance ist die Zukunft aber alles andere als gewiss. Der Verlust seiner Verlobten ist dabei nur eines der Dinge, die nicht nach Plan verlaufen. Giannis Weg führt ihn über die Anfänge der Buchdruckkunst, die Werkstätten der Bildhauer und Künstler bis hin zur Politik Lorenzo des Prächtigen. Dabei verfolgt ihn immer dasselbe Geheimnis: Was ist seiner jungen Braut zugestoßen, die einst spurlos im Karneval verschwand?

Interesse an Hintergrundinfos, Übersichten und Bonuskapitel?
All dies und mehr auf: www.annakthomas.de

Anna K. Thomas

~

Die Masken von Florenz

Eine Renaissanceroman

Anderland Books

12105 Berlin
anderlandbooks@freenet.de
2. Auflage

Tag der Veröffentlichung 25.10.2020
Titelbild: Aleksandra Galert
ISBN 978-3-96977-009-2

Danksagung …

Ernsthaft – wer liest schon Danksagungen? Endlose Aneinanderreihung von Namen, die in der Regel nur dem Autor etwas sagen?

Und dennoch – ich muss Danke sagen. Ich verspreche, ich mache es kurz.

Ihr wisst, wer Ihr seid: Die Freundin, die sagt – Du schreibst so schön – und mich hielt, als ich verzweifelte; der Bruder, der mir erklärt – ich kenne da Leute, wir machen was draus; die Mutter, die alles, alles Korrektur las, bis es einfach nicht mehr ging; der Vater, der immer noch alles liest und mir hilft zu erkennen, was Sinn macht und was nicht; die vielen anderen, die zuhören und Tipps geben.

Und natürlich die Frau, die Freundin, die mit mir zusammen dieses Abenteuer anpackt, mit mir um Titel und Klappentexte ringt und ohne die es vermutlich immer noch nicht geschehen wäre.

Danke.

Und ein kleiner Nachsatz: Die Masken von Florenz und Irrfahrt ins Gelobte Land entstanden 2007 und 2008 – es hat zehn Jahre bis zur Veröffentlichung gedauert. Das ist eine Menge Zeit, eine Menge Menschen. Deshalb bekommen sie beide dieselbe Danksagung. Und jetzt geht es wirklich los, versprochen.

Inhalt

PROLOG: CASTINIS TOCHTER

Florenz, 1469

Sie hatte schon immer gewusst, dass sie anders war.

Das hatte ihr niemand gesagt. Sie wusste es, so wie sie ihren Namen kannte: Susanna Angelina Caterina Castini, einziges Kind des Umberto Castini und seiner verstorbenen Frau Caterina, selig bei den Engeln. Sie war anders. Daran ließ sich nichts leugnen.

Der Vater war nicht anders. Der Vater war streng, ein florentinischer Kaufherr, der sich auf seltene Luxusgüter spezialisiert hatte und damit reich geworden war. Die Mutter ebenfalls nicht – bildschön, wenn man den Worten der Amme glaubte, und sanftmütig und gehorsam, wenn es der Vater war, der von ihr sprach. Sie hatte nur die Worte der beiden, war die Mutter doch bei ihrer Geburt gestorben. Und die Mutter war ein Engel gewesen – nicht anders.

Aber sie, die Tochter, war es. Ob man das sah? Konnte der Maler das in seinem Bild einfangen? Sie wagte nicht, an ihrer strengen Pose zu rütteln, sondern warf nur einen vorsichtigen Blick unter ihren Wimpern zu dem Mann hinüber. Der Maler war noch ziemlich jung. Seit ein paar Tagen kam er jeden Vormittag für einige Stunden ins Haus, um ihr Porträt zu zeichnen. Ihr Verlobter, Gianni Montecaldo, hatte es angefordert – oder besser, dessen Vater, Francesco Montecaldo. Francesco wollte wissen, wie sie aussah, und weil Umberto Castini sich weigerte, sein Töchterchen vor der Hochzeit vorzuzeigen, hatte er extra den Maler bestellt. Das war an und für sich nicht ungewöhnlich: Florenz hütete seine jungfräulichen Töchter gut, vorausgesetzt, diese hatten Erbe und Namen vorzuweisen. Castinis Tochter verließ das Haus grundsätzlich nur zum Kirchgang, und der einzige Besuch, der ihr gestattet war, bestand aus ihren beiden Cousinen. Unüblich war da vielleicht eher, wie außerordentlich streng ihr Vater ihren Umgang beschnitt, wie ungewöhnlich tief ihre Verhüllung war, wenn sie sich außerhalb des elterlichen Hauses befand, und die unverständliche Tatsache, dass Umberto Castini nicht einmal einen Heiratsvermittler hatte hereinlassen wollen.

Dabei hatte er eigentlich Recht – er brauchte im Gegensatz zu den anderen florentinischen Familien mit heiratsfähigen Töchtern keinen Vermittler mehr. Sie war bereits seit der Wiege mit Gianni Montecaldo verlobt. Hätte der alte Montecaldo nicht so ein Gezeter veranstaltet und die Mitgift immer höher treiben wollen, hätte man es dabei belassen können. Am Ende hatte er sogar behauptet, Castinis einzige Tochter wäre entstellt – und da hatte der Vater nachgegeben und den Maler erlaubt. Ansonsten wäre aus der Hochzeit dieses Jahr nichts mehr geworden.

Sie saß im Licht nahe des Fensters und ließ sich malen, während sie sich die ganze Zeit fragte, ob man vielleicht dem Bild ihre Andersartigkeit anmerken würde, wenn es sonst schon niemand sah. Und es *sah* niemand, was sie immer, immer wieder verblüffte. Der Vater wäre aus allen Wolken gefallen, die Tante hätte vermutlich eine Ohnmacht erlitten, und ihre Cousinen wären ausnahmsweise einmal sprachlos geworden. Nein, niemand sah es, niemand wusste es. Castinis Tochter war für sie ein ganz normales junges, florentinisches Mädchen, mitnichten entstellt, wie die bösen Zungen behaupteten, mitnichten anders!

Sie wussten es nicht, weil sie es ihnen nicht gesagt hatte.

Als sie klein war, hatte sie geglaubt, jeder könne das, was sie konnte. Sie hatte gedacht, es sei so alltäglich, dass es sich nicht lohne, überhaupt darüber zu reden. Ihr Argwohn erwachte erst, als sie es das erste Mal ihrer Amme gegenüber erwähnte und damit große Bestürzung hervorrief. Die Amme war weiß wie die Wand geworden und hatte sie sogar beim Grab ihrer Mutter schwören lassen, niemals mehr davon zu sprechen. Und als ein Küchenmädchen starb und die Amme sie in die

Kirche zerrte, damit der Priester sie segnete, da begann sie zu begreifen, dass sie sich geirrt hatte. Was sie konnte, war nicht alltäglich.

Was sie konnte, war anders.

Sie hielt danach ihren Schwur der Amme gegenüber, und sprach nicht mehr davon – warum auch, niemand in ihrem Umkreis hätte es verstanden. Die Amme starb, der Vater hatte kaum Zeit für sie, und die Tante war mit ihrer eigenen Familie beschäftigt. Und die Cousinen, Lucia und Antonia, waren beide auf ihre eigene Art ungeeignet, um ein solches Geheimnis zu bewahren.

Lucia und Antonia kamen täglich zu Besuch, denn sie wurden gemeinsam unterrichtet. Antonia war seit dem Herbst verheiratet, was zu einer enormen Zunahme ihrer Freiheit geführt hatte. Da ihr Mann seit der Hochzeit auf - Handelsreisen war, hatte sie es zwar vorgezogen, kurzzeitig wieder bei ihren Eltern zu wohnen, ihre neugewonnene Freiheit als verheiratete Frau hatte sie sich jedoch nicht beschneiden lassen – und davon begann Lucia, die jüngere, jungfräuliche Schwester, zu profitieren.

Auch bei Castinis Tochter würde die Hochzeit nun nicht mehr lange auf sich warten lassen. Bekam Francesco Montecaldo sein Bild, würden die Verhandlungen über die Mitgift abgeschlossen werden, und der Tag der Vermählung festgesetzt. Sie fragte sich manchmal, ob der Vater den Lehrer für Antonia und Lucia weiter bezahlen würde, wenn sie fort wäre. Und wenn sie daran dachte, dann dachte sie auch an den unbekannten Gianni Montecaldo, so alt wie sie, und bald ihr Ehemann.

Ob *er* sehen würde, dass sie anders war?

„Wir sind für heute fertig, Madonna", unterbrach der Maler ihre Gedanken.

Er packte seine Pinsel zusammen, reinigte die Tafel, und sie ließ erleichtert die Rose sinken, die sie immer gegen ihre Brust drücken musste. Es war jeden Tag eine neue Rose. Lächerlich. Sie mochte Rosen nicht einmal.

Der Maler hängte zum Schluss vorsichtig ein Tuch über sein Werk. Er durfte es nicht mitnehmen und Feinarbeiten daheim ausführen, weil sein Auftraggeber darauf bestand, dass er das gesamte Bildnis in diesem Hause anfertigte. Jedes Mal, bevor er ging, verhängte er sein Werk; niemand von der Dienerschaft durfte auch daran rühren. Sie wusste, der Maler porträtierte sie nur, weil er essen musste. Sie war freundlich zu ihm, in der Hoffnung, dass er sie dann hübsch zeichnen würde – und nicht anders.

Gesehen hatte sie das Bild noch nie.

Jetzt war er fertig. Eine kurze Verbeugung, sie neigte den Kopf.

„Morgen um dieselbe Zeit, Madonna", sagte er, und sie nickte wieder. Dann war er draußen, der Dienerin folgend, die ihn zur Tür brachte. Und für einen kurzen, kostbaren Moment war sie allein.

Allein...

Ohne weiter nachzudenken, machte sie einen großen Schritt nach vorne. Das Herz klopfte ihr wie wild in der Brust, während sie behutsam – heilige Jungfrau, nicht die Farben verschmieren! – das Tuch anhob. Zwar hatte man es ihr nicht mit so drastischen Worten verboten wie dem Dienstvolk, aber *erlaubt* hatte man es ihr auch nicht, und sie war sich gar nicht sicher, was sie erwartete, wenn man sie dabei erwischte. Zitternd zog sie das Tuch beiseite.

Das Porträt war noch nicht ganz fertig. Ein Teil des Kleides war unbemalt, und die Partie um ihren Mund herum wirkte unscharf. Aber ihre Augen waren da. Ihre Augen waren echt. Es waren ihre Augen.

Sah man ihre Andersartigkeit? Würde Francesco Montecaldo beim Anblick des Bildes zornig aufbrüllen und es empört zu Boden werfen? Würde Gianni Montecaldo nur einen Blick voller Abscheu darauf werfen und sich dann angeekelt abwenden? Würde es sie verraten?

Es war das Bild eines jungen Mädchens, sittsam gekleidet, mit einem Hauch von Dekolleté unter dem durchsichtigen Schleiertuch. Die Rose, die sie gegen ihre Brust drückte, wirkte irgendwie affektiert, aber der Ausdruck in ihren Augen war in sich gekehrt, fast wie verloren. Die Haare waren so streng frisiert, dass es sie manchmal an der Kopfhaut juckte, wo die Strähnen allzu straff gespannt waren. Auf den Wangen lag ein rosiger Schimmer, den sie ganz bestimmt nicht besaß. Aber ihre Augen...

Sie hörte Schritte sich nähern. Ängstlich, besorgt forschte sie noch einmal nach dem Ausdruck der Augen. Dunkel, mit einem Schimmer grün darin. Nein, nicht anders. Aber... traurig.

Die Türklinke klackte. Sie ließ hastig das Tuch fallen und eilte zurück an ihren Platz am Fenster. Es war ihre Zofe, wie erwartet. Netta war lieb, jedoch ein wenig einfältig, was manchmal gut und manchmal ermüdend war.

„Hier seid Ihr, Herrin", sagte sie, „ich habe Euch schon gesucht. Madonna Lucia und Madonna Antonia warten im Garten auf Euch!"

Susanna nickte. Sie ließ die Rose achtlos fallen – irgendjemand würde sie schon aufheben und dafür sorgen, dass morgen eine frische zur Verfügung stehen würde, wenn der Maler sie wieder benötigte. Und während sie stumm in den Garten hinunterging, dachte sie im Stillen, wie unwichtig doch so eine Rose war, im Vergleich zu ihrem Geheimnis.

„Ist er denn noch immer nicht fertig?", fragte Antonia ungeduldig.

„Ein Porträt braucht eben seine Zeit", erwiderte Susanna.

Antonia schüttelte den Kopf.

„Also, ich an deiner Stelle könnte nicht so ruhig bleiben", beschied sie, „je schneller der Maler fertig ist, desto schneller bekommt dein Verlobter das Bild und desto schneller kannst du heiraten. Oh Susanna! In ein paar Wochen wirst du Hochzeit halten!"

Susanna war sich gar nicht sicher, ob das wirklich so wunderbar war. Lucia hingegen schlang ungestüm die Arme um sie.

„Ich werde dich vermissen!", beteuerte sie, „ich werde dich so sehr vermissen!"

Antonia rollte mit den Augen.

„Sie ist doch nicht aus der Welt", sagte sie verächtlich, „du Heulsuse! Die Montecaldos wohnen nur ein paar Straßen weiter weg. Und wenn Susanna erst einmal Gianni Montecaldos Frau ist, kann sie ausgehen, wann sie will!"

„Sie wird nicht ausgehen können, wann sie will", widersprach Lucia, „Signore Montecaldo ist sehr streng. Er wird bestimmt nicht zulassen, dass sie sich sittenlos aufführt!"

„Nun", spottete Antonia, „zum einen wird sich Susanna allein schon deshalb nicht sittenlos aufführen, weil sie gar nicht weiß, wie das geht, und weil sie es überhaupt nicht kann – Tugendschäfchen! Und zum anderen *kann* niemand strenger sein als Onkel Umberto!"

„Oh, Antonia!", schimpfte Lucia.

Susanna lächelte. Die Cousine hatte sicher Recht. Im Haus der Montecaldos würden ihr mehr Freiheiten gestattet sein als hier.

„Morgen ist Kirchgang", sagte sie unvermittelt mit einem tiefen Seufzen, „wie ich mich freue!"

Antonia und Lucia hielten in ihrem Streitgespräch inne. Dann schlangen beide spontan die Arme um sie.

„Oh, Liebes, das verstehen wir", beteuerte Lucia, „wir holen dich früh ab, ja? Und du kannst dich wirklich freuen – Antonia hat eine Überraschung für uns!"

„Was für eine Überraschung?", fragte Susanna verblüfft.

Antonia lächelte stolz.

„Es gibt eine kleine Tuchmesse im Anschluss", sagte sie, „immerhin veranstalten sie nächste Woche Lorenzos Turnier für diese komische römische Pute. Da wollen die Händler noch schnell ihre Ware unters Volk werfen und schauen, dass keine Frau ungeschmückt bleibt! Gleich nach der Kirche gehen wir hin. Oh, keine Sorge, Susanna! Ich habe Mutter vorgeschickt, und dein Vater hat es erlaubt. Wenn ich dabei bin, darfst du mitkommen!"

Es stand zu bezweifeln, dass Antonias Gegenwart ausschlaggebend für die ungewohnte Erlaubnis war. Viel wahrscheinlicher war, dass Umberto Castini glauben gemacht worden war, seine Schwester selbst würde die Mädchen begleiten, und vermutlich aus allen Wolken fallen würde, wenn er erführe, allein die kleine Antonia wäre verantwortlich. Susanna kannte doch ihre Cousine – aber sie tat unwissend und sagte nichts. Seit Antonias Hochzeit begann auch sie von den neuen Freiheiten zu profitieren.

Sie lächelte.

„Tuchmesse, wie schön!“, sagte sie inbrünstig.

Lucia klatschte die Hände zusammen und hüpfte auf und ab.

„Oh ja!“, seufzte sie, „ich wünschte, ich könnte mir ein Kleid kaufen! Ah – ein gelbes, mit grünen Bändern!“

„Ein gelbes?“, Antonia schüttelte den Kopf, „du Gans, du! Ich wollte ja, wir könnten zu dem Turnier gehen, aber da stellt sich selbst meine Mutter quer. Die Tuchmesse ist besser als nichts.“

„Die Tuchmesse ist großartig!“, behauptete Susanna rasch.

„Großartig!“, echote Lucia.

Antonia lächelte geschmeichelt.

„Na gut“, meinte sie, „aber lass deine Zofe diesmal zu Hause, Susanna!“

„Oh ja“, murmelte Lucia, „bitte...“

Das kam nicht in Frage. Susanna schüttelte den Kopf.

„Netta muss mit“, sagte sie bedauernd, „das wisst ihr doch. Ich werde ihr sagen, dass sie still sein soll.“

Antonia seufzte.

„Wenn's sein muss“, murrte sie, „Hauptsache, sie hält sich dran. Ihr Geschwätz ist unerträglich. Und ihr Gerede vom schwarzen Tod in den Tüchern aus dem Osten hat Lucia das letzte Mal nicht schlafen lassen.“

„Oh, Antonia“, protestierte Lucia und errötete.

„Sie ist eben sehr abergläubisch“, gab Susanna zu, „ich rede ihr noch einmal ins Gewissen. Du darfst sie nicht so piesacken, Antonia.“

„Hast du gehört, Antonia?“, bekräftigte Lucia.

Die rollte mit den Augen.

„In Ordnung“, brummte sie, „Hauptsache, sie ist still.“

„Ich rede mit ihr“, versprach Susanna.

Sie nahm sich das auch ganz fest vor. Das tat sie immer.

*

„Und auf Murano“, plapperte Netta, „soll der Teufel den Glasbläsern ins Feuer gefahren sein und alle Gläser verzerrt haben, so dass die kleinen Dinge jetzt ganz groß sind, wenn man hindurchschaut. Ich hab's erst gestern gehört, Madonna! Es ist gerade erst passiert!“

„Susanna – sie plappert“, murmelte Antonia genervt.

„Ich weiß“, flüsterte Susanna zurück, „bitte, lass sie. Sie freut sich doch genauso wie ich.“

„In Venedig sind die Menschen sowieso alle mit dem Teufel im Bunde. Erst letzte Woche...“

„Na gut“, murmelte Antonia ergeben, „aber nur, weil ich dich so lieb hab, Susanna. Das nächste Mal lass sie zu Hause! Oder rede zumindest mit ihr!“

„Ich versuch's“, gab Susanna leise zurück.

Das versprach sie jedes Mal, und nie hielt sie sich daran, weil sie es in letzter Sekunde nicht über das Herz brachte, Nettas kindliches Staunen und ihr reges Mitteilungsbedürfnis zu verletzen. Daheimlassen durfte sie die Zofe natürlich ohnehin nicht. Netta war ihr Schutz, klebte an ihr, wann immer sie das Haus verließ. Ohne sie hätte Susanna sich vermutlich nackt gefühlt. Und weil dem so war, und weil die Zofe ständig in der Nähe ihrer Herrin sein musste, kam Netta genauso selten wie Susanna aus dem Haus. Die Folge war, dass sich das Mädchen bei den seltenen Ausflügen nicht im Griff hatte und alle mit ihrem Gerede überschwallte.

Susanna trug wie immer einen schlichten Mantel und den dichten Schleier über ihrem Gesicht. Lucia, als reiche, jungfräuliche florentinische Tochter, war natürlich ebenfalls verschleiert – aber bei diesem

Wort hörten die Gemeinsamkeiten schon auf. Lucia hatte ein zart besticktes Tuch an den Rändern ihrer Kappe befestigt, welches in leichten Falten bis zu ihrem Kleid fiel und eher zum Träumen anregte als verbarg. Susannas Schleier bestand aus dick gewebtem Stoff, der nicht eine Linie dahinter erahnen ließ. Der größte Unterschied war jedoch, dass Lucias Augen frei waren, und Susannas nicht. Sie brauchte Netta allein schon, um nicht irgendwo gegen zu laufen. Und dennoch – sie sah die Schemen, sie roch die Farben, die Gewürze, sie höre die Leute und spürte, spürte, dass sie lebte, wenn sie hier war. Auch wenn der Schleier sie abschnitt – er schnitt nicht so stark ab wie es die Mauern des Palazzo Castini taten. Lieber mit Schleier hinaus als gar nicht.

„Da drüben! Antonia, Susanna – seht doch nur, dieses herrliche Gelb!"

Lucia zerrte aufgeregt am Arm der Schwester und zog sie in die angegebene Richtung. Netta, die Susannas Ellbogen ergriff, steuerte diese ebenfalls hinüber. Jemand rempelte sie im Gewühl an.

„Pass doch auf!", schimpfte Netta, „olles Hinkebein! Kannst du die Dame nicht sehen? Na los, verschwinde!"

Eine Woge von Sandelholz hüllte sie ein und machte sie beinahe schwindlig. Jemand griff nach ihrer Hand.

„Finger weg!", fauchte Netta, „wirst du wohl die Dame nicht anfassen! Elender!"

„Verzeiht, Herrin, verzeiht", sagte eine raue Stimme, „es war keine Absicht, Madonna, wirklich nicht!"

Ein Mann, ohne Zweifel, aber ein junger. Über die Gebühr mit Sandelholz parfümiert, was eigentlich schlecht zu einem Bettler passte. Susanna versuchte, das Gesicht auszumachen, was ihr nicht gelang. Sie nickte nur hoheitsvoll, in der Hoffnung, die Szene damit zu beenden.

„Passt du so auf deine Herrin auf, Netta?", sagte Antonia empört, „na komm, Susanna. Wir sind hier drüben."

Die Woge aus Sandelholz verschwand, während die Cousine sie vorwärts zog. Zurück blieb nur ein leichter Hauch, wie eine Erinnerung.

Plötzlich war sie traurig.

Sie konnte sich nicht einmal richtig über das strahlende Gelb oder das leuchtende Rot freuen, noch nahm sie Anteil an dem regen Austausch über Spitzen und Bordüren. Wenn sie wollte, das wusste sie, konnte sie beim Vater ein ganzes Paket an Putz in Auftrag geben, und sie würde es erhalten. Aber sie wollte nicht. Wozu sich putzen, wenn sie nie jemand sah?

Stimmengewirr unterbrach ihr Gespräch. Weiter vorne schien es einen Aufruhr zu geben. Lucia war ängstlich, aber Antonia voller Neugier und drängte vorwärts. Während Lucia ihre Schwester bittend und bettelnd zurückhalten wollte, folgte ihr Susanna an Nettas Arm kurzentschlossen.

„Was ist?", fragte sie die Zofe.

„Ich glaube, sie streiten sich wegen der Ware", erklärte Netta, „ein junger Herr hat sich ein Stück Samt abgeschnitten, und der Händler fordert, dass er den Ballen bezahlt... anscheinend hat der junge Herr ein riesiges Loch gemacht. Es scheint, als ob er sein Schwert dafür benutzt hätte."

„Sein Schwert?", wunderte sich Susanna.

Waffentragen war in der Stadt verboten, seit dem Aufstand der Wollarbeiter, der Ciompi, vor vielen Jahrzehnten. Aber es gab immer welche, für die die Gesetze nicht zu gelten schienen. Sie konnte die zornige Stimme des Händlers hören, die arrogante des jungen Herrn und viele andere.

„Meine Existenz ruiniert! Das wird Folgen haben! Ihr werdet mir den Schaden erstatten!", jammerte der Händler.

„Wenn du dich zuerst um mich gekümmert hättest, wäre das nicht passiert", schnitt der Edelmann ihm gelangweilt das Wort ab, „du solltest mir den Ballen als Entschuldigung für die Beleidigung schenken!"

„Ich hatte eine Dame zu bedienen! Ihr werdet ja wohl einer Dame den Vorrang lassen!"

„Nun bezahle es doch, Renaldo“, sagte ein anderer, „ich habe keine Lust mehr zu warten!“

„Nein, Sebastiano, mir wurde Unrecht getan. Ich werde nicht bezahlen!“

„Aber der Händler hat doch Recht...“, das war ein Vierter, sehr leise und schüchtern. Der Edelmann namens Renaldo schnaufte.

„Das hatte er nicht! Sebastiano, ruf deinen Bruder zur Ordnung! Ich werde nicht bezahlen!“

„Ich langweile mich! Wir wollen weiter!“, widersprach Sebastiano.

„*Wir* könnten bezahlen...“, sagte der Vierte wieder, noch leiser.

„Unsinn, Gianni“, antwortete Sebastiano, „wofür unser Geld verschwenden? Renaldo ist schuld, weil er nicht warten konnte. Und der Händler, weil er so einen Aufruhr macht. Jetzt regele die Sache endlich!“

„Ihr habt den Ballen ruiniert, Herr!“, beharrte der Händler, „man hätte einen Mantel daraus machen können, oder eine Robe – und jetzt? Allein Flickzeug bleibt noch! Das lässt sich nicht beheben! Ich kenne Euren Vater – ich werde ihn aufsuchen! Man wird Euch einsperren! Wenn Ihr nicht sofort bezahlt...!“

„Sebastiano!“, flüsterte der Junge namens Gianni schockiert, und dann gab es ein lautes Kreischen.

„Zurück, zurück!“, donnerte Antonia und schubste Lucia, Netta und Susanna nach hinten. Susanna stolperte, drehte blind den Kopf, wurde von Netta gehalten und hastig in eine Richtung gezogen. Ein erneutes Kreischen erklang.

„Er hat den Stand umgeworfen!“, rief Lucia entsetzt, „glaubt man es! All die Ballen! Alles durcheinander!“

„Vorsichtig!“, rief Antonia, aber bereits nicht mehr erschrocken, sondern mit einem Lachen in der Stimme.

Um sie herum drängten auch andere Menschen davon. Schnelle Schritte wurden laut, dann schubste sie schon wieder jemand.

„Pass doch auf!“, sagte Lucia schrill.

„Oh, Damen!", das war Sebastiano, die lachende Stimme von vorhin, „verzeiht, edle Damen. Sehr hübsch, edle Damen!"

„Verschwindet!", zischte Antonia.

Gelächter erklang, wieder schnelle Schritte und erneut lautes Gebrüll. Susanna war völlig verwirrt.

„Hier entlang", kommandierte Antonia, „kommt. Lucia, heul nicht. Kommt hierher. Es ist doch gar nichts passiert. Gut, er hat den Stand umgeworfen, und da hat man jetzt bestimmt andere Sorgen als einen zerschnittenen Ballen. Gut, du bist gefallen und er hat deine Beine gesehen. Ist das so schlimm? Niemand hat sich was gebrochen. Susanna, setz dich hierhin. Beruhigt Euch. Wisst Ihr eigentlich, wer das war?"

„Nein", sagte Susanna, die gehorchte und sich neben die schniefende Lucia auf die Brunnenbrüstung setzte, „ich habe doch nichts gesehen!"

„Oh", sagte Antonia nach einem Moment, „wie schade. Aber ich hab's gesehen. Das waren Renaldo de' Pazzi und sein Freund, Sebastiano Montecaldo. Und bei sich, da bin ich ganz sicher, hatte Sebastiano seinen kleinen Bruder Gianni."

Gianni? Gianni Montecaldo? Der schüchterne Junge mit der leisen Stimme war ihr Verlobter?

Susanna wurde ganz anders.

Ihr Verlobter! Da war er gewesen, nur ein paar Meter von ihr entfernt! Sie hatte seine Stimme gehört, vielleicht war es sogar er gewesen, der sie gestoßen hatte – und sie hatte nichts gesehen! Gar nichts! Diese Maske, dieser Schleier verbarg sie ja nicht nur von der Außenwelt, sondern auch die Außenwelt vor ihr! Sie war eingesperrt, nichts weiter!

„Bist du sicher, Antonia?", sagte Lucia, die Tränen vor Verblüffung vergessend.

„Oh ja", Antonia nickte heftig, „jeder kennt doch Sebastiano Montecaldo! Ein richtiger Tunichtgut ist das, sagt man, und dass es mit ihm noch schlimm enden wird!"

„Das glaube ich", meinte Lucia befriedigt, „er hat den Stand umgeworfen. Und mich! So benimmt sich kein Ehrenmann! Er war unhöflich!"

„Susanna soll ja auch nicht ihn heiraten, sondern Gianni", sagte Antonia, „zum Glück! Aber der ist ja noch sehr jung, oder?"

„Er soll so alt sein wie ich", meinte Susanna mit klopfendem Herzen.

„Wirklich?" Antonia schnaubte verächtlich, „ich fand, er sah jünger aus. So klein und blass! Aber... aber, Susanna, er ist viel hübscher als Sebastiano, und bestimmt auch viel besser erzogen!"

„Genau", sagte Lucia hastig, „er wollte den Schaden begleichen! Er war höflich! Er kann doch nichts dafür, wenn sein großer Bruder ein Lümmel ist!"

Susanna schwieg. Zu gerne hätte sie sich selbst ein Bild gemacht, hätte den zukünftigen Ehemann mit eigenen Augen gesehen und beurteilt, wie er sich verhalten hatte. Warum durfte sie eigentlich kein Porträt anfordern? Warum tat ihre Meinung gar nichts zur Sache?

Warum sperrte man sie immer und immer wieder so ein?

Sie holte zitternd Luft. Ja, sie kannte die Regeln, wusste, dass es sich für sie nicht schickte, unverschleiert und offen auf die Straße zu gehen. Sie kannte sie zu gut, waren sie ihr doch immer und immer wieder vorgebetet worden. Nie hatte sie das in Frage gestellt – aber dennoch, jetzt, heute, wo Gianni Montecaldo ihr zwischen den Fingern entwischt war, spürte sie trotzige Rebellion in sich aufsteigen.

„Einmal", sagte sie inbrünstig, „nur einmal will ich ohne diesen Schleier das Haus verlassen! Einmal will ich die Welt so sehen, wie sie ist, ohne ein Tuch vor meinen Augen, so dick, dass es mich blind macht! Nur ein Mal, ohne dass mich alle Welt anstarrt und tuschelt, sich fragt, ob ich entstellt bin! Nur ein einziges Mal!"

Stille antwortete ihr. Sie war selbst ein wenig verblüfft darüber, wie erbittert, wie verzweifelt ihre Stimme geklungen hatte. Sie senkte den Kopf. Der Vorteil eines dichten Schleiers war auch, dass man die Tränen nicht sah, die darunter liefen.

Eine Hand legte sich um ihre und drückte sie. Lucia, ohne Worte. Antonia hingegen räusperte sich.

„Ich habe das auch schon gedacht“, sagte sie, „so streng wie dein Vater ist... ich hab’s nur nie gesagt, weil du ja mit allem einverstanden schienst. Aber ich finde, du solltest die Welt einmal sehen dürfen – und zwar noch vor deiner Hochzeit.“

„Wie soll denn das gehen?“, murmelte Lucia.

Susanna schwieg.

Antonia holte tief Luft.

„Natürlich geht es“, sagte sie hart, „sei kein Schaf, Lucia. Es liegt auf der Hand! Karneval, Susanna!“

Karneval?

„Ich gehe dieses Jahr auf die Piazza“, fuhr Antonia fort, „Mutter bleibt daheim, Vater bewirtet Gäste, deshalb werden die Diener mich begleiten. Ich habe Vater und Mutter überreden können, dass Lucia mitkommen darf. Und vielleicht dürftest du das ja auch!“

Karneval...

„Du könntest deinen Vater darum bitten“, setzte Antonia hinzu, „du könntest dich verkleiden. Eine Susanna Castini kann bestimmt ein schönes Kostüm finden!“

Karneval – Kostüme und glitzernde Masken, wilde Gestalten und laute Musik... Sie war immer mit der Amme auf die Balkone des oberen Stockwerks gegangen und hatte durch die Brüstung gespäht, verzaubert vom Taumel der Nacht. Oben, über dem Trubel, wie immer Lichtjahre entfernt, nur eine Beobachterin...

„Und du könntest eine Maske tragen, mit Schlitzen für die Augen“, schloss Antonia, „so viele tun das im Karneval! Du könntest dein Gesicht hinter einer Maske verbergen, niemand würde dich anstarren, niemand über dich tuscheln – und du könntest alles sehen!“

Alles sehen!

„Antonia!“, sagte Lucia schockiert, „Onkel Umberto wird das nie erlauben!“

„Und warum sollte er nicht?“, widersprach Antonia, „sie geht mit uns! Unsere Diener werden uns begleiten. Er kann ihr ja auch Diener mitgeben. Dann ist sie so sicher wie in Abrahams Schoß! Karneval, Susanna! Er ist nur einmal im Jahr. Danach kommt die Fastenzeit, und wenn die herum ist und Ostern war, wirst du heiraten. Wer weiß, ob die Montecaldos dich zum Karneval gehen lassen?“

„Aber Onkel Umberto...“

„Onkel Umberto will nicht, dass man Susannas Gesicht sieht, und das wird keiner!“, beharrte Antonia, „sie trägt eine Maske, die Diener beschützen sie – oh bitte, Lucia! Wir werden nicht die einzigen Damen da draußen sein. Nicht im Karneval! Also – was sagst du, Susanna? Willst du es nicht versuchen?“

Karneval – ein wildes Fest, mit wilden Menschen, mit ganz eigenen Gesetzen und Bräuchen. Aber ja, Antonia hatte Recht, es war perfekt für sie, um sich in der Masse der Masken und Scharaden zu verbergen. Und wenn Diener um sie waren, waren sie sicher, nicht wahr? Sie würde Netta mitnehmen, wie immer. Wenn man Antonia und Lucia allein auf die Straße ließ, warum dann nicht auch sie? Es durfte sie doch lediglich niemand sehen – und das würde man sie nicht, nicht an Karneval!

Nicht an Karneval...

Plötzlich schien die Welt wieder hell.

„Ja“, sagte sie atemlos, „ja, das will ich!“

Tränen und Betteln nützten nicht viel bei Umberto Castini. Sie wusste schon lange, dass wochenlanges Heulen nicht zum Ziel führte. Wann immer sie etwas hatte durchsetzen wollen, hatte der Vater sie erst angehört, als sie vernünftig gesprochen hatte. Und das tat sie diesmal wieder. Kein Jammern, Heulen oder Zähneklappern – nein, Umberto Castini, der seine Tochter sowieso nie tröstend in die Arme genommen hätte, sollte sehen, wie erwachsen und zuverlässig sie war, dass er ihr vertrauen konnte, dass sie das Versprechen an die Mutter ehren würde.

Manchmal, in der Nacht, träumte sie von Sandelholz...

Am Tag war sie nüchtern. Sittsam, brav stand sie dem Vater gegenüber, legte mit sachlicher Stimme ihre Argumente dar, während draußen Turniere begangen und die Verlobung des jungen Medici mit der Orsini gefeiert wurde. Davon sprach Susanna nicht. Ihr ging es nicht um Feierlichkeiten, sondern um Masken. Sie verbarg ihr klopfendes Herz und ihre schweißnassen Hände, senkte artig den Kopf, hörte seine Gegenargumente, nahm ihren ganzen Verstand beisammen und zerlegte sie, eines nach dem anderen, immer darauf bedacht, nicht aufmüpfig zu wirken. Das Gespräch dauerte den ganzen Nachmittag. Am Ende ließ er sie auf die Bibel schwören, dass sie das Andenken an ihre Mutter ehren und ihre Tugend schützen würde, und dass sie mitnichten die Erlaubnis nutzen wollte, um sich mit irgendeinem Flegel zu treffen – den sie im Übrigen ja auch niemals hätte kennen lernen können. Sie schwor. Und sie bekam die Erlaubnis, am späten Nachmittag für zwei Stunden mit ihren Cousinen und Netta auf die Piazza zu gehen, abgeschirmt durch die bewaffneten Bedienten.

Sie war so außer sich vor Glück, dass sie Netta sofort mit einer Botschaft zu den Cousinen schickte. Nur kurze Zeit später erschienen Antonia und Lucia bei ihr mit einem Kopf voller Ideen für Verkleidungen und Kostüme. Was dies anbetraf, so musste Susanna sie zügeln. Der Vater hatte ihr nur ein schlichtes Gewand mit einer Samtmaske zugestanden, mehr nicht. Schmücken durfte sie sich nicht.

„Egal", sagte Antonia nach kurzem Zögern, „vollkommen egal! Oh, Susanna! Wie ich mich freue! Vielleicht sehen wir ja sogar die Montecaldos wieder!"

„Sebastiano Montecaldo will ich gar nicht sehen", murrte Lucia.

„Wer spricht denn von dem Flegel", sagte Antonia wegwerfend, „wir interessieren uns nur für Gianni!"

„Nun ja", sagte Susanna errötend, „Vater hat mich auch schwören lassen, den Montecaldos aus dem Weg zu gehen. Er möchte wohl nicht, dass Francesco Montecaldo denkt, ich wäre sittenlos."

„Weil du einmal auf den Karneval gehst?", empörte sich Antonia.

„Du gehst doch mit uns!“, stimmte Lucia ins selbe Horn.

Susanna lächelte schwach.

„Er hat es mich schwören lassen“, sagte sie, „aber das ist auch nicht so wichtig. Du hast es doch selbst gesagt, Antonia. Nach Ostern werde ich heiraten, und dann sehe Gianni Montecaldo sowieso jeden Tag. Das hat Zeit. In dieser Nacht möchte ich die Welt sehen!“

„Und das wirst du, meine Liebe“, sagte Antonia befriedigt, „das wirst du!“

*

Carnevale...

Einmal im Jahr die Gesetze aufgehoben, einmal im Jahr Rausch und Farben, Taumel und Trubel, Masken und schillernde Kostüme. Noch nie hatte Susanna bislang dabei sein dürfen. Wie verzaubert, nahezu trunken folgte sie ihren Cousinen durch die Straßen. Sie klammerte sich an Nettas Arm, aber nicht, weil sie nicht sehen konnte, sondern weil sie so *viel* sah.

Ein Mann mit drei Köpfen, schwer zu sagen, welcher davon echt und welche aus Pappmaschee waren...

Eine große Frau ganz ohne Gesicht, erst bei genauerem Hinschauen entdeckte man die winzigen Löcher auf ihrer Brust, durch die der Träger des Kostüms heraus blinzelte...

Ein atemberaubendes Kleid aus schillerndem Satin und Spitzen, dazu eine hohe Frisur und eine geschmückte Maske, welche die Dame verbarg, die sich kichernd an den Arm ihres Galans hängte – mochten die Kirchenmänner auch hoffen, es sei ihr Ehegemahl...

Ein Boot mit gespannten Segeln, aus dem ein paar Beine herausragten...

Ein lebensechter Widderkopf auf einem menschlichen Körper...

Und Masken, Masken, überall wo sie hinsah, Masken. Schlichte wie ihre, aufwendig geputzte, menschlich verfremdete – alle Arten von

Masken, so dass sie, Susanna Castini, zum ersten Mal in ihrem Leben in der Masse unterging und fast betäubt war von den vielen Eindrücken, die an sie heran schwappten.

„Susanna – gebrannte Nüsse! Probier mal!" Lucia, selbst ganz aufgelöst, schob ihr ein paar kandierte Leckereien in den Mund.

„Sieht nur, da hinten!", rief Antonia, deren dunkle Wangen heute regelrecht glühten, „eine Frau auf einem Seil! Sie tanzt!"

Jubelnd, Beifall klatschend, atemlos fasziniert drängte sich die Menge um die todesmutige Künstlerin, die hoch über ihnen balancierte. Ein älterer Mann sammelte Münzen für sie ein, pries und lobte sie, und die Leute schnappten nach Luft, als das Mädchen ein Rad schlug und sicher zum Stehen kam. Susanna wurde etwas zu trinken in die Hand gedrückt, sie nahm einen Schluck, ohne nachzudenken. Es schmeckte scharf auf ihrer Zunge. Netta schlug den Becher weg und zog sie fort. Antonia, die inzwischen eine neue Lustbarkeit entdeckt hatte, schob sie weiter. Lucia plapperte, und Netta, die doch sonst so geschwätzig war, hatte es vor Staunen die Sprache verschlagen.

Susanna empfand ähnlich. Auch sie hatte keine Worte für das Spektakel um sie herum, die vielen Eindrücke, die fremden Menschen, und den ungehinderten Blick, den sie hatte. Vier Diener schirmten sie so gut wie möglich ab, doch da Antonia und Lucia ungebremst von einer Attraktion zur nächsten sprangen, war dies alles andere als eine leichte Aufgabe. Die Zeit verrann wie im Fluge, sie war sich nicht sicher, ob die gestatteten zwei Stunden nicht längst vergangen waren. Es wurde dunkel, aber weder Antonia noch Lucia oder Netta und die Diener wiesen auf die fortgeschrittene Stunde hin. Und sie, Susanna, war viel zu überwältigt, um umkehren zu wollen. Nur noch ein bisschen weiter, nur noch ein bisschen länger...

Es näherte sich eine große, ausgelassene Truppe von jungen Leuten, allesamt fabelhaft maskiert und beschwipst. Die Menschen wichen ihnen aus, wo sie es nicht taten, wurde nachgeholfen. Eine Frau lachte hoch und schrill. Susanna nahm sich plötzlich vor, in den Gesichtern um sie herum doch nach einem zu suchen, dass Gianni Montecaldo gehören konnte, und schalt sich sogleich für ihren Ungehorsam. Was war denn nur los mit ihr?

Ein Geruch von Sandelholz senkte sich auf sie herab.

„Vorsicht, Vorsichtig!", warnte Netta, denn die laute Truppe kam ihnen immer näher.

Jemand drängte sie nach hinten, plötzlich waren ganz viele Menschen da. Eine Parade? Ein Umzug? Sie verlor Nettas Arm. Getöse wurde hörbar, jemand war zu Boden gegangen, empörte Stimmen erklangen. Sie wich von selbst zurück, mitten in einem Händel wollte sie nicht stehen, und dann zogen die Masken wieder weiter, rissen sie ein Stück mit, lauter strahlende, lachende Leute, deren Heiterkeit sie ansteckte und für einen Moment folgen ließ, als würde sie doch ihr Versprechen brechen wollen. Fast wie in Trance ließ sie sich mitführen im Strom der Ausgelassenheit, betört von dem Gelächter und den Gerüchen. Dann stolperte sie über einen Stein, wäre fast gestürzt. Die Erschütterung brachte sie wieder zu sich. Sie löste sich aus der Truppe, trat schnell beiseite, ein, zwei Stufen hinunter, und ließ die anderen allein vorbeitaumeln. Schließlich warteten auf der anderen Seite dieser Horde Netta und ihre Cousinen, und die durfte sie nicht verlieren. Wo waren überhaupt die Diener?

Sie sah sich erschrocken um. Ein wenig isoliert stand sie, niemand belästigte sie, alle waren damit beschäftigt, die Masken zu begutachten und zu johlen. Kein bekanntes Gesicht war um sie. Ihr würde plötzlich mulmig – und da war er dann wieder, der betäubende Geruch von Sandelholz, der ihr in die Nase drang und sie schwindlig machte. Sie drehte sich um.

Er stand hinter ihr. Ein junger Mann, ein Junge vielleicht noch, nur wenig älter als sie. Ein Bein war krumm, als sei es gebrochen worden und schlecht verheilt. Seine Kleidung war arm, jedoch sauber. Er schaute sie einfach nur an. Ihr stockte der Atem.

Er kam einen Schritt näher.

„Hab keine Angst“, sagte er.

Seine Stimme klang ein wenig rau, als habe er den Stimmbruch noch nicht lange hinter sich und sei es nicht gewöhnt, viel zu sprechen.

„Hab keine Angst“, wiederholte er, „ich tue dir nichts. Mein Name ist Luca. Ich weiß, du hast mich noch nie gesehen. Aber ich, ich habe dich schon oft gesehen, und ich weiß, wer du bist, Susanna Castini.“

Sie sagte nichts. Das Herz klopfte ihr bis zum Hals.

Er streckte die Hände aus, die Handflächen nach oben.

„Hier“, sagte er, „ich bin nicht bewaffnet, und ich will dich nicht bedrohen. Ich will dich nur wissen lassen, dass du nicht allein bist. Ich will dich wissen lassen, dass ich verstehe, was du bist, und warum man dich versteckt.“

Nun, was das anbetraf, wusste er mehr als sie. Sie sprach noch immer nicht.

Der Junge namens Luca lächelte.

„Wir sind verwandt, du und ich“, sagte er, „das mag dir seltsam vorkommen, mit deinen Juwelen und prächtigen Kleidern, und deinen vielen Dienstboten. Aber wir sind gar nicht so weit auseinander. Unsere Großmütter waren Schwestern.“

Sie schluckte. Es war ihr klar, dass er das bemerken musste. Aber sie sprach noch immer nicht, und sie schrie auch nicht, was sie hätte tun sollen.

Lucas Lächeln vertiefte sich.

„Deine Großmutter ist tot“, sagte er, „wie deine Mutter und meine. Aber meine Großmutter lebt noch. Sie schickt mich. Wir kennen dich. Wir verstehen dich. Du bist so wie wir.“

Sie hörte seine Worte. Sie zitterte – nicht vor Angst, sondern vor Aufregung.

„Rosalba, meine Großmutter“, fuhr er fort, „sagt, du bist allein. Du bist einsam. Sie sagt, du brauchst uns. Sie will dich schon so lange befreien, aber du... an dich kommt man ja nicht heran. Bis heute – bis jetzt. Deshalb bin ich hier, Susanna. Ich bin hier, um dich zu holen. Komm mit mir."

Sie öffnete den Mund. Ihre Lippen waren ganz trocken, sie musste sie erst befeuchten.

„Wer bist du?", fragte sie, obwohl er das ja längst gesagt hatte.

Luca hob die Schultern.

„Ein Gaukler bin ich", sagte er, „ein Hanswurst, ein Tagedieb, wenn man die Herren befragt. Ein ganz tauglicher Gehilfe, fragt man den Gewürzhändler und den Apotheker. Ein kluger Kopf, der die Welt versteht, sagt Rosalba. Aber du hast Recht, Susanna – ich bin kein reicher Bürgersohn, kein Patrizier, kein geleckter Galan. Ich bin einer von denen, die du sonst nicht siehst, einer von den Verborgenen. Ich bin einer von denen, über die man nicht spricht, weil man sie nicht versteht. Ich bin einer von denen, die anders sind."

Sie schluckte erneut. Ihr war ganz schwindlig, in ihren Ohren rauschte es. Er streckte wieder die Hand aus.

„Ich bin so wie du", flüsterte er, „ich bin dein Bruder. Komm mit mir, Susanna. Bei uns bist du sicher, bei uns musst du dich nicht verstecken. Bei uns kannst du lernen. Folge mir, und ich zeige dir unsere Welt. Du wirst sie mögen, ich verspreche es dir."

Sie rührte sich nicht. Still und stumm starrte sie auf die ausgestreckte Hand, auf diesen seltsamen Jungen mit dem lahmen Bein, und auf die dunklen Stufen hinter ihm, die wer-wusste-wohin führten.

„Komm!", wiederholte er drängend, „sie suchen dich! Sie werden gleich hier sein! Wenn sie dich finden, nehmen sie dich wieder mit, und du musst zurückkehren! Komm jetzt mit mir, Susanna! Vertrau mir! Folge mir!"

Sie hörte wie von Ferne die Stimmen von Lucia, Netta und Antonia – besorgt, nach ihr rufend, bereits eine panische Note in der ausgelassenen Heiterkeit. Sie sollte sich umdrehen, die Stufen hinaufgehen und Sicherheit und Schutz bei ihrer Familie suchen. Sie sollte nicht in dieses Gesicht schauen, mit grünen Augen wie ihren, betörenden Worten lauschen und im Schatten das sehen, von dem sie irgendwie immer gewusst hatte, dass es da war.

Ihr Mund war trocken, ihr Herz schlug wie rasend. Luca sagte nichts mehr, machte nur noch eine bittende Bewegung mit seiner Hand.

Und Susanna lächelte.

Dann löste sie die Maske von ihrem Gesicht, ließ sie fallen, ergriff seine Hand und folgte ihm in die Schatten.

1. TEIL: DIE SÖHNE VON FLORENZ – 1469

„Ihr seid zu spät – wieder einmal“, sagte Cesare Montecaldo scharf, „wo seid ihr gewesen?“

„Hier und da“, gab Sebastiano achselzuckend zurück, „was soll's. Haben wir das Essen verpasst? Macht nichts, wir haben schon was gegessen.“

„Auf der Straße, natürlich“, spottete Minerva, „wie deine Freunde, die Lümmel!“

„Neidisch auf meine Freunde, Schwesterchen?“, stichelte Sebastiano.

„Pah!“ Minerva warf den Kopf zurück.

Die Geschwister saßen im Palazzo Montecaldo, im oberen *Sala*, das Essen war gerade abgetragen worden. Der obere Saal diente als Speisezimmer, denn die Küche lag im Stockwerk darüber, und so war der Weg der warmen Speisen nicht weit. Der Palazzo war vergleichsweise alt und klein, und ließ deshalb solchen Komfort vermissen, wie in dem erst vor einigen Jahren fertiggestellten Palazzo Medici. Aber für die wenigen Familienmitglieder der Montecaldo war er durchaus ausreichend.

„Es reicht“, unterbrach Cesare den Streit, „Vater war zornig, Sebastiano. Er ist ins Kontor gegangen, aber wenn er zurückkommt, will er Antworten haben!“

„Er kriegt dieselben wie immer“, erwiderte Sebastiano nachlässig, „warum bemüht er sich überhaupt noch?“

„Das frage ich mich manchmal allerdings auch“, murmelte Minerva.

Cesare schüttelte den Kopf.

„Du bist ein hoffnungsloser Fall“, tadelte er, „fein, wenn du dich so aufführen willst, dann tue es halt...“

„Danke“, unterbrach Sebastiano frech.

„Aber“, fuhr Cesare ungerührt fort, „warum musst du unseren kleinen Bruder mit hineinziehen? Gianni. Du solltest es besser wissen!“

„Soll das heißen, ich bin ein schlechter Einfluss auf den Kleinen?“, witzelte Sebastiano.

„Allerdings!“, fauchte Minerva.

„Du bist der Ältere, du solltest Vorbild sein“, mahnte Cesare, „Gianni tut es nicht gut, wenn du ihn ständig Streit und Gefahren aussetzt!“

„Ich wusste gar nicht, dass ich das mache“, sagte Sebastiano, „ich dachte bloß, wir würden ein bisschen Spaß haben und etwas Farbe in dieses graue Leben bringen. Jetzt hört aber auf. So eine Lappalie – wenn ich Euch erst sage, was wir auf der Piazza erfahren haben, seid ihr bestimmt nicht mehr böse!“

„Das müssen ja großartige Neuigkeiten sein“, erwiderte Minerva sarkastisch.

Sebastiano feixte bloß.

„Möglich“, meinte er lässig.

„Und, was sind sie?“, forderte Cesare, „heraus damit! Vielleicht bewahrt dich das ja diesmal vor Vaters Strafen.“

„Nun“, Sebastiano grinste, „zumindest wird er andere Dinge im Kopf haben als mich zu züchtigen. Vater! Da seid Ihr ja! Gianni und ich haben uns etwas verspätet.“

Francesco Montecaldo, groß gebaut und kräftig, betrat mit polternden Schritten den Raum, und alle seine Kinder nahmen unwillkürlich Haltung an, sogar der ungestüme Sebastiano.

„Etwas?“, knurrte der Hausherr, „etwas? Du hast Nerven, mein Sohn!“

„Sebastiano hat etwas Wichtiges erfahren“, sagte Cesare rasch, „das hat ihn aufgehalten.“

Der Vater hielt tatsächlich inne.

„Nun denn?", sagte er, „heraus mit der Sprache!"

Sebastiano grinste wieder.

„Tja", sagte er, „es wird Euch umhauen. Sie versuchen noch, es geheim zu halten, aber das gelingt ihnen nicht mehr. Es wird ein Riesenskandal!"

„Und was?", sagte Minerva ungeduldig.

Sebastianos Grinsen vertiefte sich noch ein Stück.

„Die Neuigkeit ist", sagte er und machte eine dramatische Pause, „dass Susanna Castini, einziges Kind des Umberto Castini, vor zwei Tagen spurlos verschwunden ist!"

Es schlug tatsächlich ein wie eine Bombe, Sebastiano konnte mit seiner Ankündigung zufrieden sein.

„Verschwunden!", rief Cesare ungläubig.

„Verschwunden!", echote Minerva.

„Bitte – verschwunden?", knurrte der Vater.

Gianni sagte nichts.

„Sebastiano!", forderte der Vater, „das musst du genauer berichten! Was ist passiert? Was erzählt man sich? Und warum hat Castini sich noch nicht gemeldet?"

„Nun", Sebastianos Grinsen war nahezu unerträglich, „der alte Castini hat sich wohl tatsächlich getraut, sein behütetes Töchter im Karneval unter dem Schutz ihrer Cousinen auf die Straße zu schicken. Es kam, wie es kommen musste. Sie wurde von ihren Begleitern getrennt – und niemand hat sie wieder gesehen. Spurlos verschwunden, wie vom Erdboden verschluckt! Die Cousinen können nichts erklären, die Zofe weiß nichts, die Diener nicht – die kleine Castini hat sich in Luft aufgelöst!"

„Niemand löst sich in Luft auf", sagte der Vater grimmig, „weiter!"

„Was wohl weiter", spottete Sebastiano, „Lucia und Antonia sind kreischend zu ihrem Onkel gerannt und haben ihn informiert. Seitdem suchen sie. Natürlich ist es ziemlich schwierig, im Karneval ein verschwundenes Mädchen zu finden. Aber heute ist Aschermittwoch, und sie ist immer noch nicht wieder aufgetaucht. Tja, Gianni, deine Braut ist futsch!“ Er lachte heftig und schlug dem Bruder auf die Schulter.

Gianni sagte noch immer nichts.

„Und Castini versucht, die Sache zu vertuschen, bis er sie wieder hat, was?“, folgerte der Vater, „aber so nicht mit mir!“

„Es ist wohl nicht davon auszugehen, dass die kleine Castini unversehrt wieder auftauchen wird“, grinste Sebastiano.

Cesares Gesicht verfinsterte sich.

„Es liegt doch auf der Hand“, sagte er hart, „das Mädchen ist ein Flittchen! Castini hat uns mit seiner Strenge und seinem keuschen Gebaren getäuscht. Sie hat den Trubel genützt, um sich mit ihrem Liebhaber zu treffen! Vielleicht sind sie sogar durchgebrannt! Und Castini will uns weiter täuschen! Du musst die Verlobung sofort lösen, Vater!“

„Cesare!“, sagte Minerva schockiert, „es kann dem Mädchen doch auch etwas zugestoßen sein! Vielleicht hat man sie entführt! Immerhin ist Castini reich, nicht wahr? Und er hat sie immer eingesperrt – sie wird nicht in der Lage sein, sich zu wehren. Das arme Ding! Allerdings...“ sie zögerte und sah zu dem stummen Gianni, „allerdings, wenn sie nicht mehr unberührt ist, darf Gianni sie nicht mehr nehmen.“

„Eben!“, sagte Cesare, „du musst die Verlobung lösen!“

„Ich? Pah!“, sagte der Vater trocken, „nichts dergleichen werde ich tun! Ich bin doch nicht dumm! Hat sie ein Abenteuer gehabt, die kleine Castini, ist sie jetzt beschädigt – na und? Ihr Vater hat Geld wie Heu! Er soll mir den Verlust mit Münzen ausgleichen, dann findet die Hochzeit nach wie vor statt! Vielleicht ist es sogar von Vorteil!“

Er beugte sich zu seinem Jüngsten und zerzauste ihm grob die Haare.

„Hat wenigstens einer von euch Feuer im Hintern“, murmelte er, und dann, lauter, „ich schicke einen Boten zu Castini. Wir bieten ihm an, bei der Suche zu helfen, vorausgesetzt, er lässt sich auf unsere Bedingungen ein. Wissen wir jetzt endlich, wie das Mädchen aussieht? Ist sie entstellt?“

„Das Bild soll noch nicht fertig sein, Vater“, sagte Cesare, „aber Angelica hat ihre Cousinen befragt. Die behaupten beide, die kleine Castini sei so schön wie ein Engel!“

„Natürlich behaupten sie das“, schnauzte der Vater, „zahlt Castini doch ihre Kleider und Lehrer! Ich will wissen, wie das dumme Ding aussieht, damit wir sie finden können! Hach – dann muss ich eben selbst zu Castini gehen!“

Er drehte sich um und verschwand wieder nach hinten, Richtung Kontor, von wo er gekommen war. Zurück blieben seine vier Kinder, drei davon ernüchtert, und eines immer noch boshaft grinsend.

„Wusste ich doch, dass er sogar daraus Kapital schlagen würde“, sagte Sebastiano gehässig, „na klar! Francesco Montecaldo! Nichts ist zu schade für seinen Aufstieg! Er verkauft sogar seinen Sohn an eine Schlampe!“

Und da gab Gianni einen Laut von sich, wandte sich ab und lief ans Fenster.

Minerva und Cesare tauschten einen stirnrunzelnden Blick.

Gianni rührte sich nicht mehr.

„Gianni?“, fragte Cesare fordernd.

Keine Reaktion. Minerva legte Cesare die Hand auf den Arm.

„Lass mich“, sagte sie.

Sie trat zu dem Kleinen und fuhr ihm durch die wirren Locken, wie zuvor der Vater.

„Gianni?“, fragte sie ein wenig ruppig, „ist alles in Ordnung? Du musst dich Vaters Willen beugen, das weißt du doch, oder? Ganz egal, was du von Castinis Tochter hältst, wenn er es will, wirst du sie heiraten.“

Gianni sagte nichts.

Minerva seufzte.

„Sieh es doch mal so“, fügte sie hinzu, „vielleicht ist ihr gar nichts geschehen. Oder vielleicht ist sie völlig unschuldig!“

Wieder nichts. Jetzt lachte nicht einmal mehr Sebastiano.

„Hey, Gian", sagte er, „was ist denn los mit dir?"

Gianni zog kurz die Nase hoch.

„Warum ist sie weggelaufen?", fragte er erstickt.

Die drei Älteren tauschten einen Blick. Sebastiano wurde plötzlich rot.

„Aber das weißt du doch gar nicht", sagte Minerva verdutzt, „sie kann auch entführt worden sein. Es gibt viele Gerüchte über Castinis Tochter, und viele, die an ihrem Erbe interessiert sind."

„Aber man kann sie nicht einfach so entführen", sagte Gianni folgerichtig, „nicht in Florenz. Und man kann sie auch nicht gegen ihren Willen und den ihres Vaters verheiraten. Sie ist weggelaufen, oder? Warum?"

„Hör mal, Gian", begann Sebastiano unbehaglich.

Gianni schüttelte den Kopf.

„Ist es meinetwegen?", fragte er, „weil wir nach Ostern heiraten sollen? Hat sie Angst vor mir?"

„Gianni", sagte Cesare stirnrunzelnd, „sie kennt dich doch gar nicht. Warum sollte sie dich fürchten?"

„Aber wir sind uns begegnet", beharrte Gianni, „bei der Messe, nicht wahr, Sebastiano? Als Renaldo sich mit dem Tuchhändler angelegt hat! Da war sie dabei!"

„Sebastiano?", forderte Cesare scharf.

Der schluckte.

„Ich habe mich mal umgehört", sagte er, „ich weiß, wer diese Cousinen sind. Ich dachte, es kann ja nicht schaden. Wenn dann ein tief verschleiertes Mädchen mit Lucia und Antonia unterwegs ist, wer soll das denn sein, wenn nicht die kleine Castini? Aber sie hat kein Wort gesprochen, und Gianni hat es erst hinterher erfahren, von mir. Also."

Er sprang von seinem Platz und kam mit kräftigen Schritten auf den kleinen Bruder zu, um ihn bei den Schultern zu fassen.

„Was ich da vorhin gesagt hab, Gian, das war Unsinn", sagte er ernst, „ich dachte, du wüsstest das. Wenn die kleine Castini wirklich weggelaufen ist, wird sie nicht eine Sekunde dabei an dich gedacht haben – eben, weil sie dich nicht kennt und nicht weiß, was für ein Glück sie hat, ausgerechnet den besten von uns zu kriegen. So, und jetzt macht nicht so ein Gesicht, ja? Es ist nicht deine Schuld. Es wird sich alles klären. Vielleicht ist es bloß ein dummes Missverständnis! Und nach Ostern hast du vermutlich eine bildhübsche Braut an deiner Seite und kommst aus dem Grinsen gar nicht mehr heraus. Na los, Gian! Sei kein Idiot!"

Das half, es half immer. Giannis unsicheres Gesicht hellte sich zunehmend auf, bis ein kleines Lächeln darauf erschien.

„Na, wenn du meinst", murmelte er.

„Was hast du denn zu ihm gesagt, Sebastiano, dass er glauben musste, er sei schuld?", fragte Cesare scharf.

Sebastiano sah ihn gar nicht an.

„Ich habe ihn wieder mal verdorben, was sonst", gab er kalt zurück, „nerv mich nicht, Cesare. Komm, Gianni, wir gehen in die Küche und schauen mal, was wir da so stibitzen können. Ja?"

„Ich dachte, ihr habt schon gegessen", entgegnete Minerva spitz.

Sebastiano zuckte großartig mit den Schultern.

„Ein echter Mann", behauptete er, „kann immer essen. Und das sind wir, Gian, was? Echte Männer! Also komm!"

„Ja", sagte Gianni leise, „das sind wir. Lass uns gehen."

*

Aber die kleine Castini tauchte weder am nächsten Tag auf noch an dem darauf, und erst recht nicht in der folgenden Woche. Allem Suchen zum Trotz blieb sie spurlos verschwunden. Ostern kam, ohne dass die Rede von einer neuen Braut im Hause Montecaldo sein konnte.

„Es ist spät, Gianni!", sagte Sebastiano ärgerlich, „nun komm schon! Ich werde hier nicht stehen und auf dich warten!"

„Ich bin gleich so weit", sagte Gianni.

„Was machst du da überhaupt?“, fragte Sebastiano.

Gianni deckte schnell die Hand über das Papier.

„Es ist für Minerva“, sagte er, „lass es, Sebastiano. Du weißt, wie wütend sie werden kann.“

Sebastiano trat einen Schritt zurück und zuckte mit den Schultern.

„Wenn du meinst“, sagte er nachlässig, „aber ich finde, Kleiner, du solltest dich von unserer Schwester nicht als Botenjunge missbrauchen lassen. Du bist ein Montecaldo! Sie kann Diener beschäftigen!“

„Diener können reden“, murmelte Gianni.

„Und du bist stumm?“, hänselte Sebastiano.

„Nein, nein“, lenkte er sofort danach ein, „ich will dich nicht aufziehen. Schließlich weiß ich es genauso wie unser Schwesterlein zu schätzen, dass du keine Petze bist. Apropos – jetzt reicht es. Wir wollen los.“

„Ich bin ja auch so weit“, sagte Gianni hastig, rollte das Papier zusammen und steckte es in seine Tasche. Lächerlich war es irgendwie schon, das Ganze, Sebastiano hatte Recht. Aber ihm, Gianni, fiel es schwer, seiner älteren Schwester entgegen zu treten und einen Gefallen, den sie von ihm forderte, abzulehnen. Allerdings hatte Minerva ihn noch nie in Schwierigkeiten gebracht. Sebastiano hingegen tat das ständig.

„Was drängelst du überhaupt so?“, fragte er, „die Messe hat noch nicht einmal angefangen! Es sind noch Stunden, bis wir zu Giuliano gehen!“

„Mag sein, aber wir sind mit Renaldo verabredet“, erklärte Sebastiano, „und du weißt ja, was geschieht, wenn man ihn warten lässt.“

„Renaldo?“ Gianni zog unbehaglich die Schultern zusammen, „wirklich? Ich dachte, er hätte Hausarrest?“

„Wegen dem bisschen Ärger? Pah“, erwiderte Sebastiano herablassend, „das hat doch keine Konsequenz für einen Pazzi!“

„Ich habe gehört, der Händler ist vor den Rat gegangen.“

„Na und?“, spottete Sebastiano, „sein Vater hat den Ballen bezahlt. Wenn der Händler auch so jammert!“

„Wir sind ebenfalls Händler“, erinnerte ihn Gianni besorgt.

Sebastiano lachte auf und zerwuschelte ihm die Haare.

„Oh bitte!“, sagte er, „du kannst ja wohl so ein kleines Licht wie den nicht mit Francesco Montecaldo gleichstellen, oder? Wo kämen wir da hin! Der Meister unter den Kaufleuten, der Messias der Handeltreibenden, der Erleuchtete, der...“

„Sch! Hör auf“, sagte Gianni, aber er lachte schon wieder, „du bist unmöglich! Wenn er dich hört!“

„Er ist gar nicht da“, erwiderte Sebastiano verächtlich, „mit Cesare hinten im Lager sind sie, und zählen. Heute! Aber was will man erwarten!“

„Ich weiß“, murmelte Gianni, „Cesare wollte, dass ich ihm helfe.“

Er zog unbehaglich die Schultern zusammen. Der gestrenge Blick seines ältesten Bruders verursachte ihm mitunter mehr Bauchschmerzen als die Aufmerksamkeit des Vaters. Aber von der bekam er ja glücklicherweise als Jüngster sowieso recht wenig ab. Immerhin standen sie alle vor ihm in der Reihe – der Mustersohn Cesare mit seinen Kalkulationen und Schuldscheinen, die willensstarke Minerva mit ihrem verschollenen Ehemann, und der Aufwiegler Sebastiano, der sich mitunter einen regelrechten Spaß daraus zu machen schien, den Vater auf die Palme zu bringen. Nein, für ihn, Gianni, den jüngsten, den kleinsten, blieb da wenig Zeit. Aber seine Geschwister sorgten schon dafür, dass er sich nicht langweilte. Und wenn er wählen konnte zwischen Minervas Aufträgen, Cesares strengen Lehrstunden über das Geschäft und Sebastianos Streichen – na, da wusste er, was er nahm. Das tat er sogar, wenn ein eingebildeter Patriziersohn wie Renaldo de' Pazzi zu Sebastianos Freunden gehörte. Also gut. Mochte er Renaldo wegen dessen Dünkelhaftigkeit auch nur wenig leiden – wenn der Bruder ihn als Freund sah, dann bitte. Er, Gianni, würde Sebastiano auch durch die Hölle folgen, wenn es nötig wäre.

An diesem Tag war es zum Glück nicht die Hölle, sondern die Ostermesse- und hinterher ein Essen im Haus ihres Freundes Giuliano. Das waren wirklich gute Aussichten. Giulianos Familie war großzügig, hatte ein Haus voller Kunstwerke und Kuriositäten, interessante Lehrer und immer Zeit für Sorgen und Nöte.

Und abgesehen davon, wenn er sich irgendjemanden auf der Welt hätte aussuchen können, um so wie dieser zu sein, dann wäre es Giuliano de' Medici gewesen.

*

„Venedig, also?", fragte Giuliano leise.

„Venedig" bestätigte Sebastiano seufzend, „und es könnte so schön sein, wenn nur Gianni und ich gehen würden und nicht der Mustersohn Cesare!"

„Na, hör mal, Sebastiano", meinte Giuliano lächelnd, „sei ehrlich. Du bist doch froh, dass Cesare dabei ist und das Geschäftliche übernehmen wird. Sonst würde die ganze Verantwortung auf deinen Schultern ruhen!"

„Und wehe, was mir blühte, käme ich ihr nicht nach", seufzte Sebastiano komisch, „du hast schon Recht, aber das meinte ich nicht. Ich würde viel lieber eine Vergnügungsreise machen und Gianni die besten Hurenhäuser Venedigs zeigen. Es wird Zeit, er ist schon zwölf."

„Also wird es definitiv nichts mit der Hochzeit?", hakte Giuliano nach.

Sebastiano verdrehte die Augen.

„Wie denn, wenn die Braut verschollen ist?", meinte er spöttisch, „Cesare liegt Vater in den Ohren, das Verlöbnis zu kündigen. Keine Spur von der kleinen Castini, seit dem Karneval. Wenn sie noch lebt, dann bestimmt nicht in unversehrtem Zustand. Aber Vater..."

Er brach ab. Giuliano musterte ihn vorsichtig. Der bittere Tonfall war zwar selten an dem leichtsinnigen jungen Montecaldo, jedoch nicht völlig ungewohnt.

„Dein Vater...?", fragte er sanft.

Sebastiano schnaubte.

„Vater sind Macht und Geld wichtiger als die Ehre seines Sohnes", sagte er bitter, „wenn die größte Hure von Florenz ihm beides bieten würde, würde er ohne zu zögern mich oder Gianni an sie verkaufen!"

„Na", machte Giuliano, „das kann ich dann aber doch nur schwer glauben!"

„Und warum hält er sonst diese Verlobung aufrecht?", beharrte Sebastiano.

Giuliano lächelte.

„Seltsam, gut", gab er zu, „aber man weiß überhaupt nicht, was mit der kleinen Castini geschehen ist. Vielleicht ist sie unschuldig! Die größte Hure von Florenz ist sie bestimmt nicht. Abgesehen davon – war es nicht der Wunsch eurer Mütter, dass die beiden heiraten sollen?"

„Mutter war mit Caterina Castini befreundet", sagte Sebastiano achselzuckend, „und ja, Caterina Castini hat sie auf dem Sterbebett darum gebeten. Vielleicht hat *sie* deshalb zugestimmt – aber Vater hat lediglich eingewilligt, weil die Kleine Castinis einzige Erbin war. Und das ist sie eben immer noch, egal, wo sie ist."

„Was ist denn mit den Cousinen?"

„Nur, wenn Castinis Tochter tot wäre", meinte Sebastiano, „aber er weigert sich, sie für tot erklären zu lassen. Soll sie immer noch suchen. Na, meinetwegen kann er suchen, solange er will. Gianni und ich gehen nach Venedig, jetzt, wo die Hochzeit abgesagt ist."

„Und für wie lange?"

„So lange, wie es dauert."

„Ich frage nur, weil Lorenzo im Juni heiraten wird", sagte Giuliano, „es wäre schade, wenn ihr das verpasst. Ich soll nach Rom fahren, um Clarice abzuholen. Sie planen die ausgefallensten Spektakel. Andrea hat einen neuen Lehrling, der soll ganz verrückte Ideen haben. Mechanik und so – auch wenn ich echte Zweifel habe, ob sich das wirklich umsetzen lässt."

„Bis Juni sind wir bestimmt zurück“, behauptete Sebastiano, „und sonst komme ich so vorbei. Das werde ich mir schließlich nicht entgehen lassen! Hey, Gian!“

Sein kleiner Bruder wandte den Kopf. Er stand ein wenig abseits, ins Gespräch mit Vespasiano da Bisticci vertieft, und er hatte ganz rote Wangen. Bisticci legte ihm einmal die Hand auf die Schulter und nickte mit dem Kopf, bevor er sich umdrehte und davonging. Giannis Röte vertiefte sich, als er näherkam.

Giuliano lächelte aufmunternd.

„Ich höre, man kann dir zu einer Reise gratulieren?“, sagte er freundlich.

„Ja“, antwortete Gianni und schluckte, „die Hochzeit findet nicht statt.“

„Sei doch froh“, meinte Giuliano und beugte sich vertraulich vor, „ich finde, mit zwölf ist man sowieso noch viel zu jung zum Heiraten. Lorenzo ist zwanzig und heiratet erst jetzt im Sommer. Und ich... ich werde noch ganz lange warten!“

„Du willst nicht heiraten, weil alle Töchter von Florenz an dem Tag Trauer tragen würden“, spottete Sebastiano, „und du würdest es nicht über's Herz bringen, sie derart zu bekümmern!“

„Unsinn“, wehrte Giuliano ab, obwohl seine Wangen jetzt ebenfalls glühten, „ich bin einfach noch zu jung. Und Gianni ist erst recht zu jung!“

„Dante war auch zwölf, als er heiratete“, sagte Gianni und wurde feuerrot, als sie ihn ansahen, „es stimmt! Bisticci hat es mir gerade gesagt. Er meinte, es wäre schade, dass ich nicht in die Fußstapfen unseres großen Dichters treten würde. Na, und damit hat er bestimmt nicht meine Verse gemeint.“

„Dante hat aber auch Zeit seines Lebens Beatrice angeschwärmt“, meinte Sebastiano kopfschüttelnd, „ich bin dann doch eher für fleischliche Liebe. Hat so was Handfestes. Außerdem sagt Aristoteles, erst mit dreißig sei der Mann perfekt und solle heiraten. Schau dich doch mal um! Wer macht es heute schon noch so wie Dante!"

„Sei froh, dass Vater dich nicht gehört hat, oder Sandro", sagte Giuliano amüsiert, „kein Wort gegen Dante! Aber du hast ja Recht..."

„Ich weiß, dass ich Recht habe", unterbrach Sebastiano ihn grinsend, „und wo wir davon reden. Hast du Marco Vespuccis Braut schon gesehen?"

„Du meinst Simonetta Cattaneo?" Giulianos Gesicht verfärbte sich bereits wieder, diesmal zartrosa.

„Ich meine Simonetta Vespucci", korrigierte Sebastiano, „das verstehe ich als ja. Was für ein Augenschmaus!"

„Sie ist wirklich sehr schön", sagte Giuliano, „Sandro schwärmt von ihr. Er will sie malen, aber noch hat Marcos Vater nicht zugesagt. Er meint, Simonetta sei zu jung."

Sebastiano schlang einen Arm um die schmalen Schultern seines kleinen Bruders und drückte sie.

„Na, Gian?", meinte er, „sollen wir dich zu Vespucci mitnehmen? Ein Abend mit der gottgleichen Simonetta wäre doch mal was!"

„Marco würde dich umbringen", sagte Giuliano amüsiert, „und wenn nicht der, dann Sandro. Außerdem wird nichts daraus, wenn ihr diese Woche noch nach Venedig abreisen wollt."

„Tja, so ein Pech", spottete Sebastiano, „aber weine nicht, Kleiner. Simonetta läuft dir nicht weg!"

Giannis Gesicht glühte.

„Simonetta Vespucci ist mir ganz egal!", sagte er mit einem seltenen kurzen Aufflammen von Zorn. Er wirkte wie ertappt, und setzte rasch hinterher: „Habt ihr gewusst, dass sie seit kurzem nördlich der Alpen Hunderte von Büchern drucken?"

Giuliano und Sebastiano sahen sich verblüfft an.

„Gedruckte Bücher?" Giuliano schüttelte sich, „ja und?"

„Aber..."

„Hast du schon einmal ein gedrucktes Buch gesehen, Gianni?“, stieß Sebastiano ins selbe Horn, „hässlich! Und was für ein Aufwand! Für jede Seite muss eine Holzplatte geschnitzt werden!“

„Federico da Montefeltro weigert sich, auch nur *ein* gedrucktes Buch in seine Bibliothek zu nehmen“, sagte Giuliano abschätzig, „also sollen sie im Norden drucken, wie sie wollen. Sie haben kein Feingefühl! Ein gutes Buch darf nicht so verunstaltet werden. Stellt euch vor, sie würden das mit Dante machen! Oder mit Petrarca!“

„Nein“, Gianni wirkte aufgeregt, „das war es nicht, was Bisticci meinte. Er sagte, sie drucken Hunderte von *verschiedenen* Büchern, nicht immer ein und dasselbe mit einem Holzschnitt! Er sagt, in Mainz haben sie ein neues Verfahren entwickelt, und er sagt auch, dass ein paar Deutsche seit vier Jahren bei Rom drucken, unter dem Schutz des Papstes, und dass... dass zwei Brüder aus Speyer in Venedig sind und angefangen haben, Cicero zu drucken, die Epistolae ad familiares. Und Bisticci fand es gar nicht barbarisch!"

„Unser Bisticci? Bist du sicher?", sagte Giuliano verblüfft.

„Vespasiano da Bisticci?", hakte Sebastiano erstaunt nach, „der Buchhändler? Der schon Anfälle bekommt, wenn einer in der Nähe seiner Schätze niest?"

„Genau!“, sagte Gianni mit leuchtenden Augen, „er hat mit dem Griechen gesprochen. Und er sagt, sie experimentieren selber schon ein wenig herum. Anscheinend haben die Mainzer bewegliche Buchstaben erfunden, die man hin und her schieben kann, wie man es braucht.“

„Und dann muss ein armes Schwein alle Buchstaben festhalten und wird in die Presse gepackt?“, ulkte Sebastiano.

Gianni schüttelte den Kopf.

„Nein“, sagte er völlig ernst, „sie haben Schienen. Aber so genau wusste es Bisticci auch nicht. Er hat mir die Adresse der Brüder aus Speyer gegeben, in Venedig. Er will...“

„Er will dich als Spion verwenden?“, fragte Giuliano amüsiert.

Darauf konnte auch nur ein angestaubter Buchhändler kommen – Gianni Montecaldo mit seinem offenen Gesicht und dem raschen Erröten, mit der offensichtlichen Unfähigkeit zu lügen – wahrlich ein trefflicher Geheimagent!

Gianni glühte.

„Na, so hat er's nicht ausgedrückt", meinte er verlegen, „aber er sagte, die Bibel, die in Mainz gedruckt worden wäre, wäre für ein Vermögen verkauft worden, und er sagte, da läge die Zukunft. Florenz dürfe nicht gegen Venedig und Rom zurückstehen!"

Jetzt lachte Giuliano nicht mehr. Es war offensichtlich, wem Bisticcis eigentliche Attacke gegolten hatte.

„Na", machte er knapp, „ob Florenz' Ruhm wohl an Büchern hängt?"

„Aller unvergänglicher Ruhm hängt irgendwie an Büchern", erklang die näselnde Stimme seines älteren Bruders Lorenzo, „weil die Leute ihre Helden vergessen, wenn sie nicht irgendwo aufgeschrieben wurden. Hallo, ihr zwei. Ist Renaldo nicht mitgekommen?"

„Nein", sagte Sebastiano, der unter Lorenzos freundlichem Blick jetzt ein wenig düpiert wirkte, „Renaldo hatte eine... er hatte eine Verabredung."

Das reichte. Giuliano und Lorenzo tauschten einen Blick, der alles sagte.

„Wo ist Vater?", sagte Giuliano unwillkürlich.

Lorenzo verzog das Gesicht.

„Ein neuer Anfall", sagte er, „sie wechseln die Verbände gleich. Wir sollten vielleicht lieber gehen."

Wie aufs Stichwort erklang ein hoher, schriller Schrei aus den privaten Räumen der Familie. Gianni zog unbehaglich die Schultern zusammen.

Lorenzo lächelte gequält.

„Es tut mir bis ins Herz weh, zu sehen, wie er leidet", gab er zu, „und gleichzeitig macht's mir Angst. Vater hat die Gicht, Großvater hatte sie, und Onkel Giovanni ebenfalls. Und wenn, wir, Giulio..."

Ein erneuter Schrei unterbrach ihn. Giuliano holte tief Luft.

„Kommt", sagte er betont fröhlich, „es ist Ostern. Gehen wir hinaus! Die Fastenzeit ist vorbei, der Herr ist auferstanden! Wo wollen wir hin?"

„Zu Sandro?", schlug Sebastiano vor, ein Glitzern in den Augen.

„Du willst ihn nur mit der schönen Simonetta aufziehen", tadelte Giuliano, „lasst uns lieber zu Andrea gehen. Sie basteln an den Modellen."

„Ich würde auch lieber zu Andrea gehen", sagte Lorenzo, „ich wollte noch ein paar Details mit ihm besprechen. Aber wir können Sandro unterwegs einsammeln. Was ist das für ein Gerede von der schönen Simonetta? Giulio, du wirst rot."

„Stimmt nicht", log Giuliano, „und wenn. Marco Vespucci hat eine entzückende Braut, die zufälligerweise in meinem Alter ist. Er ist zu beglückwünschen."

„Heißt das, du willst heiraten?", spottete Lorenzo, „Clarice hat noch ein paar Schwestern!"

„Gott bewahre!", fuhr Giuliano auf, und wurde dann richtig rot, „entschuldige, Lorenzo. Clarice hat bestimmt ihre eigenen Qualitäten. Aber ich will nicht heiraten, genauso wenig wie Sebastiano und Gianni hier, der gerade noch mal von der Klinge gesprungen ist. Lass uns zu Andrea gehen!"

„Ja", sagte Sebastiano, „lasst uns gehen. Ich bin neugierig auf diesen neuen Lehrling, der so toll basteln kann. Und du, Gianni, solltest mal bei Gelegenheit mit Pietro Perugino sprechen."

„Pietro Perugino? Wieso?", fragte Gianni verblüfft, aber eine Antwort bekam er nicht mehr, denn es ertönte erneut ein qualvoller Schrei, und die vier ergriffen hastig die Flucht.

*

„Simonetta Cattaneo ist ein Engel!", sagte Alessandro di Mariano Filipepi und schnaufte, denn er war ein wenig füllig um die Hüften, „ihre

Haare sind wie gesponnenes Gold, ihre Augen funkeln wie Sterne, ihre Brüste sind schwellend, ihre Schultern sanft gerundet..."

„Du bist verliebt", urteilte Sebastiano gnaden- und respektlos, „du hast sie doch nur einmal gesehen!"

„Dante hat Beatrice auch nur einmal gesehen", sagte Sandro kühl.

„Nein, zweimal", widersprach Lorenzo, in Gedanken versunken, „glaube ich zumindest. Du willst sie also malen?"

„Ich werde sie für die Ewigkeit unsterblich machen", sagte Sandro fest entschlossen, „und die, die nicht so privilegiert waren wie ich, und sie nicht persönlich sehen durften, werden zumindest ihr Abbild erblicken können!"

„Na, hörst du, Gian?", spottete Sebastiano.

„Ignorier ihn, Gianni", sagte Giuliano, „was du anscheinend sowieso schon tust. Kann es sein, dass du mit deinen Gedanken bereits wieder bei diesen beweglichen Lettern bist?"

„Bewegliche Lettern?", fragte Lorenzo.

„Ein neues Verfahren, aus dem Norden", sagte Giuliano, „Bisticci hat's ihm in den Kopf gesetzt. Sie drucken damit in Rom und in Venedig."

„In Subiaco, ja, das weiß ich", sagte Lorenzo, „ich habe davon gehört, als ich unten war, vor drei Jahren. Da fingen sie gerade damit an. Und jetzt auch in Venedig?"

„Sie drucken Cicero", sagte Gianni schüchtern, „die Epistolae ad familiares."

„Das ist interessant", murmelte Lorenzo, „also davon habt ihr vorhin gesprochen? Bisticci hat nicht ganz Unrecht. Florenz darf nicht hinter den anderen Städten zurückstehen."

„Wir schicken Gianni als Spion in die Druckereien Venedigs", sagte Giuliano grinsend, „das war Bisticcis Idee!"

Lorenzo warf einen eher zweifelnden Blick auf den Zwölfjährigen.

„Wenn wir das tun, sollten wir ihm vielleicht etwas Hilfe an die Hand geben“, sagte er diplomatisch, „ich werde mit Vater darüber sprechen. Wann wollt ihr abreisen?“

„Diese Woche noch“, meinte Sebastiano, „wenn du also mit deinem Vater sprichst, musst du es bald tun. Hallo, Meister Andrea!“

Sie hatten die große Bottega des Malers, Goldschmieds und Bildhauers erreicht und traten ein, ganz ungeniert im Bewusstsein ihrer Herkunft.

„Wir haben geschlossen“, sagte Andrea del Verrocchio freundlich, „es ist Ostern. Solltet ihr nicht auf euren Knien liegen und beten?“

„Das haben wir am Freitag gemacht“, erklärte Lorenzo ernst, aber mit einem Funkeln in den Augen, „wenn die Arbeit ruht, Andrea, hast du bestimmt Zeit, mit mir über die Entwürfe zu reden, nicht wahr?“

„Das *ist* Arbeit“, erwiderte der Meister, bevor er jedoch lächelnd nachgab und nickte.

„Der Herr wird ein Einsehen haben, wenn es sich um etwas so Wichtiges wie deine Hochzeit handelt, Lorenzo“, sagte er, „kommt herein. Gut, dass ihr da seid. Die Jungs sind hinten und langweilen sich, und Leonardo will sie nicht an sein Spielzeug lassen.“

Leonardo war der Neue, der in einer Ecke eifrig vor sich hin werkelte, kritzelte und bastelte, und in eine völlig andere Welt entschwunden zu sein schien. Ein einziges Mal sah er auf, sein Blick traf mit tiefer Bewunderung den schönen Giuliano, der an bewundernde Blicke so gewöhnt war, dass er sie überhaupt nicht mehr bemerkte. Ansonsten ließen sie ihn in Ruhe, denn „ein Genie bei der Arbeit stört man besser nicht“, wie Pietro Perugino mit etwas säuerlichem Unterton bemerkte. Lorenzo besprach seine Details, Sebastiano zog Sandro mit der schönen Simonetta auf, Giuliano glättete die Wogen, und Gianni, der von einem unvollendeten Werk zum anderen lief und es staunend begutachtete, bevor er mit den Lehrlingen Wein und Früchte verzehrte, erfuhr irgendwann auch, warum sein Bruder der Meinung gewesen war, er solle mit Pietro sprechen.

Ansonsten war es ein sehr vergnüglicher Nachmittag.

*

„Und? Alles in Ordnung?", fragte Sebastiano, als sie am Abend auf dem Heimweg waren.

Gianni schwieg. Es war immer am schönsten so wie in diesem Augenblick, wenn sie nur zu zweit waren, und niemand ihm Sebastianos Aufmerksamkeit stahl. Wenn sie zu zweit waren, kam der große Bruder nicht in Versuchung, Witze auf Kosten des Kleinen zu reißen oder sie beide in Bedrängnis zu bringen. Wenn sie zu zweit waren, fühlte er sich Sebastiano besonders nahe, auch wenn ihm natürlich selbst im größten Pulk von Leuten klar war, dass sein großer Bruder ihn immer beschützen würde.

Dennoch brachte er es nicht sofort über sich, zu antworten. Das Thema war heikel.

„Woher hast du es gewusst?", fragte er schließlich.

Sebastiano musterte ihn neugierig.

„Dass es Pietro war, der die kleine Castini gemalt hat?", erwiderte er, „ich habe ein Gespräch zwischen ihm und Vater gehört. Pietro war eine Wahl nach seinem Geschmack – talentiert, gut genug ausgebildet, um Lebensgleichheit darzustellen, und bei weitem nicht so teuer wie die Brüder Pollaiuolo oder Fra Filippo. Nicht ganz legal, diese Sache, aber du kennst ihn ja. Und?"

„Was und?"

„Hat er dir gesagt, was du wissen wolltest?"

Manchmal verstand Sebastiano ihn so gut, dass es fast beängstigend war. Und dann wieder war es beruhigend. Gianni seufzte nachgebend.

„Er hat gesagt, sie sei ein ganz normales Mädchen gewesen", erzählte er, „nicht schön wie ein Engel, aber auch nicht entstellt, sondern eigentlich recht hübsch. Er sagt, sie sei brav und wohlerzogen gewesen, habe kaum gesprochen, und... und er hat gesagt, dass sie traurig war. Er meinte, sie hätte in einen Konvent gehört, bis zu ihrer Hochzeit, nicht in das kalte Haus von Umberto Castini. Oder so ähnlich."

„Oder so ähnlich", murmelte Sebastiano.

Gianni seufzte erneut.

„Warum war sie eigentlich nicht im Konvent?", fragte er, „ihre Mutter starb bei ihrer Geburt. Vater hat Minerva nach Mutters Tod auch zu den Nonnen gegeben, bis sie heiratete."

„Was weiß ich", sagte Sebastiano, „Castini wird seine Gründe gehabt haben. Vielleicht ist er geizig. Außerdem geht nicht jedes mutterlose Mädchen zu den Nonnen."

„Vielleicht wäre sie bei den Nonnen glücklicher gewesen."

„Und?"

„Und dann wäre sie nicht weggelaufen."

„Und du hättest sie nächste Woche heiraten müssen", sagte Sebastiano kopfschüttelnd, „was ist los mit dir? Ich glaube fast, du bist schlimmer als Sandro. Du hast das Mädchen nicht einmal gesehen, und dennoch trauerst du ihr hinterher? Oder hat Pietro dir das Bild gezeigt?"

„Hat er nicht", erwiderte Gianni, „weil er's nicht kann. Castini hat das Bild behalten und Pietro den vollen Lohn gezahlt. Außerdem bin ich nicht verknallt, so wie Sandro. Sie tut mir nur leid. Wie einsam muss sie gewesen sein, wenn sie ins Nichts gelaufen ist. Und wenn sie nicht weggelaufen ist..."

„...finden die Hunde eines Tages ihre Leiche", unterbrach ihn sein Bruder gnadenlos, „Gian. Pietro sollte dir klar machen, dass Castinis Kleine ein ganz normales, dummes Ding war, das nichts mit dir zu tun hatte, und um die du dich nicht scheren musst. Sie ist weg, das zählt. Du hast noch einmal Glück gehabt!"

„Im Gegensatz zu ihr."

„Du bist ein hoffnungsloser Fall, Kleiner", seufzte der Ältere, „ich wünschte wirklich, du würdest dir einmal mehr Gedanken um dich selbst machen als um andere. Und darüber wollte ich auch mit dir sprechen. Vergiss die kleine Castini und hör mir zu. Mir gefällt nicht, was die Medici vorhaben."

„Die Medici? Wieso?", hakte Gianni argwöhnisch nach.

„Ich spreche von der Sache mit der Druckerei", erklärte Sebastiano, „wir gehen nach Venedig, um Glanz und Ehre und eine gehörige Portion Geld für das Haus Montecaldo zu erwerben, und nicht, damit du deinen Ruf und dein Leben aufs Spiel setzt, um für die Medici zu spionieren."

„Glaubst du wirklich, sie schicken mich in die Druckerei, als geheimen Agenten?", fragte Gianni aufgeregt.

Sebastiano schüttelte den Kopf.

„Das machen sie bestimmt nicht", stellte er klar, „aber ich fürchte, sie werden dir eine Möglichkeit bieten, in die Druckereien zu gelangen, und du, du wirst sie wahrnehmen. Und wenn das auffliegt... Gian. Du weißt, ich provoziere Vater gerne und vermassele ihm gelegentlich auch mal was. Aber ich kann mit den Konsequenzen umgehen. Du hingegen..."

Er hingegen war dem Ärger des Vaters nicht gewachsen. Sebastiano musste es nicht laut sagen, Gianni wurde allein bei dem Gedanken daran kalt.

„Willst du sagen, dass ich es nicht versuchen soll?", fragte er zögerlich.

Sebastiano musterte ihn, das Gesicht einen Moment lang unlesbar.

„Nein", sagte er schließlich, „denn anders als Giuliano glaube ich, dass, wenn einer die Chance hat, hinter dieses Geheimnis zu kommen, dann ein Junge wie du, den niemand verdächtigt. Ich möchte einfach nur... ach, verdammt, Gianni. Sei einfach nur vorsichtig, klar?"

Dass Sebastiano, der Aufwiegler, der Ungehorsame, zur Vorsicht riet, war äußerst selten. Und äußerst bemerkenswert. Gianni wurde ganz warm vor brüderlicher Zuneigung.

„Na klar", versprach er mit roten Wangen, „das werde ich sein!"

*

Der Montagmorgen eine Woche später brach mit warmer, strahlender Frühlingssonne an – und Sebastiano Montecaldo war schlecht gelaunt.

Er kannte den Grund. Der Grund rollte in Gestalt dreier mit florentinischem Tuch beladener Wagen hinter ihm her. Der Grund bestand zudem aus der Horde Bewaffneter, die mit Argusaugen die Ware behüteten, und, vor allen Dingen, ritt der Grund links neben ihm und dozierte.

Cesare. Cesare, der Knochentrockene, Cesare, der Mustersohn, Cesare, aus Zahlen, Wechseln und Hauptbüchern bestehend, und seine persönliche Geißel Gottes. Den Vater konnte man aus der Fassung bringen, wenn einem etwas nicht passte. Dann schrie er rum, schlug auch mal zu, und damit war die Sache vorbei. Cesare hingegen, mit seinen kühlen, berechnenden Augen, war bereits als alter Mann zur Welt gekommen und verstand nicht einen Funken Spaß.

„Ich möchte, dass es euch auch wirklich klar ist“, sagte er eben gerade, „Vater hat viel Geld in die San Niccolo gesteckt. Vielleicht bekommen wir sogar Zucker, und wenn wir den nach Florenz auf die Märkte bringen...! Sebastiano! Hörst du mir überhaupt zu?“

„Doch, natürlich“, sagte Sebastiano grimmig und bemühte sich um ein Lächeln. Ihm war der besorgte Gesichtsausdruck nicht entgangen, den Gianni, auf Cesares anderer Seite reitend, plötzlich bekommen hatte. Der Kleine hatte ja Recht. Es wäre äußerst ungünstig, schon jetzt, zu Beginn ihrer Reise, einen Streit vom Zaun zu brechen. Cesare hatte immerhin das Sagen über sie, so ungern Sebastiano das auch eingestand.

„Wir bleiben, bis es Nachricht von der San Niccolo gibt“, sagte er seufzend, „dann will ich mal hoffen, dass sie nicht sinkt. Ansonsten sitzen wir noch als alte Männer in Venedig und langweilen uns!“

„Sie wird nicht sinken“, sagte Cesare fest, „es wäre eine Katastrophe. Abgesehen davon werden wir uns nicht langweilen. Wir haben

Güter zu verkaufen, Einkäufe zu tätigen, und wir werden Onkel Paolo zur Hand gehen. Wir unterstützen ihn nach Kräften, dafür wird er uns alles beibringen, was er weiß. Er ist in Konstantinopel gewesen. Seine Kenntnisse von der Levante sind von unschätzbarem Wert für uns!“

Konstantinopel... In dem Jahr, in dem die große Stadt im Osten an die Türken gefallen war, war Sebastiano geboren wurden. Den Verlust hatte die Christenheit immer noch nicht ganz verschmerzt, zumal wenige Jahre danach auch das Kaiserreich Trapezunt aufgehört hatte zu existieren, das letzte christliche Reich im Osten. Das war wie ein Schock durch sämtliche Handel treibenden Häuser der westlichen Welt gegangen, ein *Schock* – und dann hatte man sich berappelt, Venedig und Genua hatten ihre Verträge geändert, und der Handel ging weiter, auch unter türkischer Flagge. In den italienischen Städten saßen noch einige, die aus Konstantinopel geflohen waren, und selbst die glaubten wohl nicht mehr an die Rückeroberung ihrer Stadt. Die Welt hatte sich bereits arrangiert, mochte die Päpste auch immer wieder mal Kreuzzüge predigen.

Francesco Montecaldo hatte sich ebenfalls arrangiert und war zudem mehr als bereit, sich ein Stück vom Kuchen abzuschneiden. Aber da Florenz im Gegensatz zu Genua und Venedig über keine nennenswerte Flotte verfügte, und da der Handel mit der Levante risikoreich war, war ein Kompagnon von Nöten. Da bot es sich an, eine alte Verwandtschaft zu reaktiveren, ein neues Bündnis zu schließen und zur Bekräftigung die Söhne vorbeizuschicken. Paolo Malipiero war der Vetter seiner verstorbenen Frau, und würde sich allein schon deshalb um die drei jungen Montecaldos kümmern Und je mehr diese erfuhren, je gewitzter sie waren, umso besser für den Vater.

Sebastiano konnte sich allerdings weitaus schöneren Zeitvertreib vorstellen, als Handelsweisheiten aus dem Mittelmeer zu verinnerlichen.

„Sag mal, Cesare“, wagte er einen mutigen Vorstoß, „warum müssen eigentlich wir alle drei dahin? Ich meine, nichts gegen Venedig! Aber eigentlich bist doch du derjenige, der am meisten Ahnung von der Sache hat, und Gianni und ich..."

„Nein", unterbrach ihn Cesare schroff, „vergiss es. Ich habe ganz genaue Anweisungen von Vater, was dich anbetrifft, Sebastiano. Ich weiß, was du vorhast, und du wirst es nicht kriegen. Onkel Paolo wird sich deiner annehmen, und ich werde dafür sorgen, dass du auch da bist, wenn er dir etwas beibringen will. Falls du also mit deinen Freunden gewettet hast, wie viele Feiern du in Venedig schaffen wirst, wie viele Krüge Wein und wie viele kleine Huren, wirst du mit einer enttäuschenden Bilanz nach Hause kommen. Dies wird keine Vergnügungsreise für dich."

Sebastiano schluckte. Er kannte den kalten Ton, diese trockene Art des älteren Bruders. Er kannte sie gut. Dumm war nur, dass er sonst immer eine Möglichkeit gefunden hatte, zu entwischen, und zwar meist, indem er den Bruder gegen den Vater ausspielte – und dass Cesare diesmal ganz allein das Sagen hatte, bei weitem nicht leicht zu manipulieren war. Wenn Cesare ihm den Geldhahn zudrehte, oder ihn gar auf die Straße setzte, würde es wohl keine andere Wahl als Schimpf und Schande geben.

Eine Hoffnung bestand allerdings noch.

„Du wirst mich also einsperren und knechten", sagte er nicht ohne Galgenhumor, „und was ist mit Gianni? Bekommt er ebenfalls nur Wasser und Brot?"

Ein seltenes Lächeln brach sich auf Cesares Zügen Bahn.

„Im Gegenteil", sagte er, „Gianni soll sich ein wenig amüsieren. Ehe ich es vergesse, Kleiner – hier ist ein Brief für dich, von Lorenzo."

Er zog das Schreiben aus seiner Tasche und reichte es an den Jungen weiter, der es verblüfft entgegennahm.

„Wer ist Francesco de Madiis?", wollte er wissen.

Cesares Lächeln vertiefte sich.

„Der Sohn eines Freundes von Piero de' Medici", erklärte er, „sein Vater handelt mit Büchern. Es ist ein Empfehlungsschreiben für dich.

Lorenzo meinte, Francesco könne sich ein wenig um dich kümmern. Was ist, Sebastiano? Ist etwas nicht in Ordnung?"

„Nein, alles gut", sagte Sebastiano hastig, sein Pferd unter Kontrolle bringend. Er hatte es doch gewusst! Diese schlauen Medici! Natürlich schreckten sie auch nicht davor zurück, einen idealistischen Jungen wie Gianni für ihre Zwecke einzuspannen! Der Sohn eines Buchhändlers – na, aus Menschenfreundlichkeit hatte Lorenzo diese Empfehlung bestimmt nicht gegeben! Und wenn Gianni etwas zustieß... Er warf einen warnenden Blick zu dem Kleinen hinüber.

Gianni verstaute den Brief sorgfältig in seiner Tasche und erwiderte Sebastianos Blick mit einer relativen Gelassenheit, was seltsam beruhigend war.

„Wie nett von Lorenzo", meinte er nur.

*

Von dieser Gelassenheit war allerdings nicht mehr allzu viel übrig, als sie einige Tage später in Venedig ankamen.

Die Wagen hatten sie ausgeladen, die Ware war auf Boote verpackt worden. Ganz Venedig, so schien es Gianni, schien unter Wasser zu stehen. Natürlich hatte er das gewusst, hatte schließlich mehr als nur eine Frage gestellt, sobald man ihm von der Reise erzählt hatte. Dennoch, die Wunder Venedigs mit eigenen Augen zu sehen, war selbst für einen florentinischen Jungen, an Reichtum gewöhnt, mehr als nur verblüffend.

Sie fuhren über den Canale Grande – nicht der direkte Weg zum Kontor des Malipiero, aber der eindrucksvollste. Prachtvillen erhoben sich links und rechts der Wasserstraße, auch ein paar Baustellen, auf denen eifrig gewerkelt wurde – und dann bogen sie um eine Ecke, und da war die Ca' d'oro, mit reinem Gold belegt, funkelnd wie die Sonne. Gianni war schier geblendet.

Sebastiano musterte die ganze Pracht mit säuerlicher Miene. Zweifelsohne dachte er an die düsteren Tage im Kontor, die ihm bevorstanden, und ihn „in die Knie zwingen sollten!“, wie er dem jüngeren Bruder heimlich zugeraunt hatte. Gianni glaubte, dass er damit gar nicht so Unrecht hatte. Der Vater verfolgte bestimmt mehr als nur ein Ziel, wenn er alle drei Söhne gleichzeitig fortschickte. Cesare würde das Auge für das Geschäft haben, Sebastiano war der Gesellschaft entzogen, die ihn in Florenz immer wieder in Schwierigkeiten brachte, und er, Gianni... er seufzte unwillkürlich. Feuer im Hintern sollte er kriegen, so hatte es doch mal geheißen. Er tastete unwillkürlich nach dem Schreiben von Lorenzo und war dankbar, dass er zumindest wusste, um was es ging.

Cesares Blick ruhte auf ihm, wie er sich plötzlich bewusst wurde. Er wurde unwillkürlich rot, denn er war sich gar nicht sicher, was er von dem ältesten Bruder zu erwarten hatte. Dann wechselte Cesares Blick zu Sebastiano, und Gianni unterdrückte ein Seufzen.

Was hingegen dieser Ausdruck zu bedeuten hatte, das verstand er nur zu gut.

*

„Sind sie immer so?“, fragte Francesco de Madiis drei Wochen später.

Gianni verzog das Gesicht.

„Ja“, gab er zu, „leider.“

„Na“, schnaufte Francesco, „dann will ich hoffen, dass deine Schwester einen mildernden Einfluss auf sie hat.“

„Was du vergessen kannst. Minerva ist eine Mischung aus Sebastiano und Cesare.“

„Oh. Aber dein Vater wird doch sicherlich nicht zulassen, dass...“

„Mit meinem Vater streitet Sebastiano noch schlimmer“, gestand Gianni unglücklich.

Francesco sah ihn mitfühlend an.

„Dann ist dein Zuhause ja nicht gerade ein Ort der Ruhe, was?“, meinte er.

Gianni zog wieder eine Grimasse.

„Ort der *Ruhe*“, murmelte er.

„Worum ging es nun eigentlich?“, hakte Francesco nach.

Er hatte sich als freundlicher, recht gewitzter Junge entpuppt, der Lorenzos Empfehlungsschreiben vermutlich gar nicht gebraucht hatte, um mit Gianni Freundschaft zu schließen. Die Leidenschaft für Bücher verband sie vom ersten Moment an. Francesco bot eine dankbare Zuflucht, wenn die Wellen im Hause von Paolo Malipiero wieder einmal besonders hoch schlugen.

„Ich glaube, um den Zucker“, murmelte Gianni, „Sebastiano will nicht einsehen, wozu wir Zucker aus Madeira brauchen.“

„Und warum nicht?“

„Weil er sagt, wir kriegen doch schon Zucker aus Zypern.“

„Aber der ist teuer. Zucker aus Madeira wäre günstiger“, sagte Francesco, Kind von Händlern, verdutzt.

Gianni seufzte.

„Sebastiano meint, Geld wäre bloß schnöder Mammon“, erklärte er.

Francesco konnte ihn nur fassungslos anstarren.

„Na ja!“, verteidigte Gianni seinen Bruder, „er meint das doch überhaupt nicht so! Sebastiano kann gut handeln, wenn er will, und er nimmt Geld auch ernst, wenn er will!“

„Und wenn er nicht will...“ vervollständigte Francesco spöttisch.

„Er sagt das bloß, um Cesare zu ärgern“, erwiderte Gianni rasch, „er will, dass Cesare ihn in Ruhe lässt und nicht länger mit Zahlen und Fakten piesackt.“

„Und ich dachte, deshalb seid ihr hier?“, wunderte sich Francesco.

„Schon“, wand sich Gianni, „aber Sebastiano ist das nicht gewohnt. Er war noch nicht einmal aus dem Haus, seitdem wir hier sind, nur auf geschäftlichen Besuchen. Cesare sollte ihm vielleicht etwas Luft zum Atmen lassen, dann wäre er gar nicht so schlimm!“

„Wenn du das meinst", sagte Francesco begütigend, „nein, nicht da lang."

Gianni blieb abrupt stehen. Die Streitereien zwischen seinen Brüdern nahmen ihn immer sehr mit, und so hatte er gar nicht auf den Weg geachtet. Dankbar, der unfreundlichen Atmosphäre entkommen zu können, hatte er seinen Mantel gepackt und war seinem neuen Freund nach draußen gefolgt, in der Annahme, sie würden zu ihm gehen, oder vielleicht auf den Markusplatz. Hier jedoch war er noch nie gewesen.

Die Häuser waren kleiner, wenn auch fest gebaut und anständig, Die Leute sahen anders aus, musterten sie misstrauisch, und wenn er sie reden hörte, dann klangen Worte mit, die er nicht verstand.

„Da geht es zum Arsenal", sagte Francesco, „da dürfen wir nicht hin. Das weißt du doch, oder?"

Das Arsenal war der Kriegshafen Venedigs, wo die berühmten Galeeren gebaut wurden, soviel war Gianni bekannt. Ihm war auch klar, dass man ihn, einen florentinischen Jungen, auf gar keinen Fall in ein für die Stadt so wichtiges Areal lassen würde. Und dennoch.

„Francesco?", murmelte er, „was sind denn das für Leute?"

„Das sind die Arsenalotti", antwortete Francesco und packte fest seinen Arm, „komm endlich!"

Sie waren aus der Straße hinaus und ein gutes Stück hinunter, als Gianni wieder frei atmen konnte.

„Was sind Arsenalotti?", fragte er.

„Die Leute, die im Arsenal arbeiten", sagte Francesco.

„Sie sahen so anders aus!"

„Sie sind anders."

„Und sie haben komisch gesprochen!"

„Sie haben ein paar andere Worte. Manchmal klingt das wie eine komplett fremde Sprache", gab Francesco zu.

„Und warum haben sie uns so seltsam angestarrt? Waren da sogar Wachen?"

„Sie haben uns so angestarrt, weil wir da nichts verloren hatten", sagte Francesco ungeduldig, „sie sind Arsenalotti, Gianni! Sie arbeiten in Venedigs Kriegshafen! Natürlich sind sie anders als wir!"

„Arbeiten sie alle da?"

„Die Frauen und Kinder nicht. Aber die Männer schon. Das Recht wird vererbt."

„Das Recht?"

„Das Recht dort zu arbeiten", sagte Francesco seufzend, „es kommt ja nicht gerade jeder ins Arsenal, oder? Stell dir mal vor, Hinz und Kunz dürften da hinein und würden der Welt – oder Genua – erzählen, was wir da so treiben. Na?"

„Ihr baut Schiffe", sagte Gianni, ohne nachzudenken.

Francesco wirbelte herum.

„Wir bauen nicht nur Schiffe!", donnerte er, „dies ist Venedig! Wir können innerhalb von Tagen eine komplette Flotte ausspucken! Wir..." Er brach ab und biss sich auf die Lippen.

„In Ordnung", gab Gianni rasch nach, „ich verstehe, ihr seid großartig. Und das Arsenal ist ein Staatsgeheimnis, schon klar. Aber... aber wenn das so ist... die Arsenalotti könnten doch reden...?"

„Tun sie nicht", sagte Francesco knapp.

„Und wenn sie woanders hingehen?"

„Dürfen sie nicht. Arsenalotti dürfen das Stadtgebiet nicht verlassen. Sie wollen es auch gar nicht", setzte der Venezianer schnell hinzu, als er sah, wie besorgt sein Freund ihn anschaute, „schau doch, Gianni. Sie sind stolz. Sie leisten hervorragende Arbeit, und die Stadt sorgt für sie. Kein Arsenalotti würde Venedig verraten, sie würden eher töten. Und deshalb... na ja, deshalb ist es besser, wenn ein Florentiner wie du nicht in ihr Viertel läuft."

„Schon verstanden", meinte Gianni mit gerunzelter Stirn und musterte sich und seinen Freund, „was ich aber nicht verstehe, ist, woran sie erkennen, dass ich Florentiner bin. Du siehst genauso aus wie ich."

Und damit hatte er Recht. Sie trugen beide ein buntes, enganliegendes Wams und hatten der Wärme wegen die Mäntel nur in der Hand. Ab Mitte der Oberschenkel waren ihre farbigen Beinlinge zu sehen – bei Gianni grün, bei Francesco rot-gelb. Francescos Füße steckten in spitzen Schuhen, und Gianni trug wadenlange Stiefel. Auf dem Kopf hatten sie beide eine Mütze – nein, woran die Arsenalotti hier erkennen sollten, dass der eine Venezianer und der andere Florentiner waren, das war Gianni zweifelhaft.

Francesco, der sie ebenfalls gemustert hatte, lachte kurz auf.

„Na gut", gab er gutmütig zu, „ich habe da wohl auch nichts verloren. Allerdings kann ich meinen Namen als Schutz angeben, wenn sie mir Böses wollen. Und du? Was würdest du denn sagen? Ich bin Gianni Montecaldo und geh hier nur ein bisschen spazieren?"

Gianni grinste unschuldig.

„Ich würde sagen, ich bin Francesco de Madiis, und der Kerl da neben mir lügt", sagte er und fühlte sich herrlich verrucht.

Francesco lachte wieder.

„Natürlich würdest du das", spottete er, „wo man dir am Gesicht ablesen könnte, was du denkst. Du würdest mich nie hintergehen, oder?"

Gianni wurde plötzlich ernst.

„Nein", sagte er, „natürlich nicht. Ich dachte, wir wären Freunde!"

„Sind wir auch", bestätigte Francesco, „genauso denke ich auch. Und weil wir Freunde sind, habe ich dich hierhergebracht."

Sie bogen in eine kleine Gasse, und schon von weitem vernahm Gianni ein heftiges Poltern und Dröhnen. Dann gab es ein lautes Ratschen, und das Gedonnere wurde durch wütende Rufe und Geschrei abgelöst. Francesco nahm seinen Arm, führte ihn weiter, durch eine kleine Pforte, einen niedrigen Raum, und blieb stehen.

Gianni staunte.

Vor ihm stand ein Monstrum. Es war riesig, zumindest kam es ihm so vor, eine Chimäre aus Holz und Eisen, die ohne Zweifel verantwortlich für sowohl Donnern als auch Poltern gewesen war. Und sie war kaputt.

Der Rahmen zitterte noch ein wenig von der Heftigkeit der Erschütterung. Zwei Männer turnten um das Gerät herum, während ein dritter zornige Anweisungen gab. Der erste Mann hob behutsam etwas auf.

Es war ein Stück Papier.

Und es war bedruckt.

Giovanni und Vendelino da Spira – oder besser, Johannes und Wendelin von Speyer – befanden sich seit etwa einem Jahr in Venedig. Sie waren aus Mainz gekommen, und sie hatten das Geheimnis der Buchdruckkunst mitgebracht. Seit kurzem waren die Brüder zudem in einem äußerst wertvollen Besitz: dem Monopol, als einzige in Venedig Bücher drucken zu dürfen, und das für die nächsten fünf Jahre. Johannes von Speyer war nicht dumm. Ihm war klar, dass es nur eine Frage der Zeit war, bis andere hinter das Geheimnis gekommen waren und es für sich ausschlachten würden. Er und Wendelin hatten die Absicht, sich in diesen fünf Jahren zu dem erforderlichen Reichtum zu bringen, der einen Blick in die Zukunft gelassen machte. Dass die Stadt Venedig ihm das Monopol übertragen hatte, erklärte die Tatsache, weshalb er keine Wachen an der Tür postiert hatte, und sich nicht aufregte, als der Sohn des Buchhändlers Madiis mit einem Fremden auftauchte. Fünf Jahre waren eine lange Zeit – sowohl zum Bewachen als auch zum Entdecken. Irgendjemand würde schon dahinterkommen, das war einfach nicht zu verhindern. Aber solange die Stadt Venedig seine Rechte schützte, konnte es Johann von Speyer gleich sein.

Der Kleine war ein Florentiner – nun gut, das war ungünstig, für Florenz galt sein Monopol nicht. Aber schließlich war die Toskana ja nicht gleich um die Ecke, und der Junge war ein hübsches Kind, mit großen, wissbegierigen Augen und vernünftigen Fragen. Wendelin, der ja selber noch jung war, hatte bereits nach Augenblicken einen Narren an dem Kleinen gefressen und beantwortete geduldig die Neugier des Jungen, während er – und das sah Johann mit Wohlwollen – unbeirrt die Presse reparierte.

„Nein“, erklärte er gerade, „wir gießen keine Platten. Wozu? Wir könnten sie ja nur für einen Bogen benutzen. Das würde viel zu viel Zeit und Geld in Anspruch nehmen. Wir haben das hier.“

Und gutmütig, wie Wendelin nun einmal war, griff er hinter sich, in die *cassa*, und holte eine Type hervor.

Das Staunen auf dem Gesicht des Kindes war aber auch zu schön.

„Das ist ein E“, hauchte der Junge.

Wendelin grinste.

„Und sind wir nicht froh, dass wir es haben“, lachte er.

Jetzt hatte der Junge endgültig Feuer gefangen.

„Und die benutzt ihr?“, stammelte er atemlos, „wie macht ihr das? Wie haltet ihr sie fest?“

Johann von Speyer musste zugeben, dass der Eifer des Kleinen selbst ihn nicht unberührt ließ. Er räusperte sich.

„Wendelin hat keine Zeit, dir das zu zeigen“, sagte er schroff, und dann, etwas milder, „na komm. Ich zeig's dir. Aber wehe, du machst etwas kaputt!“

Nein, das heftige Kopfschütteln des Jungen und die ehrlichen Augen beteuerten seine Vorsicht. Und da er sowieso warten musste, bis die Presse wieder lief, vertrieb sich Johann von Speyer die Zeit damit, diesem florentinischen Jungen zu zeigen, wie man die einzelnen Lettern, fein säuberlich in der *cassa* in *cassettinos* sortiert, herausnahm, wie man sie in das *compositoio* einsetzte, und wie man darauf achtete, dass die Zeilenenden eine gerade Linie machten. Das Kind war überwältigt, stellte Frage um Frage, und durfte schließlich, warum auch immer Johann plötzlich so weichherzig war, eine eigene Zeile aus den Epistolaes setzen. Es war beeindruckend, wie der Junge auf die Vorgabe starrte, sorgfältig, und dann immer sicherer, den richtigen Buchstaben heraussuchte und einsetzte. Ein wenig dauerte es, bis er am Ende die richtige Kombination für einen geraden Zeilenabschluss gefunden hatte, aber dann, so wusste Johann, war dies auch der schwierigste Part des Setzens und erforderte ein geübtes Auge.

Kein einziger Fehler befand sich in der Zeile.

„Bravo, Gianni“, sagte Wendelin, der einen Blick über ihre Schultern warf, und wischte sich die Hände ab, „du solltest jetzt aber lieber zu Francesco gehen. Die Presse ist so weit, Johann.“

Sichtlich bedauernd legte der Junge das *compositoio* ab und lief hinüber zu seinem Freund, der sich die ganze Zeit angeregt mit den gedruckten Bögen beschäftigt hatte. Einen anderen Jungen würde Johann das nicht tun lassen, aber Francescos Vater hatte versprochen, ihm beim Verkauf der Bücher zu helfen – sollten sie jemals fertig werden. Er hustete. Wendelin wartete geduldig, bis der Anfall vorbei war.

„Nicht mehr lange, und wir können liefern“, sagte sein jüngerer Bruder beruhigend, „los, komm. Wir könnten jemanden einstellen, der die Tinte übernimmt.“

„Und mir die Lettern aus den Schienen reißt?“, murmelte Johann, „nein. Wir machen das selbst.“

Gianni, überwältigt, mit tintigen Fingern und roten Wangen, kauerte sich neben Francesco in die Ecke, bemüht, keine Farbspuren zu hinterlassen. Die herausgenommene *forma* mit den gesetzten Lettern wurde von den beiden Brüdern in das *carro*, den Schlitten, auf den Druckstock gelegt. Während Johann mit zwei Lederbällchen Tinte auf die *forma* applizierte, legte Wendelin sorgfältig einen Bogen Papier auf das *timpano*, einen pergamentbezogenen Rahmen, der an einer Seite des Schlittens befestigt war. Er klappte einen weiteren pergamentbezogenen Rahmen, dessen Mitte für den Druckbereich ausgespart war, auf das *timpano* herunter. Zwischen *timpano* und *fraschetta* war das Papier sicher befestigt. Sobald Johann mit der Tinte fertig war, klappte Wendelin *timpano*, *fraschetta* und Papier hinunter auf die *forma*. Dann drehte er den Hebel, *carro* samt Papier, *forma* und anderem verschwand unter dem *piano*, dem Tiegel. Ein weiterer Hebel wurde betätigt, das *piano* senkte sich auf *carro*, Papier und *forma*, und es wurde gedruckt.

„Ich nehme an, es hat dir gefallen", grinste Francesco, als sie später am Tag wieder über die sonnenwarmen Straßen Venedigs liefen, zurück nach Hause.

Gianni nickte nur. Natürlich hatte es ihm gefallen. Es hatte ihn zudem zutiefst beeindruckt. Ein wenig hatte er nach der Reaktion von Giuliano und Sebastiano daran gezweifelt, dass Bisticci wirklich die Wahrheit über diese Buchdruckerei erzählt hatte. Doch jetzt, wo er es gesehen hatte, kam er aus dem Staunen kaum noch heraus. Und ein ganz neues Gefühl machte sich in ihm breit, ein Gefühl der Aufregung, der Hoffnungen, der Entdeckungen, ein Gefühl, dass alles möglich war, wenn man nur hinter die Geheimnisse der Technik kam.

„Dies wird die Welt verändern", sagte er, in seinen Gedanken gefangen.

Francesco zog die Stirn kraus.

„Na", machte er, „ich weiß ja nicht. Die Welt verändern? Sie drucken Bücher, gut. Sie sind auch schneller als die Kopisten, und sie verschmieren nicht mehr so, wie die Holzschnitter. Aber Bücher hat es schon immer gegeben. Warum sollte das die Welt verändern?"

„Ich weiß nicht", murmelte Gianni, verlegen, „es ist nur so ein Gefühl. Sie haben da etwas entwickelt… es ist so logisch, wenn man es einmal begreift, nicht wahr? Die beweglichen Lettern, die man ein- und aussetzen kann. Die Rahmen, die vor dem Verschmieren schützen. Die Bögen, die bedruckt und wieder bedruckt, und dann gefaltet und geschnitten werden…es ist so logisch!"

„Ja, und?", machte Francesco verwirrt.

„Na", sagte Gianni mit roten Wangen, „wenn alles so logisch ist, sollte es auch zu allem eine Lösung geben! Man muss nur danach suchen!"

„Und schlau genug sein", setzte Francesco spöttisch hinzu, „im Nachhinein ist alles einfach. Aber wärst du darauf gekommen, wenn du es nicht gesehen hättest?"

Das nahm Gianni ein wenig den Wind aus den Segeln. Er stockte.

„Nein", gab er zu, „es ist ziemlich genial."

„Genau das ist es“, meinte Francesco, „Genialität fällt nicht vom Himmel.“

Und das berührte einen ganz anderen Aspekt. Gianni wurde auf einmal heiß, und er verstummte.

Francesco stupste ihn aufmunternd in die Seite.

„Hey?“, sagte er, „was ist denn auf einmal los mit dir?“

Die Röte der Aufregung auf Giannis Wangen verwandelte sich in die Röte der Verlegenheit. Du würdest mich niemals hintergehen, hatte Francesco noch vor kurzem gesagt. Aber hatte er nicht genau das getan, genau das vor?

Ein toller Freund war er!

„Gianni?“, fragte Francesco unsicher.

Gianni schluckte.

„Sag mal“, nuschelte er, „du weißt doch, warum Lorenzo dir diesen Brief geschrieben hat, oder?“

„Lorenzo de’ Medici? Klar“, erwiderte Francesco verwundert, „er wollte, dass wir Freunde werden. Und das sind wir ja auch!“

Freunde betrügen sich nicht... Gianni schluckte erneut.

„Lorenzo will wissen, wie man druckt“, platzte er heraus, „und ich wollte es auch wissen.“

„Na“, machte Francesco abschätzig, „das ist mir nicht neu. Du hast ja ständig davon gesprochen. Warum sonst habe ich dich heute wohl mitgenommen?“

„Aber... aber...“ wand Gianni sich, „du hast doch gesagt, Genialität fällt nicht vom Himmel.“

„Und?“

„Was, wenn man sie klaut?“

So, jetzt war es heraus. Er spürte die Hitze in jeder einzelnen Pore.

Francesco musterte ihn nachdenklich.

„Soll das heißen, du bist ein Spion?“

War er das? Sebastiano hatte darüber gelacht.

„Sie werden wissen wollen, was ich gesehen habe“, erklärte Gianni errötend, „und ich...“

„Du musst ihnen antworten“, vervollständigte Francesco trocken.

„Ich muss gar nichts“, begehrte Gianni auf und erhielt einen zweifelnden Blick seines Freundes. Er streckte den Rücken durch.

„Du magst glauben, dass ich ein Simpel bin, Francesco de Madiis“, sagte er kalt, „dass ich immer tue, was man von mir will, aber das stimmt nicht. Ich kann durchaus meinen Mund halten, wenn es Not tut!“

Jetzt glitt etwas Seltsames über Francescos Gesicht, ein Lachen, oder ein Staunen, oder doch nur Unglauben.

„Ich verstehe“, sagte er.

„Ich meine es ernst!“, fuhr Gianni auf. Und das tat er, mit jeder Faser. Was er gesehen hatte, war neu, war revolutionär. Alles war möglich! Man durfte Genies nicht betrügen – und er, Gianni Montecaldo, konnte durchaus stark sein, wenn das Ziel sich lohnte! Er hatte es bisher bloß noch nicht gewusst.

Francesco gab ein halbes Lachen von sich.

„Ich glaube dir“, sagte er beschwichtigend, „ich glaube dir wirklich! Aber Gianni – sie werden dir Ärger machen. Und das ist es nicht wert. Ich hab’s doch eigentlich auch gewusst, und mein Vater hat’s gewusst. Ich denke, sogar die Brüder da Spira wussten es, als ich dich mitbrachte.“

„Wirklich?“, meinte Gianni argwöhnisch.

Francesco zuckte mit den Achseln.

„Vater meint, es sei besser, sich mit den Medici gut zu stellen. Und Giovanni da Spira braucht meinen Vater, als Vermittler.“

„Aber...“

„Sieh es doch mal so, Gianni“, erklärte Francesco milde, „eigentlich haben die Brüder das Geheimnis ja auch gestohlen, nicht wahr? Oder glaubst du, dass sie einen Abschlag nach Mainz schicken, zu diesem Gutenberg?“

„Lebt der denn überhaupt noch?“, wunderte sich Gianni, und dann, „nein, das tun sie wohl nicht.“

„Eben“, lächelte Francesco, „ein Geheimnis wie dieses bleibt nicht lange geheim. Du wirst sehen, über kurz oder lang werden die Druckereien wie Pilze aus dem Boden schießen. Und dann wäre es doch sehr dumm, wenn du dir deswegen Ärger einhandeln würdest.“

„Was meinst du damit?“, hakte Gianni unsicher nach.

„Erzähl's“, entgegnete Francesco grinsend, „ich habe nichts dagegen.“

Und das war genau das, was Gianni hatte hören müssen.

*

Die nächsten Wochen verbrachte Gianni Montecaldo damit, zusammen mit seinem neuen Freund Francesco in die Geheimnisse der Buchdruckkunst eingeführt zu werden. Das faszinierte ihn derart, dass er sich nicht einmal von den Attraktionen des Markusplatzes ablenken ließ, oder von den unterschiedlichsten Sehenswürdigkeiten Venedigs. Er stand auf, aß, lief mit Francesco hinunter zu den Brüdern und kehrte schließlich spät zum Essen zurück, um nach einem spannungsgeladenen Abend erleichtert ins Bett zu fallen und sich auf den nächsten Tag zu freuen.

Denn spannungsgeladen waren sie, diese Abende. Sebastiano war nicht glücklich.

Was *morgens* im Übrigen nicht anders war.

„Ehrlich gesagt, habe ich mir das anders vorgestellt“, sagte er grimmig.

Es war mittlerweile Ende Mai, und es war warm. Sie saßen beim Frühstück, Cesare war schon im Kontor. Gianni sah Sebastiano besorgt an.

„Was meinst du?“, fragte er unsicher.

„Na, das alles hier!“, fuhr Sebastiano auf, „seit Wochen sind wir da, seit Wochen bin ich eingesperrt, und Cesare piesackt mich...“

Er brach ab, frustriert.

Gianni bemühte sich um ein verständnisvolles Lächeln.

„Aber Cesare meint es doch gut“, versuchte er zu vermitteln, „und du hast das gewusst. Er hat von Anfang an gesagt...“

„Ich habe nicht gewusst, dass er das wirklich ernst meint“, schnauzte Sebastiano, „wie kann ein Mensch nur so trocken und langweilig sein? Gestern ließ er mich zu Contarini gehen, um wegen dieses dämlichen Alauns zu verhandeln – und dann hat er sich aufgeführt, als wäre das eine Belohnung gewesen. Ich meine – Alaun! Was kann es Langweiligeres geben? Ich wäre fast eingeschlafen!“

„Du wolltest doch unbedingt das Haus verlassen“, gab Gianni schüchtern zu bedenken.

„Natürlich!“, fauchte Sebastiano, „aber das Haus verlassen heißt nicht, langweilige Sitzungen über langweilige Handelsgüter abzuhalten! Ich wollte die Straßen erkunden, die Schenken, die Plätze – ach, ich...“

Er brach erneut ab, diesmal beinahe verzweifelt. Gianni hatte spontan Mitleid. Cesare führte aber auch wirklich ein strenges Regime. Vorsichtig legte er eine Hand auf den Arm des Bruders.

„Vielleicht, wenn du ihn noch einmal bittest“, begann er behutsam.

Sebastiano schüttelte die Hand unwillig ab.

„Cesare ist aus Stein“, behauptete er, „der lässt sich nicht erweichen. Der kennt das Wort Spaß überhaupt nicht! Und überhaupt – du! Du kommst ja direkt nach ihm!“

Gianni zog sich erschrocken zurück.

„Ich? Wieso?“, stammelte er.

Sebastiano verengte die Augen zu Schlitzen.

„Du!“, knurrte er, „du hast alle Freiheit, die du haben kannst. Du sollst dich ja sogar amüsieren! Und was machst du? Hängst ständig bei diesen Brüdern aus Deutschland rum und kriegst Tinte an die Finger! Willst du ein Setzling werden, Gianni?“

„Es heißt Setzer“, berichtigte Gianni automatisch und fügte errötend an, „nein, natürlich nicht. Aber es ist so interessant! Und es macht mir Spaß!“

„Spaß!“, höhnte Sebastiano, „das macht dir Spaß! Du bist genauso trocken wie Cesare – ein Langweiler! Du solltest lieber mit Francesco feiern gehen und mal ein paar richtige Erfahrungen machen! Er ist Venezianer – er weiß bestimmt, wie das geht!“

„Nun ja...“ stotterte Gianni.

Sebastiano warf die Hände hoch.

„Aber was rede ich da!“, rief er, „du würdest eine gute Chance nicht einmal begreifen, wenn sie dir hinterhergeworfen wird, oder? Auf der Gesellschaft der Cornaro – was hast du da getan?“

„Ich war da – so wie du“, sagte Gianni verzweifelt.

„Ja“, zischte Sebastiano, „aber ich stand unter Cesares Fuchtel, durfte mich keinen Fußbreit von ihm entfernen. Du hattest die ganze Spielwiese vor dir – und du hast nur mit Andrea Gritti geplauscht. Was hattet ihr denn überhaupt zu besprechen?“

„Es... es ging um die Levante“, stammelte Gianni.

Damit hatte er einen weiteren wunden Punkt berührt.

„Die Levante!“, spuckte Sebastiano, „zur Hölle damit! Ich kann dieses Wort nicht mehr hören! Die Muselmanen haben sie komplett in der Tasche! Was wollen wir überhaupt noch da?“

Gianni zog den Kopf ein und sagte lieber gar nichts. Was auch nicht nötig war, Sebastiano war in Fahrt.

„Den ganzen Tag geht das so!“, schimpfte er, „Araber hier, Türken dort. Da ein Emir, hier ein Sultan und das Gerede über Gewürze und Seide, blablabla! Die Levante kommt mir aus den Ohren heraus! Und wenn der alte Malipiero mich damit genug gequält hat, kommt Cesare und würgt mir Zahlen und Fakten hinein – nein, Sebastiano, das ist der falsche Preis, nein, Sebastiano, es sind die Contarini, nicht die Cornaro, nein, Sebastiano, die Acciajuoli waren in Athen, nein, nein, nein!!!“

Er holte tief Luft.

„Cesare!", schnaufte er, wutentbrannt, „die Geißel Gottes! Und du, Gianni Montecaldo, wirst genauso! Du denkst nur an Farben und Lettern, du liest Bücher, wo du tanzen solltest, du springst um diese Presse herum, wenn du trinken könntest, du...! Ich wette, du hast noch nicht einmal ein Mädchen gehabt! Ich wette, du hast noch nicht einmal über einen Kampf nachgedacht! Und ich wette, ich wette, du hast noch nicht einen Schluck Wein getrunken, seitdem du hier bist! Du bist trocken! Du bist langweilig! Du verwandelst dich immer mehr in..."

„In was?"

Gianni zuckte entsetzt zusammen, als er Cesares kalte Stimme hörte. Sebastiano fuhr herum.

„Du!", sagte er anklagend und hieb seinen Finger in die Richtung des Älteren, „du wirst mir vor, ich würde den Kleinen verderben. Dabei bist du derjenige, der einen schlechten Einfluss auf ihn hat! Sieh ihn dir doch an! Er hat kein Blut, er hat kein Feuer mehr... er..."

„Er ist nicht wie du?", vervollständigte Cesare eisig, „zum Glück."

„Pah!", schnaubte Sebastiano, „du magst das ja gut finden, du hast ja selbst kein Herz. Aber Vater wollte, dass Gianni mal ein bisschen lebt – und was passiert hier?"

„Er sieht ganz lebendig aus, wenn du mich fragst", erwiderte Cesare nüchtern.

„Er!", fauchte Sebastiano, „ist ein Sklave, gefangen zwischen deinen Vorstellungen und den Machenschaften der Medici! Ihr benutzt ihn!"

„Gianni steht es frei, seinen Tag zu gestalten", erwiderte Cesare, jetzt mit erhobener Stimme, „im Gegensatz zu dir! Du hast einen Termin, heute Mittag. Bist du darauf vorbereitet?"

Sebastiano wedelte abwertend mit der Hand.

„Vorbereitet – wen interessiert's!", erwiderte er böse, „Termine, Geschäfte, Zahlen – wann kommt mal ein wenig Leben in dieses Haus? Wann erfährt Gianni, wie es wirklich in der Welt zugeht?"

„Wenn du Hurenhäuser und Saufgelage meinst..."

„Nein – ja! Genau das meine ich!", brüllte Sebastiano außer sich, „was machen wir eigentlich hier? Was mache ich? In einer Woche heiratet Lorenzo, und ich sitze in einem Kontor und starre Kolonnen an! Ich vertrockne – wie du vertrocknet bist, und wie du Gianni vertrocknest!"

„Du übertreibst", sagte Cesare kalt, „du lernst Verantwortung, das ist es, was dich stört."

„Verantwortung?", schrie Sebastiano, als wäre es ein Schimpfwort, „ich will leben, verdammt! Ich will atmen, lieben, lachen, kämpfen – ich will hier nicht versauern! Und das werde ich auch nicht! Das werde ich auf keinen Fall!"

„Was willst du denn tun?", entgegnete Cesare, die Stimme noch eine Nuance eisiger, „Vater hat genaue Anweisungen gegeben..."

„Vater!", zischte Sebastiano, „oh ja, Vater! Der ehrenwerte Francesco Montecaldo, der seine Söhne an Huren verkauft!"

„Sebastiano!", keuchte Gianni und sah sich erschrocken um.

„Sebastiano!", donnerte Cesare.

„Ach was!" Sebastiano lachte wild, „das erschüttert euch doch nicht, oder? Es ist schließlich wahr? Oder hat Vater die Verlobung gelöst, mit dieser Schlampe Castini? Hat er Konsequenzen gezogen aus ihrem Verhalten? Nein – denn Castinis Geld ist wichtiger! Daran dürfen wir doch nicht zweifeln! Darüber dürfen wir uns doch nicht aufregen!"

„Sebastiano, jetzt ist es genug!", verlangte Cesare empört, „es ist nicht nötig, dass du..."

„Dass ich Vater angreife?", erwiderte Sebastiano schneidend, „wo sein Wort Gesetz ist? Ich scheiß auf sein Wort, Cesare! Ich scheiß auf seine Anordnungen! In einer Woche heiratet Lorenzo in Florenz, das größte Ereignis des Jahres – und ich soll nicht dabei sein, weil ich Zahlen addiere? Weil ich den Lebenserinnerungen eines senilen Greises zuhören muss? Niemals!"

„Setz dich sofort wieder hin!", brüllte Cesare.

„Auf gar keinen Fall!", schrie Sebastiano, „ich habe genug! Ich reise ab!"

„Das wirst du nicht tun! Ich verbiete es!"

„Du kannst mir nichts verbieten!"

„Natürlich kann ich das", donnerte Cesare, „Luigi! Carlo!"

„Das wagst du nicht...", knurrte Sebastiano, als die beiden Leibwächter erschienen.

Cesare lächelte kalt.

„Ich habe meine Anweisungen von Vater", sagte er, „und die lauten, dass du in Venedig zu bleiben hast. Wenn nötig, dann auch mit Gewalt. Luigi und Carlo begleiten dich jetzt auf dein Zimmer, wo du bleiben wirst, bis du dein Benehmen bereust."

„*Cesare*!"

„Du hast die Wahl!", setzte der Älteste mit lauter Stimme hinzu, „du kannst ihnen Folge leisten, oder du kannst dich wehren und das gesamte Haus Malipiero Zeuge davon werden lassen, wie du hinaufgetragen wirst. Aber hinaufgehen wirst du – so oder so!"

„Du fieser, gemeiner, ekelhafter..."

„Nenn mich, wie du willst", schnitt Cesare ihm das Wort ab, „es interessiert mich nicht. Ach, und wenn du auf Gianni hoffst – er erhält hiermit das strikte Verbot, sich deinem Zimmer auch nur zu nähern. Dies ist kein Spiel, Sebastiano! Luigi!"

Sebastiano bäumte sich auf, als die beiden Männer nach seinen Armen griffen.

„Natürlich ist das ein Spiel!", schrie er, „dein Spiel! Du trockener, machtbesessener Langweiler! Du bist ja nur neidisch, weil ich zu leben verstehe!"

„Du bist ein Nichtsnutz, Sebastiano!", übertönte ihn Cesare, „du hast weder hier noch in Florenz jemals etwas geleistet! In Florenz magst du Vater manipulieren können, so dass er dich gewähren lässt – aber nicht hier, nicht mit mir!"

„Du hast ja keine Ahnung..."

„Und ob ich Ahnung habe", sagte Cesare eisig, „ich habe gehört, was du Gianni an den Kopf geworfen hast – ausgerechnet du! Aber damit ist jetzt Schluss – du bist zu weit gegangen, Sebastiano. Dein Einfluss auf Gianni hat hiermit ein Ende!"

„Damit du ihn zu deinem Ebenbild machen kannst, Cesare?", höhnte Sebastiano und wehrte sich noch einmal, als die Wachen ihn auf Cesares Zeichen hin zur Tür zerrten, „damit du ihn vertrocknen kannst und ihm alle Lebensfreude raubst, bis er so ist wie du! Eine Farce! Eine...!"

Die Tür schnitt ihm das Wort ab. Aber man hörte ihn noch brüllen, als die Wachen ihn die Treppe hinaufschleppten, und man hörte sein Wutgeheul selbst, nachdem er in seinem Zimmer eingeschlossen worden war.

Erst nach einer Stunde war es verstummt – und nicht etwa, weil Sebastiano nachgegeben hatte.

„Und es ist unwiderruflich?", fragte Francesco hoffnungslos, „es lässt sich nicht verschieben?"

„Leider ja", antwortete Gianni geknickt, „wir reisen noch diese Woche ab. Cesare will die letzten Verträge unter Dach und Fach bringen, noch ein paar Einkäufe tätigen – ja, und dann ist heute Morgen Nachricht von der San Niccolo gekommen. Damit ist die Sache klar, wir reisen ab."

„Hm", machte Francesco enttäuscht, „also lässt sich das wohl wirklich nicht ändern. Wie kommt dein Bruder damit zurecht?"

„Welcher? Womit?"

„Cesare. Damit, dass Sebastiano verschwunden ist."

„Oh", Gianni seufzte, „na ja, er hat nicht viel gesagt. Ich glaube, er war wütend, aber... vielleicht war er viel mehr enttäuscht. Es ist ja auch nicht schwer sich auszudenken, wohin Sebastiano unterwegs ist."

„Zur Medici-Hochzeit", nickte Francesco.

„Mit Sicherheit", sagte Gianni niedergeschlagen, „na, es sei ihm gegönnt. Wenn Cesare nach Florenz kommt, geht der Tanz weiter. Dann hat Sebastiano wenigstens ein paar Tage Freiheit gehabt."

„Ihr werdet zur Hochzeit nicht da sein?", hakte Francesco nach.

Gianni schüttelte den Kopf.

„Das werden wir nicht schaffen“, erklärte er und biss sich auf die Lippen, um die eigene Enttäuschung in den Griff zu kriegen. Sebastiano hätte ihn mitnehmen können. Sebastiano hätte ihn vermutlich sogar mitgenommen, wenn er nicht – ja, wenn er nicht in den letzten Wochen so ein Langweiler geworden wäre.

„Schade“, sagte Francesco, „ich werde dich echt vermissen, Gianni.“

„Wir werden dich alle vermissen, Kleiner“, setzte Wendelin von Speyer freundlich hinzu.

Gianni gab ihnen ein resigniertes Lächeln. Ja, er würde sie auch vermissen, diese seltsame Truppe – die deutschen Brüder, den jungen Venezianer, und sich selbst – die in den letzten Wochen zusammengearbeitet hatten. Die Epistolae waren fertig, mit ihrer Mithilfe.

Giannis Begeisterung hatte Francesco schnell angesteckt. Da sein Vater ihn zudem von allen Pflichten entbunden hatte, solange der junge Freund der Medici in Venedig weilte, hatte er die Chance ergriffen und seinen Neigungen nachgegeben. Die Brüder hatten sie zunächst mit Wohlwollen geduldet, aber bald war aus dem Wohlwollen mehr geworden, und bald hatte man angefangen, sich aufeinander zu verlassen. Jetzt waren die letzten Bücher zum Binden und Leimen, und Johann sprach schon vom nächsten Projekt: ein Werk von Plinius dem Älteren stand zur Debatte. Gianni hätte auch gerne dabei geholfen.

„Florenz ist ja nicht aus der Welt“, sagte er schließlich.

„Das will ich meinen!“, lächelte Francesco, „und weil ich weiß, dass du lesen kannst, erwarte ich von dir, dass du uns schreibst!“

Giannis Gesicht hellte sich unwillkürlich auf.

„Das will ich gerne tun“, antwortete er bereitwillig, „wenn du mir auch schreibst.“

„Schreiben, pah“, sagte Johann, mit einem Funkeln in den Augen, „drucken, das muss man können! Eines Tages wird niemand mehr eine Feder in die Hand nehmen – alle werden mit beweglichen Lettern arbeiten!“

„Ich weiß ja nicht“, meinte Wendelin grinsend und kratzte sich am Kopf, „wenn ich mir vorstelle, dass die feinen Damen so ein Ding in ihrem Boudoir stehen haben, nur weil sie ihren Galan zu einem Stelldichein treffen wollen...“

„Ich weiß gar nicht, was ihr habt“, behauptete Johann, „sie ist doch wunderschön! Die Presse, natürlich!“

Alle lachten.

„Ein Schmuckstück“, kicherte Francesco, „der letzte Schrei!“

„Sie ist schon eine Schönheit“, gab Wendelin nach und grinste wieder.

Aber Gianni zuckte zusammen. Sebastiano hatte ihm vorgeworfen, das wirkliche Leben nicht zu sehen – und hier stand er, bezeichnete eine Buchdruckpresse als Schönheit, und hatte wirklich noch nie ein Mädchen geküsst. Wenn das nicht langweilig war!

Aber das Glück war auf seiner Seite.

„Wisst ihr“, sagte Wendelin in diesem Moment, „wir sollten noch mehr tun. Ich meine, außer unser Bedauern über Giannis Abreise auszudrücken.“

„Aha – und was?“, meinte Johann argwöhnisch.

„Wir veranstalten einen Abschied!“, verkündete Wendelin, „wir gehen feiern! Immerhin sind die Bücher fertig, wir werden Geld bekommen – ach, komm schon, Johann. Einen Abend nur!“

„Ich würde ja gerne“, sagte Johann zögernd, „aber ich habe keine Zeit. Ich... weißt du was, Wendelin? Du solltest mit den Jungs etwas unternehmen. Sie haben uns schließlich geholfen. Ich gebe euch Geld, und dann habt ihr einen Abend lang Spaß. Wie wäre das?“

„Großartig!“, rief Francesco mit leuchtenden Augen.

„Oh ja, gerne“, sagte Gianni inbrünstig, weil es ihn von dem Gefühl befreite, ein Versager zu sein.

„Ich weiß nicht“, sagte Wendelin, „willst du nicht doch...? Na gut“, gab er dann plötzlich nach, „so machen wir es. Jetzt musst du nur noch sagen, Gianni, wann es dir passt. Immerhin werden eure Freunde sich auch von euch verabschieden wollen, oder?"

„Onkel Paolo wird einfach nur froh sein", rutschte es Gianni hinaus, bevor er hastig hinzufügte, „ja, wir haben schon ein paar Verabredungen. Aber ich bin sicher, Cesare hat Verständnis."

Zumindest hoffte er das.

Aber Cesare hatte tatsächlich Verständnis. Er hatte sogar ein Lächeln im Gesicht, als Francesco kam, um ihn abzuholen, und er drückte Giannis Schulter, so dass es Gianni es einen Moment lang so vorkam, als fühle Cesare sich schuldig. Aber dann war der Moment vorbei.

Diesen Abend würde er sein Leben lang in Erinnerung behalten. Er begann mit einem Abendessen im Hause der Gebrüder, wo Johanns Frau sie mit einem festlichen Mahl verköstigte. Von dort aus zogen sie zu dritt weiter zu einer Feier, für deren Eintritt Francesco sorgte, und danach in einer wilden Tour durch die Stadt, bis sie in einer Spelunke landeten, aus der sie nach kurzer Zeit hinausflogen. Wenn Gianni später in seinem Leben an diesen Abend zurückdachte, dann sah er wieder die Ausgelassenheit vor sich, den Schalk in Wendelins Augen, und die Begeisterung in Francescos. Für einen Abend hatte er das Gefühl, Sebastiano zu sein, frei zu sein, keine Angst zu haben und sich nicht um Sitte und Anstand zu scheren.

Und erstaunlicherweise war er die treibende Kraft bei ihren Abenteuern, ganz so, als sei er wirklich Sebastiano.

„Ehrlich, Gianni", sagte Francesco ächzend, „musste das sein? Warum konntest du nicht aufhören zu singen? Es klang nicht einmal schön!"

„Also, ich fand's schön", erklärte Wendelin und reichte eine Flasche weiter, „hier, nimm noch einen Schluck, Francesco. Dann gefällt dir Giannis Gesang bestimmt auch."

„Na, wenn du meinst", gab Francesco nach, packte die Flasche am Hals und setzte sie an.

„Ich hatte einfach Lust zum Singen“, sagte Gianni und schloss träge die Augen.

Nach ihrem – zugegebenermaßen berechtigten – Rauswurf aus der Spelunke hatten sie Zuflucht unter einer Brücke gesucht und teilten sich die erbeuteten Reste. Keiner von ihnen war auch noch ansatzweise nüchtern. Anders ausgedrückt, sie waren alle drei herrlich betrunken. Cesare hatte das bestimmt nicht im Sinn gehabt, dachte Gianni zufrieden.

„Ich glaube, ich vernachlässige meine Aufsichtspflicht“, äußerte Wendelin gerade einen ähnlichen Gedanken, „Johann würde mich vierteilen, könnte er sehen, was ich tue.“

„Aufsichtspflicht?“, begehrte Francesco auf.

„Ja“, nuschelte Gianni, „was soll denn das heißen?“

Wendelin grinste.

„Na“, sagte er, „ich bin der Älteste, oder? Ihr seid noch Kinder. Ich hätte euch längst ins Bett bringen müssen.“

Das rief natürlich einen Sturm der Entrüstung hervor.

„Du bist allerhöchstens ein paar Jährchen älter als ich!“, protestierte Francesco in gekränktem männlichen Stolz, und Gianni echote: „Genau! Und ich bin doch kein Kind mehr!“

Wendelins Blick war mehr als zweifelnd, jedoch sehr durch den Alkohol getrübt.

„Nun ja“, murmelte er, „man sollte das wohl nicht so eng sehen. Immerhin wollen wir heute feiern.“

„Das meine ich ja wohl auch“, sagte Francesco heftig, „wir haben so viel gearbeitet. Wir waren Mustersöhne!“

„Genau“, echote Gianni erneut, „wir waren richtig langweilig!“

„Langweilig?“, fragte Wendelin verdutzt.

Gianni nickte, dann schnappte er sich die Weinflasche, trank einen Schluck und hob sie prostend hoch.

„Für Sebastiano!“, sagte er, „der mich für einen Langweiler hält!“

Francesco kicherte.

„Na, heute Abend hätte nicht einmal dein toller Bruder dich für langweilig gehalten“, lachte er, „das war bestimmt nicht brav, wie du dem Dicken den Stuhl weggezogen hast! Und die geklauten Würste...“

„Also, mir gefiel die Sache mit der Wäscheleine am besten“, stimmte Wendelin mit ein, „auch wenn wir danach wegrennen mussten. Johann würde mich echt umbringen. Gut, dass man uns nicht erwischt hat – aber Gott, ich habe so gelacht.“

„Das war bestimmt nicht langweilig“, erklärte Gianni befriedigt und prostete dem fernen Sebastiano noch einmal zu.

„Wir sind auch nicht langweilig“, bekräftigte Francesco, „wir sind echte Männer. Und vollkommen spannend!“

„Echte Männer?“, prustete Wendelin, „ihr?“

„Oh ja“, beharrte Francesco.

„Dante war in meinem Alter sogar schon verheiratet!“, setzte Gianni noch eins drauf.

Das weckte sogar Francescos Neugier.

„Ehrlich? Verheiratet?“, und dann, nach kurzem Nachdenken, „solltest du nicht Ostern auch heiraten? Irgendwer hat mir doch davon erzählt.“

„Was denn – Gianni?“, sagte Wendelin verblüfft.

Gianni bereute bereits, davon angefangen zu haben.

„Ja“, sagte er knapp.

„Und wieso?“, hakte Wendelin neugierig nach.

„Was weiß ich“, erwiderte Gianni abwehrend, „wir waren seit der Wiege verlobt. Wunsch unserer Mütter und so. Hat aber nicht geklappt.“

Als keiner der beiden etwas sagte, sondern ihn lediglich auffordernd anstarrte, setzte er notgedrungen hinzu: „Sie ist während des Karnevals Anfang des Jahres verschwunden. Wahrscheinlich ist sie tot. Na, ich bin ganz froh darum, noch eine Weile meine Ruhe zu haben. Obwohl...“

Er brach ab, starrte auf die Flasche, und nahm lieber einen weiteren kräftigen Schluck.

„Vorsicht“, warnte Wendelin, „der ist ziemlich stark.“

„Obwohl was, Gianni?“, ließ Francesco nicht locker.

Gianni verzog das Gesicht.

„Vielleicht wär's ja ganz nett geworden“, meinte er mürrisch, „ich mein, es hätte mir schon gefallen, mal ein Mädchen anzufassen, und so. Ich meine…“

„Ja“, sagte Wendelin rasch, „das kann ich verstehen.“

„Sie sehen so weich aus“, setzte Gianni verträumt hinzu, „und sie riechen auch gut. Einige zumindest. Meine Braut soll hübsch gewesen sein.“

„Du hast sie nie gesehen?“, fragte Wendelin.

Gianni schüttelte den Kopf.

„Nur verschleiert“, antwortete er, „einmal, auf dem Markt. Ich bin sicher, sie roch gut. Ich bin sicher, sie wäre auch weich gewesen. Na, was soll's. Ich hätte aber schon gerne mal… immerhin habe ich noch nie…“ Er brach und trank lieber gleich zwei Schlucke.

„Noch nie?“, hakte Francesco nach.

Gianni brummte nur.

„Und du würdest gerne“, schlussfolgerte Wendelin.

„Du etwa nicht?“, begehrte Gianni auf, „du bist ja auch nicht verheiratet!“

„Nun ja…“ begann Wendelin.

„Dafür musst du doch nicht heiraten!“, meinte Francesco verwundert.

Gianni sagte nichts mehr, und sein Schweigen war beredt genug. Über seinen Kopf hinweg tauschten Francesco und Wendelin einen vielsagenden Blick.

Einen Moment herrschte völlige Stille.

Dann holte Wendelin tief Luft und erklärte: „Dafür komme ich bestimmt in die Hölle. Na los, hoch mein Kleiner. Francesco wird wissen, wohin wir gehen müssen.“

„Weiß ich auch“, sagte Francesco, der bereits stand, „komm, Gianni! Venedig hat noch mehr zu bieten als Kontore und Druckpressen!“

„Hä?“, machte Gianni, der sich hochziehen ließ. Als er stand, stellte er fest, dass er schwankte. Er hätte Wendelins Warnung ernst nehmen sollen.

„Du hast deine Braut verloren, nun gut“, antwortete Wendelin, „aber das heißt nicht, dass du darauf verzichten musst, ein Mädchen anzufassen. Das wird mein Abschiedsgeschenk an dich. – Francesco! Ich will aber keine üble Absteige, wo wir uns Seuchen einfangen!“

„Natürlich nicht!“, rief Francesco ungeduldig, „ich weiß genau, wer uns helfen kann. Jetzt kommt endlich!“

Gianni verstand nicht ganz, was die beiden vorhatten, aber sie hatten einen Menge Spaß an diesem Abend gehabt, und in Ermangelung von Sebastiano empfand er die zwei als seine neuen besten Freunde. Also ließ er sich von Wendelins festem Griff mitführen, und gewann sogar wieder etwas Klarheit und Sicherheit im Gang zurück, während sie durch die stillen Gassen huschten. An einer Pforte wurde geklopft, kurz verhandelt, und dann waren sie drin.

Sebastiano hatte von den Hurenhäusern Venedigs gesprochen, aber Gianni war sich nicht sicher, ob er je eines von ihnen gesehen hatte, oder wusste, was genau man sich darunter vorzustellen hatte. Er selbst nahm nicht viel von der Einrichtung wahr. Von dem Moment an, in dem er begriffen hatte, dass seine Freunde planten, ihn heute Abend deflorieren zu lassen, war ihm entsetzlich übel. Es würgte in seiner Kehle.

Sie wurden durch einen Raum geführt, in einen weiteren, indem sich diverse Frauen befanden und ein paar Männer und ein paar Geräusche, die man nicht weiter interpretieren musste. Es war ziemlich dunkel, trotz der Kerzen. Er versuchte, etwas tiefer zu atmen und bereute das.

„Der da?“, hörte er, „aber der ist ja noch ein Kind!“

„Er ist alt genug“, sagte Wendelin stoisch, „wollt ihr das Geld oder nicht?“

„Ich will zumindest keinen Ärger“, erklang die andere Stimme.

„Das wird jeden Ärger beschwichtigen“, sagte Francesco rasch, und es klimperte. Gianni dachte erstaunt, dass man Frauen bestechen musste, um mit ihm zu schlafen. Und dann erinnerte er sich wieder daran, dass es hier um käufliche Liebe ging. Sein Magen hob sich. Er war sich ja nicht einmal sicher, was er tun musste.

„Also, ich finde ihn hübsch“, gurrte eine zweite Stimme, und eine Wolke von betäubendem Parfum fing ihn ein, legte sich wie eine Maske über sein Gesicht. Ihm wurde ganz kalt vor Schweiß. Eine Hand schmiegte sich um seine Schulter, die Finger waren lackiert. Trillerndes Lachen erklang.

„Na, mein Kleiner?“, sagte sie, „schaffst du das denn überhaupt noch?“

Und Gianni übergab sich.

Am nächsten Tag stand er Cesare gegenüber.

Wenn er in der Nacht gedacht hatte, sich wie Sebastiano zu fühlen, so empfand er am Morgen ähnlich, allerdings ohne die Frechheit und den Mut seines Bruders zu besitzen. Er hatte am Abend vorher furchtbar über die Stränge geschlagen, und er wusste das. Nicht nur die Sauferei und die Rauferei vorher, nein, auch das Ende der Eskapade lag ihm schwer auf dem Gemüt. Der Wein hatte ihn in das Hurenhaus gebracht, und er brachte ihn peinlicherweise auch wieder hinaus, denn keine Frau der Welt nahm es hin, wenn man ihr auf die Füße spuckte. So hatte Gianni in dieser Nacht nichts über die Kunst der Liebe gelernt – dafür über Übelkeit und das Gefühl, wenn Wendelin von Speyer einen nach Hause trug und voller Schuldgefühle dem Diener übergab.

Hätte Sebastiano an so etwas seine Freude gehabt?

Cesare hatte sicherlich keine Freude daran, wenn nicht nur sein mittlerer, sondern auch sein jüngster Bruder derartige Tollheiten hinlegte. Als Gianni mit schmerzendem Kopf hinunterkam, hatte er bereits gefrühstückt. Gianni selbst nahm nur etwas Obst und hörte mit gesenktem Kopf die Auskunft Luigis, dass sein ältester Bruder ihn nach dem Frühstück sehen wollte.

Es war der Tag der Abreise. Seine Schritte wurde mit jedem Meter schwerer, den er sich dem Kontor näherte, und er schob die Tür mit drohendem Unwohlsein im Magen auf. Drinnen war es ruhig. Cesare saß am Pult und schrieb ein paar letzte Briefe.

Gianni räusperte sich.

„Einen Moment noch“, sagte Cesare und schrieb ruhig weiter.

Ein Moment, der das Donnerwetter aufschob. Gianni war sich nicht sicher, was ihn erwartete. Würde Cesare toben, wie der Vater? Würde er schreien wie Sebastiano, wenn er wütend war? Bislang war er noch nie ungebremst dem Zorn des Älteren ausgesetzt gewesen. In der Regel hatte der Ärger zunächst Sebastiano getroffen – und danach erst ihn.

Sebastiano war sicherlich niemand, an dem man jetzt denken sollte oder an den man Cesare in diesem Moment erinnern sollte. Er wartete.

Cesare streute Sand über das Papier, rollte es auf und träufelte Siegelwachs auf die Kanten. Er hielt einen Moment inne, bevor er das Siegel hineindrückte und den Brief dann beiseitelegte. Giannis Herz schlug wie rasend, als sein Bruder endlich aufsah.

„So, Gianni“, sagte Cesare. Mehr nicht.

Gianni schluckte.

„Du wolltest mich sehen?“, fragte er heiser.

Cesare musterte ihn einen Moment lang, einen seltsamen, seltsamen Moment, in dem die Welt still zu stehen schien. Gianni hielt unwillkürlich die Luft an und hielt dem Blick stand, nicht sicher, wie er selbst reagieren sollte, wenn Cesare ihn anschrie. Zorn vielleicht? Oder besser Schuldbewusstsein und Reue?

Hoffentlich fing er nicht an zu heulen…

Aber Cesare schrie nicht. Er seufzte nur einmal und nickte.

„Du hast dich von deinen Freunden verabschiedet?“, fragte er.

Gianni war so verblüfft, dass er erst nichts sagen konnte.

„Ja“, krächzte er dann und entschloss sich für den Frontalangriff, „hör mal, ich weiß, dass man dir Dinge erzählt hat...“

„Und ich weiß das auch“, entgegnete Cesare kalt, „was mich interessiert ist – hat es irgendeinen bleibenden Schaden ergeben?“

Bleibenden Schaden? Die Pantoffel der Hure, ja – aber sonst?

„Ich denke nicht“, sagte Gianni verwirrt.

„Es ist niemand verletzt worden, kein größeres Gut zerstört, und du bist wohlbehalten?“

„Ich habe ein wenig Kopfschmerzen“, konnte Gianni sich mit einem Aufflackern von Rebellion nicht enthalten.

Etwas zuckte um Cesares Augen, etwas Unbekanntes.

„So“, sagte er, „ich vermute mal, sie sind wohlverdient.“

„Das sind sie wohl“, musste Gianni kleinlaut eingestehen.

„Nun denn“, sagte Cesare und schob die Papiere zusammen, „dann wäre das ja geklärt. Eine Frage hätte ich allerdings noch, und ich wäre dir dankbar, wenn du sie ehrlich beantworten könntest.“

So, jetzt kam also der Haken. Gianni streckte den Rücken durch und hob das Kinn.

„Frag“, sagte er geradeheraus.

Cesare entgegnete seinen Blick ruhig.

„Hat es Spaß gemacht?“, fragte er, „und denk daran, du wolltest ehrlich sein.“

Das nahm Gianni den Wind aus den Segeln. Er stockte, hielt inne.

„Ehrlich, Gianni“, erinnerte ihn Cesare.

Die Röte flutete über seine Wangen, er hob das Kinn wieder an.

„Ja“, gestand er, „es hat Spaß gemacht. Nicht alles, nicht das Ende, aber vorher...“

Cesare nickte langsam.

„Ich verstehe“, sagte er, „nun gut. Ich möchte, dass du dies in Erinnerung behältst. Und zwar alles, hast du verstanden? *Auch* das Ende. Erinnere dich daran, Gianni.“

Das war eine äußerst verwirrende Ansage. Gianni zog die Stirn in Falten.

„Warum?“, fragte er nach einem Moment.

Und Cesare lächelte, ganz leicht nur.

„Damit du es beim nächsten Mal nicht wieder vergisst, so wie dein Bruder“, sagte er.

*

Sie kamen etwa eine Woche nach Lorenzos Hochzeit in Florenz an.

Von den Feierlichkeiten, die drei volle Tage gedauert und an Prunk und Pracht alles bisher Dargebotene in den Schatten gestellt zu haben schienen, war kaum noch etwas zu sehen. Mal ein Wimpel hier, oder ein Seidenband dort, mehr nicht. Gianni versuchte, nicht darüber nachzudenken, dass Sebastiano ohne ihn gegangen war.

Sie hatten sich Zeit mit der Rückfahrt gelassen, ganz so, als dränge es Cesare nicht zurück nach Hause. Und es war sogar eine relativ angenehme Reise gewesen, obwohl Gianni insgeheim davor gegraut hatte, mit dem strengen Cesare ganz allein zu sein. In Anbetracht seiner Auswüchse am letzten Abend in Venedig hatte er sich besondere Mühe gegeben, Cesare nicht zu verärgern – und Cesare, erstaunlicherweise, hatte sich anscheinend ebenso viel Mühe gegeben, mit Gianni auszukommen. Beinahe erschien es Gianni so, als wolle der Älteste, nachdem er bei seinem mittleren Bruder versagt hatte, nicht auch noch den jüngsten verlieren. Es war ihm ganz recht.

In Florenz angekommen fanden sie nur den Vater im Haus vor. Minerva war in der Abwesenheit ihrer Brüder aufs Land gefahren, und Sebastiano war verschwunden, was niemanden sonderlich überraschte. Gianni war bei der ersten Begrüßung und Berichterstattung dabei, dann wurde er entlassen. Die Details ihres Aufenthaltes wollte Cesare dem Vater wohl lieber unter vier Augen mitteilen. Von Druckerpressen sprach jetzt sowieso niemand. Gianni war frei.

Er nutzte die Freiheit und lief sofort in die Stadt, in der Hoffnung, Sebastiano zu finden und vor ihrer Ankunft zu warnen. Aber auf der Piazza begegnete er lediglich Renaldo de' Pazzi, der keine Ahnung zu haben schien, wo Sebastiano sich rumtrieb, sich dafür jedoch eine Ewigkeit lang bei Gianni über die Medici-Hochzeit ausließ. Gianni, höflich nickend und bemüht, seine Ungeduld zu verbergen, bekam so einen ausführlichen, wenn auch ziemlich negativ gefärbten Bericht über die Feierlichkeit, auf den er gut hätte verzichten können. Es dauerte schier unendlich lange, bis er sich loseisen konnte.

Sandro war nicht daheim, aber bei Andrea del Verrocchio hatte er mehr Glück. Der Meister, seine Gesellen und seine Lehrlinge waren am Werk und begrüßten ihn mit großem Hallo.

Er hatte nicht gewusst, wie sehr er dies vermisst hatte. Ehe er sich versah, hatte man ihn hereingezogen, es gab verdünnten Wein und Früchte, und er erzählte, erzählte wie ein Wasserfall von Venedig. Sogar der Meister hörte interessiert zu, als er die Druckerpresse beschrieb, und Leonardo, der Neue, klebte förmlich an seinen Lippen.

„Natürlich..." hörte Gianni ihn nur flüstern, während er detailliert den Druckvorgang wiedergab und vor seinen Zuhörer die einzelnen Rahmen herunterklappte.

„Eine interessante Sache", lobte Meister Andrea am Ende, „es sind Deutsche, nicht wahr?"

„Johann ist ein Goldschmied", erklärte Gianni, „Wendelin lernt noch von ihm. Aber ich glaube fast, Wendelin kennt die Presse mittlerweile besser als sein Bruder. Er liebt sie."

„Und du offensichtlich auch", erklang eine gut bekannte Stimme vom Eingang her.

Es war nicht Sebastiano, der ihn gefunden hatte, aber es war beinahe so gut. Giuliano de' Medici lächelte Gianni ihn und fuhr freundlich mit seiner Hand durch die Haare des Jüngeren.

„Dein Aufenthalt hat sich anscheinend gelohnt", setzte er hinzu, „hallo, Meister Andrea."

„Schön, dich zu sehen“, grüßte der Meister zurück, „wie geht es deinem Bruder und seiner bezaubernden Frau?“

Giulianos Gesicht verzog sich für einen Moment.

„Gut, danke der Nachfrage“, antwortete er höflich, „Clarice hat sich als ein wahrer Engel entpuppt.“

Gianni hatte daran plötzlich heftige Zweifel, und Meister Andrea schien es ähnlich zu ergehen.

„Na, mach dir nichts draus“, sagte er tröstend, „dafür kann dich Gianni jetzt mit seinen Erlebnissen aus Venedig unterhalten. Wir müssen wieder an die Arbeit. Nein, Jungs!“, setzte er hinzu, als allgemeiner Protest einsetzte, „wir haben Aufträge zu erfüllen. Pietro, ich möchte, dass du heute noch fertig wirst, und du, Leonardo, komm mal mit mir. Ich habe etwas mit dir zu besprechen.“

Leonardo erhob sich gehorsam und warf Gianni ein blitzendes Lächeln zu, während Pietro seufzend auf die Füße kam und die jüngeren Lehrlinge in die Werkstatt scheuchte.

„Setzt Euch ruhig in den Garten!“, rief Meister Andrea Giuliano und Gianni zu, „nehmt Euch vom Brot und den Früchten! Wir haben zu tun!“

Es war recht angenehm, in dem plötzlich stillen Hinterhof Seite an Seite mit Giuliano de' Medici zu sitzen und Orangen zu essen.

„War die Hochzeit wirklich so schön?“, fragte Gianni.

Giuliano nickte.

„Sie war unglaublich“, erklärte er, „Clarice ritt auf einem riesigen Pferd aus dem Palazzo Alessandrini zu uns. Der König von Neapel hatte es ihr geschenkt. Die Parade war unglaublich, die Messe großartig, und die Spiele fantastisch. Es ist zu schade, dass du es verpasst hast. Ich habe Sebastiano gesehen, aber er sagte nur, er wüsste nicht genau, wann Cesare und du zurückkommen würdet.“

„Hm“, machte Gianni lediglich.

Giuliano lächelte.

„Du hättest mit Sebastiano kommen sollen", meinte er, „ehrlich, die Presse in Venedig hätte auf dich bestimmt verzichten können, oder? Du hast uns gefehlt."

Das war bestimmt nur freundlich, wie Giuliano eben war. Gianni hatte echte Zweifel, ob irgendjemand während der Feierlichkeiten überhaupt auch nur an ihn gedacht hatte – Sebastiano bestimmt nicht. Der hielt ihn ja für langweilig.

„Hey, Gianni?", erklang Giulianos sanfte Stimme an seinem Ohr.

Er konnte den mitfühlenden Blick spüren und war plötzlich wütend auf sich selbst. Sein Gesicht musste ja wirklich Bände sprechen.

„Was?", murmelte er.

„Warum... warum bist du nicht mit Sebastiano zurückgekommen, wenn ihr jetzt sowieso heimkommen wolltet?"

Das klang ehrlich und besorgt. Gianni schluckte. Sein Ärger war fort und machte einer Traurigkeit Platz.

„Es gab einen schlimmen Streit", gestand er.

„Mit Sebastiano?", hakte Giuliano mitfühlend nach.

„Zwischen ihm und Cesare", erklärte Gianni bedrückt, „Sebastiano... er ist... er ist nicht mit Erlaubnis abgereist. So, jetzt weißt du es. Aber behalte es für dich, ja?"

„Keine Sorge", sagte Giuliano leise, „also darum war Sebastiano so komisch. Er war gar nicht richtig er selbst. Und jetzt ist Cesare gekommen...?"

„Um es Vater zu erzählen. Deshalb wollte ich Sebastiano finden, verstehst du? Um ihn vorzuwarnen!"

„Mach dir keine Gedanken", beruhigte ihn Giuliano, „wie ich deinen Bruder kenne, weiß er es längst. Und, wie ich ihn auch kenne, hat er sich versteckt, weil ihn seine eigene Kühnheit erschreckt hat. Du wirst ihn nicht finden."

„Aber er kann doch nicht wieder weglaufen", meinte Gianni verzagt, „er muss doch irgendwann..."

„Und das wird er auch", sagte Giuliano, „du kennst doch Sebastiano! Er sammelt seinen Mut, und dann wird er mit gesenktem Kopf direkt durch die Tür stürmen und es ausfechten. Wenn er eines nicht ist, dann ist es ein Feigling!"

Das war absolut wahr und erleichterte Gianni ein wenig.

„Meinst du?", murmelte er.

„Bestimmt", sagte Giuliano, „er wird nicht lange warten. Ich könnte mir sogar vorstellen, dass es jetzt gerade geschieht. Ich denke, es ist ganz gut, dass du nicht dabei bist." Und als Gianni schwieg, setzte er eindrücklich hinzu: „Glaub mir, es ist besser."

Das war es vermutlich. Wenn in diesen Moment ein Streit von apokalyptischen Ausmaßen im Palazzo Montecaldo vonstatten ging, war Gianni froh und dankbar, nicht dabei zu sein. Er hatte keine Lust, wieder zwischen die Fronten zu geraten, und er argwöhnte, dass Giuliano ihn genau davor beschützen wollte.

Und vielleicht hatte Cesare ihn auch aus genau diesem Grunde gehen lassen.

Ein seltsamer Gedanke.

„Sebastiano meint die Dinge nicht so, die er sagt", erklärte er halbherzig.

Und hoffte es.

„Natürlich nicht", sagte Giuliano, „ist sonst alles in Ordnung, Gianni?"

Er starrte auf seine Finger. Unter Alkoholeinfluss, auf einem Brückenabsatz in Venedig hatte er sagen können, was Sebastiano ihm an den Kopf geworfen hatte, zumal er mit Francesco und Wendelin gesprochen hatte, die beide seinen Bruder nicht kannten. Aber hier, mit Giuliano, der ihn verstand, und der auch verstehen würde, was diese Worte bedeuteten, war es etwas ganz anderes. Er konnte es nicht aussprechen. Und er stellte plötzlich fest, dass er auf Sebastiano wütend war und sich vor einem Wiedersehen fürchtete.

„Ich mag's einfach nicht, wenn sie so streiten", murmelte er schließlich.

Giuliano seufzte, streckte seine Hand aus und legte sie um Giannis Schultern.

„Wenn's dich tröstet", sagte er, „ich finde Streit zu Hause auch entsetzlich. Mutter sagt… nun ja, Clarice hat Beziehungen, und sie hat Geld. Lorenzo meint, man kann nicht alles erwarten. Er ist sehr freundlich. Aber ich… also meine Frau muss anders werden."

Gianni sah zu ihm auf und dachte an Castinis Tochter, und an die Hure in Venedig mit den lackierten Fingern.

„Meine auch", sagte er, ohne zu wissen, was genau er damit ausdrücken sollte.

„Was anderes", wechselte Giuliano nach einem Moment das Thema, „die Presse. Ich habe vorhin nicht alles mitbekommen. Du hast bei den Brüdern zugesehen?"

„Ich habe ihnen geholfen", erklärte Gianni stolz.

Giuliano lächelte.

„Das musst du Vater erzählen", sagte er, „ich gebe ja zu, mich faszinieren diese mechanischen Dinge nicht so. Aber Vater… hm, vielleicht solltest du besser mit Lorenzo sprechen. Vater ist gerade ziemlich krank."

Er verstummte. Gianni sah ihn scheu an.

„Wieder ein Gichtanfall?", hakte er nach.

Giuliano nickte resigniert.

„Die Krankheit ist scheußlich", gestand er, „sie hat meinen Großvater getötet, und meinen Onkel Giovanni, aber bei keinem von beiden kam sie mir so schlimm vor wie bei meinem Vater. Wir kriegen sie wahrscheinlich alle, was? Lorenzo macht das richtig Angst. Und Vater geht es gar nicht gut."

Gianni hielt unwillkürlich bei Giulianos Tonfall die Luft an. Dann schluckte er.

„Meinst du, er stirbt?", flüsterte er atemlos.

Giuliano musterte ihn traurig.

„Lange macht er's bestimmt nicht mehr", flüsterte er zurück, „und ehrlich, ich glaube, man darf es ihm nicht wünschen."

„Aber... aber... aber wenn er stirbt, was wird dann aus...?" Florenz, wollte Gianni sagen. Piero de' Medici war der ungekrönte Herr der Stadt. Er war seinem Vater auf einen unsichtbaren Thron gefolgt, nach heftigen Machtkämpfen, die er unbeirrt durchgestanden hatte. Und Machtkämpfe hatte es gegeben, denn dieser imaginäre Thron der Medici war kein echter und konnte demzufolge auch nicht vererbt werden wie Mailand oder Neapel.

Wenn Piero de' Medici starb, dann ließ das Lorenzo als Erben, und der war gerade mal zwanzig Jahre alt. Gianni wurde kalt. Aristoteles sagte, erst mit dreißig sei man ein richtiger Mann.

„Keine Ahnung", sagte Giuliano, der sich gar nicht erst dumm stellte, „ich glaube, Lorenzo würde es versuchen. Ich glaube auch, er und Vater haben schon darüber gesprochen. Deshalb war diese Hochzeit ja auch so wichtig, jetzt. Und deshalb ist es so schade, dass Clarice nicht so ist wie Mutter."

Gianni kannte Lucrezia Tornabuoni, die Mutter von Lorenzo und Giuliano und er mochte sie. Wenn sie aus irgendeinem Grunde nicht mit Lorenzos frischgebackener Ehefrau zurechtkam, dann sprach das nicht für Clarice.

Er schluckte.

„Dein Vater wird bestimmt wieder gesund!", sagte er aufmunternd, „du wirst sehen, auf deiner Hochzeit wird er tanzen!"

Giuliano lachte leise.

„Genau", spottete er, „und dein Vater wird dafür sorgen, dass Sebastiano und Cesare sich vertragen und Frieden halten!"

„Hmpf", machte Gianni mit einer Grimasse, „deine Chancen stehen da besser, glaub mir."

Giuliano lachte wieder und drückte Giannis Schultern.

„Möglich“, gestand er gutmütig ein, „aber was soll's. Wir, die jüngeren Söhne, können sowieso nur zuschauen. Was meinst du? Sollten wir mal nachsehen, wie die sich so schlagen?“

„Meinst du das wörtlich?“

„Nein! Natürlich nicht!“

„Dann gerne“, lächelte Gianni und sprang auf die Füße.

Giuliano hatte Recht behalten. Als Gianni nach Hause kam, war Sebastiano schon da. Und was auch immer für Geschrei und Streiterei im Palazzo Montecaldo stattgefunden haben mochte, als die zwei ungleichen Brüder mit ihrem cholerischen Vater aufeinandergestoßen waren, jetzt war es vorbei. Die Ruhe im Haus war geradezu unheimlich, als Gianni kam. Cesare, so wurde er informiert, befand sich im Kontor, um die Reise aufzuarbeiten, der Vater war unterwegs auf Geschäftsbesuchen – aber Sebastiano war da, im Garten.

Und Gianni hatte plötzlich überhaupt keine Lust mehr, in den Garten zu gehen.

Er aß einen hastigen Imbiss, dann verschwand er wieder nach draußen. Diesmal hatte er mehr Glück. Sandro war daheim, und er war nicht allein.

„Gianni Montecaldo!“, rief er verblüfft, als er ihn allein auftauchen sah, „du bist aus Venedig zurück? Aber was frage ich – ich habe deinen nichtsnutzigen Bruder ja vor ein paar Tagen gesehen!“

Gianni zuckte nur mit den Schultern und entging so der Aussage, dass er gerade erst angekommen war, und demzufolge eben nicht mit Sebastiano zusammen.

„Und wo ist der Lümmel jetzt?“, fragte Sandro aufgeräumt, „bist du etwa alleine gekommen? Das ist aber ungewöhnlich!“

Damit hatte er Recht, wie Gianni eingestehen musste, Er war praktisch noch nie ohne Sebastiano in Florenz unterwegs gewesen.

„In Venedig war ich ständig alleine“, sagte er unwillkürlich, „Sebastiano musste arbeiten.“

„Was ihm bestimmt unglaublich gefallen hat“, grinste Sandro schadenfroh, „wird Zeit, dass der Junge mal etwas Disziplin lernt. Apropos Disziplin. Gianni, darf ich dir meinen neuen Schüler vorstellen? Das ist Filippino Lippi. Er ist Fra Filippos Sohn. Sein Vater ist vor drei Tagen gestorben.“

Es war ein ruhiger, ein wenig traurig wirkender Junge mit großen, dunklen Augen und hohen Wangenknochen, der sich jetzt verbeugte. Er musste etwa in demselben Alter wie Gianni sein.

„Das tut mir leid“, sagte Gianni unwillkürlich.

„Danke“, sagte Filippino ruhig, „aber so ist das eben. Vater wird in meinen Werken weiterleben.“

Sandro legte ihm den Arm um die Schultern.

„Filippino will die Arbeit seines Vaters fortführen“, erklärte er, „Fra Filippo hat an den Fresken in der Kathedrale in Spoleto gearbeitet. Es ist bitter, dass es ihn so früh erwischt hat. Ich habe mal bei ihm gelernt.“

Er sah auf den stillen Jungen und lächelte.

„Und jetzt lernt eben Filippino bei mir, bis er die Fresken fertigstellen kann“, sagte er mit aufgesetzter Fröhlichkeit. Filippino nickte.

„Genau“, erklärte er mit Nachdruck.

„Du wirst dich seiner auch ein bisschen annehmen, Gianni?“, bat Sandro, „du kennst doch halb Florenz!“ An Filippino gerichtet, fuhr er fort: „Gianni ist Francesco Montecaldos jüngster Sohn. Er ist zwar kein Künstler, aber für einen Händlersohn ist er schwer in Ordnung.“

Gianni fand es seltsam, mal nicht derjenige zu sein, der jemandem anvertraut wurde, sondern andersherum. Außerdem amüsierte er sich kurz über Sandros Beschreibung. Aber bei Filippino mit den stillen Augen schien es genau den richtigen Ton zu treffen. Er lächelte schwach.

Gianni lächelte unwillkürlich zurück.

„Ich war gerade in Venedig“, sagte er spontan, „da habe ich gesehen, wie man druckt. Mit Farbe und Tinte kenne ich mich also ebenfalls ein wenig aus.“

Filippino Lippi schien das wenig zu beeindrucken, obwohl das Lächeln jetzt auch seine Augen erreichte.

„Ich weiß alles über Farben", sagte er ruhig, „ich habe bei meinem Vater gelernt, bevor ich laufen konnte. Oder fast. Er war großartig."

„Er war immerhin so gut, dass Cosimo der Alte ihn mal einsperren ließ, damit er endlich malte, anstatt zu feiern", grinste Sandro, „oh, entschuldige, Junge. Aber dein Vater verstand, das Leben zu leben."

„Ich weiß", sagte Filippino, mitnichten gekränkt.

„Vielleicht erzählst du mir mal ein bisschen von ihm?", schlug Gianni vor, „ich habe gerade nichts zu tun. Ich kann euch helfen."

„Du hast nichts zu tun und sitzt nicht bei Andrea herum?", lästerte Sandro, „dann wollen wir froh und dankbar sein. Andreas Bottega ist gefährliches Pflaster geworden für einen hübschen Jungen wie dich, Gianni!"

„He? Wieso?", wunderte sich Gianni verdutzt. Nichts war ihm seltsam vorgekommen, als er mittags da gewesen war. Im Gegenteil, alles war wie immer erschienen.

„Oh, nichts, nichts", sagte Sandro rasch, „ich mag Andrea und seine Bottega, das weißt du ja. Und jetzt bringt mir die Leinwand da herüber, Jungs. Du kannst grundieren, Filippino, und du, Gianni, hilfst ihm dabei. Es wird, glaube ich, doch Zeit, dass ich mir mal eine richtige Werkstatt zulege."

Es endete eher so, dass Gianni Filippino nur zuhörte, wie dieser von seinem Vater sprach, während er mit ruhiger, sicherer Hand die aufgetragene Arbeit erledigte. Und das gab Gianni erstaunlicherweise seine eigene Ruhe zurück, bis er schließlich, spät am Abend, nach Hause flitzte, in dem Bewusstsein, einen neuen Freund gefunden zu haben, der vielleicht die Lücke ausfüllen konnte, die Francesco hinterlassen hatte.

Sebastiano sah er an diesem Tag gar nicht.

Er sah Sebastiano auch am nächsten Tag nicht, da er bereits früh aufbrach, um wie versprochen Filippino bei der Grundierung eines weiteren Gemäldes zu helfen, was erneut bedeutete, dass er danebenstand und zuhörte. Sandro schien nichts dagegen zu haben, dass er da war, wie auch Andrea del Verrocchio sie tolerierte, solange sie den Betrieb nicht aufhielten. Aber gegen Mittag musste er gehen, da Sandro mit seinem Lehrling eine potentielle Bottega besichtigen wollte.

Auf dem Heimweg machte er einen Abstecher zu Andrea, neugierig, was es mit Sandros mysteriösen Worten auf sich hatte.

„Oh, du hast Pech“, sagte der Meister sofort, als Gianni um die Ecke bog, „Sebastiano ist eben gegangen. Er war den ganzen Morgen hier.“

Gianni zuckte mit den Schultern.

„Macht nichts“, erklärte er, seine Erleichterung verbergend, „ich sehe ihn bestimmt noch. Was tut er da?“

Seine Worte galten Leonardo, der in seiner Ecke herumbastelte. Meister Andrea starrte hinüber und zog die Stirn kraus.

„Leonardo!“, rief er scharf, „was habe ich dir gesagt!“

Leonardo ließ ohne das geringste Anzeichen von Schuldbewusstsein sein Werk sinken und machte sich auf den Weg zu seiner eigentlichen Arbeit.

„Der Junge ist verrückt“, murmelte Andrea, „er ist genial, aber er ist verrückt. Und er ist der undisziplinierteste Mensch, der mir je untergekommen ist!“

Als er Giannis verwirrten Blick bemerkte, zuckte er mit den Achseln.

„Wir werden ihn schon in den Griff bekommen“, sagte er gelassen, „aber da fällt mir ein, Gianni, Giuliano war hier und hat dich gesucht.“

„Giuliano?“, fragte Gianni erstaunt.

Der Meister nickte.

„Ja“, erklärte er, „es ging um diese Sache mit der Druckerei. Er hat seinem Vater davon erzählt, und jetzt wollen sie es noch einmal von dir hören. Du sollst dich im Palazzo Medici melden.“

Mit einem mitfühlenden Blick setzte er hinzu: „Was hast du denn. Sie werden dich schon nicht fressen. Und du weißt doch, wovon du sprichst!“

„Ja", sagte Gianni, „sicher."

Er kannte den Palazzo Medici gut, war er doch ständig dort. Aber die Räume, in die er jetzt geführt wurde, besuchte er äußerst selten. Meist waren die Küchen und Gärten ihr Revier, nicht die Zimmer, in denen Politik gemacht wurde.

Zu seiner Erleichterung war Lorenzo da, und zu seinem Erstaunen auch sein eigener Vater, Francesco Montecaldo. Piero de' Medici, der geheime Herr von Florenz, saß an seinem Schreibtisch, einen geschwollenen Fuß hochgelagert. Das schmale Gesicht wies Furchen des Schmerzes auf, aber ebenso den eisernen Willen, sich nicht unterkriegen zu lassen, jetzt noch nicht.

Die Tür öffnete sich und schloss sich wieder. Vespasiano da Bisticci war gekommen.

„Nun", sagte Piero, „dann können wir ja anfangen."

Gianni war übel, und er spürte selbst, wie bleich er war. Bis zu diesem Zeitpunkt hatte er sich nicht als Spion gefühlt, sondern als Mitarbeiter und Freund der Gebrüder da Spira. Jetzt wurde seine eigentliche Aufgabe offensichtlich, und er konnte sich ihr auch nicht entziehen, ganz egal, was er Francesco diesbezüglich gesagt hatte. Und da half es auch wenig, was Francesco *ihm* zu diesem Thema erklärt hatte. Er fühlte sich schlecht.

Stockend, mühevoll, berichtete er von seinen Erlebnissen in der Druckerei, beschrieb die Typen, beschrieb die Presse, beschrieb den Vorgang selbst. Mehr, als er das in Andreas Bottega getan hatte, wies er auf die Probleme hin, die Unterbrechungen der Arbeit, wenn die Presse klemmte, die Schwierigkeiten beim Setzen, und die Vorsicht, die man walten lassen musste, um mit den Tintenbällchen die Lettern in der *forma* nicht zu beschädigen. Er erklärte, wie das Papier bedruckt und gefaltet wurde, und wie schlimm es war, wenn ein Bogen verschmierte.

„So", machte Piero am Ende, „was sagt Ihr dazu, meine Herren?"

„Klingt nicht sehr elegant für mich", murmelte Vespasiano.

„Klingt sehr aufwendig für mich“, erklärte Francesco Montecaldo, „eine Menge Arbeit für ein paar Bücher, die kaum weniger kosten als von einem guten Kopisten. Man sagt, die Bibel des Meisters Gutenberg wäre sogar teurer gewesen. Kein sehr gutes Geschäft.“

„Es kann sicherlich noch optimiert werden“, gab Lorenzo zu bedenken, „sie fangen jetzt allerorts an zu drucken – in Rom, in Köln, in Augsburg. In Mailand und Paris soll die Rede davon sein. Sollte Florenz da etwa zurückstehen?“

„Prestige ist gut und schön, Lorenzo“, entgegnete Francesco Montecaldo knapp, „aber Gewinn ist auch wichtig. Euer Großvater wusste das.“

„Wir wissen das ebenso“, sagte Piero scharf, „Ihr haltet die Druckerei also nicht für ein lohnenswertes Geschäft, Francesco?“

„Das habe ich nicht gesagt“, erwiderte Giannis Vater trocken, „aber ich würde es anders machen. Warum so viel Aufwand, um ein perfektes Buch zu schaffen, was sich nur wenige Menschen leisten können – und das sind Menschen, die genauso gut einen Kopisten beschäftigen könnten? Wenn man sich nicht in Perfektionismus versteigt, kann man diese Maschine viel besser einsetzen.“

„Und wozu?“, fragte Lorenzo argwöhnisch.

Francesco Montecaldo grinste.

„Um für das Volk zu drucken!“, sagte er, „einfache Bücher, die sich jeder leisten kann, der zu lesen vermag! Und das sind in Florenz einige!“

„Die verstehen aber nicht unbedingt Latein“, gab Vespasiano da Bisticci zu bedenken.

„Dann eben kein Latein!“, erklärte Francesco, „sondern Toskanisch! Hat nicht auch Dante im toskanischen Dialekt anstatt auf Latein geschrieben? Warum müssen wir uns einer fremden Sprache bedienen, wenn unsere ausreicht?“

„Aber...“ sagte der Buchhändler schockiert, „aber... das ist vulgär!“

„Na und?“, erwiderte Francesco.

Lorenzo war anzusehen, dass er Bisticcis Meinung teilte, aber er hielt sich klug zurück. Piero zog die Stirn kraus.

„Also das würdet Ihr vorschlagen?", fasste er zusammen, „eine Druckpresse, ja, aber nicht für hochwertige, teure Bücher auf Latein, sondern einfach gebundene für das Volk in ihrer eigenen Sprache?"

„Genau", bekräftigte Francesco, „und ich wüsste auch schon, wo ich so eine Druckerei aufstellen würde, und wer die Arbeit darin leiten könnte."

„So", machte Piero, „wir werden darüber nachdenken."

Vater und Sohn sprachen kaum auf dem Heimweg, was Gianni ganz recht war. Insgeheim dachte er, dass ein Geschäft, wie es der Vater sich vorstellte, den Gebrüdern in Venedig kaum zur Konkurrenz werden würde. Und er stellte sich Johanns asketisches Gesicht vor, falls Wendelin mit einer ähnlichen Idee zu ihm kommen sollte, und musste sich auf die Lippen beißen, um nicht zu kichern.

„Wehe, sie lassen jemanden anderen drucken", brummte der Vater, „wo ich doch meinen eigenen Sohn geschickt habe!"

Gianni warf ihm einen scheuen Blick unter den Wimpern zu. Er wollte nicht darauf hinweisen, dass er sowieso nach Venedig hatte gehen sollen, und dass es auch gar nicht gefährlich gewesen war. Beim Vater war es besser zu schweigen.

Auf der Treppe hielt Francesco Montecaldo inne und wandte sich zu seinem Jüngsten um. Gianni erstarrte unwillkürlich.

„Hmpf", machte der Vater, „gut gemacht, Junge. Aber etwas mehr Mumm in den Knochen würde dir nicht schaden. Gibt doch keinen Grund für dich, so ein Angsthase zu sein."

Gianni starrte ihn an.

„Ich dachte schon, du kippst da um, in dem Zimmer", setzte der Vater hinzu, „das passt nicht zu uns. Ein Montecaldo muss Haltung zeigen und nicht vor Bammel halb ohnmächtig werden, nur wenn der Medici mit ihm spricht!"

Gianni starrte noch immer. War es denn das, was andere in ihm sahen? Einen langweiligen Angsthase?

„Cesare hat mir nur Gutes von dir berichtet“, fuhr Francesco Montecaldo fort, „brav. Aber du solltest dich nicht bloß daran orientieren. Ein bisschen mehr Feuer käme dir gut zupass.“

Gianni war akut versucht, von seiner letzten Nacht in Venedig zu berichten, entschied sich im letzten Moment jedoch anders, da er nicht von dem peinlichen Ende sprechen wollte.

„Sehr wohl, Vater“, würgte er stattdessen heraus.

In Francesco Montecaldos Gesicht leuchtete etwas auf, und er legte seine schwere Hand auf die schmale Schulter seines Sohnes.

„Aha!“, knurrte er befriedigt, „das passt dir nicht, wie? Jetzt blitzen deine Augen richtig! Gefällt mir!“

Sprach's und wandte sich ab, um hinaufzugehen, einen verdutzten Gianni zurücklassend.

Sebastiano sah er auch an diesem Tag nicht.

Am nächsten Tag kam Minerva vom Land zurück, und damit hatte es sich auch wieder mit Giannis Freiheiten. Minerva achtete streng auf seine Ausbildung, schickte ihn für Vers- und Schreibkunst zu Luigi Pulci und für Philosophie, Latein und Rhetorik zu Marsilio Ficino. Er erhielt wieder Unterricht in Kampf und Musik, teilte die Mathematikstunden bei Gentile de' Becchi, aber als Minerva auch noch Malerei in seinen Stundenplan einbauen wollte, rebellierte er und verwies auf seine freie Zeit bei Andrea und Sandro, der inzwischen in die Via dell' Porcellana gezogen war, da er, mit einem Lehrling, für das elterliche Heim zu viel Platz beanspruchte.

„Da guckst du nur zu und schwatzt, anstatt dich selbst zu betätigen“, sagte Minerva zornig, weil er nicht gehorchte.

„Ich sehe den Genies bei der Arbeit zu“, widersprach Gianni trotzig, „das ist viel besser, als selber rumzuschmieren!“

„Ich glaub's ja wohl nicht... Cesare!“

Letztendlich entschied der Vater die Angelegenheit, indem er kurz und knapp bekannt gab, dass sein Sohn lieber etwas mehr reiten und raufen sollte, anstatt elegant den Pinsel zu schwingen. Minerva war beleidigt, und Cesare tröstete sie, indem er Gianni wieder zu den Stunden der Handelskunst ins Kontor holte.

Sebastiano, der dies ja eigentlich lernen sollte, tauchte dort jedenfalls nie auf.

Gianni wagte es nicht, Cesare danach zu fragen. Seinen eigenen Erfahrungen gemäß argwöhnte er, dass sich der Vater viel mehr auf Sebastianos Seite gestellt hatte, als Cesare gedacht hatte. Anders ließ es sich nicht erklären, dass Sebastiano die Erlaubnis hatte, dem ältesten Bruder aus dem Weg zu gehen. Gianni hingegen ging er nicht aus dem Weg, und irgendwann gelang es Gianni nicht mehr, Sebastiano aus dem Weg zu gehen.

Es war Giuliano, natürlich, der sie zusammenbrachte. Marsilio Ficino hielt seine Philosophiestunde an diesem Tag im Haus der Medici ab, was ungewöhnlich war. Luigi Pulci, der zufällig vorbeikam, verwickelte ihn danach in eine hitzige Diskussion. Gianni hatte eigentlich noch eine Frage an seinen Lehrer und wartete geduldig auf das Ende des Gesprächs, aber Giuliano, der bereits hinausgegangen war, kam wieder herein und zog ihn am Ärmel.

„Komm“, meinte er, „das musst du sehen!“

Draußen, auf dem Hof, war rasch deutlich, wovon Giuliano gesprochen hatte. Leonardo war da.

Ursprünglich war er wohl gekommen, um einen Auftrag des Meisters Andrea zu erledigen, aber dieser Auftrag war, wie so oft, bereits vergessen. Es musste das erste Mal sein, dass Leonardo im Hof der Medici war, oder das erste Mal, dass er Zeit und Ruhe hatte, sich mit den beiden dort stehenden Skulpturen von Donatello zu beschäftigen: Judith und Holofernes auf der einen Seite und David auf der anderen. Judith stand inmitten des Brunnens, Schwert und Kopf des Holofernes in der Hand, bildschön und anmutig. Bildschön und anmutig war auch der

David, bekleidet nur mit Hut und Stiefeln, in einer beinahe lasziven Haltung, die Hand in der Hüfte, den Blick nach unten auf den malträtierten Kopf des Goliaths. Sie hatten beide etwas gemeinsam, Judith und David, in ihrer Jugend und ihrem Sieg über den Tyrannen, aber das war es nicht, was für Aufregung sorgte.

„Was macht er denn da?“, stotterte Gianni erschrocken und Giuliano, selber ein wenig erschrocken, lachte unsicher, voller verhaltener Aufregung.

Judith und David hatten in diesem Moment nicht nur Grazie und Triumph gemeinsam, sondern auch ein dünnes Seil, welches sich um ein bestimmtes anatomisches Merkmal des Jünglings schlang, und dessen anderes Ende in der Hand Leonardos hing, der es irgendwie geschafft hatte, Judith zu erklimmen.

„Großer Gott“, stammelte Gianni, als Leonardo seinen Kopf ganz dicht an den von Judith presste und nach einer geeigneten Stelle für das Seil suchte. Er rutschte ab und wäre beinahe ins Wasser gefallen, hätte er nicht in letzter Sekunde Holofernes’ Kopf erwischt.

„Ähm“, rief Giuliano mit roten Wangen vor unterdrücktem Gelächter, „ich glaube, du solltest da besser runter kommen, bevor mein Vater dich erwischt!“

Oder irgendjemand anderes. Gianni sah sich besorgt um und entdeckte in einer Ecke Sigismondo della Stufa und Sebastiano, die sich vor Lachen bogen. Dahinter, etwas verborgen, stand Lorenzo, das Gesicht ziemlich unlesbar.

„Aber... aber seht ihr das nicht?“, stammelte Leonardo aufgeregt.

„Was sehen?“, antwortete Giuliano verblüfft, während der Malerlehrling wieder versuchte, das Seil anzubringen.

„Na, wo sie hinschaut! Die Judith!“

„Sie schaut nirgendwohin“, sagte Giuliano, „wie denn auch. Sie ist aus Bronze!“

„Sagst du! Ich sage, sie schaut zum David. Und zwar...“ Leonardo hängte sich mit dem linken Arm um das Schwert, damit er den rechten zum Zeigen frei hatte, „und zwar genau da hin! Alle schauen beim David genau dahin!"

„Ähm... du meinst die Federn?", fragte Gianni, der mittlerweile einen roten Kopf hatte.

„Natürlich! Natürlich!", jubelte Leonardo, „und ich frage mich, ob er das mit Absicht gemacht hat!"

„Wer – Donatello?", hakte Giuliano nach.

„Wer sonst?"

„Aber Judith ist fast zwanzig Jahre jünger als David", widersprach Giuliano, „das heißt, ich meine natürlich, er hat sie fast zwanzig Jahre später gemacht..."

„Was nicht unbedingt einen Sinn ergibt, oder?", erklang Luigi Pulcis spöttische Stimme hinter ihnen, „ah! Ein ganz neues Arrangement. Kreativ, möchte ich sagen. Das ist Andreas Junge?"

„Er arbeitet für Meister Andrea", erklärte Giuliano, „er ist der Sohn eines unserer Notare. Leonardo, du solltest jetzt wirklich... hört doch auf zu lachen! Leonardo, du..."

In diesem Moment geschah, was geschehen musste – der Lehrling rutschte aus und klatschte in einer wilden Fontäne ins Wasser. Brüllendes Gelächter erklang, auch aus den oberen Etagen, wo sich anscheinend weitere Zuschauer eingefunden hatten. Vom Tor jedoch kam eine zornige Stimme:

„Leonardo! Verdammt noch mal! Du solltest seit Stunden zurück sein!"

Meister Andrea höchstpersönlich kam, um seinen ungebärdigen Lehrling einzufangen, und das in einem äußerst ungünstigen Moment. Leonardo kletterte mit Giulianos Hilfe triefend aus dem Brunnen heraus, diesmal angemessen zerknirscht. Einen weiteren Eklat gab es, als Andrea das Seil entdeckte, und einen dritten, als Ficino auf den Hof kam, um herauszufinden, wem der Aufruhr galt. Gianni drückte sich vorsichtshalber in eine Ecke, und spürte plötzlich eine Hand an seinem Arm.

„Komm“, sagte Sebastiano leise, „lass uns lieber verschwinden.“

Es war die Gewöhnung langer Jahre, dachte er bei sich, dass er mitlief, anstatt zu protestieren oder sich zu weigern. Seitdem er denken konnte, war er Sebastiano hinterhergelaufen – solche Angewohnheiten legte man schwer ab. Und abgesehen davon hatte er seinen Bruder wirklich vermisst.

Sie huschten durch die Seitentür, hinaus durch das Portal und rannten, bis sie den Arno erreichten. Hier blieb Sebastiano stehen und setzte sich auf einen Pfeiler. Ohne Gianni anzusehen langte er in die Tasche, zog ein ziemlich mitgenommenes Pannino hervor, teilte es und reichte ihm eine Hälfte.

„Was soll das?“, fragte Gianni verwirrt.

„Ich habe Hunger. Du etwa nicht?“, kam es lakonisch zurück.

Nein, er hatte keinen Hunger, wollte Gianni antworten. Aber dann gab er nach, hockte sich neben Sebastiano und begann in Ermangelung einer anderen Beschäftigung zu essen.

„Hey, Gian“, sagte Sebastiano.

Er begnügte sich mit einem Brummen.

„Du kannst mir nicht ewig aus dem Weg gehen, weißt du“, fuhr Sebastiano gleichmütig fort, „wir sind Brüder.“

Gianni ließ das Brot sinken. Natürlich, nur einem Narren wäre nicht aufgefallen, dass er genau dies getan hatte.

„Und du kannst nicht ehrlich sauer auf mich sein“, sagte Sebastiano.

Doch, das war er. Er spürte es in diesem Moment, mit aller Vehemenz.

„Du bist ohne mich gegangen“, sagte er, bevor er sich stoppen konnte. Und biss dann hastig in das Pannino.

Sebastiano wandte verblüfft den Kopf.

„Um Himmels willen, Gianni“, sagte er erstaunt, „hätte ich dich da mit reinziehen sollen? Der Streit zwischen Cesare und mir hat nichts mit dir zu tun!“

In Venedig hatte das aber ganz anders geklungen, wollte Gianni sagen. Er entschied sich dagegen, weil es in seiner Kehle plötzlich würgte und der Bissen immer größer wurde. Er sah nicht hoch.

„Oh Gian, ich bitte dich", hörte er Sebastiano, „Cesare hätte mich umgebracht, wenn ich dich mitgenommen hätte, und dafür hätte nicht einmal Vater Verständnis gehabt. Es hat sich auch nicht wirklich gelohnt, weißt du? Was für eine Protzerei. Renaldo hatte völlig Recht."

Jetzt klang Sebastianos Stimme seltsam, als hätte ihm das Ganze wirklich keinen Spaß gemacht und als suche er nach Gründen, weshalb.

„Zu Giuliano hast du das aber nicht gesagt", antwortete Gianni.

Sebastiano zuckte mit den Schultern.

„Giuliano ist ein prima Kerl, er kann doch nichts dafür. Und ja, ich mag Lorenzo auch, und ich gönn ihm seinen Prunk. Aber du hast echt nichts verpasst. Es hätte den Ärger nicht gelohnt, den du dafür bekommen hättest."

„Hat es sich denn für dich gelohnt?", fragte Gianni unwillkürlich.

Sebastiano wurde rot.

„Bei mir ging es um was anderes", wand er sich heraus, „du bist nicht blöd, Gian. Du weißt das. Aber ich habe gehört, du hast mich würdig vertreten?"

Gianni sah überrascht auf und entdeckte das Funkeln in Sebastianos Augen. Ihm wurde warm.

„Wie meinst du das?", fragte er argwöhnisch.

Ehe er sich versah, hatte sein Bruder den Arm um seine Schultern geschlungen.

„Ich habe Luigi ein wenig geärgert, da habe ich es rausgekriegt", stichelte er, „oh, Gian! Sie haben dich nach Hause getragen? Aus einem *Hurenhaus*? Mann, Mann, Mann! Du schlägst echt voll in meine Fußstapfen!"

Kein Wort mehr vom Langweiler Gianni Montecaldo, der so trocken wie der Mustersohn Cesare wäre. Kein Wort mehr davon, dass er, Gianni, nur eine Farce wäre. Das Lächeln war auf seinem Gesicht, bevor er sich stoppen konnte. Himmel, hatte er Sebastiano vermisst.

„Oh“, sagte er lässig, „ich dachte, ich könnte es mal ausprobieren. Wendelin hat gezahlt. Na ja, bis auf die Schäden. Die muss wohl Cesare beglichen haben.“

„Du Streuner!“, lachte Sebastiano, „und, hat es Spaß gemacht?“

„Klar!“, erwiderte Gianni überzeugt.

„Es wurde auch Zeit, du bist schließlich zwölf“, sagte Sebastiano stolz, „ich wollte dich ja selber einführen – aber gut, wenn es dieser Wendelin getan hat, warum nicht. Ich bin da nicht eigen. Wenigstens weißt du jetzt, wie es geht.“

„Natürlich weiß ich das“, sagte Gianni verwirrt, und dann verstand er plötzlich, dass Sebastiano mitnichten von Saufen und Raufen sprach, sondern von Frauen. Bei seiner Berichterstattung hatte Luigi wohl ausgelassen, was genau bei den käuflichen Damen geschehen war.

„So ein Lümmel!“, lachte Sebastiano und drückte seine Schultern.

Gianni lächelte und beschloss spontan, seinen Bruder nicht aufzuklären.

„Du hast gesagt, ich wäre langweilig!“, konnte er sich aber dann doch nicht verkneifen.

Sebastiano schüttelte den Kopf und drückte wieder seine Schultern.

„Dummkopf, Gian“, sagte er gutmütig, „ich war wütend, das weißt du doch. Schließlich sag ich immer, du bist der Beste von uns allen. Und dabei bleibe ich auch!“

Und Giannis Zorn war so restlos verschwunden, als hätte es ihn nie gegeben.

Mit ihrer Versöhnung kam der Alltag endgültig zurück, und da Piero de’ Medici keine Entscheidung bezüglich einer Druckerei zu treffen schien, war alles unverändert im Vergleich zu vor der Reise nach Venedig. Gianni lernte, verbrachte seine Freizeit mit Sebastiano und seinen Freunden, tauchte immer mal wieder bei Sandro oder in der Bottega des Andrea del Verrocchio auf und freundete sich immer mehr mit Filippino Lippi an, sowie mit dem tatsächlich etwas verrückten Leonardo aus Vinci. Wenn Sebastiano ihn hänselte, dass er Freundschaften mit Bastarden von Malern und Notaren schloss, konnte er immer auf Lorenzo verweisen, der sich ebenfalls sehr für Leonardo interessierte. Giuliano hingegen, dessen Interesse Leonardo bestimmt viel mehr bedeutet hätte, blieb bei seiner gleichmäßigen, allen zugewandten Freundlichkeit, die keine Unterschiede machte.

Kurz vor Beginn des September, als die Trauben reif wurden und Minerva wieder aufs Land gefahren war, um die Ernte zu überwachen, stritt sich Sebastiano heftig mit Renaldo de' Pazzi und wollte nicht einmal Gianni erzählen, weshalb. Aber für ein paar Tage war er derart unerträglich, dass er böse mit dem Vater aneinander rasselte und Hausarrest bekam. Gianni musste sich die Zeit allein vertreiben.

Glücklicherweise fiel ihm das nicht mehr allzu schwer. Er nahm an ein paar Bootsfahrten und Ausflügen teil, die Lorenzo, Giuliano und ihre Freunde ständig organisierten, aber die meiste Zeit blieb er in Florenz und folgte seinen eigenen Neigungen, und das waren seine Freunde, die Künstler. Auch wenn Filippino nur wenig Zeit für ihn hatte, da er seine Ausbildung ernst nahm und bereits mit Sandro darüber diskutierte, nach Spoleto zurückzugehen und die Fresken zu vollenden – in der Bottega von Andrea del Verrocchio gab es immer etwas zu tun, immer etwas zu schauen, immer etwas zu lernen. Andrea hatte sich mittlerweile so an seine Gegenwart gewöhnt, dass er, wie einst die Gebrüder aus Speyer, nicht einmal mehr davor zurückscheute, ihn gelegentlich in die Aufgaben einzubinden. Das bedeutete natürlich nicht, dass Gianni zu malen begann, wie Minerva es gewünscht hätte.

„Wir haben kein Karmin mehr", sagte Pietro Perugino zu Meister Andrea, „und das Bleiweiß ist auch fast alle. Das reicht nicht mehr für mich heute."

Andrea warf einen Blick auf die Vorräte und nickte.

„Einer der Lehrlinge soll zu Landucci gehen und Nachschub holen", sagte er, „Landucci kann anschreiben, ich komme später vorbei und begleiche die Schuld."

„Und wer soll gehen?", hakte Pietro nach, „es ist keiner frei, außer..."

Außer Leonardo. Leonardo, der Kindskopf, der nach dem Attentat auf Judith und David die Bottega nicht mehr verlassen hatte. Er hob sofort eifrig den Kopf.

„Oh, ich kann gehen, Meister", sagte er, „ich bin sofort wieder da! Ehrlich!"

Pietro und Andrea wechselten einen Blick. So freundlich und gefällig Leonardo auch war, so sehr ihn alle mochten – verlässlich war etwas anderes.

„Ich würde vorziehen, wenn..." murmelte Pietro.

Meister Andrea nickte abwesend. Sein Blick glitt über die in der Werkstatt Versammelten – zwei Jungen, die gerade behutsam die Gipsformen herauslösten, in welche die Wachsabdrücke gegossen werden sollten – unmöglich, das konnte nicht aufgeschoben werden. Einer, der ihm beim Anreichen der Farben behilflich war, den brauchte er. Und die anderen hatte er zu Kunden geschickt. Pietro konnte er nicht bitten, der hatte zuviel zu tun. Blieb nur Leonardo oder...

„Natürlich gehe ich mit, Meister", sagte Gianni achselzuckend, „wir sind gleich wieder da."

Den Sohn eines Montecaldo konnte man nicht auf Botengänge schicken. Aber man konnte ihn als Aufpasser mitgeben, während ein unnützer Lehrling den Auftrag erledigte. Gianni hatte kein Problem damit, Leonardo zu begleiten, und Leonardo schlug vor Aufregung fast Purzelbäume, so dass man meinen konnte, er sei das halbe Kind und nicht der junge Montecaldo. Gianni zog ihn beinahe aus der Bottega.

„Zwei Unzen Karmin und vier Unzen Bleiweiß", wiederholte er, „außerdem sollen wir nach Gesso fragen und wann das nächste Mal Auripigment hereinkommt. Leonardo?"

„Ja, ja, ich weiß", sagte Leonardo vergnügt, „Gott, ist das schön, an der Luft zu sein! Siehst du, wie die Schwalben fliegen? Da kommt wieder eine im Sturzflug!"

„Sind das denn Schwalben?", fragte Gianni automatisch, ohne eine Antwort zu erwarten. Das war das Schöne an Leonardo – er sah die Welt mit ganz anderen Augen, und dadurch schien es eine ganz andere Welt zu sein.

Besagter Vogel ließ sich auf einer Mauer nieder, äugte herum, als wolle er sich entscheiden, doch eine Schwalbe zu sein – und stieß ein grauenvolles Kreischen aus, als aus dem Nichts eine Katze heran sprang und ihn hinunterriss. Einen Moment lang erklang noch verzweifeltes Piepsen und das Knurren der Katze, dann war es still.

„Komm!", rief Leonardo.

Gianni folgte ihm verblüfft in die Seitengasse, wo der Lehrling bereits Steine aufgesammelt hatte und nach der Katze warf, um sie zu vertreiben. Er musste sich anstrengen, um dem Tier seine Beute zu entreißen, aber dann lag der Vogel vor ihnen.

„Schau doch nur", flüsterte Leonardo.

„Ja, bah", meinte Gianni angewidert, „zerfetzter Spatz. Prima Idee, Leonardo."

„Nein, nein", schüttelte Leonardo den Kopf, „sieh ihn dir an… diese feinen Knochen, diese zarte Haut… siehst du, wie unterschiedlich die Federn sind? Und er blutet, genauso wie wir…"

„Er scheint auch ein Hirn zu haben, so wie wir", meinte Gianni trocken.

Leonardo drehte den Kopf.

„Wie wir? Meinst du?", fragte er ungläubig, „ob er denken und fühlen kann wie wir?"

„Häh?", machte Gianni. Ein Spatz und fühlen? Das war ja, als ob man ein Suppenhuhn vor dem Kochen erst um Erlaubnis fragen musste!

Aber Leonardo hatte sich bereits wieder abgewandt, hatte einen Stock aufgenommen und versuchte, den Vogel damit umzudrehen. Als das nichts half, nahm er das getötete Tier behutsam in seine Hände.

Das wurde Gianni zuviel, zumal die Katze in einiger Entfernung empört fauchte.

„Lass es gut sein, Leonardo!", sagte er bestimmt, „komm jetzt! Du hast Vogelblut überall, und Meister Andrea freut sich bestimmt, wenn er das in den Farben wiederfindet. Vergiss das Vieh! Es ist tot – und sind sie in der Luft nicht sowieso viel schöner?"

Leonardo ließ den Vogel bedauernd sinken, wischte sich die Hände ergeben an der Hose ab und erhob sich. Gianni schüttelte den Kopf.

„Da vorne ist ein Brunnen", meinte er, „manchmal frage sogar ich mich... na, komm schon. Zu was war das nütze?"

„Aber genau darum geht es", erklärte Leonardo, als sie aus der Gasse heraus waren, „ich will es verstehen. Warum kann ein Vogel fliegen? Weißt du das?"

„Nun, sie haben Flügel", meinte Gianni, „hier, wasch dir die Hände."

„Flügel, ja", erwiderte Leonardo, „heißt das, wenn ich Flügel hätte, könnte ich auch fliegen?" Gehorsam hielt er die blutigen Hände in das Wasser und begann zu reiben.

„Fliegen?", sagte Gianni verblüfft.

„Ja – fliegen! Stell dir vor, du könntest dich in Lüfte erheben, so wie ein Vogel – die Welt von oben betrachten, immer weiter hinauf, immer höher..."

„Bis mir wie bei Ikarus die Flügel schmelzen?", fragte Gianni amüsiert, obwohl sein Herz zu klopfen begonnen hatte. Das war durchaus eine verführerische Vorstellung – wenn auch völlig unrealistisch.

„Das ist eine Sage", belehrte ihn Leonardo beleidigt, „außerdem würde ich meine Flügel nicht aus Wachs bauen. Dann wären sie viel zu schwer."

„Das wäre ein Problem", sagte Gianni, „das Gewicht. Ein Vogel wiegt nur ein Bruchteil von dem, was ein Mensch wiegt."

„Dann müsste man die Flügel eben sehr groß machen.“

„Aber große Flügel wären auch schwer. Und wie willst du große Flügel bewegen? Du müsstest doch damit schlagen, wie die Vögel.“

„Ich weiß“, gab Leonardo zu, „hier, sie sind sauber, wir können weiter. Vielleicht bräuchte man einen Gurt oder ein Gerüst, was man sich auf den Rücken schnallt. Und man müsste üben. Ich habe mal versucht, meine Arme zu den Seiten ausgestreckt zu halten. Das ging nicht sehr lange gut. Aber stell dir doch mal vor...“

„Es fällt mir schwer, das vorzustellen“, unterbrach Gianni, „ein Vogel ist ein Vogel. Und ein Mensch ein Mensch. Niemand hat je vom Fliegen gesprochen.“

„Ja“, sagte Leonardo geheimnisvoll, „aber bis vor ein paar Jahren hat ja auch noch niemand von beweglichen Lettern gesprochen, oder?“

Gianni stutzte. Ein Gefühl der Aufregung, der Hoffnungen fiel ihm wieder ein, ein Gefühl, dass alles möglich war, wenn man nur hinter die Geheimnisse kam... Leonardo hatte Recht! Ein Genie dachte an die Dinge, die nicht möglich waren – und machte sie möglich! Also, warum nicht auch fliegen lernen?

„Wie genau hast du dir das denn vorgestellt?“, hakte er vorsichtig nach.

Leonardo seufzte.

„Das ist ja das Problem“, meinte er resigniert, „ich hab’s mir ja noch nicht genau vorgestellt. Ich habe keine Ahnung, wie es gehen soll. Wenn ich die Vögel verstehen könnte... oder wenn ich die Menschen verstehen könnte, hinter ihre Haut gucken, weißt du? Wenn ich wüsste, was hier drinnen wirklich ist, was uns von den Vögeln unterscheidet!“

„Ähm... und wie würdest das tun wollen?“

„Wie man es halt tun müsste“, sagte Leonardo, „es gab mal einen Professor in Bologna, der Sektionen durchführte. Wenn ich wie er...“

„Na“, sagte Gianni, plötzlich amüsiert und wieder auf dem Boden der Tatsachen, „wenn du meinst! Aber ein guter Rat – solltest du Leichen aufschneiden wollen, nimm nicht die Bottega von Meister Andrea dafür!"

„Nein", seufzte Leonardo, „das wäre wohl wirklich keine gute Idee. Ist das Landuccis Laden?"

„So ist es", erklärte Gianni und schob seinen Freund hinein, „Landucci? Bist du da?"

Sie betraten den halbdunklen Laden. Luca Landucci handelte mit Spezereien – Gewürze, Arzneien, Wachs, Farben und allem möglichen mehr. Er hatte einen kleinen Raum vorne, in dem er die meisten seiner Geschäfte abwickelte, und das weitaus größere, ominös duftende Lager dahinter. Aus diesem trat er jetzt hervor.

„Bist du Landucci?", sagte Gianni höflich.

Landucci nickte, und zog dann spontan seine Mütze.

„Du bist Montecaldos Jüngster, nicht wahr?", sagte er, „Gianni."

„Ja, so ist es", bestätigte Gianni, „aber nicht ich will was von dir, sondern er. Leonardo? Leonardo!"

Leonardo hatte nicht zugehört, sondern stattdessen einen Jungen angestarrt, der, von Gianni unbemerkt, in einer Ecke aufgeräumt hatte. Jetzt zuckte er zusammen.

„Ja...", sagte er, von ganz weit her geholt.

Gianni rollte mit den Augen.

„Andrea del Verrocchio schickt uns", sagte er, „wir brauchen Farben, und Gesso, wenn möglich. Leonardo..."

„Zwei Unzen Karmin und vier Unzen Bleiweiß", sagte Leonardo wie herausgeschossen, „wenn du Gesso hast, nehmen wir einen Sack mit. Und sobald du wieder Auripigment bekommst, wäre Meister Andrea froh, wenn du an ihn denken würdest."

Landucci sah ihn abwesend an.

„Ja", sagte er, „ja, natürlich. Vier Unzen Karmin und drei Unzen Bleiweiß. Gesso... Gesso... habt ihr das gehört?"

„Da war nichts, Meister", sagte der Junge aus der Ecke. Er war etwas älter als Gianni, dunkelblond, ärmlich gekleidet, und auf dem zweiten Blick sah man, dass sein Bein deformiert war.

„Bist du sicher?"

„Ja. Außerdem hat die *levatrice* gesagt..."

„Ich schaue besser selbst noch einmal nach", beschied Landucci, „einen Moment, Jungs. Ich bin gleich wieder da."

Er verschwand durch den Türbogen, polterte links eine Treppe hinauf, und dann klappte eine Tür.

Der Junge seufzte.

„Seine Frau bekommt wieder ein Kind", sagte er entschuldigend, „das bringt ihn jedes Mal durcheinander. Ihr Herren, wenn ich Euch helfen darf?"

„Du hast mich einen Herrn genannt", sagte Leonardo und schien das sehr komisch zu finden, „wenn, dann ist er einer. Ich bestimmt nicht!"

„Das ist doch egal", sagte Gianni genervt, „wie heißt du?"

„Luca", sagte der Junge und kam vorwärts. Er hinkte sichtbar.

„Ich hole euch Gesso", schlug er vor.

„Luca – wie der Meister?", hakte Gianni erstaunt nach.

„Ja, aber wir sind nicht verwandt", erklärte Luca, „ich helfe ihm aus. Also. Das waren zwei Unzen Karmin und...?"

„Vier Unzen Bleiweiß", vervollständigte Gianni, „Meister Andrea kommt später vorbei und bezahlt. Wenn du also anschreiben würdest."

„Kein Problem", sagte Luca, wobei das mit dem Anschreiben sicherlich seine Fähigkeiten übertraf – was natürlich nicht weiter schlimm war, wenn man sich den Betrag merken konnte.

„Wartet hier", setzte er hinzu, „ich komme gleich wieder."

Gianni warf einen Blick zu Leonardo und bemerkte, wie dieser dem Jungen fasziniert hinterher starrte, und sich dann im Laden umsah. Seine Augen hatten wieder diesen speziellen Ausdruck, so dass Gianni vorsichtshalber einen Schritt nähertrat, bevor Leonardo erneut Unsinn anstellte.

Es dauerte wirklich nicht lange, dann war Luca mit dem Sack Gesso und zwei Tüten zurück, aus denen er vorsichtig die gewünschten Mengen abwog.

„Ist was?“, sagte er zu Leonardo, der ihn nicht aus den Augen ließ.

„Du hinkst“, sagte dieser unverblümt.

Gianni rammte ihm den Arm in den Magen, so dass er nach Luft schnappte.

„Ja“, erwiderte Luca knapp.

„Und... Was hast du denn Gianni?“, keuchte Leonardo

„Und was?“, hakte Luca unfreundlich nach, bevor Gianni etwas sagen konnte.

„Und kann ich es sehen?“

„*Wie*?“

Damit hatte Leonardo den Jungen gehörig aus dem Konzept gebracht. Gianni verdrehte erneut die Augen.

„Oh, komm schon, Leonardo, kannst du nicht einmal...“

„Nein, nun warte doch mal, Gianni!“, sagte Leonardo energisch und machte sich los, „denk an die Vögel! Denk an die beweglichen Lettern!“

„Leonardo...“

„Bewegliche Letter?“, echote Luca verwirrt.

„Er redet vom Drucken“, sagte Gianni genervt, „das heißt, er tut so, er hat nämlich keine Ahnung, wovon er redet.“

„Und das genau ist mein Problem!“, triumphierte Leonardo, „hier, komm her, Gianni. Stell dich... so, stell dich da mal hin. Neben ihn. Genau!“

Er zerrte Gianni hinüber, bis dieser neben dem Apothekerjungen stand. Sie waren etwas gleich groß und von ähnlicher Statur, nur dass der eine blond und der andere braunhaarig war.

„So“, sagte Leonardo befriedigt, „und jetzt lasst die Hosen herunter!“

„Wa...!“, spuckte Gianni, während Luca, nach einem Moment des schockierten Schweigens, in haltloses Gelächter ausbrach.

„Um Himmels willen, Leonardo, du spinnst doch!", protestierte Gianni empört, „was soll denn das!"

„Denk an die Vögel", wiederholte Leonardo und kam näher, als wolle er selbst die Aufgabe in Angriff nehmen, wenn sie ihr schon nicht nachkämen. Gianni schlug hastig seine Hände weg.

„Denk an die Vögel, und ihre Federn, und ihre Knochen!", rief Leonardo, „wenn du verstehen willst, warum sie fliegen... er humpelt und du nicht. Ich will wissen, warum! Ich will verstehen, was anders ist!"

„Ich kann dir sagen, was anders ist", schnaufte Luca, sich ein wenig beruhigend, „mein Bein ist zweimal gebrochen worden und falsch verheilt. *Deshalb* hinke ich."

Gianni empfand die Situation als unglaublich peinlich, sogar einem Apothekerjungen gegenüber. Schön, dass der Junge es mit Humor nahm, aber dennoch. Leonardo war doch echt unmöglich.

„Tut es denn noch weh?", fragte er unsicher.

Luca sah ihn erstaunt an. Da war etwas Seltsames in diesem Blick, etwas Forschendes, was Gianni durch und durch ging. Luca war plötzlich todernst.

„Nein", sagte er leise, „schon lange nicht mehr. Du musst auch nicht so verlegen sein. Ich habe mich daran gewöhnt."

„Siehst du, Gianni, es macht ihm überhaupt nichts aus!", rief Leonardo begeistert.

„Oh, Leonardo", stöhnte Gianni.

„Es macht mir durchaus was aus, meine Hosen vor dir fallen zu lassen", sagte Luca milde, „und abgesehen davon bist du, glaube ich, viel weniger an meinem Bein interessiert als an seinen."

„Aber wieso..." sagte Gianni verwirrt.

Leonardo, der glatt eine Spur rot geworden war, winkte hastig ab.

„Seine Beine sehe ich praktisch jeden Tag", sagte er abwertend, „oder fast, er trägt schließlich Strümpfe. Sie sind gerade und hübsch, und Meister Andrea will sie vermutlich für seinen neuen David verwenden. Aber darum geht es mir nicht."

„Meister Andrea will meine Beine…? Leonardo, bist du verrückt?“, stotterte Gianni.

Leonardo zuckte mit den Achseln.

„Ich denke nicht“, sagte er, „außerdem stimmt's. Meister Andrea wollte erst mich als Modell nehmen, aber dann sagte er, meine Proportionen passen nicht, ich bin schon zu alt, und du hast das hübschere Gesicht. Er wollte eigentlich heute noch mit dir reden.“

„Aber… aber…“

„Also, ich könnte mir das ganz gut vorstellen“, sagte Luca, der einen Heidenspaß zu haben schien.

Gianni war puterrot.

„Soll das heißen, er will so einen David machen wie Donatello?“, keuchte er und errötete noch tiefer in Erinnerung an das Seil.

Leonardo grinste wie ein Teufel.

„Aus Bronze, genau. Allerdings…“

„Allerdings was?“, schnappte Gianni.

„Allerdings“, lachte Leonardo, „soll sein David nicht nackt sein. Großer Gott! Ich hätte nicht gedacht, dass du so prüde bist! Es heißt doch, sie haben dich betrunken aus sämtlichen Hurenhäusern Venedigs tragen müssen!“

Gianni starrte ihn an. Dann stieß er einen elenden Laut aus und vergrub das Gesicht in den Händen. Leonardo lachte und Luca hustete, während Gianni im Boden zu versinken wünschte.

„Es war nur ein Haus“, murmelte er verzweifelt, „und Himmel! Es ist nicht einmal was passiert!“

„Außer, dass du betrunken warst?“, stichelte Leonardo.

„Eben!“, jammerte Gianni, „und jetzt halt endlich deinen Mund! Warum mag ich dich eigentlich? Warum habe ich mich erboten, dich zu begleiten, damit Meister Andrea dich rauslässt? Ich weiß, doch, was geschieht! Ich hab's doch auch das letzte Mal gesehen…“

„Schon gut, schon gut“, sagte Leonardo hastig, „nun mach dir doch nichts draus! Seit Venedig hast du einen Ruf, um den dich mancher deines Alters beneiden würde! Sei froh drum! Ich sag schon nicht weiter, dass du zu betrunken warst."

„Ich auch nicht", echote Luca amüsiert.

Gianni schüttelte den Kopf und fasste sich wieder. Wenn man die Peinlichkeit der Sache außen vor ließ, war es beinahe lustig. Je länger er darüber nachdachte, umso lustiger war es.

„Kommt Landucci heute noch einmal herunter?", fragte er, um das Thema zu wechseln.

Luca grinste.

„Ich glaub's ja nicht", sagte er, „aber ich werde schon aufpassen. Hier sind eure Farben."

„Du hast mir dein Bein noch nicht gezeigt", erinnerte ihn Leonardo.

„Habe ich gesagt, dass ich das will?"

„Ich bin mir nicht sicher. Ich glaube schon. Aber was ist denn auch dabei? Ich bin ein Maler. Wenn ich Proportionen lernen will, muss ich wissen, was hinter den Fassaden steckt."

„Aha", sagte Luca, der nicht so aussah, als ob er das verstanden hatte.

„Leonardo will Leichen sezieren", sagte Gianni, froh, es dem Lehrling heimzahlen zu können.

Luca machte einen Satz nach hinten.

„Aber ich bin nicht tot!", verwahrte er sich.

„Ich will dich auch nicht sezieren", erklärte Leonardo kopfschüttelnd, „ich will's nur sehen, und ja, vielleicht eine Skizze davon machen."

„Du hast kein Papier", seufzte Gianni.

„Doch", Leonardo schwenkte triumphierend die Tüte, „hier! Also, was ist? Willst du ein Genie nicht unterstützen?"

Luca wandte sich an Gianni, den Schalk in den Augen.

„Ist er etwa ein Genie?", fragte er amüsiert.

Gianni musterte den Lehrling.

„Ich weiß nicht", sagte er überraschend ernst, „vielleicht schon."

Leonardo hob die Brauen, und Gianni setzte trocken hinzu: „Entweder das, oder er spinnt."

„Besten Dank", meinte Leonardo, beinahe beleidigt.

Aber Luca, nach einem Moment des Zögerns, zog plötzlich einen Schemel heran, setzte sich, und streifte die weiten, ungefärbten und einfachen Hosen hoch. Es zeigte sich ein Unterschenkel, der einen doppelten Knick zur Seite hatte, so dass das Bein etwas kürzer als das andere war. Leonardo holte tief Luft.

Gianni hockte sich daneben.

„Wie ist das denn passiert?", fragte er.

„Mein Onkel hat mich vom Wagen geworfen", sagte Luca vollkommen neutral, „zweimal, um genau zu sein. Er meint, verletzte Kinder bringen mehr Geld beim Betteln. Hat er wohl auch Recht mit gehabt."

Leonardo und Gianni tauschten einen erschütterten Blick.

Luca hingegen fuhr nüchtern fort: „Ihm hat's allerdings nicht viel genützt. Als meine Großmutter zurückkam und das rausfand, waren seine Tage gezählt. Nur für mein Bein, da war's zu spät."

„Das...", stotterte Gianni, „das war aber kein netter Onkel."

Luca sah auf und grinste plötzlich.

„Wirklich nicht?", sagte er, „jetzt, wo du es sagst... Mach dir keine Gedanken", setzte er schnell hinzu, als könne er Giannis Gedanken tatsächlich lesen, „es ist Jahre her, und ich habe mich dran gewöhnt. Ich bin trotzdem schneller als Landucci im Lager, und hier zu arbeiten ist besser als auf den Baustellen oder am Hafen."

„Sicher", sagte Gianni, der weder das eine noch das andere jemals ernsthaft in Erwägung gezogen hatte, „hast du denn keine Eltern?"

„Schon lange nicht mehr", sagte Luca, „meine Großmutter, meine Schwester und ich. So, und jetzt reicht's. Ich bin doch keine dieser Kuriositäten, die du anstarren kannst, mein Freund."

Er streifte sein Beinkleid wieder hinunter, und Leonardo, der tatsächlich gezeichnet hatte, machte schnell die letzten Striche an seiner

Skizze. Gianni warf einen Blick auf die Tüte, die jetzt platt gedrücktes Karmin enthielt, und seufzte leise.

„Wir sollten gehen“, beschied er, „sonst schickt Meister Andrea einen Suchtrupp los, weil er glaubt, du willst die Kuppel von Santa Maria del Fiore erklimmen, um nachzusehen, was Brunelleschi da oben getrieben hat.“ Bei Leonardos Blick setzte er entsetzt hinzu: „Das wirst du bleiben lassen! Hast du mich gehört?“

„Schon gut“, wehrte Leonardo ab, „ich tu’s ja nicht. Ich nehme das Gesso und du die Farben. Wir wollen ja nicht, dass deine Familie einen Herzschlag kriegt, weil du Säcke schleppst.“

„Manchmal bist du ekelhaft, Leonardo“, schimpfte Gianni und nahm die beiden Tütchen an sich.

„Er ist enttäuscht, weil er deine Beine nicht gesehen hat“, ließ sich Luca vernehmen.

Leonardo grinste plötzlich.

„Na“, meinte er aufgeräumt, „das werde ich wohl noch. Denn der David von Meister Andrea, der wird zumindest keine Strümpfe tragen.“

Und dazu fiel Gianni nichts mehr ein.

Aber er war gut gelaunt, und er wurde immer besser gelaunt, mit jedem Schritt. Im Vergleich zu dem Apothekerjungen ging es ihm doch wirklich gut. Er hatte zwei gesunde Beine, er hatte Freunde und er musste sich keine Gedanken über sein Essen am nächsten Tag machen. Er war so gut gelaunt, dass er sogar zustimmte, Meister Andrea für den besagten David Modell zu stehen, der tatsächlich nicht nur eine Ausgeburt von Leonardos Phantasie gewesen war.

Und seine Laune stieg sogar noch, als er nach Hause kam, denn Sebastiano hatte seinen Stolz überwunden, sich bei dem Vater entschuldigt und Straferlass erhalten.

„Woher der plötzlich Umschwung?“, neckte ihn Gianni.

„Ich hab's um deinetwillen getan", gab Sebastiano düster zurück, „wer weiß schließlich, was du so alles da draußen treibst, wenn ich nicht dabei bin! Wilde Trinkgelage, Orgien, Prügeleien…"

Gianni war seltsamerweise so glücklich, dass er darüber nur lachen konnte.

Es stimmte, die Gerüchte über diesen einzigen Abend, an dem er über die Stränge geschlagen war, klangen in seinen Ohren immer besser, je länger er darüber nachdachte. Nein, der kleine Bruder von Sebastiano Montecaldo war gar nicht so farblos und ängstlich, wie man geglaubt hatte! Oh nein! Da gab es diese wilden Geschichten aus Venedig… man hatte ihn nicht einmal zur Hochzeit von Lorenzo de' Medici kommen lassen – ja, vielleicht hatte er sogar im Kerker gesessen und Cesare hatte nur deshalb nicht rechtzeitig erscheinen können, weil er den jüngsten Montecaldo hatte auslösen müssen!

Natürlich war ihm klar, dass jeder, der ihn besser kannte, nicht eine Silbe von diesen Räuberpistolen glauben würde. Wenn es anders gewesen wäre, hätte er sich vielleicht doch ein wenig um seinen Ruf gesorgt. Und dennoch tat es seinem Stolz gut, zumal ihn die meisten mit einem Lächeln und etwas hintergründigem Neid darauf ansprachen. Er erzählte nichts mehr, sondern schwieg. Das hatte erstaunlicherweise den größten Erfolg.

Dieser Erfolg mochte auch dazu beitragen, dass sein Vater keine Einwände hatte, als er tagelang zum Modellstehen in Andreas Werkstatt verschwand und seine Ausbildung völlig vernachlässigte. Gianni kam auch hinterher nicht wieder, sondern half beim Herstellen der Terracottaformen, dem Zusammensetzen, dem Wachseinfüllen, und dann, dem großen Tag des Gießens. Er schlief beinahe die ganze Nacht vor Aufregung nicht und als die Formen abgenommen wurden, war er mindestens so nervös wie Andrea del Verrocchio selbst.

Und wie Leonardo. Leonardo hatte an diesem Meisterwerk zum ersten Mal selbstständig mitgearbeitet, und er war aufgeregter als ein kleines Kind.

Sie traten alle ein Stück zurück und schwiegen.

„Ich glaube, sie ist gelungen, Meister Andrea“, sagte Pietro schließlich, „wir müssen sie noch putzen und polieren, aber so kann ich keinen Makel entdecken.“

„Ich auch nicht“, sagte Andrea erleichtert, „also dann, Jungs! Aber seid vorsichtig!“

Die anderen Lehrlinge halfen, die schwere Bronzefigur beiseite zu tragen, wo man sie reinigen und auf Hochglanz polieren würde, bevor sie den Medici – welche die Auftragsgeber waren – übergeben werden würde. Aber Leonardo und Gianni blieben beide wie angewurzelt, wo sie waren.

Gianni fand es mehr als nur erschreckend, er fand es befremdlich und faszinierend zugleich. Da, ihm gegenüber, war sein Abbild, aus Bronze gegossen. Er hatte den Kopf Goliaths zu Füßen, das Schwert in der Hand, und stützte eine Hand in die Hüfte, ganz wie Donatellos David, und doch ganz anders. Der David vor ihm war kein lasziver, posierender Jüngling, dem Helmfedern erotisch am Bein hochkrochen, sondern er war ruhig, freundlich, ohne übermäßiges Gehabe. Der David vor ihm war sicher, stand zu seinem Sieg, wie Gianni sich nicht erinnern konnte, jemals zu etwas gestanden zu haben oder stolz darauf gewesen zu sein. Der David vor ihm sprach – *seht ihr? Ich habe es geschafft*. Vielleicht konnte man sagen, dass Donatellos David lebendiger war, dass er mehr ausdrückte – aber Verrocchios Statue gefiel Gianni bei weitem besser. Und sie trug sein Gesicht. Er selbst sah sich an.

Nach einem Moment sagte er: „Ist meine Nase wirklich so lang?“

Leonardo drehte sich zu ihm um.

„Das habe ich auch gerade gedacht“, meinte er mit großen, funkelnden Kinderaugen und stupste gegen Giannis Nasenspitze, „und ich glaube, es ist der einzige Fehler. Wir sollten es Meister Andrea besser verschweigen, oder?“

„Ähm, ja“, meinte Gianni. Vorsichtig rieb er sich über die Nase, während Leonardo ihn angrinste.

Und dann ging er, um zu helfen.

*

Die Arbeit an der Statue hatte den gesamten Herbst in Anspruch genommen. In den letzten Novembertagen wurde sie hinüber in den Palazzo de' Medici geschafft, damit Piero von seinem Fenster noch einmal wenigstens einen Blick hinunterwerfen konnte.

Denn Piero de' Medici war dabei, seinen Kampf zu verlieren.

Es war gerade fünf Jahre her, dass der alte Cosimo de' Medici, *Pater patriae*, gestorben war. Eine halbe Ewigkeit lang hatte er im Verborgenen die Strippen der Macht gezogen, das Volk von Florenz hatte ihn geliebt – und dennoch war in seinen letzten Tagen und nach seinem Tod die Opposition gegen diese illegale Herrschaft der Medici hochgebrandet. Piero hatte trotz seines Leidens den Kampf aufgenommen, unterstützt von seinen beiden Söhnen, die er schon in jungen Jahren auf diplomatische Reisen schickte. Und sie hatten sich bewährt, die Macht der Medici war erhalten worden. Jetzt, wo abzusehen war, dass Piero starb, war die Situation eine ganz andere.

Es hatte sich kein Volk versammelt, dass den Pater patriae betrauerte. Aber es gab auch keine Intrigen, die auf einen Umsturz hinarbeiteten, sobald der Älteste der Medici unter der Erde war. Allerdings war der Erbe dieses Mal kein gestandener Mann mit Frau und Kindern, sondern ein gerade Zwanzigjähriger, mit einer stolzen, nicht besonders intelligenten Gemahlin. Und ihm zur Seite stand vielleicht noch seine erfahrene Mutter, aber ansonsten nur der sechzehnjährige Giuliano, der zu hübsch war, als dass die meisten ihn ernst nehmen konnten, und sein kränklicher Onkel Pierfrancesco, dessen Kinder allesamt zu jung für Aufgaben waren.

Mit Lorenzo, so mochte man sich denken, würde man leichtes Spiel haben. Und dann – der Widerstand nach Cosimos Tod war gescheitert. Vielleicht war diesmal ein längerer Atem von Nöten, vielleicht ließ man die jungen Hitzköpfe ihre Fehler selber machen, vielleicht gelang es ihnen von ganz allein, die Macht von Florenz zu verspielen. Man hatte Zeit.

Giuliano kam die Stufen in den Hof hinunter, wo seit kurzem die neue Davidsstatue stand. Sein Blick war gesenkt, sein Gang schwer. Die Freunde, die auf ihn warteten, hielten unwillkürlich die Luft an.

Sie waren alle gekommen, sogar Renaldo de' Pazzi. Immerhin ging es heute nicht darum, zu prunken und zu protzen, oder sich in einem imaginären Wettbewerb als der bessere zu platzieren. Es ging darum, dass der Vater zweier Freunde von ihnen im Sterben lag, und diesen Schmerz konnten sie alle nachvollziehen.

„Hat er es geschafft?“, fragte Sebastiano schließlich.

Aber Giuliano schüttelte den Kopf.

„Er atmet noch“, erwiderte er, „zum Glück ist er meistens bewusstlos. Ich brauchte einfach... ich brauchte mal ein wenig frische Luft.“

Gianni rückte unwillkürlich beiseite, Renaldo auf der anderen Seite auch, und Giuliano ließ sich dazwischen sinken, um das Gesicht in den Händen zu vergraben.

„Ist es eine Sünde, einem Menschen den Tod zu wünschen?“, kam seine dumpfe Stimme hinter den Finger hervor.

Luigi Pulci verbiss sich seinen bitteren Spott für dieses Mal.

„Das ist es nicht“, sagte er ruhig, „wenn der betreffende Mensch leidet, und man ihm Erlösung wünscht, nichts anderes.“

Sie schwiegen alle, unsicher, was man sagen sollte. Giuliano seufzte, nach einer Ewigkeit.

„Gott, was wünschte ich, es wäre vorbei“, murmelte er, „und dennoch...“

Er hob den Kopf und sah sie alle an, der Reihe nach: Die beiden Brüder Montecaldo, Luigi Pulci, die drei Pazzi – Francesco, Guglielmo und Renaldo – und den jungen Amerigo Vespucci. Lorenzos engste Freunde waren da, unter ihnen Sigismondo della Stufa und Giovanfrancesco Venturi. Er sah Tommaso Soderinis Söhne, Francesco und Piero, und

Giovanni Cavalcanti. In einer Ecke schien sich die gesamte Bottega von Andrea del Verrocchio versammelt zu haben, inklusive Sandro Botticellis und seines neuen Schützling, und er wusste, wusste plötzlich, die meisten von ihnen waren nicht des sterbenden Vaters wegen gekommen, sondern für ihn und Lorenzo. Tiefe Dankbarkeit stieg in ihm auf – und dann, unerklärlicherweise, eine nahezu lähmende Angst.

Ein Schatten fiel auf ihn herunter.

„Giulio", sagte Lorenzo leise, „kommst du?"

*

Zwei Tage nach Piero de' Medicis Tod erschien eine Abordnung der Stadt bei seinem ältesten Sohn und Erben Lorenzo und bot ihm die – inoffizielle – Nachfolge an, mit Tommaso Soderini als Berater an seiner Seite. Lorenzo akzeptierte, wohlwissend, dass seine kurze Jugend damit zu Ende war, und dass dies in geringerem Maße auch für seinen Bruder Giuliano galt. Aber Florenz hatte wieder einen Herrn, und wieder kam er aus den Reihen der Medici.

Der Unterricht ging weiter – Marsilio Ficino hatte die gelehrten Gesprächskreise unter seine Fittiche genommen, irgendein Witzbold hatte den Gesprächskreis Platonische Akademie genannt, und es hatte nur noch bedingt mit der Vermittlung von Weisheiten an kleine Schuljungen zu tun. Aber Gianni durfte teilnehmen, genauso wie Sebastiano, welcher es allerdings vorzog, mit Renaldo Ball zu spielen und zu jagen.

Es geschah etwa eine gute Woche nach Pieros pompöser Beerdigung. Gianni war ein wenig zu früh dran, oder besser gesagt, es gab eine Besprechung in den oberen Räumen, und noch war niemand hinuntergekommen. Es störte ihn nicht weiter. Er schnorrte sich einen Kuchen aus der Küche, wickelte sich in seinen Mantel und hockte sich in eine Ecke auf dem Hof. Noch immer standen die Tore des Palazzo de' Medici weit offen, und noch immer kamen Leute, die entweder Grabgeschenke oder Bittgesuche mitbrachten. Er musterte sie gedankenverloren, während er seine Leckerei verspeiste, und die Zwei wären ihm beinahe entgangen, wenn der Junge nicht einen derart typischen Gang gehabt hätte.

Im ersten Moment traute er seinen Augen kaum. Luca war da, der Apothekenjunge von Landucci! Er kam über den Hof gehumpelt, neben ihm ein junges Mädchen, das sich der Dezemberkälte wegen in ein dickes Tuch gewickelt hatte. Gianni wollte gerade aufstehen, Luca begrüßen und fragen, ob er ihnen helfen konnte, als er bemerkte, dass die beiden nicht wie der Rest der Leute auf den Hauseingang zuhielten. Im Gegenteil, sie blieben mitten im Hof stehen, vor der Statue des Davids, gar nicht so weit von ihm entfernt.

Er konnte hören, was sie sagten, und war so verdutzt, dass er schweigend hocken blieb.

„Hier“, sagte Luca, „das ist er. So sieht er aus.“

Das Mädchen musterte die Statue schweigend.

„Und du bist sicher, dass er das ist?“, fragte sie leise.

Luca nickte.

„Ja, bin ich. Sie haben darüber gesprochen, an dem Tag, an dem sie in den Laden kamen. Und ich habe mich umgehört. Das ist er. Jetzt weißt du, wie er ausschaut.“

Sie sah hinauf. Es war so kalt, dass ein paar vereinzelte Schneeflocken vom Himmel fielen und ihr Gesicht trafen. Er konnte kaum verstehen, was sie sagte.

„So jung...“ murmelte sie.

„Natürlich“, seufzte Luca, „schließlich ist er so alt wie du. Komm schon, du hast die Statue gesehen. Ich begreife sowieso nicht ganz, warum es die sein musste. Ihr seid euch schließlich nie begegnet.“

Gianni, in seiner Ecke, begriff es genauso wenig. Aber das Mädchen, das zog sich plötzlich wieder das Tuch über die Nase und wandte sich zum Gehen.

„Ich weiß“, sagte Susanna.

2. TEIL: ZWISCHEN BÜCHERN, BILDERN, SCHWERTERN – 1471/72

Es war viel zu warm für die Jahreszeit. Und Gianni langweilte sich.

„Wann kommen sie denn endlich?", jammerte er und wechselte auf das andere Bein. Sebastiano, der neben ihm stand, grinste.

„Jeden Moment", tröstete er, „du kannst sie doch sogar schon hören. Oh, Gianni, zieh nicht so ein Gesicht. Man könnte meinen, du wärst lieber bei deinen Farbklecksern und Tonpanschern, anstatt einen leibhaftigen Herzog zu begrüßen!"

„Hm", machte Gianni nur, nicht sicher, ob er nicht wirklich lieber bei Sandro und Filippino oder in Andreas Bottega wäre, anstatt hier viel zu prächtig angezogen in der Sonne zu brüten. Aber natürlich war das Unsinn – weder Sandro und Filippino noch Andreas Leute waren heute bei der Arbeit. Stattdessen waren sie alle irgendwo hier, unter den Massen von Menschen und warteten darauf, dass seine Herrlichkeit, der junge Herzog von Mailand, endlich mit Frau und Gefolge um die Ecke bog.

Galeazzo Maria Sforza, siebenundzwanzig Jahre alt, Sohn des berühmten Condottiere Francesco Sforza, und seit fünf Jahren, seit dem Tod seines Vaters, Herzog von Mailand. Seine Mutter war eine Visconti gewesen, seine erste Frau eine Gonzaga. Seine zweite, mit der er jetzt nach Florenz gereist war, war eine Prinzessin aus Savoyen. Von dem jungen Sforza hätte sogar Renaldo de' Pazzi beeindruckt sein können – wenn nicht sein Vater der Bastard eines Söldnerführers gewesen wäre. Auf Sebastianos anderer Seite erging Renaldo sich gerade über die Überlegenheit von Florenz zu Mailands und der Pazzi im Vergleich zu den Sforza.

Gianni wünschte plötzlich mit aller Macht, Leonardo beim Anrühren von Gesso zu helfen, oder mit Filippino Leinwände zu bauen.

Ein schwerer Schlag zwischen seine Schulterblätter holte ihn zurück.

„Na also!", rief Sebastiano vergnügt, „da kommen sie! Los, Gianni, guck ehrwürdig! Du bist ein Sohn von Florenz!" Und brüllte vor Lachen.

Gianni hatte nicht die Absicht, ehrwürdig zu gucken – das überließ er lieber den Älteren, und, wenn es sein musste, auch den Medici-Brüder, welche, gar nicht weit entfernt, an der Schwelle ihrer Villa in der Via Larga standen und den Besuch erwarteten. Immerhin würde der Herzog samt Gemahlin bei ihnen absteigen, während das restliche Gefolge von der Signoria verköstigt werden sollte.

Und das waren nicht gerade wenige Münder.

„Zehn, elf, zwölf", zählte Sebastiano, „Himmel noch mal, und alle sind mit Goldbrokat ausgeschlagen! Wofür braucht ein Mann so viele Sänften?"

„Für offensichtlich so viele Frauen", lästerte Renaldo, „dabei sind die nicht gerade schön. Na!"

„Es werden die Frauen seines Gefolges sein", meinte Sandro, der hinter ihnen auftauchte, „ich könnte sie malen. Ich könnte sie auch schön malen."

„Seht euch diese Ketten an!", staunte Sebastiano, „die sind sicher hundert Florin wert!"

„Mehr", erklärte Cesare mit geübtem Blick, „aber du liegst gar nicht so falsch."

Sebastiano warf seinem älteren Bruder einen trockenen Blick zu.

„Die Pferde würden mir gefallen", erklärte Renaldo mit Kennerblick, „groß, kräftig – die halten in einem Kampf was aus!"

„Man sollte bloß nicht runterfallen", spottete Sebastiano, „schau dir die Hufe an! Himmel noch mal, sind das Eisen!"

„Mir gefällt der Schmuck besser", sagte Sandro versonnen, „die Pferde wirken so friedlicher. Wer würde schon mit vergoldeten Steigbügeln und Zügeln aus bestickter Seide in den Kampf reiten?"

Ein gemeinsamer Blick Sebastianos und Renaldos besagte, dass Sandro nicht die Bohne Gespür für die wichtigen Dinge im Leben hatte – aber dann, er war eben Sandro, das Fässchen, Sohn eines Lohgerbers, der hübsche Bilder malte, und kein Reiter und Kämpfer wie sie.

„Jetzt kommen die Jäger und Falkner", sagte Cesare, „wir sollten bald hineingehen. Das Bankett wird demnächst beginnen."

„Müssen wir wirklich dahin?", murrte Sebastiano, „schau dir doch nur diese Greifvögel an! Und diese Windhunde!"

„Ich wette, der Herzog wird gestatten, dass du dir seine Tiere auch später noch anschauen darfst", mahnte Cesare, „wir sind geladen! Meister Sandro, entschuldige mich und meine Brüder. Gianni?"

Gianni, der stumm und mit klopfendem Herzen auf diese Parade von Reichtümern gestarrt hatte, hob den Kopf und nickte. Sie waren Gäste beim Empfangsbankett, wie es ihnen als Mitgliedern einer der führenden Familien von Florenz zustand, und wie es ihnen eine nahezu selbstverständliche Pflicht war, als Freunde des inoffiziellen Regenten der Stadt.

Lorenzo hatte sich verändert – nicht viel, aber doch spürbar. Er war nicht mehr der ältere Junge, der mit ihnen die Straßen von Florenz unsicher gemacht und in den Botteghe der Stadt ein und aus gegangen war, wie es ihnen passte. Er ritt nicht mehr mit ihnen über die Felder, oder amüsierte sich über die Vorwürfe der Älteren. Lorenzo war nicht mehr Lorenzo, einer von ihnen – er war jetzt der Herr der Stadt.

Und das hatte ebenfalls Auswirkungen auf Giuliano, wenn auch in verringertem Maße. Giuliano übernahm nun den Platz, den vorher sein Bruder innegehabt hatte, in der zweiten Reihe. Zwar hatte Lorenzo seinen Vater schon viel früher in allem unterstützt, zwar hatte Giuliano bei weitem nicht den Ehrgeiz des Älteren – aber er liebte seinen Bruder, und deshalb half er ihm. Und damit hatte er viel weniger Zeit für die Freunde, war viel seltener mit ihnen unterwegs und war ein gutes Stück von ihnen fortgerückt.

Gianni vermisste ihn, auch wenn er das Sebastiano oder gar Renaldo gegenüber nie zugegeben hätte.

Fast anderthalb Jahre waren seit Piero de' Medicis Tod vergangen, und seine Söhne hatten sich bewährt. Dabei war der Anfang nicht leicht gewesen. Nach der schnellen Ernennung Lorenzos, der Unterstützung durch Tommaso Soderini und die Signoria der Stadt, hatte es im Frühjahr darauf den ersten schlimmen Ärger gegeben. Ein gewisser Bernardo Nardi, der infolge der Unruhen nach Cosimos Tod aus Florenz geflohen war, war zurückgekehrt, in der Hoffnung, Pieros Ableben für sich nutzen zu können. Florenz selbst war zu groß für einen initialen Angriff, aber Prato, die kleine Stadt nur wenige Meilen entfernt, hatte er erobern können. Von dort aus plante er, den Spionen zufolge, einen Angriff auf sein wahres Ziel, und er sollte die Unterstützung des alten Medici-Feindes Dietisalvi Neroni aus Rom haben. Besorgt und beunruhigt hatte Florenz Truppen ausgeschickt – aber noch ehe diese Prato erreicht hatten, hatte der dortige *podesta*, Cesare Petrucci, seine Stadt wieder unter Kontrolle, den aufmüpfigen Nardi gefangen genommen und sofort hinrichten lassen. In der Folge hatten mehr als vierzig Männer in Prato ihr Leben lassen müssen.

Lorenzo selbst hatte nichts getan, um Prato wieder unter Kontrolle zu bekommen – und doch war es sein Sieg. Auch wenn er nicht eingegriffen hatte, war die Tatsache, dass die Stadt und ihr *podesta* einen ehemaligen Florentiner, der ein bekannter Gegner der Medici war, nicht als Herrn akzeptiert hatte, ein überwältigender Triumph für die Medici. Das Volk hatte bewiesen, dass es mit Lorenzos Herrschaft einverstanden war – und das zählte bei weitem mehr als ein militärischer Sieg.

Auch das Volk von Florenz war zufrieden, wie Gianni dem Gerede entnehmen konnte, während er sich mit seinen Brüdern einen Weg zum Palazzo Medici bahnte. Man bewunderte die Equipage des Herzogs, sprach von seinem Reichtum – und zog sofort den Vergleich zu Lorenzo, den Galeazzo Maria nur verlieren konnte. Der Herzog, so hörte Gianni überall voller Stolz, würde schon noch verstehen, was die Pracht der Medici bedeutete, und was seine im Gegensatz dazu wert war.

Die Pracht der Medici – das wurde von fast allen automatisch mit der Pracht von Florenz gleichgesetzt, denn immerhin gab Lorenzo noch großzügiger, als sein Vater und Großvater es getan hatte, immerhin förderte und baute er noch mehr als seine gesamte Familie bis zu diesem Punkt. Lorenzo war freigiebig, und deshalb waren seine Bankette immer ein Genuss.

Auch dieses Mal, wie Gianni erschrocken bemerkte. Er zupfte Sebastiano am Ärmel.

„Was ist denn?“, fragte der irritiert, weil Gianni nicht lockerließ.

„Sebastiano!“, zischte Gianni, „sieh doch nur! Sie bringen Fleisch!“

„Ich seh’s“, meinte Sebastiano gleichmütig, „Lamm, Schwein, Rind – lecker!“

„Aber... aber...“ stotterte Gianni verlegen.

„Aber was?“, fragte Sebastiano mit diebischem Grinsen.

Gianni verstummte und wurde puterrot.

Giovanni Cavalcanti, der ihnen gegenübersaß, hatte Mitleid. Er beugte sich vor.

„Lorenzo hat beschlossen, die Fastenzeit zu brechen“, erklärte er, „er sagte, wenn so jemand wie der Herzog von Mailand zu Besuch kommt, dann hat selbst Gott ein Einsehen!“

Gianni musste schlucken.

„Ist das nicht Frevel?“, flüstert er.

Der junge Cavalcanti zuckte mit den Schultern, und Sebastiano brüllte vor Lachen, so dass Cesare ihm einen derben Rippenstoß versetzen musste.

„Du kannst doch morgen beichten gehen, Gianni“, lästerte Sebastiano, sobald er sich wieder beruhigt hatte, „ich bin sicher, der Pater wird dir vergeben. Aber wenn du nicht willst, dann nehme ich gerne...“

„Schluss“, unterbrach Francesco Montecaldo zornig den kleinen Aufruhr, verärgert über die Aufmerksamkeit, die seine Söhne auf sich gezogen hatten.

„Schluss“, wiederholte er streng, „und du, Gianni, iss. Lass es dir nicht einfallen, das Fleisch vorübergehen zu lassen, hörst du? Das wäre eine Beleidigung Lorenzo gegenüber!“

„Und das würden wir natürlich niemals wagen“, setzte Sebastiano halblaut hinzu, plötzlich gar nicht mehr amüsiert, „los, Gian. Wenn du kein Fleisch willst, lass es liegen, und ich verfüttere es nachher an die Windhunde. Dann bleibt deine Seele rein, und Vater kann mich mal kreuzweise.“

Gianni schüttelte kaum merklich den Kopf.

„Ach was“, flüsterte er zurück, „ich ess’ schon. Hab gar kein Problem damit. Ich war nur so überrascht, weißt du?“

Sebastiano sah ihn an und lächelte.

„Na klar“, sagte er, „aber du musst nicht, nur weil der Alte es sagt. Ich würde dir helfen.“

Gianni gab das Lächeln zurück.

„Das weiß ich“, sagte er leise, „das weiß ich doch.“

Er nahm sich von jeder Sorte Fleisch, und er aß jeden einzelnen Bissen, so wie fast alle um ihn herum, trotz der Fastenzeit.

Aber es schmeckte ihm kein bisschen, und wenn er sich die Gesichter von Giovanni Cavalcanti und einigen anderen so ansah, dann erging es diesen ähnlich.

„Ich hab’s Lorenzo schon gesagt“, erzählte Giuliano am nächsten Morgen, „mehr als einer hat sich darüber aufgeregt. Der Bischof hat nicht einen Bissen angerührt, und Lorenzo musste den halben Abend auf ihn einreden, damit er nicht einfach aufstand und ging. Wer hätte aber auch gedacht, dass sie alle plötzlich so fromm werden?“

Sebastiano nickte zustimmend, mit keinem Wort erwähnend, dass sein kleiner Bruder ebenfalls zeitweilig sehr fromm gewesen war. Gianni hingegen konnte immer noch nachvollziehen, warum Fleisch in der Fastenzeit keine gute Idee gewesen war, egal, welch hoher Besuch sich angesagt hatte.

„Und was hat Lorenzo jetzt vor?“, fragte Sebastiano, „er hat doch bestimmt was vor, oder?“

„Natürlich“, lächelte Giuliano, „und er hat eine sehr gute Idee. Er lässt liturgische Schauspiele aufführen, in drei verschiedenen Kirchen. Ihr solltet zu der in Santo Spirito gehen – sie planen, für die Ausgießung des Heiligen Geistes echte Flammen zu verwenden!“

„Echte Flammen?“, sagte Sebastiano beeindruckt, „das sollten wir uns wirklich anschauen, Gianni. Kommst du auch, Giuliano?“

Der schüttelte den Kopf.

„Ich kann nicht“, gab er zu, „wir haben immerhin Gäste, und die... hm. Ich mag Bona, die Herzogin. Aber was diesen Sforza anbetrifft...“

Er sprach nicht weiter, sondern verzog das Gesicht.

„Ziemlich ungezogener Kerl, was?“, sagte Sebastiano mitfühlend, „ich hab's beim Bankett gesehen. Ein paar Mal hast du ausgesehen, als ob du in eine Zitrone gebissen hättest.“

„Wirklich?“, fragte Giuliano schockiert, „oh Himmel! Hoffentlich hat das niemand bemerkt!“

„Pah – warum nicht?“, erwiderte Sebastiano herablassend, „die Leute sind nicht dumm. Sie hören schließlich auch genug Gerüchte über den Herzog – von dem Priester, den er verhungern ließ oder dem Mann, den er an seinen Sarg hat nageln lassen.“

„Lebend?“, fragte Gianni erschrocken.

„Lebend“, sagte Sebastiano mit diabolischem Grinsen, „und außerdem habe ich gehört, dass er einmal einen Wilderer gezwungen hat, einen ganzen Hasen zu essen – inklusive Fell, Schwanz und Ohren!“

„Bah“, machte Giuliano und schüttelte sich, „gut, dass ich das gestern noch nicht wusste! Aber Sandro schätzt ihn. Galeazzo hat sich lobend über seine Bilder geäußert. Er mag Kunst.“

„Aber er versteht nichts davon“, sagte Sebastiano sofort, welcher schließlich genauso wenig verstand, „auch das hat Sandro zugegeben.“

„Er hat erklärt, sein Reichtum wäre im Vergleich zu unseren Schätzen nur ein Haufen Dreck“, versuchte Giuliano dennoch, etwas Gutes an dem Gast zu finden.

„Nun, das ist ja wohl auch offensichtlich“, erklärte Sebastiano von oben herab, „ein Blinder kann das merken – also auch ein Sforza. Ehrlich, Giulio – warum machst du dir Sorgen? Warum kümmert ihr euch überhaupt um ihn?“

„Er ist Mailand“, sagte Giuliano schlicht, und damit hatte er alles gesagt.

Mailand, Venedig, Florenz – die drei großen Städte des italienischen Nordens, zwischen denen ein fragiles Gleichgewicht herrschte. Dazu kam eine Fülle an kleineren Städtchen, wie Rimini, Perugia oder Bologna, deren Loyalitäten mal der einen, mal der anderen galten, und dann wieder nur sich selbst. Italiens Norden hatte mehr als eine blutige Schlacht hinter sich, mehr als einen berühmten condottiere hervorgebracht, der sich sein eigenes kleines Reich aus einem Kriegsgewinn geschaffen hatte – und Francesco Sforza, der Vater Galeazzo Marias, war zweifelsohne der Erfolgreichste unter ihnen gewesen. Lorenzo hingegen, dessen Familie nicht von Söldnerführern, sondern von Händlern abstammte, hatte wenig Interesse an einem Krieg. Er war für Frieden, er war für das Aufrechterhalten des Gleichgewichtes zwischen den italienischen Stadtstaaten, und dazu gehörte es eben auch, sich mit den Kindereien und Gräueltaten eines Galeazzo Maria Sforza herumzuschlagen, wenn es eben sein musste. Um diesen zufrieden zu stellen, gab es Fleisch in der Fastenzeit, und wenn dann die Pietätvolleren unter den Bürgern aufmuckten, wurden sie mit einem Schauspiel besänftigt.

Brot und Spiele, dachte Gianni plötzlich, wo habe ich das noch wieder gehört…

Er dachte auch noch darüber nach, als er am Sonntag darauf die Kirche in Santo Spirito betrat und mit Sebastiano auf einer der vorderen Bänke Platz nahm. Cesare und ihr Vater waren nicht mitgekommen, das Geschäft ging wieder einmal vor, und Minerva hatte sich erkältet. Aber, so dachte Gianni mit einem Seitenblick auf seinen Bruder, es war sowieso immer am besten, wenn sie zu zweit waren.

Die Kunde von den liturgischen Spielen hatte sich verbreitet, die Kirche war prall gefüllt. Er sah ein paar Rucellai, einige Pazzi, und einen Teil der Familie Cavalcanti. Von den Medici war keiner dabei, wie Giuliano es bereits angekündigt hatte, aber das mussten sie auch nicht. Ihr Name schwebte wie der Weihrauch über ihnen allen und verhieß ein neues Spektakel, eine neue Unterhaltung, eine neue Überraschung aus dem schier endlosen Topf der Mediceschen Großzügigkeit.

Brot und Spiele, dachte Gianni erneut, ist es immer so gewesen? Hatte auch der alte Cosimo dergestalt regiert, ein Regent in einer Republik, der nie im Vordergrund gestanden und es deshalb doch um so mehr getan hatte? Oder war Piero so gewesen, der sich aufgrund seiner Krankheit kaum hatte bewegen können und sich deshalb mehr und mehr auf seine Söhne verließ?

Brot und Spiele – wenn dies das Geheimnis war, dann beherrschte es Lorenzo perfekt. Kein Wort mehr von der gebrochenen Fastenzeit, nicht einmal aus den Reihen der Cavalcanti oder der Pazzi – nein, alle achteten gespannt auf die Darbietung und alle verfolgten sie mit Oohs und Aahs, verwöhnt zwar, aber dennoch bereit, sich immer wieder bezaubern zu lassen. Und alle warteten gespannt auf den Moment der Ausgießung der Flammen des Heiligen Geistes, begrüßt von einem kollektiven Seufzen, einem Moment der ehrfurchtsvollen, beeindruckten Spannung. Giuliano hatte nicht gelogen. Es waren echte, wahrhaftige Flammen, die leckten, züngelten, aufflackerten. Es waren wahrhaftige Flammen in einer Kirche mit hölzernem Innenleben, hölzernem Dach. Es waren Flammen, die ausgegossen wurden und dann, ihrer Natur gemäß, unerwartet hell aufloderten. Gianni dachte verwirrt, beinahe verträumt, dass das doch eigentlich ziemlich *gefährlich* war – und da packte Sebastiano plötzlich seinen Arm mit brutalem Griff und schrie auf.

„Aber... wa...?“, machte Gianni verdutzt, als ein Knall sämtliche Ehrfurcht unterband.

Die Kirche stand auf einmal in Flammen. Es war ein warmer Frühling, ungewöhnlich für die Jahreszeit. Es hatte lange nicht geregnet. Ein Moment der Unachtsamkeit vielleicht, ein übereifriger Konstrukteur der Spiele, der seine Fähigkeiten falsch eingeschätzt hatte, oder einfach die Natur der Dinge – zumindest stand plötzlich, schlagartig, die Kirche in Flammen, vollgefüllt bis auf den letzten Platz mit sensationsgierigen, unterhaltungsverrückten Menschen.

Unterhaltung bekamen sie jetzt, Sensationen auch, aber anders als gedacht. Das Feuer explodierte mit einem Knall, breitete sich rasend schnell Richtung Decke und Seiten aus, und in einer kollektiven Bewegung sprang die Masse auf und drängte rückwärts, zu den Türen.

„Gianni! Gianni! Träum nicht!“, brüllte Sebastiano, seinen Arm immer noch umklammernd, und bahnte sich rücksichtslos einen Weg, seinen schockierten Bruder hinter sich her schleifend, „raus hier! Los! Wenn das Dach einstürzt, sind wir verloren!“

Gianni war fassungslos. Um sich herum war Lärm, Rauch, beißende Hitze, ätzender Qualm. Er sah verzerrte, kreischende Gesichter, Hände, die ihn bedrängten, Ellenbogen, die ihn trafen, Menschen, die in der allgemeinen Panik niedergingen. Er trat auf etwas Weiches, das schrie und zappelte, und er konnte nicht einmal stehen bleiben, nicht nur, weil Sebastiano ihn vorwärts zerrte, sondern auch, weil von hinten gedrückt wurde, so stark, dass ihm die Luft wegblieb.

Atmen konnte er erst draußen wieder und husten, als der Qualm nachließ und die Hitze besser wurde. Er würgte. Sebastiano zog ihn vorwärts, über den Platz, auf die andere Seite, in Sicherheit, und drückte ihn dort auf eine der Bänke.

„Bist du in Ordnung?“, fragte er heftig.

Gianni brauchte einen Moment, bevor er nicken konnte. Seine Hand tat weh, eine blutige Scharte zog sich über die Finger, und er fragte sich, woher er das wohl hatte. Blut war es auch, was von Sebastianos Wange tropfte, wo ein wirbelnder Splitter die Haut aufgerissen hatte. Aber das waren Kleinigkeiten im Vergleich zu dem Inferno, dem sie gerade entronnen waren. Sebastianos Hand lag schwer auf seiner Schulter.

„Gut“, sagte er leise, „gut. Bleib hier sitzen, Gian, hörst du mich? Ich will sehen, ob ich helfen kann. Ich glaube, Cristina de' Pazzi war da. Und Renaldo ist heute zuhause geblieben.“

Cristina war Renaldos Schwester. Natürlich würde Sebastiano ihr helfen wollen. Natürlich sollte auch er, Gianni...

„Ich komme mit“, sagte er schwankend und erhob sich mühsam.

Aber Sebastiano lächelte und schüttelte den Kopf.

„Vergiss es“, sagte er, „ich rette Cristina, klar? Dann wird sie mir dankbar sein. Du bleib hier sitzen und krieg wieder etwas Farbe in deine Wangen.“

„Aber...“

„Gianni!“, sagte Sebastiano scharf, „bleib hier! Ich bin gleich wieder da!“

Er gehorchte bei diesem Tonfall automatisch und sank zurück auf die Bank. Etwas verzerrte seinen Blick, und er stellte verwirrt fest, dass es Tränen waren – ob vor Schock oder wegen des beißenden Rauches wusste er nicht. Automatisch rieb er über sein Gesicht, entdeckte Ruß und Schlieren an seiner Hand und ballte sie zur Faust.

„Das ist die Strafe Gottes!“, schluchzte eine Frau neben ihm und er erkannte eine Cousine von Giovanni Cavalcanti, „die Strafe für unseren Frevel!“

„Der Himmel rächt sich!“, jammerte ein junger Mann, und daneben, ein Priester, die Faust in die Luft gereckt: „Ihr seht, was ihr für Völlerei und Sauferei erntet! Ihr seht, wie Gott es ahndet, wenn man sein Gesetz missachtet! Wehe! Wehe!“

Brot und Spiele, dachte Gianni, na, das war dann wohl nach hinten losgegangen.

Dieser Gedanke gab ihm etwas Fassung zurück, bannte ein wenig das heftige Zittern, verdrängte das würgende Gefühl in seiner Kehle. Er schaute sich um.

Die Kirche stand nun endgültig in Flammen. An der Seite sah er Sebastiano, der eine schluchzende Cristina tröstete, wie er es sich erhofft hatte. Er sah die Diener der Tornabuoni, die eine Trage heranschafften, offensichtlich war jemand schwer verletzt. Er sah überall verwundete Menschen, weinende Kinder, jammernde Männer und Frauen.

Und er sah jemanden, den er kannte.

Dicht neben ihm, nur wenige Schritte entfernt, hockte Luca, der Apothekenjunge mit dem verkrüppelten Bein. Vor ihm lag eine ältere Frau am Boden und auf der anderen Seite kniete ein Mädchen, in einen ungefärbten Schal gewickelt. Gianni war aufgestanden und nähergetreten, bevor er es richtig registriert hatte.

Das Mädchen weinte, leise, aber dennoch hörbar. Ihr Kopf war gesenkt, ihre Hände versuchten vergeblich, der Frau ein wenig Linderung zu verschaffen. Luca hielt ihre Hand, er war leichenblass. Und die alte Frau am Boden lag im Sterben.

Ein Balken musste sie getroffen haben und hatte ihren halben Oberkörper zerschmettert. Trotz der Kleidung konnte Gianni die zerbrochenen Rippen erkennen, das zerquetschte Fleisch und die Hilflosigkeit der zerstörten Organe darunter. So etwas konnte man nicht überleben, und das wussten die beiden Kinder vor ihm auch.

„Luca", sagte Gianni.

Luca hob den Kopf. Einen Moment lang war sein Gesicht offen, voller Angst und Verzweiflung. Dann legte sich ein Schleier darüber und ließ es unlesbar werden.

„Gianni Montecaldo", sagte er rau, „bist du verletzt? Oder jemand aus deiner Familie?"

Gianni schüttelte den Kopf.

„Nein“, antwortete er, „mein Bruder und ich... ist das deine Großmutter?“

„Ja“, sagte Luca schlicht, und mehr nicht.

Das Mädchen hatte aufgehört zu schluchzen, streichelte die Wange der Frau, und hob noch immer nicht den Kopf. Gianni erinnerte sich wieder an diesen Tag im Dezember, als es geschneit hatte, kurz nach Piero de' Medicis Tod.

„Kann ich euch helfen?“, fragte er unwillkürlich.

Etwas Seltsames glitt über Lucas Gesicht und war verschwunden, bevor es verstanden werden konnte. Der Junge schüttelte den Kopf.

„Niemand kann ihr noch helfen“, sagte er, „sie weiß es, wir wissen es.“

„Ja“, sagte Gianni hilflos, „sicher... aber... vielleicht wollt ihr sie nach Hause bringen? Wir haben Diener, die könnten sie tragen.“

Ein schwaches Grinsen erhellte Lucas Züge. Erneut schüttelte er den Kopf.

„Montecaldos Diener tragen Rosalba di Cammino?“, sagte er spöttisch, „nein, schon gut. Danke für dein Angebot, aber wir haben eigene Leute. Mach dir keine Sorgen. Rosalba hat viele Freunde.“

Gianni empfand es als seltsam, wie er von seiner Großmutter sprach.

„Ich könnte vielleicht trotzdem helfen“, sagte er spontan, „eure Freunde sind zumindest noch nicht da!“

„Sie werden kommen“, sagte Luca lakonisch und in diesem Moment öffnete die sterbende Frau auf der Straße ihre Augen.

Ihr Blick war schwarz, wie Kohle, ging Gianni durch und durch, und nagelte ihn förmlich auf der Stelle fest. Ihr Blick war wie ein Bannstrahl, forschend, rücksichtslos, fordernd.

Strega! schoss ihm durch den Kopf, sie ist eine Hexe!

Aber dann, unvermittelt, wurden ihre Augen weich, beinahe mütterlich, so dass er erschrocken bemerkte, wie ihm die Tränen kamen. Er drängte sie zurück, verwirrt, getroffen, und das Mädchen an ihrer Seite hob den Kopf.

Es war diese Bewegung, die Gianni half, seinen Blick von der Hexe am Boden zu lösen und stattdessen ihre Enkeltochter anzusehen – die ganz normale Reaktion eines Menschen auf ein sich veränderndes Bild. Der Blick des Mädchens war vollkommen anders als der ihrer Großmutter. Sie hatte ein ruhiges, herzförmiges Gesicht, das ihn entfernt an Pietros Madonnenzeichnungen erinnerte, und ihre Augen waren klar und voller Trauer. Er war für einen Moment versucht, seine Hand an ihre Wange zu legen, um sie zu trösten.

„Da sind unsere Freunde", sagte Luca, „wie gesagt, danke für dein Angebot, Gianni. Ich glaube, dein Bruder sucht dich."

Gianni sah auf. Ihm gegenüber standen plötzlich vier Männer, wie aus dem Nichts, dunkel und groß, mit einem Gesichtsausdruck wie einst die Arsenalotti in Venedig. Er wich unwillkürlich einen Schritt zurück und stieß mit dem Rücken gegen Sebastiano.

„Hier bist du also!", schimpfte sein Bruder, „habe ich dir nicht gesagt, dass du da sitzen bleiben sollst! Mann, Gianni! Ich habe mir Sorgen gemacht!"

„Ja", sagte Gianni nur.

„Komm jetzt", fuhr Sebastiano ungeduldig fort, nur einen uninteressierten Blick auf die sterbenden Frau am Boden werfend, und ganz und gar unempfindlich für die geheimnisvollen Männer dahinter, „wir bringen Cristina nach Hause. Ihre Mutter ist in der Kirche gestützt. Es geht ihr gar nicht gut. – Gianni!"

„Ja", sagte Gianni erneut.

„Hörst du mir zu? Wir gehen jetzt!", forderte Sebastiano.

„Ja", sagte Gianni ein drittes Mal und ließ sich fortziehen.

Aber sein Blick haftete auf den Männern, und glitt dann wieder zu der sterbenden Frau mit ihren beiden Enkelkindern, die sie jetzt auf ein Tuch betteten, und er sah erst fort, als ihm der Weg verstellt wurde.

Cristina und Renaldo de' Pazzis Mutter war so schwer gefallen und getreten worden, dass sie noch am Abend verstarb, was bei ihrer Tochter Weinkrämpfe und bei ihrem Sohn üble Verwünschungen auslöste, die Gianni für dieses Mal gut nachvollziehen konnte. Da half es auch nicht, dass Giuliano am späten Abend persönlich vorbeischaute. Man wies ihn an der Tür ab, was sich auch nur ein Pazzi trauen konnte.

Gianni wusste, dass weder Giuliano noch Lorenzo eine solche Tragödie erwartet hatten, im Gegenteil. Er wusste auch, dass er sie für das missglückte Spiel nicht direkt verantwortlich machen konnte – und dennoch, der Qualm und die Hitze, die Schreie und die zerschmetterte Frau am Boden ließen ihn nicht los. Er war mit Sebastiano im Haus der Pazzi geblieben, um zu helfen, wo er konnte, wobei es für ihn eigentlich nichts zu tun gab, nicht einmal, als Renaldos Mutter tot war. Er lehnte einfach nur in der Tür zum Hof und wartete, hörte, wie Sebastiano mit Renaldo redete, wie er Cristina tröstete, wie er Hilfe und Mut zusprach. Er war dem Kummer der beiden Geschwister nicht gleichgültig gegenüber – und dennoch beschäftigte ihn viel mehr der Kummer eines anderen Geschwisterpaares, das jetzt vermutlich genauso litt.

Er hatte Luca nur zweimal gesehen, und bloß einmal gesprochen. In Landuccis Bottega war seine erste Empfindung Mitleid gewesen, dann Sympathie und ja, auch ein gewisses Maß an Bewunderung für die Gelassenheit, mit der Luca von seiner Verletzung sprach, und wie er sein Leben meisterte. Im Schatten auf dem Hof der Medici, als Luca mit seiner Schwester gekommen war, hatte Gianni sich nicht zu erkennen gegeben. Danach war er eine Zeitlang versucht gewesen, zu Landucci zu laufen und eine Erklärung einzufordern – aber irgendwie hatte es sich nie ergeben, irgendwie war er darüber hinweggekommen, und die wenigen Male, in denen er tatsächlich noch einmal im Laden des Apothekers aufgetaucht war, war Luca nie da gewesen. Er hätte diese merkwürdige Begebenheit vermutlich bald völlig vergessen, wäre er ihnen jetzt nicht begegnet. Und seltsam, nun erinnerte er sich wieder an jedes

Wort, das er mit Luca gewechselt hatte, und daran, dass dieser nur noch eine Schwester und eine Großmutter hatte.

Wobei Letztere heute noch sterben würde.

Wer war dieser Luca eigentlich? Wo wohnte er? Und warum sprach er mit seiner Schwester über ihn, Gianni Montecaldo? Warum hatte diese Schwester unbedingt die Davidsstatue sehen wollen – und zwar ziemlich offensichtlich nicht der Kunst wegen, sondern aufgrund des Models? Und wer war diese Großmutter mit ihrem schwarzen Blick? Wer diese Leute?

Und warum, warum um alles in der Welt hatte er nur dieses Gefühl, dieses komische, unerklärliche Gefühl – dass sie ihn verstanden hatten?

Zur selben Zeit, in einer viel ärmlicheren Behausung zu ebener Erde, unweit des Arnos, stand noch ein Junge in einer Tür und starrte hinaus.

Luca kehrte dem Inneren der Hütte den Rücken zu. Viel mehr als eine Hütte war es nicht – einst ein Durchgang vom Ufer des Arnos zu der winzigen Straße dahinter, jetzt durch grobes Mauerwerk und ein Dach mit Kamin in ein Zimmer verwandelt, in dem sie zu dritt gelebt hatten. Es gab eine Bettstatt an der rechten Wand nahe des offenen Herdes, für Susanna und Rosalba, und eine an der Stirnseite, an der anderen Ecke des Herdes, für ihn. Bei der Tür befand sich der Tisch mit den drei Schemeln, und weiter hinter eine alte Lade mit ihren Besitztümern. Die Deckensparren hingen voller Kräuter, in den Ecken befanden sich nützliche und weniger nützliche Dinge. Es war ihr Heim, das einzige, was Luca je gekannt hatte, seitdem seine Großmutter ihn vom Wagen des Onkels heruntergeholt und diesen verflucht hatte. Hier waren sie zuhause. Hier hatten sie gelebt – bis jetzt.

Die Hütte würde ihnen niemand streitig machen, zumindest vorerst nicht. Aber was ansonsten geschehen würde, dessen war Luca sich alles andere als sicher. Ein Schauspiel hatten sie sehen wollen, die Großmutter hatte darauf bestanden. Und dies war das Resultat.

Er jammerte nicht. Wenn er eines in seinem kurzen Leben gelernt hatte, dann, das Jammern nichts nützte. Rosalba starb, und sie musste es bereits gewusst haben, als sie heute Morgen aufbrachen. Sie hatte es gewusst, wie es im Grunde alle drei gewusst hatten, und sie hatte ihre Enkelkinder auf ihre Art und Weise darauf vorbereitet. Man konnte deshalb eigentlich nicht sagen, dass ihr Tod sie unerwartet traf.

Was es nicht besser machte.

Luca starrte auf die Straße und kämpfte gegen den kalten Knoten der Angst in seinem Magen. Hinter ihm starb seine Großmutter, der Halt seiner Kindheit, und ihm wurde vehement, mit aller Macht bewusst, dass er knapp sechzehn Jahre alt war, ein verkrüppeltes Bein und eine vierzehnjährige Schwester besaß, deren einziger Schutz er jetzt war.

Außer Rosalba gab es niemanden mehr, der für sie sorgen konnte. Wenn sie jetzt ging, waren sie auf sich selbst gestellt. Dann trug er, Luca, die ganze Last der Verantwortung, und auch, wenn er wusste, dass seine Großmutter ihn darauf vorbereitet hatte, und dass sie ihn für fähig erachtete – auch dann wurde die Angst in seiner Mitte nicht besser.

Nichts im Leben war sicher, zumindest das wusste er, auch keine großmütterlichen Ahnungen, und nicht einmal, wenn Rosalba diese Großmutter war.

Eine Bewegung an seinem Arm schreckte ihn auf. Plötzlich wurde ihm bewusst, dass das leise Murmeln hinter ihm längst verstummt war. Er streckte automatisch den Arm aus und legte ihn um Susannas Schultern.

Sie war zart, jedoch nicht dünn, und reichte ihm bis zur Schulter. Sie war seine kleine Schwester, und von jetzt an waren sie allein. Er schluckte kräftig. Rosalba war fort.

Susanna murmelte etwas. Ihr Kopf war an seiner Brust versteckt und deshalb klang ihre Stimme gedämpft.

„Was hat sie gesagt?“, fragte Luca leise.

Sie drehte ihren Kopf ein wenig, ohne ihn anzusehen.

„Dass wir überleben werden“, antwortete sie.

Als Antwort verstärkte er den Druck um ihre Schulter, zog sie dichter heran. Also das waren die letzten Worte seiner Großmutter gewesen: Dass sie überleben würden.

Aber hatte sie auch gesagt wie?

*

Es gab kein Fleisch mehr, bis Ostern. Lorenzo hatte die Zeichen verstanden. Es war aber auch nicht mehr nötig, da der Herzog von Mailand und seine Gattin abreisten. Die Opfer von Santo Spirito wurden begraben, die Familien auf verschiedenste Art und Weise getröstet, und Cristina de’ Pazzi zog aufs Land zu ihrem Onkel Jacopo. Sebastiano war in den Tagen danach etwas stiller. Gianni war ebenfalls stiller, was seine Umgebung natürlich auf die Katastrophe zurückführte, der er so knapp entronnen war. Dabei konnte er einfach den bohrenden schwarzen Blick einer sterbenden Frau nicht vergessen. Manchmal, tief in der Nacht, fragte er sich, ob sie ihn verflucht hatte.

Ansonsten ging das Leben seinen Weg. Francesco Montecaldo nahm die Gespräche über die Druckerei noch einmal auf, diesmal nicht mit Piero, sondern mit Lorenzo de’ Medici. Als Konsequenz begann bald eine kleine Druckerei in der Via Breva, Pamphlete und Bücher in der italienischen Umgangssprache auszuspucken. Besser war allerdings ausgedrückt, dass sie ausspucken sollte, jedoch die meiste Zeit schnaufend stillstand, weil etwas kaputt gegangen war. Die Anfangsschwierigkeiten waren deutlich größer als erwartet, und wenn der Drucker wieder einmal mit einer neuen Bitte um Geld für Ersatzteile bei Francesco Montecaldo auftauchte, war dieser so miserabel gelaunt, dass Gianni lieber still das Weite suchte. Er hatte sowieso das Interesse am Drucken verloren – ohne Johann, Wendelin und Francesco war es einfach nicht dasselbe.

Im April lief die San Niccolo nach jahrelanger Abwesenheit im Hafen von Venedig ein, und im Mai gab es auf den Märkten von Florenz Zucker aus Madeira, eine kleine Sensation. Unter den kleinen Händlern, welche die Ware erstanden, um sie ihrerseits zu verkaufen, war zu Giannis Verblüffung auch Luca Landucci, der Spezereienhändler von der Ecke de' Tournaquinci, welcher einen Gehilfen mit demselben Vornamen hatte. Und Gianni erwachte aus der seltsamen Betäubung, die ihn seit Santo Spirito umfangen hatte.

Warum sich quälen und verwirren lassen? Warum den Dingen nicht einmal auf den Grund gehen und die Ursache für seine merkwürdige Reaktion identifizieren?

Im Haus seines Vaters konnte er Landucci kaum nach dessen Gehilfen befragen, zumal er eingeteilt war, die Bücher zu kontrollieren. Aber sobald Cesare ihm freigab, schnappte er sich seinen Mantel, sauste aus dem Haus und eilte die Straßen hinunter, bis zur Ecke de' Tournaquinci.

Landuccis Laden war offen, aber leer. Kein Gehilfe Luca, der in der Ecke saß und sein Bein schonte, kein Landucci – oder halt, doch, da war er, aus seinem Lager um die Ecke spähend, vermutlich besorgt wegen der Diebe.

Nach einem kurzen Stutzen hatte er Gianni erkannt.

„Du bist der junge Montecaldo", sagte er, „du warst doch mal mit diesem verrückten Lehrling von Meister Andrea hier!"

„Leonardo ist nicht verrückt", sagte Gianni automatisch, bevor er mit den Schultern zuckte und zugab, „nun ja, vielleicht ein bisschen. Er ist... anders."

„Verrückt", sagte Landucci kopfschüttelnd, „aber nun denn, solche muss es auch geben. Was möchtest du denn, junger Herr? Du willst kaum Farben oder Gesso kaufen?"

Gianni schüttelte den Kopf. Plötzlich war er verlegen.

„Was möchtest du dann?", hakte der Apotheker nach.

Was wollte er? Sollte er nach dem Gehilfen fragen, er, ein Montecaldo?

„Zwei Unzen Massicot", hörte er sich plötzlich sagen, „ich habe einen Freund, der ist Maler."

„Wie ich gehört habe, hast du viele Freunde, die Maler sind", meinte Landucci freundlich, „Massicot, das habe ich da. Warte einen Moment."

Gianni hatte insgeheim gehofft, der er würde nach seinem Gehilfen rufen, aber nichts dergleichen geschah. Höchstpersönlich verschwand Landucci nach hinten, höchstpersönlich tauchte er kurz darauf mit der gewünschten Ware wieder auf. Gianni erlebte einen weiteren Moment der Peinlichkeit, weil er ohne Geldbeutel hinausgelaufen war, aber fand dann doch noch die notwendigen Münzen in den voluminösen Taschen seines Wamses. Und erst, als bezahlt war, quetschte er hinaus: „Ist Luca eigentlich nicht mehr da?"

Die Miene des Apothekers wurde misstrauisch.

„Luca?"

„Dein Gehilfe", setzte Gianni rasch hinzu, „er hatte ein krankes Bein. Ich habe... wir hatten uns unterhalten. Leonardo hat ihn gezeichnet."

„Ach, Luca di Cammino meinst du", antwortete Landucci, „nein, er arbeitet nicht mehr hier."

Gianni verspürte plötzliche Enttäuschung. Landucci war seine einzige Verbindung zu dem verkrüppelten Jungen gewesen. Ihm war gar nicht bewusst gewesen, wie sehr er sich darauf verlassen hatte.

Und jetzt?

Seine betroffene Miene musste eine Seite im Ladenbesitzer angerührt haben, denn dieser setzte nach einem Moment hinzu: „Seine Großmutter ist gestorben, da hat er sich eine besser bezahlte Stellung gesucht. Er muss seine Schwester ernähren, verstehst du?"

„Ich verstehe", murmelte Gianni.

Landucci lächelte.

„Er war ein sehr guter Gehilfe", sagte er, „und freundlich dazu. Er fehlt mir, aber ich habe mittlerweile guten Ersatz."

Der Laden war außer ihnen leer. Wenn Landucci also einen neuen Gehilfen hatte, dann war er nicht hier, und außerdem wollte Gianni ihn mit plötzlichem Trotz auch gar nicht sehen. Er nahm sein Tütchen Massicot auf. Filippino würde sich freuen, und das war zumindest etwas.

„Danke“, sagte er knapp und sprang aus dem Laden.

Landucci, der Spezereienhändler, trat an seine Theke und sah ihm nach. Ein seltsamer Junge, dachte er im Stillen, irgendwie anders als diese wilden Kerle, die nachts die Straßen unsicher machten. Ein Montecaldo, sicher. Aber dennoch anders.

Hinter ihm knarrte eine Diele, doch er drehte sich nicht um.

„Er ist weg“, sagte er ruhig.

„Ich weiß“, erwiderte Susanna, „aber du hättest dir keine Sorgen machen müssen. Luca sagt, Gianni Montecaldo wäre in Ordnung.“

„Und Luca irrt sich nie“, erwiderte Landucci, wobei nicht sicher war, ob er das ernst meinte oder ironisch, „trotzdem war es besser, dass er dich nicht zu Gesicht bekam. Er ist immerhin einer der jungen Herren.“

„Hast du mir deshalb gesagt, ich soll im Lager bleiben?“, fragte sie.

Jetzt drehte er sich doch um.

„Ich habe dir nichts verboten“, sagte er, „aber du weißt es doch auch besser. Diese jungen Herren haben nur eine Verwendung für ein kleines Mädchen wie dich. Sie denken nicht an deine Sorgen, sie nehmen keine Rücksicht auf deine Angst. Es ist besser, sie nicht in Versuchung zu führen. Wenn ein Montecaldo Interesse für deinen Bruder entwickelt – nun gut, soll er. Aber wenn er es für dich tut, dann nimmt das kein gutes Ende.“

„Das kannst du nicht wissen“, entgegnete sie.

Er schüttelte den Kopf.

„Ich kenne diese Lauselümmel“, sagte er heftig, „sie sind alle gleich!“

Seine kleine neue Gehilfin hingegen, der er die Stellung ihres Bruders halb aus Mitleid für ihre Not, halb aus vergangener Ehrfurcht für ihre Großmutter gegeben hatte, blieb ganz gelassen. Sie schüttelte ebenfalls den Kopf.

„Nein“, sagte sie, „Gianni ist anders.“

Landucci seufzte.

Gianni nahm sich insgeheim vor, doch mal auf den Baustellen vorbeizuschauen, oder am Hafen, denn immerhin waren das die Beschäftigungsmöglichkeiten gewesen, von denen Luca einst gesprochen hatte. Aber an diesem Tag kam er nicht mehr dazu und auch nicht am nächsten Tag, denn da hatte er bereits etwas anderes vor.

„Meinst du, sie wird halten?", fragte Sebastiano, wobei der morbide Wunsch nach einem neuen Drama durchklang.

Gianni schüttelte sich unwillkürlich.

„Das hoffe ich doch", sagte er heftig, „Meister Andrea bekommt sonst einen Herzinfarkt!"

„Es wäre wohl nicht das Einzige, was Meister Andrea bekommen würde", erwiderte Sebastiano düster, ohne den Blick von der Kuppel der Santa Maria del Fiore zu nehmen, auf der gerade die goldene Spitze aufgebracht wurde, „es sieht aus, als wäre seine gesamte Werkstatt da oben."

„Nein", antwortete Gianni, „Pietro ist nicht dabei und auch nicht der kleine Jacopo. Aber er hat Leonardo mit hinaufgenommen."

Jetzt wandte sein Bruder doch den Kopf, die Augen gespielt schockiert aufgerissen.

„Was denn, den Irren aus Vinci?", lachte er, „oh, es wird ein Spektakel geben. Oh, oh, oh..."

Gianni knuffte ihn, ohne nachzudenken.

„Hör auf!", sagte er heftig, „das sind unsere Freunde! Willst du, dass sie abstürzen?"

„Natürlich will ich das nicht", sagte Sebastiano freundlich, „auch wenn ich nicht so weit wie du gehen würde und die Bastarde von Notaren und Pinselklecksern als meine Freunde betrachten würde."

„Lorenzo sieht sie auch als Freunde", sagte Gianni nicht ohne Hintergedanken.

Aber Sebastiano lachte nur.

„Ja, Lorenzo, unser Prächtigster", sagte er spöttisch, „der steht über allem und jedem. Wenn ich du wäre, würde ich mich nicht mit dem Herrn von Florenz vergleichen, Gianni Montecaldo!"

„Was für Lorenzo gut genug ist, kann für mich nicht zu schlecht sein", beharrte Gianni stur und dachte insgeheim, dass er Sebastiano lieber nichts von Luca und seinen seltsamen Begegnungen mit dem Jungen und dessen Familie erzählen würde.

Aber Sebastiano war bereits wieder abgelenkt.

„Sie wackelt, sie wackelt!", schrie er auf, und fing an, manisch zu lachen, als Kreischen und Juchzen um ihn herum erklang. Die Kuppel hatte natürlich nicht gewackelt.

„Oh, Sebastiano", murmelte Gianni und fühlte sich in diesem Moment als der Ältere.

Und das war ein seltsames Gefühl.

Sie wackelte auch drei Tage später nicht, als die beiden Brüder brav und wohlerzogen neben ihrer Familie am Lobgottesdienst teilnahmen und dem Tedeum lauschten, das ihnen versicherte, Bürger einer der größten und einflussreichsten Städte der Welt zu sein. Auf die Suche nach Luca war Gianni aber immer noch nicht gegangen. Am Anfang nahm er es sich noch jeden Tag vor, beschloss jeden Morgen aufs Neue, an diesem Tag herauszufinden, was an dieser Sache so seltsam war. Und jeden Abend hatte er neue Ausflüchte, neue Gründe gefunden, warum er es nicht getan hatte. Manchmal war er aber auch einfach nur zu beschäftigt, um auch bloß daran zu denken.

Und dann, Ende Juli, geschah wieder etwas, was ihn aus seinem Trott holte.

Der Tag hatte nicht gut begonnen. Die Druckerpresse hatte seit drei Wochen kein einziges Blatt Papier ausgespuckt, was nicht verschmiert, verzerrt oder zerrissen war, und die Erzeugnisse waren die gesamte Zeit über von derart schlechter Qualität gewesen, dass sie nicht einmal den niedrigen Ansprüchen einer Massenproduktion genügen konnten. Dummerweise war Gianni an diesem Morgen zugegen, als der Drucker erschien, um erneut um Geld zu bitten, und dummerweise hatte der Vater ihn bemerkt, bevor er sich verdrücken konnte. Der gesamte, geballte Zorn über eine schlechte Investition entlud sich zunächst über dem Drucker, welcher plötzlich seiner Stellung ledig war, und dann über seinem Sohn, dem Unglücksbringer, der schließlich damit angefangen hatte. Hätten sich Cesare und Sebastiano nicht in ungewohnter Einigkeit zu seiner Verteidigung verbündet, hätte Gianni sicherlich mehr abbekommen als bloß ein paar Ohrfeigen. Minerva, die seine aufgeplatzte Lippe versorgte, war auch keine große Hilfe, sondern brummelte ständig, dass so etwas ja davon kommen würde, wenn Söhne von anständigem Geblüt ihre Zeit mit Unsinn vertun würden.

Er floh, sobald er konnte, aber da der Vater ihm Hausarrest aufgebrummt hatte, blieb ihm keine andere Wahl als sein eigenes Zimmer. Und dort war er auch, als der Bote kam und man ihm den Brief brachte.

Ein Brief von Francesco de Madiis – der erste seiner Art. Zwei Jahre war es her, dass sie in Venedig Freunde geworden waren und sich versprochen hatten, regelmäßig Nachrichten auszutauschen. Es war bei dem Versprechen geblieben, vielleicht nicht weiter verwunderlich bei Jungen in ihrem Alter. Umso erstaunlicher jetzt dieser Brief.

Gianni öffnete ihn und zog sich an sein Fenster zurück, um zu lesen. Zwischendurch ließ er den Brief zweimal sinken. Als er fertig war, las er noch einmal, und ein drittes Mal. Dann blieb er ziemlich lange Zeit ziemlich regungslos an seinem Fenster sitzen.

Im Hause Montecaldo war man es nicht gewohnt, dass der Jüngste rebellierte. Man kannte den Zorn Sebastianos, seinen Trotz, und auch die ungebremste Wut Minervas. Man kannte die kalte, knochige Art Cesares und das donnernde Gebrüll des Hausherrn, wenn einer nicht so parierte, wie er es wollte, wenn eines seiner Kinder sich ihm widersetzte.

Gianni war das bislang noch nie gewesen, und somit rechnete auch nicht eine Menschenseele damit, dass er aufstehen und einfach sein Zimmer verlassen würde. Niemand war abbestellt, um dafür Sorge zu tragen, dass er im Palazzo Montecaldo blieb. Und der Pförtner, der natürlich sah, wie der jüngste Montecaldo zur Haustür hinaus spazierte, war viel zu erstaunt, als dass er ihn aufgehalten hätte.

Gianni war verschwunden, bevor der Sturm der Entrüstung losbrechen konnte.

Er blieb auch den Rest des Tages verschwunden und dann die Nacht, was zu ernster Sorge führte. Am nächsten Morgen startete Sebastiano Montecaldo eine großangelegte Suchaktion und ließ sich nicht davon aufhalten, erst auf den offiziellen Befehl des Vaters zu warten. Alle Freunde wurden aktiviert.

„Das sieht Gianni aber gar nicht ähnlich", meinte Renaldo de' Pazzi verwundert, und Giuliano de' Medici, der sich zum ersten Mal seit Santo Spirito im selben Zimmer aufhielt, stimmte besorgt zu.

„Es muss doch irgendetwas passiert sein!", erklärte er, „irgendetwas, was Gianni richtig getroffen hat!"

„Und die Nachricht aus Rom kann es nicht sein", meinte Piero Soderini nachdenklich.

Sein Bruder Francesco nickte und sagte: „Davon wusste gestern noch niemand in Florenz."

„Mit Rom hat das nichts zu tun", erwiderte Sebastiano, „das kann ich mir nicht vorstellen."

„Und trotzdem muss er einen Grund gehabt haben!", beharrte Giuliano.

„Da muss ich Giuliano Recht geben", sagte Renaldo seufzend, „wir kennen den Jungen doch. Also, raus mit der Sprache, Sebastiano. Wenn wir uns die Hacken nach ihm ablaufen sollen, dann sag uns wenigstens, warum."

„Nun ja", gab Sebastiano zu, „ich weiß es wirklich nicht. Gut, Vater hätte ihn fast erwürgt, gestern früh. Aber Gianni kennt das doch. Er weiß, dass es nicht viel zu bedeuten hat. Vater ist ihm auch überhaupt nicht mehr böse."

„Was hatte der Kleine denn verbrochen?", erkundigte sich Renaldo.

Sebastiano zuckte mit den Achseln.

„Nichts hat er verbrochen“, erwiderte er, „die Druckerei klappt nicht so, wie Vater es will, das war das Problem. Wohl kaum Giannis Schuld, oder?“

„Wohl kaum“, sagte Piero Soderini und Renaldo nickte.

„Wohl kaum“, meinte auch Giuliano, aber er wirkte nachdenklich.

Florenz war eine große Stadt, in der ein einzelner Junge ohne Probleme verschwinden konnte. Viele Tausend Einwohner zählte sie, verteilt in die Quartiere Santa Croce, Santo Giovanni und Santa Maria Novella nördlich des Arno, sowie Santo Spirito südlich davon. Dass auch ein Kind der mächtigen Familien hier verloren gehen konnte, hatte über zwei Jahre zuvor die kleine Castini bewiesen. Ihr Vater hatte sich seit dem Verlust vollkommen zurückgezogen, sollte die Hoffnung aber dennoch immer noch nicht aufgegeben haben. Zumindest hatte er sie nicht für tot erklären lassen und seine Nichte Antonia als Erbin eingesetzt – dabei war diese seit dem Schwindsucht-Tod ihrer Schwester Lucia im vorigen Winter die letzte, die übrig blieb.

Die kleine Castini war und blieb verschwunden, aber ihr war Giuliano de' Medici nie begegnet, und ihr Verlust belastete ihn nicht. Gianni Montecaldo hingegen kannte er von der Wiege an, von den Tagen, in denen die Mutter der Geschwister noch gelebt hatte und sich ihre Mütter gegenseitig besucht hatten. Er würde nicht zulassen, dass Gianni einfach so verschwand.

Giuliano hatte die Angst in Sebastianos Augen gesehen, ein ungewohnter und daher sehr beängstigender Zustand. Sebastiano hatte praktisch nie Angst. Aber sein kleiner Bruder war auch noch nie über Nacht fortgeblieben. Außerdem war Gianni erst vierzehn, ganz egal, wie sehr er in den letzten Monaten gewachsen sein mochte. Wenn Sebastiano sich Sorgen machte, dann gab es mehr als Grund dazu.

Sie teilten sich auf. Zwei von ihnen übernahmen Santa Maria Novella, zwei weitere Santo Spirito und drei, weil es so groß war, das Viertel

Santo Giovanni. Giuliano meldete sich freiwillig als Einziger für das kleinere Santa Croce. Er würde dann zwar allein suchen müssen, aber er hatte eine Idee, die er vorerst für sich behalten wollte. Und außerdem war er ganz gerne mal allein. Dieser Zustand war in der letzten Zeit schließlich extrem selten geworden.

Giuliano de' Medici konnte aber auch nicht mehr einfach so durch die Gassen gehen, wie er es einst getan hatte. Er wurde schließlich überall erkannt und angehalten. Da half also nur eine List, und damit wartete er schön, bis die anderen aufgebrochen waren.

Minerva Montecaldo half ihm, seine Kleidung auszutauschen und seine Haare sowie den größten Teil seines Gesichtes mit einem Tuch zu verhüllen. Er fand sie sehr nett und dachte im Stillen, dass Sebastiano zu Unrecht über die herrische Schwester schimpfte. Sie hatte so rosige Wangen, und ihre Lippen schimmerten einladend… aber er rief sich zur Ordnung. Gianni musste gefunden werden, da war es nicht gut, wenn er mit dessen Schwester ein Techtelmechtel anfing.

Von Minerva hatte er auch die Adresse bekommen. Sie hatte zwar äußerst zweifelnd ausgesehen, als er nach der Druckerei gefragt hatte, aber seinem Wunsch stattgegeben.

„Da wird er nicht sein", warnte sie, „du verschwendest deine Zeit. Vater hat längst jemanden hingeschickt."

Giuliano sagte nichts dazu. Bei sich aber dachte er, dass ein Sohn, der fast von seinem Vater für eine Idee erwürgt worden wäre, sich bestimmt nicht von diesem direkt neben dem Resultat jener Idee erwischen lassen würde.

Und abgesehen davon, wenn er Gianni dort nicht fand, dann wollte er über die Alternativen lieber nicht nachdenken.

Die Druckerei lag in einer kleinen Seitengasse – ein einfaches, dunkles Haus, günstig zu mieten. Die Türen waren verriegelt, doch es gab einen kleinen Garten dahinter, in den Giuliano ziemlich problemlos einsteigen konnte. Danach musste er ein wenig klettern und einen Fensterladen aufbrechen, aber dann war er darin.

Drinnen war das Licht trübe, fiel in Streifen durch die Ritzen der Läden und die Spalten der Türen. Das obere Stockwerk war leer, von einer provisorischen Bettstatt abgesehen, wo bis gestern noch der Drucker mit seinen Gehilfen geschlafen hatte. Es gab auch ein paar Brotkrümel und einen halb ausgetrunken Krug Wasser. Giuliano schlich die Treppe hinunter.

Die untere Etage bestand aus einem einzigen, großen Raum. Alle Trennwände waren entfernt, der Raum war ausgefüllt von der großen Druckerpresse. Die Fensterläden waren ein wenig angestellt, um Licht hereinzulassen, ohne von draußen aufzufallen. Und Licht brauchte Gianni, der halb unter der Presse lag und an etwas schraubte.

Giuliano fiel ein riesiger Stein vom Herzen.

„Ich habe dich gehört", sagte Gianni, „warte. Autsch – verdammt!"

Etwas fiel polternd zu Boden, und poltern tat es auch, als Gianni sich aufsetzte und mit dem Kopf gegen den Rahmen stieß. Er verzog das Gesicht und rieb über die Beule.

„Ach, du bist es", sagte er, sobald sein Blick auf Giuliano traf, ganz so, als begegneten sie sich an einem ihrer üblichen Plätze, „ich dachte erst, es wäre Sebastiano."

„Sebastiano ist draußen und sucht dich", sagte Giuliano so ruhig wie möglich, „wir alle suchen dich. Gianni, deine Familie macht sich Sorgen!"

Gianni schien ihn überhaupt nicht zu hören.

„Ich versuche, den Rahmen zu richten", erklärte er, „er ist völlig verzogen, und deshalb verschmiert alles. Aber ich glaube, sie haben sie falsch gebaut. Außerdem stimmt etwas mit dem *carro* nicht. Ich bin überhaupt nicht sicher, ob ich das wieder in Ordnung bekomme."

Giuliano ging hinüber und legte eine Hand auf Giannis Schultern. Der Junge zitterte.

„Hör mal", sagte er, diesmal wirklich betont ruhig, „ich denke, niemand erwartet von dir, dass du die Presse zum Laufen bringst. Sie haben Angst um dich."

„Dafür gibt es keinen Grund", sagte Gianni, „ich bin hier."

„Aber als dein Vater dich hier suchen ließ, hast du dich versteckt", schoss Giuliano ins Blaue.

„Ich habe geschlafen", meinte Gianni ausweichend, obwohl er etwas rot wurde, „ich habe sie zu spät gehört. Außerdem kann ich noch nicht nach Hause."

„Und warum nicht?", fragte Giuliano behutsam. Der Junge zitterte immer noch unter seinen Fingern.

„Sie funktioniert noch nicht", erklärte Gianni schlicht.

„Aber das wissen wir doch", erwiderte Giuliano sanft, „und wie ich bereits sagte – es ist nicht deine Aufgabe, sie zum Laufen zu bringen."

„Doch."

„Gianni, du kennst doch deinen Vater. Er hat das nicht so gemeint! Er war einfach nur wütend..."

„Es geht nicht um meinen Vater."

Jetzt war Giuliano verblüfft und auch ein wenig ratlos. Wenn er ehrlich war, machte diese scheinbare Ruhe ihm Angst. Es war, als ob ein kleiner Vulkan darunter brodeln würde, als hielte Gianni nur mühsam etwas im Zaum.

„Um was geht es denn dann?", fragte Giuliano vorsichtig.

Erst schien es, als wolle Gianni nicht reden, aber dann siegte offensichtlich die Vernunft. Er seufzte tief auf, legte sein Werkzeug aus der Hand und drehte sich weg, um ein Stück Papier aufzuheben. Es handelte sich nicht, wie Giuliano zunächst dachte, um ein Erzeugnis der Druckerkunst, sondern um einen mit der Hand geschriebenen Brief.

„Johann von Speyer ist tot", sagte Gianni.

Wer ist Johann von Speyer? wollte Giuliano fragen, überlegte es sich jedoch anders. Stattdessen setzte er sich auf die Bank, und, nach einem Moment, setzte sich Gianni wie erhofft neben ihn.

„Er hat es mir beigebracht – er und Wendelin, meine ich“, sprach Gianni weiter, „einen ganzen Frühsommer lang war ich tagein, tagaus nur in ihrer Druckerei. Sebastiano war am Ende richtig wütend auf mich, weil er glaubte, ich wäre trocken und langweilig… aber ich habe es gern gemacht, verstehst du? Wenn man einmal dahintergekommen ist, ist es eigentlich ganz einfach. Es ist so logisch.“

„Ich verstehe“, sagte Giuliano, obwohl er kein einziges Wort begriff.

Gianni seufzte wieder und rieb müde über sein Gesicht.

„Es hat mir Spaß gemacht“, sagte er, „wir waren Freunde. Am Ende wusste ich alles… na ja, vielleicht nicht alles. Ich habe nie Typen hergestellt und so. Aber die Presse kannte ich und ich konnte jeden Handgriff beim Drucken vornehmen und ich war schnell beim Setzen, fast ohne Fehler. Das Problem ist nur… ich sollte dies können, weißt du? Ich hab’s doch gelernt. Aber ich habe so viel vergessen und jetzt… jetzt steht sie da und funktioniert nicht.“

„Und Johann von Speyer ist tot“, sagte Giuliano, der sich inzwischen vage an die Gebrüder da Spira aus Venedig erinnerte.

Gianni nickte.

„Genau“, flüsterte er, „er ist schon Ende letzten Jahres gestorben. Francesco war auch nicht da, er war mit seinem Vater in Rom. Als er heimkam, hat Wendelin es ihm erzählt und er hat mir geschrieben. Francesco de Madiis“, setzte er erklärend hinzu.

„Ach so“, meinte Giuliano, dem der Name nichts sagte. Die Reaktion war jedoch anscheinend genügend, denn Gianni seufzte nur wieder.

„Jetzt hat Wendelin ein Problem“, gestand er, „Venedig hatte seinem Bruder das Monopol gewährt. Sie waren die Einzigen für fünf Jahre, die drucken durften. Aber wo Johann tot ist… na, jetzt drucken eben alle. Und Wendelin hat zwei Familien zu ernähren. Er kann nicht kommen und helfen, ich muss es alleine schaffen. Wendelin hat für so etwas keine Zeit. Und Johann würde keine Blättchen drucken wollen. Er hat von Plinius geträumt und Cicero und…“

„Gianni", unterbrach Giuliano behutsam, „Johann und Wendelin haben Jahre gelernt, bevor sie drucken konnten. Du warst ein paar Wochen bei ihnen. Und du warst nicht einmal erwachsen. Das hier ist nicht deine Schuld. Das hier wird sich geben. Und dein Freund Johann wird in den Werken seines Bruders weiterleben, nicht in solchen Blättchen."

Gianni vergrub das Gesicht in den Händen.

„Ich habe nie geschrieben", erklang es dumpf, „und ich habe mich überhaupt nicht mehr darum gekümmert. Sie haben mir alles gezeigt und ich... ich habe sie nur verraten und im Stich gelassen..."

„Das ist Unsinn und du weißt es", sagte Giuliano streng, „sie leben ihr Leben, du lebst deines. Du hast einen Vater, der sehr schnell die Kontrolle verliert. Aber dennoch liebt deine Familie dich, Sebastiano ist außer sich vor Sorge. Hast du das schon einmal erlebt? Ich nicht und ich finde es auch nicht lustig. Gianni – diese Presse macht Johann bestimmt nicht wieder lebendig, wenn sie funktioniert und sie wird eines Tages funktionieren. Vielleicht hilfst du sogar dabei. Aber eines weiß ich mit Sicherheit – es wird nicht heute geschehen und nicht so. Und du weißt das doch auch."

Zunächst kam keine Reaktion, aber er war geduldig. Und nach viel kürzerer Zeit, als er geglaubt hatte, hob Gianni den Kopf.

„Ich weiß es", gestand er seufzend, „ich weiß es ja. Aber ich dachte, wenn ich hier wäre, könnte ich so tun, als ob... na, als ob es wieder wie früher wäre."

„Und, hat es funktioniert?", fragte Giuliano freundlich.

Gianni sah ihn an und gab ein halbes Lachen von sich.

„Nein", bekannte er.

Giuliano lächelte und legte seine Hand wieder auf die Schulter des Jüngeren. Das Zittern war jetzt fort, wie er erleichtert bemerkte

„So ist das eben", sagte er mit einem komischen Seufzen, „ich wünschte mir manchmal auch, mein Vater wäre noch am Leben und Lorenzo könnte wieder so unbeschwert sein wie früher. Geht aber nicht. Die Welt ändert sich, ob wir wollen oder nicht."

„Ich will nicht“, brummte Gianni.

„Ich weiß“, grinste Giuliano.

Einen Augenblick lang saßen sie einfach nur so nebeneinander, vereint in Gedanken an Verstorbene, Freunde oder Familie. Dann holte Giuliano tief Luft. Die Welt änderte sich ohne Unterlass.

„Der Papst ist tot“, sagte er.

Gianni wandte interessiert den Kopf.

„Der Papst?“, wiederholte er.

Giuliano nickte.

„Heute morgen kam die Nachricht per Eilboten aus Rom“, erklärte er, „Papst Paul ist vor zwei Tagen gestorben.“

„Hm“, sagte Gianni, „ich erinnere mich gar nicht mehr an den vorherigen Papst.“

„Kein Wunder. Du musst ja erst... sieben oder acht gewesen sein, als er starb.“

„Als meine Mutter starb, war ich vier. Trotzdem erinnere ich mich an sie.“

„Aber Papst Pius bist du nie begegnet, oder?“

„Papst Paul auch nicht.“

Wieder war es einen Moment lang still. Giuliano verzog das Gesicht.

„Lorenzo kannte ihn“, sagte er, „und, unter uns, er mochte ihn überhaupt nicht. Papst Paul verstand nicht einmal Latein. Er hatte nicht die Spur einer Ahnung von den feinen Künsten! Und du kennst ja Lorenzo. Für ihn gibt es kaum etwas Wichtigeres.“

„Na, das stimmt wohl“, meinte Gianni amüsiert.

Dann jedoch drehte er sich um, das Gesicht plötzlich ernst.

„Macht Lorenzo sich Sorgen?“, fragte er.

„Sorgen?“, wiederholte Giuliano verblüfft „weshalb?“

„Wegen des Papstes“, erklärte Gianni, „sie werden einen neuen wählen.“

„Ich denke“, erwiderte Giuliano trocken, „schlimmer als Paul kann der Nächste kaum werden. Zumindest nach Lorenzos Sicht der Dinge.“

„Das stimmt vermutlich auch“, gab Gianni ihm Recht.

Und dann, nach einem weiteren Moment: „Macht Lorenzo das eigentlich gerne?“

Jetzt war Giuliano schockiert.

„Was gerne?“, fragte er.

„Was er so tut. Florenz regieren, und so.“

„Wir haben eine Republik.“

„Genau“, antwortete Gianni spöttisch.

Giuliano biss sich auf die Lippen. Das war eine gute Frage und dabei eine, die er selbst nicht ganz sicher beantworten konnte.

„Ich vermute“, sagte er schließlich vorsichtig, „er fühlt sich verantwortlich. Er sieht es als seine Pflicht. Und, wenn du mich fragst – wenn es jemanden an der Spitze der Republik geben muss, dann ist er der Beste, den wir haben können. Oder würdest du gerne die Pitti zurückhaben oder etwa die Albizzi?“

Gianni stockte und schüttelte heftig den Kopf.

„Ich mag Lorenzo“, erklärte er, „und wenn er das tun will, bitte. Meine Unterstützung hat er.“

Giuliano musste plötzlich grinsen.

„Dann kann ja nichts mehr schief gehen“, sagte er amüsiert, „na los, komm. Du musst nach Hause und dich dem Donnerwetter stellen, das dich erwartet. Ich vermute, Sebastiano wird am meisten schreien. Das macht er schließlich immer, wenn ihn etwas getroffen hat.“

„Uff“, Gianni verzog das Gesicht, „kann ich nicht doch noch ein wenig hierbleiben?“

„Nein“, sagte Giuliano bestimmt, nahm den Arm des Jungen, zog ihn hoch, und damit war das letzte Wort gesprochen.

Giulianos Prophezeiung bewahrheitete sich – Sebastiano schrie und schüttelte Gianni. Dann zog Cesare ihn zurück und es wäre beinahe zu einer Rauferei zwischen den Brüdern gekommen, wenn nicht der Vater erschienen wäre. Sein Zorn war glücklicherweise abgekühlt. Mit harten

Worten machte er Gianni klar, wie unverantwortlich und rücksichtslos es gewesen war, einfach so zu verschwinden und Gianni nickte brav und sagte ja und amen. Dann bekam er Abendessen von Minerva, die ihn ausnahmsweise nicht auch noch ausschimpfte, sondern fest an sich drückte, und als er nach dem Essen noch ein bisschen mit Cesares kleinem Sohn spielte, war die Angelegenheit praktisch schon vergessen.

Cesares Frau, Angelica, war nach längerer Abwesenheit wieder in Florenz, und das hatte einen traurigen Grund. Sie hatte ihrem Mann kurz nach der Hochzeit Zwillinge geboren, von denen einer von Geburt an kränkelte, so dass sie mit den Kindern aufs Land gegangen war. Manchmal hatte Minerva ihr dort Gesellschaft geleistet, manchmal ihr Mann sie besucht. Jetzt war der kranke Junge gestorben und Angelica vor der Leere der Zimmer mit dem überlebenden Kind nach Florenz zurück geflohen. Still und grau wie eine Maus saß sie beim Essen, still, aber mit Argusaugen wachte sie über ihrem Sohn und seinem Onkel, und sobald sie konnte, nahm sie den Dreijährigen an sich und zog sich zurück.

„Sie fängt sich wieder“, sagte Cesare entschuldigend zum Vater.

„Du solltest ihr ein neues machen“, warf Sebastiano frech ein, was um ein Haar einen zweiten Streit hervorgerufen hatte. Aber zumindest wurde Giannis Eskapade so viel rascher abgehakt als erwartet. Nach wenigen Tagen durfte er sogar wieder das Haus verlassen und – worauf Minerva achtete – seine Ausbildung fortsetzen.

Zur Druckerei ging er nicht zurück. In der Nacht war ihm klar geworden, dass er dem überlebenden Bruder da Spira wohl kaum einen Gefallen tat, wenn er eine Konkurrenz in Florenz schuf, wo es doch schon so viele Konkurrenten in Venedig gab. Und danach konnte er auch wieder gut schlafen. Er schrieb an Francesco, bat ihn, Wendelin sein Beileid auszudrücken und fragte nach einem Exemplar von Augustinus' *De' Civitate Dei*, dem letzten Werk, an dem Johann von Speyer gearbeitet hatte. Das Geld, was er mitschickte, war beinahe seine komplette Ersparnis.

Und dann, eines Tages, überquerte er die Straße nahe der Ecke de' Tournaquinci und sah Luca di Camminos Schwester aus Landuccis Laden kommen.

Sie war es, ohne Zweifel. Dasselbe ungefärbte Tuch, mit dem sie ihre Haare verbarg, dasselbe herzförmige Gesicht. Einen Moment lang stand er wie angewurzelt. Dann gab er sich einen Ruck. Wenn er eines aus dem Tod des Johann von Speyer gelernt hatte, dann, dass Leute nicht für immer dort blieben, wo man sie zurückgelassen hatte, und dass Menschen fortgehen konnten. Er hatte keine Zeit zu verlieren.

Rasch wechselte er auf ihre Seite hinüber. Es war gegen Mittag, die Straße vergleichsweise leer. Er hatte sie schnell eingeholt.

„Hallo!", sagte er und legte seine Hand auf ihre Schulter.

Sie schrak sichtlich zusammen, als er da so aus dem Nichts hinter ihr auftauchte, und er verfluchte sich dafür.

„Hallo", erwiderte sie erschrocken.

Gianni schluckte.

„Du bist doch Lucas Schwester, oder?", fragte er.

Zugegeben, das klang lahm, aber er war ja auch kein Luigi Pulci, der Verse aus dem Ärmel schüttelte wie andere Leute Taschentücher. Das Mädchen begann zu lächeln.

„Mein Bruder heißt Luca, stimmt", sagte sie, und setzte nach einem Moment hinzu, „Ich weiß, wer du bist."

„Gianni Montecaldo", stellte sich Gianni mit etwas Verzögerung vor, obwohl es offensichtlich nicht von Nöten war.

„Ich weiß", nickte sie, „du hast uns deine Hilfe angeboten, als unsere Großmutter verletzt wurde."

„Hat sie überlebt?", fragte Gianni wider besseres Wissen.

Das Mädchen schüttelte auch sofort den Kopf.

„Nein", sagte sie, „sie starb noch am selben Abend."

„Das tut mir leid", erwiderte er automatisch.

Ihr Lächeln war wieder da.

„Muss es nicht“, sagte sie lakonisch, „Rosalba hat es gewusst, wir haben es gewusst.“

„Na dann...“ meinte er lahm und war sich nicht sicher, was er dazu noch sagen sollte.

Aber sie schien ein Einsehen mit ihm zu haben.

„Du willst zu Luca, nicht wahr?“, fragte sie, „ich bin auf dem Weg dorthin. Wenn du möchtest, kannst du mich begleiten. Es sei denn, du hast etwas anderes vor“, schränkte sie rasch ein.

In der ersten Sekunde war er verwirrt, denn sie klang, wie er es von Minerva oder Cristina de' Pazzi erwartet hatte. Aber er hatte sich schnell wieder im Griff und nickte.

„Ich komme gerne mit“, erklärte er, „soll ich den Korb...?“

„Der Korb ist leicht“, erklärte sie und wechselte ihn in den anderen Arm, so dass er der Peinlichkeit enthoben wurde, für ein Mädchen wie sie Lasten zu schleppen. Es musste ihre Art zu sprechen sein, weshalb er das überhaupt angeboten hatte.

Aber Lorenzo machte auch keine Unterschiede zwischen den Bürgern seiner Stadt, egal ob reich oder arm, und Giuliano war zu allen freundlich.

„Ich nehme ihn dennoch“, sagte er kurzentschlossen und ergriff den Henkel.

Sie gab nach und setzte sich in Bewegung.

„Luca und ich treffen uns jeden Mittag zum Essen“, erzählte sie, während sie gemeinsam die Straße hinuntergingen, „wir haben nur noch einander und Meister Landucci hat nichts dagegen.“

„Meister Landucci?“, echote er verwirrt, „ich dachte, Luca arbeitet nicht mehr bei ihm?“

In ihren Augen erschien ein Funkeln, das er beinahe schelmisch genannt hätte.

„Tut er auch nicht“, sagte sie, „aber ich! Wo Rosalba tot ist, muss doch auch ich zu unserem Lebensunterhalt beitragen!“

Gianni blieb verdattert stehen. Das war Landuccis neuer Gehilfe? Dieses Mädchen?

„Ich habe dich nie bei ihm gesehen", sagte er verwundert.

„Zufall", wehrte sie ab, „ich bin meist im Lager und so oft besorgst du für deine Freunde ja auch keine Farben, oder?"

Da musste er ihr Recht geben.

„Wo arbeitet Luca denn jetzt?", erkundigte er sich.

„Im Gewürzkontor", entgegnete sie, „er hilft, verdorbene Ware zu erkennen. Niemand hat eine so feine Nase wie Luca! Und der Aufseher ist ein alter Freund von Rosalba."

Rosalba hat viele Freunde, erinnerte sich Gianni an Lucas Worte vor der brennenden Kirche in Santo Spirito. Er räusperte sich.

„Deine Großmutter war eine bedeutende Frau?", fragte er.

Sie wandte den Kopf ab.

„In ihrer Welt", sagte sie knapp.

„Und das bedeutet?", hakte er verwundert nach.

„Dass es nicht deine Welt ist."

Nun, das war zweifelsohne richtig. In seiner Welt war noch nie ein Wort über eine Frau namens Rosalba gefallen. Aber dann...

„Eigentlich leben wir beide in ein und derselben Welt", sagte er streng, „es ist Gottes Welt!"

Sie warf ihm einen Blick zu, der durchaus amüsiert sein konnte.

„Natürlich", antwortete sie brav, „wir leben alle in Gottes Welt."

„Also wäre deine Großmutter auch in meiner Welt eine bedeutende Frau gewesen", schlussfolgerte er.

Sie lächelte.

„Gut möglich", sagte sie sanft, „vielleicht hast du es einfach bislang nur nicht gemerkt."

Das verwirrte ihn, wie ihn dieses ganze Mädchen verwirrte. Aber jetzt sah sie ihn wieder an und lachte dabei, und plötzlich fand er sie so nett. Sie roch gut, und sie war bestimmt auch weich, obwohl er sich sehr sicher war, dass es keine gute Reaktion hervorrufen würde, wenn er ihr Komplimente machen oder sie gar anfassen würde. Stattdessen lächelte er einfach nur zurück und wechselte den Korb – der doch ganz schön schwer war – in die andere Hand. Dadurch kam er ihr zumindest ein wenig näher.

„Wir sind da“, sagte sie, „warte kurz. Luca?“

Sie standen in einer Seitengasse, vor einer Mauer. Links und rechts davon waren Häuser, dicht bei hörte er den Arno rauschen. Er war verblüfft.

„Susanna?“, kam es über die Mauer zurück.

Das war Lucas Stimme. Er blinzelte erstaunt und da hatte das Mädchen neben ihm auch schon ihren Rock gerafft, war auf einen Vorsprung geklettert und von dort aus auf die Mauerkrone.

„Gib mir den Korb“, forderte sie ihn auf, „Luca? Ich habe jemanden mitgebracht.“

Gianni reichte ihr den Korb hinauf, sie nahm ihn und verschwand auf der anderen Seite. Plötzlich war er allein in der Gasse. Also zögerte er auch nicht länger, zog sich ebenfalls auf die Mauer und sah sich verblüfft um.

Direkt hinter der Mauer war ein winziger Platz, nur ein paar Schrittlängen breit und gerade so lang, dass ein erwachsener Mann sich hätte ausstrecken können. Er war umgehen von fensterlosen Hauswänden. In einer Ecke schien ein schmaler Weg in einer Sackgasse zu enden und die Front war zum Arno hin offen, der einige Fuß darunter an die Steine leckte.

„Was für ein herrliches Örtchen!“, sagte Gianni erstaunt.

Es war ein perfektes Versteck abseits der Massen und Gefahren, ein wundervoller Ort der Ruhe für die Mittagspause. Susanna hatte den Inhalt ihres Korbes ausgepackt, und Luca, mit seinem lahmen Bein, hatte es sich auf einem Stein gemütlich gemacht. Jetzt erhob er sich und blinzelte zu Gianni hinauf.

„Gianni Montecaldo?“, fragte er erstaunt.

„Er hat dich gesucht“, sagte Susanna lakonisch, „da habe ich ihn mitgebracht.“

Gianni war schlagartig verlegen. Auf einmal fühlte er sich wie ein Eindringling, der die geschwisterliche Privatsphäre empfindlich beeinträchtigte.

„Ich wollte euch nicht stören“, nuschelte er.

Aber Luca lächelte.

„Unsinn“, sagte er, „das tust du nicht. Komm herunter! Wenn du noch lange da oben hocken bleibst, ist es mit unserem Geheimnis bald aus. Na los!“

Vor allem der zweite Teil brachte Gianni dazu, schnell das zweite Bein hinüberzuschwingen und mit einem Satz auf dem Boden vor den Geschwistern zu landen. Etwas verblüfft fragte er sich, wie der lahme Luca oder das Mädchen Susanna mit ihren Röcken diesen Sprung bewältigten – und dann sah er die provisorische Treppe in der anderen Ecke und errötete.

„Setz dich doch“, forderte ihn Luca grinsend auf.

„Möchtest du auch etwas essen?“, fragte Susanna.

Er blickte auf ihre Schätze, während er sich vorsichtig niederließ. Da waren gebackene Bohnen, ein hartes Stück Käse, ein Brotkanten und ein paar Oliven.

„Ich habe keinen Hunger“, sagte er verlegen, „und ich... ich will euch nichts wegessen.“

„Ah, bah“, machte Luca verächtlich, „sehen wir so aus, als wären wir am Verhungern? Dies ist nur ein Imbiss. Susanna kann wundervoll kochen, und bei dem, was ich heute Abend bekomme, wärst du bestimmt neidisch!“

Susanna war ganz leicht errötet, was ihr nach Giannis Meinung sehr gut stand.

„Er übertreibt“, meinte sie leise, „aber bitte, nimm dir doch. Oder ist dir unsere Einladung...?“

„Oh nein, gerne“, erwiderte Gianni hastig, brach sich eine Ecke Käse ab und schluckte ein paar Oliven. Susanna füllte ihm einige Bohnen auf sein Brot, und als er davon abbiss, fand er Lucas Aussage bestätigt.

„Das ist wirklich lecker“, erklärte er.

„Sag ich doch“, antwortete Luca spöttisch, „also. Warum hast du mich gesucht?“

Ja, warum eigentlich? Warum hatte er Luca wiedersehen wollen? Wegen der sterbenden Hexe? Wegen der Davidsstatue? Im klaren Sonnenlicht am Ufer des Arnos schienen das alles Fragen zu sein, die er nicht stellen wollte. Er wurde rot.

„Ich habe dich nicht mehr bei Landucci gesehen“, improvisierte er stattdessen, „und deine Großmutter – ich wollte nur wissen, ob es dir gut geht. Was ja so ist, offensichtlich. Susanna hat mir bereits gesagt, dass deine Großmutter tot ist.“

So, das war vielleicht lahm, aber wenn sie das fanden, konnten sie es ja sagen.

Was sie nicht taten. Luca lächelte.

„Es geht uns den Umständen entsprechend“, antwortete er sachlich, „wir sind beide gesund und haben Arbeit, und wir hungern nicht. Es ist nett, dass du dich gesorgt hast.“

„Ich dachte nur, es ist nicht leicht, wenn man ein...“

„Ein verkrüppeltes Bein hat? Stimmt“, sagte Luca trocken, „glücklicherweise ist es nicht unmöglich. Und Susanna und ich haben noch ein paar Talente, von denen du nichts weißt. Wir kommen zurecht.“

„Das ist gut“, meinte Gianni, „dennoch. Wenn ihr etwas braucht, kann ich euch helfen. Auch in Zukunft. Sagt mir einfach nur Bescheid.“

Jetzt hatte er sie erstaunt, er erkannte es an dem Blick, den sie wechselten. Susanna biss sich auf die Lippen, und Luca runzelte die Stirn.

„Warum kümmerst du dich um uns?“, fragte er fordernd.

Gianni jedoch fiel die Antwort diesmal leicht.

„Weil ich euch kenne“, sagte er schlicht.

Das klang so überzeugend, wie er es empfand, und es hatte Erfolg. Susanna sah auf und lächelte, und Luca, nach einem Moment schlug er ihm unversehens die Hand auf die Schulter.

„In Ordnung“, sagte er, „das akzeptiere ich. Sollten wir jemals in Bedrängnis kommen, werden wir uns an dich wenden. Aber es gilt auch andersherum. Wir kennen dich schließlich auch. Und wenn du uns einmal brauchst, lässt du es uns wissen.“

Gianni konnte sich zwar keine Situation vorstellen, wo ein Gewürzkontorgeselle oder eine Apothekengehilfin ihm von Nutzen sein würden, aber er freute sich trotzdem.

„Selbstverständlich“, sagte er deshalb so würdevoll wie möglich, „Freundschaft beruht schließlich auf Gegenseitigkeit.“

„Freundschaft?“, echote Luca verdutzt, „Freundschaft?“

„Ja, und?“, meinte Gianni verwundert.

Luca räusperte sich. Susanna sagte gar nichts.

„Du hast sehr viele Freunde, Gianni Montecaldo“, meinte ihr Bruder vorsichtig.

Hatte er das? Nun ja, sicherlich. Andreas Bottega, die Pazzi, die Cavalcanti, die Medici, die Venturi, Sandro und Filippino, und all die anderen. Dennoch hatte er Luca gesucht. Dennoch hatte er das Gefühl, dass dies hier richtig war.

„Man kann nie genug Freunde haben“, sagte er einfach.

Einen Moment lang hingen diese Worte in der Luft, als ob die Hitze der Mauern und das Plätschern des Arnos sie für die Unendlichkeit festhielten. Gianni lauschte ihnen nach, ganz verwundert davon, dass er dies gesagt hatte, und dass es so wahr klang.

Dann kam Lucas Hand wieder hoch, legte sich erneut auf Giannis Schulter und drückte nach einem Moment fest zu.

„Ja“, sagte er leise, „das ist wohl richtig.“

Und das Lächeln, das diesmal alle drei austauschten, war erstaunlich warm und erstaunlich echt.

Freundschaft. Er ließ seinen Worten lieber gleich Taten folgen, in Gedenken an Johann von Speyer. Als Susanna sich auf den Rückweg zu Landucci machte, folgte er ihr in einigem Abstand, um darauf zu achten, dass ihr nichts geschah, ohne sie mit seiner Anwesenheit ins Gerede zu bringen. Und am nächsten Tag schaute er im Gewürzkontor vorbei, schwatzte den Aufsehern eine halbe Stunde von Lucas Zeit ab und ließ sich herumführen. Sein Vater gehörte zu den wichtigen Männern der Stadt, weshalb ein Gianni Montecaldo hier auch dementsprechend behandelt wurde. Luca, so sah er, amüsierte sich darüber, aber Gianni ließ sich nicht beirren. Auch in den nächsten Wochen machte er es sich zur Gewohnheit, regelmäßig bei Luca aufzutauchen und somit deutlich zu machen, dass der lahme Junge unter dem Schutz der Montecaldos stand. Bei Landucci hingegen ließ er sich nicht mehr blicken, sondern beobachtete höchstens zur Mittagszeit aus sicherer Entfernung den Eingang, um Susanna kommen oder gehen zu sehen, und um eingreifen zu können, sollte sie jemals belästigt werden.

Was erstaunlicherweise aber nie der Fall war.

Meine Großmutter war eine bedeutende Frau – in ihrer Welt. So, oder so ähnlich hatte es Susanna ausgedrückt und es ließ Gianni nicht los. Was hieß das? War die Alte doch eine Hexe gewesen? Wieso war die Welt von Luca und Susanna nicht die seine? Sie waren doch alle Bürger von Florenz – und dennoch, wenn er an die Männer vor der Kirche in Santo Spirito zurückdachte, hatte er das Gefühl, dass dies nicht ganz richtig war. Auch in Gottes Welt konnte man anscheinend sehr gut parallel nebeneinanderher leben.

Er dachte wieder an die Arsenalotti.

Giuliano fuhr nach Mailand, um Galeazzo Marias Besuch zu erwidern und kam voller Eindrücke und Geschichten zurück, die sie bei Wein und Käse begierig aufsogen. Gelegentlich, wenn er Zeit hatte, lief Gianni um die Mittagszeit zu dem versteckten Plätzchen am Arno und gab die Geschichten Giulianos mit Genuss weiter. Er konnte dann sehen, wie sich Susanna vor Lachen bog oder wie Luca sich wiehernd auf die

Schenkel klopfte, und es war ein ganz angenehmes Gefühl, bei ihnen nur Gianni zu sein und nicht der kleinste Bruder der Montecaldos.

Der Sommer ging ins Land und Francesco de Madiis schrieb schließlich, dass Wendelin von Speyer sich gefangen hätte und mithilfe eines gewissen Johann von Köln wieder groß in das Geschäft einsteigen wollte. Die Druckpresse in der Via Breva war inzwischen demontiert und eingelagert worden und Francesco Montecaldo hatte das Projekt abgehakt. Sollten andere sich doch mit Tinte und Lettern herumschlagen!

Und es wurde ein neuer Papst gewählt.

„Er heißt Francesco della Rovere“, berichtete Giuliano seinen Freunden, „er ist der Sohn eines Fischers aus Albisola bei Genua.“

„Nie von ihm gehört“, sagte Sebastiano und schluckte eine Weintraube.

„Ich auch nicht“, echote Simonetta, ohne Giuliano aus den Augen zu lassen. Gianni wiederum, ganz dicht bei, ließ Simonetta nicht aus den Augen.

Lange hatte man sich im Hause Vespucci geziert, aber nun war sie endlich da, Marco Vespuccis Braut, und richtig in die Gesellschaft eingeführt, welche sie – und das konnte man durchaus so sagen – im Sturm erobert hatte: *La bella Simonetta.* Sie war aber auch nicht nur schlank, blondhaarig und bildhübsch, sondern zudem sehr freundlich.

Als Konsequenz hatte Gianni sich sofort verliebt.

Damit war er nun weiß Gott nicht allein. Es wurde gemunkelt, halb Florenz stände in Simonetta Vespuccis Bann. Sandro hatte bereits mehr als nur eine Zeichnung von ihr angefertigt und schwor, nie wieder ein anderes Model verwenden zu wollen. Renaldo de’ Pazzi hatte seinen Zorn gegen die Medici heruntergeschluckt, nachdem Simonetta ihn einmal sanft getadelt hatte, und selbst Sebastiano zog einen Abend bei ihr den üblichen wilden Feiern vor.

Aber sie hatten alle keine Chance gegen Giuliano de’ Medici.

Giuliano war Giannis heimliches Idol, seitdem er denken konnte. Oh sicher, er liebte seine Familie und all seine Freunde, aber wenn er jemandem uneingeschränkt nacheifern wollte, dann war das immer Giuliano gewesen. Nie wurde diese anbetende Liebe auf eine härtere Probe gestellt, nie war Giannis unausgesprochene Eifersucht größer als in diesen Tagen – denn Simonetta begünstigte Giuliano und das ziemlich offensichtlich.

Sie war verheiratet. Wäre sie nicht verheiratet gewesen, hätte keiner der jungen Männer sie zu Gesicht bekommen. Das war schließlich so üblich und es gab nur in Ausnahmefällen Abweichungen von dieser Regel – etwa, wenn die Freundschaft so eng war wie zwischen Renaldo de' Pazzi und Sebastiano Montecaldo, so dass dieser die ledige Schwester des Freundes trösten durfte. Ansonsten waren die reichen Florentiner Jungfrauen gut versteckt. Auf der offenen Straße begegnete man lediglich den Dienstmädchen und Zofen oder den armen Frauen wie Susanna. Wäre Simonetta nicht verheiratet gewesen, wäre ihre Schönheit auf ihre privaten Räume beschränkt worden.

Ihr Ehemann, Marco Vespucci, war nur unwesentlich älter. Einige Jahre lang hatte er eifersüchtig über die Reize seiner jungen Gattin gewacht, dann hatte er dem Drängen nachgegeben. Sie waren in Florenz und sie waren Teil der Gesellschaft. Das bedeutete, dass Giuliano Simonetta anstrahlen durfte, und dass sie zurück lächelte.

Was ansonsten zwischen den Beiden geschah, und ob überhaupt etwas geschah, was über pure, gegenseitige Anbetung hinausging, blieb Stoff der Grübeleien in Giannis tiefsten Nachtstunden, und nicht nur in den seinen.

„Giulio, wenn ich dich nicht so lieben würde, würde ich dich hassen", fasste Sandro all ihre Empfindungen zusammen.

In der Tat, hätte Simonetta ihre Gunst einem anderen als Lorenzos Bruder geschenkt, wäre vielleicht noch ein Krieg um sie losgebrochen. Aber Giuliano konnte man verzeihen. Wenn sie einer haben durfte, dann eben nur er, der Liebling aller, der Sohn von Florenz, den sie wegen seiner Schönheit herzten und seiner Freundlichkeit schätzten. Auch Gianni, immerhin zum ersten Mal in seinem Leben in tiefer, unauslöschlicher Liebe entbrannt, ließ Giuliano grummelnd den Vortritt. Das hätte er sonst allerhöchstens noch für Sebastiano getan.

„Nun sag es schon, Giuliano", hatte Sebastiano, der am wenigsten von ihnen allen von Simonetta verzaubert war, bei anderer Gelegenheit gestichelt, „hast du sie jetzt gehabt, oder nicht? Sag es endlich, und stoße uns das Messer ins Herz!"

Gianni hatte die Luft angehalten, nicht sicher, ob er die Worte hören und den Schmerz damit real machen wollte oder ob er lieber in der Agonie der Ungewissheit verharren wollte. Aber Giuliano hatte dazu wie immer nur den Kopf geschüttelt und sanft bemerkt: „Sie ist Marcos Frau, Sebastiano. Ehrlich, ist für dich kein Gesetz heilig?"

Das hätte man glauben können, wäre da nicht so ein ganz bestimmtes Lächeln, und so ein ganz spezieller Seufzer in Giulianos Miene gewesen, was die Agonie nur verstärkte.

In Gegenwart der Schönen hielten sie sich natürlich zurück.

„Lorenzo hat schon von ihm gehört", fuhr Giuliano bezüglich des neuen Papstes fort, „doch ich weiß auch nicht mehr. Aber er wird hinfahren, seine Reverenz erweisen, und sehen, was sich machen lässt."

Das war lapidar ausgedrückt. Simonettas Augen verdunkelten sich ein bisschen, und jeder wusste, was hinter Giulianos Worten schwang. Lorenzo wünschte sich einen Kardinalshut für den jüngeren Bruder, damit dieser in der Kirche zur Macht aufsteigen konnte. Giuliano, der Schöne, der Turnierkämpfer und Reiter, sollte ein Priester werden. Da war es zu verstehen, dass dieser wenig glücklich war.

„Was Lorenzo haben will, wird er schon bekommen", ließ sich Giovanni Cavalcanti sanft vernehmen und Renaldo de' Pazzi setzte ein wenig giftig hinzu: „Immerhin hat er ja auch das Amt des Volkshauptmannes abgeschafft und niemand hat protestiert!"

„Was dramatisch ist", folgerte Luigi Pulci trocken, „weil wir ja heute noch ständig gegen den Adel von Florenz kämpfen. Wer war hier gleich noch mal von Adel?"

Niemand machte sich die Mühe, darauf zu antworten. Simonetta legte ihre Hand auf Giulianos Arm.

„Ich hoffe, *du* bekommst, was du willst“, sagte sie sanft.

Giuliano errötete.

„Lorenzo wird schon wissen, was er tut“, sagte er ausweichend, schloss jedoch, sobald er sich unbeobachtet glaubte, seine Finger sanft um ihre. Gianni sah es und biss sich auf die Lippen. Was half es da, sich in Erinnerung zu rufen, dass man ebenfalls der Sohn einer einflussreichen Familie war und über ein hübsches Äußeres verfügte – er war eben erst fünfzehn und nicht Giuliano de' Medici, Liebling von Florenz und zu Gast bei Herzögen.

Die Wahrheit war bitter wie Galle.

„Ich muss noch los“, sagte er abrupt, bevor er sich stoppen konnte und stand auf, „Simonetta, entschuldige mich.“

Sebastiano schnappte nach seinem Arm.

„Hey!“, sagte er verblüfft, „wo willst du denn hin? Es ist Abend, die Botteghe sind alle geschlossen!“

Als ob er sich nur in Werkstätten rumtreiben würde! Gianni machte sich empört los.

„Du musst auch nicht alles wissen“, schnappte er.

„Oho!“, lachte Sebastiano und wich zurück, „mein kleiner Bruder kriegt Zähne!“

Gutmütiges Gelächter antwortete und Gianni erglühte vor Zorn.

„Gianni, warte doch!“, sagte Agnolo Ambrogini, der ihm im Alter am nächsten war und als Hausgast der Medici seinen Zwiespalt vielleicht am ehesten nachvollziehen konnte, „ich komme mit!“

Aber Gianni schüttelte nur den Kopf und entwischte durch die Tür, bevor es weitere böse Worte geben konnte oder bevor er sich zu etwas hinreißen ließ, was er bedauern würde.

Draußen ärgerte er sich. Durch seine mangelnde Kontrolle hatte er sich jetzt selbst eines Abends in Simonettas Gesellschaft beraubt und er wusste doch, ja, er *wusste* doch, dass Simonetta Vespucci, die schönste

Frau von Florenz – wenn nicht von ganz Italien! – ihn, den fünfzehnjährigen Gianni Montecaldo einfach niemals erhören konnte. Sie hätte sich ja lächerlich gemacht.

Weil es noch früh war und er keine Lust hatte, nach Hause zu gehen, strolchte er sinnlos durch die Straßen, wütend auf sich selbst, beschämt und verletzt. Er liebte Giuliano, wirklich – aber musste dieser denn ausgerechnet Simonetta…!

Das Rauschen des Arnos weckte ihn aus seiner Träumerei. Er öffnete die Augen weit, sah sich um und stellte fest, dass er ganz in der Nähe des geheimen Treffpunktes war. Es war warm, es war trocken. Nicht weit entfernt konnte er Menschen hören, und er hatte keine Lust darauf, ihnen zu begegnen. Er wollte jetzt mit seinem Schmerz allein sein.

Seine Füße fanden die ausgetretenen Steine auch bei beginnender Dunkelheit. Er war kräftig und in kürzester Zeit auf der Mauer und wieder herunter. Der winzige Fleck war leer, wie erwartet, und das war gut so. Er setzte sich auf Lucas Stein, streckte die Beine aus und starrte auf den Arno.

Simonetta Vespucci…

Ihre goldgleichen Locken, die sie immer so raffiniert aufsteckte, ihre runden Schultern, ihre feine Taille und die hübschen Brüste, die man unter dem Stoff erahnen konnte – oh, was hätte er darum gegeben, nur für einen Abend, *einen Abend nur*, Marco Vespucci zu sein und seine Hände darauf legen zu dürfen. Womit hatte Marco dies eigentlich verdient? Warum hatte sein Vater ihn, Gianni, nicht mit der schönen Tochter der Cattaneo verlobt, nachdem seine eigene Braut fortgelaufen war? War die kleine Castini auch so hübsch gewesen?

Mit Sicherheit nicht, ansonsten hätte Pietro, der sie ja immerhin gemalt hatte, von ihr geschwärmt wie einst Sandro von Simonetta. So gesehen war es ein Glück, dass Castinis Tochter verschwunden war und ihn nicht von Simonetta ablenkte. Auf der anderen Seite, wäre sie nicht verschwunden, hätte er sie geheiratet, hätte er jetzt in der Dunkelheit der Nacht einen weiblichen Körper gehabt, auf den er die Hände hätte legen und sich vorstellen könnte, es wäre Simonetta…

„Gianni?“

Er fuhr schockiert herum. Erschrocken hatte das geklungen und bekannt. Hinter ihm standen, wie aus dem Nichts, Luca und seine Schwester, eine Laterne in der Hand. Es war jetzt fast dunkel.

„Was tust du hier?“, fragte Luca besorgt.

Gianni erhob sich hastig. Susanna trug eine Schüssel und Luca hatte einen Krug Wein dabei. Offensichtlich wollten die Geschwister die Wärme des Abends nutzen und ihrer engen Behausung entfliehen.

„Ich wollte…“, begann er, „was macht ihr denn hier? Es ist doch dunkel! Das ist gefährlich!“

„Wir wohnen nicht weit entfernt“, wehrte Luca ab, „wir kennen die Gegend. Und wir kommen öfter mal abends hierher. Aber für dich ist es ein ganz schöner Weg. Ist etwas passiert?“

Passiert? Er wollte Luca und Susanna nicht von seiner Schwärmerei berichten und schon gar nicht von dem Grund seiner Verstimmung, das wäre ihm peinlich gewesen. Also zuckte er nur mit den Achseln.

„Eine Unstimmigkeit, nichts weiter“, sagte er vage, „ich brauchte frische Luft. Stört es euch…?“

„Du kannst gerne bleiben“, sagte Susanna rasch, „vorausgesetzt, wir stören *dich* nicht.“

„Och, nein“, meinte Gianni, der mittlerweile ganz froh über etwas Gesellschaft wurde. Das würde ihn zumindest von den quälenden Gedanken ablenken.

„Es ist schließlich genügend Platz für alle“, beschied Luca, „Susanna hat Grütze mitgebracht, Gianni. Wenn du etwas möchtest…“

Gianni schüttelte nur den Kopf. Bei Simonetta hatte es gerösteten Hasen mit Mandeln und Trüffeln sowie Gänsebrust in Marsala gegeben und zum Nachtisch süße Pasteten. Er war satt und er dachte im Stillen, dass es mit dem Reichtum der Geschwister nicht so weit her sein konnte, wenn Lucas leckere Abendmahlzeit aus Kastaniengrütze bestand.

Dennoch – sie roch ganz gut.

„Einen Schluck Wein würde ich nehmen“, sagte er automatisch.

Luca grinste.

„Wieso glaube ich, dass es nicht dein erstes Glas heute Abend ist?“, hänselte er, „hier, nimm meinen Becher. Susanna und ich können uns einen teilen.“

Gianni nahm das Getränk mit einer entschuldigenden Grimasse entgegen, bemühte sich aber dann, daran zu nippen und es nicht mit einem Schwung hinunterzustürzen. Eine Weile saßen sie schweigend nebeneinander – die Geschwister aßen, Gianni trank, und nachdem sein Becher leer war, schenkte Luca ungefragt nach.

„Wir haben einen neuen Papst“, sagte Gianni schließlich, als er auch den zweiten Becher zu Hälfte geleert hatte.

Inzwischen war es ganz dunkel, nur der Mond und die kleine Laternen erhellten den Platz. Susanna räumte die Löffel in die Schüssel, und Luca verteilte den Rest des Kruges auf die beiden Becher. Er hielt automatisch inne.

„Einen neuen Papst?“, sagte er, „ehrlich?“

„Ein Francesco della Rovere“, gab Gianni wieder, „oder besser, Papst Sixtus. Ich habe die Nummer vergessen. War es sieben? Oder sechs?“

„Es muss der vierte sein“, sagte Susanna nach einem Moment, und er fragte sich abwesend, wer ihr so etwas beigebracht haben konnte. Er zumindest konnte die Liste der Päpste nicht auswendig.

„Della Rovere“, sagte Luca, „wer ist das?“

„Der Sohn eines Fischers aus der Nähe von Genua“, antwortete Gianni, „mehr weiß ich auch nicht.“

„Und das ist sicher?“, hakte Luca nach.

„Oh ja“, erwiderte Gianni bitter, „Giuliano hat es Simonetta erzählt und er würde *sie* doch niemals anlügen!“

So, das hatte anders geklungen als geplant. Er schloss gequält die Augen. Den Blick, den Luca und Susanna austauschten, konnte er förmlich hören.

Dann erklang Susannas Stimme, ganz nah bei ihm.

„Sag, Gianni“, begann sie vorsichtig.

„Hm?“, machte er, ohne die Lider zu heben.

„Ist sie wirklich so schön, diese Simonetta?“, fuhr sie leise fort.

„Ich meine“, setzte sie hastig hinzu, als er sich ihr mit geweiteten Augen zuwandte, „alle reden von ihr, überall. Ich habe sie noch nie gesehen. Du kennst sie doch bestimmt! Auf der Piazza heißt es, es wäre, als sei ein Engel herabgestiegen.“

Er drehte den Kopf weg, schloss die Augen und rieb sich über die Schläfen.

„Ich habe Kopfschmerzen“, murmelte er abwesend, „ja. Ja, sie ist schön. Ob sie ein Engel ist, weiß ich nicht. Aber wenn, dann hat Gott einen seltsamen Humor.“

Luca schnaufte durch die Nase.

„Das habe ich auch schon so manches Mal gedacht“, sagte er, „na, was soll's. Weißt du, was sie jetzt vorhaben?“

„Wer?“, fragte Gianni, aus dem Konzept gebracht und massierte mit der linken Hand seinen Nacken. Er hatte wirklich Kopfschmerzen.

„Na, die Medici! Wegen des Papstes!“, sagte Luca ungeduldig, „was werden sie tun?“

„Was sollen sie schon tun?“, erwiderte Gianni ungehalten, „Lorenzo wird hinfahren und sich verbeugen. Dann wird er versuchen, dass er die Kontrolle über die Konten behält, die Konzession über Alaun kriegt und Giuliano zum Kardinal gemacht wird. Hah! Das gefällt Simonetta nicht!“

„Es geht sie doch gar nichts an“, meinte Luca trocken, „Alaun und Konten, gut, das sehe ich ein. Aber ein Kardinalshut? Giuliano de' Medici ist nicht gerade meine Vorstellung von einem Priester.“

„Meine auch nicht“, meinte Susanna, „hast du starke Schmerzen, Gianni?“

„Ich glaube, ich habe zuviel getrunken“, gestand er.

„Dann bekommt man die Kopfschmerzen aber erst am nächsten Tag“, sagte Luca kopfschüttelnd, „hast du denn in Venedig gar nichts gelernt?“

Einen Moment war es still, bevor sie alle drei lachten, wenn auch Gianni etwas gequält. Susanna streckte ihre Hand aus.

„Komm“, sagte sie liebevoll, „du darfst ausnahmsweise deinen Kopf in meinen Schoß legen.“

Das war ein rares Angebot, oder besser, eines, welches Gianni in seinem Leben bislang noch nie bekommen hatte. Er zögerte dementsprechend nicht lange, rutschte hinunter und bettete seinen Kopf dankbar auf das weiche Kissen. Nun gut, sie hatte durchaus auch Knochen, aber diese waren ausreichend unter Fleisch und Röcken verborgen. Er hatte Recht gehabt – sie war weich. Und sie roch gut.

„Was auch immer dich glücklich macht, Susanna“, sagte Luca trocken, „ich hoffe, du weißt, was du tust.“

„Natürlich weiß sie das“, beharrte Gianni schnell und schloss die Augen.

Susanna lächelte.

„Warum möchte Lorenzo einen Kardinalshut für seinen Bruder?“, fragte sie.

Es war der Wein, der Gianni sagen ließ: „Weil er einen Medici-Papst haben will.“

Stille folgte seinen Worten. Luca holte tief Luft.

„Ja“, murmelte er, „das klingt logisch. Sie hatten Ärger mit Pius. Sie hatten auch Ärger mit – na, wie hieß der doch gleich – Eugen, glaube ich. Wenn Lorenzo de' Medici Italiens Gleichgewicht halten will, darf er die Kirche nicht vergessen.“

„Nicht nur, wenn er es halten will“, rutschte es Gianni hinaus.

Diesmal sagte niemand etwas. Er selbst wusste auch nicht so genau, was er sagen sollte. Er hatte wie Renaldo de' Pazzi geklungen – und dabei gar nicht so falsch. Er konnte es sich sogar im Rahmen seines Wissens von und über die Medici-Brüder vorstellen. Lorenzo, der sich so für die Menschen verantwortlich fühlte – warum sollte sich dieses Gefühl nur auf Florenz oder die Toskana beschränken?

Die Stille wurde zu Stein und drückte ihm die Luft ab. Er bewegte den Kopf.

„Simonetta Vespucci“, sagte er etwas undeutlich, „ist schlank, blond und hat Haut wie Sahne. Ihre Augen funkeln, ihre Stimme ist sanft und sie hat für alle ein freundliches Wort. Wenn sie lacht, klingt es wie Glöckchen, und wenn sie sich bewegt, scheint sie zu schweben. Sie hat gerundete Schultern und zarte Arme und lange, schmale Finger. Ich habe nie etwas Schöneres gesehen als sie.“

Er öffnete die Augen und stellte fest, dass er deutlich betrunkener war, als er geglaubt hatte. Susanna sah auf ihn herunter, einen seltsamen Ausdruck im Gesicht.

„Ich habe dir fast deinen ganzen Wein weggetrunken“, sagte er.

„Das macht nichts“, sagte sie.

Ihre Hand lag auf seiner Schulter. Er streckte ihr den Becher entgegen.

„Hier“, meinte er, „nimm wenigstens den Rest.“

Sie nahm, setzte den Becher an, und er konnte sehen, wie sich ihr Hals beim Schlucken bewegte. Es war so dunkel und dennoch spürte er Lucas Blick, warnend, kompromisslos.

„Danke“, sagte Susanna.

„Nein“, erklärte er strahlend, „ich danke dir.“

Sie halfen ihm über die Mauer, die er alleine nicht mehr bewältigt hätte, und während Susanna in ihrem Schutz zurückblieb, begleitete Luca Gianni zur Casa Montecaldo, weil er inzwischen auch noch heftig schwankte.

„Ich trinke eigentlich nicht viel“, erklärte er seinem Zuhörer nuschelnd, um sich zu verteidigen, „aber manchmal, wenn man Kummer hat, muss man einfach!“

„Sicher“, sagte Luca gleichmäßig, „vorausgesetzt, der Kummer lohnt sich. Und bei dir habe ich da gerade so meine Zweifel.“

„Was willst du damit sagen?“, fragte Gianni empört.

Luca zuckte mit den Schultern.

„Nichts Bestimmtes.“

„Das ist nicht wahr! Du nimmst mich nicht ernst!“, rief Gianni gekränkt.

„Oh doch“, erklärte Luca gelassen, „ich nehme dich viel ernster, als du denkst. Aber du solltest mich auch ernst nehmen. Meine Schwester hat eine Schwäche für dich.“

Das klang wunderbar. Das hatte er noch nie gehört. Er blieb abrupt stehen und ein Lächeln verklärte sein Gesicht.

„Ehrlich?“, sagte er verträumt.

Aber Luca lächelte nicht, sondern wurde ganz hart.

„Natürlich, du Narr“, sagte er, „und du weißt das längst. Sie hat eine Schwäche für dich, was aber nichts weiter bedeutet. Du hast ja auch eine Schwäche für uns. Aber dein Kopf ist voller Simonettas und...“

„Und was?“, fragte Gianni bestürzt.

„Und“, wiederholte Luca freundlich, „wenn du Susanna weh tust, egal wie, dann werde ich dir weh tun. Du sollest nicht den Fehler begehen und denken, dass ich dazu nicht in der Lage wäre.“

Der Alkoholrausch war fort, wie weggeblasen. Es gab ein paar Momente im Leben, da tat man besser daran, den Ernst der Situation zu begreifen. Und Gianni begriff. Er fühlte sich plötzlich ganz nüchtern. Lucas Gesichtsausdruck ließ aber auch keine Fragen offen.

Er war getroffen.

„Ich verstehe“, sagte er leise und ernst, „mach dir keine Sorgen, hörst du? Du hast ganz Recht, ich habe eine Schwäche für euch. Und deshalb werde ich ihr nie wehtun.“

„Gut“, sagte Luca, „hoffentlich vergisst du das nicht.“

*

Lorenzo de' Medici ritt nach Rom, verbeugte sich vor dem neuen Papst und verstand sich allem Anschein nach blendend mit ihm. Als er zurückkam, hatte er die Verwaltung über die päpstlichen Konten, die Konzession von Viterbo – aber keinen Kardinalshut für Giuliano.

Und Galeazzo Maria Sforza tobte.

„Er ist eifersüchtig!", sagte Giuliano fassungslos, „kann man sich so etwas vorstellen? Der Herzog von Mailand ist eifersüchtig! Er glaubte, Lorenzos Liebling zu sein und nun mache ihm ein siebenundfünfzigjähriger Priester das streitig! Bei allen Heiligen! Was soll man dazu noch sagen!"

Sie saßen im Schatten der Bottega von Andrea del Verrocchio. Giulianos Besuche hier waren äußerst selten geworden, aber diesmal war er gekommen, offensichtlich auf der Suche nach Ablenkung, offensichtlich geschockt. Er hatte Gianni und Sebastiano allein angetroffen – Gianni, weil dieser mit Leonardo reden wollte, und Sebastiano, weil Renaldo nicht da war und er sich langweilte.

„Wir haben doch damals schon gesagt, er ist ein Kindskopf", meinte Sebastiano spöttisch, „was er hiermit bewiesen hat."

„Aber er ist ein Sforza! Und der Herzog von Mailand!"

„Seit wann hindert ein ererbter Titel einen daran, ein Kindskopf zu sein?", fragte Sebastiano maliziös.

Giuliano errötete.

„Ich würde ihm dennoch mehr Verstand wünschen", murrte er, „und vor allem Mailand! Es mag ja sein, dass er die schönen Künste schätzt – aber ansonsten benimmt er sich wie die Axt im Walde! Und jetzt ist er auch noch *eifersüchtig*!"

„Tja...", machte Sebastiano langgezogen, „alle Welt spricht davon, wie gut sich dein Bruder mit dem Papst verstanden hat. Liebe auf den ersten Blick, sozusagen!"

„Aber ist das wirklich so?", mischte sich Gianni unvermittelt ein, „ich meine, immerhin hat Lorenzo nicht *alles* gekriegt, was er wollte."

Sebastiano lachte auf.

„Du musst doch kein Gelübde ablegen, Mann!“, sagte er und boxte Giuliano in die Rippen, „Glück gehabt, Alter!“

„Noch ist nicht aller Tage Abend“, murmelte Giuliano, wobei ihm die Erleichterung anzusehen war, dass ihm zumindest noch eine Gnadenfrist gewährt wurde, „aber jetzt reise ich erst einmal nach Venedig.“

„Hättest du das denn gewollt?“, hakte Gianni nach, „ich meine, Priester zu werden?“

Giuliano zuckte mit den Schultern.

„Ich schätze, ich hätt’s getan“, sagte er nur, „wenn es unbedingt hätte sein müssen. Na ja, wie gesagt, es ist noch nicht aller Tage Abend.“

„Von diesem Papst bekommst du keinen Kardinalshut mehr“, spottete Sebastiano, „weil er sie alle für seine Familie braucht!“

„Er übertreibt es ein bisschen...“

„Er übertreibt? Er übertreibt? Er setzt völlig neue Maßstäbe der Vetternwirtschaft!“, beharrte Sebastiano, „wie gut, dass die Anzahl seiner Neffen begrenzt ist! Sonst bestände bald die gesamte Kirche aus della Roveres Ablegern!“

„Oh, Sebastiano, ich bitte dich!“, begehrte Giuliano auf, „er ist der Heilige Vater!“

„Bis vor ein paar Monaten war er noch ein Fischersohn aus einem Kaff bei Genua!“

„Nein, da war er der Kardinal von San Pietro in Vincoli“, korrigierte Giuliano milde, „und jetzt ist er der Papst, und du tätest gut daran, das nicht zu vergessen. Der Papst macht mir keine Sorgen. Aber der Herzog! Himmel noch mal!“

„Es kann halt nicht jeder so schlau sein wie Lorenzo“, sagte Sebastiano trocken.

Ob Kardinalshut oder nicht, wichtiger waren die Konten und das Alaun. Ohne Alaun ging es schließlich nicht. Die Färber brauchten es, die Ärzte ebenfalls, und es hatte einen Großteil des Handels mit dem Orient bestritten, selbst in den bittersten Zeiten, so unverzichtbar war es.

Schließlich war bei Tolfa das erste Vorkommen auf christlichem Boden – nach dem Fall Konstantinopels – entdeckt worden. Die Medici hatten seitdem die Konzession für den Abbau und machten gutes Geld damit. Auch die Alaunminen von Volterra, welche es erst viel kürzere Zeit gab, unterstanden einer florentinischen Bergbaugesellschaft. Alaun war für den Tuchhandel unerlässlich. Alaun war mit Gold aufzuwiegen oder zumindest fast.

Von daher war es vielleicht verständlich, dass die Signoria von Volterra Anfang des neuen Jahres den zwei Jahre alten Vertrag mit den Florentinern überprüfte, und ihn für nichtig erklärte. Die Gründe waren vermutlich weniger juristische Einwände als monetäre. Auch Volterra wollte Geld verdienen. Und wenn es schon der Zentralverwaltung von Florenz unterstand, dann hieß das noch lange nicht, dass die Florentiner hier tun und lassen konnten, was sie wollten.

Die Florentiner ließen sich aber auch nicht einfach so rauswerfen. Die Bergbaugesellschaft, zu der Francesco Montecaldo als stiller Teilhaber gehörte, erhob Klage in Florenz und bekam Recht unter der Auflage, dass Lorenzo persönlich das Urteil bestätigte. Und damit wiederum fühlte sich Volterra auf die Füße getreten.

Es kam zum Streit – auch in der Casa Montecaldo.

„Wir haben Anteile daran, Sebastiano!“, brüllte der Vater, „wann wirst du dich endlich für das Geschäft interessieren? Nein, du plapperst ja nur die dummen Sprüche von diesem Möchtegern-Ritter nach, diesem Jacopo…“

„Er ist ein echter Ritter, kein Möchtegern!“, schrie Sebastiano zurück, „und außerdem hat er dazu gar nichts gesagt – es ist meine eigene Meinung, dass Volterra ein Anrecht auf seinen eigenen Grund und Boden hat!“

„Es gibt trotzdem den Vertrag“, beharrte Cesare, „und ein Vertrag ist…“

„Ach, Blödsinn!", brüllte Sebastiano, „über'n Tisch gezogen haben sie die Stadt damals! Weil gar nicht abzusehen war, wie viel die Minen bringen! Das ist fauler Zauber! Das ist keine Ehre!"

„Ehre! Ehre!", schnaufte der Vater, „es geht ums Geschäft!"

„Da hat so etwas wie Ehre nichts verloren, was?", höhnte Sebastiano, „kein Wunder, dass du mir die Freundschaft mit den Pazzi vorwirfst!"

„Volterra hat einen Vertrag unterzeichnet..." begann Cesare erneut.

„Ehre ist ein sehr dehnbarer Begriff!", donnerte der Vater zurück, „ob ich es als Ehre verstehen würde, mit meinen Horden durch die Gassen von Florenz zu jagen und zu erwarten, dass alles Volk vor mir beiseite spritzt...! Das letzte Mal hat es beinahe Tote gegeben!"

„Was überhaupt nicht stimmt! Ich war doch dabei!", fauchte Sebastiano.

„Die Pazzi sind nur ein selbstverliebter Haufen von pseudoaristokratischem Dünkel..."

„Jacopo de' Pazzi weiß im Gegensatz zu dir noch, was Ehre bedeutet! Er würde nie seinen Sohn an eine Hure verkaufen!"

„An eine...! Was redest du denn da? Bist du toll geworden?"

„So ist es doch! Du gierst noch immer nach Castinis Geld, und deshalb hast du noch *immer* nicht diese Verlobung gelöst, obwohl die Schlampe seit drei Jahren weg ist!"

„Das geht dich überhaupt nichts an! Du weißt ja selbst nichts von Ehre! Sonst wüsstest du, wie du mit deinem Vater zu reden hast!"

„Es geht mich wohl etwas an! Es betrifft immerhin Gianni!"

„Hat Gianni sich etwa beklagt? Na? Na? Los?"

„Nee", sagte Gianni hastig, „ich will damit nichts zu tun haben. Schreit euch ruhig an, ich bin weg!"

Draußen, vor der Tür, hielt er inne, einen Moment lang völlig fassungslos. Hatte er das gerade wirklich gesagt? Hatte er eben tatsächlich den Mund aufgemacht und sowohl seinem Lieblingsbruder als auch seinem Vater den Gehorsam verweigert?

Er unterdrückte ein hysterisches Kichern.

Drinnen stieg der Lautstärkepegel noch einmal gehörig an.

„Das ist ja wohl...!“, donnerte der Vater, „das ist dein Einfluss, Sebastiano! Du bist der Nichtsnutz, der Tunichtgut, der seinem kleinen Bruder Flausen in den Kopf setzt!“

„Und bist du nicht froh, dass ich es tue!“, schrie Sebastiano zurück, „hast du nicht selbst gesagt, er hätte keinen Mumm in den Knochen! Da hast du doch, was du wolltest!“

„Also ich finde, Gianni ist vernünftig, wenn er sich dem entzieht!“, versuchte Cesare, die beiden zu übertönen, was nicht gerade einfach war, „ihr wollt ihn doch nur benutzen! Und dann verletzt ihr ihn wieder!“

„Und könnt ihr alle endlich mal aufhören zu brüllen?“, kreischte Minerva, „das Kind schreit und Angelica heult! Himmel noch mal!“

„Das ist kein Tonfall...“

„Vater – bitte!“, rief Cesare entnervt.

„Dir kann man es doch nicht recht machen...“, begann Sebastiano.

Gianni beschloss spontan, das Haus zu verlassen. Und zwar im Laufschritt.

Er rannte nicht nur aus dem Haus, sondern auch noch die Straße hinunter. Ein seltsames Gefühl hatte ihn erfasst, ein Gefühl der Freiheit, des Trotzes. Nur einen Moment lang hatte er gehandelt, ohne zu denken und das war dabei herausgekommen. Ein kleiner Sieg, sicher, aber wie Cesare schon gesagt hätte – wäre er dabeigeblieben, hätten alle nur wieder angefangen, an ihm zu zerren und er hätte den Kummer gehabt.

Sollten sie sich doch die Köpfe einschlagen! Heute war schönes Wetter und durch diesen Streit war er seiner Arbeit bei Cesare im Kontor entkommen. Über alles andere konnte er sich später Sorgen machen.

Er hielt erst an, als er die kleine Mauer erreicht hatte. Es war Mittagszeit und meistens hatte er Glück, wenn er zu dieser Stunde hier vorbeikam. Nach seinem Ausrutscher und Lucas warnenden Worten im

Sommer zuvor hatte er sich zunächst ein paar Wochen zurückgehalten, unsicher, ob er sich den Geschwistern wieder nähern durfte. Aber dann war er ihnen auf dem Markt begegnet und Susanna hatte gelächelt und Luca hatte gefragt, ob er denn noch lange so beschäftigt sein würde, dass er keine Zeit für seine Freunde hätte.

Dankbar hatte Gianni das Angebot angenommen. So war es den ganzen Herbst, Winter und Frühling über gegangen, ohne, dass jemand Verdacht schöpfte.

Von all seinen anderen Bekannten war Leonardo der Einzige, der von dieser Verbindung wusste. Gianni mangelte es zu sehr an Selbstbewusstsein, um seine ungewöhnliche Freundschaft zu den Geschwistern zu rechtfertigen, und ja, er wollte auch gar nicht, dass sich Sebastiano oder Renaldo das Maul darüber zerrissen, sowie er seinen Platz nicht mit Giuliano teilen wollte, der ihn vermutlich binnen eines Atemzuges daraus verdrängt hätte. Luca und Susanna gehörten ihm, bei ihnen war er, wie er sein wollte – kein kleiner Montecaldo, kein jüngerer Bruder des Windhundes Sebastiano, kein unwichtiges Anhängsel von Cesare oder Minerva. Er war Gianni und damit basta. Vielleicht hätte er höchstens noch den gleichaltrigen Filippino Lippi eingeweiht, der vermutlich am ehesten Verständnis gehabt hätte, aber Filippino war mit Sandro nach Spoleto aufgebrochen, um endlich die Fresken des Vaters fertig zu stellen. Gianni hatte ihn schon seit Wochen nicht mehr gesehen.

Was Volterra anbetraf, so gingen nicht nur im Hause Montecaldo die Wogen hoch. Es war aber auch unerhört, was da geschehen war.

„Und die Bürger von Volterra waren vollkommen beleidigt“, erzählte er Luca und Susanna, die begierig lauschten, „sie sagten, die große Republik könne der kleineren befehlen – was ja wohl auch so ist, sie unterstehen ja unserer Verwaltung – aber ein einzelner Bürger, der nicht einmal einen offiziellen Posten innehat, der darf Volterra nicht regieren.“

„Sie haben sich also nur darüber aufgeregt, dass das Gericht sein Urteil von Lorenzo de' Medici bestätigt haben wollte?", wunderte sich Susanna.

Luca zuckte mit den Schultern.

„Nachvollziehen kann man irgendwie schon", meinte er, „im Sinne der alten Athener ist unsere Republik bestimmt nicht."

„Da gibt es andere Meinungen", sagte Gianni lediglich, in Gedanken an die humanistischen Gesprächskreise, „vielleicht hast du Recht. Aber was dann in Volterra geschehen ist, kann man nicht mehr so gut nachvollziehen."

„Es ist doch niemand zu Schaden gekommen?", fragte Susanna beunruhigt.

„Doch", Gianni erwiderte, „genau das ist geschehen. Sie haben zwei Florentiner der Bergbaugesellschaft aus den Häusern gezerrt und erschlagen und zwei Angehörige aus Volterra noch dazu. Richtig blutig soll es zugegangen sein."

„Na", machte Luca.

„Ach du je", seufzte Susanna.

Gianni zuckte mit den Schultern.

„Die Signoria von Volterra hat den Aufstand wieder unter Kontrolle", fuhr er fort, „sie haben heute morgen eine Abordnung geschickt, um das Haupt vor Lorenzo zu senken – und zwar vor ihm persönlich."

„Dem Himmel sei Dank", meinte Susanna erleichtert, „dann ist ja alles wieder gut, nicht wahr?"

„Ist es das?", hakte Luca nach.

Gianni verzog das Gesicht.

„Genau darum geht jetzt der Streit", erklärte er, „Tommaso Soderini meint, ja, die Sache ist beigelegt. Aber Lorenzo ist der Ansicht, dass man den Tod zweier Florentiner Bürger nicht einfach so hinnehmen kann und dass man Flagge zeigen müsste."

„Aha!", sagte Luca verständnisvoll, „er hat Angst vor einem Schwelbrand, was?"

„Ihr müsst ihn verstehen", meinte Gianni, „er macht dies erst seit gut zwei Jahren..."

„Und er ist noch jung, gerade Anfang zwanzig", vervollständigte Luca, „er darf sich keinen Autoritätsverlust erlauben, wenn er seinen Platz behalten will. Also gibt es Krieg?"

„Das ist wohl übertrieben", schwächte Gianni ab, „sie werden vermutlich Federico da Montefeltro damit beauftragen, Volterra symbolisch zu unterwerfen. Nur eine kleine Demonstration, versteht ihr? Eine symbolische Züchtigung. Es geht immerhin um Florentiner Blut!"

„Ach so", sagte Luca spöttisch, „dann wollen wir mal hoffen, dass es auch dabeibleibt."

*

„Ich reite mit", sagte Sebastiano störrisch.

„Das tust du nicht", erklärte der Vater böse.

Sebastiano biss die Zähne zusammen, schob das Kinn vor und in diesem Moment sahen sich die beiden so ähnlich, dass der gesamte Tisch den Atem anhielt.

„Ich reite mit!", wiederholte Sebastiano.

Als Gianni nachmittags heimgekommen war, hatte der Streit mitnichten nachgelassen. Im Gegenteil, er war noch durch Agnolo Ambrogini angefeuert worden, der mit der Nachricht aus der Casa de' Medici gekommen war, dass Lorenzo die Prioren von Florenz von seiner Einstellung hatte überzeugen können. Federico da Montefeltro rüstete zum Aufbruch.

„Du bist ein Montecaldo!", fauchte der Vater, „was hast du dort verloren?"

„Da Montefeltro ist Herr über Urbino!", gab Sebastiano empört zurück, „der Sforza war für uns doch auch gut genug, dass wir Parade stehen mussten!"

„Er ist ein Condottiere! Er weiß, was er tut! Er hat ausgebildete Truppen!"

„Bin ich etwa nicht ausgebildet?"

„Für Turnierkämpfe! Für Reiten und Fechten, ja!", schnauzte der Vater, „aber hier geht es um einen Kampf!"

„Ach", gab Sebastiano kalt zurück, „und ich dachte, es ginge um eine kleine Demonstration der Macht von Florenz?"

Die Diskussion endete schließlich damit, dass Sebastiano wieder einmal in sein Zimmer gesperrt wurde – und wieder einmal war es genauso erfolgsbringend wie einst in Venedig. Am nächsten Tag war er verschwunden.

Der Vater war zum ersten Mal in Giannis Leben regelrecht erschüttert. Nicht einmal der Tod der Mutter schien ihn so getroffen zu haben wie Sebastianos Verschwinden. Er bestellte Luigi und Carlo zu sich, die beiden altgedienten Leibwächter und gab ihnen genaue Anweisungen. Sie verließen das Haus mit steinerner Miene und die Casa Montecaldo war ungewohnt, entsetzlich still.

Angelica weinte.

„Du musst endlich darüber hinwegkommen", sagte Minerva entnervt zu ihr, „Sebastiano wird schon nicht sterben, wie dein kleiner Andrea. Und außerdem hast du noch Paolo!"

Angelica, die sich immer noch furchtbar aufregte, wenn irgendjemandes Leben bedroht schien, schluchzte haltlos in ihr Taschentuch. Minerva erhob sich schließlich frustriert und rauschte aus dem Zimmer. Als sie an ihren Brüdern vorbeikam, zischte sie Cesare zu: „Ich will ja nichts sagen, aber Sebastiano hatte Recht! Du musst ihr unbedingt ein Neues machen!"

Minerva war noch nie gut darin gewesen, Gefühle zu zeigen.

„Ihr braucht euch nicht zu sorgen", sagte Giuliano, als er davon erfuhr, „Federico da Montefeltro ist ein erfahrener, umsichtiger Condottiere. Und wenn Volterra das hält, was es verspricht, werden sie nur einmarschieren, einen symbolischen Akt vollziehen und wieder verschwinden."

„Sie können ja auch gar nicht anders", meinte Gianni, um sich selbst zu beruhigen, „immerhin gehört Volterra zu Florenz, oder? Es ist ja nicht so, als ob wir Krieg mit Venedig anfingen!"

„Ganz bestimmt nicht", lächelte Giuliano, „es wird alles ganz friedlich abgehen. Du wirst schon sehen – die Signoria von Volterra ist nicht dumm!"

Aber anscheinend war sie es doch oder anscheinend war irgendetwas anderes schief gegangen. Vielleicht war man in der kleineren Stadt der Meinung, mit der Abordnung zu Lorenzo der Pflicht Genüge getan zu haben – immerhin *waren* die Medici keine offiziellen Regenten! – oder vielleicht hatte der Aufstand wieder um sich gegriffen, als die anmarschierenden Truppen gesichtet wurden. Tatsache war, dass Federico da Montefeltro das Tor verschlossen vorfand, und, wie man in solchen Fällen zu verfahren tat, eine Belagerung eröffnete.

Sebastiano kam nicht zurück, auch die beiden Leibwächter nicht. Stattdessen traf ein Brief des Condottiere höchstpersönlich ein, der sich dafür verwandte, den jungen Montecaldo bei ihm zu lassen. Er habe sich als sehr verständig und anstellig erwiesen, hieß es darin und dass seine Familie stolz auf ihn sein könnte, wenn er ein wenig Erfahrung im Feld gemacht hätte.

Der Vater war danach ruhiger. Ein Brief des Herrn von Urbino an Francesco Montecaldo – da hatte sich Sebastiano wohl von seiner charmantesten Seite gezeigt und beim Anblick der Leibwächter alles aufgeboten, was er aufbieten konnte. Vielleicht war das gar nicht so dumm. Eine geknüpfte Verbindung zu Federico da Montefeltro konnte durchaus von Nutzen sein. Taugte der Junge wohl doch zu etwas. Und ja, wenn der große Condottiere seine Hand über ihn hielt, dann würde wohl nichts geschehen.

„Du solltest ihn zurückbeordern, Vater", sagte Cesare, aber nur mit halber Kraft, denn er wusste, wie sinnlos sein Protest war.

Angelica weinte, und Gianni versuchte, sich abzulenken – mehrere Wochen lang, denn so lange geschah gar nichts.

Sebastiano kam eines Morgens Mitte Juni zurück. Er stand plötzlich beim Frühstück in der Halle, blutbespritzt, mit zerrissenen Kleidern und demoliertem Helm. Er sah furchtbar aus. Er sah aus wie ein wandelnder Geist.

„Ich habe deine Kettenhunde entlassen", sagte er kalt zum Vater.

Francesco Montecaldo war wie alle anderen aufgesprungen, als sein mittlerer Sohn so unerwartet hereinspaziert war. Jetzt beugte er sich vor.

„Was ist geschehen?", fragte er leise.

Sebastiano lachte wild auf.

„Frag doch deine Freunde in der Via Larga!", sagte er böse, „frag sie doch, was sie unter einer kleinen Demonstration der Macht verstehen, unter einer kleinen *Züchtigung*!"

„Was ist geschehen?", fragte der Vater, eine Spur heftiger.

Sebastiano zuckte mit den Achseln.

„Volterra ist eingenommen", sagte er, „deine Leibwache hat sich besonders beim Besetzen hervorgetan. Leider konnte ich ihren Anblick danach nicht mehr ertragen. Wenn sie zu dir winseln kommen und du sie wieder aufnimmst, sorge also dafür, dass ich sie nicht zu Gesicht bekomme. Sonst garantiere ich für nichts."

„Sebastiano", mischte Cesare ein, „du bist müde und aufgewühlt. Setz dich, iss etwas, und..."

„Nein!", brüllte Sebastiano auf und donnerte den Helm auf den Boden, „ich will nichts essen! Ich will mich auch nicht erholen! Ich habe nicht sehen wollen, was ich gesehen habe – und ich kann auch nicht verstehen, wie das passieren konnte! Das muss Lorenzo de' Medici vor seinem Schöpfer erklären, verstanden? Das hatte mit Ehre nun wirklich überhaupt nichts mehr zu tun!"

Es war eine Katastrophe. Giuliano sagte es ebenfalls, als Gianni am Nachmittag in die Via Larga lief, in der Hoffnung, hier mehr zu erfahren. Sebastiano hatte sich zum ersten Mal in seinem Leben selbst in seinem Zimmer verbarrikadiert und war für niemanden zu sprechen.

„Eine Katastrophe", wiederholte Giuliano mit blassen Lippen, „Lorenzo ist am Ende. Ich habe ihn noch nie so erschüttert gesehen! Das hat doch niemand gewollt!"

„Was ist denn jetzt eigentlich passiert?", bat Gianni mit wachsender Verzweiflung.

Passiert war folgendes: Am Morgen des 18. Juni war es den Truppen des Federico da Montefeltro endlich gelungen, die Mauern des kleinen Städtchens zu nehmen. Im Anschluss daran geschah etwas, was möglicherweise nur ein Funke entzündet haben konnte, was aber in einer Zeit ständiger Kriege und Kämpfe nicht ungewöhnlich war. Die Männer, vielleicht ausgehungert nach Betätigung, vielleicht gelangweilt, vielleicht zu schnell betrunken oder doch nicht gut genug bezahlt, begannen zu plündern, morden und vergewaltigen, wie man es eben mit eroberten Gebieten tat.

Nur, dass Volterra kein feindliches Gebiet war, sondern eine Stadt, die längst Florenz unterstand, und die bloß ein wenig vom Alaunkuchen hatte abhaben wollen.

„Ich hätte gedacht, die Welt ist mittlerweile zu zivilisiert für so etwas", sagte Giuliano unglücklich, „immerhin haben wir doch auch da Montefeltro als Condottiere – er kann lesen und schreiben, er spricht Latein! Aber er hat es wohl nicht geschafft, seine Leute im Zaum zu halten. Niemand hat es geschafft. Er hat Lorenzo einen Brief geschickt."

„Und was hat Lorenzo jetzt vor?", fragte Gianni betroffen.

„Er ist überhaupt nicht mehr hier", berichtete Giuliano, „als er davon gehört hat, ist er sofort mit ein paar Mann losgeritten. Sie müssten längst da sein. Du kennst Lorenzo. Im Augenblick würde er sein letztes Hemd geben, um das wieder gut zu machen."

„Das kann man nicht wieder gut machen", grollte Sebastiano am Abend, als Gianni ewig an seine Tür geklopft hatte und endlich eingelassen worden war, „da sind Dinge geschehen, die unverzeihlich sind!"

„Aber konnte da Montefeltro..."

Sebastiano seufzte tief.

„Er hat es versucht", erklärte er, „Himmel, hat er es versucht. Ich habe noch nie jemanden so verzweifelt um die Herrschaft über seine Leute ringen sehen! Er hat ein paar seiner eigenen Männer niedergeritten, er hat ein paar Mörder sofort hängen lassen, er hat versucht, zumindest die Frauen und Kinder zu schützen. Aber sie waren wie die Tiere, Gianni. Ausgewachsene Männer, die sich an Neugeborenen vergehen, die Alte in Brand stecken, die..."

Er brach ab, schüttelte den Kopf und schlug die Faust in die Hand.

„Es hätte nie dazu kommen dürfen!", knirschte er, „Mediceische Arroganz! Warum haben sie nicht einfach den Kniefall der Signoria hingenommen? Warum war es nicht genug?"

„Giuliano hat mir gesagt, dass Lorenzo zutiefst erschüttert ist und sofort losgeritten ist..." begann Gianni, aber Sebastiano lachte nur bitter auf.

„Ja, hinterher! Hinterher tut's einem leid! Das hilft nicht mehr, Gianni, verstehst du? Womit haben sie sich das angemaßt? Ich weiß, was du sagen willst – Lorenzo und Giuliano sind unsere Freunde. Aber was für Freunde wären wir, wenn wir immer nur abnicken würden, was sie tun? Wenn wir nie unsere Meinung sagen? Wenn wir uns blind unterwerfen?"

Er holte tief Luft.

„Es hätte nie zu dieser Situation kommen dürfen", sagte er grimmig, „du hättest sehen sollen, was Luigi gemacht hat oder Carlo. Sie waren wie Tiere. Ich schwöre dir, wenn Vater sie zurückholt, ermorde ich sie höchstpersönlich! Und ich würde nicht eine Sekunde zögern! Das habe ich ihnen auch gesagt!"

Nun, entweder hatten Carlo und Luigi die Warnung ernst genommen und kamen tatsächlich nicht wieder zurück oder aber sie waren so schlau und taten es ungesehen. Und vielleicht hatte der Vater sie sofort fortgejagt, falls sie gekommen waren – aber vielleicht hatte er sie auch zum Landsitz geschickt, bis sich die Wogen geglättet hatten. Sebastiano zumindest begegnete den beiden Leibwächtern nicht wieder.

„So ist das“, sagte Luca di Cammino trocken, als Gianni ihm davon erzählte, „die Großen machen einen Fehler, und die Kleinen müssen bluten.“

*

Lorenzo gab sich redlich Mühe, die Schwarte wieder auszuwetzen. Die Stadt Volterra wurde reichlich entschädigt, die Verantwortlichen, soweit feststellbar, hart bestraft – aber den schwarzen Fleck auf der bis dahin weißen Weste konnte er nicht entfernen. Er litt darunter, sichtlich. Er war besonnener geworden, sich seiner Verantwortung weitaus mehr bewusst, und er wurde noch großzügiger. Als in der einst verfeindeten Stadt Pisa die alte Universität wieder aufgebaut werden sollte, ritt Lorenzo hin und spendete den größten Teil der notwendigen Kosten.

„Unter uns“, sagte Cesare zu Gianni in einer dieser stillen Stunden im Kontor, „ich weiß ja, dass die Medici reich sind, und bestimmt auch viel reicher als wir, und ich weiß auch, dass sie mit Sassetti einen guten Bankleiter haben – aber Lorenzo sollte vielleicht gelegentlich doch mal ein wenig aufpassen. Spare in der Zeit...“

„Dann hast du in der Not“, vervollständigte Gianni geflissentlich.

Er mochte die Stunden bei Cesare noch immer nicht, auch wenn er nicht wagte, sich wie Sebastiano offen zu widersetzen. Abgesehen davon fürchtete er, dass der Vater, wenn er auch seinem trotzigen mittleren Sohn so einiges durchgehen ließ, den Schlagfluss erleiden würde, wenn der blutlose Jüngste nun nicht einmal Talent für das Geschäft vorweisen würde. Er gab sich Mühe.

Aber er mochte es nicht ein bisschen und das ließ sich nicht verbergen.

Cesare versuchte in der Regel, sich seine Enttäuschung nicht anmerken zu lassen. Meistens nahm er Gianni vor dem Vater auch in Schutz, wenn wieder etwas schief gelaufen oder noch nicht erledigt worden war. Aber je mehr Zeit verstrich, um so weniger protestierte und schimpfte er, wenn Gianni zu spät kam, oder sich beizeiten verdrückte. Und das war auch nicht gerade schön.

Lorenzo hingegen schien sich ebenfalls nicht besonders viel um die Zahlen und Fakten seiner Konten zu kümmern, denn seine Großzügigkeit kannte immer noch keine Grenzen. Um Weihnachten herum lud er zu einem rauschenden Fest, bei dem er einen besonderen Leckerbissen anbot – eine Darbietung der neuen mailändischen Gesangskapelle, offiziell ein Geschenk des Herzogs, inoffiziell sicher teuer erkauft, um Florenz zu beeindrucken.

„Ich weiß nicht, was daran so toll ist“, murrte Sebastiano, musikalisch wie ein Stockfisch, „sie singen, wir seufzen, sie enden, wir applaudieren. Wann gibt's den Nachtisch?“

„Du Banause“, tadelte Cesare, wenn auch milder als gewöhnlich, „es ist schade, dass du dich nicht an Cordier erinnerst. Angelica und ich haben einer seiner Auftritte beiwohnen dürfen. Es war mit nichts zu vergleichen, was wir zuvor gehört hatten!“

„Tatsächlich“, spottete Sebastiano, „hat er zum Singen nicht seinen Mund verwendet?“

„Natürlich hat er das“, sagte Cesare streng, während Angelica, die ausnahmsweise einmal den Palazzo Montecaldo verlassen hatte, errötete, „er war einfach herausragend! Diese Stimme – dieser Tonumfang!“

„Für mich klingt das alles gleich“, murmelte Sebastiano, was Cesare glücklicherweise nicht hörte.

„Niemand hat je so schön gesungen wie Giovanni Cordiero!“, behauptete er stattdessen voller Inbrunst.

„Ja“, Sebastiano grinste, „aber Cordiero kommt gar nicht, oder? Er ist in Rom und lässt sich feiern. Dieser Meester van Dingsbums kommt stattdessen. Also, ich sehe noch keinen Grund, gleich in Jubel zu verfallen.“

„Warte es ab!“, meinte Cesare, „die Musik ändert sich, mein Junge, so wie sich unsere ganze Welt ändert. Der Mensch rückt in den Mittelpunkt, Affekte spiegeln sich in Klängen wieder, Quinten und Quarten weichen Terzen und Sexten...“

„Schon klar“, unterbrach Sebastiano rüde, „entschuldigt mich, ja? Ich glaube, Simonetta hat mir zugewunken.“

Das hatte Simonetta natürlich nicht getan. Sie saß brav und wohlerzogen neben ihrem freundlich plaudernden Ehemann, der Lorenzo de' Medici vermutlich gerade von seinen Geschäften berichtete. Und sie neigte den Kopf, als Lorenzo antwortete, lächelte und sich erhob, um ein paar Plätze weiter zu gehen, wo Lucrezia Donati saß, für die er seit jeher eine Schwäche hatte.

Seine frömmelnde Ehefrau Clarice hatte ihren Platz weiter oben an der Tafel, antwortete gerade mit scharfer Stimme auf eine Frage ihrer Schwiegermutter und schien zu bedauern, nicht bei ihren Kindern auf dem Gut in Cafaggiolo zu sein. Diesen Sommer hatte Clarice ihrem Mann wieder ein Kind geschenkt – eine zweite Tochter, auf den Namen Maddalena getauft – so dass man ihr zumindest ihre Fruchtbarkeit anrechnen konnte.

Aber Lorenzo war freundlich. Nach einem kurzen Austausch mit Lucrezia begab er sich zu seiner angetrauten Ehefrau und glättete die Wogen. Das Essen war vorüber, die Aufführung würde jeden Moment beginnen.

„Ob sie wohl alle Töne treffen?“, fragte Leonardo interessiert.

Sein Name war inzwischen in die Liste der St-Lukas-Gilde aufgenommen worden, der Malergilde von Florenz. Er arbeitete nach wie vor bei Andrea del Verrocchio, was diesen nach wie vor zu gelegentlichen herzzerreißendem Seufzen veranlasste.

„Leonardo“, hatte er einmal in Giannis Beisein gesagt, „wenn du dich nur *einmal* zusammennehmen könntest und etwas richtig zu ende führen würdest, könntest du uns alle übertrumpfen!“

Aber Undiszipliniertheit und Gedankenlosigkeit hin oder her, Leonardo war längst dem Herrn von Florenz aufgefallen und als solcher in den Genuss gekommen, an dieser besonderen Feier teilnehmen zu dürfen. Lorenzo streute seine Gunst sowieso sehr breit über die Schichten der Stadt, dachte Gianni, während er seinen Blick über die Tafeln schweifen ließ – er entdeckte Mitglieder der alteingesessenen Familien Florenz', aber auch mehr als nur einen Künstler, Philosophen oder Freigeist. Er sah, wie Luigi Pulci erneut seinen sprühenden Zynismus ausgoss und wie Marsilio Ficino heftig antwortete. Er entdeckte Andrea del Verrocchio, im Gespräch mit seinem ehemaligen Schüler Sandro, der inzwischen auch in der Gilde registriert war und wie immer Filippino Lippi dabei hatte. Sandro hatte in diesem Jahr ein Bild namens *Anbetung der drei heiligen Könige* fertiggestellt, und dafür so viel Lob eingeheimst, dass sein Ruf mittlerweile über Florenz' Grenzen hinausging. Außerdem, was Sebastiano und Renaldo immer zum Grinsen brachte, hatte sich bei ihm auch beruflich endgültig der Beiname Botticelli festgesetzt. Sebastiano hänselte, *Fässchen* würde ausgezeichnet zu dem rundlichen Sandro passen, der immerhin die Würde besaß, über solche Frechheiten hinwegzusehen.

„Ha!“, donnerte Jacopo de' Pazzi, den Montecaldos gegenüber, „da hast du wohl Recht, Bürschchen! Hauptsache, sie treffen!“ Und er lachte, wobei er Reste der Mehlspeise versprühte.

Gianni war in Gegenwart des alten Ritters immer etwas unbehaglich zumute. Sicher, er schätzte Messer Jacopo, wie alle ihn schätzten. Aber er fürchtete die Grobheit des alten Haudegens auch immer ein wenig. Man war sich nie ganz sicher, ob Messer Jacopo einen nicht doch am

Genick packen und schütteln würde wie einen jungen Hund, wenn man nicht rechtzeitig parierte.

Sebastiano, von seinem vorgeschobenen Grund zurückgekehrt, hatte solche Bedenken natürlich nicht.

„Sagt bloß, Messer Jacopo“, fragte er mit kugelrunden Augen, „könnt Ihr es denn *sagen*, wenn sie treffen?“

Gianni hielt unwillkürlich die Luft an, Cesares Gesicht verfärbte sich – aber der alte Ritter brüllte nach einem Moment vor Lachen los.

„Vorsicht, Bürschchen!“, drohte er dem Frechdachs, „meine rechte Hand juckt! Du bist noch nicht zu alt für eine Tracht Prügel!“

„Ihr müsstet mich erst kriegen“, grinste Sebastiano und setzte hastig hinzu, „ja, ich weiß, Cesare. Ich würde selbstverständlich nicht davonlaufen, Messer Jacopo, sondern mich demütig vorbeugen.“

Messer Jacopo explodierte erneut, holte mit besagter Rechter aus, ließ sie jedoch anstatt auf das Gesäß krachend auf Sebastianos Schulter fallen.

„Um das zu glauben, müsste ich es sehen“, donnerte er grinsend, „aber ich warte ja sowieso jeden Tag darauf, dass ihr Lümmel wieder vor meiner Tür steht. Oder besser ausgedrückt – meine Nichte scheint zu warten.“

Er zwinkerte, und Sebastiano errötete unwillkürlich, wobei er sehr zufrieden aussah. Der Vater, der dem Austausch mit zusammengekniffenen Augen gefolgt war, sagte unvermutet: „Wie alt ist Cristina jetzt, Messer Jacopo?“

„Sie wird vierzehn“, antwortete der Ritter, „würde ihre Mutter noch leben, würden mir die Heiratsvermittler die Tür einrennen. Ich halte ja nichts von diesen Schwätzern. Ihr macht es doch ebenfalls lieber auf die direkte Art oder, Montecaldo? Auch wenn Ihr bislang nicht allzu viel Glück hattet.“

„Ich würde zumindest darauf bestehen, dass die zukünftige Braut nicht wieder im Karneval losgelassen wird“, sagte Francesco Montecaldo trocken, „aus Fehlern lernt man.“

„Ist die Kleine nie wieder aufgetaucht?", hakte Messer Jacopo nach.

Einer seiner zahlreichen Neffen begann bereits, verlegen an seinem Ärmel zu zupfen. Es war Guglielmo, wie Gianni sah, mit Lorenzos Schwester Bianca verheiratet. Natürlich wünschte sich Guglielmo, dass sein Onkel bei einer Einladung der Medici nicht zu sehr auffiel. Und Messer Jacopo war dafür bekannt, nicht um den heißen Brei zu reden.

„Keine Spur", sagte Francesco Montecaldo verdrossen, „wobei Castini die Hoffnung noch immer nicht aufgegeben hat."

„Ist er heute hier?", fragte Guglielmo, wohl in der Hoffnung, das peinliche Thema damit zu unterbinden. Aber Francesco Montecaldo war taub für solche Feinheiten.

„Nein", antwortete er, „seit ihrem Verschwinden hat er sich vollkommen zurückgezogen. Armer alter Narr. Er hätte wieder heiraten sollen, als Caterina starb. Eine Frau hätte die Kleine schon im Griff gehabt und ihn ansonsten mit genügend Ersatz bedacht."

Angelica begann zu husten und Cesare lief hochrot an. Messer Jacopos Blick fiel tadelnd auf diese empfindlichen Kinder und dann auf Gianni, der plötzlich den Wunsch verspürte, im Erdboden zu versinken.

„Mag sein", knurrte der Ritter, „aber vielleicht habt Ihr auch noch einmal Glück gehabt. Über Caterinas Familie gab es seltsame Gerüchte, wenn ich mich richtig erinnere."

„Aha?", hakte Francesco interessiert nach, „und welche?"

„Es war ihre Mutter", sagte Messer Jacopo, „Himmel, ist das lang her... ich war ja selbst noch nicht trocken hinter den Ohren, als Marco Perli diese Benedetta heiratete... Sie hatte einen seltsamen Namen, und sie kam von... Herrgottsakra! Ich weiß es nicht mehr! Aber was soll's ja auch – die Kleine ist weg und Castini geht Euch nichts mehr an!"

„Nun ja", sagte Sebastiano mit glitzernden Augen, „fast, nicht wahr? Immerhin – korrigiere mich, wenn ich falsch liege, Vater – immerhin ist die Verlobung nie gelöst worden, oder? Also sollte die kleine Castini wieder auftauchen..."

„Was?“, polterte der Ritter verblüfft los, „Ihr habt den Kontrakt nicht zerrissen? Welchen besseren Beweis wollt Ihr denn noch, dass das Mädchen nichts taugt?“

Francesco Montecaldo hatte soeben mit seinen Blicken einen Mord begangen, – wobei das Opfer, sein Sohn Sebastiano, ihn teuflisch angrinste. Jetzt räusperte er sich.

„Es ist überhaupt nicht sicher, was der Kleinen zugestoßen ist“, sagte er kurz angebunden, „sollte sie tot sein, hat sich die Sache eh erledigt.“

„Es gibt schlimmere Dinge als den Tod“, grummelte Jacopo de' Pazzi finster, „Ihr habt einen seltsamen Begriff von Ehre, Montecaldo! Da muss ich mir das mit Cristina aber noch mal überlegen!“

Sebastianos teuflisches Grinsen erlosch mit einem Schlag und machte plötzlichem Zorn Platz. Francesco Montecaldo aber zuckte lediglich mit den Achseln.

„Heißt es nicht, im Zweifel für den Angeklagten?“, meinte er lapidar, „wer hat das doch gleich gesagt?“

„Pah“, schnaubte der alte Ritter, „sicher irgendein Narr!“

Und dann kamen zur allgemeinen Erleichterung die Sänger.

Gianni verfolgte wie alle anderen mit Spannung den Einzug der Truppe von Gaspar van Weerbeke, welche die mangelnde Mitgliederzahl mit pompösen Kostümen wettgemacht hatte. Er beobachtete, wie sich die Musiker aufstellten, wie die Sänger den Ton anstimmten und mit ihren Begleitern abglichen. Er sah auch noch, wie der Flame sich aufrichtete und die Arme hob – und dann fiel sein Blick auf die Ecke dahinter, wo einige wenige ausgewählte Mädchen ohne besondere Herkunft saßen, alle aus ein und denselben Gründen.

Und er sah Susanna.

Er bekam den Einsatz überhaupt nicht mit. Stattdessen starrte er Susanna an, ausnahmsweise einmal in einem gefärbten Kleid und ohne ihr verhüllendes Tuch, sondern mit geflochtenen Zöpfen, und ihm war plötzlich schlecht. Sie saß zwischen den *freien Mädchen*!

Was tat sie hier? Und wo war Luca? Wer hatte sie begleitet, wer ihr Zutritt zum Palazzo Medici verschafft? Hatte sie einen Gönner, einen Geliebten – oder einen Zuhälter? Warum wusste er nichts davon? Warum hatten sie ihm nichts gesagt?

Sie war äußerst hübsch, so zurechtgemacht und ohne die übliche Verhüllung. Sie war hübsch genug, um das Interesse des ein oder anderen seiner Freunde zu wecken – und Himmel, so sehr sie eine Simonetta Vespucci anbeten konnten, so wenig Umstände machten sie mit einem süßen Dingelchen von Susannas Kaliber! Wie konnte sie ein derartiges Risiko eingehen? Hatte sie überhaupt einen Schutz? Neben ihr saßen lediglich noch die anderen Mädchen, die er allesamt einordnen konnte, aber keine Matronen oder gar ehrbaren Männer. Wie konnte sie nur!

Er sah sich hastig um. Alle anderen hatten ihre Augen auf die Sänger gerichtet, sogar Sebastiano, der sich zumindest Mühe gab, seine Langeweile zu verbergen, sowie auch Messer Jacopo, dessen Stirnfalte immer tiefer wurde. Sebastiano, Renaldo, Giovanni, Giuliano, Agnolo, Francesco... sie alle sahen zu den Künstlern und keinem war bisher das junge Mädchen dahinter aufgefallen.

Noch nicht.

Gianni bekam nichts vom Lied der Musikanten mit. Die gesamte Darbietungszeit glitten seine Augen argwöhnisch über die Anwesenden, während er im Inneren ein Gräuelbild nach dem anderen entwarf.

Sie blieb zu lange nach dem Gesang und einer der betrunkenen Männer bekam sie in die Hände...

Sie verließ den Palazzo und wurde draußen auf der Straße überwältigt...

Sie fiel einem der Herren ins Auge und wurde von dessen Dienern bereits während der Vorstellung hinaus gezerrt...

Sie war bereits das Opfer eines dieser Bastarde und zahlte den Preis, den sie zahlen musste...

Schwer zu leugnen, dass er Höllenqualen litt. Das Einzige, was er tun konnte, war, sie im Auge zu behalten. Unglücklicherweise saß er in so exponierter Lage, dass er sich unmöglich hinausstehlen konnte. Wenn es nicht seinem Vater auffallen würde, dann bestimmt Messer Jacopo und der würde sein Missfallen mit Sicherheit nicht leise äußern.

Wie konnte Susanna nur solch ein Risiko eingehen? Wie hatte Luca es nur zulassen können? Und wenn es bereits zu spät war – warum hatten sie ihn nicht um Hilfe gebeten? Warum hatten sie es ihm verschwiegen? Was *tat* sie da?

Aber das Glück war zumindest etwas auf seiner Seite. Während der gesamten Darbietung – die, wie ihm später mitgeteilt wurde, wirklich außerordentlich gut gewesen sein sollte – geschah nichts Bemerkenswertes, zog Susanna keine Aufmerksamkeit auf sich und wurde auch nicht gewaltsam von ihrem Platz entfernt. Und mit dem einsetzenden, donnernden Applaus war Gianni bereits auf den Füßen.

„Ich muss mal wohin", sagte er hastig.

„Ha", hörte er den alten Jacopo schnauben, „der Junge hat Recht. Hat lang gedauert, auch mir drückt die Blase!"

Er wartete nicht ab, ob Messer Jacopo ihm folgte oder nicht, immerhin war sein Ziel überhaupt nicht der Abtritt, sondern die andere Seite der Arena. Er nutzte die begeisterten Leute, die aufsprangen und Zugaben verlangten – wohl auch, um sich bei Lorenzo beliebt zu machen – schob sich hinter Rücken und Tischen vorbei, quetschte sich durch die Dienerreihen, tauchte unter einem Tablett hindurch, erreichte sein Ziel – und Susanna war nicht mehr da.

Das Herz blieb ihm stehen. Der Atem stockte in seiner Kehle. Himmel, er hatte sich so beeilt, und jetzt...?

Aber da sah er sie schon, ein Stück den Gang hinunter, sich in ihr Tuch wickelnd. Mit drei großen Schritten war er bei ihr und packte ihren Arm.

„Was hast du hier verloren?", herrschte er sie an.

Wenn er erwartet hätte, dass Susanna erschrocken oder verängstigt reagieren würde, so wurde er enttäuscht. Sie wandte den Kopf, sah zu ihm auf und er entdeckte mit Verblüffung Tränen in ihren Augen.

„Oh, Gianni", sagte sie inbrünstig, „hast du je etwas Schöneres gehört?"

„Häh?", machte Gianni.

Susanna streckte ihre Arme aus oder wollte es und beließ es beim Linken, da der Rechte nach wie vor festgehalten wurde.

„Diese Süße!", schwärmte sie, „diese Töne! Die Melodie – wie Regentropfen – und diese Instrumente! Wie sie klangen! Das habe ich noch nie gehört! Weißt du, wie sie heißen?"

„Ich habe keine Ahnung", sagte er verblüfft, „es interessiert mich auch nicht. Susanna! Was hast du hier zu suchen?"

„Ich habe ja geglaubt, dass es schön wird, aber das... das war einfach unübertrefflich, das war..."

„*Susanna*!", unterbrach er sie und schüttelte sie heftig, „was hast du hier zu suchen?"

Und diese Vehemenz brachte endlich die gewünschte Reaktion.

„Oh", sagte sie, als ob er sie aus einem Traum riss, „oh. Wir... ich habe gehört, dass Meester van Weerbeke kommt und weil ich doch so gerne einmal... Luca hat seine Beziehungen spielen lassen für mich. Ich habe auch immer Cordiero hören wollen, und durfte nie."

„Was ihr mit diesem Cordiero habt", schimpfte Gianni, erleichtert darüber, dass ihr Bruder ihr diesen Platz verschafft hatte und nicht irgendein Galan, „das ist doch völlig unwichtig! Susanna! Weißt du, bei welchen Mädchen du gesessen hast?"

Susanna lächelte plötzlich.

„Ja", sagte sie, „weiß ich. Ich kenne sie alle. Fioretta, Graziella, Maria, Ana-Maria..."

Gianni wurde blutrot. Susannas Lächeln wurde eine Spur spöttisch.

„Du sollest nicht über sie urteilen, wenn du ihre Geschichte nicht kennst, Gianni Montecaldo", tadelte sie sanft.

Er weigerte sich, sich die Situation vollkommen aus der Hand nehmen zu lassen.

„Mag sein“, sagte er kurz angebunden, „aber deine Geschichte kenne ich, und ich will nicht, dass sie so endet. Willst du das etwa?“

„Ob ich eine Hure werden will?“, fragte sie trocken, „nein, das will ich nicht.“

„Also!“, sagte er mit Nachdruck, „warum setzt du dich dann zu ihnen? Warum ziehst du die Aufmerksamkeit auf dich? Verstehst du die Söhne von Florenz so schlecht?“

„Du meinst“, sagte sie, „wenn ich zwischen Fioretta und Graziella sitze, werden mich die lüsternen Kerle anfallen?“

Er war sich nicht sicher, ob ihm ihr Tonfall gefiel.

„Genauso ist es!“, zischte er, „oh Himmel, Susanna! Ich kenne sie doch! Ich kenne die Renaldos und Giovannis und Giulianos und ich weiß, dass sie nicht fackeln, wenn sie etwas wollen!“

„Und du meinst, sie wollen mich?“

„Warum sollten sie das nicht tun?“

„Das“, meinte sie nach einem Moment, „war sicherlich das seltsamste Kompliment, was ich je bekommen habe. Gianni – kann es sein, dass du dich um mich sorgst?“

„Natürlich tue ich das!“, begehrte er zornig auf, „und du scheinst die Gefahr überhaupt nicht zu sehen! Du bist allein hier – allein, Susanna, ohne einen Schutz, ohne wenigstens mir Bescheid gesagt zu haben – weißt du nicht, wie leicht du verschwinden könntest? Und was will Luca tun, hm, gegen einen Pazzi oder einen Tornabuoni, wenn der dich einmal in den Fingern hatte?“

„Gianni“, begann sie lächelnd, aber er ließ sich nicht wieder unterbrechen.

„Selbst, wenn du so vernünftig warst, sofort zu gehen“, schimpfte er weiter, „du musst noch nach Hause – und es ist Nacht! Sogar wir haben Diener und Fackeln und wir sind erwachsene Männer!“

Ihr zweifelnder Blick besagte, dass sie ihn nicht wirklich zu den erwachsenen Männern zählte, aber immerhin schwieg sie.

„Du wohnst nicht gerade um die Ecke!“, setzte er böse hinzu, „warst du denn noch nie nachts auf den Straßen, um zu wissen, dass du dich da nicht aufhalten solltest?“

Jetzt machte sie doch wieder den Mund auf.

„Ein Widerspruch in sich“, rutschte es ihr raus, „nein, entschuldige, Gianni. Es ist lieb, wie du dich sorgst und ja, ich weiß, es ist nicht ganz ungefährlich, was ich hier tue...“

„Genau!“, sagte er heftig und packte wieder ihren Arm, denn drinnen entstand Bewegung, „und deshalb werden wir jetzt gehen. Ich bringe dich heim!“

„Luca wird mich abholen“, wehrte sie sich, „Gianni, es ist wirklich nicht nötig...“

„Ist Luca bewaffnet?“, fauchte er und zog sie vorwärts.

„Nein“, sagte sie ruhig, „aber wir sind Rosalbas Enkel und deshalb werden uns die Straßen von Florenz nichts tun.“

Das klang endgültig. Das klang sicher und überzeugt, so dass er, obwohl er sie bereits aus dem Gang in die Vorhalle gezerrt hatte, innehielt. Susannas Augen waren offen und ehrlich auf ihn gerichtet, mit einem leichten Bedauern darin.

Rosalba...

„Deine Großmutter“, sagte er leise.

Sie nickte.

Gianni musste schlucken. Der glühende Blick, schwarz wie Kohle, fiel ihm wieder ein und was er dabei empfunden hatte. Er schluckte ein zweites Mal.

„Susanna?“, sagte er vorsichtig.

„Ja?“

„Deine Großmutter – ist sie... war sie... war sie eine Hexe?“

Stille. Susanna hatte den Kopf abgewandt, aber er konnte in ihrem Profil erkennen, wie sie auf ihrer Unterlippe herum biss. Er wartete und irgendwie war ihm ganz kalt.

Dann sah sie ihn an.

„Ich fürchte, ja", sagte sie, „aber bevor du jetzt Angst bekommst – sie ist tot, Gianni, sie kommt nicht zurück und weder Luca noch ich haben ihre Fähigkeiten geerbt."

Er hatte nicht geahnt, wie wichtig diese Worte für ihn gewesen waren, welcher ein Stein plötzlich von seinem Herzen fiel. Er konnte sogar lächeln.

„Ihr seid also ganz normale Leute?", sagte er scherzend.

Susanna lächelte nicht.

„So etwas in der Art", antwortete sie ruhig.

„Hah!", erklang eine raue Stimme hinter ihm, „von wegen volle Blase! Ein Schlingel bist du, wie die anderen!"

Und Jacopo de' Pazzi knochige Hand fiel auf seine Schulter.

Gianni musste alle Selbstbeherrschung aufbieten, um nicht entsetzt zusammenzuzucken. Susanna, so sah er, wirkte auf einmal gar nicht mehr so selbstsicher.

„Hast dich zu deinem Täubchen raus gestohlen, was?", grinste der Ritter, „zu dumm, dass du das nicht schon während des Gejaules tun konntest, hm?"

Er ließ einen anerkennenden Blick über Susanna gleiten.

„Hübsches Ding", sagte er, „könnte mich auch verlocken! Du solltest sie lieber wegbringen, bevor einer der Jungs sie sieht!"

„Das war der Plan", sagte Gianni steif.

„Richtig so", meinte Messer Jacopo, „bewahre deine Rechte. Sie ist besser als die kleine Castini-Schlampe, die dich sitzengelassen hat, was, mein Junge?"

Das war sicher nicht böse gemeint, nicht so, wie er Messer Jacopo kannte, sondern eher aufmunternd. Trotzdem traf es Gianni heftig. Zu seiner Verblüffung sah er, wie Susanna ebenfalls zusammenzuckte, und schob es gleich darauf, dass ihr vielleicht jetzt bewusst wurde, welches Risiko sie eingegangen war.

Es bewog ihn zu antworten.

„Ihr irrt Euch, Messer Jacopo", sagte er steif, „Susanna ist nicht so. Sie ist eine gute Freundin und ein ehrenwertes Mädchen, das seine Sicherheit sträflich vernachlässigt hat."

„Mein Junge, ich bin bestimmt kein Tugendwächter", begann Messer Jacopo amüsiert.

„Das weiß ich", sagte Gianni knapp.

„Ich urteile nicht über solche Dinge", fuhr der Ritter trocken fort, „auch nicht darüber, was man sich von dir und Venedig erzählt..."

„Mag sein", schnitt Gianni ihm das Wort ab, „aber dies ist nicht Venedig und wir sind nicht bei den freien Töchtern. Susanna, wir gehen. Ich will nicht, dass dich einer sieht!"

„Das will ich auch nicht", sagte Susanna, „weshalb ich ja bereits im Gehen begriffen war, als du mich aufgehalten hast."

„Nachdem du da drinnen wie auf dem Präsentierteller gesessen hast!"

„Es hat doch niemand auf mich geachtet! Alle haben den Sängern zugehört, niemand hat mich gesehen!"

„*Ich* habe dich gesehen!", beharrte er.

„Und selbst wenn!", argumentierte sie, „ich verstehe ja deine Besorgnis, aber dies ist immer die Casa de' Medici. Glaubst du wirklich, dass man ein Mädchen hier einfach raus zerren kann?"

Jacopo de' Pazzi war ihrem kleinen Streit mit schief gelegtem Kopf gefolgt und kicherte jetzt.

„Da hat die Kleine nicht ganz Unrecht", gab er anerkennend zu, „kann mir nicht vorstellen, dass Lorenzo so was zulassen würde!"

„Um es zu verhindern, müsste er es erst einmal sehen!", beharrte Gianni zornig, „und ich hätte dich eben sehr gut raus zerren können! Wo war da Lorenzo?"

„Drinnen vermutlich, beim Applaudieren", half Messer Jacopo sofort aus.

„Siehst du!", triumphierte Gianni, „und du sagst, du würdest wissen, was du tust! Ich bringe dich jetzt heim!"

„Das, wie gesagt, ist unnötig", erwiderte sie bockig, „Luca wird jeden Moment kommen..."

„Wenn du Glück hast, liegt Luca nicht ausgeraubt und zusammengeschlagen in einer Ecke..."

„Oh Gianni!", zischte sie, „das ist furchtbar, so etwas zu sagen! Und abgesehen davon – er lebt mindestens so lange wie du in dieser Stadt! Glaubst du nicht, Luca weiß..."

„Anscheinend tut er das ja nicht!", schnauzte er, „wenn er seine Schwester bei einem öffentlichen Konzert zwischen den *Huren* sitzen lässt – und ja, Susanna, ich weiß auch, was sie sind, *ohne* über sie zu urteilen und ganz egal, welche *Geschichten* sie haben!"

„Nur weil ich bei ihnen sitze, bin ich nicht automatisch eine von ihnen!"

„Aber alle, die dich sehen, werden so denken!"

„Es hat mich doch keiner gesehen!"

„Das glaubst auch nur du!"

Jacopo de' Pazzi empfand offenbar den Zeitpunkt für gekommen, sich wieder einzuschalten.

„Ob sie nun gesehen wurde, oder nicht", sagte er trocken, „wenn ihr zwei nicht bald hier verschwindet, *werdet* ihr gesehen und zwar von allen."

Stille. Beiden, Susanna und Gianni, war der Wind aus den Segeln genommen. Von drinnen waren Stühle, Schritte und näher kommende Stimmen zu hören. Messer Jacopo hatte unzweifelbar Recht.

Gianni fasste sich als Erster

„Oh, verdammt!", fauchte er, packte Susannas Arm und schob sie ohne weitere Umstände hinaus.

Zurück blieb ein amüsierter alter Ritter, der wenigstens etwas Abwechslung an diesem Abend gehabt hatte. Diese Medici mit ihrem kulturellen Gehabe! Wenn Lorenzo nicht so ein netter Kerl wäre, würde er sich hier nie wieder blicken lassen. Auf dem Land lebte es sich besser!

Apropos...

„Was war denn hier eben los?“, erklang die leichte Stimme von Sebastiano Montecaldo, „Gezank und Geschrei?“

Diesen mochte er, dachte der alte Ritter, ein ehrlicher Kerl, mit genügend Witz, um nicht langweilig zu sein, und genügend Charme, um oft genug davon zu kommen. Ein amüsanter Bursche mit einem anständigen Ehrenkodex.

„Dein kleiner Bruder, mein Junge“, sagte er grinsend, „hat Frauenprobleme.“

„Was denn?“, wiederholte Sebastiano belustigt, „*Gianni* hat Frauenprobleme? Wieso wusste ich nichts davon?“

„Weil du vielleicht zu sehr mit deinen eigenen beschäftigt bist?“, spottete Messer Jacopo, „aber wenn du dich beeilst, erwischst du ihn noch. Sie ist nicht ohne, die Kleine!“

„Das muss ich sehen“, lachte Sebastiano, „wo sind sie hin?

„Die Treppe da hinunter“, sagte Messer Jacopo und setzte grinsend hinzu, „offenbar ist dein Bruder doch nicht ganz so farblos, wie ich dachte!“

„Natürlich ist Gianni nicht farblos“, stellte Sebastiano fest, „er ist der Beste von uns allen. Das habe ich Euch doch schon gesagt!“

„Das sagst du immer, aber ich hielt's bloß für Gerede“, meinte der Ritter, „na, wenn er der Beste ist, dann sollte ich Cristina wohl für ihn reservieren, was?“

Sebastiano Montecaldo, bereits im Gehen, wandte sich heftig um, Protest auf den Lippen – den er jedoch sofort wieder herunterschluckte und stattdessen ein ironisches kleines Grinsen losschickte. Der alte Ritter quittierte es mit Gelächter.

Ja, den mochte er. Eine gute Wahl für Cristina.

Im Hof traf Sebastiano tatsächlich auf seinen Bruder, in heftige Diskussion mit einem Mädchen verstrickt, welches die schlichte Kleidung der einfachen Bürger trug und sich zornig in ein großes Umschlagtuch wickelte.

„Es ist wirklich nicht nötig, Gianni Montecaldo, dass du mich so bevormundest!", fauchte sie, „du wirst es nicht glauben, aber ich bin die ersten fünfzehn Jahre meines Lebens auch ohne dich zurechtgekommen!"

Oh, eine Gebildete – sie wusste, wie alt sie war. Sebastiano schlenderte näher.

„Probleme, Gian?", fragte er lässig.

Die beiden, sein Bruder und das Mädchen, drehten sich zu ihm um und für einen Moment trafen ihn die grünen Augen der Kleinen und gingen ihm durch und durch. Aber dann packte Gianni wieder ihren Arm.

„Na, siehst du!", wetterte er, „war das nötig? Das ist nur Sebastiano, aber wenn Renaldo de' Pazzi jetzt hier stände…!"

„Luca wird jeden Moment kommen!", beharrte sie, „und je mehr du schreist, um so mehr werden uns bemerken!"

„Ich schreie nicht!"

„Doch, tust du", sagte Sebastiano amüsiert.

„Oh…! Aber wenn sie doch auch so stur ist!", schnauzte Gianni, „Susanna, ich diskutiere nicht mit dir! Ich besorge jetzt einen Fackelträger und einen unserer Diener und dann gehen wir!"

„Ich werde nicht hier sein, wenn du zurückkommst!", drohte sie.

„Doch", sagte er fest, „das wirst du. Weil mein Bruder auf dich aufpassen wird. Sebastiano, das ist Susanna di Cammino, die Schwester eines Freundes, der heute Abend wohl unter Geistesverwirrung gelitten haben muss, weil er sie alleine hierher gehen ließ. Behandle sie so, wie du Cristina behandeln würdest – nein, wie Minerva! – und sorg dafür, dass sie nicht wegläuft."

„In Ordnung", sagte Sebastiano grinsend, weil die Sache Unterhaltung versprach.

„Ich verlass mich auf dich!", sagte Gianni heftig.

Stille. Sie sahen ihm beide nach, wie er zu den Fackelträgern ging, mit ihnen verhandelte und sie davon zu überzeugen versuchte, dass ein

Geldstück in der Hand den Ärger versüßen würde, welchen der Herr beim Entdecken seines Fehlens veranstalten würde. Es nahm anscheinend etwas Zeit in Anspruch.

Susanna rührte sich nicht.

Sebastiano musterte sie.

„Wolltest du nicht weglaufen?“, bot er ihr nach einem Moment an.

Sie seufzte und zuckte mit den Schultern.

„Ach“, sagte sie, „wozu denn. Ihr passt ja auf.“

„Vielleicht habe ich das auch einfach nur so gesagt?“

Sie seufzte noch einmal.

„Ich bring's doch sowieso nicht über's Herz“, murmelte sie, „er sorgt sich nur. Es ist lieb, wie er sich sorgt. Es ist bloß einfach... unnötig.“

„Weil du es gewohnt bist, allein auf Veranstaltungen zu gehen und durch die Straßen von Florenz zu laufen, bei Nacht“, hakte er interessiert nach.

Sie sah ihn wieder an.

„Nein“, gestand sie, „das bin ich nicht. Aber ich bin nicht so schutzlos, wie er glaubt.“

„Glaubst du“, sagte er.

Sie antwortete nicht sofort, sondern musterte ihn einfach nur stumm. Als sie so gar nichts sagte, versuchte er ein nervöses Lachen.

„Was ist?“, fragte er, „versuchst du, meine Seele zu ergründen?“

„Wie kommt Ihr darauf?“

„Dass du mich anstarrst, ist ein gewisser Hinweis.“

Sie lächelte schwach.

„Ich habe immer gedacht...“, murmelte sie.

„Was?“

„Dass Ihr nur ein Leichtfuß seid, ein Windhund“, sagte sie mit entwaffnender Ehrlichkeit, „und dass Gianni blind ist, wenn er Euch so liebt.“

Sebastianos Mund war schlagartig trocken, ohne ersichtlichen Grund.

„Aber?“, sagte er, was bedauernswerter Weise etwas krächzend klang.

Ihr Lächeln wurde wärmer.

„Aber er kennt Euch besser, nicht wahr?“, sagte sie leise, „er weiß, was er tut. Diesbezüglich.“

Sebastiano konnte nicht antworten, sondern starrte sie verblüfft an. Ein wehmütiger Zug glitt über ihr Gesicht und sie öffnete den Mund, als wolle sie noch etwas hinzufügen, aber sie kam nicht dazu.

„Wer weiß, was er tut?“, erklang eine andere Stimme, „Susanna? Ich hatte dich eigentlich in einer anderen Situation erwartet.“

Aus dem Schatten war ein Junge aufgetaucht, etwa in Sebastianos eigenem Alter, was aber auch ihre einzige Gemeinsamkeit war. Er hinkte, während er näher kam.

„Mein Bruder Luca“, stellte Susanna ihn vor, „Luca, es liegt an Gianni. Er ist der Meinung... nun, sagen wir mal, er war nicht einverstanden mit meiner Anwesenheit.“

„Und das bedeutet?“, hakte der Junge namens Luca nach.

„Wenn ich den Saal nicht schon verlassen hätte, hätte er mich wohl hinaus gezerrt“, erklärte sie resigniert, „jetzt besteht er darauf, mich heimzubringen. Er wird sich wundern, dich zu sehen. Seiner Meinung nach liegst du nämlich mit durchgeschnittener Kehle in der Gosse.“

„Ist das so“, sagte er interessiert, „und wer ist dies hier?“

„Sebastiano Montecaldo“, sagte sie, „Gianni hat seinen großen Bruder als Wache abbestellt, weil ich ihm drohte, wegzulaufen.“

„Aha“, fasste er zusammen, „dann haben wir also eine Eskorte für den Heimweg und ich kann mich drauf einstellen, dass Gianni mir die Leviten liest?“

„Genauso ist es“, seufzte sie.

Luca rollte die Augen.

„Rosige Aussichten“, brummte er.

Gianni hatte mittlerweile seine Diskussion beendet und kam herüber, einen Diener im Schlepptau.

„Schau mal, Gianni“, sagte Susanna schnell, „Luca ist hier!“

„Ich seh’s“, erwiderte er giftig.

Luca lächelte entwaffnend.

„Gianni Montecaldo!“, sagte er, „mit dir habe ich nicht gerechnet. Susanna hat mir erzählt, dass du auf sie aufgepasst hast?“

„Wo du es ja offensichtlich nicht für nötig gehalten hattest…“

„Leichtsinnig von mir, ich verstehe“, gab Luca reumütig zu, „ich werde es wieder gutmachen. Aber es ist wirklich nicht nötig, dass du uns heimbringst…“

„Doch, das ist es“, meinte Gianni knapp.

Luca seufzte.

„Wir kennen die Straßen…“

„Es ist finsterste Nacht, und Gesindel unterwegs! Seid ihr sonst um diese Zeit etwa draußen?“, begehrte Gianni auf.

„Nun, gelegentlich schon“, sagte Luca lächelnd.

„Dann seid ihr Narren“, beschied Gianni zornig, „du wirst mich nicht umstimmen, Luca. Ich habe keine Lust, morgen eure ausgestellten Leiber auf der Piazza zu sehen, damit euch jemand identifiziert!“

Susanna schüttelte sich unwillkürlich und Sebastiano schnaubte anerkennend.

„Plastische Vorstellung“, sagte er leichthin, „aber Gian, hör mal. Ich unterbreche ja ungern deine heldenmütige Rettung der Jungfrau in Nöten“, ein langer, zweifelnder Blick traf Susanna, die prompt errötete, „ich fürchte nur, du kannst dein Versprechen nicht halten.“

„Natürlich kann ich mein Versprechen halten!“, schnauzte Gianni.

„Das kannst du nicht“, sagte Sebastiano bedauernd, „Vater wird jeden Moment kommen und er wird erwarten, dass wir alle zusammen heimgehen, dich und mich eingeschlossen. Und wenn du nicht dabei bist, mein Bester, wird das unangenehme Fragen nach sich ziehen. Oder anders ausgedrückt – bei seiner Stimmung heute Abend sind dir Ohrfeigen sicher.“

„Ach, Unsinn!“

„Ich fürchte nicht“, meinte Sebastiano, „er hat die ganze Darbietung über gekocht.“

„Er hat nur gekocht, weil du ihn so wütend gemacht hast!“, zischte Gianni.

„Das mag sein“, gab Sebastiano offen zu, „ändern kann ich es aber auch nicht mehr. Du musst die Jungfrau und ihren Bruder wohl ihrem Schicksal überlassen...“

„Ehrlich, Gianni, wir kommen zurecht“, warf Luca schnell ein.

„... vorausgesetzt, dass sie das auch wirklich noch ist“, setzte Sebastiano unverschämt hinzu.

„Oh!“, fauchte Susanna empört und

„Was fällt dir ein!“, Gianni.

Luca hingegen seufzte nur.

„Nun, ich gebe zu“, sagte Sebastiano mit einem Zwinkern, „ich frage mich natürlich auch, was ein vorgeblich anständiges Mädchen zwischen Fioretta und Graziella zu suchen hat...“

„Siehst du!“, rief Gianni, „er hat dich gesehen!“

„Natürlich habe ich sie gesehen“, grinste Sebastiano, „ich hätte schon blind sein müssen, um nicht zu merken, was dich so fesselte!“

„Aber nur, weil du mich angestarrt hast!“, setzte Susanna heftig dagegen, „und überhaupt! Bloß, weil ich dort saß, bin ich noch lange keine Hure!“

„Aber warum warst du dann dort, wenn nicht, um gesehen zu werden?“, fragte Sebastiano süffisant.

Sie sah ihn an, als sei er schwachsinnig.

„Die *Sänger*!“, erinnerte sie, „ich wollte die Musik hören!“

Stille. Diesmal waren es drei unverständliche Gesichter, die ihr entgegen blickten. Sie gab nach einen Moment der Hoffnung auf und seufzte.

„Ich sehe schon, ich renne gegen die Wand“, sagte sie resigniert, „in Ordnung, in Zukunft verzichte ich auf schöne Musik, obwohl ich sie liebe. Wenn es die Herren glücklich macht! Können wir jetzt endlich heimgehen, Luca?"

„Ich bringe euch!", beharrte Gianni.

Sebastiano schüttelte den Kopf.

„Vergiss es", sagte er fest, „gib ihnen den Fackelträger mit, wenn es sein muss. Aber du hast andere Verpflichtungen. Und ich habe nicht die Absicht, Vater heute Abend noch mehr auf die Palme zu bringen – nicht, wenn Messer Jacopo in Rufweite ist!"

„Gianni, wir kommen wirklich zurecht", sagte Luca beschwörend, „wir nehmen den Fackelträger, wenn es sein muss, aber du sorgst dich ohne Grund. Ich kenne die Straßen von Florenz!"

„Und vergiss Rosalba nicht", setzte Susanna hinzu.

„Trotzdem..." begann Gianni.

Doch Susanna schnitt ihm das Wort ab, indem sie plötzlich lächelte, vortrat und ihre Hand auf seinen Arm legte.

„Du bist ein ehrenwerter Mann, Gianni Montecaldo", sagte sie ernst, „nur ein Dummkopf könnte das nicht sehen. Ich danke dir für deinen Schutz. Aber jetzt musst du mich wieder in meine Welt gehen lassen."

Und sie beugte sich vor, und drückte ihm einen leichten Kuss auf die Wange.

Gianni stand noch immer da, die Stirn unzufrieden gerunzelt, als Luca und Susanna samt Fackelträger verschwunden waren. Sebastiano musterte ihn und schüttelte den Kopf.

„Süßes Ding", sagte er, „sie hat Leidenschaft, was man ihr auf den ersten Blick gar nicht zutraut. Nicht, dass ich deinen Geschmack teile – ich mag sie etwas voller – aber..."

„Susanna ist nicht so", unterbrach Gianni seufzend, „sie und Luca sind nur Freunde... ach, was soll's. Ich glaub, du verstehst es ja doch nicht."

„Verstehe was nicht?", fragte Sebastiano.

Gianni sah ihn an und verzog das Gesicht.

„Ist es denn für dich zu verstehen, dass ich sie wirklich nur schützen wollte?“, fragte er mit einem resignierten Unterton.

Sebastiano reagierte nicht sofort. Stumm und lange sah er seinen kleinen Bruder an, der mittlerweile gar nicht mehr so klein war, sondern schon fast so groß wie er. Giannis Gesicht war jedoch noch dasselbe – weich und offen, mit dieser durchschaubaren Ehrlichkeit.

Er legte schließlich seine Hand auf die Schulter des Kleinen.

„Doch, das ist es“, sagte er leise, „du bist der Beste von uns. Das hab ich doch immer gesagt.“

Und dann kam der Vater.

3. TEIL: HIMMEL UND HÖLLE – 1473/74

Es war ein heftiger Sturm, der in dieser Nacht über Florenz tobte. Er fuhr in manch schmales Gässchen, rüttelte an den Türen und scheuchte die Bewohner bibbernd unter die Decken. Er war der Tod des einen oder anderen Bettlers oder eines Trunkenboldes, der keinen Schutz mehr gefunden hatte. Er löschte mit einem Schlag die Familie eines Fahrenden vor den Stadttoren aus, als ein Baum unter der Last von Wind und Eis zusammenbrach und das Wägelchen begrub. Und er sauste um den Palazzo Montecaldo, zerrte an den steinernen Figuren und Vorsprüngen, fand einen losen Riegel und riss den Fensterladen auf.

Gianni fuhr schlaftrunken im Bett auf und hatte im ersten Moment große Mühe, sich zu orientieren. Mehr taumelnd kam er auf die Füße, schauderte, sobald seine bloßen Sohlen den Boden berührten, und stolperte zum Fenster. Er musste ein wenig suchen, bis er den Laden fand – und dann hielt er inne und sah in das dunkle Tosen hinaus, das seine schlafwarmen Wangen kühlte und seine Gedanken beruhigte.

Er war nicht böse um die Störung, denn er hatte einen Alptraum gehabt. Von Teufeln und einem Gehörnten hatte er geträumt und von fallenden Engeln, die Kirchturmspitzen hinab. Er schüttelte sich. Er war zu sehr im Geist der Zeit erzogen, um an Vorahnungen zu glauben – und dann wieder tat er es, ganz im Sinne seiner Zeit, eben doch. Der Traum war nicht schön gewesen.

Dabei war es nicht schwer zu verstehen, warum er an Engel und Teufel dachte. Am Abend vorher noch war er Zeuge eines Streites zwischen seinem Vater und Sebastiano gewesen – lautstark und heftig wie immer – und obwohl er dieses Mal nicht zwischen die Fronten geraten war, hatte das Thema ihn bis in den Traum verfolgt.

Es gab Ärger mit dem Papst.

Wie hoffnungsvoll hatte Giuliano noch zwei Jahre zuvor gesprochen, als Papst Sixtus gewählt wurde. Endlich eine Ablösung des ungebildeten Pauls, mit dem die Medici immer wieder Probleme gehabt hatten! Und es hatte sich doch so gut angelassen – die Konten, das Alaun... Gut, eben keinen Kardinalshut für Giuliano, aber was machte das schon... Über die Neigung des Papstes, seine Neffen auszuzeichnen und Vetternwirtschaft zu betreiben, hatten sie eher gelacht.

Zum Lachen war Lorenzo inzwischen bestimmt nicht mehr zumute. Das Verhältnis zum alten Mann in Rom hatte sich schlagartig verschlechtert, als Imola auf der Tagesordnung erschienen war. Dabei war Imola nur eines von den unzähligen kleinen Städtchen in Norditalien. Galeazzo Maria Sforza hatte es von den Manfredi gekauft. Und nun hatte der Papst ein Auge darauf geworfen.

Seine Expansionspolitik hatte bereits vorher zu Sorgen und Stirnrunzeln geführt. Papst Sixtus dehnte die Ländereien seiner Familie aus, schien darauf bedacht, nicht nur ihr Auskommen zu sichern, sondern auch immer mehr Gebietsansprüche zu stellen. Er hatte bereits Pietro Riario, den Sohn seiner Schwester, zum Erzbischof von Florenz gemacht, was mehr oder minder zähneknirschend anerkannt worden war. Imola wollte er jetzt für seinen anderen Neffen, Girolamo Riario, dem die uneheliche Tochter des Herzogs von Mailand zugedacht war: Caterina Sforza. Und das wiederum wollte Lorenzo nicht, der kein Interesse daran hatte, den Papst vor seiner Tür anzufinden.

Eigentlich war Sebastiano gar nicht auf der Seite des Papstes, dachte Gianni, während er am Fenster fröstelte, er *konnte* es überhaupt nicht sein als Florentiner. Aber Sebastiano widersprach aus zwei Gründen, die ihm beide nur zu gut vertraut waren: um die Medici zu kritisieren, was sein Freund Renaldo ja auch so gerne tat und um sich gegen den Vater aufzulehnen.

Beides führte natürlich zu nichts als einer Menge Ärger.

Und so war auch dieser Abend unerfreulich zu Ende gegangen: Sebastiano wieder einmal mit Hausarrest auf seinem Zimmer – worüber er gehöhnt hatte, er sei mittlerweile ein erwachsener Mann und der Vater schicke ihn noch immer wie einen kleinen Jungen ohne Essen zu Bett – der Vater mit zornroter Ader an der Schläfe in seinem Studiolo – und Gianni mit Alpträumen von Engeln und Teufeln in seinem Zimmer. Na großartig.

Er schloss den Fensterladen, denn es war empfindlich kalt geworden und das Feuer im Kamin glimmte nur noch. Rasch huschte er zurück unter die Decken, kuschelte sich in die zurückgebliebene Wärme und hoffte inbrünstig, diesmal traumlos durchzuschlafen.

Es dauerte etwas länger, bis ihm endlich wieder die Augen zufielen, aber dann ging sein Wunsch in Erfüllung und er schlief ruhig bis zum Morgen.

Er sollte erst viel später wieder von fallenden Engeln träumen.

„Du siehst übernächtigt aus", sagte Leonardo am nächsten Morgen und musterte ihn fachmännisch, „schwarze Ringe, bleiche Haut... eindeutig. Ein Rückfall nach Venedig?"

„Ein Alptraum, nichts weiter", sagte Gianni gähnend und streckte sich aus.

Ein paar Spuren des Unwetters waren noch zu sehen – wie der bedauernswerte Schutthaufen, der einst ein Zuhause von Gauklern gewesen war – aber ansonsten war der Himmel klar, die Sonne schien und die Luft war warm zu nennen. Gianni war vor der ungemütlichen Stimmung daheim geflohen und hatte Leonardo auf seinem Weg angetroffen. Ein paar freundliche Worte, ein gewinnendes Lächeln, und schon begleitete er den jungen Künstler hinaus vor die Tore von Florenz. Leonardo wollte Bäume zeichnen.

„Ich weiß nicht, wozu das gut sein soll", murmelte Gianni, der tatsächlich ziemlich müde war, „du zeichnest doch schon genug in der Bottega."

„Das ist etwas anderes“, belehrte ihn Leonardo, „da arbeite ich. Dies hier sind Studien.“

„Na, wenn du meinst“, seufzte Gianni. Er schloss lieber die Augen. Manchmal würde er am liebsten den ganzen Tag nur die Augen schließen, um das Elend nicht zu sehen. Oder wie auch immer.

Vielleicht war er tatsächlich ein wenig eingeschlummert, aber obwohl er nicht von Engeln und Teufeln geträumt hatte, war das sein erster Gedanke, als er die Augen wieder aufschlug.

„Wer, glaubst du, wird gewinnen?“, fragte er Leonardo.

„Hm?“, machte Leonardo, welcher mit unterschlagenen Knien ihm gegenüber hockte und mit raschen Strichen zeichnete.

„Imola!“, erwiderte Gianni, als sei es offensichtlich.

„Was ist mit Imola?“

Gianni rollte mit den Augen. Manchmal schien es, als lebte Leonardo in einer anderen Welt.

„Glaubst du, der Papst wird es kriegen?“, verdeutlichte er seine Frage.

„Keine Ahnung“, gab Leonardo zu, ohne von seinem Tun abzulassen, „gehört es nicht dem Herzog von Mailand?“

„Natürlich“, seufzte Gianni, „aber der Papst ist immerhin der Papst. Wenn er es haben will...“

Er ließ den Satz treiben, die Augen nachdenklich auf seine Finger gerichtet. Leonardo hob endlich den Kopf und widmete sich mit etwas mehr Aufmerksamkeit dem Thema, welches seinen Freund ja augenscheinlich so beschäftigte.

„Ich denke, mit Gewalt kann er es nicht kriegen“, sagte er schließlich, „das würde Krieg bedeuten, gegen den ganzen Norden, und dazu hat er nicht die Macht.“

„Soll heißen?“

„Dass er es nur kaufen könnte, was genauso unwahrscheinlich ist. Der Herzog ist ein Freund von Lorenzo“, fuhr Leonardo fort, „sie wollen beide nicht, dass der Papst sich hier ausbreitet. Also.“

„Hm“, machte Gianni und erinnerte sich an den launischen Herzog von Mailand, „bist du dir da so sicher?“

„Wer kann Lorenzo schon etwas abschlagen? Und abgesehen davon“, sagte Leonardo trocken, „wenn der Papst Imola kaufen will, braucht er Geld – womit du die Antwort auf deine Frage hast.“

„Womit ich…“ Gianni richtete sich auf.

Natürlich, es war so logisch!

„Er kann es nur kaufen“, sagte er, „aber er hat nicht soviel Geld. Und der Verwalter seiner Konten und sein Kreditgeber ist Lorenzo! Also kann er es gar nicht kriegen!“

„Es sei denn, er findet einen anderen Geldgeber oder erbt über Nacht eine Armee“, schränkte Leonardo ein.

„Einen anderen Geldgeber gegen Lorenzos Willen? Niemals!“, lachte Gianni, dem ein Stein vom Herzen fiel, „oh, Leonardo! Du bist ja doch gar nicht so dumm, auch wenn du Bäume zeichnen musst, die… *oh*!“

Er hatte sich vorgebeugt, um einen Blick auf das Kunstwerk zu werfen, und hatte, wie er Leonardo kannte, wieder irgendwelche detailgenauen Strichzeichnungen von irgendwelchen anatomischen Besonderheiten der Flora erwartet. Was er stattdessen entdeckte, war ein Bild von sich selbst.

„Du hast mich gemalt? Während ich schlief?“, fragte er schockiert.

Leonardo errötete und deckte seine Hand schützend über die Zeichnung.

„Nun ja!“, sagte er.

Gianni errötete ebenfalls, wenn auch aus anderen Gründen.

„Du hast mich nackt gemalt!“, sagte er und wurde blutrot, „aber du hast nicht… du hast nicht…“

„Dich heimlich ausgezogen, während du schliefest?“, fragte Leonardo beißend, „nein, keine Sorge. In diesem Fall habe ich genügend Fantasie!“

„Oh“, machte Gianni wieder und ließ sich zurückfallen, um den Arm über die Augen zu legen. Es war nichts dabei, er wusste das. Überall begegnete man heutzutage Nacktheit – in den auflebenden Statuen der Antike, in den Bildern, die ihr angedacht waren, in Donatellos David – und dennoch, er war aus irgendeinem Grunde berührt. Peinlich, oder...?

„Ich hab nicht gewusst, dass du prüde bist“, sagte Leonardo, „oh halt, doch, ich wusste es. Du hast dich ja schon mal geweigert, mir deine Beine zu zeigen.“

„Du kennst meine Beine“, murmelte Gianni. „ganz Florenz kennt sie. Sie stehen im Hof der Medici.“

„Ja, ich weiß“, seufzte Leonardo.

Eine Weile war es still. Gianni lag ganz ruhig da, spürte das harte Gras im Rücken und roch die Blätter, die der Sturm abgerissen hatte. Er spürte die Sonne durch die Zweige hindurch lugen, und er hörte die Zikaden.

Er hörte Leonardo atmen und wusste nicht, woher seine plötzliche Verlegenheit kam.

„Ist das wirklich so schlimm, Gianni?“, fragte Leonardo leise, „ist es denn schlimm, dass ich an dir Gefallen finde?“

Gianni fiel keine Antwort ein.

Nach einem Moment fuhr Leonardo fort mit schmeichelnder Stimme.

„Es ist doch nichts Besonderes, wenn Freunde sich mögen, den Körper des anderen schön finden, wenn sie sich lieben“, sagte er leise, „es ist ein Kompliment und als solches zu verstehen. Du bist schön, Gianni Montecaldo. Noch ein paar Jahre und du machst Giuliano als ungekröntem König der Herzen Konkurrenz. Noch ein paar mehr Muskeln...“

Seine Hand kam, zögernd, tastend, aus dem Nichts und strich behutsam über Giannis bloßen Unterarm. Er holte zitternd Luft, rührte sich aber nicht. Sein Herz schlug plötzlich schneller.

Leonardos Stimme klang dichter, als sei er näher gerückt und liege jetzt neben ihm im Gras, nur eine Handbreit entfernt.

„Du hast keinen Grund, dich zu verstecken“, fuhr er sanft fort, „oder schüchtern zu sein und zu erröten. Du machst manch einem den Atem stocken, Gianni, wenn du vorübergehst. Und gelegentlich bin dieser eine eben ich. Ist das so schlimm?“

Und da nahm Gianni seinen Mut zusammen und den Arm endlich herunter. Leonardo lag tatsächlich neben ihm, auf einen Ellenbogen aufgestützt, und schaute ihn an mit einem seltsamen Ausdruck im Gesicht.

Gianni schluckte.

„Nein“, sagte er rau, „ist es nicht.“

Leonardos Lächeln machte der Sonne Konkurrenz. Winzige Fältchen bildeten sich um seine Augen und sprachen von Freude.

„Schön“, sagte er, „weil es mir sehr schwer fallen würde, es sein zu lassen. Ich bewundere schon lange deine weiche Haut und wünschte mir...“

Er streckte vorsichtig die Hand aus und fuhr über Giannis Nacken, wo sich die Härchen aufstellten.

„So weich“, flüsterte Leonardo, „wie ein Säugling, wie ein... nein, nicht wie ein Mädchen, zarter. Sanfter. Wie *du*...“

Und wie hypnotisiert starrte Gianni in seine Augen, die immer näher kamen, als Leonardo sich vorbeugte, und die sich erst im allerletzten Moment schlossen, bevor er ihn küsste.

Giannis Verstand erstarrte vor Schock. Da war ein weicher Mund auf seinen Lippen, eine Zunge, die vorsichtig Eintritt begehrte, die er zögernd einließ, weil ihm kein Grund einfiel, sie abzuweisen, und dann, ja dann, wurde er plötzlich fester gepackt, dicht an einen harten Körper gezogen, und aus dem Nichts, vollkommen überraschend, flammte Lust in ihm auf. Seine Vernunft floh durch die Hintertür. Er erwiderte die Umarmung, den Kuss, mit spontaner Hingabe, und ohne nachzudenken. Leidenschaft überwältigte ihn.

Was er überhaupt nicht wollte.

Die Vernunft kam zurück.

Gianni schob Leonardo nicht grob, aber dennoch bestimmt zurück und richtete sich auf. Wie um sich zu schützen, zog er die Knie an und verschränkte die Arme darauf. Er zitterte. Hinter sich hörte er, wie Leonardo enttäuscht ins Gras zurückfiel, aber er wandte sich dennoch nicht um. Etwas fahrig wischte er seinen Mund ab.

„Gianni?", erklang Leonardos fragende Stimme.

„Hm-hm?", machte er, ohne sich zu bewegen.

Nichts. Stille. Die Zikaden waren zu hören, in einiger Entfernung die Laute der Stadt, weit fort, wie in einer anderen Welt. Er hatte gerade einen anderen Mann geküsst und es hatte ihn erregt.

Leonardo sagte ebenfalls nichts. Gianni wischte sich erneut über das Gesicht. Natürlich – war er denn blind gewesen? Die anderen wussten es bestimmt längst, hatten seit Jahren ihre versteckten Spitzen hervorgebracht, Sandro, Renaldo, selbst Meister Andrea. Man musste schon sehr naiv sein, so wie Gianni eben, um zu übersehen, dass der Bastard aus Vinci seinesgleichen liebte.

Tat er, Gianni, das etwa auch?

Er konnte sich nicht bewegen. Und dann, nach einer schieren Ewigkeit, seufzte Leonardo und legte eine Hand auf Giannis Schulter.

Sollte er sich abwenden, die Geste zurückweisen, die Hand abschütteln?

„Hör mal", sagte Leonardo ernst, „es tut mir leid. Du bist verwirrt, nicht wahr?"

War er das?

„Ich habe dich geküsst, und es hat dir gefallen", sagte Leonardo sachlich, „du brauchst das nicht abstreiten, ich hab's schließlich gemerkt. Deshalb musst du dich nicht schämen. Ich werde es niemandem weitersagen, wenn du es nicht willst."

Gianni brachte noch immer kein Wort über die Lippen, aber nach einem Moment nickte er zumindest. Leonardo wandte sich ab und begann, seine Utensilien zusammen zu kramen.

„Ich verstehe schon", sagte er bedauernd, „es wäre aber auch zu schön gewesen... Nimm es mir nicht übel, dass ich es versucht habe, ja? Und wir bleiben doch trotzdem Freunde?"

Das sollte leichthin klingend, hatte aber stattdessen den Ton einer flehentlichen Bitte und bewog Gianni unwillkürlich, sich doch umzudrehen und Leonardo anzusehen. Leonardo lächelte, etwas zittrig.

„Auch Männer können sich lieben, weißt du", sagte er.

„Schon gut", erwiderte Gianni automatisch, „schon gut."

Aber es war nicht gut. Gar nichts war mehr gut, dachte Gianni, als er an diesem Abend durch die Straßen lief. Er hatte einen Mann geküsst, Leonardo, den verrückten Kerl aus Vinci, den Bastardsohn eines der Medici-Notare.

Und es hatte ihm gefallen.

Dies war sein erster richtiger Kuss gewesen. Er hätte zu deutlich mehr führen können, wenn er, Gianni, nur bereit gewesen wäre. Es war ja auch nichts Schlimmes dabei, oder? Er kannte genügend Männer, die heimlich ihre besten Freunde liebten. Manch einer sagte es sogar Donatello nach, wegen des Davids mit seinen Helmfedern. Natürlich, es war verboten, es wurde verfolgt, aber dennoch. Die Zeiten, in denen ein Giovanni di Giovanni öffentlich wegen Sodomie gefoltert wurde, lagen mehr als hundert Jahre zurück. Die Welt hatte sich geändert. Auch in der Antike hatten Männer Männer geliebt. War es nicht so?

Für einen Moment stellte er sich vor, Francesco Montecaldo würde erfahren, sein jüngster Sohn sei schwul, und erbleichte unwillkürlich.

„Meine Güte, Gian", sagte Sebastiano kopfschüttelnd, „du siehst aus, als würdest du schon jetzt dein Abendessen auf die Straße spucken, und dabei sind wir noch nicht einmal da!"

Sie waren eingeladen, im Palazzo Pazzi. Sebastiano hatte ein verständliches Interesse an einem gelungenen Abend, obwohl Cristina bei ihrem Onkel auf dem Land war. Trotzdem. Es gab bereits erste Verhandlungen. Sebastianos Position war klar, Cristinas anscheinend auch, fehlte nur noch das Einverständnis der Familienoberhäupter. Francesco Montecaldo zeichnete sich dabei wieder einmal durch seinen Geschäftssinn aus, wobei er in Messer Jacopo einen gewieften Gegner hatte. Sebastiano war trotz Schimpfens und Aufbegehrens aber guter Dinge. Die Pazzi waren eine hochangesehene, reiche Familie und fielen somit direkt in Francesco Montecaldos Beuteschema.

Sebastiano zuliebe gab Gianni sich den gesamten Abend über Mühe und scheiterte ziemlich. Auf dem Heimweg geriet er deshalb sogar mit seinem Lieblingsbruder aneinander, was eine Rarität an sich war und, so Agnolo Ambrogini, „im goldenen Buch der Stadt verzeichnet werden sollte." Der Streit war nicht nur Giannis Schuld, aber Sebastiano war sichtlich verwirrt aufgrund der schroffen Reaktion seines sonst so gefügigen Bruders. Und Gianni hatte ein schlechtes Gewissen, ohne sich erklären zu können.

Die nächsten Tage ging er der Bottega von Andrea del Verrocchio nach Kräften aus dem Weg, was zumindest Minerva erfreute. Und auch ansonsten war er kein besonders erfreulicher Zeitgenosse. Das fiel sogar Luca und Susanna auf, die er in Ermangelung anderer Zerstreuung auf ihrer kleinen, privaten Arnoterrasse besuchte. Er war derart mürrischer Laune, dass Luca ihn schließlich höflich, aber dennoch bestimmt fort komplimentierte. Er konnte nicht einmal böse sein, denn er wusste selbst, dass er unerträglich geworden war.

Das Absurde an der ganzen Sache war, dass keiner den Grund seiner Verstimmung verstehen, dass ihm niemand solche Sorgen zutrauen würde. Schließlich war er Gianni Montecaldo, das stille tiefe Wasser, den man mit zwölf Jahren aus den Hurenhäusern Venedigs hatte tragen müssen. Er hatte den Gerüchten nie widersprochen. Würde er jetzt zu Sebastiano gehen können und diesem sagen, dass er noch nie mit einer Frau geschlafen hatte, ja, sie nicht einmal geküsst hatte, und dass ein Mann...?

Nein, das war undenkbar. In dieser ganzen Sache war kein Rat möglich. Er bekam zudem nun heftige Angst, mit seinen Freunden tatsächlich einmal zu den Huren zu gehen – was bislang aus den ein oder anderen Gründen nie geschehen war – und dann kläglich zu versagen, weil er eben doch Männer und keine Frauen liebte.

Oh Himmel, und wenn das so wäre, dann gnade ihm Gott...

Gianni wurde immer mulmiger zumute, je länger er auf dem Problem herumkaute. Und da er kein Meister der Lügen war, war seine Laune sichtbar. Er wurde schnippisch, er wurde kurz angebunden – und er betrübte Simonetta.

Simonetta Vespucci war nach wie vor die ungekrönte Schönheitskönigin von Florenz. Ihre Zuneigung zu Giuliano schien auf beiden Seiten ein wenig nachgelassen zu haben, vielleicht hatte die Leidenschaft sich ausgetobt – oder vielleicht waren sie einfach besser im Verbergen geworden. Aber sie war noch immer Simonetta, göttinnengleich mit ihrer schlanken Gestalt, den kunstvollen blonden Haaren und den zarten Händen. Sie wurde noch immer angebetet, universell, von ganz Florenz. Sogar Lorenzo, dessen Herz Lucrezia Donati gehörte, hatte ein Gedicht ihr zu Ehren geschrieben, und Sandro hatte sie gezeichnet. Simonetta zu betrüben war ein absolutes Unding. Gianni zog mit seiner schroffen Antwort der Schönen gegenüber den Unwillen der gesammelten Anwesenden auf sich, und konnte sich nur mit Mühe davor bewahren, von der Gesellschaft für den Abend ausgeschlossen zu werden. Er hatte den Einspruch Sebastiano zu verdanken, der sich für seinen kleinen Bruder in die Bresche warf, und dann, als die Sache gewonnen war, heftig zur Brust nahm.

„Was ist denn nur dein Problem?“, herrschte er Gianni an, „seit Tagen bist du unausstehlich! Meine Güte, Kerl! Willst du es mir nicht sagen?“

Das war nach wie vor undenkbar.

„Nein“, quetschte Gianni zornig hinaus.

Sebastiano warf die Hände hoch.

„Nun gut!“, fauchte er, „dann eben nicht. Aber was es auch ist – ändere es! Und bleib am besten hier, bis du dich beruhigt hast!“

Hier, das war einer der Bogengänge im Hause Vespucci, wohin der Bruder ihn gezerrt hatte, damit die Auseinandersetzung ohne fremde Augen vonstatten gehen konnte. Im Saal drinnen fand eine von Marcos stets gut besuchten Gesellschaften statt. Manchmal konnte Gianni Marco Vespucci nicht verstehen. Da ging er lächelnd von Gast zu Gast, wohl wissend, dass sie alle hauptsächlich nur kamen, weil seine holde Gattin sich anbeten ließ! Aber ihn, Gianni, ging das ja nichts an. Er, Gianni, würde seinem Vater demnächst klar machen müssen, dass er womöglich schwul war.

„Ich verstehe dich einfach nicht“, wütete Sebastiano frustriert weiter, „was ist denn nur mit dir passiert? Wo ist mein friedvoller, sanfter kleiner Bruder hin, den ich so mag?“

„Du meinst das Weichei, mit dem du tun und lassen kannst, was du willst?“, schoss Gianni zurück, bevor er sich bremsen konnte.

Sebastiano wurde blass.

„Siehst du das so?“, fragte er empört, „bist du denn irre? Bist du denn blind?“

„Ich – ach...!“ Gianni warf zornig die Arme hoch und wandte sich ab. Nein, natürlich sah er es nicht so. Es ging ja um etwas ganz anderes. Es ging ja um seine gesamte Zukunft, um sein Selbstverständnis, um...

„Sebastiano“, sagte Simonetta leise.

Sie musste ihnen gefolgt sein. Vielleicht stand sie schon länger da und hatte alles mitbekommen, hatte gehört, wie der Große den Kleinen herunterputzte, und was für eine jämmerliche Gestalt, er, Gianni doch war. Er errötete unwillkürlich vor Wut und Scham und weigerte sich, sich zu ihr umzudrehen.

„Sebastiano“, wiederholte sie, und die Traurigkeit in ihrer Stimme traf Gianni, „würdest du... Ich würde gerne... könntest du uns einen Moment allein lassen?“

„Bist du sicher, dass du das willst?“, fragte Sebastiano argwöhnisch, „er ist nicht ganz zurechnungsfähig zur Zeit. Anders ausgedrückt, er spinnt.“

„Das tut er bestimmt nicht“, erwiderte sie sanft, „ich gehe das Risiko also gern ein. Würdest du...?“

Einen Moment war es still. Dann spürte Gianni Sebastianos Hand auf seiner Schulter, grob, und kein bisschen zärtlich.

„Wenn du ihr wieder weh tust, beschütze ich dich nicht mehr", schnauzte sein Bruder und schüttelte ihn einmal heftig, „Simonetta – wir sind in Rufweite. Zögere nicht. Ich glaube, der Kleine hat eine Tracht Prügel nötig."

„Bitte geh", entgegnete sie lediglich.

Er hörte die Schritte seines Bruders, sich entfernend. Er hörte ihren Atem hinter sich, spürte förmlich, wie sie nach einem Anfang suchte. Auf einmal stiegen die ganze Scham und der gesamte Zorn so heftig in ihm auf, dass er sich auf die Fäuste beißen musste, um nicht zu schreien.

„Gianni", sagte Simonetta freundlich.

Ihre Hand auf seiner Schulter war mitnichten grob, sondern zart, beinahe liebevoll. Sie hatte ihn noch nie zuvor berührt. Sie hatte ihn noch nie zuvor als so wichtig erachtet, als dass sie ihm nachgegangen wäre. Und jetzt tat sie es – jetzt, wo es vermutlich zu spät war.

Der Zorn und die Scham verwandelten sich in Verzweiflung, die seine Augen feucht machte. Er blinzelte.

„Was hast du denn nur?", fragte sie, „keiner von uns erkennt dich wieder. Was ist denn nur geschehen?"

Er konnte nicht antworten.

„Wir machen uns Sorgen", fuhr sie fort, „Agnolo, Marco, Giuliano, ich – auch Sebastiano, obwohl er das nicht richtig zeigen kann. Es ist etwas geschehen, nicht wahr? Irgendetwas hat dich so getroffen."

Diesmal war er unfähig, in trotzigem Schweigen zu verharren. Er nickte, bevor er sich selbst daran hindern konnte.

Simonettas Hand machte eine kleine Bewegung, wie ein Streicheln.

„Willst du mir nicht sagen, was es ist?", fragte sie.

Ihre Stimme klang näher, als sei sie an ihn heran getreten und stünde jetzt direkt hinter ihm. Er roch ihr Parfüm. Ihr Atem kitzelte ihn am Ohr.

„Gianni", wiederholte sie sanft, und diesmal streichelte ihre Hand ganz definitiv die Haut an seinem Nacken, „komm schon. Es belastet dich doch so. Sag es mir. Das wird es leichter machen."

Und als er noch immer nicht reagierte, sondern nur den Kopf verzweifelt senkte, setzte sie hinzu: „Ich werde es auch niemandem weitererzählen. Du hast mein Ehrenwort."

Wie konnte er da noch widerstehen? Ehe er sich versah, waren sie heraus, diese Worte.

„Leonardo hat mich geküsst", sagte er.

Es war wieder still. Diesmal war ihre Verwirrung spürbar.

„Und?", fragte sie.

Er drückte die Faust vor die Augen.

„Und es hat mir gefallen", flüsterte er. Er konnte die Tränen nicht mehr zurückhalten und betete nur, dass sie es nicht merkte.

Aber Simonetta verdankte ihren Status nicht nur einem gefälligen Äußeren, sondern auch einem gefälligen Wesen. Er hörte sie leise lachen, dann wurde er herumgedreht, und zwei weiche Hände legten sich an seine Wange.

„Oh, mein Lieber", sagte sie, „das ist doch kein Grund, die Fassung so zu verlieren. Leonardo hat dich geküsst – na und? Es war nur eine Frage der Zeit. Wir alle wussten, dass er dich begehrt. Er hat sich vermutlich bloß deshalb nicht eher getraut, weil du noch so jung bist."

Er nahm die Faust herunter, auch wenn er die Augen nicht öffnen konnte.

„Das ist es nicht", sagte er erstickt, „ich weiß doch auch… es ist nicht schlimm, wenn er mich begehrt. Aber wenn ich ihn…!"

„Wenn du ihn begehrst, dann ist das schlimm?"

Jetzt sah er sie an, durch die schwimmenden Tränen.

„Du kennst meinen Vater", brachte er mühsam hervor, „er will, dass wir heiraten. Er will Enkelkinder. Er will eine Dynastie."

Ihr Gesichtsausdruck wandelte sich, verlor das Schalkhafte und wurde ernst.

„Weiter“, forderte sie.

Er schluckte.

„Wie soll ich das leisten, wenn ich nur Männer liebe?“, fragte er verzweifelt.

„Tust du das denn?“, erwiderte sie sachlich.

Darauf wusste er keine Antwort. Er zuckte mit den Achseln.

„Was ich meine, Gianni“, setzte sie ernst hinzu, „ist – willst du von einem einzigen Kuss auf all deine Wünsche schließen? Hast du es dir denn gewünscht, vorher? Hast du davon geträumt, dass er dich küsst?“

Nein, das hatte er nicht. Leonardos Kuss hatte ihm gefallen, mehr als gefallen, sicher – aber bis zu diesem Zeitpunkt hatte der junge Künstler lediglich als Freund eine Rolle in seinen Gedanken gespielt. Er hatte sich Mädchen angeguckt – weil sich alle Mädchen ansahen.

„Vielleicht war ich einfach blind?“, wisperte er.

Sie lächelte sanft.

„Oder vielleicht bist du einfach ein warmherziger, mitfühlender Mensch“, sagte sie, „der nicht in Schubladen denkt, sondern dem die Bedürfnisse einer anderen Person wichtig sind, und der darauf eingehen kann.“

„Was soll das heißen?“, stotterte er verwirrt.

Ihr Lächeln vertiefte sich.

„Dass Leonardo dich will, ist eindeutig, Gianni“, sagte sie, „und er ist ein hübscher, netter Kerl, nicht unangenehm. Warum sollte sein Begehren dich nicht anrühren?“

„Ja, warum?“, machte er, ohne es richtig zu begreifen.

Jetzt lachte sie fast.

„Ich glaube, es ist zu früh für dich, um ein Urteil zu fällen“, sagte sie schalkhaft, „oder besser, du solltest alle Seiten gut abwägen. Was bedeutet ein Mädchen für dich und was ein Mann?“

Dazu konnte er wieder nichts sagen. Sein Gesicht brannte.

Und ihre Züge wurden erneut weich.

„Oh – ich verstehe“, sagte sie, „aber, Gianni Montecaldo, es ist unfair, die andere Seite ganz abzulehnen, ohne ihr die Möglichkeit für ein Plädoyer zu geben. Das ist unverantwortlich. Ich fürchte, ich kann das nicht akzeptieren.“

„Aber...“ begann er.

„Es wäre ungerecht, verstehst du?“

„Simonetta...“

„Nein, ich kann es wirklich nicht akzeptieren.“

„Simonetta...“

„Still“, sagte sie, und dann zog sie sein Gesicht herunter.

Wie bei Leonardo lähmte ihn die Überraschung, ließ ihn weich und gefügig werden. Ohne Gegenwehr folgte er dem Druck ihrer Hände und seine Augen schlossen sich von selbst, in dem Moment, in dem Simonettas Lippen seinen Mund berührten.

Ihr Kuss war sanft, ganz anders als Leonardos, der zu Beginn verhalten, ja, unsicher gewesen war. Simonetta hatte keine Angst, zurückgewiesen zu werden. Sie war liebevoll, zärtlich, löste so seine Furcht, seinen Schock, und dann, plötzlich, war es wie die Tage zuvor, vor den Mauern von Florenz, plötzlich übernahm sein Körper einfach die Kontrolle. Diesmal war er es, der sie fester fasste, der sie dichter heranzog und der aus dem sanften Kuss einen leidenschaftlichen machte. Er hörte ihr erstauntes Keuchen, einem Auflachen gleich, aber da war er schon so gefangen, dass es ihm egal war, dass nichts mehr zählte außer diesem weichen, duftenden Körper in seinen Armen, diesen zarten Lippen, dieser verspielten Zunge. Er musste sie schließlich loslassen, weil beiden die Luft knapp wurde, doch während sie nach Atem rang, begann er, berauscht ihren Hals zu küssen, so dass sie ihn schließlich sanft, aber dennoch energisch fortschieben musste.

Er war wie verzaubert. Seine Wangen glühten, seine Augen ebenfalls. Die Welt war wieder gerade gerückt – nein, mehr als gerade. Er hatte Simonetta Vespucci geküsst.

„Oh“, sagte sie, noch immer außer Atem, aber mit einem Lächeln auf dem Gesicht, „damit hatte ich nicht... also gut, mein Freund. Ich denke, dein Fall ist wieder ausgeglichen, oder?“

Triumph klang in ihren Worten mit, aber er war viel zu glücklich, als dass er sich daran gestört hatte. Mochte Leonardo ihn auch begehren, mochte es ihm auch gefallen und danach in Abgründe stürzen – wenn er als Ausgleich Simonetta in den Armen halten durfte, war es die Seelenqual wert.

„Gut möglich“, sagte er, „aber ich bin mir nicht sicher. Komm noch einmal her....“

Sie rettete sich vor seinen Armen und hob lachend den Finger.

„Jetzt werde nicht übermütig, Gianni Montecaldo!“, tadelte sie, „dies war ein Plädoyer für die Weiblichkeit, nichts anderes!“

„Ich weiß“, sagte er ohne Scham, „dennoch. Ich könnte eine zweite Verhandlung ansetzen...“

Ein Räuspern unterbrach sie.

Giuliano stand im Gang, leichenblass.

Simonetta holte erschrocken Luft, ein kleines, entsetztes Aufkeuchen, das mehr sagte als alle Worte. Giannis Gesicht verlor ebenfalls die Farbe. Nein, um Himmels willen – das wollte er nicht! Giuliano wollte er nicht bekümmern!

Er trat vor, die Hände bittend ausgestreckt.

„Das ist nicht so, wie du denkst!“, sagte er hastig, „wirklich! Simonetta hat mir einen Freundschaftsdienst erwiesen – Giuliano! Ich wollte nicht...“

„Du solltest dich Marco gegenüber rechtfertigen, nicht mir“, schnitt Giuliano ihm das Wort ab, „aber so oder so. Ich habe euch gesucht, um mich zu verabschieden. Lorenzo hat nach mir geschickt.“

Das klang plötzlich ganz anders, viel ernster als eine Verstimmung zwischen Liebenden. Simonetta und Gianni wechselten einen erschrockenen Blick.

„Was ist geschehen?“, fragte Gianni.

Giuliano lachte – ein freudloses, bitteres Lachen.

„Was schon", sagte er, „Imola ist verkauft worden – an den Papst."

Imola? An den Papst?

„Aber... aber...", meinte Gianni schockiert, „aber wie geht das? Ich dachte, Florenz und Mailand wären sich einig! Warum hat der Herzog seine Meinung geändert?"

„Nun", sagte Giuliano kalt, „ich schätze, die vierzigtausend Dukaten haben Galeazzo Maria überzeugt."

Simonetta schnappte nach Luft. Gianni wurde ganz seltsam zumute.

„Vierzigtausend Dukaten?", flüsterte er erschüttert, „wo um alles in der Welt hat der Papst denn dieses Geld her?"

Und da verzog sich Giulianos hübsches Gesicht zu einer Maske des unverhüllten Zornes.

„Woher?", sagte er hart, „woher wohl! Die *Pazzi* haben es ihm gegeben."

„Schaut mich nicht so an", sagte Guglielmo de' Pazzi unglücklich, „auf meinem Mist ist das bestimmt nicht gewachsen. Und an mich haben sie dabei auch nicht gedacht. Immerhin muss ich beim Essen Biancas Brüdern gegenüber sitzen und darf Lorenzos vorwurfsvollen Blick ertragen!"

„Was ist nicht ganz verstehe", sagte Cesare Montecaldo, „ist, warum deine Familie das getan hat. Immerhin ist es doch im Interesse von ganz Florenz, wenn Sixtus sich nicht halb Italien unter den Nagel reißt. Und ihr seid sogar mit den Medici verwandt."

„Ich bin mit ihnen verwandt", seufzte Guglielmo, „oder besser, meine Bianca. Ach, ich weiß es doch auch nicht so genau! Sie haben mich überhaupt nicht eingeweiht. Aber ich glaube..."

„Du glaubst?", hakte Gianni nach.

„Ich glaube, Lorenzo hätte sich nicht einmischen dürfen", sagte Guglielmo unglücklich, „er wollte, dass wir Sixtus kein Geld leihen. Ich meine, dass der Papst sich an uns wenden wird, war ja abzusehen, oder?“

Nun, das stimmte. Es gab nicht viele Bankhäuser in Rom, die eine derartige Summe aufbringen konnten, nachdem die Medici das päpstliche Darlehen abgelehnt hatten.

„Also hatte Lorenzo damit gerechnet und euch gebeten, es nicht zu tun“, folgerte Cesare.

„Etwa in der Art“, meinte Guglielmo, „und ihr kennt Franceschino. Er ist noch nicht lange in Rom, aber er… er nimmt die Würde der Familie sehr ernst. Es hat ihm überhaupt nicht gepasst, dass Lorenzo jetzt auch noch unsere Geschäfte diktieren will. Er muss sehr wütend gewesen sein.“

Francesco de’ Pazzi hatte ein ähnliches Temperament wie sein Onkel Jacopo und neigte zu heftigen Wutausbrüchen. Gianni verzog das Gesicht. Er konnte sich vorstellen, was da passiert war.

Cesare hingegen blieb sachlich.

„Abgesehen davon hat es der Banca di Pazzi auch ordentlich was eingebracht“, sagte er trocken, „immerhin habt ihr jetzt die Gunst des Papstes und nicht mehr die Medici.“

„Nun ja“, Guglielmo zog unbehaglich die Schultern zusammen, „natürlich. Damit argumentiert Francesco ebenfalls – dass der Papst jetzt uns vertraut und das es gut so ist. Er muss ja nicht Lorenzo und Giuliano gegenübersitzen. Und er hat auch keine Frau, die nicht mehr mit ihm spricht.“

„Was sagt denn dein Onkel dazu?“, fragte Gianni.

„Onkel Jacopo? Ich denke, es ist ihm egal“, antwortete Guglielmo, „für die Ehre der Familie ist es gut, sagt er, aber Frieden mit den Medici wäre auch wichtig. Und diese dankbare Aufgabe hat man natürlich mir zugedacht. Francesco gibt sich damit nicht ab.“

„Guglielmo tut mir leid“, sagte Cesare, als sie zu Hause angekommen waren, „sollte es zu Streit zwischen den Pazzi und den Medici kommen, sitzt er zwischen allen Stühlen.“

„Er kann ja noch immer seine Frau verstoßen“, sagte Francesco Montecaldo hart, „schließlich neigen die Pazzi zu Hinterhalt!“

Sebastiano fuhr bei diesen Worten heftig herum und Gianni hob verblüfft den Kopf. Aber die Erklärung für diese unerwartete Reaktion folgte auf dem Fuße.

„Wir hatten Anteile an dem Geschäft“, sagte der Vater mürrisch, „Lorenzo wollte Imola für Florenz kaufen. Wir wären beteiligt gewesen und ich hatte ein paar wirklich gute Konditionen für uns herausgeholt – alles dahin! So ein Ärger!“

„Nun, wir haben genügend Geschäfte“, meinte Cesare beschwichtigend, „viel mehr Sorgen macht mir, dass sich der Riario-Sprössling vor unserer Haustür niederlassen wird.“

„Haben wir tatsächlich genug Geschäfte?“, ließ sich Sebastiano beißend vernehmen.

„Sebastiano!“, sagte Cesare warnend.

„Oh, er soll reden“, sagte der Vater böse, „ich sehe doch, wie es in ihm kocht. Na, mein Sohn? Was sagst du jetzt über deine Freunde?“

Sebastiano richtete sich auf.

„Ich sage, sie haben richtig gehandelt“, erklärte er glühend, „und es ist weder hinterhältig noch ehrlos, dem Heiligen Vater in Rom Geld zu leihen. Ehrlos wäre es, sich stattdessen ständig von Lorenzo de' Medici bevormunden zu lassen!“

„Ach so ist das?“, höhnte Francesco Montecaldo, „im Sinne seiner Vaterstadt zu handeln wäre ehrlos?“

„Im Sinne von Florenz – oder im Sinne der Medici?“, gab Sebastiano heftig zurück, „ich bin nämlich nicht mehr davon überzeugt, dass das eine immer dasselbe wie das andere ist!“

„Du möchtest also den Papst als Herrn?“, fragte der Vater mit drohendem Unterton.

„Das habe ich nicht gesagt!“, begehrte Sebastiano auf, „und davon ist überhaupt nicht die Rede! Girolamo Riario geht nach Imola – nicht der Papst nach Florenz!“

„Er ist ein Neffe des Papstes – Papst Sixtus, der nur an seine Familie denkt und dessen gierige Hände nach allem greifen!“, zischte der Vater, „wir kennen es doch! Ist es das erste Mal? Und Heiliger Vater – dass ich nicht lache! Vielleicht sind es ja gar nicht seine Neffen, sondern seine Söhne! Wäre auch nicht neu! Das ist doch alles Heuchelei!“

„Und? Stört dich das wirklich?“, schnauzte Sebastiano zurück, „interessiert dich denn Ehre, wenn's keine klingende Münze bringt? Ich sage, die Pazzi haben Recht daran getan, nicht nach Lorenzos Pfeife zu tanzen! Sie haben lange genug stillgehalten. Was macht die Medici denn besser als uns? Was gibt ihnen das Recht, unser aller Leben zu diktieren?“

„Das tut Lorenzo nicht“, protestierte Cesare.

„Nicht?“, höhnte Sebastiano, „lässt er uns unsere Meinung? Respektiert er unsere Wünsche, unsere Meinungen, unsere Vorstellungen? Hat er auch nur einen Pazzi mit einem Amt bedacht – oder einen Montecaldo, einen Salviati?“

„Jacopo Salviati war einer von Giulianos Lehrern“, gab Cesare zu bedenken.

„Ein Lehrer!“, spottete Sebastiano, „ein Lehrer! Wie ist es denn mit dem Rat, oder mit dem *gonfaloniere*, dem *podesta*? Nein, davon ist natürlich keine Rede!“

„Sebastiano!“, knurrte der Vater, „es reicht!“

„Es reicht noch lange nicht!“, gab Sebastiano hart zurück, „seht euch doch an, was sie mit Palla Strozzi getan haben, oder mit Luca Pitti! Wir tun Recht daran, vorsichtig zu sein!“

„Luca Pitti war ein Idiot“, sagte der Vater hart, „und die Strozzi werden zurückkommen – zumindest sagt das Madonna Alessandra. Abgesehen davon ist von *wir* nicht die Rede! Ich habe nicht die Ansicht, mich in dieser Situation an die Seite der Pazzi zu stellen! Hast du das verstanden?"

Sebastiano war kalkweiß geworden.

„Was willst du damit sagen?", würgte er hinaus.

Der Vater lächelte kalt.

„Dass du deine Hochzeit mit Cristina de' Pazzi vergessen kannst", entgegnete er.

Sebastiano war daraufhin stumm gegangen, was wohl ganz gut war, denn ansonsten hätte es in der Casa Montecaldo Blutvergießen gegeben. Der Abend endete reichlich ungemütlich. Cesare gegenüber gab der Vater zwar später zu, Cristina mitnichten bereits gestrichen zu haben, sondern erst einmal abwarten zu wollen, doch von einem versöhnenden Wort zwischen ihm und Sebastiano war keine Rede. Und Cesare selbst glaubte Sebastiano natürlich nicht.

Er änderte sich in den darauffolgenden Wochen, wurde kühl und bitter, was man von ihm nicht kannte. Nicht einmal Gianni ließ er noch an sich heran. Meistens war er sowieso nicht da, verbrachte Zeit mit Renaldo, oder mit Bernardo Bandini Baroncelli, einem Freund von Renaldos Vetter Francesco. In der Bottega von Andrea del Verrocchio oder an allen anderen Plätzen, die der Schirmherrschaft der Medici unterstanden, ließ er sich nicht mehr blicken.

Gianni litt darunter.

Sein eigenes Zerwürfnis mit Sebastiano war durch diese Ereignisse in den Hintergrund gerückt, aber noch lange nicht ausgeräumt worden. Sebastiano vertraute sich ihm nicht an und Gianni wusste nicht, was er tun sollte. Sonst hatte in den Fällen, in denen es zu Verstimmungen gekommen war und Distanz zwischen ihm und Sebastiano herrschte, immer Giuliano eingegriffen. Aber Giuliano hatte andere Sorgen als die Meinungsverschiedenheit eines Sebastiano Montecaldos – und abgesehen davon hatte Gianni nicht ein Wort mit ihm wechseln können, seitdem Giuliano Simonetta und ihn überrascht hatte.

Das alles war furchtbar.

Er fand auch nicht viel Trost bei seinen Freunden. Sandro war jetzt immer öfter außerhalb von Florenz mit Aufträgen beschäftigt, nahm Filippino meistens mit, und zur Bottega del Verrocchios, in der Leonardo saß und zeichnete, wahrte Gianni von ganz allein Distanz. Und auch die anderen Freunde waren gespalten. Agnolo Ambrogini hielt offensichtlich zu den Medici, wohnte er doch in ihrem Haus, aber die Cavalcanti und die Soderini waren mit ihren Meinungsbekundungen vorsichtig und die Salviati durfte man gar nicht fragen.

In Mailand wurde die Verlobung von Girolamo Riario und Caterina Sforza gefeiert.

Und dann war es Sebastiano selbst, der den notwendigen Schritt machte.

Gianni saß an diesem Tag ziemlich unnütz herum, da er nicht genau wusste, was er tun sollte. Er war kurz in der Via dell' Porcellana vorbeigelaufen, um festzustellen, dass Sandro noch nicht wieder da war, dann hatte er eine Stippvisite bei Giovanni Cavalcanti hinter sich, der wenig mit ihm und mit dem er wenig anfangen konnte und jetzt saß er ziemlich sinnlos auf der Piazza herum. Es war Mittagszeit. Er überlegte schon, ob er nicht seinen sträflich vernachlässigten Stunden bei Cesare nachkommen sollte, aber vielleicht wäre es doch besser, bei Luca und Susanna vorbeizuschauen. Immerhin hatte er diese in den letzten Wochen ebenfalls sträflich vernachlässigt. Der Grund war einfach und einer, für den er sich schämen müsste: Er erinnerte sich an Sebastianos Verachtung den Bastarden von Notaren und Malern gegenüber – sprich, Leonardo und Filippino – und er wusste genau, dass sein Bruder erst recht nichts davon halten würde, wenn er wüsste, dass ein verwaister Gewürzkontorgeselle und dessen kleine Schwester zu seinen Freunden gehörten. Er fürchtete schließlich, in Sebastianos Meinung schon tief genug gefallen zu sein.

Und just in diesem Moment, wo er sich eigentlich gerade darüber hinwegsetzen wollte, tauchte besagter Sebastiano auf und ließ sich plumpsend neben ihn fallen.

Einfach so. Aus dem Nichts heraus.

„He, Gian", sagte er, als sei man sich nicht wochenlang aus dem Weg gegangen.

Gianni musterte ihn verwirrt.

„He, Sebastiano", erwiderte er vorsichtig.

Sebastiano nickte, streckte die Beine aus und schien erst einmal überhaupt nichts mehr sagen zu wollen. Aber Gianni hielt die Stille nicht aus.

„Wo warst denn du?", fragte er, darauf anspielend, dass sein Bruder die letzten drei Tage nicht heimgekommen war.

Sebastiano gähnte.

„Auf dem Land", sagte er vage, „mit Renaldo."

„Aha", machte Gianni spontan, „ich gehe mal nicht davon aus, dass ihr in der Villa Montecaldo gewesen seid?"

Sebastiano grinste träge.

„Stimmt", gab er offen zu, „wir waren bei Messer Jacopo und Cristina. Gianni, ich hab sie nicht aufgegeben."

„Das habe ich auch nicht erwartet", sagte Gianni nach einem Moment, „ich glaube, niemand erwartet das wirklich von dir."

Sebastiano zuckte mit den Schultern. Wieder sagte eine Weile keiner von beiden etwas.

„Ich werde sie zu Pfingsten heiraten", erklärte Sebastiano schließlich, „ob er will oder nicht. Ich möchte wissen, ob ich mich auf dich verlassen kann."

Gianni schluckte unwillkürlich. Was sein Bruder da so lapidar daher sprach, war im Grunde nichts als die offene Revolte. Francesco Montecaldo hatte das Mädchen offiziell abgelehnt. Wenn sein Sohn sich ihm jetzt in aller Öffentlichkeit widersetzte, war das schlichte Rebellion.

„Das Problem ist, sie wird fünfzehn", setzte Sebastiano hinzu, „und Messer Jacopo hat ganz Recht, wenn er meint, sie soll nicht länger warten."

Es war Sebastiano, der hier fragte – Sebastiano, sein Bruder, den er liebte. Die Antwort lag auf der Hand.

„Ich verstehe", sagte Gianni, „ich verstehe. Und zuallererst – du kannst dich auf mich verlassen. Das kannst du wirklich. Wenn du sie... wenn du sie aus der Villa Pazzi entführen willst, denn helfe ich dir." Er hielt kurz inne, lauschte seinen eigenen Worten nach und kämpfte gegen die aufsteigende Panik. Ja, er würde Sebastiano helfen. Er konnte gar nicht anders – aber er hatte eine entsetzliche Angst davor.

„Gut", sagte Sebastiano, „eigentlich hatte ich es nicht anders erwartet. Ich habe es auch schon Renaldo gesagt. Auf dich ist Verlass, Gian."

„Du kannst dich auf mich verlassen", wiederholte Gianni noch einmal, „aber ich... ich glaube ehrlich nicht, dass es nötig sein wird. Du kennst doch Vater. Er wird sich beruhigen. Und bis Pfingsten ist noch viel Zeit. Bis dahin hat er vielleicht längst seinen Segen gegeben."

„Darauf hingegen verlasse ich mich nicht", sagte Sebastiano, „du wärst auch längst verheiratet, wenn er damals nicht so einen Aufstand wegen Castinis Mitgift veranstaltet hätte. Fein, ich will nicht dramatisieren. Wenn es mit seinem Segen geht, umso besser, aber ich nehme sie auf jeden Fall. Messer Jacopo ist einverstanden."

Natürlich ist er das, dachte Gianni plötzlich, wenn du sie auch ohne Mitgift nehmen würdest, er ist ja nicht blöd. Sie mag eine Pazzi sein, aber sie ist nur die Tochter eines seiner Geschwister und er wird sich für sie kein Bein ausreißen. Einen Montecaldo bekommt man schließlich auch nicht hinterhergeworfen, vor allem, wenn man sich gerade mit den Medici angelegt hat.

Aber er sagte das nicht laut. Stattdessen seufzte er und meinte: „Wie willst du es anstellen?"

„Das weiß ich noch nicht", gab Sebastiano mit offener Unbekümmertheit zu, „ich hab den ganzen Winter, um zu planen. Wichtig war mir, dass Cristina und Messer Jacopo einverstanden sind – und du, Gian. Ich brauche dich schließlich, wenn's soweit ist."

„Also gut", sagte Gianni erleichtert, weil noch nichts festgeschrieben war, „bis Pfingsten ist viel Zeit. Mach deine Pläne. Aber ich würde dir empfehlen, daran zu arbeiten, dass Vater seine Meinung ändert."

Sebastiano lachte bitter auf.

„Dazu bräuchte Cristina ein großzügigeres Konto, als sie besitzt", sagte er, „nun gut, vielleicht täusche ich mich. Es wächst Gras über die Sache. Guglielmo lebt schließlich auch noch und wurde nicht von beiden Seiten zerrissen. Es heißt, dass Bianca sogar wieder mit ihm spricht."

„Das ist gut – miteinander zu sprechen, meine ich", sagte Gianni leise.

Sebastiano sah ihn von der Seite an, dann lachte er und fuhr mit seiner Hand durch die Locken seines kleinen Bruders.

„Hey, tut mir Leid, Gian", sagte er, „ich hatte wirklich schlechte Laune."

„Nun ja", sagte Gianni erleichtert, „das kann ich verstehen."

„Abgesehen davon", setzte Sebastiano listig hinzu, „war ich nicht der Einzige, der Streit gesucht hat. Wenn ich an den Abend bei Simonetta denke... Du warst auch ganz schön ekelhaft, Kleiner!"

„Ach, das..." murmelte Gianni, „ja... kann schon sein..."

Sebastiano schüttelte den Kopf.

„Oh, und ob das sein kann", hänselte er, „was war da überhaupt los mit dir?"

„Oh", sagte Gianni ohne nachzudenken, „ich hab gedacht, ich wäre vielleicht schwul."

Sebastiano fuhr verblüfft herum. Gianni errötete unwillkürlich, sagte aber nichts. Nach einem Moment fragte der große Bruder: „Und? Ist es so?"

Simonettas Kuss fiel ihm ein. Er errötete noch tiefer und musste grinsen.

„Ich glaube nicht", sagte er, „hat sich alles wieder... relativiert."

Sebastiano starrte ihn noch immer an, dann lachte er auf und schüttelte erneut den Kopf.

„Relativiert, so“, spottete er, „lass mich raten – Leonardo hat sich an dich rangemacht, oder?“

Seine Wangen würden wohl nie wieder ihre normale Farbe annehmen.

„Stimmt“, gestand Gianni, „er hat mich geküsst.“

„Der kleine Drecksack“, sagte Sebastiano vergnügt, „so ist das also, wenn ich nicht aufpasse! Aber hör mal, Kleiner, es wundert mich, dass ausgerechnet du dir Sorgen darüber machst. Ich meine, dass der Mann auf dich steht, war offensichtlich. Aber ich hab geglaubt, nachdem du in Venedig so gewütet hast, bestände da keine Gefahr.“

Oh je. Jetzt schwitzte er auch noch. Er schluckte.

„Hm...“ machte er.

Sebastiano musterte ihn neugierig, dann argwöhnisch und schließlich ungläubig.

„Das ist doch nicht...“ murmelte er, und dann „Gian? Was ist in Venedig geschehen?“

Gianni antwortete nicht, was eine Antwort in sich selbst war.

Nach einem Moment des Abwartens stöhnte Sebastiano tief auf und schlug die Hände vor den Kopf.

„Großer Gott!“, jammerte er, „es war ein Märchen, oder? Und ich dachte...“

„Du warst so stolz auf mich“, würgte Gianni hinaus, „wie konnte ich dir da sagen, dass ich der Hure auf die Füße gekotzt hab` und sie mich rauswarf?“

Stille. Ohrenbetäubende, fassungslose Stille – die plötzlich, abrupt, von brüllendem, wieherndem Gelächter beendet wurde. Sebastiano lachte Tränen. Er konnte sich kaum auf seinem Sitzplatz halten, so sehr bebte er. Und Gianni, nach einem weiteren Moment der Peinlichkeit, konnte auf einmal nicht anders: Er lachte mit.

„Gekotzt...!", keuchte Sebastiano schließlich, „oh Himmel! Na, ich kann mir denken, dass sie dich nicht mehr haben wollte! Und all die Zeit...! Ich hab gedacht, die Initiation hättest du hinter dir, und wo du immer soviel unterwegs bist, und diese Kleine letztes Jahr, bei den Medici – aber du bist noch gar nicht soweit oder? Und es ist meine Schuld! Ich habe dich sträflich vernachlässigt!"

„Ob es deine Schuld ist..." begann Gianni zögerlich.

Sebastiano schnitt ihm mit einer Handbewegung das Wort ab.

„Natürlich ist es das!", sagte er streng, „der Ältere kümmert sich um den Jüngeren! Gut, Cesare hat bei mir natürlich kläglich versagt, aber dafür hat sich Francesco de' Pazzi der Sache angenommen. Da war ich dreizehn. Und du...! Mein Gott, ich muss mich schämen!"

„Sebastiano..."

„Aber jetzt sag doch mal", fuhr der Bruder neugierig fort, „wenn der Bastard aus Vinci dich glauben ließ, du wärst schwul – keine Details, ja? – wer hat dich davon wieder abgebracht? Hast du die Sache schon selbst in die Hand genommen? Na los – wer war's?"

„Simonetta", platzte Gianni heraus, und setzte hastig hinzu, „aber ich habe sie nur geküsst, hörst du? Es war bloß ein Kuss!"

Sebastiano riss die Augen auf und begann wieder zu lachen.

„Die göttliche Simonetta?", prustete er, „die du beleidigt hattest? Oh, bei allen Heiligen! Das kannst auch nur du schaffen, Kleiner, mit deinen großen, unschuldigen Augen, was?"

„Sebastiano – bitte!", ‚flehte Gianni.

Und der hatte ein Einsehen. Er legte großzügig seinen Arm um Giannis Schultern.

„Simonetta Vespucci", sagte er, „sie ist würdig für deinen ersten Kuss. Ich sehe schon, du hast einen sehr anspruchsvollen Geschmack. Da können wir jetzt natürlich keine billige kleine Hure folgen lassen. Nein, ich denke eher an eine hübsche Kurtisane. Magst du Fioretta? Nein? Graziella? Ich werde mich umsehen. Jetzt haben wir so lange gewartet, jetzt sollten wir nichts überstürzen. Nein, nein, ich seh's schon. Du sollst mit Stil eingeführt werden, Gianni Montecaldo, *mit Stil.*"

Und dem gab es wenig hinzuzufügen.

*

Als ob die Versöhnung mit Sebastiano alles gewesen war, was er brauchte, war die Welt für Gianni von dem Moment an wieder in Ordnung. Er fand sein Selbstvertrauen wieder, wagte sich in die Bottega von Andrea del Verrocchio, philosophierte dort mit den Anwesenden über dieses schwitzende Kruzifix, das man in Camaldoli gefunden hatte und fand ganz nebenbei einen vertraulichen Moment mit Leonardo im Hof.

„Ich glaub einfach nicht, dass das was für mich ist", sagte er einfach, und Leonardo, anstatt am Boden zerstört zu sein, nickte lediglich. Die Antwort für dessen Gelassenheit fand Gianni, als Leonardo ihn hinausbrachte und der kleine Lehrling Jacopo ihm in einem unbeobachteten Moment gegen das Schienbein trat.

„Wo kam das denn plötzlich her?", wunderte er sich und rieb über die geprellte Haut, „was habe ich ihm getan?"

Er kannte Jacopo seit dessen Eintritt in die Bottega – ein junger, nicht besonders heller Bursche mit blonden Engelslocken, den er nie sonderlich beachtet hatte. Doch Leonardos verlegenes Grinsen war Antwort genug. Gianni starrte ihn an.

„Du meinst... der Junge?", stotterte er, „aber der ist doch... der ist doch fast noch ein Kind!"

„Er ist alt genug", sagte Leonardo halblaut, „und jetzt brüll nicht so. Das muss ja nicht jeder wissen!"

„Und ich glaub, ich will's gar nicht wissen", stöhnte Gianni und sah zu, dass er davonkam.

Die Aussprache mit Giuliano gestaltete sich etwas schwieriger, was aber einzig und allein an dessen mangelnder Zeit lag. Schließlich musste Gianni sich mit einem kurzen „Sie hat's mir schon erklärt. Sorg dich nicht!“, auf dem Gang begnügen, und er dachte im Stillen, wie sehr sich ihre Welt doch seit Piero de’ Medicis Tod verändert hatte. Aber Giuliano hatte wahrhaftig andere Sorgen als einen gestohlenen Kuss von seiner Geliebten.

Girolamo Riarios Bruder Pietro, der trunksüchtige, verschwenderische Erzbischof von Florenz, ging in diesem Winter nach Imola, das kleine Städtchen an den Toren der Toskana.

Und drei Tage nach seiner Rückkehr nach Rom starb er.

„Mord“, sagte Renaldo de’ Pazzi grimmig, „das war Mord. Ihr könnt sagen, was ihr wollt, die Medici setzten sich jetzt zur Wehr.“

„Nun ja“, meinte Giovanni Cavalcanti friedfertig, „er war ja nicht gerade ein Engel, oder? Riario war für seine Ausschweifungen bekannt. Kann es nicht sein, dass er einfach zu viel gefeiert hat? Oder vielleicht war es eine Darmgrippe!“

„Ach ja?“ Renaldo zog die Augenbrauen hoch, „haben wir nicht auch schon viel gefeiert? Und wie viel Todesopfer haben wir bislang zu beklagen gehabt?“

Stille. Sie saßen auf den Steinen und genossen die warmen Strahlen der Sonne. Der Frühling war nicht mehr fern, mit dem Frühling Ostern, dann Pfingsten, und dann wollte Sebastiano heiraten, ob sein Vater zustimmte oder nicht.

Aber jetzt noch nicht. Noch war es nicht so weit. Noch konnten sich die Wellen beruhigen, die seit der Nachricht aus Rom wieder hochgeschlagen waren. Noch gab es die Chance, dass der Streit zwischen den Medici und den Pazzi eingerenkt wurde und dass Francesco Montecaldo dem Wunsch seines Sohnes nachgab.

Zu Giannis geheimer Erleichterung sagte Sebastiano nichts zu den Gerüchten aus Rom, sondern überließ die Diskussion ganz Renaldo und Giovanni. Er starrte stattdessen nachdenklich in die Gegend. Vermutlich schmiedete er in Gedanken an seinen Plänen für Cristina. Nicht einmal das Geschrei der Arbeiter, die ganz dicht bei einen Palazzo der Rucellai zur Renovierung eingerüstet hatten, schien zu ihm durchzudringen.

„Die Medici sind mit allen Wassern gewaschen!“, behauptete Renaldo gerade, „ich warne euch! Ihr werdet schon noch sehen, was aus der Republik Florenz wird!“

„Ach was“, erklang Agnolo Ambroginis sarkastische Stimme, der vorüberging und sie gehört hatte, „verspritzt du dein Gift, Renaldo? Die Eifersucht schüttelt dich heute wieder besonders arg, was?“

Renaldo warf den Kopf zurück.

„Es wundert mich nicht, dass du meine Besorgnis nicht verstehen kannst, Poliziano“, sagte er kalt.

Agnolo hingegen zuckte mit den Schultern bezüglich der Anspielung auf seine Heimatstadt Montepulciano, und darauf, dass er nur ein Gast in Florenz war.

„Florenz ist die Heimat meines Herzens“, sagte er, „ich bin nicht so blind wie du.“

„Florenz ist der Ort, an dem du gefüttert wirst“, höhnte Renaldo, „kein Wunder, dass du den Medici nach dem Mund redest, Poliziano! Sag, wie fühlt man sich, wenn man so abhängig ist, dass man keine eigene Meinung haben darf?“

„Sag du's mir“, zischte Agnolo, der jetzt rot geworden war, „schließlich redest du deinem Vetter Francesco nach dem Mund, oder? Ich bilde mir meine eigene Meinung. Und wenn ich in den Genuss der Großzügigkeit von Lorenzo und Giuliano komme – na, da bin ich in Florenz in bester Gesellschaft!“

„Du meinst, seine Versuche, das Volk zu kaufen?“, spottete Renaldo.

„Oh!“, spuckte Agnolo, „das Volk niederzureiten ist natürlich mehr nach der Tradition der Pazzi! Sag, Renaldo, wurmt es dich sehr, dass man euch in Florenz nicht mag, Lorenzo und Giuliano aber liebt?“

„Als ob der Pöbel...“ begann Renaldo.

„Die Leute wissen schon, was sie wollen!“, triumphierte Agnolo und Renaldo sprang zornentbrannt auf, die Hand schon an seinem – offiziell verbotenen – Schwert. Gianni schnappte entsetzt nach Luft und Giovanni Cavalcanti versteifte sich.

„Männer!“, rief er beruhigend, „das ist es doch nicht wert!“

Renaldo fuhr wütend zu ihm herum.

„Seit wann redest du denn den Medici nach dem Mund, so wie unser kleiner Freund hier?“, zischte er.

Giovanni hob die Hände.

„Das tue ich doch gar nicht…“

„Wenn sogar Giovanni sieht, wie ungebührlich du dich benimmst!“, schrie Agnolo.

Renaldo lief dunkelrot an.

„Wage es nicht, mir gegenüber von Ungebührlichkeit zu sprechen, Poliziano!“, donnerte er.

„Hey…!“, rief Sebastiano, wie aus einem Traum erwacht, „was habt ihr denn, Leute? Vereint uns nicht alle dasselbe Ziel?“

„He?“, machte Giovanni.

Sebastiano lachte, sprang auf und war mit einem Satz auf der untersten Reihe der Gerüstlatten direkt vor ihnen. Er verbeugte sich.

„Ich höre schlimme Worte“, sagte er, mit einem Funkeln in den Augen, „ich rieche den drohenden Kampf! Aber, aber, meine Freunde – wir stehen doch alle auf ein und derselben Seite! Wollen wir nicht alle dasselbe?“

„Was denn?“, fragte Renaldo mit ein wenig Argwohn in der Stimme.

Sebastiano streckte die Arme aus.

„Florenz soll groß sein!“, rief er dramatisch.

„Hört, hört!“, Sogar die Arbeiter nebenbei hatten innegehalten und klatschten jetzt Beifall. Sebastiano grinste, reckte sich und zog sich auf die nächste Lage. Es wackelte ein bisschen, aber er stand sicher.

„Lasst es mich euch erklären“, sagte er mit vertraulicher Stimme, „seht, auf der einen Seite befindet sich Lorenzo. Unser Prächtigster, unser Großzügiger, unser Freund der Künstler und Gelehrten!“ Er räusperte sich, streckte den Rücken durch und marschierte einmal über die

Länge des Gerüstes, Lorenzos Gang nachahmend. Jetzt hatte er auch die Aufmerksamkeit der naheliegenden Budenbesitzer. Gelächter wurde laut, als er sich abrupt umdrehte und mit näselnder Stimme sagte: „Nein, Meister Andrea, die Spitze muss aus Gold sein, aus Gold, hört Ihr? Es ist gleich, wie viel es uns kostet! Florenz muss strahlen! Und ich möchte, dass alle Bettler dazu kommen und bei der Errichtung helfen! Dafür werde ich sie hinterher in Samt und Seide hüllen!"

Seine Parodie war gut gelungen, so dass Gianni lachen musste, obwohl er es eigentlich nicht wollte. Sebastiano warf ihm einen funkelnden Blick zu.

„Und dann haben wir natürlich Giuliano", sagte er erklärend, strich seine Haare vornehm zurück, als wären sie wie Giulianos schwarze Locken und richtete sich sehr gerade auf.

„Hallo, mein gutes Mädchen", sagte er zu dem nächsten Pfosten, mit einem prüfenden Blick, „du findest mich schön? Ja, ich weiß. Ich bin *bello Giulio*, der Liebling der Stadt! Ich reite auch gut, und ich fechte. Ich tue das alles nur für Florenz! Wenn ich strahle, strahlt meine Heimat ebenfalls, nicht wahr? Du magst Florenz nicht? Lass mich mit dir schlafen und sehen, ob du deine Meinung nicht noch änderst..."

Allgemeines Gelächter unterbrach ihn, nur Agnolo guckte etwas spärlich. Gianni versuchte, nicht zu grinsen.

„Aber wir haben ja auch die andere Seite!", rief Sebastiano, „Renaldo, komm mal her! Hilf mir da hoch!"

Renaldo, der jetzt nicht mehr ganz so wachsam, sondern eher amüsiert blickte, gehorchte, kletterte auf das Gerüst und war Sebastiano dabei behilflich, die dritte Lage zu erklimmen.

„Wir dürfen die Pazzi nicht vernachlässigen!", verkündete Sebastiano, „und natürlich, an allererster Stelle – Messer Jacopo!"

Er räusperte sich und brüllte schnarrend: „Aus dem Weg, ihr Gesocks, wo ist mein Wein? Wo sind meine Hunde? Lasst uns jagen gehen, Florenz braucht mal wieder eine Abwechslung!"

Gianni stimmte diesmal in das Gelächter ein, unwillkürlich erleichtert. Über diese Darstellung, da war er sich sicher, hätte sogar Messer Jacopo selbst gelacht. Und Renaldo grinste, jetzt vollends guter Dinge – sicherlich nicht zuletzt, weil das Volk seinem Onkel genauso applaudierte wie zuvor Lorenzo und Giuliano.

„Vergiss Francesco nicht!", rief er zu Sebastiano hinauf, „hier, hilf mal!"

Er streckte seine Hand hoch, Sebastiano packte zu, half ihm auf die dritte Lage, und er stolzierte dann einmal quer über das Gerüst und zurück.

„Florenz soll groß sein", sagte er arrogant, „ich bin groß. Seht ihr das nicht? Ich werde es euch zeigen. *Und wehe, ihr bemerkt das nicht*!", schnauzte er.

Francesco de' Pazzi erntete nicht ganz soviel Erfolg wie seine Vorgänger, was aber nicht weiter schlimm war, denn Sebastiano war noch lange nicht am Ende.

„Wir haben noch mehr Spieler!", rief er.

„Sixtus!", rief einer der Arbeiter.

„Der Herzog von Mailand!", rief ein zweiter.

„Die Riarios!", das kam von unten, vermutlich von Giovanni Cavalcanti.

Gianni war es gleich, wer als Nächstes kam. Er starrte nach oben, lachte, und war stolz auf seinen Bruder, der mit einer solch ungewöhnlichen Aktion den drohenden Streit beendet hatte. Renaldo hatte sein Schwert längst vergessen und Agnolo lachte mittlerweile wie alle anderen.

„Nach der Reihe, nach der Reihe!", rief Sebastiano, „also gut: Unser Heiliger Vater!"

Er ließ die Schultern nach hinten sacken, streckte den Bauch heraus und drückte das Kinn auf die Brust.

„Gott segne dich, mein Neffe“, murmelte er, „Gott segne dich auch, mein Neffe, und dich, mein Neffe, und du – halt, du bist nicht mein Neffe, also Segen zurück – aber du bist wieder einer, und du...“

Es gab ein paar, die sich verstohlen nach den Priestern umsahen, aber der Großteil der Zuschauer brüllte vor Lachen. Als Nächstes gab Sebastiano einen trunkenen, lallenden Erzbischof Riario und dann einen selbstverliebten, cholerischen Galeazzo Maria Sforza. Gianni war zwar vage bewusst, dass sein Bruder gerade sämtlichen einflussreichen Männern in Italien auf die Füße trat, aber es war so göttlich, dass er insgeheim hoffte, sie würden einfach nur in das Gelächter mit einstimmen.

Die Menge zumindest lachte. Sie lachte über eine stumme, sich verehren lassende, pausenlos kokett zwinkernde Simonetta, der Renaldo zu Füßen knien musste, über einen kämpfenden und philosophierenden Federico da Montefeltro und einen verschlagenen Dogen von Venedig. Sie amüsierten sich über den entthronten Kaiser von Byzanz und das Ganze endete in einem fulminanten Finale, als der Sultan von Istanbul nach Florenz exportiert wurde und kurzerhand beschloss, die ganze Stadt aus dem Boden zu reißen und seinem Reich einzuverleiben, weil sie zu gut sei, um sie einfach nur zu erobern, worauf ein näselnder Lorenzo mit Plato argumentierte und Messer Jacopo seine Hunde auf ihn hetzte. Es war ein gutes, ein würdiges Ende, das alle versöhnte. Agnolo Ambrogini lachte, Giovanni Cavalcanti hockte mittlerweile atemlos auf der Erde, die Arbeiter hatten ihre Aufgaben liegengelassen und grölten. Die Leute auf dem Boden applaudierten dem unerwarteten Spektakel, Renaldo lachte Tränen und musste sich an der Hauswand festhalten, um nicht abzustürzen, und Sebastiano selbst verbeugte sich, lachte ebenfalls, tänzelte auf dem wackligen Gerüst hin und her, lachte, als Renaldo ihm auf die Schulter schlug, lachte, als sein Fuß von den Brettern rutschte, und lachte, als seine Hand ins Leere griff.

Er lachte vermutlich immer noch, als er schon fiel.

Es war ein kollektiver Aufschrei. Die oberste Bretterlage des Gerüstes war hoch, mehrere Mannslängen über dem Boden und unter ihr lagen Schutt und Steine. Von Haushöhe auf diese Unterlage zu fallen, war mehr als nur schmerzhaft.

Gianni erinnerte sich später nie, ob er ebenfalls geschrien hatte. Er erinnerte sich auch nicht, was er getan hatte. Woran er sich erinnerte, war, dass er als erster bei Sebastiano war, und dass niemand mehr lachte, als er seinen Bruder vorsichtig herumdrehte.

In Sebastianos Augen lag kein Schmerz sondern nur ein großes Staunen. Er schaute an Gianni vorbei in den blauen Winterhimmel und blinzelte einmal, als könne er nicht glauben, was er sah.

„Sebastiano!", keuchte Gianni, „oh Gott, oh Gott!"

Da waren Hände, die ihm helfen wollten. Er wehrte sie ab. Da waren Menschen, die ihn ansprachen. Er sah ihre verzerrten Gesichter, aber er hörte ihre Stimmen nicht. Agnolo Ambrogini schien zu schreien, Giovanni Cavalcanti war leichenblass, aber das, was Gianni sah, schien einfach nicht mehr zu seinem Verstand durchzudringen. Er starrte auf seinen Bruder, in seinen Armen. Etwas floss warm und klebrig über seine Beine, und er registrierte, ohne es zu verstehen, dass dies Blut war.

„Sebastiano!", flüsterte er.

Jetzt endlich wandte Sebastiano den Blick. In seinen Augen flackerte etwas auf, vielleicht Schmerz, vielleicht Angst. Aber dann war da wieder nur dieses Staunen und etwas anderes, eine Art von Ruhe. Giannis Blick verschwamm, er blinzelte die Tränen entsetzt weg.

Sebastiano lächelte.

„Der Beste von uns allen..." flüsterte er, und dann nichts mehr.

Nichts mehr.

Alles war ganz weit fort, wie abgerissen. Gianni hörte sich selbst keuchen, seinen eigenen, abgehackten Atem, aber sonst nichts. In seinen Armen lag sein Bruder, leblos, mit zerschmetterten Gliedern, mit gebrochenen Augen und das konnte einfach nicht real sein. Er spürte wieder eine Hand an seiner Schulter, Finger, die nach Sebastiano griffen. Er sah auf. Renaldo kniete neben ihm, schluchzend, fast schreiend. Gianni sah sein fratzenhaftes Gesicht, aber er hörte nicht einen Ton, verstand nicht ein einziges Wort. Seine eigenen Finger waren gefühllos. Er ließ zu, dass Renaldo ihm Sebastiano aus den Armen riss und an sich zog, er sah Agnolo, der Diener und eine Trage herbei kommandierte – und er hörte sie nicht.

Fallende Engel, die Kirchturmspitzen hinab...

Gianni kam auf die Füße, taumelnd, stolpernd. Um ihn herum waren erschrockene Leute, hilfsbereite Leute, gaffende Leute, schnatternde Leute. Er hörte nur seinen abgehackten Atem. Er sah Renaldo weinen, er sah die anderen, die herbeiströmten, er sah, wie sie die Trage ausbreiteten, wie sie Sebastiano herumdrehten, er sah die zerbrochenen Gliedmaßen, die zerfetzte Kleidung, sah das erstarrte Gesicht, die toten Augen, er sah...

Und Gianni Montecaldo keuchte erstickt auf, wirbelte herum und rannte.

„Was ist denn da draußen nur los?“, wunderte sich Luca Landucci am späten Nachmittag, „gibt es wieder Nachrichten aus Rom? Ein Angriff? Ist was passiert?“

„Oh nein“, sagte eine Frau, die gerade gekommen war, „es geht nicht um Rom. Es hat ein Unglück gegeben, auf der Rucellai-Baustelle.“

„Gibt es nicht ständig irgendwelche Unglücke auf diesen Baustellen?“, sagte Landucci verständnislos und schüttelte seinen Kopf.

„Diesmal ist es etwas anderes“, sagte die Frau, „es ist ein junger Herr tödlich verunglückt, kein Arbeiter. Er ist abgestürzt.“

„Ein Rucellai?“, fragte Landucci, „welcher?“

„Kein Rucellai“, erwiderte die Frau, „einer der anderen. Ich weiß nicht, wie er heißt, aber es war ein Wilder, der sich zuvor noch über Papst und Herrscher lustig gemacht hat.“

„Ich kannte ihn“, mischte sich ein Mann ein, „ein Leichtfuß war das, immer in Schwierigkeiten. Es war ein Montecaldo.“

Susanna, die an der Waage stand, hob erschrocken den Kopf.

„Ein Montecaldo?“, wiederholte Landucci, „etwa einer der Söhne des Alten?“

„Der mittlere, Sebastiano“, erklärte der Mann, „schade drum. Aber das kam ja nicht unerwartet. Solche leben nie lang.“

„Und deshalb also dieses Geschrei“, sagte Landucci verstehend.

„Nein“, die Frau schüttelte den Kopf, „sie schreien nicht wegen des Toten. Sie suchen den anderen.“

„Den anderen?“ Das hatten Landucci und Susanna jetzt gleichzeitig gesagt.

„Genau“, der Mann nickte, „sie suchen den Kleinen. Der kleine Montecaldo hat seinen Bruder im Sterben gehalten und dann ist er durchgedreht. Auch das ist nicht unerwartet. Wussten doch alle, dass der Kleine den Großen abgöttisch liebt.“

„Und was hat er getan?“, fragte Landucci, sich sehr wohl bewusst, dass Susanna wie erstarrt neben ihm stand.

„Was wohl“, der Mann zuckte mit den Schultern, „weggelaufen ist er. Zum Arno hinunter, und deshalb suchen jetzt alle und befürchten das Schlimmste. Den Toten haben sie zum Palazzo Montecaldo gebracht. Es soll eine Untersuchung geben.“

„Aber Gianni…?“, hakte Landucci nach.

„Ist verschwunden“, vervollständigte der Mann, „vollkommen durchgedreht, ich sag’s ja. Er war weiß wie Schnee, er hat kein Wort gesagt und dann ist er so schnell davongerannt, dass sie ihn verloren haben. Richtung Arno, wie gesagt, und seitdem ist er wie vom Erdboden verschluckt. Sie haben Angst, dass er sich was angetan hat.“

„Also, mir tut’s leid um den Burschen“, sagte ein zweiter Mann, „ein lustiger Kerl, dieser Sebastiano. Ein bisschen von oben herab manchmal, das war bestimmt der Einfluss der Pazzi. Soll ja auch ein Pazzi schuld dran sein.“

„Ich finde es auch schade", sagte der erste Mann bedauernd, „er hat uns noch ein schönes Spektakel gegeben. Aber ich sag's ja – solche sterben immer jung. Das wundert nicht."

„Meister Landucci!", rief Susanna.

Er drehte sich zu ihr um, erschrocken wegen ihres Tonfalls. Sie band gerade mit fliegenden Händen ihre Schürze ab.

„Entschuldige mich, entschuldige", stammelte sie, „ich muss... ich muss... ich muss fort!"

„Aber...!", sagte Landucci verblüfft, als sie sich an ihm vorbeizwängte, durch die Kundschaft drängelte und mit raschen Schritten aus dem Laden stürzte.

„Na holla!", sagte der erste Mann verwundert, „was war denn das?"

Die Frau schüttelte den Kopf.

„Na, Meister", sagte sie, „ich hielt deine Kleine ja immer für ein braves Mädchen. Aber das sieht ja ganz so aus, als ob der Tunichtgut seine Finger bei ihr im Spiel gehabt hat. Hatte sie was mit Sebastiano Montecaldo?"

„Sie war ganz weiß, das habe ich auch gesehen", ließ sich der zweite Mann vernehmen.

„Nein", sagte Landucci streng, „ihr irrt euch. Susanna *ist* ein braves Mädchen. Und mit einem Leichtfuß wie Sebastiano Montecaldo hat sie nichts zu schaffen."

„So sah das aber nicht aus", murmelte die Frau.

„Nein", wiederholte Landucci fest.

Und was er dachte, das sagte er nicht laut.

Susanna rannte. Sie dachte nicht wirklich nach, sie rannte einfach nur. Ihre Holzsohlen klatschten auf das Pflaster und warnten die Passanten, während sie so schnell wie möglich durch die Straßen hetzte, immer weiter, immer rascher, ihrem Ziel entgegen.

Sebastiano Montecaldo war tot, abgestürzt vor den Augen seines Bruders, gestorben in den Armen seines Bruders...

Oh, und sie wusste, wusste doch, welche Rolle der Ältere für den Jüngeren spielte! Sie wusste doch, dass Gianni Sebastiano mehr als jeden anderen Menschen auf der Welt liebte und dass ihn dies *zerbrechen* würde. Zum Arno sei er gerannt, hatte es geheißen, zum Arno – und sie konnte nur hoffen, dass er die Zuflucht gesucht hatte, die sie ebenfalls kannte und nicht die andere.

Sie war vollkommen außer Atem und hochrot im Gesicht, als sie endlich bei der kleinen Mauer ankam und sie musste kurz innehalten, bevor sie sich an den ausgetretenen Steinen hochziehen konnte. Ein banger Moment noch, noch einer – dann sah sie über die Mauerkrone, im letzten Licht des Tages. Sie zitterte, ob vor Anstrengung oder Aufregung wusste sie selbst nicht.

Aber auf die Anspannung folgte – dem Himmel sei Dank – wilde Erleichterung. Da lag ein Bündel Mensch auf der kleinen Terrasse, zusammengekrümmt wie im Schmerz, still und regungslos. Er war da. Sie hatte Recht behalten, Gianni war da.

Sie hielt sich diesmal nicht mit der kleinen Treppe am anderen Ende der Mauer auf, sondern sprang, wobei ihr die Wucht des Aufpralls den Atem nahm. Dann war sie mit zwei Schritten bei ihm, kniete neben ihm nieder.

Was jetzt?

„Gianni?“, fragte sie leise und legte ihre Hand auf seine Schulter.

Er reagierte nicht. Sie konnte in der Dämmerung sein Gesicht nur noch schemenhaft erkennen, aber sie sah, dass die Augen offen waren, und dass die Lider sich einmal, wie im Trance, senkten und wieder hoben. Er war wach, gut. Er war bei Bewusstsein.

Aber er schien sie nicht zu hören.

„Gianni?“, wiederholte sie, drückte mit der Hand die Schulter, schüttelte sie leicht.

„Ich bin es, Susanna. Gianni? Hörst du mich?“

Er reagierte noch immer nicht. Sie bemerkte den stechenden, kupfrigen Geruch und stellte fest, dass seine Kleider klamm von Blut waren, vermutlich dem seines Bruders. Gianni schien überhaupt nicht hier zu sein. Es war beinahe so, als hätte er seinen Körper an ihre Schwelle gelegt, damit sie darauf aufpasste, während er fort war. Aber sie wusste, dass das nicht stimmte. Er war hier. Er war da drinnen und litt, litt so sehr, dass er sich der Welt nicht stellen konnte.

Ihr Herz zog sich zusammen.

„Es ist gut", flüsterte sie, „es ist ja schon gut. Hab keine Angst. Du kommst mit mir, du bleibst bei mir. Du musst das nicht alleine schaffen. Komm. Gianni, komm."

Es wurde dunkel, es wurde kalt. Sie konnten hier nicht bleiben. Mit Beharrlichkeit und Druck schaffte sie es, ihn auf die Füße zu stellen. Er folgte ihr wie willenlos, als sie ihn an der Hand nahm und die kleine, schmale Gasse an der anderen Seite der Terrasse entlangführte. Sie endete an einer Holzwand.

„Es ist nicht weit", redete sie weiter, damit er einfach ihre Stimme hörte, „wir leben gleich hier. Das hast du nicht gewusst oder? Wir leben hier. Warte, lass mich die Tür öffnen..."

Ihre Hand glitt an der Kante der Holzwand entlang, fand den verborgenen Spalt. Ein kurzer Zug, ein energischer Druck, die Tür war offen.

„Komm, mein Lieber", sagte sie, „komm mit mir. Du kannst bei uns bleiben."

Als Luca nach Hause kam, hatte sie schon mehr geschafft, als sie insgeheim erwartet hatte. Sie hatte Gianni aus den ruinierten Kleidern befreit, ihm das Blut abgewaschen und ihn stattdessen in einen von Lucas Kitteln gesteckt. Die waren ihm zwar etwas zu eng, aber für den Moment reichte es. Sie hatte außerdem die Grütze über das Feuer geschoben, ihrem Gast etwas zu trinken eingeflößt und ihn dann in Lucas Bett gepackt. Dort lag er, zusammengerollt, in einer ähnlichen Position wie zuvor auf der Terrasse, aber jetzt zumindest warm und sauber.

„Oh, Susanna", sagte Luca leise.

Das, was sie so an ihm liebte, war, dass sie ihm nichts erklären musste. Luca und sie verstanden sich ohne Worte. Er zog die Tür zur Straße hinter sich zu und schüttelte den Kopf. Normalerweise achteten sie beide darauf, den vorderen Eingang zu nehmen, damit niemand den hinteren fand, der nur für sie reserviert war. Aber Luca würde nichts dagegen haben, dass Gianni ihr Geheimnis jetzt kannte.

„Susanna“, wiederholte er, legte sein Bündel ab, zog den Mantel aus und setzte sich auf seinen Schemel. Sein Blick ging über die Szenerie – das blutige Bündel Kleider in der Ecke, das belegte Bett und die nassen Handtücher, sowie die Grütze über dem Feuer.

Er seufzte.

Sie wusste, was er meinte. Sie legte den Löffel auf den Tisch, kam zu ihm, kletterte auf seinen Schoß und schlang die Arme um ihn. Luca war Wärme. Luca war ihr Zuhause, der Mensch, der sie kannte, liebte und nicht verurteilte.

Er drückte sie an sich.

„War er draußen?“, fragte er.

Sie nickte.

„Ich verstehe“, murmelte Luca, „ich hab's gehört. Damit konnte er nicht umgehen, nicht unser Gianni.“

„Er leidet so“, flüsterte sie, „ich kann es sehen.“

„Und das wiederum erträgst du nicht“, sagte Luca, „und nun, Susanna? Wie soll es weitergehen? Die Stadt sucht Gianni Montecaldo, sogar jetzt sind sie noch mit Fackeln unterwegs. Der Alte hat gerade einen Sohn verloren, er wird keinen zweiten aufgeben. Sie werden ihn irgendwann finden.“

„Ich weiß.“

„Aber du willst ihn verstecken.“

„Nein!“ Sie hob den Kopf.

„Das ist kein Verstecken“, fuhr sie fort, als sie sah, wie er wieder seufzte, „das ist nur... also gut. Sieh ihn dir an, Luca. Er erträgt das jetzt nicht. Du kennst sein Heim, du weißt, wie es dort zugeht. Sebastiano mag gewesen sein, wie er war, aber er war das einzige bisschen Wärme für Gianni in der Casa Montecaldo. Und jetzt ist er fort! Wie kann ich Gianni dorthin schicken? Wie kannst du das verlangen?"

„Ich verlange überhaupt nichts", sagte Luca sachlich, „ich erinnere nur an unsere Situation. An deine Situation, um genau zu sein. Willst du, dass sie hierher kommen, ihn hier finden, und anfangen, Fragen zu stellen? Willst du dich vor dem Rat verteidigen?"

„Soweit muss es nicht kommen", sagte sie rasch, „wir tun doch nichts Falsches. Wir bieten einem Freund Unterkunft, für ein paar Tage, bis er sich wieder gefangen hat. Und das ist es doch, was Gianni jetzt braucht, Luca! Er braucht ein wenig Ruhe, Wärme und Zuspruch, damit er sich dem da draußen wieder stellen kann!"

„Nun, ich gebe zu, das war ein Schock für ihn", murmelte er nachdenklich.

„Und was für einer!", bekräftigte sie, „er hat den Menschen verloren, der ihm alles bedeutete! Stell dir vor, ich würde sterben – wie würde es dir ergehen?"

„Ich versteh dich ja..."

„Und erinnere dich!", beharrte sie, „erinnere dich daran, da draußen, vor ein paar Jahren. Gianni bot uns seine Freundschaft an, sagte, wir könnten immer zu ihm kommen, wenn wir ihn bräuchten. Er hat bewiesen, dass er das ernst meinte, nicht wahr?"

„Sicher."

„Damals hast du zu ihm gesagt, dass dies auch andersherum gilt", sagte sie mit Nachdruck, „dass er zu uns kommen kann, wenn er uns braucht. Genau das hat er jetzt getan! Und genau dies haben wir ihm versprochen! Ich will ihn ja nicht seiner Familie wegnehmen, ich will ihn ja gar nicht in unsere Welt holen. Ich will ihm nur die Zuflucht bieten, die er jetzt braucht!"

„Und wenn er sich nicht erholt?"

„Er wird sich erholen."

„Susanna – du hast mit deinen Vorhersagen auch schon mal falsch gelegen", erinnerte er sie.

Sie drehte den Kopf weg, sah zu Gianni hinüber, der regungslos unter einer dünnen Decke lag.

„Ich darf mich nicht irren", sagte sie leise, „gib mir ein paar Tage. Gib ihm ein paar Tage. So schnell werden sie nicht zu uns kommen. Vielleicht kommen sie nie. Immerhin hat man auch..."

„Also gut", unterbrach er sie und schob sie von seinen Knien, „also gut. Du kriegst deinen Willen. Er ist ein guter Kerl, er hat Hilfe verdient und ich... ich hab's tatsächlich versprochen. Ein paar Tage, Susanna."

Sie erhob sich gehorsam und strahlte.

„Er wird sich erholen!", versprach sie, „du wirst schon sehen. Du wirst es nicht bereuen, Luca!"

„Das hoffe ich für uns beide", murmelte er.

Er stand ebenfalls auf, humpelte zu seinem Lager hinüber und ging mühsam davor in die Knie. Gianni lag mit offenen Augen da, blicklos.

„Hey", sagte Luca sanft, „hey, Kumpel."

Er reagierte nicht.

Luca musterte ihn noch einen Moment, bevor er seufzte und beinahe liebevoll durch Giannis Haare fuhr.

„So soll es sein", meinte er, und dann, wieder seufzend und ganz leise, „wenn du wenigstens kein Montecaldo wärst!"

Aber auch das brachte keine Reaktion.

Luca erwachte am nächsten Morgen steif und unausgeschlafen.

Er hatte die Nacht bei Susanna verbracht, was vernünftig gewesen war. Immerhin war ihr Bett breit genug für sie und Rosalba gewesen, als diese noch gelebt hatte, da passte er schon lange daneben. Dennoch, er schlief nicht gut auf dem Lager, auf dem seine Großmutter gestorben war, und er war es nicht mehr gewöhnt, sein Bett mit jemandem zu teilen. Vielleicht erging es ihr ähnlich, denn sie war schon länger auf, als er erwachte, hatte Wasser geholt und sein Mittagessen vorbereitet.

Nur seines, wie er mit einem Blick bemerkte.

Er kommentierte es nicht. An Giannis Position hatte sich nichts verändert, aber es war noch früh und ein Montecaldo vermutlich nicht gewöhnt, vor der Sonne aufzustehen. Luca frühstückte mit Susanna, nahm seinen Mantel, das Essenpäckchen und sagte: „Ich schaue schnell bei Landucci vorbei und sage ihm, dass du für ein paar Tage nicht kommst."

Er liebte dieses Lächeln an ihr, mit dem sie ihm zu verstehen gab, wie sehr sie sein Verstehen schätzte. Sie nickte, er wandte sich zur Tür. Es verstand sich ebenfalls ohne Worte, dass er versuchen würde, in der Mittagspause zu ihr zu kommen – aber dass er es, wie stets, nicht versprechen konnte. Er wünschte, er könnte bleiben.

„Luca", sagte sie.

Er drehte sich um.

„Du bedeutest die Welt für mich", sagte sie leise.

Er hielt inne. Dann lächelte er.

„Ich weiß", sagte er und ging.

Kleine Schritte, sagte sich Susanna, mach kleine Schritte. Lass nicht locker, sei beharrlich, aber konzentriere dich auf die kleinen Schritte. Er darf sich nicht in sich selbst verlieren. Er darf nicht aus Angst vor dem Schmerz verschwinden. Aber er braucht Zeit.

Den Vormittag über ließ sie ihn noch in Ruhe, erledigte stattdessen liegen gebliebene Hausarbeit und änderte alte Sachen um, damit er zu dem Kittel wenigstens noch ein Paar Hosen hatte. Luca kam nicht zum Mittagessen, wie sie bereits gedacht hatte. Sie aß alleine, denn Gianni rührte sich nicht. Allerdings war ihr aufgefallen, dass seine Augen ihr inzwischen folgten, anstatt sinnlos durch die Gegend zu starren.

So nahm sie ihre Schüssel, setzte sich zu ihm und hob den Löffel.

„Nur ein bisschen", lockte sie sanft, „es ist lecker. Gut, es ist weder Kapaun noch Lachs, aber es schmeckt trotzdem. Gianni… du willst doch nicht wirklich, dass ich dich füttere?"

Sie hielt den Atem an, aber es wirkte. Den ersten Löffel drängte sie noch zwischen seine Lippen, während er sie stumm ansah, auch den zweiten. Aber dann richtete er sich auf, nahm das Utensil selbst in die Hand, und aß ein paar Happen. Er sagte zwar noch immer nichts und lehnte sich danach gegen die Wand, zog die Knie an und verbarg den Kopf zwischen den Armen, doch es war ein Fortschritt. Er war zumindest wieder in Kontakt mit ihr.

Sie gab nicht auf. Mit Geduld und Beharrlichkeit brachte sie ihn aus dem Bett, an den Tisch. Sie redete, streichelte seine Wangen, küsste seine Haare und gab sich alle erdenkliche Mühe, um ihn spüren zu lassen, dass er nicht allein war. Er sah ihr zu. Und als sie vorüberging, streckte er plötzlich seinen Arm aus, zog sie auf seinen Schoß und vergrub sein Gesicht an ihrer Schulter. Nach einem Moment des puren Erstaunens schloss sie ihn einfach in ihre Arme.

Aber er weinte nicht, sondern hielt sie nur, ohne Worte. Und er sprach nicht, nicht eine Silbe.

Weinen, das tat er im Schlaf. Sie hatte es in der ersten Nacht schon gehört und in der zweiten weckte sein Schluchzen sie erneut. Behutsam kletterte sie über Luca, der sich nicht rührte, legte sich neben Gianni und zog ihn an sich. Zu ihrem Erstaunen schlief er, aber zumindest musste er spüren, dass sie da war, denn er schmiegte sich an sie und das Schluchzen ließ nach.

Luca sagte auch dazu nichts.

Der zweite Tag brachte praktisch keine weiteren Fortschritte. Gianni erhob sich vom Lager, als sie an seiner Hand zog, er ließ eine notdürftige Wäsche zu, er nahm am Tisch Platz, er aß ein wenig und trank. Aber er sprach nicht. Das Einzige, was sie zustande brachte, war, dass er ihr beim Bohnenputzen half und das war nicht wirklich das, was sie wollte.

Geduld, sagte sie sich selbst, Geduld. Schau ihn dir an, er braucht Zeit.

Sie wusste, dass das stimmte, so wie ihr Luca es bestätigte, indem er nicht mehr drängte, sondern Gianni musterte und in Ruhe ließ. Aber der Blick, den er ihr zuwarf, den verstand sie ebenfalls.

Ein paar Tage nur, ein paar... waren vielleicht nicht genug.

Am dritten Tag geschah überhaupt nichts.

Am vierten kam Giuliano de' Medici.

Giuliano hatte eine schlimme Zeit hinter sich. Er kam nach dem Mittag, klopfte an die offen stehende Tür, die Licht und Luft in die winzige Hütte warf und blinzelte. Er blinzelte nicht bloß, weil er aus der Helligkeit der sonnendurchfluteten Straßen in einen dunklen Raum sah, sondern auch, weil er noch nie in diesem Teil der Stadt gewesen oder an einer solchen Tür gestanden hatte. Er war blass, er war übermüdet und er war, gelinde gesagt, verzweifelt.

Auf sein Klopfen erschien ein Mädchen im Türrahmen, mit einem schlichten Zopf und ungefärbten Kleidern.

Arm, aber sauber, urteilte er nach einem Blick. Sie sah ihn schockiert an und das erinnerte ihn daran, wie *er* aussah und dass ein solches Mädchen wohl kaum damit rechnete, einen der Medici-Brüder vor seiner Tür zu finden.

„Hallo", sagte er freundlich, „entschuldige die Störung. Aber ich bin auf der Suche nach einem Freund und ich glaube, er ist auch ein Freund von dir."

Sie musterte ihn auf eine seltsam durchdringende Art und Weise.

„Ihr seid Giuliano de' Medici", sagte sie schließlich mit rauer Stimme, „wie könnten wir gemeinsame Freunde haben?"

Er ließ sich nicht entmutigen.

„Du weißt das selbst, denke ich", antwortete er noch immer freundlich, „vor ein paar Tagen ist ein guter Freund von mir verschwunden, nach einem schrecklichen Unglück. Es hat uns nicht überrascht, dass er so reagiert hat, aber mittlerweile sind wir ziemlich ratlos. Wir haben nämlich jetzt bald an allen Plätzen nach ihm gesucht, die uns eingefallen sind und wir haben ihn nicht gefunden."

Er wartete, aber sie sagte nichts, so dass er schließlich weitersprach.

„Du bist Susanna, nicht wahr?", sagte er, „du warst letzten Winter bei uns, als der Flame mit seiner Truppe auftrat. Messer Jacopo hat sich daran erinnert und daran, dass du dich mit Gianni... dass Gianni Montecaldo um dich besorgt war. Einer unser Fackelträger hat dich und deinen Bruder damals nach Hause gebracht, nicht wahr?"

Jetzt nickte sie. Er war sich sicher, dass sie den Fackelträger längst erkannt hatte, so wie sie längst wusste, worum es ging.

Und das bestätigte sie.

„Was wollt Ihr von Gianni?", fragte sie direkt.

Erleichterung durchflutete ihn. Also doch nicht eine Wahnsinnstat aus purer Verzweiflung, also doch nicht der Arno! Es trieb ihm die Tränen in die Augen.

„Er ist hier?", hakte er erstickt nach.

„Was wollt Ihr von ihm?", beharrte sie.

Jetzt war er verblüfft. Wie eine kampfbereite Katze stand sie vor ihm, als ob sie ihr Junges verteidigen würde. War es nicht offensichtlich, was er wollte? War es nicht im Interesse aller – auch Giannis?

„Ich will, dass er nach Hause kommt", sagte er verwirrt.

Das Mädchen hielt inne und seufzte.

„Ja, ich weiß", sagte sie nach einem Moment erstaunlich nachgiebig, „ich weiß. Ich glaub nur nicht, dass er das schon kann."

Und als Giuliano sie daraufhin bloß sprachlos anstarrte, trat sie beiseite und sagte resigniert: „Kommt und schaut selbst."

Er saß am Tisch. Er musste sie zudem gehört haben, denn die Hütte war wirklich winzig, und die Tür nur drei Schritte entfernt. Er saß am Tisch, den Kopf gesenkt, den Blick auf die Tischplatte geheftet. Er trug einen rauen Kittel und ein paar simple Hosen, nicht einmal richtige Schuhe, aber es war Gianni Montecaldo, ohne Frage. Das waren seine braunen Locken, das waren seine weichen Wangen, seine verschränkten Hände.

„Gianni?", sagte Giuliano.

Der Junge reagierte nicht, hob nicht einmal den Kopf. Giuliano war plötzlich verunsichert.

Das Mädchen Susanna half ihm. Sie trat neben Gianni und fuhr sanft durch dessen Haare.

„Du hast Besuch, Gianni", sagte sie leise, „Giuliano de' Medici ist hier, dein Freund. Er hat dich gesucht und gefunden."

Gianni sagte nichts. Susanna wartete kurz ab, bevor sie ihre Finger in einer abschließenden Liebkosung über Giannis Nacken gleiten ließ und sagte: „Er hat Euch bestimmt erkannt. Setzt Euch und redet mit ihm."

„Was mach dich so sicher, dass er mich erkannt hat?", fragte Giuliano, während er sich gehorsam auf den zweiten Schemel hockte. Seiner Meinung nach erkannte Gianni hier nichts und niemanden. Er hatte ja nicht einmal den Kopf gehoben!

Susanna lächelte müde.

„Weil er nicht durch Euch hindurch starrt, so wie durch uns am ersten Tag", sagte sie schlicht, „redet mit ihm. Vielleicht hört er auf Euch."

Giuliano schluckte. Er fühlte sich schlichtweg überfordert. Wie sollte er mit jemandem sprechen, der mit nichts zu verstehen gab, dass er da war?

Hatte Gianni den Verstand verloren?

„Er ist nicht verrückt", sagte das Mädchen, obwohl er die Frage nicht laut gestellt hatte, „er ist nur... die ersten Tage hatte ich Angst, er zerbricht uns zwischen den Fingern. Er hat sich in sich selbst gerettet, zurückgezogen vor dem, was ihn hier erwartet. Aber er ist da. Im Moment ist er sich, denke ich, bloß nicht sicher, ob er zu uns zurückkehren soll oder nicht. Versucht, ihn zu überzeugen."

Das ergab einen Sinn, auf eine verrückte Art und Weise. Giuliano räusperte sich.

„Gianni", sagte er.

Das Mädchen trat taktvoll beiseite und dies wiederum gab ihm etwas mehr Sicherheit. Hatte er nicht schon öfter mit Gianni Montecaldo gesprochen, wenn den etwas quälte?

„Gianni", wiederholte er, „hör mir zu. Ich weiß… ich denke, ich weiß, was du fühlst oder eben nicht fühlen willst oder wie auch immer. Du hast Sebastiano verloren. *Wir* haben Sebastiano verloren."

Wenn er sich nicht täuschte, hakte Giannis Atem an dieser Stelle. Also hörte er ihm vielleicht tatsächlich zu.

„Das ist schrecklich", sagte er tapfer und konnte ein Zittern seiner eigenen Stimme nicht ganz unterdrücken, „ich finde es schrecklich. Oh, ich weiß, er hat den Gaukler gespielt und alle parodiert, auch mich – aber ich wünschte… Gott, er könnte das meinetwegen den ganzen Tag weiter tun, bis in alle Ewigkeit, wenn er nur *zurück*kommen würde…"

Er brauchte danach einen Moment, um sich zu fangen. Das war nicht richtig, das war sein Schmerz, und hier ging es um Gianni. Er musste sich zusammenreißen.

„Wir alle wissen, was Sebastiano dir bedeutet hat", sagte er etwas klarer, „und dass du vielleicht denkst, eine Welt ohne ihn ist es nicht wert, darin zu leben. Aber du irrst dich, Gianni. Sie ist es und sie braucht dich. Wir brauchen dich. Wir können neben Sebastiano nicht auch noch dich verlieren."

Wieder schnürten ihm die Emotionen die Kehle zu.

„Himmel, Gian, das wäre einfach nicht fair", sagte er erstickt.

Immer noch nichts. Er senkte den Kopf, um sich zu fassen und sprach dann schnell die Fakten hinunter, die er zu sagen hatte.

„Wir brauchen dich. Deinen Vater hat der Schlag getroffen, als sie Sebastiano nach Hause gebracht haben. Er lebt, aber er liegt im Bett und er kann nicht mehr sprechen und die rechte Seite nicht mehr bewegen. Deine Schwester ist zusammengebrochen und nicht in der Lage, sich um ihn zu kümmern. Und Cesare… Cesare ist verzweifelt, weil er nicht weiß, wie er das tragen soll."

Er schluckte kurz, fuhr mechanisch fort: „Renaldo wird vor den Rat gestellt, morgen früh, wo er sich wegen Mordes zu verantworten hat. Wir haben Sebastiano aufgebahrt, aber am Nachmittag muss er beerdigt werden, wir können nicht länger warten. Leonardo da Vinci hat ein unfassbares Chaos in Meister Andreas Werkstatt angerichtet, als er erfahren hat, dass du verschwunden bist und Simonetta hat geweint. Giovanni macht sich furchtbare Vorwürfe. Agnolo hat sich in seiner Kammer eingeschlossen. Gianni, bitte. Es ist so schon furchtbar genug. Wir brauchen dich! Deine Familie braucht dich! Du *musst* heimkommen!"

Und als selbst darauf keine Reaktion kam, hob er den Kopf und sagte anklagend zu Susanna: „Wieso tut er denn nichts? Wieso sitzt er da?"

Sie kam wieder näher.

„Gebt ihm noch ein wenig Zeit", bat sie, „er hat Euch gehört, ich bin ganz sicher. Es ist nur... es ist für ihn doch viel schwerer als für Euch. *Bitte.* Ihr habt Euer Bestes getan, es war wichtig, dass Ihr gekommen seid. Aber könnt Ihr nicht... Lasst ihn noch ein wenig hier. Sagt seiner Familie, dass er in Sicherheit ist, dass man sich um ihn kümmert. Ich bitte Euch! Ihr habt selbst gesagt, was auf ihn wartet. Er kann sich doch so dem nicht stellen!"

Das war unzweifelhaft richtig. So hatte es Giuliano noch gar nicht gesehen. Gianni Montecaldo in diesem stummen, zerreißenden Schmerz war nicht in der Lage, seine Familie zu stützen. Es würde ihn höchstens zerbrechen.

Sie hatte Recht.

Er seufzte, starrte wie Gianni auf diesen groben, polierten Holztisch, als fände er dort die Antwort. Dann nickte er und erhob sich.

„Also gut", sagte er, „also gut. Ich sehe, was du meinst. Ich richte seiner Familie aus, dass sie... dass er in Sicherheit ist. Aber lange geht das nicht gut. Sie brauchen ihn! Sie brauchen dich, Gianni, hörst du? Du kannst sie nicht im Stich lassen! Du musst zurückkommen!"

Er klang verzweifelt, er wusste es. Susanna nahm seinen Arm.

„Nur ein wenig Zeit“, bat sie, „nur noch ein paar Tage. Vielleicht ist er schneller wieder bei Euch, als Ihr glaubt. Bitte, bitte, zwingt ihn nicht! Lasst ihn von selbst kommen. Lasst ihm seine Zeit.“

Er war sich nicht sicher, ob Lorenzo an seiner Stelle nicht ganz anders gehandelt hätte, ob es weise und richtig war, der Familie Montecaldo gegenüber fair. Aber er konnte sich genauso wenig wie dieses Mädchen vorstellen, Gianni Montecaldo derart stumm und zerbrochen in sein Heim zurückzubringen und dort mit dem ganzen Schmerz allein zu lassen, den Sebastianos Tod verursacht hatte. Das zumindest wäre Gianni gegenüber nicht fair.

„In Ordnung“, sagte er schweren Herzens, „aber ich werde in ein paar Tagen wiederkommen. Vielleicht spricht er ja dann mit mir.“

„Hoffentlich“, sagte sie mit einem kleinen Lächeln.

Sie sah ihm nach, wie er mit besagtem Fackelträger davonging. Glücklicherweise war die Straße ruhig, glücklicherweise war er unauffällig gewesen. Die Gerüchte würden sich vielleicht in Grenzen halten und vielleicht bekämen sie tatsächlich noch die paar Tage Ruhe, die Gianni auch die Heilung bringen würden. Sie hoffte es, als sie die Tür schloss.

Ein Laut vom Tisch ließ sie aufsehen. Gianni hatte sich bewegt. Er hatte die Arme auf der Tischplatte verschränkt und den Kopf dazwischen versteckt. Vielleicht weinte er. Sie hoffte auch das, denn Tränen brachten Heilung.

Vorsichtig trat sie zu ihm, legte ihre Hand wieder in seinen Nacken und ließ sie dort ruhen, als stille Erinnerung an ihre Gegenwart. Einen Moment lang geschah nichts. Dann richtete er sich auf, griff neben sich, zog sie heran und, wie schon einmal, auf seinen Schoß.

Er sah sie an.

Sie registrierte mit Verblüffung, dass da keine Tränen in seinem Gesicht waren, nicht einmal die verräterische Spur einer Röte. Es war ganz still, von einer tiefen, traurigen Ruhe erfüllt, von einer Resignation, die sie traf. Er sagte noch immer kein Wort, aber er schaute sie an und ließ sie sehen, was er empfand.

Sie schluckte heftig. Dann zog sie ihn an sich, drückte sein Gesicht gegen ihren Hals und beugte sich über ihn, als könne sie ihn beschützen. Eine ganze Weile saßen sie still so da. Er weinte noch immer nicht, womit sie eigentlich gerechnet hatte.

Schließlich löste er sich sanft, schob sie nach hinten, sah sie erneut an – und der Ausdruck in seinem Gesicht war ein ganz anderer als erwartet.

Ihr stockte der Atem.

Minutenlang rührten sie sich beide nicht, schauten sich einfach nur an. In seinen Augen stand eine Frage, die sie lesen konnte und deren Antwort nicht einfach war. Er wartete. Er wartete schlichtweg geduldig, bis sie sich schließlich vorsichtig, zögernd, wieder vorbeugte.

Ihr erster Kuss war zart, behutsam, abtastend. Ihr zweiter war nicht gleich verzehrend zu nennen, aber eindeutig, von einer jähen Entschlossenheit, einer sicheren Zielstrebigkeit erfüllt. Die Frage war gestellt, die Antwort war gegeben worden.

Er küsste ihren Hals, löste ihren Zopf. Sie war plötzlich dankbar, die Tür geschlossen zu haben, eine eigentlich irrationale Tat in einem so dunklen Häuschen und allein darauf beruhend, dass sie die Welt für Gianni noch einmal hatte ausschließen wollen. Und die Welt war auch draußen, weit fort, und sie hier drinnen, allein.

Sie sprachen nicht. Es war für beide Neuland, ein gegenseitiges Erforschen, Ausprobieren, Ertasten, das sie mit stummen Staunen und sprachloser Hingabe teilten. Er schnürte ihr Kleid auf, sie zog ihm den Kittel über den Kopf. Ihre Haare hüllten sie ein, während sie sich aneinander schmiegten und als er aufstand, um sie behutsam zu seinem Lager zu drängen, nahm sie seine Hand und führte ihn stattdessen zu ihrem.

Sie war sich nicht sicher, welcher Zauber sie eingefangen hatte und warum sie, anstatt Gianni zurück in ihre Welt zu holen, plötzlich in seiner gelandet war – falls es so war. Aber dass sie die Welt und das Ziel teilten, daran gab es keine Zweifel. Er lenkte ihre Hände, sie lenkte seine. Die Barrieren waren fort, Worte waren nicht nötig, nur der Atem sprach. Ihr gemeinsames Ziel verband sie, gab ihnen Sicherheit. Er tat ihr weh, wie erwartet, aber er war behutsam und sanft, so dass der Schmerz verebbte und Zärtlichkeit zurückließ, bis aus Zärtlichkeit Lust wurde und aus Lust Leidenschaft.

Es war still hinterher. Sie lag in seinen Armen, spürte seine Hand, die immer wieder über ihre nackte Schulter strich und sie wusste, der Nachmittag war vorüber. Bald würde Luca kommen. Eigentlich sollten sie aufstehen, sich anziehen und die verräterischen Spuren dieser Tat verwischen. *Eigentlich* hätte sie vorhin vernünftig sein müssen, dies verhindern, und wusste doch, dass sie das niemals gekonnt hätte.

„Susanna", flüsterte Gianni leise, sein erstes Wort seit Tagen.

Sie schloss die Augen, damit sie nicht weinte.

Gianni stieß sich den Kopf, als er aufwachte.

Das lag daran, dass er in einem fremden, ungewohnten Bett lag. Es war Susannas Bett, wie er sich erinnerte, er war unbekleidet, woran er sich ebenfalls erinnerte – und es war heller Tag, der nächste Morgen, was ihn überraschte.

Er war allein, Susanna war fort. Mühselig wälzte er sich herum, ein wenig orientierungslos, nicht sicher, warum sie nicht mehr bei ihm, warum er allein war. Aber als er den freien Blick über den Raum hatte, lag die Antwort auf der Hand.

Luca saß am Tisch und sah ihn an.

Gut, das gehörte zu den Dingen, mit denen er hätte rechnen müssen. Ganz *sicher* hätte er damit rechnen müssen, dass er, wenn er mit Susanna schlief, sich am Morgen danach mit dem erzürnten Bruder einer entehrten Schwester auseinandersetzen musste. Nur in Anbetracht der Umstände war es vielleicht verständlich, dass dieser Tatbestand bislang noch keinen Einzug in seine Überlegungen gefunden hatte.

In Anbetracht der Umstände war seine Tat jedoch auch besonders verwerflich. Er hatte sich zu den Geschwistern geflüchtet, vor einem Schmerz und einer Verzweiflung, der sich zu stellen er einfach nicht fähig gewesen war. Sebastiano war tot, zwischen seinen Händen gestorben und das war zu schlimm, um wahr zu sein, zu betäubend, um ihn klar denken zu lassen.

Sie hatte ihn aufgenommen. Sie hatte ihn zu sich geholt, an sich gezogen, und das gegen die offensichtlichen Bedenken ihres Bruders, der wohl schon wusste, warum. Sie hatte es zugelassen. Sie hatte dies ebenfalls gewollt am Tag zuvor, da war Gianni sich sicher. Susanna hatte ihm alles gegeben, zu dem sie in der Lage gewesen war, ohne Rücksicht auf mögliche Konsequenzen für sich selbst.

Natürlich musste Luca wütend sein. Und natürlich war er, Gianni, ein Schwein, weil er einen Trost angenommen hatte, der ihm nicht zustand.

Er schluckte.

Luca musterte ihn stumm, bevor er aufstand, den Kopf schüttelte und seufzte.

„Ich bin nicht sauer auf dich, falls du das denkst“, sagte er ruhig, „immerhin war mir klar, dass dies passieren würde, und wenn ich es hätte verhindern wollen, hätte ich es auch gekonnt. Ich habe vielleicht gehofft – ach, was soll's. Susanna hat gewusst, was sie tat.“

Das war unerwartet, machte die Situation aber nicht besser.

„Wo ist sie?“, fragte Gianni.

Seine Stimme klang rau, krächzend, als habe er sie tagelang nicht benutzt, was ja auch stimmte, wie er sich erinnerte.

„Weg“, sagte Luca nur, „sie ist gegangen und sie kommt nicht wieder, solange du hier bist.“

Das traf, sehr, mehr als erwartet. Er biss die Zähne zusammen, schwang die Beine aus dem Bett und griff nach seinem Kittel.

Luca kam näher.

„Hör mal, Gianni", sagte er ruhig, „du hast mir einmal versprochen, du würdest ihr nicht weh tun."

„Ja", sagte Gianni erstickt.

„Und jetzt hast du es getan", stellte Luca sachlich fest, „sehr sogar."

Er musste sich in die Wangen beißen.

„Das wollte ich nicht", sagte er mühsam, „wirklich nicht. Luca..."

Er wollte aufstehen, ließ sich dann aber wieder auf die Bettkante sinken und rieb müde über seine Augen.

„Ich wollte euch nicht weh tun", sagte er leise, „weder ihr noch dir. Ich wusste nur einfach nicht, wohin. Ich konnte nicht... ich konnte mir nicht ansehen, wie sie ihn... wie sie meinen Bruder durch die Straßen tragen, als Leiche."

So, nun war es heraus. Es würgte ihn zwar immer noch, aber er hatte es zumindest einmal gesagt.

„Ich verstehe", sagte Luca, „aber jetzt wirst du es können, nicht wahr? Du wirst es müssen. Es ist nämlich an der Zeit, dass du zurückgehst. Das bist du Susanna schuldig. Einmal ganz abgesehen von all den Leuten, die dich suchen und vermissen."

Absolut richtig, er wusste es. Gianni schluckte schwer.

„Ich tu's ja auch", sagte er ergeben, „und ich schaff das schon. Ich will nur, dass du verstehst..."

Er brach ab, frustriert.

Luca kam noch näher und setzte sich neben ihn.

„Ich weiß, dass du nicht gespielt hast, Gianni Montecaldo", sagte er leise, „du könntest mir nie etwas vorspielen, ich würde dich immer durchschauen. Und sie hat genau das Gleiche gesehen, wie ich – dass du verzweifelt warst, am Ende. Als ich das sah, da wusste ich, was sie tun würde. Ich glaube nicht, dass sie das zu dem Zeitpunkt auch schon wusste – oder vielleicht doch, ganz tief drinnen. Das ändert natürlich nichts an deiner Verantwortung, Gianni. Meine Schwester hat dir ein Geschenk gemacht, aus freiem Willen. Nimm es an, es gehört dir. Aber was du nicht tun kannst, ist, sie zu deiner Hure zu machen. Das erträgt sie nicht."

Und etwas anderes war nicht möglich, er wusste es. Er starrte auf seine Hände und nickte schließlich. Natürlich, er musste gehen. Und da sie das ebenfalls wusste und ihnen allen nicht schwerer als nötig hatte machen wollen, war sie in diesem Moment nicht da.

„Gianni", sagte Luca leise, „du hast Aufgaben zu erledigen. Geh jetzt und tu sie."

Er nickte noch einmal, schluckte wieder.

„Heißt das, ich sehe euch nie wieder?", flüsterte er.

Einen Moment war es still. Dann kam, unerwartet, eine freundliche Hand und drückte seinen Arm.

„Nein", sagte Luca sanft, „wir werden uns wiedersehen, Gianni Montecaldo. Das können wir gar nicht verhindern."

Und nach einem weiteren Moment setzte er behutsam hinzu: „Auf eine seltsame, eigenartige Art bist schließlich auch du mein Bruder."

Was Gianni natürlich überhaupt nicht verstand.

Was er jedoch verstand, waren, dank Giuliano, die Dinge, die er zutun hatte, alle der Reihe nach. Schließlich hatte Susanna Recht gehabt – er hatte genau gehört, was sein Freund ihm erzählte.

Und er begann mit dem Wichtigsten.

Gianni Montecaldo ging mitnichten sofort nach Hause, nicht einmal, um sich umzuziehen. So, wie er war, stapfte er zum Palazzo della Signoria, verlangte und bekam Eintritt, auf seinem Namen beharrend, und wurde trotz grober Strümpfe und ungefärbtem Kittel zum Rat geführt.

Dort berichtete er getreu und minutiös, was sich auf der Baustelle zugetragen hatte, was Agnolo gesagt hatte, Giovanni, Renaldo, er selbst und Sebastiano. Er erzählte von dem drohenden Streit, dem Ablenkungsmanöver seines Bruders, und dem unachtsamen Ende. Er ließ außer Zweifel, dass zwischen dem freundschaftlichen Schlag des jungen Pazzi auf die Schulter seines Bruders und dessen Absturz kein Zusammenhang bestehen konnte, und dass man Renaldo de' Pazzi deshalb auf gar keinen Fall des Mordes an Sebastiano Montecaldo anklagen durfte. Er war überzeugend, obwohl er sich beim Hinausgehen des Gefühls nicht erwehren konnte, der Rat hätte ihn gerne etwas weniger überzeugend gehabt, aus anderen Gründen.

Renaldo war frei, aber Gianni nicht in der Stimmung, auf ihn zu warten. Er hatte auch keine Zeit, es war schon Mittag und die Tage kurz. Im Palazzo Montecaldo angekommen, begegnete ihm zu seinem Erstaunen als Erste seine Schwägerin.

Angelica, Cesares kleine, mausgraue Frau, war nicht mehr mausgrau. Sie eilte über die Flure, wies die Diener mit scharfer Stimme an, verlangte einen Sud für Minerva, einen Tee für Francesco und ein Essen für ihren gerade heimgekommenen, verloren gewesenen Schwager, in Kombination mit einem Bad. Sie umarmte ihn, anscheinend sogar mit echtem Gefühl, ließ seine Geschwister benachrichtigen – wobei Minerva zu Bett lag und Cesare außer Haus war – und bestand darauf, dass er erst aß und sich säuberte, bevor zu seinem Vater ging.

„Das wird alles so schon schwer genug", erklärte sie, „sowohl für dich als auch für ihn. Paolo, nicht jetzt, geh zur Nanna. Onkel Gianni hat morgen für dich Zeit. Gianni – hier, ich habe gebratenes Huhn bestellt, etwas Leichtes. Ich schicke dir gleich jemanden wegen deiner Kleider."

Es tat ihm verblüffend wohl, von einer ihm emotional so unwichtigen Person wie Angelica versorgt zu werden. Sie erwies sich zudem als erstaunlicher Halt bei seinem Gang zum Vater.

Zeit seines Lebens war der Vater der beherrschende Faktor gewesen. Sogar, als er selber kein Kind mehr und gewachsen war, war sein Vater ihm immer wie ein Riese erschienen – ein lauter, polternder, drohender Gigant, vor dem man sich besser hinter Sebastiano versteckte. Sebastiano hingegen hatte nie Angst vor dem Vater gehabt oder zumindest nie genug, hatte ihm die Stirn geboten, mit ihm manch einen Kampf ausgefochten. Er war dem Vater am Ähnlichsten gewesen. Auch wenn sie nicht dieselben Ziele teilten – Geld und Ansehen auf Francesco

Montecaldos Seite und ritterliche Ideale auf der seines Sohnes – so waren sie in ihrer vehementen Verteidigung darin doch gleich gewesen. Und deshalb war es wohl so, wie Gianni jetzt erkannte: Nichts auf der Welt hätte seinen Vater so treffen können wie der Verlust seines Lieblingssohnes.

Oh, er hatte sich an Sebastiano gerieben, hatte Zorn und Häme über ihm ausgegossen, seine Wünsche ignoriert oder zumindest so getan – und dennoch war gerade dieser schwierige Sohn sein ganzer Stolz gewesen, seine Hoffnung, sein Traum von der Zukunft.

Zerplatzt, in einem unglückseligen Sturz auf harte Steine. Zerplatzt auch das Gefäß im Kopf des Cholerikers, der den Tod des Sohnes nicht hatte wahrhaben wollen, der geschrien und gewütet hatte, bis er zusammenbrach, bewusstlos.

Was jetzt im Bett lag, war ein Schatten des mächtigen Francesco Montecaldos. Es war seine Figur, seine Körpergröße, aber schon nicht einmal mehr sein Gesicht, entstellt durch die schlaffe Lähmung der rechten Seite. Der Arm lag nutzlos auf dem Laken, das Bein genauso nutzlos darunter und anstatt zu reden vermochte er nur noch zu stöhnen.

Und trotzdem lagen in seinen Augen eine Verzweiflung und ein Zorn, der lauter war als jeder Schrei.

Gianni riss sich zusammen und setzte sich auf die Bettkante. Der stumme Blick des Vaters durchbohrte ihn.

„Ich war weg, ich weiß“, sagte er, „ich schätze, ich hab was Ähnliches erlebt wie du, nur dass ich mich davon erholen konnte... Wie dem auch sei, ich bin zurück. Wenn du wissen willst, wie es geschehen ist, und ob du Renaldo dafür verantwortlich machen kannst – kannst du nicht. Wir haben es nicht kommen sehen. Renaldo hat es nicht kommen sehen, Agnolo nicht, ich nicht und ich denke, nicht einmal Sebastiano. Es war ein dummer, dummer Unfall, kein Mord, kein Anschlag. Es war dumm und absolut sinnlos. Der Einzige, der es hätte vermeiden können, wäre Sebastiano gewesen, wenn er besser aufgepasst hätte.“

Er brach ab, blinzelte trotzig und wischte über seine Nase, bevor er den Kopf zurückwarf. Er würde nicht hier zu weinen anfangen, nicht aus Zorn über den toten Bruder, nicht so.

„Es war, wie Sebastiano lebte", sagte er bitter, „leichtsinnig, mit aller Kraft, ohne Rücksicht auf die Konsequenzen. Das war es. Wenn du wissen willst, ob ich wünschte, ich wäre an seiner Stelle gefallen – ja, das habe ich gewünscht. Aber ich hätte nicht fallen können, verstehst du, weil ich das nicht war, weil ich nicht wie er war, auch wenn ich es gerne gewesen wäre. Wenn du mich fragst, ob ich wütend auf ihn bin – oh ja und wie. Ich könnte ihn umbringen..." Er lachte kurz auf, schüttelte den Kopf und spürte Angelicas Hand auf seiner Schulter, eine stumme Warnung. Er hob den Kopf.

Der Vater weinte.

Gianni schluckte heftig.

„Ich habe dem Rat mitgeteilt, dass Renaldo keine Schuld trifft", sagte er, „ich habe ein paar Freunden sehr weh getan, ich bin wieder nach Hause gekommen. Ich werde heute Nachmittag meinen Bruder zu Grabe tragen und danach werde ich hier sein, in deinem Haus, zusammen mit Cesare und Minerva. Wir werden Sebastiano nicht ersetzen können – aber zumindest werden wir da sein. Vielleicht ist dir das ein Trost."

Er wartete nicht ab, ob sein Vater darauf reagierte oder nicht. Galle stieg in ihm hoch, brannte in seiner Kehle, ätzend, schmerzhaft. Er wehrte Angelicas Hand ab, stand auf und verließ den Raum. Ein paar Tage zuvor hatte die Welt noch rosig ausgesehen. Jetzt war sein Bruder tot, sein Vater ein zum Schweigen verurteilter Krüppel und er hatte zwei Freunde verloren, die ihm Halt geboten hatten.

Er hatte genug, er wollte allein sein.

Am Nachmittag trugen sie Sebastiano Montecaldo aus dem Haus hinaus in die naheliegende Familiengruft. Es war ein ziemlich langer Zug, der den Sarg auf seiner letzten Reise begleitete. Der Alte war natürlich nicht dabei, man munkelte, dass ihn der Blitz getroffen hatte. Aber seine beiden verbliebenden Söhne gingen hochaufgerichtet und stumm hinter dem Sarg her, gefolgt von der Schwägerin, die an der einen Hand ein Kind und an der anderen die weinende Schwester hatte. Dann folgten viele, viele Freunde, unter ihnen Giuliano de' Medici und Renaldo de' Pazzi, wenn auch durch mehrere Reihen voneinander getrennt.

Kurz vor der Gruft verlangsamte sich der Zug aus Platzgründen, denn man musste den Sarg durch die Tür bugsieren. Gianni Montecaldo, der aus Kummer für ein paar Tage den Verstand verloren gehabt haben sollte, blieb stehen und sah auf, obwohl er bislang stumm einhergegangen war, den Blick auf den Boden gerichtet. Und seltsamerweise fiel sein Blick auf ein ärmlich gekleidetes Pärchen unter den Schaulustigen, etwas erhöht durch den luftigen Platz an einer Säule.

Die beiden lächelten.

Der Zug ging weiter.

*

„Es tut mir leid, dass ich nicht hier war", sagte Sandro Botticelli viele Wochen später bedauernd, „wirklich, Gianni. Wir hätten hier sein sollen, Filippino und ich."

Die beiden waren gerade aus Pisa zurückgekommen und sehr betroffen gewesen, als sie von Sebastianos Unfall gehört hatten. Es hatte ihnen niemand geschrieben, was Gianni im Nachhinein bereute.

„Schon in Ordnung", sagte er deshalb, „ihr hättet sowieso nichts machen können. Niemand konnte etwas machen."

„Leonardo soll ausgeflippt sein, erzählt man sich", meinte Sandro.

„Möglich", sagte Gianni vage, „aber du kennst Leonardo. Manchmal flippt er eben aus, auch ohne Grund. Ich glaube nicht, dass es mit Sebastiano zu tun hatte. Sebastiano hat sich nicht um ihn geschert und er – hm – fiel auch nicht gerade in Leonardos Beuteschema."

An dieser Stelle erntete er einen verblüfften Blick von Sandro und ein amüsiertes Auflachen von Filippino. Er selbst war ein bisschen verwundert. War es wirklich schon so lange her, dass er ahnungslos neben Leonardo auf der Wiese gelegen hatte?

„Ist das so?“, grinste Filippino, und Sandro meinte nachdenklich: „Wo sind sie denn überhaupt? Meister Andrea und Leonardo, meine ich.“

„In Vallombrosa“, sagte Gianni, „sie kommen dieser Tage wieder. Meister Andrea hat ein Bild für die Mönche gemalt und er hat Leonardo mitgenommen.“

„Er hat wahrscheinlich zu viel Sorge, was der Junge anstellt, wenn er nicht da ist“, unkte Sandro, „also, noch einmal mein Beileid wegen Sebastiano, Gianni. Du weißt, ich mochte ihn sehr, und es trifft mich, dass er nicht mehr bei uns ist.“

„Ich weiß“, sagte Gianni, „es trifft uns alle. Manchmal wache ich morgens auf und habe vergessen, was passiert ist, und wenn es mir dann einfällt... Nun ja. Cristina de’ Pazzi wird einen ihrer Vettern heiraten.“

Stille folgte auf seine Worte. Es war ziemlich deutlich, dass er nicht mehr über Sebastiano sprechen wollte. Filippino und Sandro tauschten einen Blick.

„Was haben wir denn noch so verpasst?“, fragte Filippino leichthin.

Gianni atmete sichtlich auf.

„Ach“, sagte er leichthin, „in Volterra wurde ein Ungeheuer geboren, ein Kind mit dem Kopf eines Esels – oder war’s ein Schwein?“

„Ein Stier, dachte ich“, sagte Filippino sofort, „Landucci hat es mir erzählt, vorhin, als er die Farben abwog.“

„Ein Stier?“, wunderte sich Sandro und schüttelte sich, „Himmel, da werden unerfreuliche Bilder wach. Weiß man, was die Mutter...?“

„Oh – Sandro!“, stöhnten Filippino und Gianni zeitgleich auf.

Dieses Gespräch war repräsentativ für viele, die er in der letzten Zeit geführt hatte. Es war ein bisschen, als lebte er nur an der Oberfläche, als halte er sich bloß in den obersten Schichten seines Seins auf, und verberge seinen Schmerz um Sebastiano tief darunter. Er wollte nicht darüber sprechen. Er war auch nicht bereit zu teilen, nicht einmal mit Renaldo de' Pazzi, der ihn eines Tages abfing, als die Sache schon nicht mehr ganz so frisch war.

„Es war wirklich anständig, was du dem Rat gesagt hast", meinte Renaldo.

Gianni zuckte mit den Achseln, nicht willens, das Thema aufzurollen. Aber Renaldo war nicht willens, einfach so locker zu lassen.

„Hör mal", sagte er mit scharfem Blick, „du weißt, dass ich Sebastiano nichts tun wollte, oder? Du weißt, dass diese Anklage nur eine Retourkutsche der Medici war, wegen der Sache mit dem Papst? Hey! Das weißt du doch, nicht wahr? Poliziano, das kleine miese Schwein, hat mich denunziert. Dabei war der doch an allem schuld!"

Gianni holte tief Luft, bevor er wohl oder übel antworten musste.

„Was ich weiß" sagte er kalt, „ist, dass Sebastiano nur aus einem Grund auf das Gerüst geklettert ist – nämlich um dich und Agnolo Ambrogini daran zu hindern, offenen Kampf anzufangen! Er wollte diesen Streit nicht."

„Weil er wusste, dass das hohe Wellen schlagen und seine Chancen auf Cristina verringern würde", erwiderte Renaldo trocken, „ich bin ja nicht blöd und du solltest das auch nicht sein. Sebastiano war nicht auf der Seite der Medici! Und zu Recht! Deshalb ist es ein Unding, dass sie seinen Tod missbrauchen wollten!"

Daran war allerdings etwas dran. Niemand hatte Gianni so recht beantworten können, wie und warum denn nun genau Renaldo des Mordes angeklagt worden war. Agnolos Aussage hatte dabei sicher eine Rolle gespielt, aber außer ihm waren noch unzählige andere versammelt gewesen, die alle dasselbe wie Gianni gesehen hatten und die alle Zeuge von Renaldos fassungslosem Kummer gewesen waren. So viele Falschaussagen hatte es nicht geben können, selbst wenn der Poliziano etwas unkorrekt dargestellt hatte. Und Gianni war sich sicher, was er gesehen hatte, dass er sich nicht irrte. Er würde nicht einen Moment dieser Szene in seinem Leben wieder vergessen.

Wozu also diese Anklage, wenn nicht wirklich als Rache gegen die Pazzi?

„Wenn Sebastiano gelebt hätte, wären wir jetzt verwandt, du und ich", sagte Renaldo bitter, „nach seinem Tod hat Cristina so geweint, dass Onkel Jacopo zeitweise in Betracht zog, sie dir stattdessen zu geben, als Ersatz. Aber die Sache war hinfällig mit meiner Anklage, nicht wahr? Und alles, was Sebastiano gegen die Medici gesagt hat, wird auch hinfällig, wenn ich als sein Mörder gelte."

„Du giltst nicht als sein Mörder", sagte Gianni, „die Anklage wurde fallengelassen."

Renaldo lachte bitter auf.

„Mag sein, aber der Fleck, der bleibt bestehen", sagte er hart, „mit dem Tod meines besten Freundes! Mich als Mörder anzuklagen...! Ich bin nur froh, wenn ich keinem von ihnen je wieder ins Gesicht schauen muss! Sie hätten nur zu gerne meinen Kopf rollen sehen!"

Das ging Gianni zu weit, immerhin waren sie einst alle Freunde gewesen. Er griff nach Renaldos Ärmel.

„Ich bitte dich", sagte er beschwichtigend, „das kannst du nicht meinen. Ich vermute mal, die Emotionen sind hochgekocht, nachdem es passiert ist. Und wenn Agnolo was Falsches gesagt hat – er war vielleicht durcheinander, fühlte sich schuldig!"

„Pah", sagte Renaldo, „die Chance genutzt haben sie, nichts weiter! Verfluchte Medici! Hinterhältig sind sie, lächeln dich vorne an, tun so, als wären sie Freunde und Gönner, aber ehe du dich versiehst, hat der Pfeil dich von hinten rum ins Auge getroffen!"

„Du kannst nicht wirklich glauben, dass Giuliano dich töten lassen wollte", sagte Gianni heftig, „vor allem ohne Grund, nur wegen des Geldes! Das kann nicht dein Ernst sein!"

„Sie hätten mich vermutlich gar nicht getötet", erwiderte Renaldo kalt, „der Rat hätte mich bloß verbannt, aus Gnade. Aber das können sie auch so haben. Ich gehe nach Rom, zu Francesco. Der hat Recht, wenn er wettert. Himmel, Kleiner! Mach doch die Augen auf! Sie sind falsch! Sie gieren nach Macht und sie gönnen uns nichts! Denk an Volterra, denk an Luca Pitti, denk an Sebastiano!"

Gianni lief es kalt den Rücken hinunter.

„Das glaube ich nicht", sagte er, wenn auch nicht mehr so überzeugt, „Lorenzo hat Volterra sehr bedauert. Von Luca Pitti weiß ich nichts. Und für Sebastianos Tod sind sie nicht verantwortlich!"

„Aber für die Schande, die seinem Tod folgte", sagte Renaldo bitter.

Gianni hatte glücklicherweise gar nicht genug Zeit für mehrere solcher Gespräche, denn noch etwas anderes hatte sich geändert, drastisch, und das lag an Cesare.

Geschehen war dies bereits knapp zwei Wochen nach Sebastianos Beerdigung. Gianni kam an diesem Morgen zum Frühstück herunter und traf seinen ältesten Bruder zu ungewohnt später Zeit am Tisch an. Cesare hatte offensichtlich auf ihn gewartet.

„Ist etwas?", fragte Gianni irritiert.

„Ich würde dich gerne sprechen", sagte Cesare mit dieser trockenen Stimme, die Sebastiano so verabscheut hatte, „bitte komm doch ins Kontor, sobald du kannst."

Das Kontor. Gianni bekam unwillkürlich ein unbehagliches Gefühl, vermischt mit schlechtem Gewissen. Das Kontor war der letzte Ort, an dem er jetzt sein wollte. Das Kontor erinnerte viel zu stark an Sebastianos Abneigung dagegen, und an den uralten Vorwurf, er, Gianni, sei so ein Langweiler wie der älteste Bruder.

Aber Cesare war der Einzige, der übrig geblieben war, wo der Vater nur noch im Bett lag. Er war jetzt das Familienoberhaupt und da war Ungehorsam undenkbar.

Sebastiano hätte...

Gianni drängte den Gedanken schnell beiseite und nickte stattdessen.

„Ich bin gleich da“, versprach er.

Auf Cesares Gesicht erschien ein angestrengtes Lächeln.

„Nur keine Hektik“, meinte er mit einem bitteren Tonfall, „so schön wird es nicht werden!“

Das trug natürlich nicht gerade zu Giannis Stimmung bei. Vielleicht war es besser, die Sache schnell hinter sich zu bringen – im Grunde konnte er sich ja denken, woran es lag. Cesare wollte seine Unterstützung im Geschäft, brauchte sie, wo es den Vater nicht mehr gab. Das war vorauszusehen.

Und dennoch unangenehm. Er begann bereits, nach Ausreden zu suchen.

Gianni hielt sich nicht länger als nötig beim Frühstück auf, wechselte ein paar Belanglosigkeiten mit Angelica und erkundigte sich nach den Fortschritten Minervas, die ihr Zimmer immer noch nicht verlassen hatte. Dann, ohne übermäßige Eile oder unbotmäßige Langsamkeit an den Tag zu legen, machte er sich auf den Weg ins Kontor.

Cesare erwartete ihn an dem großen, dunklen Holztisch hinter aufgeschlagenen Büchern.

„Da bist du ja“, sagte er, „komm, setz dich. Ich weiß, du kannst Zahlen nicht leiden, aber ich muss dich trotzdem bitten, dir diese Kolonnen einmal anzuschauen.“

Gianni gehorchte, setzte sich auf den Stuhl und schaute brav in die Bücher.

„Was ist das?“, fragte er ahnungslos.

Cesare seufzte.

„Das sind die Ausgaben der Casa Montecaldo“, sagte er, „hier, die privaten. Lehrer für Paolo, Kleidung, Schmuck und ähnliches für die Frauen, die Kosten für die Dienstboten, die Leibwache, Essen für den Haushalt, und so weiter.“

Es lag an Cesares Tonfall, dass Gianni plötzlich hellhörig wurde und sich die Zahlen genauer ansah. In der schmalen, gestochenen Schrift des Bruders waren Höhe und Art der Ausgaben gelistet, eine lange, lange

Reihe. Das Datum, wie Gianni mit schlagartiger Besorgnis sah, war das des heutigen Tages.

An einem Tag...

„Es ist nur ein Beispiel“, sagte Cesare, „damit du einen Eindruck bekommst. Und jetzt dies hier.“

„Was ist das?“, fragte Gianni sofort.

„Das sind die Einnahmen von unseren Gütern in der Toskana“, erklärte sein Bruder.

Einnahmen, gut. Gianni atmete unwillkürlich auf, musterte aufmerksam die Kolonnen, fuhr mit dem Finger entlang, überschlug die Summe – und runzelte die Stirn.

„Genau“, sagte Cesare, „jetzt das hier. Das sind die Geschäfte, die Vater im letzten Monat getätigt hat. Einnahmen und Investitionen und hier rechts die Verluste.“

Gianni spürte einen kalten Knoten im Magen. Ohne Aufforderung zog er den dritten Band herbei, las die Zahlen, verglich sie mit den ersten, verglich sie noch einmal – und wandte sich zu Cesare um mit trockenem Mund.

Cesare seufzte wieder.

„Ich will, dass du es wirklich begreifst“, sagte er, vollkommen ernst, „wir führen ein teures Leben. Wir können es uns leisten, solange die Geschäfte gut gehen. Aber du kennst Vater, und ich weiß, dass du genug vom Handel verstehst, um dies einordnen zu können. Vater ist kein Mensch für das sichere Kalkül. Er liebt das Risiko, das schnelle Geschäft, die hohen Risiken und die hohen Gewinne. Er hat eine Menge Dinge angestoßen, die eine Menge Aufmerksamkeit brauchen. Ich will ehrlich sein – das ist mehr, als ich leisten kann. Ich hätte mich nie auf solche Sachen eingelassen, ich bin für so etwas nicht geschaffen. Vater hat diesen Aspekt nie an mich übertragen. Ich denke... ich glaube, er hat im Inneren immer gehofft, dass Sebastiano eines Tages den Part übernehmen wird.“

Was er nicht mehr konnte. Das lag auf der Hand.

„Ich verstehe“, sagte Gianni bang.

Cesare schüttelte den Kopf.

„Nein, tust du noch nicht“, sagte er hart, „Gianni – wir haben an einem Tag zwei wichtige Mitglieder der Casa Montecaldo verloren, und das meine ich nicht familiär, sondern ganz geschäftsmäßig. Bislang habe ich dich geschont, aber jetzt kann ich das nicht mehr. Vater hat uns eine schwere Aufgabe überlassen, und ich bin nicht sicher, ob wir sie erfüllen können. Eines aber weiß ich bestimmt – alleine schaffe ich es nie. Wenn ich es alleine schaffen muss, stehen wir am Ende des Jahres auf der Straße.“

„Was!“, keuchte Gianni auf.

Cesares Blick wurde nicht sanfter.

„Drastisch ausgedrückt“, gab er zu, „dennoch wahr. Du siehst unsere Ausgaben. Du siehst die Einnahmen von den Gütern, die einzig sicheren, die wir haben, und die nicht gedeckte Differenz. Du kannst die Geschäfte beurteilen. Und jetzt weißt du, wie ernst es ist.“

Er beugte sich vor.

„Dies ist kein Spiel mehr, Gianni, keine ungeliebte Aufgabe“, sagte er mit Nachdruck, „jetzt heißt es handeln oder wir gehen unter. Das ist es, was du verstehen musst. Und das ist es, wofür ich deine Zusage brauche. Es wird nicht leicht, das verspreche ich dir. Du wirst sehr viel sehr schnell lernen müssen. Wir werden Fehler machen, alle beide. Und vielleicht schaffen wir es auch zusammen nicht. Das solltest du nie aus den Augen verlieren.“

Gianni nickte, mit trockener Kehle. Er war blass geworden. Noch nie hatte Cesare diesen Tonfall ihm gegenüber angeschlagen – ernst zwar, aber vor allem von gleich zu gleich, nicht vom großen Bruder zum kleinen.

„Wir müssen beide über unseren Schatten springen, wenn wir die Casa Montecaldo erhalten wollen“, sagte Cesare ernst, „ich glaube nicht daran, dass Vater jemals wieder so gesund sein wird, als dass er dies weiterführen könnte. Wir müssen es an seiner Stelle tun, Gianni. Und wir müssen es schaffen – die ganze Familie hängt von uns ab."

Gianni musste erst schlucken, bevor er sprechen konnte, aber dann nickte er wieder. Dies war ernst, wirklich ernst. Dies war auch keine Frage mehr, ob er lieber Sebastiano oder Cesare nacheifern wollte. Zum ersten Mal in seinem Leben spürte er die Last der Verantwortung – und das war gar kein angenehmes Gefühl.

Allerdings war es auch keine Frage.

„Du kannst dich auf mich verlassen", sagte er rau.

Und so war Gianni plötzlich unterwegs, lernte von einem Tag auf den anderen Begriffe wie Skonto oder Raten, lernte die Preise von Zucker, Hanf und Seide, lernte zu verhandeln, zu kaufen, zu bluffen, all das, was er mit einem Schlag brauchte, um zusammen mit Cesare das Schiff vor dem Sinken zu bewahren.

Nicht alles klappte auf Anhieb und er war auch nicht bei allen Dingen gut, aber er hatte jetzt die Einstellung, die Cesare zuvor bei ihm vermisst hatte, denn er hatte verstanden, dass Cesare mit seiner Sorge Recht hatte. Sogar er, mit seiner geringen Erfahrung, bekam Bauchschmerzen, nachdem er gesehen hatte, womit und wie der Vater handelte. Hohes Risiko bedeutete zugleich hohe Wachsamkeit, blitzschnelles Zuschlagen, rasches Handeln – und das war etwas, was weder der vorsichtige Cesare noch der unerfahrene Gianni beherrschten.

„Wir müssen es lernen", sagte Cesare streng, „entweder das oder zum Jahresende die Straße."

Nun, dieser Pessimismus war vermutlich übertrieben bei den zahllosen Verwandten und Freunden, die sie hatten, selbst wenn sie mit Pauken und Trompeten versagt hätten. Aber dennoch, genau dieses Versagen galt es zu verhindern – und so hatte Gianni kaum Zeit zum Trauern, sondern rannte in Cesares Auftrag treppauf, treppab, saß Innungstreffen bei, veranstaltete Besprechungen, las und schrieb Briefe und half im Kontor, wo er konnte.

Er hatte keine Zeit für Leonardo, welcher betrübt mit Meister Andrea aufbrach.

Er hatte keine Zeit für ein klärendes Gespräch mit Agnolo Ambrogini, den man Poliziano nannte, oder mit Giuliano de' Medici, der ja selber so wenig Zeit besaß.

Er hatte keine Zeit mehr für die Platonische Akademie, für die geselligen Abende der Künstler, für Stippvisiten in den Botteghe oder bei Meister Landucci – und schon gar nicht für stille Mittagsstunden bei Susanna und Luca, auf der Terrasse am Arnoufer hinter ihrem Häuschen.

Die Wochen gingen ins Land, um Sebastianos Gruft wurde es still. Renaldo verließ Florenz in Richtung Rom, was Gianni ganz recht war, denn er hätte es nicht ertragen, von Renaldo stellvertretend für Sebastiano einen Langweiler, einen zweiten Cesare geschimpft zu werden und ihm war klar, dass er das aus der Not heraus jetzt wurde.

Der Zustand des Vaters besserte sich nicht, aber Angelica fand einen Weg, sich mit ihm zu verständigen, was alle erstaunte.

Minerva, die sich vom Verlust Sebastianos nicht erholen wollte, fuhr aufs Land, in der festen Absicht, dort zu bleiben.

Sandro und Filippino kamen zurück und ein paar Tage später auch Meister Andrea und Leonardo. Im November wurde ein neues Abkommen zwischen Florenz, Venedig und Mailand unterzeichnet, ein Schlag in das Gesicht des Papstes und des Königs von Neapel.

Und Andrea del Verrocchio hörte auf zu malen.

„Weiß man, was geschehen ist?", fragte Gianni leise.

Lorenzo di Credi, der neue Lehrling in der Bottega des Meisters, zuckte mit den Achseln. Eigentlich hatte Gianni ja Leonardo fragen wollen, seinen Freund, aber Leonardo war seltsam vage, wich ihm aus und verschwand bei der ersten Gelegenheit mit Jacopo, der ihn offenbar fürchterlich vermisst hatte.

Lorenzo di Credi war noch nicht sehr lange in der Bottega, aber er war begabt und hatte ein derart freundliches Wesen, dass Meister Andrea ihm bereits nach kurzer Zeit sehr zugetan war. Das war auch der Grund, weshalb Gianni sich an ihn wandte, nachdem Giuliano mit der bestürzenden Neuigkeit zu ihm gekommen war, dass der Meister verkündet hatte, den Pinsel nie mehr in die Hand zu nehmen.

„Ich weiß es nicht“, sagte Lorenzo di Credi bedauernd, „gut, ich verstehe schon, dass die Liebe des Meisters mehr den Plastiken gilt, Dingen, die er mit den Händen anfassen kann – aber er ist so ein guter Lehrer auf jedem Gebiet! Ich verstehe nicht, warum er nicht mehr malt!“

„Was hat er denn nun genau gesagt?“, hakte Gianni nach.

Lorenzo di Credi seufzte. Offenbar hatte er diese Neuigkeit bereits öfter wiederholen müssen.

„Er kam mit Leonardo zurück, ließ alle Lehrlinge und Gesellen zusammentrommeln, stellte sich hier in die Bottega und sagte, er hätte beschlossen, nie wieder zu malen. Alle Bilder sollten von nun an von uns gefertigt werden. Er würde uns dabei unterstützen, aber er wäre nicht mehr der Zuständige.“

„So was“, murmelte Gianni verblüfft.

„Kannst du dir vorstellen, was das für das Geschäft bedeutet?“, jammerte Lorenzo di Credi, „wie gut, dass Perugino nicht mehr hier ist. Er wäre über Nacht grau geworden! Und dann hätte er Leonardo verprügelt!“

„Aber warum denn Leonardo?“, fragte Gianni erschrocken.

Lorenzo di Credi verzog das Gesicht.

„Na ja!“, machte er, „wir denken doch alle, dass Leonardo dahintersteckt. Ich bitte dich – sie gehen fort, nur sie beide. Und dann kommen sie zurück und der Meister legt den Pinsel weg. Da muss doch was passiert sein!“

„Gut möglich“, meinte Gianni, „aber ihr wisst nicht was, hm? Hat Leonardo nichts gesagt?“

Lorenzo di Credi sah ihn spöttisch an.

„Der?", machte er, „du hast ihn doch gesehen. Hast du nicht bemerkt, wie er vor dir weggelaufen ist? Und du warst unsere letzte Hoffnung, Gianni Montecaldo. Wenn er es dir nicht gesagt hat, dann sagt er es niemandem."

Gianni beschloss, lieber nicht Stellung zu diesem Kommentar zu nehmen. Die kleine Fummelei mit Leonardo schien mittlerweile Lichtjahre entfernt zu sein und er wollte überhaupt nicht mehr daran denken.

Wenn er daran dachte, dann dachte er auch an Susanna und dann folgten Sehnsucht und Qual ganz unweigerlich.

Er hatte sie nicht mehr wiedergesehen seit der Begegnung vor der Gruft, wo sie ihm mit ihrem Lächeln zu verstehen geben wollte, dass alles in Ordnung wäre. Er bemühte sich auch darum, versuchte, diese einmalige Episode zu vergessen, denn das war das Beste, was er für sie tun konnte. Und es wurde ihm leicht gemacht, meistens zumindest.

Da war Cesare und seine Arbeit für das Geschäft, die ihn tagsüber auf Trab hielt und auf andere Gedanken brachte.

Und da war Fioretta Gorini, die kleine Kurtisane, die ihn eines Tages, tief verschleiert und tränenüberströmt, abgefangen und nach Sebastianos letzten Momenten befragt hatte.

Er hatte gewusst, dass Sebastiano schon länger ein besonderes Verhältnis zu Fioretta hatte, vermutlich seit ein oder zwei Jahren. Sebastiano hatte anscheinend auch keinen Grund gesehen, die Liaison zu beenden, zumindest, solange seine Hochzeit mit Cristina de' Pazzi nicht unter Dach und Fach war. Fioretta hatte ein wenig gewartet, bevor sie gekommen war, sei es aus Respekt vor dem Kummer der Familie oder sei es, weil sie erst sicher sein wollte, nicht mit Sebastianos Bastard schwanger zu gehen. Aber dann kam sie und sie weinte sehr. Gianni begleitete sie in ihre Wohnung und weil er weder ihre Fragen noch ihre Tränen ertragen konnte, schlief er mit ihr.

Es wurde ein Mittel, was sie beide befriedigte. Er fand ein Ventil für seine Sehnsucht und für den Druck, zu einem zweiten Cesare zu werden und nicht wie Sebastiano zu sein. Sie fand Trost und einen neuen Geldgeber, wenn auch bei weitem nicht so großzügig wie Sebastiano, denn Gianni hatte die angeschlagenen Finanzen vor Augen. Es war folglich für beide ein zufriedenstellendes Arrangement.

Wenn es nur nicht diese Momente gegeben hätte, diese winzig kleinen, meist hinterher, wenn er schlaftrunken in ihren Armen lag. Sie war eine kluge Geliebte, verlangte keine Zärtlichkeiten oder ausführliche Gespräche im Nachhinein sondern ließ ihm seine Ruhe. Und doch, er hätte fast gewünscht, sie würde ihn nerven, beanspruchen oder irgendwie zwingen zu gehen, denn dann hätte er nicht an jenes Mädchen denken müssen, ganz anders und doch irgendwie ähnlich, welches er als Erstes in den Armen gehalten hatte.

Er wusste, dass Susanna Fioretta kannte. Er wusste, dass sie mittlerweile bestimmt von seiner Affäre mit der Konkubine seines verstorbenen Bruders wusste und dass sie sich ihren Teil zweifellos gedacht hatte. Und auch das war ein Grund, nicht mehr zur Arnoterrasse zu gehen, den ganzen Sommer über.

Dennoch – nicht er war jetzt das Problem, sondern Meister Andrea, der aus irgendeinem Grund einem wichtigen Teil seines Handwerks abgeschworen hatte, mit fatalen Folgen. Andrea del Verrocchio betrieb immerhin die größte Bottega von Florenz, hatte unzählige Schüler, von denen ein paar wie Sandro Botticelli oder Pietro Perugino mittlerweile mehr als nur gut auf ihren eigenen Füßen standen. Wenn ein Mann wie er aufhörte zu malen, musste das einen wirklich wichtigen Grund haben. Und erstaunlicherweise, so bemerkte Gianni, schienen alle von ihm zu erwarten, diesen Grund herauszufinden.

Giuliano de' Medici hatte ihm die Nachricht überbracht mit der Bitte, doch einmal nachzuhaken.

Sandro Botticelli fragte ihn jedes Mal, wenn sie sich begegneten, ob er schon etwas Neues erfahren hätte.

Und Lorenzo di Credi stellte ihm bereitwillig sein Wissen zur Verfügung mit der offensichtlichen Aufforderung, diesem unbefriedigenden Zustand ein Ende zu bereiten.

Er schob diese Erwartungen zunächst auf sein Verhältnis zu Leonardo, welches ja zumindest bis zu dem Jahr zuvor eng zu nennen gewesen war. Aber als Leonardo sich verweigerte, kam er immer mehr zu der Einsicht, dass halb Florenz auf sein Gespräch mit Meister Andrea selbst wartete. Und das fand er nun schon verblüffend. Immerhin war der Meister über zwanzig Jahre älter als er, ein freundlicher Mann, der ihn zwar duldete, vielleicht auch mochte, ihm aber bestimmt nicht seine gravierenden Lebensentscheidungen anvertrauen würde. Doch je mehr Zeit verstrich, umso deutlicher wurden diese Erwartungen. Er war verwirrt. Er hätte gerne mit Luca darüber gesprochen oder vielleicht mit Susanna, die Meister Andrea nicht persönlich kannten und vielleicht eine Erklärung gefunden hätten. Aber da er, Gianni, bislang noch keine Möglichkeit entdeckt hatte, zum ungezwungenen Verhältnis von vorher zurückzufinden, fiel ein Gespräch mit Luca und Susanna aus.

Blieb nur noch das Gespräch mit Andrea del Verrocchio selbst.

Am Ende war es der David, der sie zusammenbrachte. Gianni hatte einer Besprechung im Palazzo di Medici beigewohnt. Hinterher hatte er sich noch ein wenig länger im Zimmer aufgehalten, weil Luigi Pulci ihn abgefangen hatte und so war es schon fast dunkel, als er in den Hof hineinkam. Er war allein und er wäre sicherlich wie unzählige Male zuvor nichts achtend hinausgegangen, um den Heimweg anzutreten, wäre nicht in just diesem Moment der Schein der Fackeln auf den David aus Bronze gefallen.

Seinen David, um genau zu sein.

Gianni hielt unwillkürlich inne, trat näher, sah hinauf. Das war sein Gesicht, wie es gewesen war, damals, vor einer Ewigkeit. Fast kam es ihm wie ein anderes Leben vor, ein einfaches, unbeschwertes Leben.

Der Gesichtsausdruck des Davids war sicher, stolz und ohne drückenden Kummer.

Wie alt war er gewesen, als er dafür Modell gestanden hatte? Und wie viel länger war es her, dass Donatellos David diesen Platz eingenommen und ein gewisser, halb verrückter Lehrling mit dem Seil hantiert hatte?

Eine Ewigkeit.

Ein völlig anderes Leben.

„Bewunderst du dich selbst?", erklang plötzlich Meister Andreas Stimme hinter ihm.

Gianni musste unwillkürlich lächeln.

„Wohl eher das Werk des Meisters", meinte er spontan.

Besagter Meister trat neben ihn, sah ebenfalls hinauf. Sie musterten die Figur gemeinsam, kritisch, wohlwollend.

„Ich gebe zu", sagte der Meister, „er ist mir gut gelungen. Er ist nahezu perfekt."

„Die Nase ist ein wenig zu lang", antwortete Gianni, bevor er sich bremsen konnte.

Andrea del Verrocchio drehte sich verblüfft um, starrte ihn erst erstaunt und dann amüsiert an. Er schüttelte den Kopf.

„Oh doch", erklärte Gianni, weil ihn der Teufel ritt, „siehst du das nicht? Sie ist zu lang!"

„Falsch, kleiner Montecaldo", sagte Meister Andrea.

„Aber sieh doch..."

„Nein", unterbrach ihn Andrea, „die Nase des Davids ist genau richtig."

Er beugte sich vor und tippte Gianni auf das entsprechenden Körperteil.

„Deine ist es, die zu kurz ist", erklärte er tadelnd.

Gianni hielt verdutzt inne, bevor er zu grinsen begann.

„Oh, ich verstehe", sagte er reumütig, „entschuldige, Meister Andrea. Du hast natürlich Recht. Der David ist perfekt."

„Fast perfekt“, schränkte der Meister ein, „aber ziemlich gut gelungen.“

Einen Moment lang schauten sie beide wieder auf die Bronzestatue im Widerschein der Fackeln. Dann sagte Gianni impulsiv: „Warum malst du nicht mehr?“

„Wie kommst du mit dem Tod deines Bruders zurecht?“, erwiderte Andrea del Verrocchio trocken.

Ein verständlicher Einwand. Lass du meinen Schmerz in Ruhe, sonst rühre ich an deinem. Aber Gianni war aus einem seltsamen Grunde nicht bereit, sich dafür benutzen zu lassen. Er biss sich auf die Lippe.

Also denn.

„Schlecht“, sagte er offen, „eigentlich gar nicht. Ich sehe zu, dass ich... dass ich durch den Tag komme. Und das ist schon alles.“

Nicht nur alles, sondern auch genug. Er senkte den Kopf. Neben ihm stand der Meister und schwieg und daran merkte er, wie sehr sein Bekenntnis Andrea del Verrocchio erstaunt hatte.

„Du versuchst zu überleben“, sagte der Meister schließlich, „das versuchen wir alle.“

Gianni verzog das Gesicht.

„Früher scheint mir das nicht so schwergefallen zu sein“, sagte er bitter.

„Früher“, meinte der Meister trocken, „waren wir dumm und selig darin.“

Wieder war es eine Weile still. Dann hob Gianni den Kopf und sah Andrea an.

„Ich verstehe es nicht“, sagte er offen, „warum du nicht mehr malst. Niemand versteht es. Du führst die einflussreichste Bottega von ganz Florenz, deine Schüler sind über die Stadtgrenzen hinaus bekannt, deine Bedeutung unterliegt keinem Zweifel – warum also? Was ist geschehen?“

„Ich wurde erleuchtet“, sagte der Meister, „die Mönche von Vallombrosa sind gut darin.“

Gianni antwortete nicht, sondern musterte ihn einfach nur stumm. Und nach einem Moment lachte Andrea kurz auf, schüttelte den Kopf und nickte schließlich.

„Gianni Montecaldo", sagte er leise, „so schlimm steht es also..."

Laut setzte er hinzu: „Genau darum geht es – um Dinge, in denen man gut ist, was man ist. Ich, mein junger Freund, bin ein Lehrer."

„Du bist ein Künstler", widersprach Gianni.

Andrea seufzte.

„Ja, das auch", gab er zu, „aber vor allem bin ich ein Lehrer, und zwar ein sehr guter. Ich bin zudem ein begabter Plastiker, ein vernünftiger Goldschmied, und ein passabler Maler. Ich habe meinen Schülern beigebracht, was ich weiß und dann habe ich sie angeleitet, dass sie sich darüber hinaus entwickeln, dass sie ihre Potentiale heben und nutzen. Sieh dir Sandros Bilder an – wo findest du sonst so eine Süße? Und Pietro aus Perugia – diese Klarheit! Ich setzte ebenso große Hoffnung in den jungen Lorenzo. Er kann es weit bringen."

„Du hast Leonardo vergessen", sagte Gianni, dem dieser Tatbestand sofort ins Auge gesprungen war.

Der Meister seufzte erneut.

„Und dann ist da Leonardo", sagte er leise, „unser wildes Kind, unser undisziplinierter, ideenreicher, Chaos verursachender Leonardo. Der mir meine Grenzen aufgezeigt hat."

Auf Giannis verblüfftes Keuchen setzte er hinzu: „Vielleicht hätte ein anderer es geschafft, Leonardo etwas beizubringen. Von mir hat er fast nichts gelernt. Er war ja auch nie wirklich konzentriert genug, nicht wie ein Pietro oder ein Lorenzo. Er hatte den Kopf ständig wo anders, hunderttausend Ideen auf einmal, eine geistreicher als die andere und keine vernünftig."

„Aber Leonardo malt doch nicht schlecht!", sagte Gianni verwirrt.

Meister Andrea schloss die Augen.

„Falsch, mein Freund", sagte er müde, „Leonardo da Vinci malt fantastisch. Er hat kaum etwas von mir gelernt, er beherzigt nur wenige meiner Ratschläge – und dennoch waren seine Figuren besser als meine, seine Pinselstriche sicherer, sein Ausdruck tiefer. Er hat einen Engel gemalt auf dem Bild für die Mönche. Ich wollte so gerne, dass er es versucht, dass er einmal eine Sache zu Ende bringt. Und dann sah ich sein Bild und begriff meine eigene Mittelmäßigkeit."

Das war heftig. Gianni wusste überhaupt nicht, was er dazu sagen konnte. Glücklicherweise schien der Meister zu diesem Zeitpunkt einen Kommentar aber auch nicht zu erwarten.

„Oh, mach dir keine Sorgen", sagte er, „ich bin nicht von einer plötzlichen Depression ergriffen und sehe alles schwarz. Ich denke, ich schätze mich ganz realistisch ein. Ich bin ein sehr guter Lehrer, ein begabter Plastiker, ein vernünftiger Goldschmied und ein passabler Maler. Nur leider ist mir ein Genie begegnet und hat mich daran erinnert, was *passabel* eigentlich heißt."

Er schluckte, hatte sich aber gleich wieder im Griff.

„Ich beneide Leonardo nicht einmal", sagte er, „und ich bin ihm auch nicht böse. Bei Gott, der Junge trägt seine eigene Last. Und ich kann ebenso wenig dem Herrn zürnen, dass er ihn in meinen Weg gelegt hat. Wäre ich Leonardo nie begegnet, so wäre ich vermutlich zufrieden gestorben, blind glaubend, ein Künstler gewesen zu sein. So aber bin ich sehend, etwas ernüchterter und weiß, ich war vor allem ein Lehrer."

„Das ist doch gut", sagte Gianni leise.

Andrea lächelte.

„Es ist auch gut", sagte er, „obwohl ich brauchte, mich daran zu gewöhnen, weil es nicht das Bild war, welches ich von mir hatte. Leonardo könnte, wenn er nur für eine kurze Zeit einmal etwas Disziplin aufbringt, ein wirkliches Meisterwerk schaffen, etwas, was die Menschen noch in fünfhundert Jahren bewundern. Ich hingegen werde mich rühmen können, ein Lehrer von Meistern gewesen zu sein."

Es lag etwas Ultimatives in seinen Worten, etwas Wahres und Ehrliches, das keine dummen Beschwichtigungen oder unwissenden Komplimente erlaubte. Meister Andrea hatte schnörkellos und unverblümt die Wahrheit gesagt – beziehungsweise das, was er dafür hielt. Gianni musste daran erst einmal kauen. Stumm starrte er zu dem David hinauf, eine ganze Weile, bevor er sagte: „Und was ist damit? Mit ihm? Die Welt wird dich als Künstler in Erinnerung behalten, wenn sie das sieht."

„Ich sage ja auch nicht, dass ich ein schlechter Plastiker bin", erinnerte ihn Andrea sanft, „oder dass ich aufhören werde, mich mit Stein oder Bronze zu beschäftigen. Was ich nicht mehr tun werde, ist zu malen. Ich werde nie das erreichen, was er ohne wirkliche Anleitung vermag – und es erscheint mir falsch, mich an weniger zu versuchen. Also begnüge ich mich damit, mein Wissen an meine Schüler weiterzugeben. Vielleicht gelingt es ja Lorenzo, was ich nicht schaffe oder Sandro."

Gianni sah immer noch hinauf, in das Gesicht des Davids, sein Gesicht, abgesehen von der langen Nase.

„Man wird dich nicht vergessen, denke ich", sagte er schließlich.

Der Meister lächelte.

„Darum geht es gar nicht", sagte er, „sondern darum, was ich bin. Ich habe es endlich erkannt und auch, wenn diese Erkenntnis bitter war, so lebe ich doch danach."

Freundlich fügte er hinzu: „Das darfst du ihnen allen sagen, damit sie aufhören, sich Sorgen zu machen, Gianni Montecaldo."

Gianni antwortete nicht, sondern nickte nur, weil es schien, als gäbe es diesen Worten einfach nichts hinzuzufügen. Aber nach einem weiteren Moment drehte sich Andrea del Verrocchio ganz zu ihm um.

„Du hast mir zugehört", sagte er, „das tat gut. Ich danke dir. Und deshalb gestatte mir noch einen Rat in meiner Eigenschaft als Lehrer. Gianni, glaub mir – dein Bruder hätte gewollt, dass du lebst und nicht nur *über*lebst."

Gianni atmete zischend ein.

Der Meister wartete, geduldig. Er machte keine Anstalten, sich zu bewegen, oder zu drängen und bewies damit, dass die Einschätzung seiner Fähigkeiten zumindest in einem Punkt richtig gewesen war.

Auch das war ein Grund, weshalb Gianni schließlich nachgab. Er holte noch einmal tief Luft.

„Ich weiß", erklärte er fast flüsternd, „das Problem ist nur, ich weiß nicht, wie."

4. TEIL: WEN DIE GÖTTER LIEBEN – 1475/76

Die Sonne stach vom Himmel herunter, ungewohnt warm für Januar, und hatte dafür gesorgt, dass jeder, der konnte, Schutz im Schatten gesucht hatte. Gianni schwitzte, während er sich seinen Weg zwischen den Zelten, Buden und Pferden suchte. Geistesabwesend wischte er sich mit dem Unterarm über die Stirn, nickte dem Burschen zu, der den Zeltschlag für ihn zurückhielt, und trat hinein. Drinnen war es kühl, was gut war, denn Giuliano de' Medici legte gerade seine Rüstung an. Er lächelte, als er aufsah.

„Hey, was für eine Überraschung", sagte er, „was tust du hier? Ich dachte, du trittst an? Musst du dich nicht vorbereiten?"

„Das tue ich auch", sagte Gianni seufzend, „ich war auf dem Weg. Aber ich muss dir noch eine Nachricht von Simonetta ausrichten."

„Tatsächlich?" Giuliano richtete sich auf, „und was?"

„Nun", sagte Gianni, „dass du wenigstens *versuchen* sollst, wirklich zu gewinnen."

Giuliano stutzte, dann begann er zu lachen.

Simonettas Wunsch war nicht aus der Luft gegriffen. Halb Florenz war heute versammelt, um bei dem Turnier anzutreten oder zuzuschauen. Offiziell hatte Lorenzo das Turnier dem frischgeschaffenen Dreibund Florenz, Mailand und Venedig gewidmet, aber inoffiziell, das wusste jeder, galt es Giuliano. Lorenzo wollte seinen Bruder ehren und dieser wiederum Simonetta.

Die Leidenschaft zwischen Simonetta und Giuliano schien zurückgekehrt zu sein – was auch immer sie unterbrochen hatte – und daran störte sich niemand, nicht einmal Marco. Aber neben Simonetta gab es noch eine zweite Schirmherrin und das war Lucrezia Donati, Lorenzos langjährige Liebe. Seine Frau Clarice dagegen war wieder einmal auf dem Land, wo sie sich um die zahlreichen Kinder kümmerte.

Vor sechs Jahren, als Lorenzo und Clarice einander gegeben wurden, hatte dessen Vater Piero ebenfalls ein Turnier ausgerichtet, zu Ehren seines Ältesten. Lorenzo hatte das Turnier gewonnen, beziehungsweise, wie er selbstironisch anmerkte, war ihm der Preis zugedacht worden. Bei dem heutigen Turnier war dies im Grunde ähnlich – alle wussten, wer der Held des Tages war. Der Unterschied war allerdings, dass Giuliano tatsächlich ein guter Tjoster war und deshalb konnte Simonetta so etwas auch guten Gewissens sagen.

Gianni hatte nicht antreten wollen. Tjosten lag ihm nicht. Bei Lorenzos Turnier war er noch zu jung gewesen. Sebastiano hatte damals an ein paar Kämpfen teilgenommen und wenn Sebastiano noch leben würde, dann wäre er an diesem Tag Feuer und Flamme gewesen, bereit, mit Giuliano um den Titel zu kämpfen. Aber Sebastiano war nicht mehr hier, genauso wenig wie sein bester Freund Renaldo, der vielleicht auch noch eine ernsthafte Konkurrenz dargestellt hätte. Gianni hingegen, die angeschlagenen Finanzen seiner Familie vor Augen, war dagegen gewesen, selbst anzutreten. Er war eben nur ein mittelmäßiger Tjoster, ohne Chance gegen Giuliano und er hatte die Ausgaben für Rüstung und Pferd sparen wollen.

Aber Cesare hatte protestiert. Er war der Ansicht, die Familie Montecaldo mit zwei gesunden Söhnen stände in der Pflicht, bei so einem Turnier zu repräsentieren und damit meinte er seinen jüngeren Bruder. Er warnte außerdem, dass es dem Geschäft nicht zuträglich sein würde, wenn man sie beim Sparen erwischte und finanzielle Probleme vermutete. Alles in allem war er erstaunlicherweise so überzeugend gewesen, dass sich Gianni jetzt im Besitz einer Rüstung befand, eines Turnierpferdes und eines ziemlich albernen Dieners namens Nando.

„Ich werde mich bemühen“, erwiderte Giuliano grinsend auf Simonettas Anspielung, „vorausgesetzt, du machst mir keinen Strich durch die Rechnung!“

„Von mir droht da wohl keine Gefahr“, meinte Gianni spöttisch, „an deiner Stelle würde ich mich vor den Pazzi und den Salviati vorsehen.“

Das meinte er nicht ernst und Giuliano wusste es. Renaldo de' Pazzi, der wirklichen Ärger hätte verursachen können, war nicht da; Franceschino, sein älterer Vetter, ebenfalls nicht und der einzige Salviati, der öffentlich gegen die Medici gewettert hatte, war der Priester Francesco, da man ihm das Erzbistum Florenz verweigert hatte. Und der hatte zwar seine Meinung nun wirklich nicht hinter dem Berg gehalten, aber auf der anderen Seite waren die Salviati viel zu verschuldet, als dass sie sich einen Turnierkämpfer mit gesamter Ausrüstung hätten leisten können. Giuliano allein hatte siebzig Fußsoldaten in seinem Gefolge.

Besagter Giuliano verzog das Gesicht.

„So ist das, so wird es immer sein“, meinte er lakonisch, „ich predige es Lorenzo, der sich immer alle zum Freund machen will. Er wird es nicht schaffen, nicht, wenn er die Macht behalten will. Aber es ist ja auch nicht weiter schlimm. Lass sie reden, wenn sie es wollen. Wir verbieten niemandem den Mund.“

Gianni sagte dazu nichts. Seit dem Gespräch mit Renaldo über Sebastianos Tod stand er nicht mehr ganz so eindeutig auf Lorenzos und Giulianos Seite. Besser ausgedrückt, er versuchte, sich aus der Debatte herauszuhalten – falls es noch zu der Debatte kam, was ziemlich selten der Fall war.

An diesem Tag zumindest wurde nicht debattiert, sondern gekämpft. Gianni gab sein bestes, wie er Cesare versprochen hatte, überstand tatsächlich zwei Runden und flog bei der dritten vom Pferd, womit er raus war.

Er war nicht wirklich böse drum, sondern eigentlich sogar recht erleichtert, als er sich aufrappelte. Weder er noch das Pferd noch die

Rüstung hatten irreparablen Schaden genommen und das Gesicht der Casa Montecaldo war erhalten geblieben. Cesare konnte zufrieden sein.

Und so folgte er gut gelaunt einem lamentierenden Nando, der das Pferd am Zügel führte, zurück zum Zelt, schälte sich aus der Rüstung und überließ sie seinem Diener zum Ausbeulen und Putzen – als heimliche Strafe, weil dessen Geschnatter vom verpassten Pokal ihm furchtbar auf den Geist ging. Himmel, nur ein so einfaches Gemüt wie Nando konnte annehmen, dass der Sieger des heutigen Tages nicht längst vorbestimmt war. Giuliano hätte sich schon ziemlich dämlich anstellen müssen, um zu verlieren.

Was er aber nicht tat. Als Gianni gereinigt und neu angekleidet aus dem Zelt trat, hörte er die Hochrufe vom vierten Durchgang, so dass er spontan beschloss, die gewonnene Zeit zu nutzen und seinen Freunden noch ein wenig zuzusehen. Als er jedoch die Hälfte des Weges zum Platz schon hinter sich gebracht hatte, stutzte er plötzlich. Nahe am Weg, in einer etwas verborgenen Ecke, stand Fioretta – mit Sigismondo della Stufa.

Ein seltsamer Stich durchfuhr ihn – seltsam vor allem deshalb, weil er nie davon ausgegangen war, dass Fioretta ihm treu war. Er verlangte das überhaupt nicht, durfte es ja gar nicht bei dem wenigen, was er für sie erübrigen konnte. Fioretta brauchte zusätzliche Einkünfte, wollte sie ihren Lebensstil erhalten und von daher war es dumm zu glauben, er wäre der Einzige.

Allerdings hatte er durchaus geglaubt, der einzige Feste zu sein, der ihr – wenn vielleicht auch nur aus nostalgischen Gründen – mehr bedeutete als Geschmeide oder Münzen. Bislang hatte sie sich bemüht, andere Männer vor ihm zu verbergen, was sie diesmal nicht tat. So wie sie dastand, musste sie auf ihn gewartet haben und dies nicht allein.

Sie hatte ihn gesehen. Er beobachtete, wie sie ein paar Worte mit Sigismondo wechselte, welcher sich daraufhin umdrehte und ging. Als er an Gianni vorbeikam, verzog er das Gesicht zu einer um Verzeihung bittenden Grimasse voller Mitleid, ohne etwas zu sagen.

Gianni runzelte die Stirn.

Fioretta kam hinterher. Ihre Miene sprach Bände, eine Mischung aus Entschlossenheit, Bedauern und notwendigem Opfer und Gianni begriff es, bevor sie auch nur ein Wort sagte. Sie machte Schluss mit ihm.

„Ich habe gehört, du hast dich gut geschlagen?“, begann sie.

Gehört hatte sie es, nicht gesehen. Er seufzte.

„Ich bin runtergeflogen“, sagte er schonungslos, „allerdings erst beim dritten Mal. Wenn das gut für dich ist...?“

Sie lächelte aufmunternd.

„Heißt das, du hast die vorherigen Durchgänge gewonnen?“, fragte sie.

Er verzog das Gesicht.

„Sanseverinos Pferd ist gestolpert“, sagte er, „und Soderini ist ein noch schlechterer Tjoster als ich. Aber wenn du so willst, ja, ich habe gewonnen.“

Sie sah ihn an, dann lachte sie plötzlich.

„Gianni Montecaldo“, meinte sie amüsiert, „nur du kannst nach dem Tjosten hier stehen, ohne zu prahlen! Jeder andere hätte mir wer weiß was von seinen Leistungen erzählt und wäre höchstens im Nebensatz darauf eingegangen, dass er vom Pferd gefallen ist – und dann natürlich *erst* im dritten Durchgang! Wenn ich nur an Sebastiano denke...!“

„Genau“, unterbrach er sie.

Noch so etwas. Das Thema Sebastiano vermieden sie beide seit der ersten Nacht. Es war tabu und deshalb war es wieder ein deutliches Zeichen, dass sie dieses Tabu brach. Besser es hinter sich zu bringen. Er legte den Kopf schief.

„Du hast mir nicht zugesehen“, erinnerte er sie sanft, „weil du etwas Wichtiges mit Sigismondo zu besprechen hattest?“

Fioretta wurde nicht rot. Sie hatte aber auch keinen Grund dazu. Stattdessen wurde ihr Gesichtsausdruck sanft, sie trat auf ihn zu und legte beide Hände an seine Wangen.

„Oh Gianni“, sagte sie leise, „versteh doch. Ein Mädchen wie ich muss an seine Zukunft denken.“

„Zukunft?“, machte Gianni verwundert. Sah sie in Sigismondo ihre Zukunft?

Sie seufzte.

„Ich werde nicht jünger“, erinnerte sie ihn, „mein Körper ist mein Kapital und ich muss es nutzen, solange ich kann. Wenn ich alt und welk bin, wird niemand für mich sorgen. Ich muss es jetzt tun, verstehst du? Ich hatte... zugegeben, ich mag dich sehr und es fällt mir auch nicht leicht, dies zu tun. Ich weiß, dass du Sorgen hast, um euer Geschäft und dass du besser für mich sorgen würdest, wenn du könntest. Aber schon Sebastiano hat gesagt, dass, wenn Cesare eines Tages das Szepter in den Händen hält, die rosigen Zeiten zu Ende sein würden. Das ist viel schneller gekommen als gedacht.“

„Ich weiß“, meinte er irritiert.

Sie seufzte erneut.

„Ich hatte immer gehofft, dass sich die Situation wieder geben würde, dass eure Geschäfte sich einrenken würden und dass du... aber ich sehe jetzt, dass ich mir etwas vorgemacht habe. Du bist ein lieber Kerl, Gianni, wirklich. Aber ich kann und ich werde niemals von dir leben können – von der Vorsorge für mein Alter einmal völlig abgesehen. Ich muss einen anderen Weg finden.“

„Nun, das verstehe ich“, sagte er und dachte für einen Moment erstaunt, dass er dies tatsächlich tat – und dass Susanna ihn einst ermahnt hatte, nicht über Fioretta und ihresgleichen zu urteilen, ohne ihre Geschichte zu kennen.

„Ich weiß, dass du es tust“, entgegnete sie ernst, „du bist einer der wenigen, die sich überhaupt darum bemühen.“

Ein seltsames Kompliment in Anbetracht der Situation. Er schluckte.

„Was ich hingegen nicht verstehe“, sagte er, „ist, warum du mich nicht mehr treffen willst. Und das ist doch so, nicht wahr? Ansonsten würden wir gar nicht darüber reden.“

Jetzt hatte er sie kalt erwischt, er sah es an ihrem verblüfften Gesichtsausdruck.

„Woher..." begann sie betreten.

Dann fing sie sich und erwiderte nüchtern: „Ich habe Pläne, Gianni. Ich brauche einen neuen Beschützer. Und den, den ich haben will, bekomme ich nicht, solange ich dir gehöre. Mein Ziel ist hoch. Deshalb muss auch mein Einsatz hoch sein."

„Aber wer..." fing er an.

Sie unterbrach ihn mit einer Handbewegung.

„Frag nicht", sagte sie brüsk, „du willst es nicht wissen und ich werde nichts sagen. Gianni – mein Schöner, mein hübscher Schatz, es ist besser so, für uns beide. Ich weiß, du nimmst es mir nicht übel. Ich war gerne mit dir zusammen. Aber du weißt selbst, dass uns immer ein wenig das Feuer gefehlt hat. Ich bin sicher, du findest jemand anderen, der sich um dich kümmern kann. Ich bin... ich bin sogar fest davon überzeugt."

Das Feuer gefehlt... er musste schlucken. Natürlich verstand er, worauf sie abzielte. Im Vergleich zu Sebastianos wildem, ungestümem Lieben konnte er nicht mithalten. Er hatte es nicht einmal versucht.

Fioretta sah ihn mitleidig an.

„Nun sei nicht traurig", bat sie, „ich werde immer einen kleinen Platz für dich in meinem Herzen aufbewahren. Aber jetzt gehe ich besser. Sonst werde ich doch noch sentimental."

Sie zögerte nicht, sondern beugte sich vor, küsste seine Wange, sah ihn noch einmal an, seufzte, fuhr über seine Haut – und trat an ihm vorbei.

Er blieb stumm zurück.

Stille. Fioretta war gegangen. Das bedeutete nicht nur ein leeres Bett und niemanden mehr, der seine Bedürfnisse kannte und erfüllte. Mit ihr, so kam es ihm plötzlich vor, war auch das letzte, lebendige Bindeglied zu Sebastiano gegangen. Ein wenig fühlte er sich, als sei sein

Bruder ein zweites Mal gestorben, als hätte er ihn erneut verloren. Er schluckte noch einmal.

Besser nicht darüber nachdenken, wer ihn in Fiorettas Bett ersetzen sollte. Besser nicht mehr an diesen weichen, weißen Körper denken und die erstaunliche Dinge, die sie verstand. Er liebte sie nicht, das hatte er nie. Aber er hatte sich wohl bei ihr gefühlt.

Und jetzt war sie fort.

Ein Räuspern weckte ihn aus seiner Trance. Er hob verwirrt den Kopf – und entdeckte Susanna.

Für einen Moment war er versucht, in wildes, hysterisches Lachen auszubrechen. Dies mutete ja an wie ein Staffellauf – sie gaben sich den Stab in die Hand, was? Aber dann verschwand der Drang so schnell, wie er gekommen war. Susanna war errötet und kam zögernd näher. Sie war ganz bestimmt keine so routinierte Kokotte wie Fioretta.

„Ich... ich wollte nicht lauschen", sagte sie verlegen, als sie vor ihm stand, „wirklich nicht, Gianni. Ich war auf dem Weg zu Luca. Er hilft bei den Buden."

Sie war, wie immer, schlicht gekleidet, das Tuch fest über den Haaren, ein Zipfel bereit zum Hochstecken, damit sie ihr Gesicht verbergen konnte. Nein, er konnte sie wirklich nicht auf dieselbe Stufe wie Fioretta stellen – und dann ging ihm auf, dass er sie seit Sebastianos Beerdigung nicht mehr gesehen hatte und wie sehr sie ihm gefehlt hatte. Er begann zu lächeln.

„Es ist nicht weiter schlimm", meinte er, ähnlich verlegen, „ich denke, hm... du hast von Fioretta gewusst, oder? Und jetzt ist es eben zu Ende."

Sie nickte.

„Ja, ich wusste es", bestätigte sie, „es tut mir leid, dass es zu Ende ist. Sie hat dir viel bedeutet?"

Das klang gelassen, war es aber nicht, wie er an ihren niedergeschlagenen Augen erkennen konnte. Er erinnerte sich an sein Versprechen und räusperte sich. Man musste kein Hellseher sein, um zu erkennen, was sie jetzt hören wollte und zu was es führen könnte, wenn er ihr die Wahrheit sagte.

Doch belügen wollte er sie auch nicht.

„Sie war ein Bindeglied zu meinem Bruder“, wich er stattdessen aus, „und sie war unkompliziert. So gesehen... ich werde sie vermissen, aber es bricht mir nicht das Herz.“

Susanna starrte auf ihre Hände und nickte.

„Ich verstehe“, murmelte sie.

Gianni schaute sie an und spürte einen immer heftiger werdenden Drang, sie in die Arme zu nehmen. Wie leicht es sein würde, sie würde sich bestimmt nicht wehren, wie einfach sie verschwinden könnten – für ein paar Stunden nur! Luca war beschäftigt, seine Familie, seine Freunde bei dem Turnier – aber dann, danach würde das Aufwachen kommen und dann wäre sie, Susanna, die bis zu dem Intermezzo mit ihm anständig gewesen war, endgültig seine Hure. Sie würde keinen vernünftigen Mann mehr bekommen können. Sie würde dasselbe sein wie Fioretta und Graziella.

Das könnte meine Schwester nicht ertragen, hatte Luca gesagt und Gianni wusste, dass es stimmte. Er biss die Zähne zusammen.

Susanna sah auf und ihre Augen weiteten sich bestürzt. Er senkte erschrocken den Kopf, anscheinend hatte er grimmiger geguckt als gedacht. Einen Moment lang herrschte angespanntes, unangenehmes Schweigen zwischen ihn. Dann sprach sie.

„Gianni“, hörte er ihre entschlossene Stimme, „ich möchte, dass du wieder kommst. Nein, warte – sag nichts, ich weiß, was du sagen willst. Ich weiß auch, dass du glaubst, nie mehr kommen zu dürfen, aus welchen Gründen auch immer. Aber du fehlst uns – mir – und ich... Luca und ich möchten gerne, dass wir wieder Freunde sind, wie früher. Du musst vergessen, was zwischen uns passiert ist und ich werde dasselbe tun. Es wird sich nicht wiederholen.“

Er hob erstaunt den Kopf. Mit so einer Ansprache hatte er nicht gerechnet.

Sie lächelte schwach.

„Es war eine besondere Situation“, sagte sie sanft, „eine, die sich nie wiederholen kann, nicht wahr? Du hast mich gebraucht und für mich... für mich war es aus ganz anderen Gründen das Richtige. Luca ist dir auch nicht böse, wenn du das denkst.“

„Das Richtige für dich?“, wiederholte er verblüfft, „für dich? Du warst unschuldig! Und ich habe dir das genommen! Du kannst von Glück sagen, dass es keine Folgen hatte – aber auch so wird es schon schwierig genug werden, einen anständigen Mann für dich zu finden...“

Sie keuchte, dann lachte sie auf und schüttelte den Kopf.

„Oh, Gianni, Gianni“, meinte sie amüsiert, „du Ehrenwerter, du! Du kannst nicht die Maßstäbe deiner Welt auf meine anwenden. Abgesehen davon – ich bin Susanna di Cammino und *kein* anständiger Mann in Florenz würde auch nur im Traum daran denken, mich zu heiraten! Ich habe keine Mitgift, keinen Namen – nichts, was einen Mann reizen könnte. Und abgesehen davon kann ich es mir sowieso nicht vorstellen, Luca zu verlassen.“

Lucas Chancen auf eine gute Hochzeit standen mit seinem verkrüppelten Bein noch schlechter, verstand Gianni. Dennoch...

„Heißt das, du willst auf alles verzichten?“, fragte er ungläubig, „auf Kinder, auf einen Mann, auf....?“

Er vollendete den Satz nicht, seine roten Ohren tat es. Susanna biss sich auf die Lippen.

„Wir zahlen unseren Preis“, sagte sie ruhig, „auch wenn das manchmal hart ist. Mein Leben macht es mir anders wieder wett.“

„Wie denn?“, hakte er nach, „ich kenne euer Zuhause. Ich kenne euer Leben!“

„Nein!“, unterbrach sie hart, „du kennst nur einen Teil, einen einzigen Teil! Sieh mal, Gianni“, wechselte sie dann zu sanfterem Tonfall, „meine Mutter starb nach meiner Geburt und meine Großmutter hatte Zeit ihres Lebens Angst. Das sind alles Dinge, die mir erspart bleiben.“

„Das verstehe ich nicht“, murmelte er.

„Ich weiß", lächelte sie, „aber mein Leben gefällt mir. Ich habe es mir ausgesucht – und ich möchte, dass du wieder ein Teil davon bist."

Er war unsicher.

„Ich habe deinem Bruder etwas versprochen", sagte er langsam.

Ihr Lächeln vertiefte sich.

„Ich weiß", sagte sie liebevoll, „ich musste ihm dasselbe versprechen."

„Na, das glaube ich kaum", machte Gianni.

Susanna lachte auf.

„Oh doch", neckte sie, „ich musste Luca versprechen, standhaft zu bleiben und mich nicht auf etwas einzulassen, was ich nicht überstehen könnte. Er kennt mich zu gut, mein Bruder! Und er kennt auch dich, Gianni."

„Dann wird er wohl kaum wollen, dass wir miteinander reden, oder?", folgerte er trocken.

Sie schüttelte den Kopf.

„Er hat es mir nicht verboten", sagte sie ernst, „er meint es bloß gut – für uns beide, verstehst du? Luca sagt, es ist unsere Entscheidung. Und wenn wir glauben, nur Freunde sein zu können, sollst du wiederkommen."

Er konnte die Episode mit ihr unmöglich aus seiner Erinnerung löschen oder die Sehnsucht danach leugnen. Aber sein Ehrgefühl sagte ihm klar und deutlich, woran er sich halten musste und dass eine Freundschaft mit Susanna besser war, als ein Leben ganz ohne sie.

„Und, was denkst du?", fragte er vorsichtig, „können wir das schaffen?"

Ihr Lächeln wurde plötzlich warm und für einen Moment fast zittrig.

„Kein anderer würde so etwas...", flüsterte sie.

Doch dann straffte sie sich und ihr Blick klärte sich.

„Ja", sagte sie fest, „ich glaube, dass ich das kann. Und du?"

Sich die Sehnsucht aus dem Herzen reißen? In diesem Moment, wo sie vor ihm stand, erschien es ihm schier unmöglich. Die Alternative war jedoch genauso inakzeptabel.

„Hat Luca das wirklich gesagt?“, fragte er ausweichend.

Sie grinste.

„Ja“, sagte sie, „und er hat sogar noch mehr gesagt – dass du zurückkommen wirst. Ich könnte mich darauf verlassen.“

„Aber...“, begann er entrüstet.

Sie legte unvermittelt ihre Hand auf seinen Ärmel.

„Ich denke, er wünscht es sich“, sagte sie leise, „weil er dich ebenso vermisst. Also, Gianni Montecaldo – wirst du es schaffen, nur mein Freund zu sein und nicht nach meinen Röcken zu angeln?“

So, wie sie es ausdrückte, musste auch er plötzlich lachen. Er nickte.

„Ich kann es versuchen“, erwiderte er.

Danach schien alles ein wenig leichter. Er trennte sich von Susanna, wie immer, um das Gerede zu vermeiden und suchte sich seinen Platz neben Cesare und dessen mittlerweile siebenjährigen Sohn Paolo. Angelica war jetzt wieder schwanger.

„Habe ich was verpasst?“, fragte er gut gelaunt.

„Nur, wenn du sehen wolltest, wie Rodolfo Gonzaga im Staub landet“, meinte Cesare kopfschüttelnd, „ich verstehe Mantua nicht. Wenn sie sich die Turnierausrüstung nicht leisten können...“

„Sie können sich die Juwelen nicht leisten“, sagte Gianni grinsend, „genauso wenig wie wir. Deshalb unterrichte ich dich hiermit voller Stolz, dass sie alle heil geblieben sind. Ich im übrigen auch und das Pferd und was an Scharten in der Rüstung ist, wird Nando schon auswetzen.“

Cesare musterte ihn einen Moment lang.

„Du bist ja so gut gelaunt?“, sagte er, „ich dachte, du betrachtest diesen ganzen Tag als vertan?“

„Nicht ganz“, gab Gianni zu, „ich mag die Standarte, die Sandro gemalt hat. Pallas Athene – ich finde, er hat Simonetta gut getroffen.“

„Zu gut, denke ich“, seufzte Cesare und holte seinen Sohn von der Brüstung zurück, „vorsichtig, Paolo. Du könntest unter die Hufe kommen.“

„Was soll's“, meinte Gianni achselzuckend, „es wissen doch sowieso alle.“

„Aber es mehren sich die Stimme der Sittenwächter“, warnte Cesare, „Lucrezia Donati ist Schirmherrin des Turniers und ja, rate mal, wen sie als Schönheitskönigin gewählt haben? Die Medici machen aus ihren Neigungen nur wenig Hehl.“

„Laut Giuliano ist das alles ritterlich“, behauptete Gianni, „er hat es mir gesagt. Und außerdem – bevor du so böse guckst, Giovanfrancesco Venturi hat mir erzählt, dass er Lorenzo schon vor Jahren geraten hat, endlich mal zur Sache zu kommen, wo Lucrezias Mann doch ständig im Orient ist – ohne Erfolg!“

„Wenn du das sagst“, meinte Cesare, „so, na endlich. Sie blasen zum Ende. Siegerehrung, Gianni! Solltest du nicht da unten sein?“

„Wozu“, wehrte Gianni ab.

Cesare knuffte ihn.

„Das sieht dein Diener aber anders“, antwortete er, „da, er winkt. Na los, auf mit dir. Du hast es ja bald überstanden.“

Sogar die Siegerehrung, die Gianni mit hastig übergeworfenem Brustpanzer und offenen Helm über sich ergehen ließ, änderte nichts an seiner guten Laune. Wie erwartet erhielt Giuliano den Preis, unter donnerndem Applaus der Zuschauer und dem stolzen Lächeln von Lorenzo. Im Anschluss daran überreichte Giuliano Simonetta mit einer tiefen Verbeugung ihre Auszeichnung als Schönheitskönigin des Turniers.

Das nachfolgende Bankett wurde im Palazzo de' Medici gegeben. Auf dem Platz blieben die Lustbarkeiten für das allgemeine Volk. Gianni, der sich auf seinem stolzen Ross brav in die Reihe der abtretenden Kämpfer einreihte und von der Piazza ritt, entdeckte am Rand Luca, welcher wie wild winkte und sich spöttisch verbeugte und daneben eine lachende Susanna. Das Ganze stimmte ihn so übermütig, dass er sich den Helm vom Kopf riss und auf dem Pferd einen tiefen Kratzfuß veranstaltete, neugierige Blicke hin oder her.

Lucrezia Donatis oft abwesender Ehemann war auch diesmal nicht da, dafür jedoch – wie meistens – Marco Vespucci, der somit zumindest offiziell die Ehre seiner Frau hochhielt. Bei dem Lächeln, was die beiden tauschten, dachte Gianni im Stillen, dass sie zu irgendeiner Art der Übereinkunft gekommen sein mussten, die Marcos Gefühle intakt ließ. Denn der Mann, dem Simonettas restliche Blicke des Abends galten, war Giuliano.

Giuliano hingegen war ungewohnt still. Der Rausch der Kämpfe war abgeklungen, Essen, Wein und Musik wurden aufgefahren. Überall breitete sich glänzende Stimmung aus, Luigi Pulci und Agnolo Poliziano übertrumpften sich gegenseitig mit Stegreifreimen über das Turnier, Lorenzo lachte so sorgenfrei, wie Gianni es schon lange nicht mehr gesehen hatte und der junge Rodolfo Gonzaga, der seinen Sturz schon weggesteckt hatte, bewunderte mit riesengroßen Augen die Reichtümer. Simonettas Wangen leuchteten rosig – nur der eigentliche Star des Abends, Giuliano, wirkte plötzlich gedrückt.

„Ist was nicht mit ihm in Ordnung?", fragte Gianni Giovanfrancesco Venturi.

Der zuckte nur mit den Achseln.

„Vielleicht passt ihm Marcos Anwesenheit nicht", sagte er, „was weiß ich."

„Keine Ahnung", gab Sigismondo della Stufa auf dieselbe Frage zur Antwort, „vielleicht fühlt er sich nicht genug beachtet. Scharwenzeln doch mal wieder alle um Lorenzo herum!"

„Das ist die Ruhe nach dem Sturm", behauptete Agnolo Poliziano, „oder war's vor…? Ist ja auch egal! Zerbricht dir nicht den Kopf, kleiner Gianni, unserem Helden geht es gut. Willst du meine Stanza hören?"

Nein, Gianni wollte nicht und er gab es danach auf, mehr herausfinden zu wollen. Es bot sich auch keine Möglichkeit, mit Giuliano direkt in Kontakt zu treten, zumindest nicht gleich, denn immerhin war er ständig von irgendwelchen Horden umgeben. Aber am späten Abend änderte sich die Lage unvermittelt.

Paolo, Giannis Neffe, war in den Armen seines Onkels eingeschlafen. Da Cesare gerade mit einem wichtigen Geschäftspartner beschäftigt war, nahm Gianni das Kind selbst, trug es in den Hof hinunter und vertraute es ihren Dienern an, damit diese es nach Hause zu seiner Mutter brachten. Und kaum, dass er Paolo sicher übergeben hatte und sich wieder der Treppe zuwandte, traf er auf Giuliano, eine Flasche in der Hand.

„Hey, Gian", sagte der jüngere der Medici-Brüder leicht schwankend, „kommst du mit rauf?"

Rauf, das bedeutete das Dach, eine keineswegs ungewöhnliche Stelle für einen nächtlichen Ausflug. Auf den Dächern von Florenz konnte man, so ging das Gerücht unter jungen Männern, nachts die Jungfrauen von Geblüt sehen, wie sie ihre Haare im Mondlicht bleichten. Wenn sie das wirklich taten, würde es mitunter eine recht fröstelige Angelegenheit werden, dachte Gianni, während er sich neben Giuliano hockte und seine Jacke enger um sich zog.

„Nimm einen Schluck", sagte Giuliano, „das wärmt."

Gianni gehorchte. Dann legte er den Kopf schief und betrachtete seinen Nachbarn. Er kannte Giuliano schon sein ganzes Leben lang, glaubte auch mit gutem Grund, dem jungen Medici wichtig zu sein – aber trotzdem fand er es verwunderlich, als einzelner unter so vielen für ein privates Besäufnis ausgesucht zu werden – falls es das werden sollte.

„Was?", machte Giuliano, ohne ihn anzusehen.

Was soll's dachte Gianni.

„Warum ich?", fragte er geradeheraus.

„Warum du was?"

„Warum hast du mich hier mit raufgenommen?"

Giuliano drehte den Kopf.

„Sollte die Frage nicht eher lauten, warum wir hier oben sind?“, fragte er ironisch, „wo doch drinnen das große Fest stattfindet?“

„Das ist Frage Nummer zwei“, beharrte Gianni stur.

Giuliano schnaubte kurz und blickte wieder nach vorne.

„Warum du“, wiederholte er, „glaubst du, ich hab nicht gesehen, wie du mich die ganze Zeit angestarrt hast? Außerdem hätten sie dich über kurz oder lang sowieso auf mich angesetzt. Ich dachte, ich komme dem Ganze zuvor.“

„Das verstehe ich nicht“, meinte Gianni verwirrt.

Giuliano lachte kurz auf.

„Ich weiß“, sagte er, „ich erklär’s dir irgendwann mal, aber nicht heute Abend. Heute Abend bin ich mit eigenen Sorgen beschäftigt.“

„Die dich von der Feier da unten hier hinaufgetrieben haben“, sagte Gianni, „schon klar. Das war also Frage Nummer zwei.“

„Ich wette, ich kenne Frage Nummer drei.“

„Natürlich kennst du sie. Was *sind* deine Sorgen, Giuliano?“, fragte Gianni.

Giuliano antwortete nicht sofort, sondern nahm noch einen Schluck.

„Was sagt man denn so?“, stellte er eine Gegenfrage.

Gianni zuckte mit den Schultern.

„Alles Mögliche“, meinte er, „wobei die meisten, denke ich, es gar nicht gesehen haben.“

„Und die anderen?“

Gianni antwortete wahrheitsgemäß.

„Dass du auf Marco eifersüchtig bist oder auf Lorenzo oder einfach nur müde oder…“

„Himmel“, Giuliano schüttelte den Kopf, „sie spinnen doch wirklich.“

Schweigen. Sie tranken abwechselnd aus der Flasche und nach drei, vier Schlucken beschloss Gianni, die Stille erneut zu stören.

„Bist du’s denn?“, fragte er wie nebenbei.

„Was?“

„Neidisch.“

„Auf wen?“

„Nun, auf Marco, zum Beispiel“, fing er mit dem Offensichtlichen an.

Giuliano schüttelte den Kopf.

„Marco Vespucci“, murmelte er, „wie könnte ich... Nein. Vielleicht bin ich manchmal sehr neidisch, weil er tagein, tagaus neben Simonetta leben darf, aber wäre ich Marco, wäre er ich und dann müsste ich auf mich eifersüchtig sein...“

„Aha?“, machte Gianni.

Giuliano drehte sich heftig um.

„Sie liebt mich, nicht ihn“, sagte er, „ich weiß es! Sie hat es mir gesagt. Sie hat mich vom ersten Tag an geliebt und ich sie – wie könnte ich auf Marco Vespucci neidisch sein?“

„Also nicht Marco“, näherte sich Gianni dem heikleren Thema an, „und Lorenzo?“

„Lorenzo!“ Giuliano schüttelte den Kopf, „wer mit dem Mist angefangen hat! Gianni, ich bin doch ganz anders als Lorenzo. Fein, ich mochte seinen Plan nicht, mich zum Priester machen zu lassen und manchmal mag ich es auch nicht, wenn er mir etwas verbietet – aber das ist selten genug und ich wette, du hast dieselben Sorgen mit Cesare. Bist du deshalb neidisch auf ihn?“

„Mein Bruder ist aber nicht der Regent von Florenz“, erinnerte Gianni.

Giuliano schenkte ihm ein feines Lächeln.

„Meiner auch nicht“, erwiderte er, „Florenz ist eine Republik.“

Einen Moment lang grinsten sie sich an, dann schüttelte Gianni den Kopf.

„Also Marco nicht und Lorenzo nicht“, sagte er, „folglich bist du einfach nur müde?“

Giuliano antwortete nicht sofort.

„Müde“, sagte er schließlich leise, „ja, das auch...“

Dann, nach einem Moment: „Heute sollte der schönste Tag meines Lebens werden, der herausragendste. Ich habe es beim Aufstehen schon gewusst und ich war fest entschlossen, dass nichts, aber auch wirklich gar nichts diesen Tag stören sollte! Und dann… dann erfahre ich das Schlimmste…"

Wieder brach er ab. Gianni wartete schweigend, doch nichts weiter kam. So sagte er schließlich vorsichtig: „Giulio?"

Vielleicht war es diese vertraute Anrede, vielleicht der Wein, vielleicht der Mond oder vielleicht etwas ganz anderes. Giuliano de' Medici beugte sich plötzlich krampfhaft vorne über und vergrub das Gesicht in den Händen. Gianni erschrak zutiefst, doch bevor er etwas tun konnte, hatte der Medici-Jüngste sich wieder gefangen und wandte sich ihm zu, das Gesicht weiß mit bläulichen Schatten.

„Simonetta ist krank", sagte er.

Das war so unerwartet, so verblüffend, dass Gianni es erst einmal abstritt.

„Unsinn", sagte er, „sie sieht doch aus wie das blühende Leben!"

„Du meinst ihre roten Wangen."

„Ja! Natürlich!"

„Sie hat Fieber", sagte Giuliano sachlich.

„Fie…" das Wort blieb Gianni im Hals stecken.

„Sie war im Winter schon einmal sehr krank, hat sich aber wieder ein wenig erholt", berichtete Giuliano mit nüchterner Stimme weiter, „sie hat es vor mir verborgen, weil ihr der heutige Tag so wichtig war. Marco hat sie unterstützt – irgendwie hat sie ihn auf ihre Seite ziehen können. Ich habe ihm gesagt, er solle sie sofort aufs Land bringen, aber er sagt, Simonetta will nicht aufs Land. Sie will hier sein – in Florenz."

„Was hat sie denn?", fragte Gianni besorgt.

Giuliano verzog das Gesicht.

„Die Ärzte meinen, es ist die Schwindsucht", antwortete er bitter, „und ja, ich weiß auch, was du weißt – dass es Leute gibt, die jahrelang damit leben und Leute, bei denen es ausheilt – aber nur, wenn man sich danach richtet! Und das funktioniert wohl kaum, wenn man sich im dünnen Kleidchen einen ganzen Nachmittag lang auf die Piazza Santa Croce setzt und Turnierkönigin spielt!"

Gianni musste schlucken.

„Ich wette, sie wollte dir nur zusehen", sagte er leise.

„Was es nicht besser macht!", fuhr Giuliano auf.

Er wischte sich über das Gesicht, nahm noch einen Schluck und atmete tief ein.

„So", sagte er, „jetzt weißt du es. Du musst es natürlich für dich behalten, die Vespucci wollen es so. Simonetta ist die Königin von Florenz! Aber ich... ich werde dafür sorgen, dass sie sich schont. Ich muss irgendwie durchsetzen, dass sie aufs Land geht. Ich muss einen Weg finden..."

Er brach erneut ab und versank in Gedanken.

Gianni saß stumm daneben. Schwindsucht – das war ja keine unbekannte Krankheit. Seine eigene Mutter war daran gestorben und wenn er sich richtig erinnerte, eine Cousine seiner verschollenen Braut. Aber Giuliano hatte Recht – es gab Leute, bei denen die Krankheit nur langsam fortschritt, bei denen sie heilbar war. Vielleicht war ja gerade die zarte Simonetta ein solcher Fall.

Oder sie würde sterben.

Kein Wunder, dass Giuliano nicht zum Feiern zumute war. Ein Wunder eigentlich, dass Marco und Simonetta so tun konnten, als wäre es nicht wahr – vielleicht wollten sie das ja, vielleicht glaubten sie, es ginge von selbst weg, wenn man es ignorierte.

Was es nicht tun würde. Und Giuliano, der es gerade erst erfahren hatte, sah klarer als die beiden, die offensichtlich schon länger damit lebten und verstand.

„Ausgerechnet heute Abend", flüsterte Gianni betroffen.

„Du sagst es", meinte Giuliano bitter, „der Tag des Triumphes – und alles zu Staub!"

Gianni holte tief Luft.

„Gib nicht so schnell auf", sagte er rasch, „Giulio, ich bitte dich. Sie ist da unten, sie tanzt, sie lacht, sie wird dich vermissen. Was nützt es ihr, wenn du hier oben trauerst? Vielleicht irren sich die Ärzte. Vielleicht wird sie wieder gesund. So oder so – hier oben zu sein, ändert nichts."

Giuliano sah ihn verblüfft an und verzog den Mund zu einem schiefen Lächeln.

„Weise Worte", spottete er.

„Wahre Worte", beharrte Gianni, „nun komm schon. Ich werde schweigen, versprochen. Aber du kannst nicht hier oben bleiben und am Ende selber krank werden. Willst du das?"

„Wenn sie stirbt, will ich auch nicht mehr leben", brummte Giuliano.

Gianni schüttelte den Kopf.

„Unsinn!", sagte er böse, „Unsinn! Und ich weiß, wovon ich rede! Habe ich meinen Bruder etwa nicht geliebt? Habe ich mich nicht auch vor der ganzen Welt verkrochen, als er starb? Das führt zu nichts, Giuliano! Und Simonetta lebt! Sie lebt, sie ist da unten, du hast sie heute so glücklich gemacht – ruinier ihr nicht den Abend. Lass sie mit Freude daran zurückdenken, ja?"

„Weil es vielleicht der letzte dieser Art ist?", sagte Giuliano düster.

„Nein", erwiderte Gianni energisch, „weil sie vielleicht leben wird und du dann wie ein Trottel dastehst! Also, komm! Es ist weiß Gott zu früh, den Kopf in den Sand zu stecken!"

Mit Bitten, Drohen und hartnäckiger Überzeugungsarbeit gelang es ihm schließlich, Giuliano vom Dach hinunterzulocken, wobei die Tatsache, dass die Weinflasche leer geworden war, eine nicht unbeträchtliche Rolle spielte. Aber seine Worte waren nicht gänzlich ungehört verhallt. Während des restlichen Abends konnte er beobachten, wie Giuliano sich zusammenriss, wie er lachte, mit Simonetta tanzte, sie fürsorglich zu einem Sofa führte und einen Schal für sie brachte. Marco stand daneben und lächelte, so dass sich zumindest die Gerüchte der Eifersucht für den Abend zerstreuten.

Und noch etwas geschah, was Gianni mit Verblüffung registrierte. Als Giuliano Simonetta zu ihrer Bank gebracht hatte und sich umwandte, um ihr etwas zu trinken zu besorgen, stolperte Fioretta neben ihm und fiel ihm fast in die Arme. Einen Moment hing sie an seinem Ellenbogen, die Glutaugen tief auf seine gerichtet, die weiche Brust gegen seinen Körper gedrückt.

Aber Giuliano lächelte nur besorgt, stellte sie wieder auf ihre eigenen Füße und griff nach Simonettas Trinkpokal. Fioretta musste unbeachtet von dannen ziehen.

Also *er* war es, dachte Gianni verdutzt, auf *ihn* hatte die Kurtisane ihre Kräfte konzentriert – auf Giuliano de' Medici, den Bruder des Herrn von Florenz! Nein, natürlich hatte er da keinen Platz mehr in ihrem Leben. Giuliano würde sich hüten, etwas anzurühren, was zu ihm, Gianni, gehörte und was ihn verletzen könnte! Also deshalb hatte sie mit Sigismondo gesprochen. Auf Giuliano richtete sie ihre Hoffnungen, die berühmte mediceische Großzügigkeit sollte ihr Alter sichern!

Aber, so dachte Gianni ebenfalls, während er beobachtete, wie fürsorglich Giuliano den Schal um Simonettas Schultern legte, aber Fioretta – nicht heute Abend. Heute Abend sind Giulianos Augen für alle anderen Frauen blind. Und vermutlich würde sich das so schnell nicht ändern. Fioretta brauchte einen langen Atem.

Oder vielleicht besser – Simonetta brauchte den.

Zunächst einmal sah es aber nicht so aus, dass Simonetta noch lange Atem haben würde. Kurz nach dem Turnier wurde sie wieder schwer krank und zwar so schwer, dass ganz Florenz erschrocken die Luft anhielt und für ihre Gesundheit zu beten begann. Glücklicherweise wurde man belohnt. Mit dem Frühling kam eine leichte Besserung.

Und ein Heiratsangebot für Giuliano.

„Lorenzo spinnt doch!", fauchte dieser empört, „wie kann er mir jetzt damit kommen? Wie kann er nur?"

Er war Gianni begegnet, als dieser gerade auf dem Weg zur kleinen Arnoterrasse gewesen war. Damit fiel ein Mittag mit Luca und Susanna natürlich flach. Stattdessen verbrachte er seine Zeit damit, neben einem wütenden Medici durch die Straßen zu laufen.

„Ausgerechnet jetzt?“, lamentierte Giuliano, „wie kann er nur! Und dann so jemand!“

„Giovanni Borromei ist ein reicher Kaufmann und er stammt aus Mailand“, gab Gianni zu bedenken, „das Mädchen ist seine einzige Tochter. Wer sie heiratet, erbt ein Vermögen!“

Dieses Argument zog natürlich nicht. Es hätte für einen kühlen, kaltblütigen Cesare ausschlaggebend sein können, wäre er an Giulianos Stelle gewesen, und zwar sehr. Die Medici, so hieß es, hatten mit schweren finanziellen Einbußen zu rechnen. Nicht nur der Verlust der päpstlichen Konten, nein, auch aus anderen Städten kamen keine so positiven Bilanzen mehr wie zu Cosimos Zeiten. Die Welt hatte sich eben geändert und da konnte sich Sassetti, der Bankleiter, noch so anstrengen. Tommaso Portarini, der die Niederlassung in Brügge leitete, so wurde gemunkelt, bediente sich ganz offen aus den Truhen seiner Arbeitsgeber, um seinen aufwendigen Lebensstil zu finanzieren.

Aber selbst, wenn dies mehr als nur Gerüchte gewesen wären und die Medici tatsächlich dringend eine Finanzspritze gebraucht hätten – Giuliano konnte man mit Heiratsplänen nicht kommen, wo Simonetta eben noch einmal dem Tod von der Schippe gesprungen war.

„Nie und nimmer!“, murrte er, „soll sie doch heiraten, wen sie will!“

„Wenn du so redest, wird sie das vermutlich auch“, sagte Gianni seufzend.

„Und es ist mir egal!“, behauptete Giuliano empört, „Simonetta ist krank! Wie kann ich mich da um andere Frauen kümmern? Lorenzo – klar, Lorenzo interessiert das alles nicht! Ihn kümmert es nicht, ob Simonetta lebt oder stirbt!“

„Das glaube ich nicht“, widersprach Gianni, „er mag sie doch. Er hat sogar ein paar Gedichte für sie geschrieben!“

Damit hatte er schon wieder einen wunden Punkt getroffen. Giuliano schien nur noch daraus zu bestehen.

„Gedichte!“, fuhr er auf, „was haben die denn zu sagen! Alle schreiben doch Gedichte – Giovanni, Agnolo, Luigi, Lorenzo – Himmel noch mal! Und wenn Simonetta tot ist, wie werden sie sich dann austoben können! Ich weiß es doch noch – als Sigismondos Braut starb, kurz nach der Hochzeit, wie haben sie alle lamentiert! Was für schöne Verse haben sie geschrieben! Und ich wette, ich wette, keiner von ihnen erinnert sich noch an ihren Namen oder ihr Gesicht!“

„Ich zumindest erinnere mich nicht mehr dran“, gab Gianni zu, „aber ich dichte auch nicht.“

„Sie hieß Albiera“, sagte Giuliano, „Albiera degli Albizzi. So! Geh mal hin und frage Lorenzo oder Luigi, ob sie noch wissen, wer Albiera war! Oder frag doch gleich Sigismondo!“

„Der wird sich ja wohl noch an den Namen seiner Braut erinnern!“, sagte Gianni verblüfft.

„Ach ja?“, höhnte Giuliano, „erinnerst du dich denn noch an den der deinen?“

Stille. Gianni biss sich auf die Lippen. Die kleine Castini, ja – aber die kleine Castini musste auch einen Vornamen gehabt haben, den er sicherlich mal gewusst hatte.

Und vergessen. Er hatte nicht mehr die geringste Ahnung.

„Ich habe sie doch nie gesehen!“, verteidigte er sich, „und schon gar nicht geheiratet! Und Himmel noch mal! Ich war zwölf!“

Sein heftiger Ausbruch brachte Giuliano ein wenig zur Räson, so dass dieser errötete und sich unbeholfen auf eine Mauer setzte.

„Verzeih“, sagte er, „das war ungerecht. Es ist nur… es ist… es ist, als rinne mir das Leben zwischen den Fingern hindurch, als sei jeder Tag gezählt und ich könne nichts dagegen tun. Ich sehe mich um und ich kann einfach nicht fassen, dass sie alle so weiterleben wie bisher. Dass das Leben nicht stehen bleibt!“ Bitter setzte er hinzu: „Und ich dachte, zumindest mein Bruder könnte mich verstehen.“

„Lorenzo hat vielleicht auch noch andere Sorgen“, gab Gianni leise zu bedenken, „vergiss das nicht. Er kann nicht nur an Simonetta denken. Das könnte er nicht einmal... das könnte er nicht einmal, wenn Lucrezia krank wäre oder Clarice. Da ist der Papst, der ständig querschießt, dann der Erzbischof von Pisa, der ihm noch immer nicht verziehen hat, nicht Erzbischof von Florenz geworden zu sein, da ist Mailand, unberechenbar, Venedig, auf sein eigenes Wohl bedacht, Neapel...“

„Schon gut, schon gut“, unterbrach ihn Giuliano, „ich habe dich verstanden. Armer Lorenzo. Hast du mich nicht einmal gefragt, ob ich eifersüchtig auf meinen Bruder wäre? Da hast du deine Antwort. Es ist schlimm genug, wenn ich in seinem Auftrag unterwegs bin. Wäre ich er, könnte ich mich gar nicht mehr um sie kümmern.“

„Na, siehst du“, meinte Gianni aufmunternd, „außerdem geht es ihr doch besser, nicht wahr?“

„Das ist noch lange kein Grund, mich mit Heiratsplänen zu traktieren“, murrte Giuliano.

„Aber wird's nicht langsam mal Zeit?“, sagte Gianni.

Giuliano verzog das Gesicht.

„Unziemliche Eile“, meinte er, „die meisten Männer heiraten nicht, bevor sie dreißig sind. Lorenzo war eine Ausnahme. Aber, nun gut...“

Er brach ab. Gianni, neugierig geworden, rutschte ein Stückchen näher.

„Aber?“, hakte er nach.

Giuliano zog wieder eine Grimasse.

„Es gibt einen Grund, weshalb Lorenzo so früh geheiratet hat und weshalb er will, dass ich bald heiratete – seitdem ich kein Priester mehr werden soll“, gestand er.

„Nun“, sagte Gianni, „ich dachte immer, Lorenzo hat so früh geheiratet, damit er beim Tod eures Vaters mehr Gewicht hatte. Und der war ja abzusehen.“

„Ja, das auch“, sagte Giuliano, „aber es gab noch andere Gründe. Sieh mal – sie hatten alle die Gicht. Sicher, keiner hat so darunter gelitten wie Vater, aber gehabt haben sie sie alle. Und vermutlich werden auch Lorenzo und ich sie bekommen. Also ist es besser, wir schaffen uns früh eine Familie an und kriegen Kinder, bevor es zu spät ist."

Er hob den Kopf.

„Vater sagte einmal, es gäbe viel zu viele junge Witwen in Florenz", setzte er hinzu, „und dass er es trotz Aristoteles für eine Unsitte halte, Männer erst mit dreißig, Mädchen jedoch mit dreizehn, vierzehn Jahren zu verheiraten. Zu viele Witwen, zu viele Waisen."

Da war etwas Wahres dran, musste Gianni zugeben. Auch sein eigener Vater hatte erst spät geheiratet. In seinem Bestreben, eine eigene Dynastie zu gründen, hatte er die Regel aber bereits bei seinem Ältesten gebrochen. Und mit seinem Jüngsten, ihm, hatte er dem Ganzen die Krone aufgesetzt.

„Ich war zwölf, als ich heiraten sollte", sagte er versonnen.

Giuliano grinste.

„Ja, und alle hatten Mitleid mit dir", neckte er, „wir dachten, wir müssen dir in deiner Hochzeitsnacht zu Hilfe kommen. Sebastiano hat dich zwar in Schutz genommen, aber sogar er wirkte etwas zweifelnd. Und dann hast du uns alle mit deinen venezianischen Abenteuern überrascht!"

„Sebastiano..." Gianni musste unwillkürlich lächeln, „Himmel, wie er gelacht hat!"

„Wann?", hakte Giuliano nach, „ich meine, er hat ja oft gelacht!"

Giannis Grinsen verbreiterte sich.

„Als ich ihm sagte, dass es nur ein Gerücht war", bekannte er, „ich bin aus dem Bordell in Venedig rausgeflogen, bevor was passieren konnte. Oh, Sebastiano hat sich fast totgelacht. Und dann hat er mir eine würdige Initiation versprochen."

Sein Lächeln verschwand.

„Dazu ist es leider nicht mehr gekommen", setzte er hart hinzu.

Giulianos Hand kam und legte sich auf seine Schulter.

„Das tut mir leid“, meinte er, „aber willst du mir damit etwa sagen, dass der wilde Gianni Montecaldo noch nie...?“

In seiner Stimme klang ein scherzhafter Ton mit, viel besser als das Düstere und Bittere der Wochen zuvor und dies bewog Gianni, das Spiel weiterzuspielen. Er sah auf und grinste erneut.

„Meinen ersten Kuss“, sagte er und lachte, „gab mir Leonardo aus Vinci.“

„Was!“, keuchte Giuliano auf und begann, ebenfalls zu lachen. Gianni packte seinen Arm.

„Meinen zweiten“, fügte er übermütig an, „ – Simonetta!“

„Ah!“, seufzte Giuliano „meine süße Simonetta! Ich erinnere mich! Dabei habe ich euch überrascht, nicht wahr?“

Gianni nickte.

„Sie hatte Mitleid mit mir, weil ich so verstört von Leonardo war“, gab er zu, „und sie erlöste mich für alle Zeiten von der Angst, schwul zu sein!“

Jetzt war Giulianos Lachen befreit, beinahe ausgelassen.

„Da sind wir aber froh“, grinste er, „so, und wie war das jetzt mit deiner Initiation? Lass mich raten – Fioretta Gorini?“

Gianni wurde ernst. Er senkte den Kopf.

„Nach Sebastianos Tod“, begann er, brach ab und versuchte es erneut.

„Nein“, sagte er fast flüsternd, „ich habe zwei sehr gute Freunde, von denen ich Sebastiano nie etwas erzählt habe. Er hätte nur gelacht – arme Waisen, in einer Hütte zuhause. Aber sie... sie waren da. Sie hat mich aufgenommen. Sie hat mich gehalten. Und an ihr habe ich gelernt, dass ich es aushalten kann. Ohne Sebastiano zu sein, meine ich.“

Sein Bekenntnis überraschte nicht nur ihn, sondern auch Giuliano. Für einen Moment rückte Simonetta endgültig in den Hintergrund.

„Ich erinnere mich“, sagte Giuliano leise, „ich war da. Ich habe dich dort gesehen. Vielleicht... vielleicht weißt du das nicht mehr.“

„Doch", Gianni nickte, „ich weiß es. Ich hatte nicht den Verstand verloren, wenn du das denkst. Ich fand es nur... ich fand es einfach unerträglich, mich der Welt zu stellen."

„Und damit auch mir."

„Ja."

„Aber bei ihr ging es?"

„Susanna ist anders."

„Dann ist sie deine Geliebte?", fragte Giuliano zweifelnd, „ich hoffe, du hast sie nicht mehr in diesem Loch hausen lassen!"

„Nein!", widersprach Gianni heftig, „nein, so ist das nicht. *Sie* ist nicht so! Sie ist keine Graziella oder Fioretta – ihr Bruder hat am nächsten Morgen zu mir gesagt, sie habe mir ein Geschenk gemacht und ich solle es nutzen und zurück nach Hause gehen."

„Das heißt, sie hat dir Kraft gegeben?", meinte Giuliano stirnrunzelnd.

„Sie hat... mir einen Sinn gegeben", sagte Gianni langsam, „so muss man es, denke ich, sehen."

„Einen Sinn", wiederholte Giuliano, „einen Sinn... Ja, nach dem suche ich auch immer wieder."

*

Dem Ganzen war etwas vorausgegangen, was für Gianni sozusagen ebenso wichtig gewesen war, wie Simonettas Gesundheitszustand für Giuliano: Sein erster Besuch bei Luca und Susanna, nach fast einem Jahr.

Er hatte sich nicht sofort nach dem Turnier aufmachen können, wie immer kam ihm das Geschäft dazwischen. Außerdem musste er ein wenig Mut fassen. So gingen ein paar Wochen ins Land, bevor er endlich, gegen die Mittagszeit, den Weg zur kleinen Arnoterrasse fand.

Vor der Mauer angekommen lauschte er zunächst. Er konnte ihre Stimmen leise ausmachen, hinter den Steinen und er wurde schlagartig nervös. Hatte Susanna sich auch nicht geirrt? Würde Luca ihn nicht doch vertreiben? Würde das nicht den ganz großen Bruch bringen, wenn er es wagte, hier wieder aufzutauchen – nach dem, was er getan hatte?

Auf der anderen Seite, sie war zu ihm gekommen, sie hatte ihn gebeten und Luca hatte gelacht und gewunken. Das sah nicht nach Ärger und lebenslangem Näherungsverbot auf. Er konnte es zumindest einmal versuchen.

Vorsichtig schob er sich auf die Mauer hinauf und lugte hinunter. Er hatte sich nicht verhört, sie waren tatsächlich da. Susanna verteilte das Essen, Luca massierte geistesabwesend das lahme Bein und sie redeten über irgendetwas, was er nicht ganz verstehen konnte. Wieder überkam ihn Sorge. Sollte er sie stören?

Aber in diesem Moment sah Susanna auf, sah ihn, und begann zu lächeln.

„Gianni!", rief sie.

Luca drehte sich herum. Auch sein Lächeln war echt.

„Na, sieh mal einer an!", spottete er, „der junge Montecaldo findet auch mal wieder den Weg zu uns!"

„Ich habe gehört, es gibt gebackene Bohnen?", sagte Gianni, weil ihm nichts Besseres einfiel.

Luca warf einen Blick in den Topf.

„So ist es!", bestätigte er, „willst du noch lange da oben rumhängen?"

„Das Essen wird kalt", setzte Susanna mit einem Zwinkern hinzu.

Mehr Aufforderung brauchte er nicht. Mit einem Satz war er ganz oben und dann, damit es nicht zu übereifrig aussah, kletterte er in Ruhe die kleine Treppe auf der anderen Seite herunter. Luca rückte beiseite und er ließ sich mit überkreuzten Beinen neben den Geschwistern nieder. Noch bevor er ganz saß, hatte Susanna ihm bereits eine Scheibe Brot in die Hand gedrückt.

Er biss ab.

„Lecker!", lobte er.

„Ja, ich weiß", meinte Luca grinsend, „so und jetzt erklär dich mal. Wo hast du dich so lange rumgetrieben?"

Gianni war nicht ganz sicher, was er damit meinte – die Zeit seit dem Turnier, oder ihre gesamte Trennungsphase. Er entschloss sich für eine vage Antwort und verzog das Gesicht.

„Ich bin jetzt ein Kaufmann", sagte er seufzend.

Das war eigentlich überhaupt nicht komisch, aber die Art, wie er es aussprach, schien es zu sein, denn nach einem Moment brachen sie alle drei in Gelächter aus. Susanna schüttelte den Kopf und Luca schlug ihm mit der Hand auf die Schulter.

„Schweres Schicksal", stimmte er zu, „lauter Zahlen und Gewichte!"

„Wolltest du dich nicht eigentlich davor drücken?", erinnerte ihn Susanna an Gespräche aus der Zeit vor Sebastianos Tod.

Gianni seufzte wieder und verzog das Gesicht, halb im Ernst, halb spaßig.

„Ja, schon", gab er zu, „aber es ging nicht anders. Irgendwer muss den Laden am Laufen halten. Cesare schafft es nicht allein."

Das Letzte war ganz ernst herausgekommen. Susanna legte ihren Kopf schief.

„Dein Vater ist schwer krank, nicht wahr?", fragte sie leise.

Gianni zuckte mit den Schultern.

„Der Schlag hat ihn getroffen", berichtete er, „er lebt noch, aber ja, das ist eigentlich schon alles. Ohne Angelica wäre er vermutlich längst tot. Sie kümmert sich um ihn. Cesares Frau", setzte er nach einem Moment hinzu, weil er Angelica vermutlich noch nie zuvor erwähnt hatte, „sie ist schwanger. Wenn es ein Junge wird, wollen sie ihn Sebastiano nennen."

„Na", lächelte Susanna, „das sind doch gute Zeichen."

„Wenn du das sagst", meinte er zweifelnd, „im Augenblick sieht es eher nach einer guten Portion Arbeit aus. Cesare will, dass ich nach Mailand gehe, geschäftlich."

„Nach Mailand“, sagte Luca und leckte seine Finger ab, „auf Dauer etwa?“

„Nein“, Gianni schüttelte den Kopf, „nur für ein paar Tage. Und dann wird er mich vermutlich nach Venedig schicken und vielleicht sogar nach Neapel, vorausgesetzt, der König hat sich bis dahin beruhigt.“

„Der neue Dreibund, ich verstehe“, nickte Luca, „das heißt also, du wirst ein Wanderer. Auf der Straße zuhause.“

Gianni hob erschüttert den Kopf.

„Niemals!“, verwahrte er sich heftig, „mein Zuhause wird immer Florenz bleiben!“

Nach diesem Ausbruch errötete er und setzte etwas unbeholfen hinzu: „Wir strukturieren das Geschäft um. Es ist nötig, denn so, wie der Vater die Dinge gehandhabt hat, können wir es nicht mehr machen. In der Anfangszeit werde ich reisen müssen. Aber ich hoffe, das wird besser. Und wenn der Laden auf sicheren Füßen steht, können wir uns vielleicht wieder einen Geschäftsführer leisten.“

„So, wie Francesco Sassetti für die Medici“, folgerte Luca.

„Genau“, nickte Gianni, „weder Lorenzo noch Giuliano haben Zeit, sich um das Geschäft zu kümmern.“

„Na“, machte Luca, „mir scheint aber auch, weder Lorenzo noch Giuliano haben Ahnung davon. Oder haben sie dieselbe Ausbildung bekommen, die du durchgemacht hast?“

Stille. Gianni war verdutzt. Darauf war er ja noch nie gekommen – aber sicher, die humanistische Ausbildung, die Philosophie-, Rhetorik- und Mathematikstunden hatten sie wohl kaum auf Ökonomie und Wettbewerb vorbereitet.

„Sie haben Sassetti“, meinte er halbherzig, „sie brauchen das auch nicht.“

„Sie haben andere Sorgen, meinst du“, grinste Luca, „na denn. Ich schließe aus deinen Worten, dass wir dich auch in Zukunft eher wenig zu Gesicht bekommen werden?“

„Ja“, sagte Gianni seufzend, „das ist wohl so.“

„Das macht nichts“, erwiderte Susanna und legte spontan ihre Hand für einen Moment auf seinen Arm, „komm, wann immer du kannst.“

Er nickte. Im Inneren war er stolz auf sich. Weder Lucas aufmerksamer Blick noch seine eigene Reaktion auf Susannas Berührung waren ihm entgangen. Er hatte sich gut im Griff gehabt. Er konnte lächeln.

„Das werde ich“, versprach er.

Und wer wusste, vielleicht konnte er ja tatsächlich mit Susanna nur befreundet sein.

*

Giulianos öffentliche Front gegen die Heiratspläne – die daraufhin natürlich scheiterten – waren nicht das einzige Problem, mit dem Lorenzo sich herumschlagen musste. Im August wurde Antonio de' Pazzi gegen den Widerspruch der Medici das Bistum Sarno zugesprochen und der Graben zwischen Pazzi und Medici schien sich immer mehr zu vertiefen.

„Die Sache gefällt mir nicht“, unkte Cesare, „das riecht förmlich nach einem Krieg. Und wenn's den gibt, dann hier, unter unserer Nase.“

„Schöne Metapher“, murmelte Gianni, um sein Unbehagen zu verbergen. Der Teil von ihm, der Sebastiano vermisste, stand auf der Seite der Pazzi und der Teil, der mit Giuliano auf dem Dach des Palazzo gesessen hatte, auf der Gegenseite.

„Ich wünschte, sie würden sich einigen“, seufzte er später, am Arno.

„Das werden sie auch, früher oder später“, erklärte Luca weise, „sie müssen es, weil sonst das Chaos ausbricht. Die Frage ist nur, wie und wer dabei triumphiert.“

„Früher waren wir alle Freunde“, sagte Gianni missmutig, „die Pazzi, die Medici, wir... Ich verstehe das Problem nicht!“

„Das Problem ist, dass Lorenzo kein offizielles Recht hat, die Stadt zu führen“, erwiderte Luca nachdenklich, „es hängt alles von seinem Ansehen ab. Verliert er das, verliert er Florenz.“

„Und manchmal frage ich mich, ob Lorenzo und Giuliano ohne nicht besser dran wären“, seufzte Gianni.

„Vielleicht“, sagte Susanna leise, „aber wäre es auch Florenz?“

Das war eine gute Frage, die entscheidende sozusagen. Ging es Florenz mit den Medici besser als ohne sie? Immerhin hatten sie sich als weise gezeigt, von dem einen oder anderen Ausrutscher einmal abgesehen. Auf der anderen Seite standen Episoden wie Volterra.

In diesem Sommer zumindest wurde die Frage nicht geklärt. Der Konflikt zwischen den Parteien schwelte weiter, ohne dass er ausbrach. Und Gianni ging wieder regelmäßig zur kleinen Arnoterrasse, um mit Luca und Susanna zu Mittag zu essen.

Das geschah natürlich deutlich seltener als zuvor, sowie all seine Freizeitaktivitäten gravierend beschnitten waren. Oft genug verbrachte er die Mittagsstunden im Kontor oder bei Kunden und Konkurrenten. Im Herbst schickte Cesare ihn auf die Geschäftsreise nach Mailand – bei der Gianni gleich dem besagten Giovanni Borromei begegnete und erfuhr, dass dieser seine Tochter inzwischen einem Pazzi versprochen hatte. Giuliano hatte sie ja nicht gewollt.

Noch ein weiterer Punkt auf der Liste, dachte Gianni beklommen.

Manchmal wunderte es ihn, dass außer dem argwöhnischen Cesare und ihm kaum einer die Bedrohung wahrzunehmen schien. Giuliano kannte nur noch seine Sorge um Simonetta und Lorenzo war Gianni mittlerweile zu fern gerückt, als dass sie vertrauliche Gespräche führen könnten. Leonardo hatte angefangen, wunderliche Maschinen zu erfinden – bislang nur auf dem Papier – und Filippino ging in seinen Bildern auf. Einzig und allein Luca schien Giannis Besorgnis nachvollziehen zu können.

„Es wird irgendwann den großen Krach geben“, prophezeite er, „da gebe ich dir Recht. Darauf kannst du dich verlassen. Und es wird noch mehr Spieler geben als nur die Medici und die Pazzi.“

Auf der anderen Seite war es nicht verwunderlich, dass die meisten in Florenz sich keine Sorgen machten. Messer Jacopo ging nach wie vor im Palazzo Medici ein und aus mit seiner typischen, lautstarken Art und Guglielmo war Bianca ein treuer Ehemann. Von Renaldo aus Rom hörte und sah man nichts, selbst Franceschino schien sich beruhigt zu haben. Nur seine Verwandten, die Salviati, kochten und zwar allen voran Francesco. Seitdem man ihm das Erzbistum Florenz verwehrt hatte und es stattdessen diesem Rinaldo Orsini gegeben hatte – Lorenzos Schwager, der es noch nicht einmal für nötig erachtete, sich hier mal blicken zu lassen! – schimpfte Francesco Salviati wie ein Rohrspatz. Nicht einmal die Tatsache, dass er gegen Lorenzos Willen Pisa erhalten hatte, schien ihn getröstet zu haben.

Gianni hatte jedoch nicht allzu viele Möglichkeiten, sich Sorgen zu machen, denn Cesare hielt ihn auf Trab. Fast den gesamten Winter war er in Norditalien unterwegs, knüpfte neue Kontakte, verhandelte Verträge und fand zwischendurch kaum die Zeit sich zu fragen, wie es nur so weit hatte kommen können. Im Februar kehrte er zurück, die Taschen voller Papiere, den Kopf voller Informationen. Ein richtiges Gespür für Zahlen, wie Cesare das hatte, besaß er noch immer nicht, aber dafür konnte er sein Gegenüber in der Regel hervorragend einschätzen und das half ihm über die mathematischen Mankos hinweg.

„Ich bin zufrieden", sagte Cesare, nachdem er das Material gesichtet und Gianni Bericht erstattet hatte, „die Dinge entwickeln sich gut. Ehrlich gesagt, sie entwickeln sich deutlich besser als ich vor zwei Jahren gedacht hätte. Bravo, Gianni!"

„Danke", sagte dieser gänzlich unberührt, „ich habe dir einen Haufen Arbeit mitgebracht. Um die Details musst du dich kümmern, Cesare."

„Das mache ich", versprach sein Bruder, „was gibt es sonst noch?"

„Onkel Malipiero wird uns wieder an dem nächsten Zuckergeschäft beteiligen", erzählte Gianni, „außerdem ziehen sie in Venedig jetzt Paläste hoch, mein lieber Schwan!"

„Ich sehe, du hast noch viel zu berichten“, meinte Cesare, „das ist gut, Informationen sind wichtig. Aber bevor wir das vertiefen, solltest du vielleicht doch erst einmal zu den Medici gehen.“

„Wieso?“, fragte Gianni geschäftsmäßig, „habe ich gegen ein neues Gesetz verstoßen?“

Cesare schüttelte den Kopf.

„Giuliano geht es nicht gut“, sagte er, „Lorenzo möchte, dass du ihn besuchst.“

„Oh!“ Gianni hielt inne, „Simonetta?“

Sein Bruder nickte.

„So ist es“, antwortete er.

„Sie ist sehr krank“, sagte Giuliano leise, nachdem Gianni angekommen und die ersten Floskeln ausgetauscht worden waren, „so krank, dass sie sogar überein gekommen sind, sie doch aufs Land zu bringen. Ich werde morgen hinreiten.“

Er war allein, was Gianni ein wenig wunderte, was jedoch eindeutig in Giulianos Absicht lag. Und er war, im Gegensatz zur Wut und dem Aufbegehren zuvor, ruhig, nahezu gelassen. Oder, mit anderen Worten, resigniert. Es schien, als habe er sich abgefunden, nicht ändern zu können, was auch immer mit Simonetta geschah.

„Es ist schon fast März“, tröstete ihn Gianni, „der Frühling steht vor der Tür. Letztes Jahr hat sie sich auch im Frühjahr wieder erholt. Und vielleicht ist dies die Warnung, die sich brauchte und sie wird ihre Krankheit jetzt ernst nehmen.“

Giuliano seufzte.

„Ich weiß es nicht“, sagte er, „wir hatten einen Streit, als ich sie das letzte Mal sah, richtig schlimm und sie ist zusammengebrochen. Oh Gianni, wenn sie stirbt…“

„Was sagen denn die Ärzte?“, fragte Gianni beklommen, weil er unwillkürlich spürte, dass nichtsagende Trostworte jetzt nicht angebracht waren.

„Was sollen sie schon sagen“, meinte Giuliano unglücklich, „sie hat die Schwindsucht. Sie war nie besonders stark. Wie kann man da Hoffnung haben?“

Gianni hätte am liebsten gesagt, dass man immer Hoffnung haben sollte, weil es das Einzige war, was blieb, aber dann brachte er die Worte nicht über die Lippen. Stattdessen setzte er sich einfach stumm neben Giuliano und drückte dessen Hand.

„Lorenzo möchte nicht mehr, dass ich hingehe“, sagte Giuliano nach einem Moment leise.

Gianni schluckte.

„Hat er es dir verboten?“

Giuliano schüttelte den Kopf.

„Nein“, meinte er, „aber ich merke es. Mutter will es auch nicht. Sie haben Angst, dass ich mich anstecke, verstehst du? Und Clarice hat Angst, dass ich die Schwindsucht zu ihren Kindern bringe. Sie ist in Careggi und schwört, sie wird dort bleiben, solange sich die Situation nicht ändert.“

„Na“, machte Gianni.

Wieder war es still.

„Wenn ich nur wüsste, was ich tun könnte!“, stöhnte Giuliano schließlich auf, „die unzähligen Kerzen, die Spenden, die Gebete – nichts scheint zu helfen! Ich lasse ihr Obst und Blumen bringen, die besten Ärzte haben wir für sie gefunden – es muss doch besser werden! Warum wird sie nicht gesund?“

„Wen die Götter lieben…“, flüsterte Gianni, bevor er sich auf die Zunge beißen konnte.

Giuliano sprang auf, wie von der Tarantel gestochen.

„Sag das nie!“, fauchte er, „sag so etwas nie wieder!“

„In Ordnung, in Ordnung!“, erwiderte Gianni und hob beschwörend die Hände, „es tut mir Leid! Das war gedankenlos! Komm, bitte, setz dich wieder. Soll ich dich ablenken? Manchmal hilft das. Ich kann dir von

Venedig erzählen und was der Doge sich wieder geleistet hat oder vom Herzog von Mailand. Wir können auch rausgehen, wenn du willst."

Giuliano gab zögernd nach, setzte sich und vergrub das Gesicht zwischen den Händen.

„Ich glaube, ich will gar nicht abgelenkt werden", jammerte er, bevor er den Kopf hob und Gianni schief anguckte.

„Na gut", sagte er, „du hast recht. Ich bin ein Weichling. Dann erzähl mir was von Galeazzo Maria, meinetwegen. Was hat er denn jetzt schon wieder angestellt?"

Gianni gab sein Bestes, um den jüngeren der Medici-Brüder von seinen Sorgen abzulenken, aber so ganz überzeugt war er von seinem Erfolg nicht, als er Giulianos Zimmer verließ. Draußen wartete auf ihn, zu seinem Erstaunen, Agnolo Ambrogini, genannt Poliziano.

„He", sagte er erstaunt, „solltest du nicht mit Madonna Clarice und den Kindern auf dem Land sein?"

Agnolo war seit dem vergangenen Jahr für die Erziehung von Piero verantwortlich, Lorenzos Ältestem, und so war es in der Tat erstaunlich, ihn fern von seinem Schützling anzutreffen. Aber er zuckte nur mit den Schultern.

„Madonna hat mich rausgeschmissen", sagte er trocken, „wir sind uns nicht immer ganz grün. Was soll's, Lorenzo wird's schon richten. Er möchte dich sehen."

„Wer – Lorenzo?"

„Ja, genau der. Du erinnerst dich noch an ihn?", gab Agnolo spöttisch zurück.

„Also habe ich doch gegen irgendein neues Gesetz verstoßen?", sagte Gianni bissig.

Agnolos Miene wurde eine Spur starr.

„Urteile selbst", sagte er knapp, „kommst du?"

„Natürlich", murmelte Gianni.

Natürlich kam er, wenn der Herr von Florenz ihn rief. Etwas bitter dachte er, wie viel sich doch getan hatte seit ihren unbeschwerten Kindertagen in der Zeit vor Pieros Tod. Und er dachte an Sebastiano und seine Meinung zum Thema Lorenzo und an Renaldos Vorwürfe. Er hatte Lorenzo schon lange nicht mehr zu etwas anderem als öffentlichen Anlässen gesehen. Beinahe erwartete er jetzt wirklich den finsteren Tyrannen, den Renaldo de' Pazzi in ihm sah.

Aber Lorenzo sah aus wie immer. Die platte Nase, das dichte Haar und die sorgenvoll gerunzelte Stirn – ein wenig älter geworden, aber das war Gianni ja nun auch.

„Ah, Gianni", sagte er sofort, als man eintrat, hielt dann ein wenig inne und setzte etwas verblüfft hinzu: „Wann bist du eigentlich so groß geworden?"

Gianni musste unwillkürlich lächeln.

„Irgendwann in den letzten sechs Jahren, schätze ich", meinte er, „und du solltest nicht überrascht sein. Du hast mich schließlich tjosten sehen, letzten Winter."

Lorenzos Stirn runzelte sich noch mehr.

„Tatsächlich?", murmelte er, „ich gebe zu... ich hatte damals viel im Kopf... aber ist ja auch egal. Du bist gewachsen, was gut ist. Jetzt sag mir – was hat er?"

Gianni machte spontan einen Schritt zurück.

„Ich meine Giulio", präzisierte Lorenzo, „er ist nur noch still, nur noch gedrückt, er ist reizbar, keiner einzigen Zukunftsidee gegenüber offen..."

„Ähm", machte Gianni verwirrt, „solltest du ihn das nicht lieber selber fragen?"

Lorenzo seufzte.

„Ich weiß", sagte er, „aber wir geraten in letzter Zeit nur noch aneinander. Ich müsste mir mehr Zeit für ihn nehmen und genau das ist es, was ich nicht habe. Also, ich brauche deine Hilfe. Ich möchte doch, dass mein Bruder glücklich ist!"

Das meinte er vollkommen ernst, sah Gianni und war gleichzeitig verdattert, dass jemand so blind sein konnte.

„Simonetta liegt vielleicht im Sterben“, platzte er heraus, „wie kannst du da erwarten, dass er glücklich ist?“

„Ja“, Lorenzo wirkte nicht im mindesten überrascht, „und es ist nur das? Nichts anderes?“

„*Nur*?“, sagte Gianni ungläubig.

Einen Moment lang musterten sie sich schweigend, gegenseitig, und es schien, als würden Dinge gesagt, die man nicht laut aussprechen konnte. Dann seufzte Lorenzo und drehte sich zu Poliziano um.

„Also ist es ernster, als ich dachte“, sagte er, „ich hielt es für eine Liebelei, eine Schwärmerei. Mein Gott – wir beten doch alle die Schönheit an und Simonetta *ist* die Schönheit in persona.“

„Sie ist ein Bild, nichts weiter“, sagte Agnolo.

„Für Giuliano ist sie mehr“, konnte Gianni sich nicht verkneifen.

„Das bedeutet aber auch, dass ich nichts machen kann, nicht wahr?“, folgerte Lorenzo, „ich kann nichts tun, um Giulio aus seiner Depression zu holen. Dabei haben wir jetzt die neuen Angebote…“

„Mit Verlaub“, sagte Agnolo, „warte einfach ein wenig, Lorenzo. Die Prognose für die kleine Vespucci ist sehr schlecht. Es hetzt dich doch keiner.“

„Sagst du“, meinte Lorenzo grimmig, „manchmal spüre ich die Hetze schon in meinen Knochen. Aber du hast ja recht – wir können es nicht ändern. Und Giulio ist jung. Er hat noch Zeit, er wird sich erholen.“

Gianni verfolgte das Gespräch mit gerunzelter Stirn. Das klang ja beinahe so, als wollten sie Giuliano wieder eine neue Braut präsentieren. Wenn ja, dann war dies sicherlich der falsche Zeitpunkt. Und noch etwas störte ihn.

„Ich glaube euch nicht, wenn ihr so gelassen über Simonettas Tod redet“, rutschte ihm heraus, „ich glaube dir nicht, dass sie dir egal ist, Lorenzo!“

Lorenzo drehte sich erstaunt um.

Dann wurde sein Blick plötzlich wehmütig.

„Bei allen Heiligen“, sagte er, „wie alt bist du jetzt? Vor sieben Jahren hätte ich genauso gesprochen. – Ja, natürlich lässt es mich nicht kalt, dass sie sterben könnte. Aber Gianni, ich habe eine ganze Stadt, die von meinen Entscheidungen abhängt. Wenn ich mich wie Giulio in die Kammer verziehen und Trübsal blasen würde, was würde dann mit Florenz geschehen?“

Zumindest du würdest es verlieren, dachte Gianni, ohne es auszusprechen.

„Ist das der Preis der Macht?“, fragte er rundheraus.

„Das ist der Preis der Verantwortung“, entgegnete Lorenzo.

Und nach einen Moment setzte er brüsk hinzu: „Also gut. Ich muss morgen nach Pisa. Aber Agnolo wird dafür Sorge tragen, dass man meinen Leibarzt zu Simonetta Vespucci schickt.“

*

Es nützte nichts mehr. Allen Gebeten, Spenden und Kerzen zum Trotz war das Unvermeidliche nicht aufzuhalten. Am 26. April erlitt Simonetta in der Villa ihrer Familie auf dem Land einen Blutsturz und erstickte. Die Schwindsucht hatte am Ende gesiegt.

Und Florenz trug Trauer.

Gianni band sich selbst eine schwarze Binde um und war gerührter, als er zugeben mochte, als man Simonetta im offenen Sarg aufbahrte. Sie war bleich im Tod, ohne das Rosige der letzten Fieberschübe und sie wirkte seltsam unsterblich. Vor seinen geistigen Augen entstand spontan das Bild seiner ersten großen Liebe, göttinnengleich und versüßt durch die wundervolle Erinnerung an diesen einzigen Kuss. Sehr nahe war er Simonetta nie gekommen – und dennoch, vermutlich näher als die meisten anderen, die jetzt um sie weinten.

„Nie wieder wird es eine Vergleichbare geben“, schluchzte Sandro, der zu Giannis Erstaunen ganz gebrochen war, „niemals mehr eine Frau mit einem solchen Schwanenhals, solcher Lockenpracht, nie mehr…“

„Du hast genügend Skizzen von ihr“, tröstete Filippino, erwartungsgemäß ungerührt, „du kannst sie unsterblich machen.“

„Und das werde ich!“, schwor Sandro, „das werde ich!“

„So ist das“, seufzte Luigi Pulci, „Schönheit kam, erleuchtete für ein paar Jahre unseren Himmel und verließ uns wieder, schmerzlichst berührt. Die jungen Herren können sich jetzt richtig austoben!“

Und das taten sie, ganz wie Giuliano es prophezeit hatte. Hatte man bereits zum frühen Tod der jungen Albiera degli Albizzi Trauergedichte und Oden verfasst, so nahm das Ganze jetzt fast hysterische Züge an. Jeder, nahezu wirklich jeder beteiligte sich an der Poetenschlacht. Zu den wenigen, die sich nicht versuchten, gehörte der trockene Cesare Montecaldo, weil er keine Neigung zu Versen verspürte, sein jüngerer Bruder Gianni, der wusste, dass er überhaupt kein Talent besaß – und Giuliano de’ Medici.

Keine Ode, kein kleines Gedicht, ja nicht einmal ein Zweizeiler tropfte aus der Feder des jüngeren Medici. Ganz still und stumm hatte er von Simonetta Abschied genommen, hatte Marco und dessen Familie sein Beileid ausgedrückt und war davon gegangen. Still und stumm und so blass, als wäre er selbst gestorben.

Es geschah etwa einen Monat später, dass man Gianni in den Palazzo Medici rufen ließ, ohne Gründe anzugeben. Er war wieder einmal viel beschäftigt, aber gehorchte natürlich prompt. Und als er kam, war gerade ein Streit zwischen den Brüdern am Gange – oder besser ausgedrückt, Lorenzo stritt.

„Giulio, es reicht!“, fauchte er wütend, „ich weiß, du hast sie geliebt, ja, ich weiß es doch! Wir haben sie alle geliebt! Aber jetzt ist sie tot und du lebst! Du musst leben!“

Gianni, schloss behutsam die Tür und hielt sicherheitshalber den Mund. Giuliano biss sich auf die Lippen.

„Und wie?“, fragte er einfach zurück.

„Ach, wie!“ Lorenzo warf entnervt die Arme hoch, „wie man eben lebt! Man arbeitet, plant, lacht, singt, isst – Himmel noch mal, willst du Mutter ins Grab treiben? Wann hast du das letzte Mal richtig gegessen?“

Gehorsam beugte sein Bruder sich vor und nahm einen Bissen von einer Scheibe Fleisch. Er verzog das Gesicht.

Lorenzo verzog das Gesicht ebenfalls.

„So geht es nicht weiter“, drohte er, „so nicht! Du brauchst neue Perspektiven! Hier – wir haben ein Angebot von den Riarios. Ihre Schwester ist...“

„In Ordnung“, meinte Giuliano lustlos.

„In Ordnung was?“, fragte Lorenzo, aus dem Konzept gebracht.

„In Ordnung, ich nehme sie“, erwiderte Giuliano, „lässt du mich dann in Ruhe?“

„Argh!“, brüllte Lorenzo, „du machst mich noch verrückt! Giulio – akzeptiere es! Menschen sterben! Wen die Götter lieben, den holen sie sich jung!“

Gianni schnappte kaum hörbar nach Luft. Er sah, wie Giuliano sich versteifte, aber ansonsten geschah nichts. Fast hätte er sich gewünscht, dass der jüngere der Medici wieder so die Kontrolle verloren hätte wie damals, als Gianni diesen Satz gesagt hatte. Aber nichts geschah. Die Worte schienen an Giulianos Oberfläche abzuprallen.

Fast so, als lebe er wirklich nur noch an der Oberfläche...

„Ich weiß wirklich nicht mehr weiter“, jammerte Lorenzo, „ich weiß nur, dass Mutter sich unendliche Sorgen macht und dass Lucrezia und Bianca dich nicht wiedererkennen. Wenn nicht bald etwas passiert, dann...“

„Dann was?“, fragte Giuliano müde.

Lorenzo starrte ihn an und blieb die Antwort schuldig. Stattdessen wirbelte er grimmig zu Gianni herum.

„Hier!“, schnauzte er, „rede du mit ihm! Sieh zu, was du machen kannst!“

Die Tür knallte, als er zornig den Raum verließ.

Gianni sah ihm nach, erschüttert. Dann wandte er den Blick erneut auf Giuliano, den er heute das erste Mal seit Simonettas Beerdigung alleine sah und betrachtete ihn genau.

Die Wangen waren bleich, aber das war ja schon länger so und wunderte nicht, weil Giuliano kaum noch vor die Tür ging. Aber die Wangen waren auch eingefallen und die Augen stumpf. Lorenzo hatte ganz Recht, wenn er sich Sorgen machte, dachte Gianni bestürzt, dies war mehr als nur Trauer, dies war – als ob Giuliano sich aufgegeben hätte.

Einen Moment lang saß er ganz still da, während neben ihm Giuliano wieder aufgehört hatte zu essen, sondern stumpf vor sich hin stierte. Dann fasste Gianni einen Entschluss.

„Komm!“, sagte er heftig, packte Giulianos Arm und zog ihn hoch.

Giuliano folgte ihm, mehr oder minder willenlos. Gianni kümmerte sich nicht drum. Er zerrte ihn aus dem Zimmer hinaus, die Treppe hinunter. Unten wären sie fast mit Luigi Pulci zusammengestoßen, der sie mit hochgezogenen Augenbrauen musterte und weiter hinten, auf dem Hof, sah Gianni erneut Lorenzo, der erschrocken herumgefahren war.

„Wir gehen aus“, sagte Gianni brüsk und schleifte Giuliano zur Tür hinaus.

Es war ein gutes Jahr her, dass er diesen Weg genommen hatte und eigentlich war er sich nicht einmal mehr sicher, ob es der richtige Weg war. Wenn er schlauer gewesen wäre, hätte er sich vorher mit Sigismondo della Stufa abgesprochen, aber so, wie die Situation nun einmal war, fand Gianni, war spontanes Handeln das Beste. Er ignorierte die erstaunten Blicke und das Getuschel, das sie auf ihrem Weg begleitete. Florenz, so dachte er zornig, hatte viel zu lange untätig dem Leid eines ihrer Lieblinge zugesehen.

Nach ein, zwei Versuchen fand er das Haus wieder, ein mehrstöckiges Gebäude mit verschiedenen Parteien. Sie wohnte in der zweiten Etage, wenn er sich richtig erinnerte. Er zog Giuliano hinter sich bis auf den Treppenabsatz mit und sagte streng: „Warte hier. Ich bin gleich zurück."

Ein bisschen mehr Leben war da in Giulianos Augen, der sich blinzelnd umsah.

„Gianni?", machte er fragend.

„Warte hier", wiederholte Gianni bestimmt.

Die letzten Stufen nahm er allein, hoffend und betend, dass sie daheim war. Er konnte sich vor Ungeduld kaum beherrschen, nachdem er geklopft hatte. Endlich, endlich öffnete das Dienstmädchen die Tür.

„Ist deine Herrin da?", fragte Gianni unwirsch.

Die Kleine nickte, erschrocken. Er hielt sich nicht länger mit ihr auf, sondern stürmte an ihr vorbei, in den Salon, wo er – dem Himmel sei Dank – auf einem Diwan Fioretta antraf.

Und zwar wirklich allein, was ein echter Segen war.

Sie richtete sich sofort auf, als er den Raum betrat, vermutlich so erschrocken wie das Mädchen, aber weitaus beherrschter.

„Gianni!", sagte sie, „was für eine Überraschung! Mit dir habe ich nun wirklich nicht gerechnet!"

Die Überraschung war auch nicht unbedingt gut, wie er aus ihrer Miene las. Er machte eine abwehrende Handbewegung.

„Ein Notfall", sagte er, „nein, nicht, was du denkst. Ich habe ihn mitgebracht."

„Was? Wen?", fragte sie irritiert.

Gianni zog eine Grimasse.

„Ich bin doch nicht blöd", sagte er, „ich weiß schon längst, wen du haben willst, und warum du mit mir brechen musstest. Es hat sich nicht ganz so entwickelt, wie du gehofft hattest, nicht wahr?"

„Was soll das jetzt?", fragte sie verärgert, „willst du dich über mich lustig machen?"

„Nein“, er schüttelte den Kopf, „das liegt mir fern. Ich will, dass ihm geholfen wird. Und ich weiß, was mir geholfen hat, als ich in einer ähnlichen Situation war wie er.“

„Ich verstehe dich nicht“, sagte sie.

Er machte einen Schritt auf sie zu und umfasste ihre Arme.

„Jetzt hör mir gut zu“, sagte er, „ich bringe dir Giuliano de' Medici und wenn du es nicht völlig verbockst, wird er heute bei dir bleiben. Aber du musst eines verstehen, kapiert? Er trauert. Er trauert wirklich und wahrhaftig, und was er von dir braucht, ist Trost.“

Er ließ ihre Arme los und trat einen Schritt zurück.

„Ich weiß, dass du trösten kannst“, sagte er, „so wie viele andere Dinge auch. Und ich weiß, dass man manchmal einfach nur jemanden braucht, der einen in die Arme nimmt oder umsorgt und dieser jemand muss nicht einmal besonders wichtig sein. Also, dies ist deine große Chance, Fioretta. Giuliano steht vor der Tür. Wenn du es richtig anstellst, kannst du gewinnen.“

Sie hatte sich ebenfalls erhoben, ihre hübschen Glutaugen verengten sich.

„So wie du das darstellst, klingt es, als würde er mich niemals lieben“, sagte sie hart.

„Gut möglich“, erwiderte Gianni schonungslos, „aber er wird dich brauchen – und was brauchst du mehr?“

Sie kam ein Stück auf ihn zu, ihr Gang bereits dieser wiegende Schritt, den er so gut von ihren Verführungen kannte.

„Warum tust du das?“, fragte sie leise.

Gianni stockte.

Dann sagte er: „Weil ich *ihn* brauche. Also vermassele es nicht, Fioretta.“

Er brachte Giuliano, der sich nach wie vor nicht sträubte, in ihre Wohnung, setzte ihn auf einen Stuhl und erklärte ihm, dass Fioretta sich um ihn kümmern würde und dass er, Giuliano, ihm, Gianni, einfach mal vertrauen sollte. Und vielleicht tat Giuliano das wirklich oder vielleicht war Fioretta noch besser als gedacht, zumindest folgte er Gianni nicht wieder nach draußen, als dieser ging.

Auf der Straße war Gianni einen Moment lang versucht, in hysterisches Kichern auszubrechen. Er war sich gar nicht sicher, ob er richtig gehandelt hatte. Fein, der Trost einer weiblichen Umarmung mit all den köstlichen Gefühlen, die gefolgt waren, hatte ihm damals über Sebastianos Tod hinweggeholfen, aber er hatte einen Bruder verloren – Giuliano hingegen die Frau seiner Träume. Ihm jetzt eine andere vor die Nase zu setzen, war vielleicht dumm. Aber dann, selbst wenn Giuliano durchdrehte, Gebrüll und Geschrei war immer noch besser zu ertragen als dieses stumme Leid. Und bei Fioretta war er gut aufgehoben, besser als bei manch anderer Hure der Stadt – auch das wusste Gianni. Er machte sich mehr oder minder frohgemut auf den Weg nach Hause.

„Lorenzo lässt anfragen, wohin du seinen Bruder entführt hast", sagte Cesare, kaum dass er das Kontor betreten hatte.

„Richte Lorenzo aus, er soll sich gedulden", erwiderte Gianni und konnte dann kaum glauben, dass er das wirklich gesagt hatte.

„Aha. Und es ist noch jemand da, der dich unbedingt sprechen will", setzte Cesare hinzu, „auch ein Lorenzo. Da geht es, glaube ich, aber eher um warme Brüder."

Manchmal verblüffte ihn der unerwartete, trockene Humor, den Cesare bei so seltenen Gelegenheiten versprühte, dachte Gianni, während er wieder hinunterging und das Zimmer betrat, wohin man seinen anderen Gast geführt hatte. Dieser entpuppte sich jedoch, zu seinem Erstaunen als Lorenzo di Credi.

„Es ist Leonardo", sagte Lorenzo di Credi, „und gleich als Erstes, Meister Andrea weiß nicht, dass ich hier bin. Aber ich dachte, ich versuche lieber alles, was möglich ist. Und du bist doch Leonardos Freund oder?"

„Ja, natürlich", meinte Gianni verwundert.

„Gut", sagte Lorenzo di Credi erleichtert, „weil Leonardo jetzt nämlich wirklich Freunde braucht."

„Was ist denn passiert?", fragte Gianni verwirrt.

Lorenzo di Credi zog eine Grimasse.

„Was wohl", meinte er, „er ist erwischt worden. Er war wieder bei Jacopo und das, wo Meister Andrea uns allen doch den Kontakt verboten hatte!"

„Du meinst Jacopo Saltarelli?", hakte Gianni nach.

Jacopo Saltarelli war seines Wissens nach der einzige Jacopo, der mit der Werkstatt zu tun hatte – beziehungsweise zu tun gehabt hatte, denn Andrea del Verrocchio hatte ihn vor ein paar Monaten vor die Tür gesetzt. Jacopo hatte sich immer weniger mit seinen Aufgaben als mit seinen Gelüsten beschäftigt. Mit anderen Worten – aus dem etwas einfältigen Malerburschen mit den Engelslocken, der Leonardo getröstet hatte, war mittlerweile ein stadtbekannter Prostituierter geworden.

„Leonardo fühlt sich immer noch ein wenig für Jacopo verantwortlich", seufzte Lorenzo di Credi, „vermutlich war er derjenige – na, das weiß man bei Jacopo nicht so genau. Der nimmt das alles nicht so ernst. Aber Leonardo tut es und deshalb ist er immer mal wieder da."

„Einmal abgesehen davon, dass er blonde Engelslocken mag", murmelte Gianni, „also gut. Leonardo kann nicht so recht von Jacopo ablassen und Meister Andrea ist sauer. Weshalb braucht er jetzt meine Hilfe?"

Lorenzo di Credi sah ihn an, als wäre er bescheuert.

„Na", sagte er ungeduldig, „weil man ihn angezeigt hat! Irgendjemand hat eine anonyme Beschuldigung eingeworfen und heute morgen haben sie ihn geholt! Jetzt sitzt er im Gefängnis. Du weißt ja wohl, was einem Sodomisten droht."

Sodomie galt noch immer offiziell als Kardinalsverbrechen, auch wenn es an der einen oder anderen Stelle stillschweigend geduldet wurde. Um dagegen und gegen ähnliche Delikte vorzugehen, hatte

Florenz die Beamten der Nacht, die *uffiziali di notte*, eingesetzt. Anonyme Beschuldigungen konnte man in einer Holzkiste vor dem Palazzo della Signoria ablegen. Und so eine anonyme Beschuldigung hatte Leonardo erwischt.

Ob wahr oder unwahr, ob er wirklich Jacopo näher gekommen war, als es die Bibel erlaubte, oder sich einfach nur verantwortlich fühlte – das war in diesem Punkt zunächst einmal gleichgültig. Leonardo saß hinter Gittern und das war nicht lustig. Sollte sich die Anklage bestätigen, dann drohte ihm vielleicht nicht mehr die öffentliche Folter, aber zumindest die öffentliche Verbrennung. Mit anderen Worten, die Lage war ernst.

„Kaum hat man den einen untergebracht, macht der Nächste Ärger“, murrte Gianni vor sich hin, während er sich den Weg zur Stinche suchte, wo man Leonardo eingesperrt hatte.

Dort angekommen, traf er gleich auf die ersten Probleme. Der Wachhabende, mit dem er über Zutritt verhandeln wollte, wies ihn sofort weiter an den Sekretär und der schien nicht übel Lust zu haben, Gianni selbst unter Verdacht der Sodomie zu stellen.

„Zum hundertsten Mal, nein“, sagte Gianni, mittlerweile richtig von diesem Tag angenervt, „ich bin nicht homosexuell und ich habe keine Affäre mit Leonardo, noch mit irgendjemand anderem zur Zeit. Mein Liebesleben ist bedauernswert armselig, wenn Ihr es genau wissen wollt.“

„Also besteht Euer sexuelles Leben doch aus Kontakten zu Männern?“, hakte der Sekretär nach.

Gianni lief rot an, jedoch eher vor Ärger, als vor Scham.

„Habt Ihr mir nicht zugehört?“, zischte er, „und wisst Ihr nicht, mit wem Ihr sprecht?“

„Mit einem Bürger der Stadt“, sagte der Sekretär selbstgefällig.

„Ja“, erwiderte Gianni böse, „und zwar einem, der einer der besten Freunde von Lorenzo und Giuliano de’ Medici ist! Lorenzo hat im übrigen auch ein Interesse an unserem Künstler – rein ästhetischer Natur. Es gibt nämlich Leute, die Leonardo Genialität nachsagen!"

„Der Bastard aus Vinci soll ein Genie sein?", zweifelte der Sekretär, obwohl sein Ton schon ein deutliches Stück weniger arrogant geworden war.

„Hat nicht sogar der alte Lorenzo de' Medici schon gesagt, es kommt nur darauf an, was man leistet und viel weniger, wie man geboren ist?", gab Gianni kalt zurück, „ich will zu Leonardo. Diese Anklage ist eine Farce. Vielleicht ist jemand neidisch auf seine Arbeit! Er hat eine wundervolle Madonna gemalt, außerdem konstruiert er Maschinen und kann Florenz noch mal sehr wichtig werden!"

„Na", meinte der Sekretär, „im Augenblick ist er aber nur den Ratten wichtig. Und Euch, selbstverständlich! Ihr sagt, der Junge steht unter Lorenzos Schutz?"

„So ist es", behauptete Gianni stur, und dachte im Stillen, dass Lorenzo sowieso etwas gut bei ihm hatte, falls seine Gewaltkur bei Giuliano half.

Der Sekretär seufzte.

„Also gut", sagte er, „Euer Name, noch einmal, bitte, damit ich ihn aufschreiben kann."

„Gianni di Francesco Montecaldo", sagte Gianni nicht ohne Stolz, wobei der Sekretär ihm aber nur einen spöttischen Blick zu warf und den Namen provozierend langsam in die dafür vorgesehene Spalte eintrug. Dann winkte er einem Untergebenen.

„Hier", sagte er, „Zelle drei, wenn ich mich nicht irre. Ach ja und Gianni Montecaldo?"

„Ja?", fragte Gianni bemüht freundlich.

Der Sekretär grinste.

„Sagt doch Eurem Freund, dass es sich nicht lohnt, eine Ausbruchsmaschine zu konstruieren", spottete er, „seit zweihundert Jahren ist hier niemand ausgebrochen."

Das hielt Gianni, gelinde gesagt, für pure Angeberei, aber es lag sowieso nicht in seiner Absicht, Leonardo zu irgendwelchen kriminellen Taten zu inspirieren. Er wollte ihn einfach nur sehen und sich davon überzeugen, dass es seinem Freund gut ging. Und daran hatte er so seine Zweifel.

Zu Recht. Der Wachmann schloss die Tür auf, Leonardo hatte zunächst eine Einzelzelle bekommen, da er der Sodomie verdächtig war und deshalb nicht zu anderen gesperrt werden durfte. Gianni glaubte im ersten Moment, die Zelle wäre leer. Aber dann machte der Wachmann eine Bewegung zur hintersten Ecke und da sah Gianni es dann auch: das Häufchen Elend.

„Oh, Leonardo!", machte er unwillkürlich und trat näher.

Leonardo reagierte zunächst nicht. Erst, als Gianni vor ihm in die Knie gegangen war und vorsichtig seinen schmutzigen Arm berührte, fuhr er auf. Einen Moment lang zeichnete pure Panik sein Gesicht, dann erkannte er Gianni, brach in Schluchzen aus und fiel ihm um den Hals.

„Süßer Jesus!", jammerte er, „Gianni Montecaldo! Hol mich hier raus, hörst du? Hol mich bitte hier raus!"

„Ssh", sagte Gianni, etwas überfordert mit der Situation und löste sich ein wenig, „Leonardo, beruhige dich."

„Mich beruhigen!", keuchte Leonardo, „mich beruhigen! Ich bin angeklagt! Sie haben mich angeklagt! Sie werden mich töten!"

„Unsinn", erwiderte Gianni, „dazu brauchen sie erst einmal Beweise."

„Beweise!" Leonardos Blick glitt wie irre durch den Raum, „Beweise! Oh, Jacopo wird sonst etwas erzählen, wenn sie ihn nur davonkommen lassen, und – du! Wirst du gegen mich aussagen? Bist du deshalb hier?"

„Nein, ich sage natürlich nicht..."

„Ein Trick ist das also alles, was?", rief Leonardo bitter, „eine neue Art der Folter!"

„Himmel noch mal, beruhige dich!“, herrschte ihn Gianni an, dessen Geduldsfaden riss, „ich werde nicht gegen dich aussagen! Wie könnte ich auch? Es gibt nichts, was ich gegen dich aussagen könnte!“

„Aber…“ stammelte Leonardo, „damals, auf den Wiesen…“

Gianni umfasste Leonardos Nacken mit einer Hand und brachte seine Stirn ganz dicht vor die des anderen.

„Nein“, wiederholte er fest, „es gibt nichts, was ich gegen dich aussagen könnte. So, und jetzt beruhige dich. Fein, man hat dich angezeigt. Soweit ich weiß, hat jemand gesehen, wie du zu Jacopo gegangen bist. Das heißt aber erst einmal noch gar nichts, oder?“

Leonardo lehnte den Kopf gegen die Wand und schloss die Augen. Er wirkte glücklicherweise etwas ruhiger.

„Jacopo ist ein Flittchen“, sagte er, „ich habe das schon immer gewusst. Er war immer mehr Modell als Hilfsbursche und immer mehr… du weißt schon, als Modell.“

„Meister Andrea hat ihn wohl nicht ohne Grund vor die Tür gesetzt“, folgerte Gianni sachlich, „aber Jacopo ist mir vollkommen egal. Wichtiger ist es, was aus dir wird – und für dich ist es natürlich von Vorteil, wenn er keinen so guten Leumund hat.“

Leonardo öffnete die Augen wieder. Sein Blick war jetzt ganz klar, allerdings ohne die spielerische Übermut, die Gianni sonst von ihm kannte.

„Mir ist Jacopo aber nicht egal“, bekannte er leise, „wer weiß, wenn ich ihm nicht begegnet wäre…“

„Das kannst du nicht wissen“, behauptete Gianni rasch, „du hast ihn doch zu nichts gezwungen. Und du weißt nicht, was er vorher so getrieben hat! Meister Andrea hat ihn doch auch hauptsächlich eingestellt, weil er sich als Modell eignet – und nicht gerade wegen seiner Fähigkeiten.“

Leonardo kicherte.

„Was das anbetrifft, sind Jacopos Fähigkeiten wirklich beschränkt“, stimmte er zu, „was andere Dinge…“

„Davon will ich nichts wissen“, unterbrach Gianni rasch, „für mich sieht die Sache so aus: Du kanntest Jacopo Saltarelli aus Meister Andreas Bottega, einem Mann von untadeligen Ruf. Jacopo hat sich unziemlich verhalten und wurde rausgeworfen. Du hattest Mitleid mit ihm und dich um ihn gesorgt. Mehr ist nicht geschehen.“

Leonardo hatte ihm mit offenem Mund zugehört. Dann schloss er ihn jedoch hart.

„Meine Ankläger sehen das aber nicht so“, erwiderte er bitter.

„Völlig egal, was sie glauben“, sagte Gianni schnell, „solange sie keine Beweise haben, kann man dir nichts tun.“

„Du bist entweder so naiv, wie ich es war, oder...“

„Oder?“

„Oder du hast Recht“, sagte Leonardo seufzend, „im Augenblick tendiere ich eher zu Variante eins. Oh Gianni – die Welt ist so schlecht. Habe ich jemals jemandem weh getan? War ich unfair oder gemein? Habe ich jemandem etwas weggenommen? Man kann mir nicht wirklich vorwerfen, dass Andrea mit dem Malen aufgehört hat.“

„Nicht einmal er wirft dir das vor“, antwortete Gianni, „ach, Leonardo. Neider brauchen nicht immer einen Grund.“

„Aber warum auf mich neidisch sein? Gewiss, ich sehe gut aus und ich bin talentiert – aber ich habe doch nichts! Wer bin ich denn!“

„Nun ja“, meinte Gianni, der sich bei den ersten Sätzen das Lachen verkneifen musste, „du hast dir selbst geantwortet. Wer hat dich angezeigt? Es könnte ein Liebhaber von Jacopo sein oder einer, der es gerne geworden wäre. Es könnte aber auch jemand sein, der dir den beruflichen Erfolg neidet. Meister Andrea schätzt dich schließlich sehr und sogar Lorenzo de’ Medici hat dich schon oft gelobt.“

„Ja, ich weiß“, sagte Leonardo missmutig, „und das bringt mich jetzt in mein frühes Grab.“

„Nein“, widersprach Gianni, „das wird dich herausholen! Lorenzo di Credi sagt, Andrea hat sich schon für dich verwandt. Und ich werde selbst mit den Medici sprechen. Abgesehen davon könnten wir einen guten Juristen brauchen. Weißt du einen?"

„Na klar", brummte Leonardo, „Ser Pietro – meinen Vater."

Gianni hatte ganz vergessen, dass Leonardos leiblicher Vater ein Notar war. Er klatschte in die Hände.

„Siehst du!", sagte er begeistert, „der wird es doch sofort machen!"

„Gleich, nachdem er mich enterbt hat", murrte Leonardo, „ach halt, er wollte mir ja sowieso nichts vererben. Gianni, dein Enthusiasmus in allen Ehren – aber ich sitze hier. Jemand hat mich angezeigt. Jemand hasst mich."

Gianni hockte sich auf seine Fersen zurück und musterte ihn betroffen. Leonardos Stimme hatte ganz anders geklungen als gewohnt, bitter, resigniert und zutiefst verletzt. Er schluckte.

„Es kann einen nicht die ganze Welt lieben, Leonardo", sagte er leise.

Leonardo hob den Kopf.

„Und warum nicht?", fragte er.

„Er ist am Ende", schloss Gianni, „Lorenzo, das ist nicht in Ordnung. Du kennst Leonardo! Er würde nie einer Fliege etwas tun! Himmel, er isst ja nicht einmal Fleisch!"

„Er würde sehr wohl einer Fliege etwas tun, nämlich sie sezieren", seufzte Lorenzo de' Medici, dem Gianni nun schon zum zweiten Mal an diesem ereignisreichen Tag gegenüber stand, „nein, ich verstehe dich. Leonardos Sanftmut ist bekannt. Aber darum geht es nicht. Die Anklage lautet auf Sodomie."

„Nun ja..."

„Und mir wurde zugetragen, dass gerade du wissen solltest, dass dies nicht gänzlich allen Grundlagen entbehrt", fügte Lorenzo mit hochgezogenen Augenbrauen an.

Gianni hob das Kinn und zog die Augenbrauen hoch.

„Tatsächlich?", fragte er unschuldig, „weshalb?"

Lorenzo musterte ihn einen Augenblick lang, bevor er auflachte und Kopf schüttelte.

„Himmel noch mal“, murmelte er und etwas lauter, „du bist mir noch eine ganz andere Antwort schuldig, Gianni Montecaldo!“

„Welche denn?“

„Nun“, erwiderte Lorenzo lang gezogen, „wenn ich mich recht entsinne, hast du erst vor wenigen Stunden meinen angeschlagenen Bruder aus diesem Haus entführt und er ist bislang noch nicht zurückgekommen!“

„Ach, wirklich nicht“, sagte Gianni und begann zu grinsen.

Lorenzo ignorierte ihn.

„Jetzt tauchst du hier auf – *ohne* Giulio – und erzählst mir, dass du direkt aus dem Gefängnis kommst!“, fuhr er fort – wobei ein Zwinkern in seinen Augen nicht zu übersehen war, „das stimmt mich nicht gerade positiv!“

„Ach was“, lachte Gianni, „ich habe Giuliano vorher dort abgeliefert, wo er in guten Händen ist. Glaub mir!“, setzte er hastig hinzu, als das Zwinkern erlosch, „ich denke, ich habe das Richtige getan. Schließlich kenne ich mich mit einschneidenden Verlusten aus oder?“

Lorenzo musterte ihn erneut.

„Giulio hat mir nie erzählt, wo er dich damals gefunden hat“, meinte er nachdenklich.

„Was nett ist von Giulio“, meinte Gianni bissig, „aber da brauchst du sowieso nicht suchen, da habe ich ihn nicht hingebracht. Er ist in guten Händen und er wird heimkommen mit hoffentlich besserer Laune oder zumindest in besserem Zustand. Du wirst schon sehen!“

„Hmpf“, machte Lorenzo, „ich hoffe es für dich. Aber zurück zu unserem Freund.“

„Wir dachten, dass Ser Pietro...“

„Ser Pietro ist momentan unabkömmlich“, schnitt ihm Lorenzo das Wort ab, „was man ihm vielleicht nicht verdenken kann. Unangenehme Sache. Gianni – ich kann mich nicht in so etwas einmischen, nicht einfach so. Florenz ist eine Republik – nein, das ist sie wirklich!", sagte er scharf, als Gianni den Mund öffnete, „und sie hat Gesetze und Statuten. Dem muss Folge geleistet werden. Den Anschuldigungen gegen Leonardo wird genauso nachgegangen wie allen anderen auch."

„Dann ist Leonardo vielleicht verloren. Willst du das?"

„Nein, natürlich nicht. Ich kann für ihn bloß nicht die Gesetze auf den Kopf stellen. Aber..."

„Aber?", fragte Gianni hoffnungsvoll, nach diesem wenig erfolgsversprechenden Beginn.

Lorenzo seufzte.

„Aber man kann vielleicht dafür sorgen, dass sie nichts finden werden", gab er nach, „Kopf hoch, Gianni Montecaldo. Mit etwas Glück wird unser Freund ein, zwei Monate im Kerker bleiben und dann hat er es überstanden. Das ist doch gut!"

„Na", machte Gianni, „aber ob er das auch so sehen wird?"

Ob es Leonardo passte oder nicht, er musste sich damit abfinden. Kein Machtwort holte ihn vorzeitig aus dem Verließ, kein offizieller Schutz wurde über ihm ausgesprochen, kein Vater warf sich für ihn in die Bresche. Selbst Andrea del Verrocchio, welcher sich genauso wie Gianni für seinen einstigen Schüler verwandte, konnte nichts anderes erreichen. Leonardo blieb vorerst in Haft, mit der gelinden Hoffnung, eines Tages aus Mangel an Beweisen freigelassen zu werden.

Und das traf ihn sehr sogar. Gianni, mit seinem straffen Pensum, bemühte sich darum, den Freund regelmäßig zu besuchen und aufzubauen, aber er konnte zusehen, wie Leonardo sich immer mehr verschloss, wie er sein sonniges Gemüt ablegte und ungewohnt ruhig wurde. Dabei fuhr Gianni alle Geschütze auf, die ihm nur einfielen.

„Hier, Leonardo", sagte er bei einem seiner Besuche, „probier das mal! Das ist Kastaniengrütze!"

„Lecker", sagte Leonardo sarkastisch und sah ihn an, als habe er den Verstand verloren.

„Probier sie“, lockte Gianni, „Susanna hat sie extra für dich gekocht!“

„Susanna?“, fragte Leonardo argwöhnisch, „ich dachte, Fioretta wäre dein Liebchen?“

„Schon lange nicht mehr“, sagte Gianni hastig, „aber Susanna ist auch nicht mein Liebchen. Sie ist die Schwester von Luca. Erinnerst du dich noch an den Apothekenjungen mit dem verkrüppelten Bein?“

Es half, ein wenig. Leonardos Blick verklärte sich bei dem Gedanken an andere, rosigere Zeiten.

„Was für eine eigentümliche Verletzung“, stimmte er, „und eine ziemlich traurige Geschichte noch dazu, nicht wahr? Hm, das ist tatsächlich lecker. Wieso hat diese Susanna für mich gekocht?“

„Weil sie Mitleid mit dir hat. Ich habe ihr von dir erzählt“, erklärte Gianni, „komm, iss es auf. Sie hat sich solche Mühe gegeben. Luca ist übrigens ganz neugierig auf dich. Er sagt, ich solle dich mitbringen, wenn du erst wieder draußen bist.“

„Wenn...“ brummte Leonardo, *„falls...!“*

„So darfst du nicht denken“, tadelte Gianni, „Lorenzo hält seine Hand über dich, glaub mir. Dir wird nichts geschehen. Und bevor der Sommer vorbei ist, sitzen wir beide am Ufer des Arnos und essen dies hier. Warm schmeckt sie übrigens noch besser!“

„Ein wahres Wunder also?“

„Genau!“

„Heureka“, murmelte Leonardo.

*

Seine Intervention bei Leonardo war also nicht von sofortigem Erfolg gekrönt, aber sein Eingreifen bei Giuliano zeigte schneller Früchte. Zwar geschah es, dass Giuliano ihn bei ihrer ersten Begegnung etwa zwei Wochen danach einmal durch den Hof des Palazzo Medici hetzte – was peinlich genug war, da sowohl Cesare als auch Lorenzo *als* auch Luigi

Pulci zusahen – und das Ganze endete in einem wilden Getümmel im Blumenbeet, aber nachdem Gianni sich angehört hatte, wie man *eigentlich* mit herzgebrochenen, verwundeten Freunden umzugehen hatte und brav ja und amen zu jeder Absurdität gesagt hatte, erntete er einen dicken Schmatzer auf die Wange und die Gewissheit, dass Giulianos Augen ihr Funkeln wiedergefunden hatten. Und wenn ihm das noch nicht als Dank genügt hätte, dann wäre es die Hand von Lucrezia Tornabuoni gewesen, der verwitweten Mutter, die sich still und fest einmal um seinen Arm gelegt hatte.

Giuliano war wieder der Alte. Nein, nicht ganz, zur Gänze stimmte das nicht. Da war eine latente Traurigkeit in seinem Blick, da fehlte etwas in seiner Stimme, was alle die Jahre zuvor da gewesen war. Aber er lachte wieder, nahm an Ausflügen und Lustbarkeiten teil und er aß. Freunden gegenüber behauptete er, Gianni hätte ihn einer Schocktherapie unterzogen, wobei er sich über die Details ausschwieg. Natürlich kursierten daraufhin sofort wilde Gerüchte und natürlich wurden die alten Episoden aus Venedig wieder einmal ausgegraben.

Niemand kam der Wahrheit nahe.

Giuliano zeichnete Fioretta, die er nach wie vor manche Abende besuchte, nie so öffentlich aus, wie er es mit Simonetta getan hatte. Aber dass aus einem Notbehelf ein dauerhaftes Arrangement geworden war, erkannte Gianni spätestens, als eines Tages ein Päckchen für ihn abgegeben wurde, von einer anonymen Geberin. Darin befand sich ein kleines, fein ziseliertes Bildnis vom Evangelisten Johannes, dem Patron der Freundschaft. Er brauchte nicht lange, um herauszufinden, dass Fioretta es bei Domenico Ghirlandaio in Auftrag gegeben hatte.

Er verwahrte es sicher.

Der Sommer kam, führte ihn wieder aus Florenz heraus, diesmal nach Genua, wo er in Cesares Auftrag Möglichkeiten für einen Handel mit der Levante unabhängig von Venedig auslotete. Die Aussichten waren gering, weshalb Cesare ihn gleich wieder fortschickte. So war

Gianni auch bei Paolo Malipiero in Venedig, als Leonardo freigelassen wurde.

Natürlich setzte ihn davon zunächst niemand in Kenntnis. Gianni nutzte die Zeit in Venedig, um alte Kontakte aufzufrischen, schaute bei Wendelin von Speyer vorbei und bei Francesco de Madiis, der inzwischen in den Buchhandel mit eingestiegen war.

„Wir sind eben erwachsen geworden“, seufzte beide bei einem Krug Wein im Gedenken an frühere Eskapaden und Freiheiten.

Es war gut und gerne September, bevor er nach Florenz zurückkam mit einem gehörig schlechten Gewissen. Wie immer erstattete er erst Cesare ausführlichen Bericht und wie immer erwartete ihn ein Berg an Verpflichtungen. Da hatte nicht nur Giuliano um seinen Besuch angefragt, nein, auch Lorenzo und was umso erstaunlicher war, Franceschino de' Pazzi. Den schob Gianni aber erst einmal nach ganz hinten auf seine Liste, genauso wie die Medici-Brüder, als er sah, wer schon an der Tür auf ihn wartete.

„Du hast gesagt, wir sitzen am Arno, bevor der Sommer vorüber ist“, maulte Leonardo, „und was ist jetzt? Jetzt ist Herbst!“

Er war bleich, verursacht durch zwei Monate Sonnenentzug und er war dünn geworden. Außerdem lag nach wie vor dieser bittere Ausdruck um seine Augen, so dass Gianni alle anderen Aktivitäten spontan verschob und rasch sagte: „Na, dann sollten wir uns sputen! Ich hoffe, du hast heute nichts vor?“

„Nein“, erwiderte Leonardo, ob es nun stimmte oder nicht und lächelte.

Gianni hatte tatsächlich mit Luca und Susanna über dieses Thema gesprochen, als Leonardo noch in Haft gewesen war und ihn kaum etwas anderes so stark beschäftigt hatte. Er hatte ihnen derart viel von Leonardo erzählt, dass Luca, neugierig geworden, eines Tages von selbst den Wunsch geäußert hatte, den Künstler einmal kennenzulernen. Und da er ihnen auch von dem zunehmenden Argwohn und dem verletzten Vertrauen seines Freundes erzählt hatte, war man übereingekommen, das Geheimnis der kleinen Arno-Terrasse einer vierten Person anzuvertrauen.

„Ich weiß, wohin wir gehen“, sagte Leonardo, als sie, mit einem Korb voller Leckereien bewaffnet, den Weg angetreten hatten.

„Das glaube ich kaum“, antwortete Gianni trocken.

„Oh doch“, grinste Leonardo.

„Na gut, dann führe du.“

„Oh – ja, ich kenne den Weg nicht“, gab Leonardo mürrisch nach, „sie hat mir nur davon erzählt. Und sie hat, zugegebenermaßen, auch gesagt, dass du mich hinbringen musst.“

„Sie?“, wiederholte Gianni mit großen Augen.

Leonardos Grinsen war wieder da.

„Ja, sie“, sagte er spöttisch, „hatte ich das nicht erwähnt? Susanna di Cammino hat mich oft besucht.“

Gianni blieb vor Verblüffung mitten auf der Straße stehen.

„Im Gefängnis? Susanna?“, stotterte er verdattert.

Leonardo grinste jetzt nahezu unerträglich.

„Sie meinte, jemand müsste es ja machen, wenn du zu beschäftigt wärst“, erklärte er, „und sie meinte auch“, er seufzte komisch, „es wäre wohl besser, wenn sie käme und nicht ihr Bruder. Für meine Reputation, sagte sie.“

Gianni konnte ihn nur offenen Mundes anstarren. Susanna! Im Gefängnis! Wie sie das wohl bewältigt hatte?

„Ich glaube“, meinte Leonardo verschwörerisch, „Lorenzo hat sich für sie eingesetzt.“

„Lorenzo kennt sie doch gar nicht!“, fuhr Gianni auf.

„Stimmt“, sagte Leonardo vergnügt, „aber Giuliano, nicht wahr? Ich weiß nicht genau, an welchen Strippen die Kleine gezogen hat, aber sie hat es getan – und mir hat's gut getan“, setzte er schnell hinzu, „also sei nicht böse auf sie. Susanna sagt, du machst dir immer sehr viel Sorgen um sie. Wie ein Bruder, sagt sie.“

Wie ein...

„Hmpf“, machte Gianni und ging weiter.

„Du wirst nicht mit ihr schimpfen, oder?“, bat Leonardo, „hör mal, ich wollte sie nicht in Schwierigkeiten bringen. Ich wollte dich bloß ein wenig ärgern!“

„Na, dann kannst du im Gefängnis ja nicht so gelitten haben, wie ich eigentlich dachte“, murrte Gianni.

Leonardo sagte dazu nichts, sondern zuckte nur mit den Schultern. Schweigend gingen sie weiter, bis der Ältere auf einmal stehen blieb.

„Du kannst mir nicht böse sein, Gianni“, sagte er plötzlich, „ich habe so wenig Freunde und wenn du jetzt auch noch...“

„Was redest du denn da?“, unterbrach ihn Gianni verblüfft, „du hast doch nicht wenig Freunde! Ich bitte dich! Du bist fest etabliert in der Lukas-Gilde! Meister Andrea hat sich vor dem *podesta* für dich verwandt! Lorenzo de' Medici hat eingegriffen und Lorenzo di Credi hat mich nur deinetwegen besucht! Einmal ganz abgesehen von Sandro, der dich nun wirklich mag und Filippino, der begeistert von dir ist! Dann ist da noch Luigi Pulci, mit dem du ständig diskutierst, und Marsilio Ficino, dem du bei den platonischen Gesprächskreisen auf den Geist gehst...“

„Und einer von ihnen hat mich verraten.“

„Ist es Absicht, dass du plötzlich wie das Lamm Gottes klingst?“

„Wie das...? Nein!“, sagte Leonardo heftig, „nein! Aber sieh doch, Gianni – du bist der Einzige, der mich besucht hat, von deiner Susanna einmal abgesehen!“

„Du weißt auch nicht, welche Hürden ich überwinden musste, bis man mich zu dir gelassen hat“, brummte Gianni.

„Niemand sonst ist gekommen“, beharrte Leonardo, „und irgendwer hasst mich so, dass er mich angezeigt hat!“

„Leonardo!“, fuhr Gianni auf, „zum hundertsten Mal! Irgendwer ist neidisch auf dich und wollte dir eins auswischen – ja! Und ich wette, das ist auch nicht zum letzten Mal passiert, weil Talent eben einfach Neider mit sich bringt!“

„Man hätte mich töten können!“

„Vielleicht hat derjenige nicht soweit gedacht", widersprach Gianni, „oder vielleicht hat er ganz richtig gedacht, dass du so viele Freunde und Fürsprecher hast, dass dir außer einem Schrecken nicht sehr viel widerfahren kann!"

„Niemand außer dir..."

„Unsinn!", fauchte Gianni.

„Aber ich bin anders, Gianni, verdammt!", schrie Leonardo, „sieh das doch! Ich bin anders!"

„Na", erklang Lucas kluge, amüsierte Stimme, „dann bist du ja bei uns ganz richtig aufgehoben. Hier entlang, meine Herren!"

Sein Auftauchen unterbrach den Streit sofort. Leonardo beobachtete mit Verblüffung, wie der Lahme die Mauer erklomm, Gianni den Korb abnahm und wie Gianni es ihm nachtat. Dann zögerte er ebenfalls nicht und folgte. Susanna klatschte vor Begeisterung in die Hände, als Gianni ihr den Korb reichte.

„Du musst also erst einen Gast mitbringen, bevor du uns in den Genuss deiner Küche kommen lässt?", lästerte Luca.

„Ich kann einfach nicht so gut kochen wie deine Schwester", erwiderte Gianni, dessen gute Laune in dem Moment wieder hergestellt war, als er auf der Terrasse gelandet war.

„Was nicht weiter schlimm ist", lachte diese, „da ich darauf wetten möchte, du hast auch dies nicht zubereitet. Oh, setzt euch! Es ist so schön, dass du wieder da bist, Gianni und es ist so schön, dich endlich außerhalb dieser grauenvollen Mauern zu sehen, Leonardo!"

Leonardo warf sofort einen Blick zu Gianni und Susanna errötete unwillkürlich. Sie kannte ihn zu gut, niemand musste etwas sagen.

„Ich habe nichts Falsches getan", wehrte sie sich, „und ich hab mich auch nicht in Gefahr begeben!"

„Schon gut", seufzte Gianni, „ich sag gar nichts, sonst fängt Leonardo an zu weinen. Er ist sowieso schon kaum zu ertragen und glaubt, niemand hat ihn lieb."

„Oh!“, sagte Leonardo empört und knuffte ihn, „das ist nicht wahr! Ich bin eben anders, das muss ich akzeptieren!“

„Darauf Prost“, grinste Luca und schenkte reihum Wein ein.

Aus irgendeinem Grunde wurde aus der normalen Mittagspause ein gesamter Nachmittag und in Anbetracht ihres reichlichen Nahrungsangebotes sogar noch ein Abendessen. Auf Giannis – schon etwas angetrunkenen – Hinweis, dass sowohl Susanna als auch Luca eigentlich arbeiten müssten, sagte Susanna, dass sie frei habe, weil Landucci den Laden wegen eines erneuten Kindersegens geschlossen hatte und Luca murmelte träge, er sei zu müde zum Arbeiten und man würde ihn heute eh nicht mehr brauchen.

„Und wenn Luca das sagt, dann stimmt es“, behauptete Susanna steif und fest.

Es wurde nicht nur ein langer Nachmittag sondern auch ein sehr vergnüglicher. Luca löcherte Leonardo über seine Erfindungen, die beweglichen Maschinen und die Geheimnisse der Perspektive und Malkunst. Susanna, welche die meiste Zeit schwieg, warf dann und wann einen freundlichen oder amüsierten Kommentar ein und Gianni stichelte gegen Leonardo, wo er nur konnte, damit dieser endlich den gehetzten Ausdruck aus den Augen verlor und wieder so wurde wie vor dem Gefängnisaufenthalt. Bis zu einem bestimmten Grad half es – Leonardo stichelte genauso zurück.

Als sie aber anfingen, über Sokrates und Plato zu diskutieren, zog Gianni sich aus dem Gespräch zurück.

„Hat Luca das etwa alles gelesen?“, fragte er Susanna halblaut.

Sie schüttelte den Kopf und lächelte.

„Nein“, sagte sie, „sieh doch, er lässt fast nur Leonardo reden. Und wenn der eine These erklärt hat, geht Luca darauf ein.“

„Aber gelesen hat er es nicht.“

„Nicht, dass ich wüsste.“

„Ich hab's gelesen", sagte Gianni achselzuckend, „und fast alles wieder vergessen. Ich bin nicht so wild danach wie Lorenzo oder Luigi. Ich halte es da eher mit Giuliano. Der ist auch für das Handfeste."

„Aber du hast es gelesen", wiederholte sie, „und du könntest mitdiskutieren."

„Nun ja, vermutlich", meinte er vage.

Dann sah er ihren Gesichtsausdruck und sagte schnell: „Willst du es lesen? Ich könnte dir ein Exemplar des Timaios besorgen. Ich glaube, da reden sie gerade drüber."

„Ich weiß", sagte sie, „ich hab's gelesen."

Gianni musste sich sehr bemühen, seine Verblüffung leise zu halten.

„Du?", sagte er ungläubig, „wirklich?"

Sie war errötet und biss sich auf die Lippe, als bedauere sie, darüber gesprochen zu haben. Sie sagte nichts.

„Aber das ist doch auf Latein!", setzte Gianni fassungslos hinzu.

Jetzt war ihr Rot richtig tief geworden.

„Na, danke", sagte sie etwas bissiger als gewöhnlich, „du hast mir doch eben auch noch zugetraut, Latein lesen zu können, als du mir ein Exemplar besorgen wolltest?"

„Nun ja", Gianni wurde ebenfalls rot, „ich dachte, ich könnte es dir vielleicht vorlesen. Übersetzen, und so."

Einen Moment lang herrschte Stille. Dann sagte er: „Und du hast es wirklich gelesen?"

„Vergiss es einfach, Gianni, ja?", bat sie.

„Nein, nein – das ist doch wunderbar!", antwortete er, „ich frage mich nur... ehrlich, ich frage mich, wenn eure Großmutter dir einen Lateinlehrer besorgen konnte, warum hat sie dann nicht Luca... ich meine, warum hat sie Luca nicht in eine Schule geschickt, damit er eine bessere Ausbildung bekommt und besser für dich sorgen kann?"

Susanna schloss kurz die Augen. Sie holte tief Luft und straffte sich.

„Ich war zu diesem Zeitpunkt nicht bei Rosalba und Luca", sagte sie kurz angebunden, „ehrlich, Gianni, ich wäre dir dankbar, wenn du das

Thema fallen lassen könntest. Es erinnert mich... es erinnert mich an Dinge, an die ich nicht erinnert werden will."

„Entschuldige", gab er sofort nach, „natürlich. Tut mir leid."

Wieder war es eine Weile still, während Luca und Leonardo inzwischen bei Aristoteles' Ethiklehre angekommen waren. Dann streckte sie ihre Hand aus und drückte seine.

„Es ist aber lieb von dir, dass du es mir übersetzen wolltest", sagte sie leise, „danke."

Er erwiderte sowohl den Druck ihrer Hand als auch ihren Blick warm.

„Schon gut", sagte er, „und danke, dass du Leonardo aufrecht gehalten hast. Ich vermute mal, das war nicht immer einfach, oder?"

„Nein", sie lachte kurz auf, „bestimmt nicht. Aber ich mag ihn. Und ich glaube, du hast Recht: Er ist ein Genie."

„Na hoffentlich", grinste Gianni, „ansonsten wäre meine Energie ja ganz verschwendet gewesen."

Die Sonne sank über der Stadt, ein warmer Altweibersommerabend machte sich breit. Luca und Leonardo hatten irgendwann von ihren philosophischen Debatten abgelassen – vielleicht, weil Leonardo erkannt hatte, dass sein Gegenüber mitnichten auf demselben Stand war wie er, vielleicht, weil Luca abgebrochen hatte, bevor es dazu kommen konnte. Sie saßen beziehungsweise lagen halb auf der kleinen Terrasse, tranken den Wein aus, aßen die letzten Früchte und schwiegen die meiste Zeit.

„So mag ich Florenz am liebsten", flüsterte Susanna schließlich.

„Ich mag Florenz immer", erwiderte Gianni träge.

„Ich könnte auf die Mücken verzichten", lachte Luca und schlug nach einer, „hier, das war der letzte Wein. Zeit, heimzugehen, meine Freunde."

Leonardo musterte ihn mit zusammengekniffenen Augen.

„Jetzt würde ich aber gerne eines noch wissen", sagte er, „bevor wir heimgehen."

„Gerne, und was?", sagte Luca.

Leonardo sah ihn herausfordernd an.

„Als wir kamen", meinte er, „da hast du was gesagt, was du mir noch mal erklären musst!"

„Ich glaube, ich habe heute viele Dinge gesagt", seufzte Luca, „ich erinnere mich nur an die Hälfte. Was vielleicht auch ganz gut ist."

„Daran erinnerst du dich bestimmt, denn da warst du noch nüchtern", erwiderte Leonardo schlau.

„Du musst mir schon etwas mehr helfen", verlangte Luca.

„Ich habe gesagt, ich wäre anders", erläuterte Leonardo.

Luca prostete ihm mit dem Rest seines Weines zu.

„Du bist anders", sagte er, „fein, akzeptiert."

„Ich bin auch anders", beharrte Leonardo, „ich weiß das doch. Ich sehe die Dinge anders, ich male anders, ich denke anders, ich... ich liebe anders. Im Kerker ist mir das bewusst geworden."

„Du bist wohl nicht der Erste, der seine Erleuchtung hinter Gittern hatte", meinte Luca freundlich.

„Mag sein", wehrte Leonardo ab, „aber was ich wissen will ist – warum du gesagt hast, ihr seid ebenfalls anders."

Stille. Gianni, dem plötzlich sein eigenes Interesse an dieser Frage bewusst wurde, setzte sich auf.

„Das habe ich bestimmt nicht gesagt", entgegnete Luca nach einem Moment.

„Nun ja, nicht ganz", gab Leonardo zu, „du hast gesagt, wenn ich anders wäre, wäre ich ganz richtig hier. Daraus schließe ich doch, dass auch ihr anders seid! Also?"

„Ein etwas... gewagter Schluss", meinte Luca vorsichtig.

„Aber richtig", stieß Gianni spontan ins selbe Horn, „ihr habt es auch schon mal zu mir gesagt. Ich glaube, ich hätte das auch gerne erklärt."

Luca und Susanna tauschten einen Blick, schweigend. Auch kein anderer sprach. Plötzlich war die Stimmung auf der kleinen Terrasse ernst geworden.

Aber dann lachte Luca plötzlich auf.

„Natürlich sind wir anders als der Schnitt!“, rief er, „warum wären wir sonst hier! Schaut uns doch an – da haben wir Leonardo, ein Genie, ja, aber leider fehlgeleitet und mit Unsicherheiten behaftet, nicht wahr? Und dann – ich bitte dich, Gianni! Gianni Montecaldo, Sohn einer der großen Familien der Stadt, engster Freund der Medici, weitgereister Kaufmann...“

„Na“, machte Gianni spöttisch.

„...erfahrener Turnierkämpfer...“

Hier kicherten sowohl Leonardo als auch Susanna und Gianni schlug nach ihnen.

„...Freund der einflussreichsten Künstler und Gelehrten – und Freund eines Gewürzkontorgesellen und einer Apothekengehilfin! Und verwendet seinen guten Ruf, um einen beinahe überführten Sodomisten aus dem Kerker zu holen! Ehrlich, Gianni“, er schüttelte traurig den Kopf, „merkst du gar nicht, wie du aus deiner gottgegebenen Rolle fällst? Also, normal ist das nicht!“

Gianni, der mittlerweile genauso grinste wie die anderen, verbeugte sich im Sitzen.

„Schuldig“, sagte er, „ich bin anders!“

„Brav, dass du es einsiehst“, lobte Luca.

„Das war Gianni“, sagte Leonardo sofort, „wenn ich das auch nur zur Hälfte glaube. Jetzt zu euch!“

„Oh!“, Luca lachte geheimnisvoll, „Susanna und ich, wir haben magische Fähigkeiten!“

„Ach nee“, machte Leonardo enttäuscht und Gianni lachte.

„Oh doch!“, beharrte Luca, „sieh nur! Wir können in den Schatten der Menschen lesen! Wir sehen ihre Gedanken, ihre Träume, ihre Zukunft! Ach, Leonardo, Leonardo... was ich gerade sehe... wenn du dich doch nur einmal zusammenreißen könntest!“

„Oh, verdammt!“, sagte Leonardo, halb lachend, halb zornig, „mach dich ruhig lustig! Aber ich versteh schon, ich muss allein mit meiner Bürde leben, was?“

Luca grinste über beide Backen.

„Es kann halt nicht jeder ein Genie sein", sagte er sanft.

*

Ob Luca und Susanna nun magische Fähigkeiten besaßen, oder wohl doch eher nicht – der Herbst ging rasch vorüber, der Winter kam, was auch für einen Nicht-Zauberer vorauszusehen gewesen war. Nicht vorauszusehen gewesen war allerdings, dass Francesco de' Pazzi anfing, sich für Gianni zu interessieren.

„Schon wieder eine Einladung von Franceschino", sagte Gianni, als er zu Cesare ins Kontor trat, „diesmal zu einer Weihnachtsjagd. Hmpf. Ich verstehe das nicht. Jeder weiß doch, wie gut ich mit Giuliano befreundet bin. Außerdem dachte ich, Franceschino mag keine Männer, die größer sind als er."

„Wenn dem so wäre", sagte Cesare unbewegt, „müsste er ganz Florenz hassen."

„Eben", sagte Gianni trocken.

Cesare seufzte.

„Ich sehe durchaus einen Sinn darin, wenn ein Pazzi dich kultiviert", erklärte er, ohne auf den Scherz einzugehen, „das solltest du ebenso."

„Ich bin ein Freund Giulianos. Franceschino ist kein Freund Giulianos."

„Aber vielleicht sollst du das ändern?"

„Häh?", machte Gianni.

Cesare verzog das Gesicht und hob den Kopf aus den Büchern, um seinen jüngeren Bruder anzusehen.

„Zwischen den Pazzi und den Medici steht es gerade nicht zum Besten", fasste er zusammen, „vor allem, seitdem Borromei seine Tochter Giovanni de' Pazzi gegeben hat. Der Graben ist ganz schön tief geworden. Die Pazzi werfen Lorenzo Anmaßung vor, er ihnen Undankbarkeit."

„Ja, das weiß ich doch alles", sagte Gianni, „aber was hat es mit mir zu tun? Ich werde den Graben ja wohl kaum im Alleingang überbrücken können!"

Cesare sah ihn einen Moment lang an, als wolle er etwas sagen, entschied sich dann jedoch anders. Er räusperte sich.

„Wieso ist es so undenkbar, dass du eine Brücke darstellen kannst?", fragte er, „du bist einer der besten Freunde von Giuliano, Lorenzo de' Medicis einzigem Bruder."

„Eben drum!", beharrte Gianni.

„Und", fuhr Cesare fort, als habe er den Einwand nicht gehört, „du bist der kleine Bruder von Sebastiano Montecaldo, den du schon fast abgöttisch geliebt hast – und welcher der beste Freund von Renaldo de' Pazzi war."

Stille. Gianni runzelte die Stirn.

„Ich habe Sebastiano nicht abgöttisch geliebt", sagte er schroff, „er war mein Bruder. So wie deiner."

„Ja, aber ganz Florenz kannte die Diskrepanzen zwischen Sebastiano und mir", erklärte Cesare nüchtern, „wie ganz Florenz wusste, dass du ihm auf Schritt und Tritt folgtest. Gianni – ich sag doch gar nicht, dass du blind warst. Ich sage nur, was Florenz sieht. Und wenn man bedenkt, wie eng die Freundschaft zwischen Renaldo und Sebastiano war und wie nah die Bande zwischen dir und Sebastiano, liegt es förmlich auf der Hand, dich als Vermittler einzusetzen."

Gianni musste erst einmal schlucken.

„Soll das also doch heißen, ich muss den Graben zwischen den Pazzi und den Medici im Alleingang schließen?", fragte er argwöhnisch.

Cesare zuckte mit den Schultern.

„Ich habe keine Ahnung, was Franceschino wirklich plant und ob er sich mit Lorenzo versöhnen will oder nicht", erwiderte er, „aber ich denke, du solltest zu der Jagd hingehen."

„Das muss ich auch", murmelte Gianni, „ich habe schon zwei Einladungen mit Vorwänden abgelehnt. Ein drittes Mal kann ich mir nicht leisten."

Cesare musterte ihn ungerührt.

„Du wirkst nicht gerade erfreut", stellte er fest.

Gianni verzog das Gesicht.

„Ich glaube, es wäre mir lieber, wenn es Renaldo wäre und nicht Franceschino", meinte er resigniert, „ich kann nicht sagen, dass cholerische Anfälle mir wirklich gefehlt haben."

Cesare hielt inne.

„Ehrlich?", sagte er dann leise, „also, mir manchmal schon."

Es war eher diese Antwort seines Bruders, an die Gianni dachte, als er am zweiten Weihnachtsmorgen nach der Messe aufbrach, um zusammen mit Franceschino und einigen anderen Freunden jagen zu gehen. Die Jagd war schon immer ein beliebter Sport der Florentiner Jugend gewesen und zwar einer, an dem Gianni ebenfalls Spaß hatte. So schlecht er beim Tjosten war, so gerne ritt er und so gut war er bei der Verfolgung des Wildes. Er gehörte immer zu den Ersten.

Cesare war nie auf die Jagd geritten – oder vielleicht schon, in den ganz frühen Zeiten, als er noch jung und Gianni ein Kind unter den Fittichen der Amme gewesen war. Cesare war ein ganzes Stück älter als er, nicht nur gefühlt sondern auch tatsächlich und so war es nicht verwunderlich, dass Gianni sich kaum an die Jugend seines ältesten Bruders erinnerte. Er hatte dazu praktisch nur Sebastianos Aussage, dass Cesare schon immer ein Langweiler gewesen war.

Ritt Cesare gerne? Er tat es, sicher, wenn er reisen musste, was jedoch seit Giannis Eintritt in die Firma sehr viel seltener geworden war. Er tat es auch, wenn er zu Angelica aufs Land fuhr – aber auch das war selten geworden, denn nach dem Schlaganfall des Vaters verließ Angelica die Stadt kaum noch und Minerva sah auf dem Familiengut in der Toskana nach dem Rechten.

Hatte Cesare jemals gejagt? Hatte es ihn gewurmt, dass man Gianni, den Jüngeren, den Unbedeutenderen der Montecaldo heute eingeladen hatte und nicht ihn, das agierende Oberhaupt?

Er wusste eigentlich nichts über seinen Bruder, stellte Gianni fest. Sicher, sie arbeiteten zusammen, sie verließen sich aufeinander, aber wann wechselte er schon einmal ein privates Wort mit Cesare? Er wusste mehr über die Vorlieben seines Neffen Paolos als über dessen Vaters und er sprach an manchen Abenden mehr mit Angelica als mit ihrem Mann.

Was tat Cesare eigentlich, außer zu arbeiten? Angelica hatte im August ein Kind bekommen, ein kleines Mädchen, das sie Lucrezia getauft hatten. Also mussten die Eheleute zumindest eine Art von Verkehr miteinander pflegen. Hatte er eigentlich jemals gesehen, wie Cesare Angelica berührte? Wie er sie ansah oder ob er lächelte, wenn sie den Raum betrat?

Lächelte Cesare überhaupt?

Er verfügte über einen äußerst feinen, aber auch ebenso äußerst seltenen Humor, das hatte Gianni mittlerweile gelernt. Aber was empfand er? Betrachtete er die Verantwortung, die er als Ältester trug, eigentlich als Last? Wünschte er sich wirklich den Vater mit seiner cholerischen Stärke und Unberechenbarkeit zurück? Arbeitete er eigentlich so viel, weil er musste oder weil er wollte – und was bedeutete ihm diese Familie, der er im Alltag vorstand, wo der Vater dazu doch nicht mehr in der Lage war?

Was bedeutete ihm, Gianni, eigentlich dieser Bruder, der einzige, der ihm geblieben war?

„Du bist aber nicht besonders gesprächig heute“, keuchte Francesco de' Pazzi und trieb sein Pferd dicht neben Gianni, „rast davon, als ob die Wilden hinter dir her wären... wir haben die Spur verloren, glaube ich.“

Gianni, aus seinen Gedanken gerissen, hob den Kopf. Das Land war winterkahl und trocken, das Wild, dem sie nachgejagt waren, verschwunden. Er hatte sich, wie er mit einem Blick zurück feststellte, ein gutes Stück von den Verfolgern abgesetzt, nur Francesco war ihm anscheinend auf den Fersen geblieben. Gianni registrierte schuldbewusst, dass er die letzten Minuten vermutlich blind durch das Land gefegt war und die Spur schon längst vergessen hatte.

„Scheint mir auch so", meinte er vage und hoffte, dass niemand bemerkt hatte, wie planlos er geritten war, „vielleicht finden wir ja noch etwas Neues. Und tut mir leid. Ich war in Gedanken."

„Irgendetwas, das dich quält?", fragte Francesco.

Gianni zuckte mit den Schultern.

„Geschäfte", sagte er nur.

„Ja", Francesco nickte, „du bist in den letzten Jahren groß eingestiegen. Sowohl Renaldo als auch Onkel Jacopo haben mir davon berichtet."

Und Renaldo vermutlich wenig lobend, dachte Gianni bei sich. Er ließ sich nichts anmerken.

„Es war nötig", sagte er, „Cesare konnte nicht alles allein machen – nach Sebastianos Tod und Vaters Erkrankung."

„Ja, das Geschäft fordert uns", nickte Francesco weise, „wird oft unterschätzt von denen, die nicht viel damit zu tun haben. Aber es ist nötig. Nicht alle wollen die Entscheidungen schließlich einem Bankleiter überlassen."

Die Spitze zielte, wie erwartet, auf Lorenzo und Giuliano. Aber Gianni lächelte nur.

„Cesare und ich kommen zurecht", sagte er ausweichend.

„Davon bin ich überzeugt", lächelte Francesco, „obwohl Sebastiano euch sehr fehlen muss. Was für ein tragischer Unfall! Renaldo kann noch immer nicht darüber sprechen!"

„Mag sein", meinte Gianni, der ebenfalls keine Lust hatte, über diesen furchtbaren Tag zu reden.

„Er hat Sebastiano wie einen Bruder geliebt", fuhr Francesco fort, „und es hat ihn sehr getroffen… nun ja. Ich nehme an, du weißt, was man ihm damals vorwarf."

„Ich weiß es“, sagte Gianni knapp, „es war ein Missverständnis. Ich habe es richtig gestellt.“

„Sicher“, erwiderte Francesco glatt, „aber ein Makel bleibt bestehen, nicht wahr? Ein Verdacht in den Köpfen der Menschen... So etwas rüttelt sehr am Ansehen.“

Ansehen... Lorenzos Macht beruhte auf seinem Ansehen, fiel Gianni wieder ein. Die Pazzi hingegen war im Volk nicht sehr beliebt. Man tolerierte den alten Messer Jacopo mit seinen Launen, aber seine Neffen waren bereits als arrogant verschrieen.

Und nicht zu Unrecht, wie Gianni sich ebenfalls erinnerte.

„Meines Erachtens ist der Fleck reingewaschen“, sagte er entschieden, „ich habe Renaldo nie im Verdacht gehabt. Und ich würde es auch jedem anderen gegenüber klarstellen. Allerdings war das nie wieder nötig, nachdem ich mit dem Rat gesprochen habe. Renaldo macht sich unnötig Sorgen.“

„Wenn du das sagst“, meinte Francesco jetzt ohne Lächeln, „du bist loyal, nicht wahr, Gianni? Renaldo sagte so etwas. Er meinte, du wärst so loyal, dass du manchmal richtig blind wärst. Du hast auch Sebastianos Fehler nie gesehen.“

Cesare hatte etwas ähnliches angedeutet und Gianni ärgerte sich plötzlich über die Unterstellung.

„Ich mag loyal sein, aber ich bin nicht blöd“, schnappte er, „und ich kann mir meine eigene Meinung bilden, danke!“

Francesco musterte ihn mit einem undurchdringlichen Blick.

„Tu das“, sagte er leise, „tu das, ich hoffe darauf. Bild dir deine eigene – ja, was ist denn?“

Ein Diener war herangekommen und hatte die Aufmerksamkeit seines Herrn gefordert. Francesco de' Pazzi war sichtlich verärgert über die Unterbrechung, hatte sich jedoch so weit im Griff, dass er nicht zu toben begann. Der Diener, so vermutete Gianni, war wohl Kummer gewohnt, denn er hielt ein wenig Abstand und sprach deutlich lauter, als wenn er dicht neben dem Pferd Position bezogen hätte.

„Mit Verlaub", sagte er, „ein Bote, Herr. Ein Eilbote, für Euch."

Francesco de' Pazzi runzelte die Stirn.

„Ein Eilbote?", wiederholte er, „woher?"

„Aus Mailand", sagte der Diener.

*

„Du irrst dich", sagte Gianni zu Cesare, „ganz sicher, du irrst dich."

„Ist das so?", erwiderte Cesare.

„Oh ja", Gianni nickte heftig, „ich weiß zwar nicht, was Francesco de' Pazzi vorhat oder was er wirklich von mir wollte, aber auf Versöhnung ist er nicht aus. Niemals."

„Wenn du das sagst", meinte Cesare.

Gianni verzog das Gesicht.

„Du würdest dasselbe meinen", sagte er bitter, „wenn du gesehen hättest, wie er sich aufgeführt hat! Er hatte beinahe Schaum vorm Mund!"

Und das war nicht gelogen. Mehrere Minuten lang war Francesco de' Pazzi wie ein Schachtelteufel auf und ab gesprungen zwischen haltlosem Jubel, wilden Verwünschungen und hasserfülltem Triumph schwankend. Mehrere Minuten lang hatte er so die Kontrolle verloren, bis ihm irgendwann der entsetzte, fassungslose Blick seines Begleiters aufgegangen war. Da hatte er sich beruhigt und etwas von der Gerechtigkeit des Herrn gemurmelt. Die Jagd war danach natürlich zu Ende.

Und Gianni *war* fassungslos gewesen. Sicher, er war kein Freund des Herzogs von Mailand, aber der wilde Freudentaumel des Pazzi hatte sich ganz klar gegen Lorenzo gerichtet und das wiederum war erschreckend anzusehen gewesen.

„Was genau ist denn nun vorgefallen?", hakte Cesare nach, „und es wäre schön, wenn du diesmal in ganzen Sätzen reden könntest."

„Sie haben ihn umgebracht", sagte Gianni.

„Den Herzog von Mailand?", fragte Cesare.

„Genau. Sie haben Galeazzo Maria Sforza vor der Kirche erstochen", berichtete Gianni, um ganze Sätze bemüht. Er war noch immer schockiert – sowohl von der Nachricht, als auch von Franceschinos unbotmäßiger Reaktion.

„Heute."

„Heute nach der Messe", bestätigte Gianni, „es ist noch nicht ganz sicher, wer es war, aber ein Visconti und ein Olgiati sollen beteiligt gewesen sein. Und man munkelt von einem Mitwissen Professor Cola Montanos."

„Nun, das würde ich nicht unterschreiben", meinte Cesare, „also. Sie haben den Herzog von Mailand heute Mittag ermordet und dank der schnellen Boten der Pazzi wissen wir es. Lorenzo wird es auch schon wissen. Das wird ihn treffen, er hat einen wichtigen Verbündeten verloren. Aber so überraschend kommt es nun auch wieder nicht. Immerhin hat der Herzog nicht immer Rücksicht auf seine Untertanen genommen."

„Franceschino redet von Tyrannenmord und das sei heilig", entgegnete Gianni empört, „fein, ich kenne die Schauergeschichten über Galeazzo Maria ebenfalls. Aber so schlimm war er nun auch wieder nicht, oder? Er hat sich immer für die Künste eingesetzt. Hat er uns nicht diesen Chor geschickt? Und die Bauten! Leonardo redete schon davon, zu ihm zu gehen, damit er endlich Geld für seine Maschinen bekommt!"

„Manch ein Tyrann ist ein großartiger Bauherr gewesen", sagte Cesare achselzuckend, „ich glaube kaum, dass das die Leute interessiert, wenn sie Hunger haben oder im Gefängnis sitzen. Und du sagst, Franceschino hätte sich gefreut?"

„Wie verrückt", sagte Gianni bitter, „ich dachte, er fällt gleich um. Selbst, wenn es sein größter Feind gewesen wäre – so darf man nicht über den Tod eines Menschen jubeln!"

„Er gehört nicht zu den Beherrschten", meinte Cesare, wieder mit einem Anflug dieses seltenen Humors, „nun gut, wir kennen seine Reaktion, was uns nützen kann. Ich vermute, du hast Recht und er setzt wirklich nicht auf Versöhnung. Danke übrigens, dass du als Erstes zu mir gekommen bist. Ich hätte gedacht, du gehst sofort zu Giuliano."

Gianni nickte, ohne gleich zu antworten. Es hatte zwei Gründe, weshalb er seinen Bruder aufgesucht hatte. Der eine Grund war ehrenhaft und der andere hatte mit seinen früheren Überlegungen zu tun, Cesare so wenig zu kennen. Den nannte er natürlich nicht.

„Ich dachte, sie erfahren es noch früh genug", sagte er, „meinetwegen auch von mir. Aber wenn ich jetzt, sofort, zu Giuliano oder Lorenzo rennen würde und ihnen von Francesco erzählen würde, würde das den Graben wohl eher vertiefen."

„Und uns eindeutig auf einer Seite positionieren, wovon ich nichts halte", sagte Cesare, „jetzt schau nicht so empört. Ich habe nichts gegen die Medici und die Pazzi gehen mir schon seit Jahren auf den Geist. Aber ihr Krieg ist nicht der unsere, Gianni. Vergiss das nicht. Sebastiano hat ihn oft genug in unser Heim getragen."

Auch dazu sagte Gianni nichts.

Galeazzo Maria Sforza war also am zweiten Weihnachtstag in der Kirche Santo Stefano ermordet worden. Drei junge Attentäter wurden kurz darauf gefasst und hingerichtet – sowohl ein Olgiati als auch ein Visconti waren darunter. Und Professor Cola Montano, dem man nichts nachweisen konnte, predigte in seinen Hörsälen, dass Tyrannenmord heilig wäre.

Mailand war in Aufruhr und die Herren Norditaliens hielten die Luft an.

Es war ein wenig, als ob eine Schranke weggefallen wäre, ein unausgesprochenes Tabu umgestoßen. In der Folge kam es zu diversen Mordanschlägen – Ercole d'Este von Ferrara kam nur knapp mit dem Leben davon. Und auch in Florenz schien für ein paar Tage alles innezuhalten. Aber dann kehrte der Alltag zurück. Der Mord in Mailand war an einem Herzog geschehen. Florenz war eine Republik.

Franceschino de' Pazzi lud Gianni noch einmal ein, was dieser unter höflichen Ausflüchten ablehnte und dann kamen keine weiteren Aufforderungen mehr. Von der Reaktion des Pazzi musste Gianni Giuliano im übrigen nicht in Kenntnis setzen – über das feine Spitzelwerk, mit dem Lorenzo Florenz überzogen hatte, war der Auftritt längst an die Ohren der Medici gedrungen. Gianni war froh darum und beruhigt, als er sah, wie gelassen sowohl Giuliano als auch Lorenzo darauf reagierten.

Das neue Jahr kam. Girolamo Riario, der Neffe des Papstes, heiratete die frisch verwaiste Caterina Sforza und nahm Forli in Besitz. Im März scheiterte eine weitere geplante Vermählung Giulianos mit Semiramide d'Appiano, einer entfernten Cousine Simonettas. Jetzt stand eine mögliche venezianische Verbindung zur Debatte, die Giuliano genauso gleichgültig hinnahm wie jede andere Anstrengung diesbezüglich seit dem Tod seiner Geliebten.

Und Lorenzo setzte ein neues Gesetz durch, dass bei fehlendem Sohn vorschrieb, das Erbe einem männlichen Verwandten und nicht der eigenen Tochter zu überlassen.

„Tut mir leid", sagte Cesare mit einem Kopfschütteln zu Gianni, „aber das ist ziemlich eindeutig gegen die Pazzi gerichtet. Eine Schikane, um ehrlich zu sein."

„Das weißt du nicht", hielt Gianni entgegen, obwohl er selber nicht überzeugt war.

Cesare verzog den Mund.

„Wirklich nicht?", sagte er trocken, „Giovanni de' Pazzi heiratet die einzige Tochter des sagenhaft reichen Giovanni Borromei aus Mailand – und jetzt kommt ein Gesetz, das verbietet, sein Erbe einer Tochter zu hinterlassen, sondern nur einem männlichen Nachkommen? Lorenzo hat die Pazzi vom Borromei'schen Vermögen enterbt. Nichts anderes bedeutet es."

Gianni schwieg, was hätte er auch darauf sagen sollen. Es stimmte, die Leidtragenden dieses Gesetzes waren ganz eindeutig die Pazzi, die sich vor kurzem noch so darüber gefreut hatten, die reiche Mailänder Kaufmannstochter zu ergattern. Und in Anbetracht dieser neuen Entwicklung sah Gianni die milde Reaktion von Lorenzo und Giuliano auf Franceschinos Ausrutscher in ganz anderem Licht.

Hinterhältig sind sie, die Medici, hatte Renaldo einmal gesagt, lächeln dich an, tun so, als wären sie Freunde und Gönner, aber ehe du dich versiehst, hat der Pfeil dich von hintenrum ins Auge getroffen.

War das wahr? Hatte Renaldo de' Pazzi doch Recht? Die Medici hatten außer Protest nichts getan, als die Banca di Pazzi dem Papst das Geld für Imola gegeben hatte – aber dann war Sebastiano verunglückt und Renaldo stand plötzlich wegen Mordes vor Gericht. Sie hatten auch die Hochzeit mit der Borromei-Tochter hingenommen und den Mord an ihrem Verbündeten in Mailand, der von den Pazzi zwar nicht initiiert, aber zweifelsohne begrüßt worden war – und nun dieses Gesetz.

Waren das seine Freunde?

„Mach nicht so ein Gesicht", unterbrach Cesare seine Gedanken, „komm Gianni, ich bitte dich, Lorenzo ist Herr von Florenz. Das bleibt man nicht, wenn man sich nicht zu wehren weiß. Du solltest mit solchen Dingen rechnen."

Gianni schluckte. Gut, ja, Lorenzo, das konnte er akzeptieren. Lorenzo trug ganz andere Bürden als er und musste ganz andere Dinge berücksichtigen.

Aber Giuliano? Warum war Giuliano genauso?

„Ich verstehe Giulio nicht", sagte er leise.

Cesare seufzte.

„Tatsächlich?", meinte er, „ich dachte, du könntest ihn noch am ehesten verstehen. Er ist seinem Bruder sehr ergeben, Gianni. Und du solltest wissen, wie sich das anfühlt."

Sebastiano. Gianni biss sich auf die Lippen. Wäre Sebastiano Herr von Florenz und würde seine Feinde mit Arglist bekämpfen, würde er, Gianni, auf seiner Seite stehen?

Ja, das würde er. Aber Sebastiano hätte nie zu solchen Mitteln gegriffen. Sebastiano hätte immer den offenen Kampf gewählt.

„Sebastiano ist nicht wie Lorenzo“, sagte er unwillkürlich.

„Genau“, erwiderte Cesare hart, „und deswegen ist er tot und Lorenzo Herr der Stadt.“

Gianni wurde blass, beugte sich über seine Bücher und verstummte.

Nach einem Moment hörte er, wie Cesares Stuhl über den Boden schrammte, dann spürte er die Hand des Bruders auf seiner Schulter – eine ungewohnte, seltene Berührung.

„So ist es doch, Gianni“, sagte Cesare leise, „leider. Ich wollte doch auch, es wäre anders. Und natürlich müssen Lorenzo und Giuliano sich verteidigen. Natürlich bleibt dieses Gesetz nicht ohne Konsequenzen. Es hätte im übrigen auch Konsequenzen für uns, lägen die Dinge anders.“

Gianni hob verwirrt den Kopf. Welche Konsequenzen sollte es für sie haben? Die einzige Frau in der Familie, auf die ein solches Gesetz zutreffen könnte, war Angelica – und die hatte eine Mitgift bekommen und keine weitere Erbschaft in Aussicht.

„Die kleine Castini“, erinnerte ihn Cesare, „Umberto Castinis einzige Tochter. Er lebt noch und hättest du sie geheiratet, hätten auch wir ihr Erbe verloren.“

Die kleine Castini – seine Braut, vor all diesen Jahren verschwunden... wie lange hatte er nicht mehr an sie gedacht! Damals war er zwölf gewesen, jetzt wurde er zwanzig.

Was wohl aus ihr geworden war?

„Das erinnert mich an etwas“, fuhr Cesare fort, „wir sind völlig darüber hinweggekommen. Castini hat das Mädchen noch immer nicht für tot erklären lassen. Wir sollten den Vertrag endlich annullieren.“

„Wie?“, sagte Gianni, aus dem Konzept gebracht.

„Die Verlobung!“, meinte Cesare, „sie besteht noch immer. Weißt du nicht mehr, wie Vater sich weigerte, sie zu lösen? Es wäre mal an der Zeit. Wenn du eine neue Braut haben willst...“

Was? Gianni wurde plötzlich, schlagartig, von einem Gefühl der Panik erfasst.

„Ich habe aber nicht die Absicht, sobald zu heiraten“, sagte er erschrocken.

Cesare musterte ihn.

„Darum geht es doch nicht“, meinte er sachlich.

Gianni bewegte unbehaglich die Schultern. Er konnte selbst nicht erklären, warum ihm dieser Gedanke solche Bauchschmerzen verursachte. Er wusste nur... er wusste einfach nur, dass er das nicht wollte.

„Ich weiß“, sagte er, „aber ich... sie hat mir damals so leidgetan. Man hat nie herausgefunden, was aus ihr wurde. Und ich will nicht, dass uns Heiratsvermittler das Haus einrennen.“

„Was sie nicht tun werden, noch nicht“, erklärte Cesare, „du bist zu jung.“

„Dann eilt es ja auch nicht, oder?“

„Nun, natürlich nicht...“

„Castini hat sie nicht für tot erklären lassen“, fuhr Gianni rasch fort, „er hat also immer noch Hoffnung, sie könnte zurückkommen. Er ist alt. Ehrlich, Cesare, das wäre ein Schlag für ihn. Vielleicht würde er dann realisieren, dass sie verloren ist. Das könnte ihn töten! Wollen wir einem alten Mann das antun?“

Cesare zog die Stirn kraus.

„Es eilt wirklich nicht“, gab er zu, „es ist nur ein nutzloser Vertrag. Ich halte von nutzlosen Dingen nichts.“

„Ich weiß“, sagte Gianni begütigend, „aber er stört nicht. Mich stört er nicht. Umberto Castini wird nicht ewig leben. Spätestens mit seinem Tod ist die Sache hinfällig.“

„Der Vertrag erlischt nicht mit seinem Tod“, entgegnete Cesare, „alte Klausel aus eurer Kindheit. Aber nun denn. Ich verstehe deine Argumentation. Etwas Rücksicht kann uns nicht schaden und du hast noch ein paar Jahre, bevor die Sache aktuell wird."

„Genau", sagte Gianni erleichtert.

„Also", meinte Cesare mit einem halben Lächeln, „lassen wir die Sache ruhen."

„Ja", stimmte Gianni zu, „lassen wir es so."

Und er war erleichterter, als es eigentlich vernünftig gewesen wäre.

5. TEIL: UNWIRSCHE ZEITEN – 1477/1478

Aus den Reihen der Pazzi kam Unmut gegen das Gesetz, wie es nicht anders zu erwarten gewesen war. Franceschino tobte erneut, aber diesmal nicht aus Freude. Guglielmo und sein Onkel Jacopo hingegen hielten sich etwas zurück – beiden war wohl bewusst, dass das Verhältnis zu den Medici schon gespannt genug war.

Gianni erhielt einen Brief von Renaldo, der dessen ganze Empörung ausdrückte. Erst wollte er gar nicht antworten, aber dann erinnerte er sich an das Gespräch mit Cesare und der Brücke und so setzte er sich hin und schrieb in einem mühevollen Prozess zurück – Verständnis ausdrückend und um Verständnis bittend. Offensichtlich war es nicht die Reaktion, die Renaldo sich vom kleinen Bruder seines besten Freundes erwartet hatte, denn es gab keine weiteren Briefe.

Auch sonst ging das Jahr eher stürmisch weiter. In Umbrien sorgte Carlo Fortebraccio, Sohn eines alten Condottiere, für Unruhe. Nach dreißig Jahren im venezianischen Dienst wollte er in seine Heimat Montone zurück und mit dieser unter Florentinischen Schutz gestellt werden. Außerdem liebäugelte er mit Perugia, wo die Herrschaft der Baglioni wackelte. Ein Bündnis mit ihm scheiterte schließlich am Einspruch Mailands und Neapels, aber es machte deutlich, wie zerbrechlich der Frieden im Norden war. Seit Galeazzo Maria Sforzas Ermordung schien kein Herrscher mehr richtig sicher zu sein.

„Was ist aus der Venezianerin geworden?“, fragte Gianni Giuliano eines Abends, als sie endlich wieder einmal etwas Zeit hatten.

Giuliano zuckte mit den Schultern.

„Was soll aus ihr geworden sein?“, erwiderte er, „sie verhandeln noch.“

Gianni musterte ihn neugierig.

„Aber dich interessiert es nicht.“

„Ich kenne das Mädchen überhaupt nicht. Ich kenne nicht einmal ihren Namen.“

„Das ist kein Argument, Semiramide d’Appiano war eine Cousine von Simonetta und sie hast du auch nicht gewollt“, hielt Gianni dagegen.

Giuliano grinste.

„Eben“, sagte er trocken, „wenn ich noch nicht einmal ein Mädchen haben wollte, dessen Namen ich kannte, warum soll ich eins haben wollen, von der ich gar nichts weiß? Im Ernst“, setzte er schnell dazu, „ich weiß, dass ich heiraten muss. Und ich werde es auch tun, Lorenzo zuliebe. Kinder in die Welt setzen und so, vielleicht einen zukünftigen Papst, wenn ich es schon nicht selber geworden bin...“

Er grinste, und Gianni boxte ihn.

„Ist doch egal, wer sie ist“, schloss Giuliano lachend.

„Früher einmal hast du nicht so gesprochen“, brummte Gianni, „als Lorenzo heiratete, hast du gesagt, deine Frau muss ganz anders werden als Clarice.“

„Das wird sie auch“, sagte Giuliano gleichmütig, „sie wird nämlich keine Orsini. Lorenzo hat mit dem Clan schon genug Ärger am Hals, er braucht nicht noch mehr.“

„Ärger?“, hakte Gianni nach.

„Naja“, Giuliano zuckte mit den Achseln, „Clarice heult ihm dauernd vor, dass er ihrer Familie helfen muss. Etwas Geld hier, ein Posten da... was glaubst du, warum Rinaldo Erzbischof von Florenz geworden ist? Bestimmt nicht, weil er so oft da ist und Messen feiert.“

„Und dafür hat er die Salviati vergrätzt“, murmelte Gianni.

„Was?“, fragte Giuliano, der ihn offensichtlich nicht verstanden hatte.

„Ach nichts“, wiegelte Gianni rasch ab.

Giuliano drehte sich zu ihm um.

„Wie kommst du überhaupt darauf?“, fragte er neugierig, „jetzt mit Semiramide anzufangen und so? Du weißt doch, warum mich das nicht interessiert. Außerdem weißt du von Fioretta.“

„Die liebst du aber nicht“, stellte Gianni fest.

„Meine Frau werde ich auch nicht lieben“, erwiderte Giuliano nüchtern.

„Das kannst du nicht wissen.“

„Oh doch“, sagte Giuliano, „das weiß ich ganz genau. Und weich mir nicht aus. Warum dieses plötzliche Interesse an einem so langweiligen Thema?“

Gianni verzog das Gesicht.

„Ich hatte ein Gespräch mit Cesare“, gab er zu, „wegen dieses Gesetzes.“

„Welches Gesetz?“

„Das Erbschaftsgesetz.“

„Oh“, Giuliano hob die Augenbrauen, „das hat ganz schön für Unstimmigkeiten gesorgt, hm?“

Gianni rutschte unbehaglich hin und her.

„Was habt ihr denn erwartet?“, meinte er böse, „jeder weiß, warum Lorenzo das getan hat. Und ein feiner Zug war's bestimmt nicht.“

„Ist es ein feiner Zug, sich drangsalieren zu lassen?“, erwiderte Giuliano ruhig, „nein, ich weiß schon, was du sagen willst. Immer dieser Ärger mit den Pazzi. Weißt du eigentlich, dass sie nur durch meine Familie überhaupt so groß geworden sind? Undankbar, nennt man das. Und gierig.“

„Dazu sag ich nichts“, meinte Gianni rasch, „ich weiß zu wenig darüber. Was ich weiß ist, dass ihr euch in diesem Streit nicht sehr viel nehmt. Und da musst du mir zustimmen. Jeder denkt nur an sich.“

„Lorenzo geht es nicht um sich, sondern um Florenz.“

„Und die Pazzi gehören nicht zu Florenz?“

Giuliano seufzte.

„Sie paktieren mit dem Papst", sagte er leise, „das ist doch so. Wie können sie nur? Der Papst ist nun wirklich nicht auf unserer Seite."

„Der Papst ist nicht auf der Seite der Medici", sagte Gianni hart.

Giuliano schloss die Augen.

„Er ist nicht auf der Seite von *Florenz*", sagte er heftig, „er denkt nur an sich und seine Familie. Schau dir Girolamo Riario an – der kriegt den Hals nicht voll! Der sieht sich doch schon als Herrscher Norditaliens! Sollen wir da still halten? Sollen wir ihn auch noch unterstützen? Und die Pazzi! Sie sind blind – Franceschino ist blind! Er sieht nur sein eigenes Emporkommen und das gegen uns, mit dem Papst – ohne daran zu denken, was es für Florenz bedeutet! Du kennst ihn, du kennst sein Temperament. Würdest du ihn gerne an Lorenzos Platz sehen? Glaubst du, er würde sich mit Ansehen und einer inoffiziellen Stellung zufriedengeben? Glaubst du das wirklich?"

Gianni musste schlucken. Giuliano öffnete die Augen und sah ihn an.

„Er wäre wie Galeazzo Maria und das weißt du auch", sagte er leise.

Einen Moment lang fiel kein Wort, während sie sich stumm ansahen.

„Aber warum so?", fragte Gianni dann heiser, „warum mit solchen Mitteln? Warum habt ihr Renaldo anklagen lassen?"

„Ach, das", sagte Giuliano abwertend, „ich weiß auch nicht genau, wie das passiert ist. Ein Selbstläufer. Agnolo war außer sich, hat vielleicht Unsinn geredet, und plötzlich war es geschehen. Ich habe mich damals nicht drum gekümmert. Ich war nämlich mit deinem Verschwinden beschäftigt. Und was die Wahl der Mittel anbetrifft – Gianni, ich bitte dich. Willst du offenen Kampf? Willst du die Zeiten der Bianchi und Neri zurück, als die Straßen in Blut schwammen? Lorenzo will Frieden. Ich will Frieden. Sie sind es, die immer wieder anfangen."

War das so?

„Aber warum... warum kommt ihr einander nicht entgegen?", fragte Gianni verzagt, „warum lässt Lorenzo nicht zu, dass die Pazzi auch mal einen Posten übernehmen dürfen – als Gonfaloniere zum Beispiel?"

Giuliano erwiderte den Blick offen.

„Kannst du garantieren, dass sie sich damit zufriedengeben würden?“, setzte er entgegen.

Gianni sagte gar nichts mehr. Aber sein Blick sprach wohl Bände, denn nach einem Moment seufzte Giuliano und meinte: „Na gut, ich verstehe, was du meinst. Ich werde es Lorenzo sagen. Und ich werde meinen Teil beitragen, ja? Die Sache ist vielleicht wirklich ein wenig eskaliert. Franceschino war schon lange nicht mehr zu Besuch. Ich werde ihn einladen. Wer weiß, vielleicht werden wir doch wieder Freunde.“

„Das wäre schön“, sagte Gianni leise.

Giuliano lächelte.

„Hörst du jetzt auf, mich mit Ehefrauen zu quälen?“, sagte er leichthin.

Gianni musste ebenfalls lächeln.

„Ja“, sagte er, „aber eines noch – weißt du eigentlich, dass mich, hätte ich mit zwölf geheiratet, euer Gesetz heute genauso getroffen hätte wie die Pazzi?“

Giuliano lachte.

„Wer weiß“, stichelte er, „hättest du tatsächlich mit zwölf geheiratet, vielleicht hätte ich für dich gegen dieses Gesetz interveniert.“

*

„Also beruhigen sich jetzt die Fronten?“, fragte Luca.

Der Sommer war schon wieder vorbei, aber es war ein milder September und warm. Gianni lag träge in der Sonne auf der kleinen Arnoterrasse und genoss ein paar freie Stunden. Viel zu selten führte sein Weg hierher, wo er sich – wie er mit Erstaunen registrierte – immer am meisten wie er selbst fühlte.

„Es sieht ganz so aus“, antwortete er, „wir geben uns zumindest Mühe. Ich habe noch mal an Renaldo geschrieben und Giuliano hat sich um Franceschino bemüht. Sie waren jetzt ein paar Mal zusammen unterwegs."

„Allein?", hakte Luca nach.

Gianni blinzelte ihn an.

„Nein", gab er zu, „nicht allein. Darauf hat Lorenzo bestanden. Wir sind schließlich noch in der Anfangsphase einer Versöhnung. Alle sehen Gespenster. Giuliano hat mir erzählt, dass sein Onkel Tornabuoni Lorenzo erst gestern gewarnt hätte – es wäre was im Busch, hätte er gesagt. Montesecco ist bei Jacopo de' Pazzi zu Besuch. Und der Mailänder Abgesandte war ganz unkenhaft und redete von Attentaten."

„Wer ist Montesecco?", fragte Susanna, die bislang stumm über einem Kleidungsstück gesessen und genäht hatte.

„Ein Condottiere", erklärte Gianni, „er gehört zu Girolamo Riario."

„Und was hat das mit den Pazzi zutun?", wollte sie wissen.

Gianni seufzte.

„Ich sage ja, sie sehen Gespenster", meinte er, „an jeder Ecke. Nur, weil die Pazzi dem Papst Geld geliehen haben, werden sie ja nicht gleich seine Neffen ins Herz schließen. Und Messer Jacopo ist nun wirklich ein ehrenwerter Mann. Ich könnte mir gut vorstellen, dass er jedem Verschwörer die Leviten liest."

Susanna kicherte.

„Ja", sagte sie vergnügt, „das könnte ich mir auch gut vorstellen. Du machst dir also keine Sorgen mehr?"

„Natürlich mache ich mir noch Sorgen", erwiderte Gianni, „wir sind weit davon entfernt, dass die Pazzi und die Medici versöhnt sind. Aber heute sind wir schon ein gutes Stück weiter als noch vor ein paar Monaten. Und nächstes Jahr um diese Zeit kann die Welt ganz anders aussehen."

„So oder so", sagte Luca und setzte sich auf, um sein Bein zu massieren, „wie ernst nehmen denn die Medici die Warnungen?"

„Giuliano ist unbesorgt", sagte Gianni, „er kommt wieder mit Franceschino klar und der Rest ist ihm nicht so wichtig, denke ich. Und

Lorenzo… es ist schwer zu sagen, was Lorenzo denkt. Er hat gesagt, er sei ein Bürger Florenz und vertraue auf den Schutz seiner Stadt und den Schutz Gottes. Das müsse reichen."

„Das muss vor allem deshalb reichen, weil Waffentragen in Florenz verboten ist", sagte Luca trocken, „er kann sich kaum mit bewaffnetem Geleitschutz umgeben wie die Baglioni in Perugia. Da bleibt ihm nicht viel anders als Gottes Schutz."

„Und der von Florenz", setzte Susanna hinzu.

Gianni legte die Hand über die Augen.

„Wir können es doch sowieso nicht ändern, oder?", seufzte er, „es kommt, wie es kommen muss. Jeder trägt sein Scherflein bei. Ich für meinen Teil bin bereit, über meinen Schatten zu springen und die Pazzi und die Medici zu versöhnen. So weit ich kann."

Stille. Susanna und Luca tauschten einen langen Blick.

Dann beugte sich Luca vor.

„Du widersprichst dir selbst, Gianni", sagte er leise, „was willst du denn jetzt – eingreifen oder hinnehmen, was geschieht?"

Gianni nahm die Hand wieder herunter.

„Ist das nicht offensichtlich?", sagte er verwirrt, „ich greife ein. Aber letztendlich liegt doch ohnehin alles in Gottes Hand!"

Susanna sagte nichts.

Luca musterte ihn stumm. Dann drehte er sich ab und schaute über den Arno, auf die andere Uferseite.

„Ist das so", flüsterte er.

Gianni ließ dieses Gespräch nachdenklicher zurück als zuvor das mit Giuliano. Er schlug deshalb nach dem Ende der Mittagsstunde nicht sofort wieder den Rückweg ein, sondern ließ sich noch ein wenig durch die Straßen treiben.

Florenz war bunt. Florenz war laut, Florenz war ziemlich schmutzig, Florenz war eine Vielzahl von Gerüchen und Bildern.

Florenz soll groß sein, hatte Sebastiano gesagt, bevor er lachend vom Gerüst gestürzt war.

Uns vereint dasselbe Ziel – Florenz soll groß sein...

War das so?

Er dachte zurück an seine kläglichen Geschichtskenntnisse, Stunden, in denen er oft eher geträumt als aufgepasst hatte. Florenz hatte seine Bürgerkriege und Straßenschlachten gehabt. Die Konflikte zwischen Guelfen und Ghibellinen, zwischen Bianchi und Neri, zwischen Grandi und Popolo oder der Aufstand der Ciompi – Begriffe aus fernen Unterrichtsstunden, die er nie auf *sich* und auf *seine* Stadt bezogen hatte. Aber natürlich war es so, natürlich konnten sich diese Ereignisse aus der Vergangenheit wiederholen, wenn man sie ließ. Giuliano hatte gesagt, was offener Kampf bedeuten würde und wenn Gianni sich hier so umsah, in diesen Gassen, dann stimmte er der Aussage zu, dass jeder Trick, jede List besser war als ein Krieg in den Straßen.

In denen man übrigens auch unverhofft auf Freunde stoßen konnte.

„Leonardo!", sagte Gianni, „wie siehst du denn aus?"

„Ich würde sagen nass", erwiderte Leonardo und schüttelte seine tropfenden Haare, „keine Ahnung, wie du es beschreiben wolltest. Aber ich fühle mich eindeutig nass."

Gianni biss sich in die Wangen, um nicht zu unverschämt zu grinsen. Leonardo sah wirklich aus wie eine getaufte Maus. Das Wasser rann ihm aus Haaren und Kleidern, bildete Pfützen, wo er ging und stand und zudem umgab ihn ein leicht fauliger Geruch.

„Was hat denn diese... Nässe verursacht?", hakte er grinsend nach.

Leonardo zuckte mit den Schultern.

„Ein Bad im Arno."

„*Mit* deinen Kleidern?"

„Es war ein unfreiwilliges Bad."

„Aha", lachte Gianni, der seine Belustigung nicht mehr verbergen konnte, „wie kam's dazu?"

Leonardo versuchte, würdig zu wirken, aber gab es angesichts der Hoffnungslosigkeit der Lage rasch auf.

„Ich erzähl's dir, wenn du mitkommst", sagte er, „ich habe nämlich ein dringendes Bedürfnis, nach Hause zu gehen und mich umzuziehen."

„Was ich nachvollziehen kann", nickte Gianni, „na los, gehen wir. Wer hat dich reingeschmissen?"

„Wie kommst du darauf, dass mich jemand reingeschmissen hat?"

„Wenn es ein unfreiwilliges Bad war...?"

„Ich könnte gestolpert sein."

„Leonardo", seufzte Gianni, „du bist bestimmt vieles, aber nicht ungeschickt."

„Danke", sagte Leonardo geschmeichelt, „also gut, du hast Recht. Sie waren zu dritt. Sonst hätten sie keine Chance gehabt."

„Und was hast du ihnen getan?"

„Sie könnten mich völlig unprovoziert angegriffen haben."

„Und haben sie das?"

„Im Grunde, ja."

„Leonardo!", fuhr Gianni auf.

„Na gut", gab Leonardo nach, „aber ich habe sie nicht provoziert. Ich wollte sie nur zeichnen. Ich fand ihre Gesichter so interessant."

„Du hast sie gezeichnet."

„Ja."

„Haben sie so lange stillgehalten?"

„Ich musste ihnen ein wenig nachgehen."

„Du hast sie also verfolgt und dabei abgemalt", folgerte Gianni.

„So, wie du das ausdrückst, klingt es nicht richtig", protestierte Leonardo, „du hättest sie sehen müssen! Solche Gesichter begegnen dir nicht jeden Tag! Dieser Ausdruck, diese Nasen, die Narben, die Geschwüre..."

„Narben?", hakte Gianni nach, „was waren das denn für Kerle?"

„Äußerst unfreundliche, natürlich", sagte Leonardo unwirsch, „sonst hätten sie sich geschmeichelt gefühlt und mich nicht in den Arno geschmissen. Ich wusste es ja. Die Welt ist schlecht."

„Bitte, fang nicht wieder damit an", meinte Gianni, „und was trägst du unter deinem Arm?"

„Die Zeichnungen, was sonst?"

„Von den Männern?"

„Ja...?"

„Du hast sie behalten? Obwohl sie in den Arno gefallen sind?"

„Sie sind nicht in den Arno gefallen", widersprach Leonardo, „ich habe sie vorher weggeworfen. Ich wollte nicht, dass sie nass werden. Schließlich sollte nicht alles umsonst gewesen sein."

„Oh, klar", machte Gianni, „nun, aber jetzt *werden* sie nass."

Stille. Dann begann Leonardo zu fluchen, streckte den Arm aus, mit dem er die trockenen Zettel an seine nassen Kleider gedrückt hatte und schüttelte sie, so dass die Wassertropfen sprangen. Gianni schüttelte den Kopf und nahm seinem Freund die Blätter ab.

„Ich trag sie, bevor noch mehr passiert", beschied er.

„Meinetwegen", murmelte Leonardo, „ist es zuviel verlangt... nein, schon gut. Schau sie dir ruhig an."

Gianni ignorierte den Sarkasmus in Leonardos Stimme, während er die Blätter entrollte. Dann jedoch erschrak er. Die drei Männer, die Leonardo in den Fluss geworfen hatten, waren unzweifelhaft genau und lebensecht wiedergegeben worden. Er zuckte zusammen.

„Himmel, wie entsetzlich!", rief er aus.

„Ja, nicht wahr?", meinte Leonardo befriedigt, „grotesk, könnte man auch sagen. Hier ist es, hier habe ich mein Zimmer. Du bist noch nie bei mir gewesen, weißt du das?"

„Schläfst du nicht mehr in der Werkstatt?", fragte Gianni geistesabwesend, während er Leonardo die enge Treppe hinauf folgte und noch immer wie gebannt auf die scheußlichen Schädel starrte. Fratzenhaft glotzten sie zurück und er schüttelte sich innerlich. Ja, wenn er sich in einem solchen Portrait wiedererkennen würde, wäre er vermutlich auch nicht gerade freundlich gestimmt.

„Nein, zu eng", sagte Leonardo, „außerdem bin ich schon lange kein Lehrling mehr. Hereinspaziert in die gute Stube. Du kannst die Zeichnungen auf den Tisch legen.

Der Tisch war übersät mit Zetteln, einige beschrieben, andere gefaltet, ein paar gestapelt, die meisten unleserlich. Ein paar Zeichnungen waren auch darunter und Gianni zog sie neugierig hervor, während Leonardo sich der nassen Sachen entledigte.

„Haben sie sehr gelitten?", fragte er dumpf aus der Tiefe seines Wamses.

„Was? Die Köpfe? Nein", antwortete Gianni, „ich wette, sie sehen genauso widerlich aus wie vorher."

„Gut", sagte Leonardo, „ich brauche sie noch. Stell dir mal vor, ich muss ein paar Teufel malen oder die Verkörperung von Neid und Hass. Das kann man nicht einfach so aus dem Ärmel schütteln."

„Sagst du immer wieder", meinte Gianni nachdenklich, „meistens sagst du es, wenn du etwas nicht fertig machen willst."

„Ich will die Dinge fertig machen. Es dauert einfach nur lange", protestierte Leonardo und rubbelte über seine Haare.

„Bei anderen dauert es aber nicht so lange."

„Weil sie nicht so gut sind wie ich. Was soll das Gemecker? Hast du mit Meister Andrea gesprochen?", beschwerte Leonardo sich.

„Nein", antwortete Gianni, „ich war seit einer Ewigkeit nicht mehr bei ihm. Keine Zeit. Aber wenn er mit dir schimpft, hat er Recht."

„Was soll denn das?", begehrte Leonardo auf.

Gianni drehte sich um, in der Hand ein paar Blätter.

„Das hier", sagte er eindringlich, „das verstehe ich nicht."

„Sollst du auch nicht. Ich benutze eine Geheimschrift."

„Nein, das meine ich nicht!", fuhr Gianni auf, „ich meine diese Bilder. Du bist so gut, Leonardo! Warum machst du nie etwas fertig?"

„Ich mache Dinge fertig", verteidigte sich Leonardo.

„Na gut“, versuchte es Gianni auf anderem Wege, „du bist jetzt seit... fünf Jahren Mitglied in der Lukas-Gilde.“

„Und?“

„Und wie viele Bilder hast du in der Zeit gemalt.“

„Was fragst du?“, murrte Leonardo, „ein paar Madonnenbilder, das weißt du doch. Und meine Verkündigung.“

„Die hast du aber nicht allein gemacht.“

„Ich hatte etwas Unterstützung, ja“, gab Leonardo zu, „aber der Hauptteil war von mir.“

„Das sind vielleicht vier, fünf Gemälde“, sagte Gianni, „eines pro Jahr. Dazu kommen unzählige Entwürfe und halb angefangene Skizzen. Warum bist du so langsam? Warum machst du fast nichts zu Ende?“

Er klang hilflos, er hörte es selbst, und das hatte einen merkwürdigen Effekt. Leonardo sah ihn eigenartig an, trat neben ihn und nahm ihm die Blätter aus der Hand.

„Hier“, sagte er leise, „ich erinnere mich daran. Ich habe Susannas Hände gezeichnet. Sie hat schöne Hände, ist dir das schon einmal aufgefallen?“

„Ist es. Du hast mir nicht geantwortet.“

„Und das hier. Eine Madonna mit Kind und Katze. Ich mag Katzen – sie sind frei und wild und sie lassen sich nicht so leicht bestechen wie ein Hund. Aber Meister Andrea hat gesagt, ich soll mir das aus dem Kopf schlagen. Ist vielleicht besser so. Man sollte mich besser nicht wegen Blasphemie anklagen. Schließlich war ich schon einmal im Kerker.“

„Leonardo!“, flehte Gianni.

Und da gab er nach, drehte sich herum, die Blätter fielen aus seiner Hand, sein Blick wurde auf einmal ganz verloren.

„Aber versteh doch, Gianni“, flüsterte er, „wie kann ich etwas hergeben, solange es nicht perfekt ist?“

Stille folgte. Gianni sah stumm in die Augen seines Freundes und hatte plötzlich, schlagartig das Gefühl, dass er Leonardo zum allerersten Mal in seinem Leben wirklich verstand. Die Kehle wurde ihm eng. Leonardo sagte nichts, nur seine Augen bettelten wie einst auf den Wiesen vor den Toren vor Florenz um Verständnis.

Da streckte Gianni seine Hand aus, legte sie auf Leonardos Schulter und sagte wie damals: „Es ist schon gut, Leonardo. Schon gut."

Beiden wurde das Déjà-vu gleichzeitig bewusst. Gianni zog seine Hand zurück und Leonardo lachte verlegen auf.

„Jeder Mensch hat seine Macken", meinte er betont fröhlich, „glaubst du etwa, du hast keine? Ich könnte dich von dieser Illusion befreien."

„Ich zumindest laufe keinen finsteren Kerlen hinterher, um mich von ihnen in den Fluss schmeißen zu lassen", stichelte Gianni.

Leonardo grinste.

„Mag sein", gab er zu, „aber es war nicht umsonst. Als ich da so durch's Wasser planschte, hatte ich eine hervorragende Idee. Was würdest du von einem Anzug halten, mit dem man unter Wasser laufen könnte?"

„Ich würde weniger das Laufen als das Atmen für ein Problem halten."

„Mit einem Schlauch an die Oberfläche, über den frische Luft hereinkommt", erklärte Leonardo, „man könnte sogar noch weitergehen und das obere Ende des Schlauches mit Kork versehen, so dass es auf der Wasseroberfläche schwimmt. Dann könnte man durch das ganze Mittelmeer spazieren."

„Vorausgesetzt, der Schlauch ist lang genug. Das Mittelmeer soll an einigen Stellen ganz schön tief sein."

„An den Details arbeite ich noch. Aber stell dir doch nur einmal vor, was man damit alles machen könnte! Man könnte sich in Ruhe die Welt unter Wasser ansehen, niemand würde einen dabei stören!"

„Abgesehen von den Fischen..."

„Man bräuchte keine Schiffe mehr, Ertrinken wäre ein Fremdwort geworden – und ja, wie würde Venedig staunen, wenn plötzlich laute

Menschen an seinen Ufern aus dem Wasser klettern würden? Dann könnte man das gesamte Arsenal abschließen!"

„Ich sehe schon, Venedig wird sich über deine Erfindung besonders freuen", lachte Gianni, „du wirst es damit erobern!"

„Wenn ich das getan habe, kannst du mir zumindest nicht mehr vorwerfen, ich würde nichts zu Ende bringen", sagte Leonardo nicht ohne Schärfe. Dann seufzte er.

„Was soll's", sagte er missmutig, „mir fehlen sowieso die finanziellen Mittel, um so etwas auf die Beine zu stellen. Du bist doch reich, Gianni Montecaldo. Willst du deinen Freund und begnadeten Künstler nicht mal ein wenig unterstützen?"

„Ich und reich?", sagte Gianni spöttisch, „ich kann mir nicht einmal eine Kurtisane leisten. Die Einzige, die ich hatte, blieb nur aus Nostalgie bei mir. Aber sollte ich eines Tages einen unverhofften Geldsegen bekommen, werde ich an dich denken", setzte er rasch hinzu, als er Leonardos langes Gesicht sah.

„Bis dahin vergeht hoffentlich nicht allzu viel Zeit", sagte Leonardo schicksalsergeben, „für dich, wie auch für mich. Ach, es ist zum Verzweifeln! Vielleicht sollte ich doch nach Mailand gehen!"

„Der Herzog ist tot."

„Der Herzog lebt. Er ist acht Jahre alt."

„Was willst du von einem Kind erwarten?"

„Vielleicht nicht von ihm, sondern von seiner Regentin. Die Herzogin war doch sehr nett, als sie hier war."

„Nett ist nicht gleichbedeutend mit großzügig. Für eine Unterwasserarmee wird sie keine Verwendung haben."

„Na gut", gab Leonardo nach, „bleibe ich eben hier. Ist vielleicht auch besser so. Die wenigen Freunde, die ich habe, sind hier."

„Du hast nicht wenig Freunde, Leonardo", sagte Gianni seufzend, „und das weißt du auch."

„Fragt sich nur, auf wen man sich verlassen kann", meinte Leonardo mit ungewohnter Grimmigkeit und als Gianni verblüfft den Kopf hob, lächelte er blitzartig und setzte hinzu, „auf dich kann man sich natürlich verlassen, das weiß ich. Und weil du so ein guter Freund bist, werde ich dich jetzt mit jemandem bekannt machen."

„Ach ja – und mit wem?", fragte Gianni argwöhnisch.

Leonardo lächelte, bezaubernd und jungenhaft.

„Fra Domenico da Pistoia", sagte er.

Fra Domenico war der Prokurator des Dominikanerinnenkloster in der Via della Scala. Und er war noch weitaus mehr als das. Als Gianni Leonardo mehr oder minder widerstandslos in die Via della Scala gefolgt war und im äußeren Hof auf den Prokurator wartete, stieg ihm ein Geruch in die Nase, scharf, metallisch, und irgendwie vertraut.

Es war der Geruch von Tinte.

„Der junge Montecaldo!", sagte Fra Domenico begeistert, „endlich! Ich dachte schon, du hättest mich ganz vergessen, Leonardo!"

„Gut Ding will Weile haben", sagte Leonardo nicht ohne Schalk.

„Mich freut es auch, Bruder", sagte Gianni verwirrt, „allerdings bin ich mir nicht ganz sicher, was ich hier soll."

„Zuallererst sollst du Grüße entgegennehmen", sagte Fra Domenico augenzwinkernd, „und zwar die allerherzlichsten – von Vendelino da Spira."

„Wendelin! Du kennst Wendelin von Speyer?", fuhr Gianni auf.

„Das will ich meinen", lachte der Frater, „schließlich habe ich bei ihm gelernt, bevor ich hierherkam. Das ist schon ein paar Jahre her. Als ich ihm sagte, dass ich nach Florenz gehen würde, bat er mich, dir Grüße auszurichten. Natürlich war ich nie in der Lage dazu, junger Herr. Umso mehr wird es ihn freuen, wenn ich ihm jetzt von dir berichten kann."

Gianni verspürte schlagartig wieder ein bohrendes, drängendes schlechtes Gewissen. Einmal hatte er sich in all diesen Jahren noch mit Wendelin getroffen, obwohl er öfter in Venedig gewesen war. Auch zu Francesco de Madiis war der Kontakt mehr als sparsam. Und Johanns letztes Werk, Augustinus' *De' Civitate Dei*, moderte irgendwo in Giannis Truhen vor sich hin.

„Ihr druckt", sagte er automatisch, „so ist es doch, oder?"

„Ja", sagte Fra Domenico, „seit letztem Jahr sind wir im Geschäft. Dies ist ein Kloster, wir müssen uns ernähren. Und ich habe festgestellt, dass die Frauen sehr geschickt und akkurat arbeiten. Zugegeben, es ist künstlerisch vielleicht nicht so anspruchsvoll wie das Werk dieses Meisters aus Mainz, aber darum geht es uns auch nicht."

„Ihr wollt euch ernähren", fasste Gianni zusammen.

Der Bruder lächelte.

„Das müssen wir", sagte er freundlich, „aber zudem ist es hilfreich, dies über ein gutes Werk zu tun. Wir drucken Grammatiken, Lebensgeschichten von Heiligen, biblische Texte und so weiter. Ich gebe zu, dass wir natürlich auch über antike Werke nachdenken, wie zum Beispiel die Ethik von Aristoteles, aber dies findet inzwischen Zustimmung bei meinen Vorgesetzten."

„Du bist ein gebildeter Mann", sagte Gianni, „ich würde gerne... ist es möglich, dass ich die Druckerei sehen kann?"

Der Prokurator zögerte kurz, dann nickte er.

„Wartet noch einen Moment", bat er, „gleich werden die Nonnen zur Vesper gehen. Ich denke, dass ich euch dann den Saal zeigen kann."

Gianni stand stumm im Eingangsbereich und schaute. Nicht einmal zehn Jahre waren es, seitdem er in Venedig den deutschen Brüdern bei ihrer Druckerei geholfen hatte. Und noch weniger Zeit war vergangen, seit der kleinen Druckerpresse in der Via Breva. Trotzdem lagen zwischen diesen Anfängen und dem sich vor ihm ausbreitenden Betrieb Welten.

Er hatte das eigentlich gewusst. Am Rande hatte er mitbekommen, dass Bernardo Cennini und seine Söhne besser mit den Anfangsschwierigkeiten zurechtgekommen waren als damals Francesco Montecaldos Drucker. Er wusste sogar, dass Cennini behauptet hatte, allein auf das Geheimnis gekommen zu sein – aber dann hatte er das mittlerweile in so vielen Städten gehört, dass er Schwierigkeiten hatte zu glauben. Das Prinzip der mobilen Lettern zumindest war nicht einfach so vom Himmel gefallen.

Es wurde gedruckt. In ganz Italien wurde gedruckt und in zunehmendem Maße auch in Florenz. Die meisten seiner höhergestellten Freunde lehnten die gedruckten Bücher zwar nach wie vor ab und bevorzugten eine sauber geschriebene und verzierte Handschrift, aber dass die Pressen auf dem Vormarsch waren, war nicht mehr abzustreiten.

„Habt ihr viel Konkurrenz in Florenz?“, fragte er unwillkürlich.

Der Prokurator seufzte.

„Ja“, gab er zu, „sie wachsen wie die Fliegen. Da ist Cennini, natürlich und dann sind seit kurzem zwei Deutsche hier, die eine neue Technik mitgebracht haben. Aber wir haben unser Auskommen. Der Absatz nimmt zu.“

„Die Leute kaufen also immer mehr gedruckte Bücher als Handschriften?“, hakte Gianni nach.

Fra Domenico nickte.

„Es ist der Preis, der zählt“, sagte er schlicht, „ein gedrucktes Buch kostet etwa ein Zehntel eines Manuskriptes. Und das ermöglicht es viel mehr Menschen, Bücher zu kaufen. Darauf setzen wir.“

Darauf hatte auch Francesco Montecaldo gesetzt, wie Gianni sich erinnerte – nicht auf die wertvollen, teuer verzierten Bibeln, sondern auf einfache Bücher im toskanischen Dialekt für das Volk. Er hatte Recht gehabt mit seinem Riecher. Und wenn der Drucker nicht so unfähig gewesen wäre oder er, Gianni, etwas älter und verständiger, könnten sie heute die Ersten am Platz sein an Stelle von Bernardo Cennini.

Allerdings... vielleicht war es ja auch noch nicht zu spät.

„Du bist so still, Gianni Montecaldo?“, fragte der Prokurator vorsichtig.

Gianni reagierte nicht sofort. Stumm sah er über die aufgebauten Pressen, über die leeren Reihen der Setzer, über das gelagerte Papier und die sorgfältigen Stapel. Leonardo, der natürlich nie zurückschreckte, wenn etwas Mechanisches in der Nähe war, turnte bereits unter einer der Maschinen herum und war so tintenbeschmiert, wie er zuvor nass gewesen war.

„Sag", meinte Gianni langsam, „sag, Bruder... würde das Kloster Interesse an einer Teilhaberschaft haben?"

*

Fra Domenico war von der Idee begeistert, ganz so, als habe er insgeheim darauf gehofft, seitdem Gianni mit Leonardo das Kloster betreten hatte. Wer allerdings sehr viel weniger davon angetan war, war Cesare.

Oder anders ausgedrückt – er war strikt dagegen.

„Ich verstehe dich nicht, Gianni", argumentierte er, „du kennst unsere Situation. Wir haben bereits einmal Geld mit einer Druckerei verloren. Warum ein zweites Mal das Risiko eingehen?"

„Das ist überhaupt nicht zu vergleichen", hielt Gianni dagegen, „das erste Mal hatte Vater zwar den richtigen Riecher für die Idee, aber nicht für den Mann. Und ich hatte einfach viel zu wenig Ahnung, um von Nutzen zu sein. Es war schon richtig, was Giuliano damals sagte: Ein paar Wochen Hilfsjunge spielen reichen nicht für eine gesamte Ausbildung aus!"

„Eben", sagte Cesare.

„Jetzt ist die Situation eine ganz andere", beharrte Gianni, „die Druckerei läuft bereits, sie haben ihre ersten Bücher verkauft. Sie haben mehr als nur eine Presse und es sind Nonnen – die kosten das Kloster bloß Essen und Unterkunft! Was sie brauchen, ist eine Finanzspritze, mit der sie aufrüsten können und ihr Angebot erweitern können. Wir könnten doch noch die Ersten am Markt werden!"

„Und dann?“, fragte Cesare, „was haben wir davon? Lorenzo mag sich zwar für Kuriositäten interessieren, aber erst kürzlich sagte mir Bernardo Rucellai, in seiner Familie würde niemand ein solches Buch anfassen. Ich bin mir nicht einmal sicher, ob Bisticci sich mit den Dingern überhaupt noch abgibt.“

„Ist egal, ob er es tut oder nicht“, fuhr Gianni auf, „diese Bücher sind die Zukunft! Bald wird es nur noch solche geben und keine Handschriften mehr!“

„Das kann ich mir nicht vorstellen“, sagte Cesare, „also, ich sage nein.“

„Und genau das ist das Problem!“, fauchte Gianni, „dass du dir nichts vorstellen kannst!“

Der Streit endete unschön – mit Kälte auf Cesares Seite und zornigen Tränen auf Giannis. Es war ihre erste richtige Auseinandersetzung seit Sebastianos Tod und sie beruhte, wie Gianni mit Bitterkeit in seiner Kammer feststellte, einzig und allein darauf, dass er mit einer neuen Idee gekommen war und nicht einfach ausführte, was Cesare von ihm verlangte.

Er war eine Marionette geworden, wie Sebastiano es ihm einst vorgeworfen hatte.

Er hatte den Saal im Zorn mit einem dramatischen Abgang verlassen und so schien es ihm verlogen, sich zum Abendessen wieder einzufinden, als ob nichts geschehen sei. Stattdessen blieb er in seiner Kammer, bis ihm schließlich der Magen knurrte und er sich heimlich hinauf in die Küche schlich. Auf seinem Rückweg jedoch kam er an der Kammer des Vaters vorbei und davor stand Angelica, ein Tablett in der Hand und ihr gegenüber Cesare.

Es führte kein anderer Weg nach unten. Er konnte nur hinaufgehen, sich in der Küche verbergen oder warten, bis Angelica das Zimmer des Vaters betreten hatte und Cesare im Studiolo verschwunden war, wohin er sich immer um diese Zeit begab. Oder aber er konnte mit hocherhobenem Haupt an ihnen vorübergehen, was ihm kindisch erschien.

Er entschloss sich zu warten.

„Du darfst es nicht so schwernehmen, Cesare“, sagte Angelica, „es ist nur ein Streit. Mit Sebastiano hast du dich viel öfter gestritten.“

Gianni, mit seinem Imbiss in der Hand, schnappte unhörbar nach Luft. Schwernehmen? Cesare und etwas *schwernehmen*?

„Ich weiß“, erklang in diesem Moment Cesares Stimme, kühl und nüchtern wie immer und keine Spur gedrückt oder traurig, „ich weiß. Natürlich streckt er seine Fühler aus, natürlich hat er Ideen. Aber dennoch. Dies hätte nicht sein müssen. Ich dachte, Gianni versteht, warum wir ein Risiko meiden müssen.“

„Er ist nicht wie du“, sagte Angelica sanft, „er macht sich nicht immer solche Sorgen. Aber vielleicht hat er damit auch Recht.“

„Er ist sicherlich nicht wie ich“, sagte Cesare seufzend.

„Allerdings ist er auch nicht so wie Sebastiano“, gab Angelica zu bedenken, „dann hättest du ganz andere Probleme.“

„Zum Glück“, meinte Cesare, „wenn damals Gianni gestorben wäre und Sebastiano gelebt hätte, wäre die Casa di Montecaldo heute nicht mehr existent. So gesehen war es Glück im Unglück.“

Der Apfel fiel aus Giannis Hand und rollte die Treppe hinunter, Stufe für Stufe nehmend, bevor er vor den beiden zur Ruhe kam. Gianni stand auf und ging die letzten Stufen hinunter.

„Wenn damals ich gestorben wäre und nicht Sebastiano“, sagte er eiskalt vor Wut, „dann, Cesare, hättest du dir gar keine Sorgen machen müssen! Dann hätte Vater nur einmal mit den Schultern gezuckt und wäre zum Alltag übergegangen, anstatt einen Anfall zu erleiden – wie ihr alle!“

Der Teller in seiner Hand zitterte, so wütend war er. Draußen dämmerte es, aber im Treppenhaus leuchteten bereits die Kerzen und aus der geöffneten Tür zur Kammer des Vaters drang Licht heraus. Cesare und Angelica starrten ihn an, beide erschrocken, beide schockiert. Sogar die Züge seines sonst so kontrollierten Bruders waren entglitten.

„Du irrst dich, Gianni", sagte Cesare heiser, „wie kannst du so etwas sagen?"

„Wie kannst du so etwas sagen?", schrie Gianni auf, „wie kannst du sagen, es wäre gut, dass Sebastiano tot ist?"

„Aber das habe ich doch gar nicht gesagt!", rief Cesare, mit einem verzweifelten Unterton, „er war mein Bruder!"

„Und ihr habt euch heiß und innig geliebt!", knurrte Gianni.

Cesare warf die Hände hoch.

„Natürlich nicht!", erwiderte er bitter, „wir haben uns überhaupt nicht verstanden! Aber nur, weil wir uns so gar nicht ähnlich waren, heißt dass doch nicht, ich bin froh über seinen Tod!"

„Warum sagt du dann solche Dinge?", brüllte Gianni.

„Weil", schrie Cesare zurück, „ich froh bin, dass, wenn mir schon nur einer von meinen Brüdern geblieben ist, es zumindest du bist! Ansonsten würde ich hier nämlich ganz allein stehen! Oder glaubst du, dass Sebastiano sich so eingesetzt hätte, wie du es getan hast? Dass wir so hätten zusammenarbeiten können?"

„Seid leise, bitte", meinte Angelica warnend, „der Vater sollte nicht..."

„Das kannst du nicht wissen!", fauchte Gianni, „du hast ja immer nur das Schlechte in ihm gesehen! Du hast nur gesehen, dass er kein Interesse an Zahlen hat – und ich auch nicht, verdammt! Du hast weder seine Großzügigkeit, noch seinen Edelmut, noch seine Lebenslust je richtig wahrgenommen! Du hast ihn überhaupt nicht verstanden!"

„Ich habe ihn wirklich nicht verstanden!", schnauzte Cesare, „weil ich nicht verstehen kann, wie einer, der in eine verantwortungsvolle Position hineingeboren wird, so leichtsinnig und undiszipliniert sein kann! Wie jemand, dessen Reichtum durch Handel entstanden ist, dafür nur Verachtung hat! Und wie so jemand lächerlichen, überholten ritterlichen Idealen nachjagt!"

„Das waren keine lächerlichen Ideale! Das waren hehre Ziele!"

„Ach was! Du hast ihn ja genauso wenig verstanden! Du hast ihn glorifiziert!“, wetterte Cesare.

Von dem ungewohnten Zorn war er ganz rot angelaufen. Aber Gianni war nicht weniger wütend.

„Als ob ich ein Schaf gewesen wäre!“, schrie er, „ich kann das nicht mehr hören! Natürlich hatte er Fehler und natürlich habe ich die auch gesehen! Aber er…“

Er brach ab, plötzlich ernüchtert, plötzlich voller Bitterkeit.

Cesare, dem das nicht entgangen blieb, stutzte.

„Aber er…?“, hakte er verwundert nach.

Gianni entdeckte mit zorniger Bestürzung, dass er weinte. Nun war auch das egal.

„Aber er“, sagte er bitter, „er hat mich geliebt. Und das ist etwas, was wohl kein anderer in diesem Haus verstanden hat.“

Stille. Cesare sagte gar nichts und von Angelica kam ein erschüttertes Keuchen.

Gianni wischte sich über die Augen.

„Oh, verdammt, Cesare“, sagte er grimmig, „sieh es doch ein. Wenn ich damals von diesem Gerüst gefallen wäre, der Vater hätte einmal tief Luft geholt, über meine Unfähigkeit gemeckert und wäre zur Tagesordnung übergegangen. Du hättest dir keine Sorgen um das Geschäft machen müssen und hier im Haus hätte sich überhaupt nichts verändert. Sicher, ihr wärt vermutlich alle ein wenig bestürzt gewesen, und vermutlich auch traurig. Aber so ein einschneidendes Erlebnis, wie es Sebastianos Tod für die Familie war, wäre meiner nicht gewesen. Und das ist so. Das wissen wir alle.“

„Gianni…“ flüsterte Cesare.

„Vater würde heute wohl kaum so da liegen, wenn Sebastiano noch leben würde“, meinte Gianni, „Sebastiano hat immer zu mir gesagt, ich wäre der Beste von uns allen. Aber in Wirklichkeit ist er der Beste gewesen.“

Cesare schüttelte den Kopf, schwieg jedoch, fassungslos.

Angelica fasste nach Giannis Arm.

„Da“, sagte sie leise, „sieh doch.“

Gianni folgte ihrem Blick ins Innere der Kammer hinein, an den Kerzen vorbei, zum Lager des Kranken, nur wenige Schritte entfernt und in Hörweite. Dort lag der Vater, das Gesicht unbarmherzig ausgeleuchtet, stumm, regungslos.

Und weinend.

Ein einziges Mal hatte Gianni ihn weinen sehen, in einer ähnlichen Position wie jetzt, nach Sebastianos Tod. Und dennoch, es traf ihn, wie es ihn immer traf, den Giganten seiner Kindheit so niedergestreckt zu sehen.

Er trat näher, beugte sich ein wenig herab. Die altbekannte Bitterkeit wallte wieder in ihm auf.

„Ich kann dir Sebastiano nicht wiedergeben, Vater“, sagte er, „ich würde es, wenn ich könnte. Und du weißt, ich wäre lieber an seiner Stelle gestorben. Aber ich kann die Dinge nicht ändern. Es tut mir leid, dass es so gekommen ist.“

Er spürte eine Hand an seinem Ellenbogen, sah auf und zu seinem Erstaunen war es Cesare.

„Gianni“, sagte er erneut.

Gianni wandte sich ab, starrte wieder hinunter in den sprachlosen Blick des Vaters.

„Es wäre nie so geworden, würde Sebastiano noch leben“, sagte er hart, „und ich kann verstehen, wenn er darum weint.“

„Gianni“, sagte Angelica sanft auf der anderen Seite des Bettes, „ich glaube nicht, dass er deshalb weint.“

Er lauschte ihren Worten einen Moment lang nach, dem Unterton, der darin mitklang, dem Unausgesprochenen. Aber dann schüttelte er den Kopf.

„Warum denn wohl sonst“, erwiderte er nüchtern, „Streitereien ist man in diesem Haus doch gewohnt.“

*

„Ich verstehe immer noch nicht, warum du überhaupt drucken willst“, sagte Giuliano erstickt und putzte sich die Nase.

Gianni seufzte. Wochen waren seit dem bösen Streit daheim ins Land gegangen, aber das ungute Gefühl, das war geblieben. Natürlich hatte man sich am Morgen danach abgekühlt und ruhig zusammengesetzt. Cesare hatte ganz sachlich erklärt, warum er gegen die Druckerei war, Gianni hatte die Zähne zusammengebissen, sachlich dagegen argumentiert und am Ende verloren. Es hatte ihm weh getan, eine Absage an Fra Domenico zu schicken.

Das Geschäft blieb auf seinen immer sicherer werdenden, unspektakulären Füßen. Die Einkünfte waren nicht mehr so hoch wie zu Zeiten des Vaters, aber dafür waren sie verlässlicher. Cesare hatte die Gewinne in Land gesteckt und nachdem Gianni ihn fast bekniet hatte, in Anteile an ein oder zwei Schiffen, die Handel mit der Levante betrieben. Ansonsten handelten sie hauptsächlich mit Wolle und den üblichen Gütern wie Zucker, Salz und Spezereien. Im Herbst war Gianni noch einmal nach Venedig gereist, wo Onkel Malipiero verstorben war. Er hatte sein Beileid bekundet, neue Geschäftsbeziehungen festgezurrt und einem Gedanken zufolge, etwas eigenes Geld in Wendelins Druckerei investiert. Aber das war nur ein Taschengeld im Vergleich zu dem, was er eigentlich wollte und Wendelin hatte seinen Anteil eher aus Freundschaft als aus der Not heraus angenommen.

„Wir kommen ganz gut zurecht“, erklärte er, „Johann von Köln ist ein anständiger Kerl. Der Markt wird immer umkämpfter, ja, aber wir liefern Qualität und das ist inzwischen etwas wert geworden.“

Die Reise hatte Gianni gutgetan, hatte etwas von der Bitterkeit genommen, von dem ständigen Schmerz, ein zweiter Cesare zu sein und Sebastiano zu verraten. Aber das ungute Gefühl, das blieb und deshalb hatte er sich auch bei Giuliano ausgeheult, dem er nach seiner Rückkehr im neuen Jahr einen Besuch abstattete.

„Lorenzo hätte dich bestimmt auch gerne gesehen“, sagte Giuliano und schniefte wieder, „aber er ist nicht da. Messer Jacopo hat ihn in nach Fiesole geholt. Er hat den kleinen Kardinal zu Gast.“

„Welchen kleinen Kardinal?“, fragte Gianni.

„Na“, Giuliano wedelte mit der Hand, „den Riario!“

„Pietro? Aber ich dachte, der sei tot?“, sagte Gianni verwirrt.

„Nein, nicht den“, erwiderte Giuliano und nieste, „der war doch auch kein Kardinal, oder? Ich meine den kleinen, na, wie heißt er doch... – Raffaele! Raffaele Riario. Er ist sechzehn und studiert Rechtswissenschaften in Pisa. Sie haben ihn eingeladen.“

„Wer hat ihn eingeladen? Die Pazzi?“

„Messer Jacopo, denke ich“, antwortete Giuliano, „na, und weil der Kardinal ein Großneffe des Papstes ist, sollten wir alle hin und ihn auch in unserer Villa bewirten. Lorenzo ist gleich aufgebrochen und hat Piero und Agnolo Poliziano mitgenommen.“

„Aber dich nicht“, sagte Gianni das Offensichtliche.

„Hatschi“, machte Giuliano, „ich bin entschuldigt. Ehrlich gesagt, ich habe mich geweigert, mit so einer Erkältung den halben Tag auf dem Pferderücken zuzubringen. Aber Lorenzo war einverstanden.“

„Du siehst wirklich nicht sehr gut aus“, urteilte Gianni kritisch, „bist du sicher, dass es bloß eine Erkältung ist?“

„Clarice meint, ich hätte jetzt ebenfalls die Schwindsucht“, sagte Giuliano und wäre da nicht das Funkeln in seinen Augen gewesen, wäre Gianni wohl aufgefahren. So aber blieb er ruhig und grinste.

„Na, dann ist ja alles gut“, sagte er trocken, „bitte, nies nicht in meine Richtung.“

„Ich gebe mir Mühe“, sagte Giuliano, „hat man dir nicht gesagt, dass ich krank bin? Dann musst du doch gewusst haben, dass du dich hier anstecken kannst.“

„Ach, und wenn“, sagte Gianni lustlos.

Giuliano setzte sich auf und verzog das Gesicht.

„So schlimm?“, fragte er, „ich dachte, es wäre bloß ein dummer Streit wegen der Druckerei.“

„Ist es auch“, wiegelte Gianni rasch ab, „ich bin einfach unausgeschlafen. Beachte es nicht weiter. Was gibt es Neues bei dir?“

„Bei mir?“ Giuliano grinste, „die richtige Frage, zur richtigen Zeit. Es gibt tatsächlich etwas Neues. Mutter tobt, Lorenzo ist sauer und bald weiß es ganz Florenz.“

„Ach ja?“, sagte Gianni interessiert, „und was ist daran so gut, dass du dich wie ein Schneekönig freust?“

„Alles ist daran gut!“, lachte Giuliano und nieste sofort wieder, „weil es einfach nur gut ist! Ich werde Vater!“

Gianni stutzte. Holte tief Luft, sah Giuliano, über beide Backen grinsend und begriff.

„Fioretta Gorini?“, sagte er ungläubig, „sie kriegt dein Kind? Ist das wahr?“

„Das ist es!“, freute sich Giuliano, „ist das nicht wunderbar? Ich bekomme einen Sohn! Oh, Mutter ist natürlich außer sich, weil Fioretta wohl kaum die Frau ist, die sie herumzeigen kann und ein Kind von ihr auch nicht der Enkel, mit dem sie so gerne angeben möchte – aber egal! Ich find’s großartig!“

„Wirst du sie heiraten?“, fragte Gianni fassungslos.

Giuliano hörte auf zu lachen und zog eine Grimasse.

„Nein“, sagte er, „wohl nicht. Lorenzo hat sein striktes Veto eingelegt und Mutter... na ja, ich kann’s verstehen. Sie wollen eben eine politische Verbindung, so etwas wie Orsini.“

„Nur nicht so anstrengend.“

„Genau. Fioretta bringt nichts mit außer ihren eigenen Reizen. Und die überzeugen vielleicht dich und mich, aber nicht meine Familie.“

„Weiß sie das auch?“, fragte Gianni vorsichtig.

„Sie wusste es schon vor mir“, sagte Giuliano grimmig, „weil Mutter bei ihr gewesen ist. Und ich weiß nicht, was die beiden ausgeheckt haben, aber Fioretta sagt, für sie wäre es in Ordnung. Sie sei noch nie eine anständige Frau gewesen, warum solle sich das ändern. Sie wird das Kind nach der Entwöhnung hergeben müssen, fürchte ich, Mutter will es erziehen. Aber ansonsten bleibt alles beim Alten. Bis ich verheiratet bin, sagt Lorenzo."

„Und damit hast du es ja nun nicht gerade eilig", folgerte Gianni trocken.

Giuliano grinste erneut.

„Wer kann mir das jetzt noch verdenken", sagte er, „na los! Stoß wenigstens du mit mir an, ja? Ich werde Vater!"

„Also gut", gab Gianni nach und lachte auch, weil diese Freude ansteckend war, und weil sie das erste Mal seit Simonettas Tod den dunklen Schatten vergessen machte, den Giuliano mit sich herumtrug. Es war richtig gewesen, dachte er im Stillen, den Freund zu der kleinen Kurtisane zu bringen. Richtig und klug – und Lorenzo konnte ihm dankbar sein, selbst, wenn jetzt ein ungewünschtes Kind unterwegs war. Auf der anderen Seite, so unerwünscht war es ja nicht, weder von seinem Vater und vermutlich schon gar von seiner Mutter, die damit ihr Auskommen gesichert hatte, solange die Medici an der Macht waren.

Kluge, kluge Fioretta....

„So", sagte Giuliano entschlossen, nachdem sie ein, zwei Gläser Wein geleert hatten, „und jetzt zurück zu dir. Es geht doch um mehr als nur die Druckerei, oder?"

„Was?", machte Gianni erschrocken, aus dem Konzept gebracht.

Giuliano sah ihn tadelnd an.

„Junge", sagte er gönnerhaft, „ich kenne dich, seitdem du in den Windeln lagst. Und ich kenne auch diese Falte über deiner Stirn. Das war früher immer das Alarmsignal für Sebastiano, dich zur Brust zu nehmen. Ich fühle mich ein bisschen, als ob ich an seine Stelle getreten wäre. Also – was ist wirklich los mit dir? Was nimmt dich so mit?"

Gianni war nicht mehr zum Lachen zumute. Er schwieg und starrte in sein Glas.

Giuliano rückte etwas näher, trotz der Nieserei.

„Ich bin vielleicht nicht ganz so gut darin, wie du es bist, mein Freund“, sagte er, „aber wir haben schon ein paar Mal miteinander gesprochen, wenn dich etwas bedrückte, nicht wahr? Wenn du es mir nicht sagen kannst, wem dann? Ich schwöre, ich lache nicht, ich weine nicht, ich schreie nicht und ich werde schweigen.“

Das zauberte ein halbes Lächeln auf Giannis Gesicht. Er seufzte.

„Komm schon, Gian“, lockte Giuliano, „du machst ein Gesicht wie sieben Tage Regenwetter. Versuch nicht, mir zu erzählen, da stecke nichts dahinter. Weshalb hast du dich wirklich mit Cesare gestritten?“

Gianni holte tief Luft. Dann sah er auf.

„Weil Cesare will, dass ich so werde wie er“, sagte er schlicht.

Giuliano nahm das erst Mal unkommentiert hin.

„Aber du willst nicht so werden wie dein Bruder“, folgerte er.

„Nicht so wie *dieser* Bruder“, sagte Gianni leise.

Giulianos Augen weiteten sich ein wenig.

„Oh“, machte er.

Und dann sprudelte es aus Gianni hinaus – die ganze Misere, seit ihrer Reise nach Venedig. Sebastianos Vorwürfe, die Worte des Vaters, die beiden Brüder, an denen er gemessen wurde, so völlig unterschiedlich voneinander. Den einen, den er liebte, den anderen, den er respektierte. Und er selbst dazwischen, unfähig, es beiden nachzutun oder unwillig oder vielleicht auch beides.

„Sogar Vater hat zu mir gesagt, ich solle mehr Feuer im Hintern kriegen“, schloss er grimmig, „ich war eine Enttäuschung für ihn, immer. Cesare mag langweilig sein, aber er ist gut im Geschäft. Ich hingegen bin langweilig und schlecht im Geschäft. Oder ich war's. Wie auch immer. Zumindest war ich nie wie Sebastiano. Wäre ich vom Gerüst gestürzt, hätte es Vater nicht das Herz gebrochen und auch nicht Minerva. Ich versuche, ihn zu ersetzen, aber ich kann nicht. Stattdessen werde ich immer mehr wie Cesare.“

Giuliano sagte erst einmal gar nichts. Schweigend hatte er dem ganzen Ausbruch gelauscht, schweigend und ein wenig betroffen. Jetzt, am

Ende, streckte er zunächst einmal seine Hand aus und goss ihnen beiden ein Glas Wein ein. Erst als sie jeweils ein paar Schlucke getrunken hatten, räusperte er sich.

„Wenn ich wohl eines verstehe“, sagte er, „dann ist es, einen übermächtigen Bruder zu haben. Sieh dir Lorenzo an. Er ist klug, er ist redegewandt, er ist freundlich, er ist charmant. Er ist ein weiser Herr, sonst wäre er längst nicht mehr am Ruder. Er kann sogar einigermaßen anständig dichten und beherrscht die Klassiker! Die Leute lieben ihn. Und ich? Was bin ich dagegen?“

Er warf Gianni ein halbes Lächeln zu.

„Ich bin der schöne Giulio“, sagte er sanft, „der den Frauen nachsteigt und in Turnieren kämpft. Glaub mir, Gianni, ich kann dich verstehen. Das heißt aber noch lange nicht, dass du Recht hast. Oder dass sie Recht haben.“

„Ich verstehe dich nicht“, sagte Gianni verwirrt.

Giuliano beugte sich vor.

„Wer sagt denn, dass du wie einer von beiden werden musst?“, fragte er eindringlich, „wer sagt denn mir, dass ich eine kleine Ausgabe von Lorenzo bin oder nur das, was man mir erlaubt zu sein? Du bist nicht Sebastiano, Gianni, du bist nicht Cesare – und beides, glaube mir, ist gut so.“

„Ich kann dir noch immer nicht folgen“, meinte Gianni langsam.

Giuliano lächelte.

„Ich schätze deinen ältesten Bruder“, sagte er, „aber du hast Recht – er ist der geborene Langweiler. Schön, dass er mit Zahlen umgehen kann, schön, dass er den Laden zusammenhält – aber mal im Ernst, er ist nicht gerade das Vorbild meiner Träume.“

„Ich weiß“, seufzte Gianni, „genau das ist mein Problem.“

„Nein“, Giuliano schüttelte den Kopf, „dein Problem ist ein ganz anderes, du siehst es bloß noch nicht. Nimm Sebastiano. Du weißt, ich habe ihn auch geliebt. Man musste ihn einfach lieben – er war amüsant, immer ehrlich, für jede Schandtat zu haben und grundloyal. Es war entsetzlich, als er starb. Aber, Gianni“, hier beugte sich Giuliano wieder vor, „er war ein *Narr*.“

„Was!“, keuchte Gianni.

Giuliano blieb unerbittlich.

„Er war ein Narr“, wiederholte er, „in vielen Dingen. Er ließ sich einwickeln, er ließ sich benutzen, er ließ sich manipulieren. Ich rede gar nicht nur von den Pazzi, wenn du das denkst. Auch Renaldo war mal ein Freund oder zumindest so etwas ähnliches. Ich rede von diesen dummen, hehren Geschichten, von den Gedichten, mit denen man eingelullt wird und die der Realität nicht standhalten. Sebastiano lebte in einer Traumwelt, Gianni. Und das Einzige, bei dem er wirklich weise war, warst du.“

„Ich?“, wiederholte Gianni verblüfft.

Giuliano nickte.

„Du bist nicht Sebastiano“, sagte er hart, „du bist nicht Cesare. Du bist besser. Sebastiano hat das gesehen, hat gesehen, dass in dir Cesares Realismus und sein Idealismus zusammenkommen. Deshalb hat er immer gesagt, du wärst der Beste. Du glänzt vielleicht nicht so wie Sebastiano oder lieferst nicht so hervorragende Summen wie Cesare – aber du hast beiden den entscheidenden Teil voraus, der ihnen fehlt.“

Er hustete, nahm einen Schluck Wein und fixierte Gianni eindrücklich.

„Ich glaube“, sagte er, „dass dein Problem genau dasselbe ist wie meines und das ist nicht, nicht so zu sein wie ein Bruder.“

„Was ist es dann?“, flüsterte Gianni.

Giuliano lächelte.

„Zu erkennen, was man selber ist“, sagte er.

*

„Was ist passiert?“, fragte Luca, „deine Laune ist so viel besser.“

Gianni blinzelte gegen die Sonne und seufzte.

„Ach herrje“, sagte er, „merkt man mir das wirklich immer so an?“

„Ja“, sagte Luca und grinste.

„Ja“, lächelte Susanna.

Gianni musterte sie und schüttelte den Kopf.

„Ich bin ein offenes Buch für euch, was?“, meinte er.

„Du sagst es“, lachte Luca.

Es war Frühling geworden. Ein weiterer, feuchtkalter Winter war vorbei. Giuliano war nicht an der Schwindsucht erkrankt, sondern hatte sich von dem grippalen Infekt problemlos erholt. Die Neuigkeit von Fiorettas Schwangerschaft hatte noch nicht die Runde durch ganz Florenz gemacht, obwohl inzwischen jeder, der ihr begegnete und aufmerksam genug war, die stärker werdende Rundung ausmachen konnte. Giuliano kompensierte die schwärende Situation damit, dass er feiern ging. In wenigen Tagen war Ostern.

Das Verhältnis zwischen Cesare und Gianni hatte sich etwas entspannt. Zu einem klärenden Gespräch war es zwar wieder nicht gekommen, aber Gianni hatte sich ein wenig distanziert, somit die Kontrolle über seine Gefühle zurückerlangt und das war wohl etwas, womit Cesare gut umgehen konnte. Was das Geschäft anbelangte, so hatte er begonnen, hin und wieder eigenständige Entscheidungen zu treffen und sie im Nachhinein so ruhig und gelassen wie möglich seinem Bruder zu erklären.

Auch damit kam Cesare erstaunlich gut zurecht und protestierte nur selten.

„Also, was ist geschehen?“, wiederholte Luca neugierig, „den ganzen Herbst und den halben Winter über warst du beinahe unausstehlich. Aber seit einiger Zeit strahlst du wieder.“

„Ich strahle?“, meinte Gianni amüsiert.

„Ja“, sagte Susanna und errötete leicht, „es ist schön.“

Er starrte sie verblüfft an, fing sich jedoch, bevor ihr Bruder ihn knuffte und wandte sich wieder Luca zu.

„Ich habe sehr gute Freunde“, sagte er schlicht.

Luca zog die Augenbrauen hoch.

„Du hast verdammt viele Freunde, Gianni Montecaldo“, sagte er, „ich erinnere mich daran. Du hast mal gesagt, man kann nie genug haben.“

Gianni krauste die Nase.

„Ich habe viele Bekannte“, korrigierte er, „und ja, ich erinnere mich daran. Aber ich fürchte, bei den Freunden zählt doch eher die... hm... die Qualität als die Quantität.“

„Das mag wohl sein“, grinste Luca, „also, du hast sehr gute Freunde und das stimmt dich glücklich. Kein Wunder, wenn es viele sind.“

„Es sind nicht viele“, widersprach Gianni, „ich sehe es inzwischen anders als früher. Ich kenne viele Leute, ja, aber wirklich gute Freunde, dass sind Leute wie ihr und wie Leonardo und Giuliano.“

„Wir fühlen uns geschmeichelt“, sagte Luca, „ich schätze aber mal, dass deine gute Laune auf einen bestimmten Freund zurückzuführen ist. Mit wem hast du gesprochen, Leonardo oder Giuliano? Wir waren es zumindest nicht.“

„Leonardo hat zwei neue Madonnen begonnen“, sagte Susanna, „er hat es mir erzählt, als er bei Landucci einkaufen war. Er meint, er müsse mal wieder etwas fertigstellen, das Volk wolle es so.“

„Das Volk?“, sagte Gianni verblüfft.

„Was auch immer er damit meinte“, sagte sie achselzuckend, „er wollte außerdem, dass ich ihm Porträt sitze. Aber ich habe abgelehnt. Er kann ja meine Hände zeichnen, wenn es sein muss, aber nicht mein Gesicht. Ich will nicht von irgendeinem Altarbild auf mich selbst hinunterschauen.“

„Eine... interessante Begründung“, sagte Gianni nicht ohne Belustigung, „so, hat Leonardo mal wieder was angefangen. Mal gucken, ob er es auch wirklich zu Ende bringt. Dann hätte es doch genützt, dass ich mit ihm geschimpft habe.“

„Also verdanken wir Leonardo deine gute Laune?“, hakte Luca neugierig nach.

Gianni schüttelte den Kopf.

„Nein", sagte er, „das ist ja schon wieder eine Ewigkeit her. Außerdem ich glaube nicht unbedingt, dass es etwas bringt. Meister Andrea hat schon so oft mit ihm geschimpft."

„Du unterschätzt deinen Einfluss, Gianni", stichelte Luca.

Gianni zuckte mit den Schultern. Er wünschte zwar, dass seine Worte bei Leonardo wirklich zu etwas Einsicht geführt hätten, aber er bezweifelte es stark. Schließlich war es, wie er jetzt wusste, gar nicht so sehr die mangelnde Disziplin, die zu diesen spärlichen Ergebnissen führte, sondern der überbordende Perfektionismus des Künstlers. Dagegen konnte man kaum etwas tun.

Es war warm. Er lag in der Sonne, hörte das Rauschen des Arnos, ein sanftes, stetiges Geräusch. Durch die Mauern der kleinen Terrasse waren die Laute der Stadt abgeschwächt und er fühlte sich fast wie in einer anderen Welt.

Hatte Susanna nicht einmal so etwas gesagt – *nicht in meiner Welt?*

Wenn dies eine andere Welt war, so gefiel sie ihm. Überhaupt gefiel ihm die ganze Welt in letzter Zeit viel besser, seitdem er aufgehört hatte, beiden Brüdern gleichzeitig nacheifern zu wollen und sich deshalb schuldig zu fühlen.

„Erkenne dich selbst", sagte er, in Gedanken versunken.

„Erkenne dich selbst?", wiederholte Luca verblüfft.

Gianni blinzelte und sah ihn an. Er hatte dies überhaupt nicht laut aussprechen wollen.

„Ja", sagte er einfach nur.

„Selbsterkenntnis?", wiederholte Luca, „das war dein Problem? Dass du nicht erkannt hast, wer du bist?"

„Nun ja..." machte Gianni, unsicher, wie er darauf reagieren sollte.

„Ich kann es verstehen", sagte Susanna spontan, „ich weiß ja manchmal auch gar nicht, wer ich bin oder wer ich sein sollte oder..."

Sie brach ab, errötete und verstummte.

Luca musterte sie merkwürdig.

„Selbsterkenntnis“, meinte er nach einem Moment, „ein hehres Ziel. Sag mir, wenn du damit fertig bist, Gianni Montecaldo.“

Gianni grinste.

„Das trifft es nicht ganz“, sagte er, „im Grunde heißt es, ich soll einfach ich selber sein, und eben erkennen, wer ich bin, anstatt einem anderen nachzueifern. Nun ja, und das mache ich jetzt. Seitdem geht es mir besser.“

„Und das hat Leonardo dir gesagt“, folgerte Luca, etwas zweifelnd.

Gianni schüttelte den Kopf.

„Nein“, sagte er zufrieden, „es war Giuliano. Der weiß nämlich, wie es ist, wenn die Brüder übermächtig werden. Also – ich habe ein paar sehr gute Freunde, sehr weise Freunde und darum bin ich froh. Ich wäre nichts ohne sie.“

Susanna hob den Kopf, sah Luca an und er erwiderte den Blick ausdruckslos.

„Auch das sind weise Worte“, sagte er langsam, „wir sind nichts ohne unsere Familien und Freunde.“

„Vor allem ohne die guten“, seufzte Gianni.

*

Die Messe am Ostersonntag, wenige Tage später, war nicht nur ein christliches Ereignis, sondern auch ein politisches. Sie wurde von keinem anderen zelebriert als Raffaele Riario, dem sechzehnjährigen Großneffen des Papstes, der erst vor kurzem zum Kardinal gemacht worden war. Er fühlte sich noch sichtlich unwohl in seiner neuen Rolle – das konnte Gianni sehen, als er am Morgen vor der Messe in den Palazzo Medici trat. Lorenzo kümmerte sich freundlich um den kleinen Kardinal und der sah in seiner Tracht aus, als würde er ersticken. Wie viel schwerer musste erst später sein Ordinat in der Kirche wiegen, dachte Gianni mitleidig.

Er hielt sich aber nicht lange mit diesen Betrachtungen auf, sondern lief nach oben zu Giuliano. Am Tag zuvor war die Feier wieder etwas heftiger gewesen. Er, Gianni, hatte notwendigerweise gegen Mitternacht die Stätte verlassen, aber Giuliano, so argwöhnte er, war nicht so früh gegangen.

„Na, liegst du noch im Bett?“, fragte er gut gelaunt, während er das Zimmer betrat.

„Nein“, sagte Giuliano einsilbig.

Er lag auch nicht im Bett, sondern saß auf der Bank am Fenster, die Füße hochgezogen, die Arme auf den Knien verschränkt. Sein Gesicht war nicht zu sehen.

„Dir ist bestimmt speiübel“, lästerte Gianni, „ich wusste es doch. Deshalb bin ich vorbeigekommen.“

„Um mich leiden zu sehen?“, erklang es dumpf.

„Ja und um dir etwas dagegen zu bringen“, meinte Gianni gutmütig, „ich schwöre auf Angelicas Kräutersäfte. Hier, probier dies. Hat mich auch schon mehr als einmal wieder auf die Füße gestellt.“

Als Giuliano nicht reagierte, setzte er sich neben ihn und schubste ihn mit dem Ellenbogen an.

„Na los“, sagte er aufmunternd, „die Übelkeit vergeht und die Kopfschmerzen werden besser. Ehrlich, Giulio, du solltest es doch besser wissen. Warum hast du so über die Stränge geschlagen?“

Giuliano nahm nach einem Moment die Arme herunter und die angebotene Flasche in die Hand, allerdings, ohne aus ihr zu trinken. Er war wirklich sehr blass, aber das war es nicht, was Giannis Stirn plötzlich krauste. Es war... der Ausdruck in seinen Augen.

„Giulio?“, sagte er erschrocken, „ist etwas...? Ist etwas mit Fioretta? Oder dem Kind?“

Giuliano schüttelte den Kopf und wechselte die Flasche von einer Hand in die andere.

„Nicht das ich wüsste“, sagte er leise, „allerdings habe ich heute auch nicht nach ihnen gefragt.“

Er warf einen Blick auf das Fläschchen und setzte bitter hinzu: „Ich verdiene es wohl zu leiden."

„Warum?", fragte Gianni, „wenn du damit meinst, dass du so viel gesoffen hast, ja, das verstehe ich."

„Genau dasselbe würde meine Mutter sagen", murmelte Giuliano, „sie verstehen es nicht. Ich musste trinken. Sonst hätte ich heute Nacht gar nicht geschlafen."

„Hast du denn so geschlafen?", fragte Gianni argwöhnisch.

Giuliano schüttelte nach einem Moment den Kopf.

„Nein", gab er zu, „aber es war zumindest erträglich."

„Was?", hakte Gianni verwirrt nach, „was denn? Ich dachte, du bist glücklich!"

„Glücklich", flüsterte Giuliano, „was für ein Hohn."

Und mehr nicht. Er senkte den Blick, starrte stumpf vor sich hin und Gianni, der sich plötzlich fatal an frühere Situationen erinnerte fühlte, fasste besorgt nach seinem Arm.

„Was hast du denn?", fragte er alarmiert.

Giuliano lachte trocken auf.

„Wer war Albiera degli Albizzi?", gab er zurück.

„Wie?", Gianni verstand gar nichts mehr.

Und dann verstand er plötzlich eine Menge.

„Welcher Tag ist heute?", fragte er.

Es war der sechsundzwanzigste April – der Tag, an dem zwei Jahre zuvor Simonetta Vespucci an ihrem eigenen Blut erstickt war. Der Tag, der für Giuliano die Welt grau gemacht hatte – und er, Gianni, der sich noch wenige Tage zuvor seiner guten Freundschaft gerühmt hatte, hatte es einfach vergessen.

Im Jahr zuvor, erinnerte er sich, war er wieder einmal unterwegs gewesen und hatte den Jahrestag von Simonettas Tod nicht mitbekommen. Dieses Jahr hatte er ihn vergessen, nicht gesehen, dass der Grund für Giulianos Exzesse nicht nur die Freude über das ungeborene Kind war, sondern auch die Schuldgefühle, die Trauer und die nie verlorenen Erinnerungen.

„Es tut mir leid“, sagte er bestürzt.

Worte waren in so einer Situation nicht gerade hilfreich, aber Nähe war es und so blieb er bei Giuliano, bis er aufbrechen musste, um sich vor der Messe noch umzuziehen. Giuliano selbst lehnte es ab, mitzukommen.

„Ich werde ihnen sagen, ich fühle mich unwohl“, meinte er, „und das stimmt ja auch.“

„Meinst du nicht, es wäre besser? Du solltest auf andere Gedanken kommen“, gab Gianni zu bedenken.

„Ich will nicht auf andere Gedanken kommen“, entgegnete Giuliano grimmig.

„Aber das Leben geht weiter, Giulio. Dein Kind wird bald geboren.“

„Nicht heute“, beharrte Giuliano, „heute geht gar nichts weiter.“

„Es gefällt mir nicht, dich hier zurückzulassen“, meinte Gianni zweifelnd.

Giuliano seufzte.

„Vielleicht überlege ich es mir noch“, sagte er, „damit du aufhörst, dich wie eine Glucke zu benehmen. Ehrlich, Gianni – ich möchte meine Ruhe. Lorenzo wird mich kaum brauchen, um dem kleinen Kardinal zu huldigen. Ein Tag wird ja wohl erlaubt sein. Außerdem ist mir wirklich übel.“

„Trink den Saft“, sagte Gianni automatisch, „und bitte, denk noch einmal darüber nach. Ich würde mich freuen, dich nachher im Dom zu sehen.“

„Wenn du meinst.“

„Das würde ich wirklich!“

„Na gut“, sagte Giuliano lustlos, „aber verlass dich nicht drauf.“

Gianni hatte gerade noch Zeit, nach Hause zu eilen, sich umzuziehen und sich wieder auf den Weg zum Dom zu machen, nachdem er Giuliano verlassen hatte. Daheim wurde er allerdings von der Nachricht überrascht, dass noch jemand zu Hause bleiben wollte: Lucrezia, die kleine Tochter von Angelica und Cesare, hatte Fieber bekommen. Angelica war natürlich nicht von ihrer Seite zu kriegen und Cesare, nach einem Moment, entschied ebenfalls daheim bleiben zu wollen. Folglich machte Gianni sich allein auf den Weg zum Dom, den er einigermaßen pünktlich erreichte. Zu seiner Enttäuschung saß Lorenzo ganz allein in der vordersten Reihe.

Und er sah auch, wie Francesco de' Pazzi und Bernardo Bandini miteinander tuschelten und dann die Kirche gemeinsam verließen.

„Ich mache mir Sorgen", sagte Luca leise zu Susanna.

Es war Sonntagnachmittag, vom Dom her riefen die Glocken zur Messe. Sie waren ganz in der Nähe unterwegs, allerdings ohne die Absicht zu haben, den Dom zu betreten, in den man sie heute auch wohl kaum hineingelassen hätte.

Susanna hob erschrocken den Kopf.

„Weshalb?", fragte sie.

Luca seufzte.

„Du weißt, weshalb", meinte er, „du weichst mir deswegen schon seit Tagen aus. Es geht um das, was du zu Gianni gesagt hast. Darüber, dass du manchmal selbst nicht weißt, wer du bist."

Sie senkte den Kopf und schwieg. Luca biss sich auf die Lippen.

„Es gibt immer die Möglichkeit..." begann er langsam.

Sie fuhr erschüttert herum.

„Nein!", sagte sie heftig, „nein! Du darfst so nicht denken!"

Und sehr viel leiser setzte sie hinzu: „Du bedeutest die Welt für mich, Luca, vor allem, seitdem Rosalba fort ist."

„Na", machte er trocken, „aber nicht die ganze Welt. Ich bin ja nicht blöd. Doch das meine ich gar nicht, Susanna. Schau mal – du warst sehr jung damals und du hast so vieles nicht gewusst. Jetzt ist die Situation eine andere..."

„Sie ist in der Tat anders“, unterbrach sie ihn, „es sind fast zehn Jahre vergangen und ich habe einen Bruder, den ich nur sehr ungern am Galgen baumeln sehen würde. Also hör auf damit. Es ist auch überhaupt nicht so, wie du denkst. Ich bereue nichts.“

„Nicht einmal nachts, wenn du frierst?“, fragte er mit hochgezogenen Augenbrauen, „oder wenn...“

„Nicht einmal dann“, sagte sie scharf, „du weißt, was mir geschehen wäre, wenn ich damals anders entschieden hätte. Wir wissen es beide. Es ist richtig, so, wie es ist. Aber manchmal... manchmal erinnere ich mich eben und dann... Luca, ich kann den Teil meines Lebens nicht löschen. Er gehört zu mir.“

„Nehmen wir einmal an, du könntest...“

„Ich werde nicht mit deinem Blut dafür bezahlen. Sie würden dir keine Gnade zeigen! Sie würden mir nicht glauben!“

„Ich weiß, ich weiß“, beruhigte er sie, „aber wenn es anders wäre...“

„Es ist nicht anders, Luca!“, sagte sie zornig, „also hör auf damit! Und wenn's anders wäre, weiß ich noch immer nicht, ob ich tauschen würde. Und überhaupt...“

„Holla!“, sagte ein Mann in diesem Moment grinsend, „was für eine kleine Furie! Wenn du sie nicht bändigen kannst, Junge – ich helfe dir gerne!“

Es war ein kräftiger, untersetzter Mann mit zerzausten Haaren und einem unverschämten Gesichtsausdruck. Luca kannte ihn nicht. Aber dafür kannte er den zweiten Mann und den dritten, welchen die beiden anderen in die Mitte genommen hatten. Das war Giuliano de' Medici.

„Hör auf damit, Bernardo“, sagte er in just jenem Moment gutmütig, „die Kleine hat mit dir nichts zu schaffen. Außerdem... ich kenne dich, oder?“

„Du kennst sie, aha!“, lachte Francesco de' Pazzi, der sich an Giulianos anderer Seite eingehakt hatte und schlug mit der Hand spielerisch gegen dessen Brust, „ich kann mir schon vorstellen, wie du sie kennst!“

„Susanna, lass uns gehen“, sagte Luca leise.

„Ich sag doch, hört auf damit“, schimpfte Giuliano. Er war ziemlich bleich und er roch leicht nach Alkohol.

„Das Mädchen gehört zu Gianni Montecaldo“, fuhr er fort, „ich erinnere mich an dich, Kleine. Ihr seid gute Freunde, nicht wahr?“

„Gianni?“, wiederholte Francesco, „Gianni Montecaldo? Na, der ist mir der Richtige. Der hatte doch schon als Kind so viele Freundinnen – in Venedig! Hat mir alles Renaldo berichtet!“

„Ich verstehe!“, grölte der Mann namens Bernardo und schlug Giuliano schwer auf den Rücken.

„Nicht solche Freunde“, seufzte der, „hört auf, mich zu prügeln. Ihr solltet lieber nett zu mir sein. Immerhin habe ich mich breitschlagen lassen, in den Dom mitzukommen, obwohl's mir nicht gut geht.“

„Ein bisschen frische Luft, ein bisschen Weihrauch – komm, ich bitte dich“, spottete Francesco, „das hat noch keinen umgebracht. Der kleine Riario wäre am Ende noch beleidigt gewesen, wenn du nicht zur Messe erschienen wärst – und wir wollen ja den Papst nicht erzürnen!“

Giuliano lächelte, was seinem Gesicht diese jungenhafte Lebendigkeit verlieh.

„Das wollen wir natürlich nicht“, sagte er freundlich, „und wenn wir uns nicht beeilen, kommen wir zu spät.“

„Auch das wollen wir nicht“, grinste Bernardo und schlug gegen Giulianos Bauch, „ja, ja! Ich höre schon auf. Also sputen wir uns. Schade darum, Kleine! Aber vielleicht sehen wir uns ja wieder!“

„Mach dir keine Sorgen“, sagte Giuliano beruhigend, „er redet nur. Pass auf dich auf, Mädchen, ja? Und pass auf Gianni auf!“

„Giuliano! Wir kommen zu spät!“, drängelte Francesco und zog ihn weiter.

Luca sah ihnen nach, wie sie die Straße hinuntergingen, dem Dom zu, dessen Tore weit offen waren. Er sah ihnen nach, stumm, regungslos – und plötzlich keuchte Susanna und packte seinen Arm.

„Nein!“, sagte sie.

„Wie?“, sagte Luca.

„Nein!“, fauchte sie und dann war sie schon unterwegs, dem Domplatz zu, so dass er die Beine in die Hand nehmen musste, so gut er konnte.

An der Tür des Domes holte er sie ein. Giuliano war mit seinen Freunden gerade hineingegangen. Das Kirchenschiff war voller mehr oder minder hochgestellter Bürger und es trafen sie bereits ein paar empörte Blicke.

Luca riss Susanna zurück.

„Was hast du vor?“, zischte er ihr zu, „bist du wahnsinnig geworden?“

Sie fuhr zu ihm herum. Ihr Gesicht war so bleich wie das von Giuliano und sie weinte.

„Nein!“, wiederholte sie fast schluchzend, „das geht nicht! Das können wir nicht zulassen! Luca, bitte! Du weißt doch, was das letzte Mal geschah!“

Er musste sie erst einen Moment lang stumm ansehen, bevor er begriff. Dann schüttelte er heftig den Kopf.

„Vergiss es!“, sagte er mit Nachdruck, „unmöglich. Was willst du denn auch tun?“

„Ich will – ach!“

Die Glocken klangen aus, die Tore der Kirche wurden vor ihnen geschlossen. Susanna starrte auf die bronzenen Türen, als wäre es der Eingang zur Hölle.

„Bitte, Luca!“, flehte sie.

„Es ist unmöglich!“, hielt er zornig dagegen.

„Das kann ich nicht akzeptieren!“, begehrte sie auf, „nicht diesmal! Nicht so!“

„Susanna!“

Sie hatte sich wieder losgerissen, rannte um die Kirche herum zum Seiteneingang. Luca verfluchte sein lahmes Bein, während er ihr hinterherhetzte. Diesmal erreichte er sie nicht vor der Tür – aber drinnen war es voll und Susannas Sturm wurde gebremst. Er packte erneut ihren Arm.

„Sei doch vernünftig!“, herrschte er sie an.

„Ich kann nicht!“, jammerte sie, „lass mich los!“

„Willst du alles aufs Spiel setzen?“

„Lass mich los!“

„Susanna!“, er schüttelte sie, „vergiss es! Du kannst es nicht ändern!“

„Doch! Ich muss! Ich...“

Mittlerweile hatte ihre Auseinandersetzung die Aufmerksamkeit von mehr als nur ein paar Leuten geweckt. Vorne, am Altar, begann der kleine Kardinal noch ein wenig stockend und rührend mit der Messe, aber um sie herum erklang empörtes Getuschel. Giuliano de' Medici hatte seinen Platz in vorderster Reihe bezogen, nur ein paar Schritte von seinem Bruder Lorenzo entfernt, umgeben von seinen Freunden. Er wandte ihnen den Rücken zu – aber ein paar Reihen weiter hinten hatte jemand sie entdeckt. Gianni schaute auf.

Susanna schluchzte beinahe vor Erleichterung.

„Gianni!“, rief sie halblaut durch die Kirche, „Gianni!“

„Verdammt noch mal, Susanna!“, fauchte Luca entsetzt.

Gianni hätte vermutlich ihre Worte gar nicht gebraucht, denn er hatte sie längst gesehen und sich auf den Weg zu ihnen gemacht. Die Leute wichen vor ihm beiseite, so dass er vergleichsweise schnell an sein Ziel gelangte. Susanna jedoch schien so ungeduldig, dass Luca sie lieber festhielt, um sie notfalls mit Gewalt daran zu hindern, durch die ganze Kirche zu rennen.

„Was macht ihr hier?“, flüsterte Gianni, als er sie erreicht hatte, „was ist los?“

„Gianni!“ Susanna klammerte sich an seine Jacke, das Gesicht tränenüberströmt.

„Das klingt jetzt bestimmt sehr merkwürdig für dich", sprudelte sie heraus, „aber du musst auf mich hören, ja? Du musst, bitte! Bring deinen Freund hier raus! Sofort!"

„Was?", sagte Gianni verdutzt.

„Bitte!", flehte sie, „du musst Giuliano hier rausbringen, jetzt gleich, auf der Stelle! Zögere nicht!"

„Susanna", Gianni löste behutsam ihre Hände von seiner Kleidung und nahm sie in die seinen, „das kann ich nicht. Da vorne ist Kardinal Riario. Wenn Giuliano jetzt gehen würde, wäre das ein Affront!"

„Das ist egal!", beharrte sie, „bitte, vertrau mir! Tu es einfach! Geh zu ihm! Und sei vorsichtig?"

„Vorsichtig? Was zu..." Gianni schüttelte den Kopf. Das empörte Getuschel um ihn herum wurde lauter.

„Gianni!", bettelte Susanna.

Er seufzte.

„Beruhige dich", meinte er, „bitte. Ich gehe zu Giuliano. Ich rede mit ihm, und vielleicht..."

„Nicht vielleicht! Tu es einfach! Bring ihn hier raus!"

„Ich will sehen, was ich tun kann", antwortete er fest und wandte sich ab.

Susanna schluchzte auf und klammerte sich an Luca, die Augen starr nach vorne gerichtet.

Gianni schüttelte nicht nur innerlich den Kopf, während er sich auf den Weg zurück machte. So seltsam hatte er sie noch nie erlebt, noch nie so außer sich, so panisch. Eigentlich, überlegte er, hatte er Susanna nach Santo Spirito nie wieder im Inneren einer Kirche gesehen. Bei dem damaligen Feuer war ihre Großmutter ums Leben gekommen. Vielleicht war es also verständlich, dass sie in einer Kirche in Panik geriet.

Aber warum denn nur wegen Giuliano?

Er, Gianni, hatte sich gefreut, als Giuliano so spät doch noch eingetroffen war, und er hatte sich auch gefreut, Francesco de' Pazzi an dessen Seite zu sehen. Franceschino hatte Giuliano zu Hause abgeholt, hatte ihn überzeugt, doch zur Messe zu kommen, was ihm, Gianni, nicht gelungen war. Wenn also ein Medici und ein Pazzi Arm in Arm in den Dom von Florenz traten, war das doch ein wirklich gutes Zeichen! Da würde er Giuliano wohl kaum raus zerren!

Aber wenn es Susanna beruhigte, würde er sich zu seinem Freund stellen. Dagegen war ja nun nichts einzuwenden.

Er war nur noch wenige Schritte entfernt. Das Schwert, das verbotene, in der Hand Bernardos sah er erst im allerletzten Moment. Und die Worte, die Worte begriff er zunächst überhaupt nicht.

„Nimm dies, Verräter!", brüllte Bernardo auf und Gianni war ganz irritiert, denn welchen Verräter meinte er denn...?

Giuliano?

Ein Aufschrei ging durch die Kirche und plötzlich geschah alles auf einmal. Plötzlich taumelte Giuliano, plötzlich verlor Franceschino die Kontrolle und begann, wie rasend auf ihn einzustechen, plötzlich brüllte Lorenzo und schlug mit dem Arm, den Mantel darum gewickelt, nach einer anderen Klinge und plötzlich setzten sich alle in Bewegung.

Lorenzo hechtete zur Tür der alten Sakristei, nur ein paar Meter entfernt, gefolgt von Poliziano und Sigismondo della Stufa. Er erreichte sie, ein paar andere drängten hinter – und auch Bernardo, der von dem blutenden, am Boden liegenden Giuliano abgelassen hatte. Francesco Nori warf sich dazwischen, noch ein Schrei und wieder fiel jemand zu Boden. Die Türen der Sakristei knallten zu, ein heftiger Fluch ertönte und an Gianni wurde gerissen und gezerrt. Kreischend drängten die Menschen um ihn herum davon. Er hingegen fand endlich seine Beine wieder und setzte sich in Bewegung, schob sich nach vorne, die wenigen Schritte nur noch... Er sah Franceschino, blutbespritzt, der sich abrupt abwandte und davonrannte, er sah Bernardo verschwinden, er sah Francesco Noris Leiche.

Er sah Giuliano und neben ihm, zitternd, zusammengekauert, Fioretta Gorini.

Giulianos Gesicht war friedlich. Die Augen waren offen, der Blick zum Himmel gerichtet. Um seinen Mund lag ein kleines Lächeln und ein Staunen, als habe er etwas Wunderbares gesehen.

Er war tot.

Gianni ließ sich neben ihm auf ein Knie nieder und legte automatisch seine Hand auf die von Stichwunden übersäte Brust. Da hob und senkte sich nichts mehr.

„Giuliano“, flüsterte er.

Fioretta hob ihren Kopf. Ihr Gesicht war nass von Tränen, ihre Augen brennend.

„Er hat ihren Namen gesagt“, sagte sie heiser, „ihren Namen.“

Dann senkte sie den Kopf und weinte.

Giuliano... das war doch nicht möglich... der Freund, der Bruderersatz, das Idol... unfassbar, dass er tot war, ermordet im Dom, direkt vor dem Altar – von einem Pazzi und einem Baroncelli! Hier in Florenz! Und er, Gianni, hatte über die Versöhnung nachgedacht, darüber, dass er Giualino hier haben wollte, nicht rausholen wollte, dass er...

Susanna!

Wie hatte sie dies wissen können?

Er sah auf, sah sich um. Der Dom war inzwischen fast verlassen. Es hatten noch ein paar Medici-Anhänger vor der Tür der Sakristei Stellung bezogen, hinter der Lorenzo verschwunden war, es knieten ein paar Leute um Francesco Nori herum – und es standen Luca und Susanna, entsetzt, erschüttert, regungslos aneinandergedrängt neben der Säule, wo er mit ihnen gesprochen hatte.

Er fing ihren Blick auf. Und das Leben kam in ihn zurück.

Mit einer Hand fuhr er behutsam über Giulianos Gesicht und schloss die staunenden Augen, schloss gleichzeitig den Schock und das Entsetzen in sich weg. Dann drückte er Fiorettas Schulter und stand auf. Man klopfte inzwischen an die verriegelte Tür.

„Lorenzo!“, rief einer, „Lorenzo! Bist du verletzt?“

Niemand antwortete, aber ein Scharren erklang. Gianni trat näher und sah an der Wand hoch. Über der Tür der Sakristei erhoben sich Orgelpfeifen, und da, zwischen den Verzierungen, zeigte sich ein Gesicht. Er erkannte Sigismondo della Stufa – und die Frage in dessen Augen.

Er schüttelte den Kopf und trat beiseite, den Blick auf Giulianos Leiche freigebend.

Sigismondo schloss die Augen. Dann nickte er, sein Kopf verschwand. Kurz darauf wurde die Tür der Sakristei geöffnet.

„Es ist in Ordnung“, hörte er Sigismondo, „es sind Freunde!“

„Giulio!“, rief Lorenzo, „was ist mit Giulio? Haben sie ihn verletzt?“

„Dafür ist jetzt keine Zeit, Lorenzo“, sagte Giovanfrancesco Venturi, „dies ist ein Anschlag, ein feiger, feiger Pazzi-Anschlag. Du musst sofort nach Hause!“

Gianni drängte sich durch die Leute nach vorne. Er konnte Lorenzo sehen, der einen blutigen Verband um den Hals trug und die Panik in seinen Augen. Er sah auch, dass Giovanfrancesco ihn beharrlich festhielt und somit daran hinderte, sich zum Altar zu wenden. Er sah die anderen. Antonio Ridolfi hatte Blut am Mund, schien aber unverletzt.

Lorenzos Blick flackerte vor Angst.

„Du musst nach Hause, Lorenzo“, sagte Gianni spontan, „Gott sei Dank, dass du lebst! Aber hier bist du nicht sicher!“

„Der Junge hat Recht!“, meinte Giovanfrancesco, „sie können wieder angreifen. Wir können dich vielleicht nicht beschützen. Nur in eurem Palazzo bist du in Sicherheit!“

„Aber Giulio!“, beharrte Lorenzo, „wo ist Giulio!“

„Geh heim!“, sagte Gianni drängend, „wir kümmern uns um Giulio. Giovan – bringt ihn heim!“

„Da hörst du es“, sagte Giovanfrancesco und Gionigi Pucci, der bislang noch gar nichts gesagt hatte, stimmte plötzlich heftig zu und fasste Lorenzos anderen Arm.

„Los, geht!“, sagte Gianni, „hier, nehmt den Seiteneingang, dann seid ihr schneller in der Via Larga! Beeilt Euch!“

Seine Freunde drängten Lorenzo zur Seitentür, fort von der Blutlache vor dem Altar, raus aus der Kirche und zum sicheren Domizil. Als Sigismondo ebenfalls vorbei wollte, hielt Gianni ihn jedoch fest.

„Nein“, sagte er, „warte. Du musst noch etwas tun.“

„Gianni?“, erklang Agnolo Ambroginis Stimme auf seiner anderen Seite, „was ist denn? Was ist mit Giulio?“

Und anders als bei Lorenzo, dessen Panik und Trauer jetzt niemand ertragen hätte, gab Gianni diesmal den Blick auf Giuliano frei. Er kümmerte sich jedoch nicht weiter um Agnolo, der schluchzend zusammenbrach, sondern schob Sigismondo ohne Umschweife zu Fioretta.

„Du musst sie nach Hause bringen“, sagte er, als Sigismondo ihn nur bleich anstarrte, „na los! Du weißt, warum. Bring sie sofort heim!“

Begreifen dämmerte in Sigismondos Augen. Fioretta war hochschwanger – von einem Medici. Sie war in Gefahr. Sie war eine Gefahr für die Gegner, von der sie vielleicht nichts wussten, vielleicht aber schon.

„Ich dachte, du…?“, brachte er hervor

„Nein“, Gianni schüttelte rasch den Kopf, „ich kann nicht. Ich habe etwas anderes zu erledigen. Nun mach, Sigismondo! Du kennst sie. Du hast ihr schon einmal geholfen. Fioretta? Geh mit Sigismondo. Geh heim!“

Fioretta sah erneut auf. Zwischen ihren Tränen, in ihren rot geweinten Augen konnte er den wiedererwachenden Kampfgeist eines Mädchens sehen, das immer für sich selbst hatte sorgen müssen. Sie riss sich zusammen, nickte und kam mühsam auf die Füße.

„Geht. Jetzt“, sagte Gianni und schob sie mit Nachdruck beiseite. Die fassungslosen, weinenden Chorknaben, die aus der Sakristei strömten, wies er barsch an: „Geht heim! Na los!“

„Herr“, mischte sich ein zitternder Priester ein, „was sollen wir tun? Was tun wir mit…?“ Er machte eine Bewegung zu Giulianos Leiche.

Ja, was tun? Gianni schaute sich um. An der Säule lehnten noch immer Susanna und Luca, Braccio Martelli war mit ein paar Dienern der Medici zurückgeblieben, und auf den Stufen vor dem Altar hockte wie versteinert der kleine Kardinal, die entsetzten Blicke auf die Leiche zu seinen Füßen gerichtet.

„Wir bringen ihn in die Sakristei“, beschloss Gianni kurzerhand, „ihr schließt sie ab und wartet auf weitere Instruktionen. Und wir sollten...“

„Um den Kardinal kümmern wir uns“, beschied Braccio, „aber die Sakristei ist jetzt der richtige Ort für Giulio. Fasst mit an, Männer.“

Gianni gelang es, nicht darüber nachzudenken, was er tat, als er mit den anderen den blutverschmierten Körper hinübertrug. Dann kam er mit großen Schritten wieder hinaus, während hinter ihm verriegelt wurde.

„Ich habe noch was zu tun“, sagte Braccio zu ihm, „aber wir sollten uns alle im Palazzo Medici treffen.“

„Ja“, sagte Gianni, „ich habe auch noch etwas zu tun. Wir sehen uns dort.“

Es gelang ihm immer noch, nicht wirklich zu denken, während er zur Säule hinüberlief. Mit hartem Griff packte er sowohl Susanna als auch Luca am Arm.

„Los“, stieß er zwischen zusammengebissenen Zähnen hervor, „wir gehen.“

Weder Luca noch Susanna wehrten sich wirklich, während Gianni sie grob und im Eilschritt aus der Kirche zog und über den Platz davor. Susanna wirkte wie erstarrt, ihr Blick schien blind. Luca hingegen fasste sich zumindest genug, um Gianni zu fragen.

„Wohin gehen wir?“

„Nach Hause“, sagte Gianni kurz angebunden, „auf dem schnellsten Weg. Zum Palazzo Montecaldo“, präzisierte er nach einem Blick zu Luca, „und ihr kommt mit!“

Da wurde Luca, falls es möglich war, noch blasser. Susanna zuckte zusammen. Aber bevor einer der beiden etwas sagen konnte, setzte Gianni schroff hinzu: „Giuliano de' Medici ist tot. Ich habe keine Ahnung, was in den nächsten Stunden geschehen wird, aber friedlich wird's hier mit Sicherheit nicht. Los, schneller."

„Gianni…", begann Luca in diesem bestimmten, besänftigenden Tonfall, der er schon kannte.

„Nein", unterbrach er hart, „ich diskutiere nicht. Ihr kommt mit. Ihr wart in der Kirche, ihr habt für Aufsehen gesorgt und Hunderte von Leuten haben euch gesehen – Momente nur, bevor Giulio starb. Man wird sich an euch erinnern und es wird irgendjemanden geben, der weiß, wo ihr wohnt. Wie gesagt, ich weiß nicht, was in den nächsten Stunden geschehen wird – aber ich weiß, wozu ein Mob fähig sein kann. Sebastiano hat es mir erzählt. Schneller."

„Ich verstehe dich nicht ganz", sagte Luca verblüfft.

Gianni rollte mit den Augen, ohne innezuhalten. Sie waren jetzt nicht mehr weit und er konnte von Fernem Gebrüll und Hufgetrappel hören. Er beschleunigte sein Tempo, auch wenn es hieß, dass sie fast rannten.

„Was soll daran nicht zu verstehen sein?", schnauzte er, „dies ist ein Aufstand, eine Rebellion gegen die Medici und alles kann in den nächsten Stunden passieren! Ihr seid in dieser lächerlichen kleinen Hütte einfach nicht sicher – nicht einmal dann, wenn sich niemand aus dem Dom an euch erinnert! Sicher seid ihr im Palazzo, der hat starke Mauern und feste Türen. Der hat auch schon den Ciompi-Aufstand überstanden. Gleich sind wir da."

„Soll das heißen, du machst dir Sorgen um uns?", fragte Luca verwirrt.

„Natürlich tue ich das", erwiderte Gianni entschlossen, „und ich diskutiere nicht, nicht diesmal. Hinein mit euch!"

Zu dem Pförtner, der erschrocken aufsprang, als sein blutbespritzter junger Herr mit zwei Fremden hineingestürmt kam, sagte er scharf:

„Schließt alle Tore, verrammelt die Fenster. Niemand verlässt mehr das Haus! Macht schon! Wo ist mein Bruder? Cesare!“, brüllte er, sobald er den Innenhof erreicht hatte, von dem aus sich die Treppen bis in den obersten Stock zogen. Hinter ihm schlug der Pförtner zitternd und krachend die Torflügel zu, und die Mägde spritzten auseinander, um die Fensterläden zu schließen.

Cesare hatte den Lärm bereits gehört und eilte die Stufen hinunter, gefolgt von einer erschrockenen Angelica.

„Was ist geschehen?“, rief er entsetzt, „wie siehst du aus? Bist du verletzt?“

„Das ist nicht mein Blut. Sie haben Giuliano de’ Medici im Dom erstochen“, antwortete Gianni knapp, „Lorenzo ist verletzt, aber er lebt.“

„Giuliano erstochen!“, fuhr Cesare auf, „wie ist das möglich?“

„Mit einem Schwert war’s möglich“, sagte Gianni, ohne sich Emotionen zu gestatten, „es waren Franceschino und Bernardo Bandini. Sie sind jetzt unterwegs in der Stadt. Dies ist ein Anschlag der Pazzi.“

„Nein“, Cesare ließ sich erschüttert auf eine Stufe sinken, „nein! Wie können sie nur... wie können sie nur...“

„Nun, sie können“, antwortete Gianni kurz angebunden, „und ich vermute mal, da es Pazzi sind, dass sie besser geplant haben als die Idioten damals in Mailand. Vielleicht wird die Stadt schon belagert, vielleicht haben sie Roms Unterstützung, ich weiß es nicht. Aber sicher wird es Ärger geben.“

Cesare hob den Kopf.

„Und Lorenzo?“, fragte er bleich.

„Er müsste jetzt im Palazzo Medici in Sicherheit sein“, erwiderte Gianni, „ich gehe gleich dorthin. Hör mir zu, Cesare! Niemand verlässt das Haus, solange wie ich fort bin, klar? Und niemand kommt herein, der nicht direkt zu unserem Haushalt gehört. Wartet ab, bis ihr von mir hört. Da draußen wird heute noch Blut fließen, dafür lege ich meine Hand ins Feuer und es sollte nicht eures sein. Was...?“

Das Letzte galt Angelica, welche die Stufen hinuntergeeilt kam, nachdem sie oben kurz verschwunden war und ihm etwas in die Hand drückte. Sie war ebenfalls blass, aber sie hatte diesen krisengewohnten Ausdruck in ihren Augen, den er inzwischen kannte.

„Dein Oberteil“, sagte sie, „es ist blutig. So kannst du nicht vor Lorenzo treten. Nicht, wenn…“

Nicht, wenn es Giulianos Blut ist, klang ungesagt hinterher. Er nahm ihren Hinweis mit einem Nicken zur Kenntnis und begann, sein Wams zu lösen. Dazu musste er Susanna und Luca loslassen, welcher er die ganze Zeit festgehalten hatte und welche stumm, wie erstarrt, geblieben waren. Er schob sie auf Angelica zu.

„Hier“, sagte er, „dies sind Luca und Susanna di Cammino. Es sind Freunde – sehr gute Freunde. Sie sind diejenigen, die sich nach Sebastianos Tod um mich gekümmert haben. Sie bleiben vorerst hier. In ihrer Unterkunft ist es nicht sicher. Bitte sorge für sie.“

Angelica nickte, nahm ihm sein blutiges Wams ab und gab ihm das frische, aber Luca hob protestierend den Kopf.

„Es ist wirklich unnötig…“, begann er.

„Ich habe gesagt, ich diskutiere nicht!“, unterbrach ihn Gianni schneidend, „und dabei bleibe ich! Denk doch mal nach, Luca!“, setzte er heftig hinzu, „denk daran, was eine Horde entfesselter, zorniger Menschen tun kann – und dann sieh dir deine Schwester an!“

Susanna sagte überhaupt nichts. Sie war weiß wie die Wand, wirkte wie ein hypnotisiertes Kaninchen und hätte sie nicht gestanden und offene Augen gehabt, hätte Gianni bezweifelt, sie würde noch atmen.

Luca starrte sie an.

„Sei vernünftig, Mann“, zischte Gianni, „heute kann Florenz untergehen! Willst du sie dem aussetzen? Hier seid ihr sicher!“

Und nach einem Moment nickte Luca, blass, stumm, ergeben.

„Gut“, meinte Gianni befriedigt, schloss die letzten Schnallen und wusch sich die Hände in einer Schale Wasser, die ihm eine Magd hinhielt. Cesare, der sich ein wenig gefangen hatte, trat zu ihm.

„Musst du zu Lorenzo gehen?“, fragte er. An seinem Hals klopfte eine Ader.

Gianni hob das Kinn.

„Sie haben eben vor meinen Augen einen meiner besten Freunde ermordet“, sagte er bitter, „und ich konnte nichts machen. Den Teufel werde ich tun und zulassen, dass sie damit auch noch Erfolg haben! Ich gehe zu Lorenzo und wir werden sehen, was geschieht. Ihr wartet! Hast du mich verstanden, Cesare? Wartet, bis ihr von mir hört! Ich will kein zweites Volterra, nicht in diesem Haus!“

„Ich habe dich verstanden“, sagte Cesare bleich, „mach dir keine Sorgen. Hier – nimm den. Vielleicht brauchst du ihn.“

Gianni nahm den großen, dunklen Umhang entgegen, den er manchmal nachts trug, wenn sie unterwegs waren – *nie wieder jetzt, so wie früher* – und den Angelica, flink wie eine Katze, herbeigeschafft hatte.

„Kümmere dich um sie“, sagte er zu ihr mit einer Kopfbewegung zu Luca und Susanna, „bitte. Ich bin so schnell wie möglich zurück.“

„Sei vorsichtig“, bat ihn Cesare, „riskiere nichts. Der Streit der Pazzi und der Medici ist nicht der unsere.“

„Doch“, erwiderte Gianni grimmig, „jetzt ist er es.“

Er war vorsichtig, als er das Haus verließ. Er nahm den hinteren Eingang, achtete darauf, dass nach ihm das Tor wieder verschlossen wurde und eilte die Straße hinunter. Der alte Palazzo Montecaldo lag an keiner der Hauptstraßen und heute war Gianni einmal froh darüber. Es war schlimm genug, dass der Palazzo della Signoria so nahe war. Das Getöse, was er zuvor noch entfernt gehört hatte, klang jetzt ganz nahe. Er bog um die Ecke – und drückte sich sofort wieder gegen die Wand, erschrocken. Von links sprengte ein Trupp Bewaffneter auf ihn zu – und von rechts tauchte eine Gruppe wütender Bürger auf.

An der Spitze der Reiter befand sich Jacopo de’ Pazzi.

Florenz hatte schon öfter das Spektakel erlebt, dass der alte Ritter auf seinem Pferd durch die Gassen preschte und manch einer hatte sich auch da schon nur mit einem Sprung retten können. Aber diesmal war Messer Jacopo voll gerüstet, hatte das blanke Schwert in der Hand und schrie: „Volk und Freiheit! Volk und Freiheit!"

Und von rechts antworteten ihm nicht minder laute Rufe: „Palle! Palle!" – der Schlachtruf der Medici.

Es waren nur wenige Bürger. Sie warfen ein paar Steine, aber sie waren kein Hindernis. Messer Jacopo und seine Leute ritten sie beiseite und weiter zum Palazzo della Signoria. Einen Moment lang war Gianni versucht, ihnen zu folgen. Aber dann dachte er an das, was er Cesare versprochen hatte und dass er wiederkommen wollte und an Lorenzo.

Er schlug den anderen Weg ein, Richtung Via Larga.

Auch vor dem Medicipalast hatten sich schon ein paar Menschen versammelt. Die Kunde von Giulianos Tod begann, die Runde zu machen und Rufe nach Lorenzo wurden laut. Aber an den Fenstern in den oberen Stockwerken zeigte sich niemand. Gianni nahm den Weg zur Rückseite und hämmerte gegen das Tor.

Es dauerte, bis ihm ein verschreckter Pförtner öffnete, dahinter Giovanfrancesco Venturi mit gezogenem Schwert. Als er Gianni sah, nickte er erleichtert.

„Gut, dass du da bist", sagte er, „komm schnell!"

„Wie geht es Lorenzo?", fragte Gianni, während sie hastig den kleinen Garten durchquerten und durch den Bogeneingang den Innenhof betraten.

„Er ist völlig verschreckt, was glaubst denn du", sagte Giovanfrancesco, „wie würdest du reagieren, wenn man dich während der Messe im Dom abstechen wollte?"

„Aber..." begann Gianni und wurde abgelenkt durch Guglielmo de' Pazzi, der kreideweiß war und zitterte und Giovanfrancescos Arm packte. Er musste im Hof gewartet haben.

„Ich wusste nichts!“, beteuerte er, „oh Himmel, ich wusste nichts! Sag ihm das, bitte! So etwas hätte ich Bianca doch nie angetan, niemals! Ich wusste von nichts!“

„Ich sag's ihm ja“, meinte Giovanfrancesco angewidert, „lass mich los. Reiß dich zusammen, Mann!“

„Ja, reiß dich zusammen“, sagte auch Gionigi Pucci, der ihnen entgegenkam, „wir haben Poliziano ins Bett geschickt, er ist am Ende. Gianni Montecaldo! Wie gut, dass du da bist!“

„Agnolo ist am Ende“, wiederholte Gianni, „und Lorenzo? Wie geht es ihm?“

Stille. Gionigi und Giovanfrancesco tauschten einen Blick.

„Nun ja“, begann Gionigi.

„Wir haben es ihm noch nicht gesagt“, meinte Giovanfrancesco schlicht, „er fragt nach Giulio, sicher, doch wir sagen ihm, wir wissen nichts.“

Gianni starrte sie an.

„Aber... wieso...?“, flüsterte er.

Gionigi wandte sich ab. Giovanfrancesco räusperte sich.

„Wir haben gehofft, dass du es tust, Gianni Montecaldo“, sagte er.

Warum, warum nur, dachte Gianni ergrimmt, während er die Stufen nach oben hochstieg, warum blieben solche Dinge immer an ihm hängen? Warum erwartete man von ihm, Hiobsbotschaften zu überbringen oder heikle Dinge anzusprechen? Wahrscheinlich lag es einfach daran, dass er nicht nein sagen konnte, dass er so dumm war und diese Dinge immer wieder übernahm.

Er hätte alles darum gegeben, nicht derjenige zu sein, welcher Lorenzo von Giulianos Tod in Kenntnis setzte.

Aber glücklicherweise musste er gar nicht viel sagen. Als er den Raum voller Menschen betrat, entdeckte Lorenzo ihn sofort und sprang auf. Er trug einen neuen Verband um den Hals, sein Gesichtsausdruck war jedoch noch so panisch wie im Dom.

„Gianni!“, rief er, „du wirst es wissen, nicht wahr? Du weißt, wie es Giulio geht! Wo ist er? Ist er…?“

Vielleicht war es die Stille, die sich daraufhin ausbreitete. Vielleicht war es der Platz, der sich zwischen Lorenzo und Gianni auftat, weil alle unwillkürlich beiseite wichen. Vielleicht war es aber auch der Ausdruck in Giannis Gesicht.

Lorenzo wurde bleich, er taumelte.

„Nein…“ flüsterte er.

Gianni wurde von einer Welle plötzlicher Emotionen erfasst. Er konnte nur zu gut nachvollziehen, was in Lorenzo in diesem Moment vorging und dieses Mitgefühl war es, was ihn vorwärtstrieb, bis er direkt vor ihm stand.

„Es tut mir so leid“, sagte er leise, „ich glaube, er hat nicht gelitten. Ich glaube, es ging ganz schnell.“

„Nein…“ wiederholte Lorenzo fassungslos.

In einer Ecke des Raumes entstand Unruhe. Lucrezia Tornabuoni, die Mutter der beiden, war stumm zusammengesackt. Ihre beiden Töchter brachen in Tränen aus.

„Giulio…“ sagte Lorenzo erstickt, „Giulio… warum nur Giulio…“

„Es ist ein Anschlag, der sich gegen dich und deine Familie richtet, Lorenzo“, sagte Luigi Pulci ernst, „und Giuliano wäre ein besserer Erbe gewesen als Piero. Deshalb durften sie ihn nicht leben lassen.“

„Aber der Anschlag ist missglückt“, stellte Francesco Sassetti, der Bankleiter, fest, „du lebst, Lorenzo. Sie haben versagt.“

„Ich lebe…“ flüsterte Lorenzo.

„Ausgestanden ist noch gar nichts“, sagte Gianni ernst, „ich bin auf dem Weg hierher bewaffneten Reiter begegnet. Messer Jacopo hat sie angeführt.“

„Messer Jacopo!“, fuhr Lorenzo auf, plötzlich wieder Farbe in den Wangen, *„Messer Jacopo*! Dies sind die Pazzi! Die Pazzi haben dies angezettelt, die Pazzi haben meinen Bruder getötet, die Pazzi wollten mich töten – damit sie die Macht in Florenz an sich bringen können! Dies ist nicht nur ein Anschlag gegen uns, er richtet sich gegen ganz Florenz!"

„Da hast du Recht!", stimmte Gionigi flammend mit ein, „aber wir werden es nicht zulassen!"

„Ich werde es nicht zulassen!", wiederholte Lorenzo grimmig, „bringt mir Papier und Feder – ich schreibe an Mailand! Noch sind wir nicht verloren! Der Palazzo hält Stand!"

„Außerdem", sagte Gianni, „glaube ich nicht, dass Florenz dies einfach so hinnehmen wird. Ich habe Palle-Rufe gehört und vor dem Haus stehen Leute und schreien nach dir."

Wie aufs Kommando drehte sich alle den Fenstern zu, hinter denen tatsächlich die Lorenzorufe der Straße zu vernehmen waren.

In ihrer Ecke richtete sich Lucrezia Tornabuoni auf, wieder belebt.

„Du solltest ans Fenster gehen, Lorenzo", sagte sie mit erstaunlich fester Stimme.

Und als sich alle daraufhin ihr zuwandten, setzte sie, diesmal mit Tränen, hinzu: „Damit Florenz sieht, dass zumindest einer meiner Söhne noch am Leben ist!"

Es war sehr spät, als Gianni wieder am Palazzo Montecaldo eintraf. Mittlerweile war es stiller auf den Straßen geworden, der Mob war durch, die ersten Kämpfe ausgefochten, die ersten Opfer gebracht. Nacht senkte sich herab und damit eine trügerische Ruhe. Die nächsten Tage würden entscheidend sein.

Er war müde, todmüde. Wie Blei kamen ihm seine Glieder vor, wie Blei auch seine Seele. Es war unmöglich, an Giuliano zu denken, unmöglich, diesem nachzugeben. Erst musste er seinen Pflichten nachkommen.

Ein Diener hatte am hinteren Tor Wache gehalten, vermutlich von Cesare beauftragt. Als Gianni, gut geschützt in dem dunklen Umhang mit der großen Kapuze, zum Tor trat und dagegen schlug, öffnete sich die kleine Klappe und dann knirschten die Riegel.

„Wie gut, dass Ihr zurück seid, Herr", flüsterte der Diener erleichtert.

Gianni war zu müde, um zu antworten. Er drückte nur kurz die Schulter des Mannes, wartete, bis das Tor wieder verriegelt war und ließ sich dann hinauf in den Saal bringen, wo man auf ihn wartete.

Alle, so schien ihm, waren versammelt, alle starrten ihn an, mit großen Augen und blassen Gesichtern. Cesare hatte zweifelsohne Wort gehalten, keine Maus hatte den Palazzo Montecaldo betreten oder verlassen – was auch gut gewesen war, denn in den Straßen war es an diesem Ostersonntagnachmittag nicht gerade ruhig geblieben. Er sah Angelicas Kinder – Lucrezia schlafend auf einem Kissen, und Paolo, mit weit aufgerissenen Augen. Er sah Luca und Susanna, in einer Ecke, als versuchten sie, mit der Wand zu verschmelzen. Er sah sogar seinen Vater, den man auf einer Trage aus seiner Kammer im oberen Stock heruntergeschafft hatte. Und in den Türen und Gängen stand das gesamte Hauspersonal.

Angelica führte ihn zu einem Tisch, orderte einen Imbiss, goss ihm ein Glas Wein ein. Er trank, dankbar um etwas Kraft. Dass er jetzt noch nicht würde schlafen können, war eindeutig, nicht, bevor er nicht berichtet hatte. Allerdings war er sich auch gar nicht sicher, schlafen zu können.

„Was ist geschehen?", fragte Cesare drängend.

Und Gianni erzählte.

Der Anschlag auf die Medici war vorerst gescheitert. Zwar war Giuliano tot, Lorenzo jedoch am Leben und das Volk, was sich vor dem Palazzo Medici davon überzeugt hatte, auf seiner Seite. Auf seiner Seite waren ebenso die aktuelle Signoria und der Gonfaloniere von Florenz – ein gewisser Cesare Petrucci, der schon einst in Prato seine Treue bewiesen hatte.

Zeitgleich zum Attentat im Dom hatte sich Francesco Salviati, der Erzbischof von Pisa, mit seinen Leuten zum Palazzo della Signoria begeben, um dort die Macht zu übernehmen. Petrucci hatte jedoch Verdacht geschöpft, unter einem Vorwand das Zimmer verlassen und die Verschwörer einfach eingeschlossen. Als Messer Jacopo mit seinen Mannen den Palazzo stürmen wollte, läutete die Glocke, die Wachen warfen Ketten über die Treppen und hielten das Tor gegen die Angreifer. Auf der Piazza wurden die Reiter zudem zunehmend vom Pöbel bedrängt, der angriff und verschwand und wieder angriff. Das Ganze artete bald in ein Blutbad aus, bei dem die zornigen Bürger mitnichten den Kürzeren zogen. Messer Jacopo erkannte die drohende Niederlage, machte kehrt und floh aus der Stadt.

Giulianos Tod hatte sich inzwischen herumgesprochen und nun wandte sich der Mob gegen seine Mörder. Das Heim von Franceschino de' Pazzi wurde gestürmt, er selbst aus dem Bett gezerrt, in das er sich aufgrund einer Wunde am Oberschenkel begeben hatte.

„Anscheinend", so sagte Gianni, „hat er sich die in seiner Raserei im Dom selbst beigebracht."

„Bei Gott", flüsterte Cesare, welcher wie alle anderen gebannt an seinen Lippen hing.

Der Pöbel schleifte Franceschino zum Palazzo, wo er mit Salviati zusammen eingesperrt wurde. Lange blieb er allerdings nicht im Kerker: Sobald Petrucci vernommen hatte, was im Dom geschehen war, fackelte er nicht mehr und machte Nägel mit Köpfen. Der Erzbischof von Pisa, Franceschino de' Pazzi und ein dritter Verschwörer wurden kurzerhand an den Fenstern des Palazzo della Signoria aufgeknüpft.

„Und dort baumeln sie", schloss Gianni, „sie sind wohl nicht die Einzigen. Braccio Martelli meint, dass sie bereits über dreißig Männer gehängt haben. Kardinal Riario ist jedoch nicht darunter, er sitzt im Kerker. Sogar Lorenzo ist der Ansicht, dass der Junge unschuldig ist. Aber damit kann sich jetzt keiner befassen."

„Und Giuliano?", fragte Cesare leise.

„Man hat ihn in den Palazzo gebracht", sagte Gianni, „sie werden ihn aufbahren. Und dann wird er beerdigt werden."

Er sagte nicht, dass er selbst, sobald es etwas ruhiger geworden war, die Bahre mitgetragen hatte, auf der sie Giulianos Leichnam in sein

Elternhaus brachten. Er sagte auch nicht, wie seine Schwestern bei seinem Anblick in verzweifeltes Geschrei ausgebrochen waren. Die Mutter, leichenblass und schrecklich starr in ihrer Trauer, hatte Haltung bewahrt, aber man hatte ihr förmlich ansehen können, dass sie in diesem Moment nicht an Politik, an Rom oder Florenz dachte, sondern einzig und allein an ihr ermordetes Kind.

Lorenzo, obwohl sichtlich erschüttert, war es ebenfalls gelungen, die Fassung zu bewahren. Stumm hatte er auf den Toten gesehen, eine halbe Ewigkeit lang. Schließlich hatte er sich zu Gianni umgewandt und mit heiserer Stimme gesagt: „Du hast Recht. Er sieht nicht aus, als ob er hat leiden müssen. Er sieht aus... er sieht aus, als würde er lächeln."

Gianni, leidenschaftslos, wie er es seit dem Schrei in der Kirche war, hatte geantwortet: „Weißt du, dass Simonetta Vespucci heute vor zwei Jahren gestorben ist?"

Lorenzos Augen waren groß geworden.

„Nein", hatte er gesagt, „nein, das wusste ich nicht."

Und Gianni hatte mit einer Kopfbewegung zu Giuliano hin erwidert: „Aber er wusste es."

Doch davon sprach er jetzt nicht. Er sprach von den anderen Ereignissen in der Via Larga, von der Rückkehr Braccio Martellis, der den kleinen Kardinal höchstpersönlich festgesetzt hatte und von seiner Berichterstattung. Er sprach von den lauten *Palle, Palle* Rufen und von dem Volk, was Lorenzo immer wieder zu sehen verlangte. Er sprach von dem Condottiere Giovan Battista Montesecco, den man festgenommen hatte und der ein ganzes Komplott gestanden hatte, bis in die höchsten Ebenen der Christenheit hinauf. Er sprach von Lorenzos Briefen an Mailand und andere Regenten und der Entschlossenheit, dies nicht zuzulassen.

„Aber es ist doch schon vereitelt, oder?", sagte Angelica, „Lorenzo lebt, und die Stadt ist nicht in der Hand seiner Feinde!"

„Das mag sein", entgegnete Gianni, „aber seine wirklichen Feinde sind heute nicht hier gewesen. Franceschino war ein hitzköpfiger Narr und Salviati von Rache und Eifersucht zerfressen. Bernardo ist geflohen. Doch die wahren Drahtzieher waren nie hier. Montesecco hat gesagt, dass der Graf von Imola und sein Onkel dahinterstecken."

„Girolamo Riario und der *Papst*?", keuchte Cesare, „der Papst soll dies sanktioniert haben? Niemals!"

„Montesecco hat es beteuert", antwortete Gianni, „er sagt, er hätte sich ansonsten geweigert, überhaupt mitzumachen. Am Ende hat er wohl auch gar nicht mitgemacht, denn er wollte keinen Mord in einer Kirche begehen. Sie haben ihn gefasst, als er aus der Stadt fliehen wollte."

„Franceschino und Bernardo hatten solche Skrupel nicht", murmelte Cesare.

„Offensichtlich", sagte Gianni, „Lorenzo wurde im Übrigen von zwei Priestern angegriffen, einem Antonio Maffei und einem Stefano da Bagnone. Sie sind beide verschwunden."

„Man wird sie finden", sagte Cesare grimmig, „man wird sie alle finden. Und sie werden ihre gerechte Strafe erhalten! Und wenn der Papst von all diesen Dingen gewusst hat und seinen Segen dazu gegeben hat, dann soll der Bannstrahl Gottes ihn treffen!"

„Wir wollen mal hoffen, dass Gott auf dich hört", sagte Gianni trocken.

Der Imbiss war gekommen und er hatte gegessen, während er redete. Das hatte den Vorteil, seinen Blick nicht immer auf die Leute richten zu müssen. Cesares ängstlicher, beinahe panischer Ausdruck hatte ihn beunruhigt, da er so gar nicht zu dem leidenschaftslosen Bild passen wollte. Seine Augen hatten Gianni nicht einmal losgelassen, mit sichtlicher Erleichterung, dass seinem Bruder nichts geschehen war. Und auch der Vater, zur Wortlosigkeit verdammt, hatte ihn praktisch den gesamten Bericht über angestarrt – außer zum Ende dahin, da hatte er stattdessen seltsamerweise Susanna fixiert, die nach wie vor regungslos und blicklos in ihrer Ecke stand, mit Lucas Arm um ihre Schultern.

Angelica war es schließlich, welche die Versammlung auflöste und alle zu Bett schickte.

„Heute Nacht wird nichts mehr passieren", erklärte sie vernünftig, „wir müssen abwarten, was die kommenden Tage bringen. Und dafür brauchen wir unsere Kraft."

Man stimmte ihr zu. Die Diener hoben die Trage auf und bugsierten den Vater zurück in seine Kammer, die Mägde eilten davon und Cesare und Angelica brachten ihre Kinder zu Bett, während Luca die stumme Susanna in das Zimmer führte, in dem man sie untergebracht hatte. Und Gianni, Gianni nahm eine Kerze, stieg die Stufen zu seiner Kammer empor, trat ein und schloss die Tür hinter sich. Einen Moment lang blieb er stumm stehen.

Dann stellte er die Kerze auf den Nachtisch, stemmte die Hände auf den Bettrahmen und begann zu weinen.

Es war eine Erlösung und es war ein tiefes Loch. Seit dem Mittag hatte er es von sich geschoben, in sich verschlossen, verdrängt, dass es Giuliano war, welcher heute gestorben war, das heimliche Idol seiner Jugend, sein älterer Ratgeber, sein geliebter Freund. Am Morgen noch hatte er mit ihm gesprochen, ein wenig gescherzt und dann getröstet. Jetzt war Giuliano tot, fort für immer, wie Sebastiano. Da half es nicht, dass er vielleicht in seinen letzten Momenten Simonetta gesehen hatte und wieder mit ihr vereint war, da half es auch nicht, dass er rasch und ohne große Qualen gestorben war. Giuliano war *tot*, dies war schrecklich, die gesamte Erkenntnis kaum zu ertragen – und doch machten Tränen es leichter. Er sank auf das Bett, zog die Knie an, verschränkte die Arme darauf und verbarg sein Gesicht, um sein Schluchzen zu dämpfen. Es schien ihm um so krampfhafter, weil er es so lange hatte unterdrücken müssen und obwohl er meinte, beinahe zu zerreißen, war es wie eine Erlösung.

Er musste schließlich erschöpft eingeschlafen sein. Als er aufwachte, lag er quer über dem Bett, immer noch in seiner Kleidung, aber eine

Decke war über ihm ausgebreitet. Er wälzte sich herum und hob den Kopf.

Wie schon einmal saß Luca auf einem Stuhl und sah ihn an.

Die Erinnerung musste sie beide treffen. Für einen Moment fixierten sie sich nur stumm. Dann räusperte Gianni sich, verdrängte die Geister und sagte: „Seit wann bist du da?"

„Eigentlich die ganze Nacht", antwortete Luca, „ich habe aber die meiste Zeit draußen vor der Tür gewartet. Ich wollte dich nicht stören."

„So", sagte Gianni zwischen latenter Verlegenheit und stumpfer Müdigkeit, „na. Was möchtest du denn?"

Luca wirkte plötzlich irritiert.

„Mit dir reden, was sonst?", sagte er spitz.

Gianni wälzte sich ganz herum, bis er saß, und nahm einen Schluck Wasser aus dem Krug neben dem Bett.

„Worüber möchtest du denn reden?", fragte er, „ich muss dich allerdings vorab warnen. Ich bin heute morgen bestimmt nicht gerade gut darin."

Jetzt sah Luca vollends verdutzt aus.

„Liegt es nicht auf der Hand?", sagte er erstaunt, „ich will mit dir über gestern reden! Über das, was... vor dem Attentat geschah. Im Dom."

„Ach, das", Gianni machte eine abwehrende Handbewegung, „darum geht es also."

„Wie jetzt?", sagte Luca, „willst du denn gar keine Erklärung? Oder willst du uns anzeigen? Zur Signoria bringen, ohne vorher mit uns zu sprechen?"

„Warum zum Henker sollte ich so etwas tun?", fragte Gianni indigniert, „ich zeige euch nicht an! Ich habe gar keinen Grund dazu."

„Nicht?", wiederholte Luca verblüfft.

„Nicht, dass ich wüsste", antwortete Gianni und rollte mit den Augen.

„Aber gestern hast du gesagt..."

„Ich habe gesagt, ihr wärt in Gefahr", erklärte Gianni, „und der Meinung bin ich immer noch, weil wir überhaupt nicht wissen, was noch geschehen mag. Deswegen will ich auch, dass ihr hierbleibt, zumindest für die nächsten Tage. Es ist einfach nicht sicher da draußen."

„Ich kann deine Besorgnis verstehen, aber..."

„Luca", unterbrach ihn Gianni ungeduldig, „ich habe schon mal gesagt, ich will nicht darüber diskutieren. Tu's einfach, ja? Für mich."

„Na... gut, in Ordnung", gab Luca widerstrebend nach, „trotzdem begreife ich dich nicht ganz. Gestern hast du gesagt, Hunderte von Leuten hätten Susanna und mich in der Kirche gesehen und dass der Mob uns angreifen würde – daraus schließe ich, du denkst, wir hätten etwas mit der Verschwörung zu tun gehabt. Immerhin hat Susanna versucht, dich zu warnen."

„Und ich hätte auf sie hören sollen", meinte Gianni grimmig.

Er seufzte, schloss die Augen und legte den Arm darüber.

„Hör zu", sagte er müde, „ich kenne euch und eure Meinungen und ich würde euch nie eine Teilnahme an diesem Komplott zutrauen. Ich vermute mal, Susanna hat irgendetwas spitzgekriegt, oder? Hat sie vermutlich zufällig belauscht und gesehen und hat sofort versucht zu handeln. Na, komm schon. Ich bin nicht ganz blöd! Ein bisschen was kann ich mir auch schon zusammenreimen."

Stille. Er nahm den Arm herunter. Luca musterte ihn, einen ganz seltsamen Ausdruck in den Augen, ohne Worte.

„Ich bitte dich", sagte Gianni mit einem Anflug an Ärger, „wie sollte es anders gewesen sein? Sie kann es nur gehört haben. Ich würde weder ihr noch dir jemals einen Mord zutrauen! So viel Verstand darfst du mir beimessen. Zumal es euch überhaupt nichts nützen würde, wenn die Pazzi anstelle der Medici das Sagen in Florenz hätten!"

Erst sagte Luca noch immer nichts, so dass Gianni fast schon stutzig geworden wäre. Aber dann räusperte er sich plötzlich, schlug die Augen nieder und nickte.

„Ja", sagte er leise, „genauso ist es gewesen."

„Na also“, meinte Gianni begütigend, „kein Grund folglich, sich Sorgen zu machen. Weiß sie irgendetwas, was über das hinausgeht, was ich euch gestern Abend erzählt habe?“

„Nein“, sagte Luca nach kurzem Zögern, „mit Sicherheit nicht.“

„Dann“, schloss Gianni, „macht es auch keinen Sinn, die Sache der Signoria vorzulegen. Es bleibt also dabei. Ihr wohnt vorerst hier und niemand muss mehr mit hineingezogen werden. Keiner, der hier lebt, hat euch im Dom gesehen, außer mir natürlich. Und ich kann's einordnen.“

„Das ist gut“, sagte Luca.

Gianni lächelte und war verwundert, dass er dies so problemlos schaffte.

„Also“, schloss er, „kein Grund zur Sorge. Geh schlafen, Luca, du bist kreideweiß und hast es nötig.“

„Und du?“, fragte Luca vorsichtig.

Gianni gähnte.

„Ich“, sagte er schicksalsergeben, „werde wohl wieder zu Lorenzo gehen.“

*

Er ging zu Lorenzo. Er war aber auch nach wie vor der Einzige, welcher das Haus verließ und das war gut so. Die Stadt tobte, das Pflaster war rot von Blut. Die zahlreichen Verschwörer, welche sich in die verschiedensten Winkel geflüchtet hatten, sobald das Scheitern des Staatsstreiches offenbar geworden war, wurden nach und nach entdeckt und hervorgezerrt. Am Tag nach dem Attentat baumelten an den Fenster der Palazzi della Signoria, del Capitano und del Podesta zahlreiche Männer, unter ihnen auch zwei Jacopo Salviatis, einer davon ein Schwiegersohn Filippo Tornabuonis. Dass dies nicht nur eine reine Pazzi-Verschwörung gewesen war, wurde immer deutlicher.

Aber die Pazzi hatten dem Ganzen den Namen gegeben, mehr oder minder freiwillig und gegen sie richtete sich der Hauptstrahl des Zornes. Zwei Tage nach dem schicksalhaften Ostersonntag fing man im Bergdorf Falterona Messer Jacopo. Und noch am selben Abend wurde er neben seinem Neffen Renato am Palazzo della Signoria aufgeknüpft, wie so viele vor ihm.

Am 29. April, drei Tage nach dem Mord, ebbte der Zorn der Bürger ein wenig ab und trügerische Ruhe machte sich breit. Noch immer waren die Palazzi verschlossen, noch immer hatten die Händler ihre Läden verbarrikadiert. Aber es floss zumindest kein frisches Blut mehr. Gianni nutzte diese Pause und machte eine Bestandsaufnahme durch die Stadt.

Einer der Ersten, denen er begegnete, war Luca Landucci, der Spezereienhändler von der Ecke de' Tournaquinci. Gianni konnte ihn beruhigen, indem er ihm sagte, die Geschwister di Cammino bei sich aufgenommen zu haben. Im Gegenzug erklärte Landucci mit blassen Lippen, er habe gehört, mehr als siebzig Männer hätten in diesen drei Tagen ihr Leben gelassen.

Gianni zog seine Aussage nicht in Zweifel.

Es gab auch andere Gerüchte – Gerüchte, dass der Herzog von Urbino sich mit sechshundert Mann zur Eroberung von Florenz bereitgehalten hatte und nur deshalb nicht eingeschritten war, weil selbst die Bauern auf dem Lande für Lorenzo zur Mistgabel griffen. Einst war Federico da Montefeltro ein Condottiere in Florentiner Diensten gewesen und gütig zu Sebastiano. Nun war er ein Herzog und arbeitete für den Papst – so konnten die Dinge sich ändern. Aber auch ohne seine Soldaten herrschte Unsicherheit und Gewalt auf den Straßen und die Obrigkeit kam kaum dagegen an, selbst, nachdem Lorenzo höchstpersönlich die Bürger um Frieden gebeten hatte.

Aus der Stinche, einem der Florentiner Gefängnisse, brach eine Gruppe Verzweifelter aus und floh, bis auf einen, den man fing und aufhing. Gianni kam es bald so vor, als baumelte an jedem Fenster, an jedem Mast ein Mensch, der die Herrschaft der Medici nicht mehr hatte akzeptieren wollen.

Ich will Frieden auf den Straßen, hatte Giuliano gesagt und nun war sein Tod der Auslöser für das absolute Gegenteil geworden.

Gianni machte sich weiter auf seine Erkundungstour. Es war übel. Drei Tage kochender Zorn, drei Tage Ausschreitungen hatten ihre Spuren hinterlassen. An einigen Ecken der Stadt hatte es gebrannt. Manches Feuer mochte im Eifer des Gefechtes entstanden sein, andere, so argwöhnte er, waren mit Vorsatz entstanden, die Gunst der Stunde nutzend. Er begutachtete die Orte stumm, ließ sich von den wenigen Anwohnern, die bereit waren, mit ihm zu reden, das Wichtigste berichten und zog dann weiter. Er war ziemlich niedergedrückt, als er zurückkehrte. An diesem Tag sprach er mit seiner Familie nur das Notwendigste.

Am nächsten Tag wurde Giuliano beerdigt.

Lorenzo war nicht dabei, aus verständlichen Gründen, als man seinen Bruder die wenigen Schritte vom Palazzo Medici hinüber in die Kirche San Lorenzo trug. Er hatte seit dem Anschlag das Haus nicht mehr verlassen und selbst die kurze Entfernung zur Hauskirche der Medici schien zu gefahrvoll zu sein. Hier wurden seit Cosimo dem Alten die Männer der Familie beerdigt.

Erst wenige Jahre zuvor war das Grabmal von Piero de' Medici fertig geworden, ein von Andrea del Verrocchio geschickt in die Wand eingefügter farbiger Sarkophag, in dem Piero gemeinsam mit seinem früh verstorbenen Bruder Giovanni ruhte. Seltsam, dachte Gianni, es hatte immer zwei Medici-Brüder an der Macht gegeben und immer war der jüngere deutlich vor dem Älteren gestorben – der alte Cosimo und sein jüngerer Bruder Lorenzo, Piero der Gichtige und der lebenslustige Giovanni, dessen Tod seinen Eltern das Herz gebrochen hatte und jetzt Lorenzo und Giuliano, *il bello Giulio*.

Wer bin ich denn, neben Lorenzo, hatte Giuliano mit feinem Spott gemeint und Gianni, der mit blinden Augen dem Sarg in die Grabkapelle folgte, wollte schreien – du warst mein Freund! Du warst mein Idol! Wie konntest du mich verlassen?

Natürlich schrie er nicht. Natürlich weinte er ein wenig, aber nicht übermäßig, so wie sie alle die Fassung bewahrten. Die Zeremonie war rasch vorüber, begleitet von Hunderten stummer Florentiner.

Agnolo Ambrogini nahm Giannis Arm und sagte: „Ich werde über ihn schreiben. Er wird nicht in Vergessenheit geraten, Gianni – das schwöre ich!"

„Ich werde ihn malen", sagte Sandro Botticelli mit Inbrunst, „man hat mich beauftragt, die Schandbilder der Mörder an die Wände der Palazzi zu malen, sobald sie die Leichen abgeschnitten haben. Da kann ich ja auch das Opfer verewigen, oder? Ich bin sicher, Lorenzo wird ein Bild von Giuliano haben wollen!"

Gianni, der sich in diesem Moment ganz kalt und leer vor Grauen fühlte, nickte nur mechanisch und sagte: „Ja, ich wette, das will er. Ich wette, das wollen wir alle."

Bei sich aber dachte er – wie lange, bis Giulio vergessen sein wird? Sie haben Albiera vergessen, sie haben Simonetta vergessen. Wer weiß, was von Giulio überdauern wird?

Und – wie vergänglich ist doch das Leben.

*

Der April mit seinen Schrecken ging zu Ende, der Mai begann. Mit ihm kam eine neue Signoria und ein neuer Rat der Acht, dem Lorenzo de' Medici offiziell angehörte. Er weigerte sich aber nach wie vor, das Haus zu verlassen, bis ihm ab dem fünften Mai eine Leibwache zugestanden wurde – ein außerordentliches Privileg in einer Stadt, in der Waffentragen seit dem Aufstand der Ciompi verboten war.

Der Zorn gegen die Verschwörer war etwas abgeebbt, wenn auch bei weitem nicht verschwunden. Messer Piero Vespucci, einst Schwiegervater der schönen Simonetta, wurde bei seiner Rückkehr aus Pisa verhaftet und eingekerkert, weil er einem befreundeten Verschwörer zur Flucht verholfen hatte. Andrea de' Pazzi und Giovanni di Domenico, genannt Brigliaino, wurden gefasst, wobei der Brigliaino, ein Bravo mit üblem Ruf, zwei Tage später gehängt wurde. An diesem Tag wurde man auch der beiden Priester habhaft, welche umsonst versucht hatten, Lorenzo zu ermorden. Sie lebten nur noch einen weiteren Tag und starben zeitgleich mit dem Condottiere Montesecco, der ein umfassendes schriftliches Geständnis im Kerker abgelegt hatte – höchst brisantes Material, da es den Papst betraf. Man begann, Hab und Gut der Pazzi zu konfiszieren.

Die Lage auf den Straßen hingegen besserte sich. Die Signoria hatte einen Bargello, eine Art Polizeikommandanten geschaffen, der auf der Piazza della Signoria Mannschaften rekrutierte. Jetzt wurden Wachrunden gedreht und die allgemeine Order ausgegeben, dass ab ein Uhr nachts niemand mehr auf den Straßen zu sein habe. Es begann, Ruhe einzukehren.

Doch es blieb eine trügerische Ruhe. Noch hatte man nichts aus Rom gehört.

Gianni kam an diesem Tag relativ früh nach Hause, die Sonne stand noch hoch am Himmel. Man hatte die strikte Ausgangssperre der Casa Montecaldo gelockert – jetzt war es nicht mehr nur er, der das Haus verließ. Es war aber auch nötig, den alltäglichen Geschäften wieder nachzugehen, denn immerhin hatten sie einen Haushalt zu ernähren und zu führen. Und aus diesem Grunde war er in den letzten Tagen weniger aus politischen denn aus ökonomischen Gründen unterwegs gewesen.

Er war müde und dennoch seltsam aufgedreht. Er wünschte sich Ruhe und konnte sich doch nicht entspannen. Aber alles in allem, so dachte er sich, hatte er die Lage im Griff. Er war weder wegen Giulios Tod durchgedreht, noch war jemand im Haus verletzt worden, noch gab es finanziellen Schaden außer der Tatsache, dass der Handel für ein paar Tage völlig zum Erliegen gekommen war.

Eigentlich hätte er entspannen können.

Eigentlich.

Aus genau diesem Grunde nahm er nicht, als er den Palazzo erreicht hatte, die Stufen hinauf in den Saal oder in sein darüber liegendes Zimmer, sondern trat durch den hinteren Trakt in den kleinen Garten, der sich an das Gebäude anschloss und von hohen Mauern umgeben war. Früher waren solche Gärten selten gewesen. Früher, vor der großen Pest, hatte Florenz mehr als doppelt so viele Einwohner gezählt. Aber nach dem Massensterben des letzten Jahrhunderts hatte Giannis Urgroßvater die anschließenden Grundstücke aufgekauft, die darauf stehenden Häuschen abgerissen und eine kleine, grüne Oase für seine Familie geschaffen. Hierher setzte sich Gianni, um vielleicht doch noch ein wenig Entspannung zu finden.

Er war nicht ganz allein, wie er mit einem Blick feststellte. In einer schattigen Ecke ruhte der Vater auf einer Liege, die Augen geschlossen. Angelica machte das manchmal und ließ ihren Schwiegervater an die frische Luft bringen, vor allem, wenn die Kammer oben gründlich gereinigt wurde – weil es ihm gefiel, wie sie sagte. Aber der Vater schien zu schlafen, Gianni hatte nicht die Absicht, ihn zu wecken und so setzte er sich auf eine steinerne Bank in der Mitte des kleinen Rundes und schloss die Augen. Die Sonne schien in sein Gesicht.

Die Entspannung wollte sich nicht so recht einstellen. Tausend Sachen schossen ihm durch den Kopf, Erlebtes und Geplantes, Erinnerungen und Träume. Vieles davon hatte mit Giuliano zu tun. Nach Sebastianos Tod war er nicht in der Lage gewesen, sich der Realität zu stellen – im Grunde war er es ja noch nicht einmal heute, konnte kaum laut aussprechen, dass sein Bruder tot war. Der Alltag hatte die Rolle des Akzeptierens übernommen. Bei Giuliano jedoch lagen die Dinge anders – hier kannte er die Realität, hier sah er sie und hier ertrug er sie auch, was es natürlich nicht gerade leichter machte. Nie wieder würde er mit seinem Freund nachts auf den Dächern eines Palazzos sitzen und über Frauen reden, nie wieder konnte er sich darauf verlassen, dass Giuliano die richtigen Worte finden oder ihm einen Weg aus der Misere weisen würde. Die Dinge würden nie wieder so werden, wie sie waren und daran konnte ein trügerischer Alltag nur wenig ändern. Er begann ernüchtert zu realisieren, dass noch viel Zeit vergehen würde, bis er sich wieder normal fühlen würde – falls dies jemals geschah. Er öffnete die Augen.

Aber nicht alles war schlimm, rief er sich in Erinnerung. Die Casa Montecaldo existierte noch, die Familie war unversehrt, seine Freunde ebenfalls. Von Leonardos Wohlergehen hatte er sich höchstpersönlich bei einer Stippvisite in der Bottega Andrea del Verrocchios überzeugt und dabei gleich noch nach den anderen gesehen – Sandro, Filippino, seine Freunde aus früheren Tagen. Niemand von ihnen hatte echten Schaden genommen. Und Florenz stand nach wie vor, Florenz war noch groß. Nicht alles war verloren, nicht alles war gescheitert. Sie hatten die Krise bislang unter Kontrolle. Er hatte Grund zur Erleichterung.

Eine Bewegung am Hoftor schreckte ihn aus seinen Gedanken auf. Da, in den Schatten der Pfeiler gedrückt, als wolle sie mit ihnen verschmelzen, stand Susanna. Sie wirkte so verängstigt und blass wie am ersten Tag und er registrierte mit einem Hauch Schuldbewusstsein, dass er sich nicht mehr um sie gekümmert, nicht einmal mit ihr gesprochen hatte, seitdem er sie in dieses Haus gebracht hatte. Und dabei wusste er doch, wie sehr die Ereignisse sie verstört hatten.

Er erhob sich, ging auf sie zu. Sie schien auf ihn gewartet zu haben, denn sie sah ihm entgegen, ohne sich zu rühren. Ihr Gesicht hatte kaum Farbe und ihre Augen wirkten riesig. Sie wirkte noch immer verstört, beinahe so, als habe sie Angst vor ihrem eigenen Schatten.

Er sorgte für die Seinen, wie Gianni sich erinnerte. Dazu gehörte auch sie. Er lächelte.

„Hallo, Susanna", sagte er.

Sie lächelte nicht zurück, sondern fasste stattdessen nach seinem Arm.

„Gianni", meinte sie sehr leise und sehr drängend, „ich muss hier fort."

Im ersten Moment war er irritiert. Dann war er schlagartig besorgt.

„Was meinst du?", fragte er.

Ihre Augen waren so dunkel, mit einem Hauch Grün darin und ihre Haut war weiß wie Käse. Sie umklammerte seinen Arm.

„Ich muss hier fort!". wiederholte sie fast flehend.

Gianni legte seine Hand über ihre, löste den Griff behutsam und nahm sie, um sie zur Bank zu führen. Sie folgte ihm beinahe willenlos wie ein Schaf. Er drückte sie sanft auf die Bank und setzte sich daneben.

„War jemand unfreundlich zu dir?", forschte er eindringlich, „gemein oder hat dich misshandelt? Ist in diesem Haus etwas vorgefallen, was ich wissen müsste?"

Sie wirkte erschrocken, als habe sie damit nicht gerechnet. Dann schüttelte sie den Kopf.

„Nein", erwiderte sie, „niemand hat mich misshandelt."

„Aber sie waren gemein, oder? Wer war es? Das Gesinde oder mein Bruder, oder etwa Angelica...?"

„Nein", unterbrach sie ihn, „niemand war unfreundlich. Das... das ist es nicht."

Gianni war verwirrt. Er ließ ihre Hand los, lehnte sich zurück und runzelte die Stirn.

„Niemand hat dich beleidigt?", hakte er nach.

Sie schüttelte noch einmal den Kopf, heftig.

„Niemand", beteuerte sie, „das Gesinde ist freundlich, wir sind ihnen ja nicht im Weg und Luca hilft, wo er kann. Deine Schwägerin ist sehr zuvorkommend. Und deinen Bruder habe ich fast nie gesehen."

„Also fühlst du dich wohl hier?", folgerte er, mit einem bangen Gefühl im Magen.

Sie sah auf, sah über die Mauern des wuchtigen alten Palazzos mit seinen schmalen Fenstern und engen Gängen. Das war, wie Gianni sich eingestehen musste, kein moderner, luftiger Palast, kein Heim zum Philosophieren und Lustwandeln.

Aber war es nicht besser als eine Hütte nahe des Arnoufers?

Susanna seufzte und schaute auf ihre Hände.

„Oh Gianni", sagt sie leise und traurig, „darum geht es nicht, Ich gehöre nicht hierher. Ich hätte niemals dieses Haus betreten dürfen. Ich muss gehen."

Er gestattete sich ein ungläubiges kleines Lachen.

„Meinst du, du wärst nicht gut genug?", fragte er verdutzt, „weil du Susanna di Cammino bist? Hör zu – du bist ein Gast hier, mein Gast und als solcher jedes Komforts würdig!"

Sie schüttelte den Kopf.

„Ich muss gehen", beharrte sie.

Jetzt versuchte Gianni es mit Vernunft. Er beugte sich wieder vor.

„Susanna", sagte er eindringlich, „ich glaube, du weißt nicht, wie ernst die Lage ist. Nein – lass mich ausreden. Ich weiß, du bist in Florenz aufgewachsen und du kennst die Stadt, so wie dein Bruder. Aber das Florenz, in dem wir groß geworden sind, kann immer noch jeden Moment aufhören zu sein. Wir haben nichts aus Rom gehört. Solange wir nicht wissen, wie der Papst reagiert, steht alles auf Messers Schneide."

Jetzt wirkte sie verwirrt, als könne sie ihm nicht folgen. Er präzisierte.

„Sie haben den Erzbischof von Pisa gehängt", erklärte er, „und Kardinal Riario sitzt hinter Gittern. Selbst, wenn Montesecco gelogen hat und der Papst tatsächlich nichts mit dem Anschlag zu tun hatte – dies ist ein Eingriff in seine Gerichtsbarkeit. Kardinäle und Erzbischöfe unterstehen dem Kirchengericht, nicht dem weltlichen. Und Raffaele Riario ist sein Großneffe. Florenz ist sein Feind! Ich bin ziemlich sicher, dass die Sache noch nicht ausgestanden ist."

„Was soll das heißen?"

„Dass es Krieg geben kann oder wieder einen Aufstand", antwortete Gianni ehrlich, „und dass ich deshalb froh bin, feste Mauern um mich zu haben. Ihr solltet das auch sein. Susanna – vielleicht fühlst du dich hier fehl am Platze, vielleicht hast du Heimweh nach deiner vertrauten Umgebung, aber im Augenblick kannst du noch nicht zurück. Bitte", setzte er hinzu und nahm ihre Hände, „ich will mir nicht auch noch Sorgen um euch machen müssen."

Sie ließ ihm ihre Hände, obwohl sie Tränen in den Augen hatte.

„Aber hier kann ich nicht bleiben", flüsterte sie.

„Und warum nicht?", gab er genauso leise zurück, „es ist doch etwas vorgefallen, oder? Willst du mir nicht sagen, was?"

Sie zögerte sichtlich. Dann warf sie einen Blick über Giannis Schulter. Er drehte sich um, folgte dem Blick. In der Ecke lag sein Vater, noch immer friedlich schlafend.

Sollte der Alte ihr etwas angetan haben? Aber das war absurd. Er war nicht imstande, sich ohne fremde Hilfe zu rühren, er konnte nicht sprechen, er befand sich meistens abgeschottet in seiner Kammer. Viel wahrscheinlicher war es, dass sie sich Sorgen wegen seines Zuhörens machte und ihn nicht beleidigen wollte.

„Er schläft", meinte er unwillkürlich.

Susanna schien ihn gar nicht gehört zu haben

„Es gibt einen Grund", erwiderte sie, „aber ich kann ihn dir nicht sagen."

„Du kannst mir alles sagen", erklärte Gianni verdutzt.

Sie schüttelte heftig den Kopf. Er seufzte.

„Dann hast du also einen Grund, weshalb du mich verlassen willst, und kannst ihn mir nicht sagen", sagte er resigniert, ohne auf seine Wortwahl zu achten, „nun gut, dass muss ich akzeptieren. Bitte akzeptiere du jedoch, dass der Zeitpunkt einfach noch zu früh ist. Warte noch zwei Wochen. Wenn du dich einfach nur unwohl fühlst – meinst du nicht, dass du es noch zwei Wochen durchhältst? Bis dahin wissen wir mehr."

Sie antwortete nicht. Etwas schockiert registrierte er, dass sie jetzt tatsächlich weinte.

„Susanna“, sagte er entsetzt, beugte sich vor und wischte ihr die Tränen von den Wangen, „um Himmels willen, sag mir doch, was es ist! Was ist so schlimm, dass du dein Leben und das deines Bruders aufs Spiel setzen willst?“

Ihre Tränen versiegten. Sie blinzelte, ein, zwei Mal, dann hob sie den Kopf und schniefte kurz.

„Verzeih mir“, sagte sie, mit einem Mal deutlich ruhiger, „ich glaube, die ganze Sache ist mir über den Kopf gewachsen. Ich fürchte, ich bin ein bisschen hysterisch geworden. Aber du hast Recht – was geschehen ist, ist geschehen, wir können es nicht mehr ändern. Und wer mich verraten will, der wird es so oder so tun.“

War es etwa das?

„Du machst dir Sorgen wegen dieser Sache im Dom, oder?“, sagte er, „du denkst, jemand hier im Haus könnte davon erfahren und dich anzeigen, oder? Und du willst gar nicht in eure Hütte, sondern fort aus Florenz!“

Sie runzelte die Stirn. Er lächelte.

„Susanna“, sagte er liebevoll, „niemand, der seinen Verstand beisammen hat, wird dir eine Mitwisserschaft an einem solchen Komplott zutrauen. Davon bin ich fest überzeugt!“

„Ostersonntag hast du aber noch anders gesprochen“, sagte sie langsam.

Er grinste.

„Ostersonntag war auch ich nicht ganz bei mir“, gestand er, „ich war fast verrückt vor Angst und Trauer. Ich wollte euch einfach hier haben, in Sicherheit, und dafür hätte ich fast alles gesagt. Außerdem – die meisten Schuldigen sind gefasst und der Zorn des Volkes klingt ab. Ich denke, du musst die Stadt wirklich nicht verlassen.“

„Na“, machte sie.

Gianni drückte liebevoll ihre Hände.

„Vertrau mir“, sagte er, „ich schütze dich, ich verspreche es dir. Nirgends auf der Welt könntest du momentan sicherer sein als hier in unserem Haus. Ihr könntet auch bleiben, weißt du? Für immer.“

„Gianni...“ begann sie mit dem Tonfall, den er schon von Luca kannte.

Er lachte.

„Also gut“, sagte er, „ich akzeptiere, dass ihr andere Dinge kennt und euch andere Dinge wichtig sind und dass du auf Dauer nicht hierbleiben willst. Dennoch – ein paar Wochen wird es schon noch gehen. Warte ab, was geschieht, Susanna, wie der Papst reagiert, wie der Rest der Welt. Und wenn sich die Lage beruhigt hat und du immer noch gehen willst, dann tue es.“

„Ich bin mir nicht sicher...“

„Bitte“, unterbrach er sie, „tue es für mich. Und wenn es nicht für mich sein kann, dann tu’s für Luca. Er wird nämlich mit dir gehen, das weiß ich und dann wäre er im Zweifelsfalle genauso ungeschützt wie du.“

Dazu schwieg sie.

Aber nach einer Ewigkeit nickte sie.

*

Wie Recht Gianni damit hatte, dass noch nicht alles ausgestanden war, zeigte sich nur wenige Tage später, als eine Meute erneut aufgebrachter Bürger die Leiche des einst so ehrwürdigen Messer Jacopo de’ Pazzi an seiner letzten Ruhestätte ausgrub und vor den Mauern der Stadt wieder einbuddelte. Doch das war nicht einmal alles. Lediglich zwei Tage darauf holte sich eine Bande Gassenkinder den verwesenden Körper, schleifte ihn unter Hohngelächter und Spottgesängen mehrfach um die Stadt und warf ihn letztendlich in den Arno, wo er davon trieb. Die Fische würden das Grab des alten Ritters bilden.

Gianni war insgeheim zum ersten Mal froh, dass Sebastiano dies nicht mehr sehen konnte.

Doch auch sonst tat sich einiges. Lorenzo, der seit dem ersten Mai dem regelmäßig wiedergewählten Magistrat der Acht, der otto di guardia é balia, angehörte, legte sein Amt offiziell nieder. Er tat es, um den Vorwürfen zum Amtsmissbrauch für Rache vorzubeugen. Und insgeheim gestand er im Kreis seiner Vertrauten, dass sein Zorn und seine Trauer um Giuliano auch noch immer so groß seien, dass er selbst sich nicht sicher war, wie er wohl sein Amt tatsächlich ausgeübt hätte.

Er musste aber gar nicht im Rat der Acht sein, die Rache nahm auch so ihren Weg und die Pazzi waren es, welche am meisten litten. Man schien beinahe zu vernachlässigen, dass es ein Baroncelli gewesen war, welcher den ersten Streich gegen Giuliano de' Medici geführt hatte oder dass ein Salviati versucht hatte, die Macht in der Signoria an sich zu reißen. Die Pazzi waren es, welche der Verschwörung den Namen gaben und die Pazzi bezahlten dafür. Selbst Gianni, der Giuliano geliebt hatte, sah es mit Unbehagen, wie die Dinge ihren Lauf nahmen.

Andrea de' Pazzi und zwei seiner Brüder wurden in den Turm in Volterra eingesperrt unter der Androhung, ihn höchstens zu ihrem Schandgericht wieder zu verlassen. Über Guglielmo de' Pazzi, Ehemann der schönen Bianca de' Medici, wurde ein Bann ausgesprochen und er durfte seine eigene Villa auf dem Land nicht mehr verlassen, obwohl er allem Anschein nach unschuldig gewesen war. Ein Gesetz wurde verabschiedet, dass die Pazzi ihrer Güter enthob, ihres Namens entledigte, welcher daraufhin von sämtliche offiziellen Stätten gelöscht wurde. Ihre Wappen wurden entfernt, Heirat mit ihren Töchtern praktisch unmöglich gemacht, weil sie den entsprechenden Bräutigam von sämtlichen offiziellen Ämtern in Florenz fernhielt. Ihre Besitztümer wurden konfisziert und verkauft. Zwar traf der Zorn auch andere – so wanderte Piero Vespucci in die Stinche und sein Sohn Marco, Simonettas Witwer, wurde aus Florenz verbannt – aber niemand litt so wie die Pazzi.

Gianni war insgeheim froh, dass Renaldo nach wie vor in Rom war und er hoffte im Stillen, ihn auch nie wiederzusehen aus verschiedenen Gründen.

Und am 26. Mai wurde Fioretta Gorini von einem Jungen entbunden, den sie auf den Namen Giulio taufen ließ.

„Es geht ihr gut", sagte Gianni, der kurz im Palazzo Montecaldo anhielt, um das Wams zu wechseln und eine Kleinigkeit zu essen. Er hatte zu den wenigen gehört, welche Fioretta zu ihrer glücklich überstandenen Entbindung gratulierten, aber er war nicht der Erste gewesen. Lucrezia Tornabuoni, die frischgebackene Großmutter, war bereits vor ihm da gewesen.

„Und das Kind ist ein Junge", sagte Cesare.

Gianni nickte.

„Ein gesunder, lebensfähiger Junge", erwiderte er, „Giulianos letztes Geschenk an uns, wenn man so will. Es ist alles schon beschlossen, Fioretta gibt ihn in den nächsten Tagen her. Die Medici werden ihn erziehen und ausbilden und sie werden ihn wie ihresgleichen behandeln."

„Das glaubst du", meinte Cesare mit hochgezogenen Augenbrauen, „ein Bastardkind in der einflussreichsten Familie der Stadt?"

„Ich glaube es", antwortete Gianni schlicht, „weil ich die alte Dame gesehen habe und ihre Augen. Versteh doch, Cesare. Dieses Kind ist Giulianos Vermächtnis. Ich wette, es könnte ihm nicht besser ergehen, wenn sein Vater noch leben würde – vermutlich eher im Gegenteil. Sie werden ihn hätscheln und großziehen, allein weil er Giulianos Sohn ist."

„Als ob ein Vater in seinem Kind weiterlebt", meinte Cesare.

Gianni sah ihn groß an.

„Irgendwie ist das doch auch so", sagte er leise.

„Vater", mischte sich Angelica ein, „ein gutes Stichwort. Gianni, ich habe dir schon vor zwei Tagen gesagt, dass dein Vater mit dir sprechen möchte."

„Ich weiß“, sagte Gianni abwehrend, „und ich rede auch mit ihm, ehrlich. Aber es dauert immer so lange und jetzt habe ich keine Zeit.“

„Es dauert gar nicht so lange“, widersprach Angelica.

„Doch, das tut es“, seufzte Gianni, „ihr verständigt euch, mit diesem Augengeklimper und Stirnrunzeln, dann übersetzt du, ich nicke, sage vielleicht was, er erzählt dir wieder was, du musst es wieder übersetzen – ernsthaft! Wir haben noch immer keine offizielle Nachricht aus Rom und der Papst muss jetzt *alles* wissen, was geschehen ist! Immerhin ist seit Giulianos Tod ein Monat vergangen und so lange brauchen die Depeschen nach Rom nicht. Das macht mir Sorge und nicht nur mir. Ich möchte unsere Schäfchen in Sicherheit bringen.“

„Womit er Recht hat, Angelica“, unterstützt ihn Cesare, „ich finde es auch wichtig, dass Gianni unsere Kunden beruhigt, unsere Verträge absichert und sich auf das Geschäft konzentriert.“

„Was er nicht tut“, hielt Angelica dagegen, „meistens konzentriert er sich auf die Politik. Du bist schon wieder unterwegs zu Lorenzo, nicht wahr?“

„Und wenn“, sprang Cesare dazwischen, „wenn es Florenz nützt, was Gianni tut, dann nützt es auch uns. Lass ihn doch, Liebes. Vater läuft ihm nicht davon.“

Es war vielleicht diese ungewohnte zärtliche Bezeichnung, die Angelica weich werden ließ, oder besser ausgedrückt, weicher. Gianni war nicht verwundert, dass Cesare dem Geschäft Vorrang vor dem Vater gab und ihn deshalb unterstützte, aber er musste seiner Schwägerin Recht geben – oft genug war er in politischen Dingen unterwegs und die geschäftlichen erledigte er so nebenbei. Er war ein Bestandteil von Lorenzos Stab geworden.

„Der Vater läuft euch vielleicht nicht davon“, sagte Angelica, „aber er wird nicht ewig da sein. Darauf solltest du dich nicht verlassen, Gianni! Er will dir etwas Wichtiges sagen – ein Sohn sollte darauf hören, wenn der Vater es will. Schließlich kann er morgen schon fort sein. Giulio de’ Medici hat keinen Vater mehr.“

„Er wird in Lorenzo einen haben", wehrte sich Gianni, der diesen Angriff unfair empfand, „und wenn Vater sich Sorgen macht, dann soll er es eben dir sagen. Du erfährst es doch ohnehin."

Dass Angelica bei jedem Gespräch mit dem Alten dabei sein musste, war unumstößlich. Aber seine Schwägerin sah die Logik offenbar nicht ein, denn sie rollte mit den Augen.

„Er will es dir persönlich sagen", beharrte sie, „ich bin nur der Mittler! Und weiche ihm nicht ständig aus. Glaube ja nicht, dass du damit durchkommst! Irgendwann musst du dir die Zeit nehmen!"

„Weil du mir keine Ruhe lässt, na gut", sagte Gianni nachgebend, „in Ordnung, ich mach's. Aber nicht jetzt, in Ordnung? Jetzt muss ich in die Via Larga."

„Dann nachher", sagte sie hartnäckig,

„Sobald ich heimkomme, ja", versprach Gianni ehrlich, „sag ihm das. Und bitte, gib Ruhe. Ich habe einfach viel zu tun, ja? Er sollte das verstehen."

„Das tut er auch", murrte Angelica, „von daher solltest du einsehen, dass es wichtig ist, was er zu sagen hat."

„Ich komme nachher, versprochen", sagte Gianni.

Aber aus nachher wurde nichts, denn kaum, dass er in der Via Larga angekommen war, holten ihn die politischen Ereignisse wieder ein.

Natürlich hatte es von Anfang an Boten vom Papst und zurück gegeben, auch wenn eine offizielle Stellungnahme fehlte – vor allem, was die Vorwürfe anbetraf, die der geköpfte Montesecco gegen das Oberhaupt der Christenheit erhoben hatte. Der Mord am Erzbischof von Pisa war in Rom scharf verurteilt worden, florentinische Kaufleute sahen sich daraufhin Schikanen ausgesetzt und dies wiederum führte dazu, dass der kleine Kardinal Riario, obwohl vollkommen unschuldig, noch immer in Florenz festgehalten wurde, als Faustpfand quasi. Sein Onkel, der Graf von Imola, der eine Mitschuld einfach leugnete, versuchte währenddessen, eigenen Profit aus der Sache zu schlagen und bot eine Ehe zwischen Lorenzos Tochter und einem anderen seiner Neffen an, was Lorenzo ablehnte. Ein päpstlicher Abgesandter, der dies Arrangement hatte besiegeln sollen, zog unverrichteter Dinge wieder ab. Daraufhin wurden alle florentinischen Handelsleute inklusive des Botschafters Donato Acciaiuoli in Rom festgesetzt. Und obwohl sie aufgrund der Intervention des Kardinalkollegs noch am selben Tage freigelassen wurden, zeugte das nicht gerade von Nachsicht des Papstes.

Mailand und Venedig drängten inzwischen die Florentiner, den unschuldigen kleinen Kardinal doch endlich ziehen zu lassen, um zumindest diese Sünde zu beenden. Aber der Tag, an dem sich Florenz endlich dazu durchrang, war zu spät. Nahezu zeitgleich verkündete Sixtus in Rom eine Bulle, die praktisch einer Kriegserklärung an Florenz und speziell an Lorenzo gleichkam. Diese Bulle erwartete Gianni in der Via Larga.

Die offizielle Stellungnahme aus Rom war endlich da – und sie war vernichtend.

„Es war ein Eilbote", berichtete Gianni seinem Bruder und seiner Schwägerin am nächsten Morgen unter sechs Augen, „sie versuchen, es noch geheim zu halten, aber das wird nicht lange gutgehen. Der Papst hat die ganze Regierung exkommuniziert."

„Exkommuniziert!", keuchte Angelica und Cesare wurde leichenblass.

„Es kommt noch schlimmer", seufzte Gianni, „sollte die Stadt nicht innerhalb eines Monats sämtliche Schuldige – und das bedeutet, den Magistrat der Acht, die vorherige und die neue Signoria, sowie Lorenzo und all seine Anhänger – an Rom ausliefern, verhängt er das Interdikt über Florenz."

Das sorgte zunächst einmal für sprachloses Entsetzen, er konnte es sehen. Er konnte an Angelica die Furcht vor einem Interdikt erkennen, denn das würde bedeuten, praktisch alle religiösen Funktionen in der Stadt wurden eingestellt – eine entsetzliche Katastrophe. Er konnte an

Cesare dieselbe Furcht erkennen, aber auch noch eine andere, welche mit der Ersten rang: Zu den Anhängern Lorenzos, die ausgeliefert werden sollten, gehörte ohne Zweifel Gianni selbst und vielleicht sogar die gesamte Casa Montecaldo.

Cesare schüttelte sich, schluckte.

„Damit wird er nicht durchkommen", sagte er schwach.

„Wir hoffen es", meinte Gianni grimmig, „aber ich fürchte, der Papst meint es ernst. Dies wird eine Machtprobe zwischen ihm und Florenz – oder, wenn man so will, zwischen dem Oberhaupt der Kirche und einer freien Stadt."

„Und der Ausgang ist ungewiss", murmelte Cesare.

„Ich zumindest kann ihn dir nicht vorhersagen", sagte Gianni, „morgen werden sie erst mal den Kardinal aus dem Palazzo della Signoria hinausbringen. Ändern tut das jetzt auch nichts mehr, aber es ist vielleicht wenigstens ein Signal. Mailand ist auf unserer Seite. Und Venedig hat auch nicht unbedingt Interesse an einem zu mächtig werdenden Papst."

„Und Neapel?", hielt Cesare entgegen.

Gianni zuckte mit den Schultern. Der König von Neapel stand eindeutig zum Papst. Aber Neapel lag im Süden und wenn er Krieg wollte, musste er erst einmal herkommen. Der Norden hatte seinen eigenen Kopf.

„Was sagt denn Lorenzo dazu?", hakte Cesare nach.

Gianni seufzte erneut.

„Sagen wir mal so", gab er zu, „es kam nicht ganz überraschend. Man hatte ihn davor gewarnt. Aber ich glaube, er hat nicht damit gerechnet, dass Sixtus so weit gehen würde. Er wird jetzt handeln."

„Und was heißt das?", wollte Cesare wissen.

„Das heißt, er wird die Welt in Kenntnis setzen, was am Ostersonntag wirklich geschehen ist", erwiderte Gianni, „seine Schreibstube arbeitet bereits. Er plant, an jede Filiale der Medici-Bank, an alle Gesandten und an zahlreiche Fürsten Briefe zu schicken. Das Wort des Papstes mag laut sein – aber die Wahrheit ist hoffentlich lauter."

„Hoffentlich", seufzte Cesare.

Angelica, die stumm und fassungslos gelauscht hatte, hob den Kopf.

„Die Wahrheit ist immer lauter", sagte sie streng, „die Zeit wird es zeigen. Aber apropos Wahrheit – jetzt, Gianni, bevor du wieder gehst, musst du einer anderen Aufgabe nachkommen."

Er hatte die Bitte des Vaters schon fast vergessen und es kam ihm auch gar nicht gelegen.

„Angelica...", begehrte er auf.

„Nichts da", sagte sie unwirsch, „Politik macht uns zurzeit das Leben sauer genug. Dein Vater hat dir etwas Wichtiges mitzuteilen, Gianni Montecaldo und du musst es dir endlich anhören. Es geht ihm nämlich schon seit Tagen nicht gut."

Gianni betrat die Kammer des Alten immer ungern – allein schon deshalb, weil er es so schwer ertrug, den Hünen von einst am Boden zu sehen. Dazu kam, dass es trotz der Pflege oft muffig roch, dass der Blick des Vaters stechend und starr geworden war, und dass es eine Ewigkeit dauerte, bis er sich mit seiner Schwiegertochter verständigt hatte. Die meiste Zeit saß man stumm da und wartete auf das Ergebnis.

Was in der Regel reichlich mager ausfiel.

„Das ist alles?", fragte Gianni ungläubig, „er will dieses Bild? Und dafür muss ich in solchen Tagen meine Zeit..."

Er brach ab, beschämt. Immerhin war dies sein Vater und es war nicht gerade feinfühlig, den Alten spüren zu lassen, welche Last der Besuch darstellte. Er räusperte sich.

„Das Bild, genau", meinte Angelica, „ich habe Erkundigungen einziehen lassen. Umberto Castini lebt völlig zurückgezogen in seinem Palazzo. Du könntest ihn besuchen."

„Aber er wird das Bild wohl kaum hergeben wollen", gab Gianni zu bedenken, „es ist bestimmt das Einzige, was er von ihr hat!"

Der Vater röchelte und Angelica wandte sich ihm wieder zu. Während sie geduldig seine Zeichen deutete und nickte, haderte Gianni im Stillen mit der Bedeutungslosigkeit dieser Bitte.

Das Bildnis der kleinen Castini – vor fast zehn Jahren angefertigt im Auftrag seines Vaters, um dann doch nie übergeben zu werden, weil die kleine Castini verschwand. Der alte Umberto hatte das Bild behalten, verständlich, wo sein Kind doch fort war, und hatte den Maler Perugino selbst entlohnt. Die Sache war vorbei. Warum also wollte Francesco Montecaldo jetzt, nach all dieser Zeit, das Bild bekommen? War es nicht grausam, einem alten Vater das Andenken an sein einziges Kind entreißen zu wollen?

„Er sagt", berichtete Angelica endlich, „wenn Umberto Castini das Gemälde nicht rausrücken will, sollst du es dir zumindest ansehen. Und darum bittet er dich wirklich, Gianni. Hörst du mich?"

„Ich höre dich", sagte Gianni widerwillig.

Himmel noch mal, die Zukunft von Florenz stand auf dem Spiel, er selbst war gerade exkommuniziert worden – wenn auch nicht direkt wörtlich – und ihm drohte die Ausweisung nach Rom! Der Stuhl der Medici, in dessen Schatten er aufgewachsen war, schwankte und sein Vater kam mit alten Gemälden an? Wo er, Gianni, in Arbeit ertrank, sei es, in geschäftlichen oder in politischen Dingen, von seinen Sorgen einmal ganz abgesehen oder seiner Trauer um den verlorenen Freund?

Wie konnte er nur so den Bezug zur Realität verloren haben?

„Gianni, bitte", beharrte Angelica, „es ist ihm wirklich ernst. Geh, und hole das Bild oder sieh es dir zumindest an. Versprich es, ja? Es ist ihm so wichtig."

Es war dem Alten wichtig? Gianni starrte abwehrend in den stechenden Augen seines Vaters. Jegliche Mimik war aus dem Gesicht Francesco Montecaldos verschwunden, auch jegliche Möglichkeit, eine Bitte auszudrücken. Und doch, er hatte es Angelica zu verstehen gegeben. Und Gianni war sein Sohn, war ihm zu Gehorsam verpflichtet und zu einer gewissen Art von kindlicher Liebe.

Er seufzte.

„Ich verspreche es“, sagte er, und konnte förmlich sehen, wie die Züge seines Vaters sich daraufhin glätteten. Er konnte aber auch nicht vermeiden, nachzusetzen: „Sobald ich Zeit habe.“

Und damit musste der Vater einfach leben können.

*

Der kleine Kardinal Raffaele Riario, der sicherlich nie damit gerechnet hatte, so jung in eine solche Intrige verstrickt zu werden, wurde am Folgetag aus dem Palazzo della Signoria hinausgeführt. Er hatte ganz eindeutig Angst vor der Masse, die ihn schweigend und unheilvoll starrend erwartete und er brauchte Begleitschutz bis vor die Tore Florenz, welches er schließlich erleichtert hinter sich ließ, um in die Arme seiner Familie zurückzukehren.

Zeitgleich erfuhr Florenz von der Exkommunikation.

Wenn Sixtus aber damit gerechnet hatte, dass drohende Interdikt würde die wankelmütigen Bürger dazu bringen, ihre Regierung zu stürzen, so irrte er sich. Florenz war nicht Perugia oder Mailand. Trotz der Drohung, trotz zusätzlicher Steuern, die erhoben wurden, um die Kriegskassen zu füllen, gab es keinen Aufstand. Der Papst hatte vermutlich sogar damit gerechnet, denn er wartete den angekündigten vollen Monat gar nicht einmal mehr ab, sondern verhängte am zwanzigsten Juni tatsächlich das Interdikt.

Die Stimmen brachte er damit aber nicht zum Schweigen.

Wie angedroht unterrichtete Lorenzo de’ Medici persönlich die Fürsten Europas per Brief über das verübte Verbrechen und die Folgen, wehrte sich gegen die Vorwürfe des Papstes und die als ungerecht empfundene Exkommunikation. Er wurde von allen Seiten unterstützt, Poliziano machte sogar eine Anekdote aus seinen Argumenten. Wenn Sixtus gehofft hatte, einen Keil zwischen Lorenzo und die Stadt zu treiben, so hatte er sich getäuscht. Und wenn er gedacht hätte, die Welt würde nur auf sein Wort hören, so war dies ebenso ein Trugschluss gewesen.

Der erste Gesandte des Königs von Frankreich traf Anfang Juli in Florenz ein, pünktlich zur Feier des San Giovanni Festes.

„Ist es schlau, in diesen Zeiten Geld für ein Fest zu verschwenden?", fragte Luca nachdenklich. Er begleitete Gianni auf dem Weg zum Pferderennen, wie er ihn in den letzten Wochen im Übrigen öfter auf Botengängen begleitet hatte.

Gianni seufzte. Er war müde, ihm kam es so vor, als ob er ständig nur noch müde wäre, von all diesen Anstrengungen. Entweder arbeitete er für die Firma oder für Lorenzo. Es war noch nicht einmal gelogen, wenn er sagte, dass er einfach keine Zeit gefunden hatte, den alten Castini aufzusuchen. Er hatte wirklich keine Zeit dazu gehabt – selbst, wenn er unglaublich darauf erpicht gewesen wäre, was er verständlicherweise nicht war.

„Die Moral muss aufrecht gehalten werden", gab er Luca zur Antwort, „sieh dir die Leute an. Angst und Schrecken liegen hinter ihnen, sie unterstehen einem päpstlichen Interdikt, ihre Zukunft ist ungewiss. Sie brauchen etwas Freude. *Ich* kann, weiß Gott, mal wieder etwas Freude gebrauchen."

„Deshalb willst du dir den Palio holen?", fragte Luca mit einem Lächeln in den Wangen.

Gianni zuckte mit den Schultern.

„Ich habe keine wirklichen Chancen", meinte er, „ich hatte schließlich keine Zeit zum Trainieren. Das wird den della Stufa oder den Rucellai anders ergangen sein."

„Sag das nicht", meinte Luca, „sie hatten alle viel zu tun. Ich werde jedenfalls auf dich setzen."

„Das ist nett von dir", meinte Gianni amüsiert, „aber vielleicht solltest du dir lieber mit Susanna ein paar der Schauspiele ansehen. Sie interessiert sich nicht so für Pferderennen, was?"

Luca holte tief Luft.

„Das ist es nicht", meinte er langsam, „Susanna ist... sagen wir mal so, sie macht sich etwas Sorgen. Sie geht Menschen zurzeit lieber aus dem Weg. Es muss dir doch aufgefallen sein."

Es stimmte, es war ihm aufgefallen. Susanna hatte den Palazzo Montecaldo seit ihrem Einzug dort praktisch nicht verlassen. Sie hatte sich nicht überzeugen lassen, die Prozessionen zu bewundern, nicht die Schauspiele, auch nicht das Rennen um den Palio. Ihr Argument war, dass das Fest des heiligen Giovanni doch bereits eine Woche zuvor gewesen war und Giannis Widerspruch, dass man Feste auch nachholen durfte, schien sie nicht gelten lassen zu wollen.

Lucas Erklärung war allerdings viel einleuchtender.

„Ich habe ihr Angst gemacht, oder?", sagte Gianni schuldbewusst, „mit meinem Verhalten am Ostersonntag. Oh Himmel, ich wollte doch nur, dass ihr mitkommt. Ich dachte, sie hätte es verstanden."

„Das hat sie auch", beschwichtigte Luca, „und es ist nicht nur deine Schuld. Es war... hm... es war so eine Art ehernes Gesetz unserer Großmutter, nicht aufzufallen. Du kennst meine Geschichte doch, oder? Ihre Familie gehörte zu den Fahrenden und die wissen, dass man sich besser bedeckt hält. Susanna hat sozusagen gegen dieses Gebot verstoßen und das macht ihr Angst. Aber sorge dich nicht. Sie kommt darüber weg. Vor allem wird sie darüber wegkommen, sobald der Alltag zurückgekehrt ist."

So, das war es also. Gianni hatte diese Ankündigung die gesamte letzte Zeit gefürchtet. Um zwei Wochen hatte er Susanna gebeten – das war Anfang Juni gewesen. Jetzt war es schon Juli. Er hatte keine Ausreden mehr und er wusste es. Dennoch schnürte sich ihm bei dem Gedanken die Kehle zusammen, unvermeidlich, wie es war.

„Ihr wollt zurück in eure Hütte", sagte er niedergeschlagen.

Luca fasste sanft nach seinem Arm.

„Es ist an der Zeit, Gianni", sagte er behutsam, „sieh dich doch um. In den Straßen droht keine Gefahr mehr. Wir haben jetzt den Bargello und seine Leute und seit Wochen ist niemand mehr von einem rasenden Mob gehängt worden. Ich bin vor zwei Tagen daheim gewesen. Da hat keiner versucht, uns zu finden und zu lynchen."

„Ich weiß", seufzte Gianni.

„Die Nachbarn haben mir auch gesagt, dass du ebenfalls da gewesen bist", fuhr Luca sorgsam fort, „du weißt es also selbst. Niemand will uns etwas Böses."

„Ja, ich weiß", wiederholte Gianni resigniert, „aber warum müsst ihr zurück? Geht es euch nicht gut bei uns? Die Zeiten können sich wieder ändern. Außerdem lebt ihr nicht gerade bequem! Im Palazzo hättet ihr es komfortabel, ein sicheres Dach über dem Kopf, ein warmes Essen..."

„Und würden deiner Familie auf der Tasche liegen, ohne Gegenleistung, ohne Verwandtschaft", hielt Luca dagegen, „die Enkel einer Hexe von der Straße. Nein, Gianni, du weißt es selbst. Dieses Leben ist nicht unseres. Susanna wird sich daheim sicherer fühlen als bei euch. Du hast selbst gesehen, wie schmal sie geworden ist. Sie hat sich dir und mir zuliebe zusammengerissen, aber das Maß ist voll. Du musst uns gehen lassen."

„Was ist denn so schlimm bei uns?", begehrte Gianni auf.

Luca verzog das Gesicht.

„Ich glaube nicht, dass ich es dir erklären kann", meinte er, „vielleicht so: In eurem Palazzo habe ich nicht das Gefühl, atmen zu können. Was Susanna anbetrifft – sie mag etwas unlogisch reagieren in deinen Augen, aber das ändert nichts an ihrer Angst. Sie hat sich lange genug bemüht."

Gianni nickte stumm. Er wusste es selbst, wusste, dass die Zeit gekommen war. Er wusste auch, dass Cesare demnächst persönlich das Thema anschneiden würde, mit seiner ständigen Sorge vor wachsenden Ausgaben und dass Angelica, mochte sie auch sein, wie sie war, sich sicherlich schon lange über seine Anhänglichkeit diesen beiden armen Geschwistern gegenüber wunderte.

Ich kann besser atmen, wenn ihr da seid, hätte er am liebsten gesagt, aber er verkniff es sich. Schließlich war er kein Kind mehr, das am

Hemdzipfel seines Bruders hing. Er war erwachsen. In den vergangenen Wochen hatte er dies gründlich unter Beweis gestellt.

„Na gut“, gab er seufzend nach, „dann geht, meinetwegen. Ich werde aber in kurzen Abständen bei euch vorbeischauen, um mich von eurem Wohlergehen zu vergewissern.“

„Das hoffe ich doch“, meinte Luca grinsend.

Gianni blieb ernst.

„Und sollte auch nur das Geringste vorfallen…“, begann er.

„Dann kommen wir zu dir gerannt, versprochen“, vervollständigte Luca, „du bist ein sehr guter Freund, Gianni Montecaldo. Du bist der Beste, den wir je hatten. Und das ist an und für sich schon eine Ironie in sich selbst.“

„Wie meinst du das?“, fragte Gianni verblüfft.

Aber da hatten sie die Strecke zum Pferderennen erreicht und Luca gab keine Antwort mehr.

Auch wenn Susanna aus ihren eigenen Gründen daheimblieb, Florenz tat es nicht. Das Fest zur Ehren von San Giovanni – obwohl aufgrund der politischen Situation eine Woche zu spät begangen – wurde ein voller Erfolg. Die Prozessionen waren gelungen, die Schaugerüste eindrucksvoll, die Rennen spannend. Gianni gewann zwar nicht den Palio, fühlte sich aber nach der körperlichen Anstrengung und der nicht politisch bedingten Aufregung besser. Am Abend wurde ein Feuerwerk veranstaltet, dass er sich mit seiner Familie zusammen ansah und als er ins Bett fiel, hatte er zum ersten Mal seit einer halben Ewigkeit das Gefühl, Alltag sei wieder möglich.

Eine Woche später traf ein zweiter Gesandter des Königs von Frankreich in Florenz ein: Philipp de Commines, der Herrn von Argenton.

Und am dreizehnten Juli erklärte Neapel Florenz den Krieg.

6. TEIL: LEBENSLINIEN – 1479/80

Gianni fror, während er auf der Piazza stand und zusah, wie Bernardo Bandini aus dem Haus der Baroncelli aufgeknüpft wurde.

Es war ein kalter Winter, wenn auch nicht so hart wie der vorige, der auf die Ereignisse des furchtbaren Ostersonntages folgte. Dieser Winter war bitter gewesen, hatte den Florentinern viel abverlangt und dazu kam, dass der Krieg mit dem Papst und seinen Verbündeten mehr als schlecht gelaufen war.

Außerdem war die Pest zurückgekommen.

Im Juli des Vorjahres hatte Siena angegriffen und damit die Kampfhandlungen eröffnet. Im September dann waren die ersten Pesttoten in der Stadt aufgetaucht und bald breitete sich die Seuche aus. Es war zwar nicht eine so verheerende Epidemie wie gut hundert Jahre zuvor, als zwei Drittel von Florenz und halb Europa ausgelöscht worden waren, aber es gab immer wieder Stimmen, die dies auf den Zorn Gottes zurückführten.

Und Florenz unterlag dem Interdikt des Papstes.

Der Winter war furchtbar gewesen, hart und kalt. Angst und Armut griffen um sich. Gianni war in seiner Sorge beinahe täglich zu der kleinen Hütte am Arnoufer gelaufen, in der Luca und Susanna seit dem Sommer wieder lebten, jedes Mal ganz bleich vor Sorge, was er vorfinden würde. Aber er hatte Glück – Luca und Susanna, wie auch die meisten seiner anderen Freunde blieben verschont. Die Seuche aber tobte ungehindert weiter. Im April floh sogar der Spezereienhändler Landucci aufs Land. Cesare hatte Angelica, seinen Vater und seine Kinder bereits im Herbst zu Minerva in die Toskana geschickt.

Was den Krieg anbetraf, so kristallisierte sich immer mehr heraus, dass Florenz nicht gewinnen konnte. Auf beiden Seiten war erbittert gekämpft worden – mit Schwertern sowie mit Worten. Zu Giannis geheimer Schadenfreude hatte gerade der Buchdruck sich als Waffe erwiesen. Die Florentiner hatten Hunderte von Pamphleten drucken und verteilen lassen, in denen sie die Handlungsweise des Papstes scharf angriffen. Auch war es dem Papst wiederholt misslungen, Lorenzo von der Stadt zu isolieren und ihm die alleinige Schuld zuzuweisen. Aber der Krieg lief schlecht, was unter anderem an der katastrophalen Kriegsführung lag. Zwar hatte man offiziell Mailand, Venedig und Frankreich an seiner Seite, aber dennoch gingen überall Landstriche und Ortschaften verloren. Eine Intervention der französischen Gesandtschaft im Frühling scheiterte, weil der Papst immer höhere Forderungen stellte und man bald einsehen musste, dass die Gegenseite an einem Frieden einfach nicht interessiert war. Und die angeheuerten Heerführer der Florentiner standen sich selbst am meisten im Weg – die Leute des Herzogs von Ferrara und des Markgrafen von Mantua hassten sich, Roberto Malatesta und Costanzo Sforza waren alles andere als Freunde, eine Einigung ließ sich meistens nicht erzielen, so dass man schließlich die Schauplätze einfach geographisch aufteilte. Im Osten versuchten Federico Gonzaga und Malatesta ihr Glück, im Westen Ercole d'Este und Sforza. Und zwischen ihnen stand das Heer des Papstes und des Königs von Neapel, zahlenmäßig überlegen und vor allem geeint.

Nahezu unmöglich wurde die Sache, als in Mailand geputscht wurde. Die Brüder des ermordeten Herzogs, Galeazzo Maria Sforza, waren zurückgekehrt und rissen die Macht an sich. Von nun an war Ludovico Sforza, den man auch *il moro* nannte, der neue Herr in der lombardischen Stadt. Der Herzog von Ferrara sowie der Markgraf von Mantua kehrten daraufhin sicherheitshalber nach Hause zurück. Aber das war noch nicht alles: Unglücklicherweise hatte il Moro seine Rückkehr mit Hilfe König Ferrantes von Neapel erreicht – was bedeutete, dass der bislang größte und sicherste florentinische Bündnispartner von jetzt an ein Wackelkandidat sein würde.

Und nun zeigte sich der Zahn der Zeit, der die Leute mürbe machte. Anderthalb Jahre Krieg, Pest, Armut und Hunger – Florenz hatte viel und lange dafür bezahlt, Lorenzo zu schützen. Es begannen sich erste Stimmen zu erheben, die ihn einem Tyrannen gleichstellten, die forderten, auf die Bedingungen des Papstes einzugehen und die Medici zu verjagen. Es gab Unmut und Unruhe – der Krieg war verloren, jeder konnte dies sehen, die Staatskassen waren leer und wenn man noch am Ostersonntag im Vorjahr nach Rache und Gerechtigkeit geschrien hatte, so wünschte man sich jetzt nur noch Ruhe und Brot.

Lorenzo hatte dies gesehen. Er hatte es vermutlich besser gesehen als all seine Umgebenen, die ihre Sache nicht für verloren geben wollten. Und er hatte gehandelt. In einem kühnen, unglaublich mutigen Schritt war er Anfang Dezember aufgebrochen – nach Neapel.

Nicht nach Rom, wo er von Sixtus keine Gnade zu erwarten hatte, sondern nur Hass und Rache. Nein, nach Neapel war er gegangen, wo die Emotionen nicht so hoch kochten, wo aber der militärische Arm der Kirche zu Hause war. Wenn er einen Waffenstillstand oder gar einen Frieden mit Neapel aushandeln konnte, dann war der Papst plötzlich seine mächtigste Waffe los. Dann gab es vielleicht wirklich eine Basis für echte Verhandlungen.

Nach Neapel zu gehen bedeutete natürlich, sich direkt in die Höhle des Löwen zu begeben. Immerhin konnte Ferrante ihn als Gefangenen festsetzen und nach Rom schicken lassen, immerhin konnte dies das Ende sein. Aber ganz so überraschend, ganz so spontan und tapfer, wie dieser Schritt der Welt und der Stadt Florenz erscheinen mochte, war er nicht. Gianni war selbst Zeuge von geheimen Verhandlungen geworden, von Briefen und Austauschen. Mochte Sixtus vielleicht von Starrsinn geplagt sein, der König von Neapel war es nicht. Er wünschte den Frieden. Und er wünschte, Florenz und Mailand als Verbündete gegen Venedig zu gewinnen, mit dem er im Mittelmeer rivalisierte.

Auch war Lorenzo nicht der Erste, der ging. Zunächst reiste Filippo Strozzi nach Neapel und signalisierte dem König, dass Lorenzo bereit wäre, sich ihm auszuliefern. Als positive Rückmeldung kam, eröffnete Lorenzo seiner Stadt, er würde als Privatmann nach Neapel fahren, um alles Notwendige für den Frieden zu tun.

Damit hatte er Florenz wieder geschlossen an seiner Seite. Dass Lorenzo dies tun würde, dass er so mutig war, überzeugte die meisten der Zweifler. Am Ende brach er dann doch nicht als Privatmann auf, sondern mit umfangreichen Vollmachten der Signoria ausgestattet. Und Gianni, der in diesen anderthalb Jahren Giulianos älteren Bruder besser kennengelernt hatte als jemals zuvor, bewunderte ihn insgeheim, und zwar nicht nur wegen dieses taktischen Geschickes.

Denn Lorenzo war ein Mensch. Er war keine kaltblütig kalkulierende Maschine, er war kein selbstverliebter, realitätsverlorener Tyrann. Er hatte erkannt, dass er handeln musste, wollte er nicht alles verlieren und das tat er – doch dies bedeutete nicht, dass er keine Angst hatte. Dies bedeutete nicht, dass er sich nicht liebevoll von seiner Familie verabschiedete und durchaus die Möglichkeit in Betracht zog, niemals wiederzukommen. Und vielleicht war es in diesen Momenten kurz vor der Abreise, dass Gianni erkannte, weshalb die Medici in Florenz so wohlgelitten waren.

Lorenzo war doch einer von ihnen.

Mit seiner Abreise wurde es etwas ruhiger in der Stadt. Die Reise zu Pferd und Schiff würde ein paar Tage in Anspruch nehmen, dann würden – hoffentlich – Verhandlungen beginnen und vor Januar waren keine Nachrichten zu erwarten, es sei denn, es wären schlechte. Gianni machte sich also auf eine ruhige Christzeit gefasst, in der Hoffnung, ein wenig durchatmen zu können und vielleicht eine Bestandsaufnahme der Schäden zu machen. Die Pest war abgeebbt und Angelica hatte sich mit Kindern und Schwiegervater für die Feiertage angekündigt, weil sie vermutlich einsah, dass sie ihren Mann nicht aus seinem Kontor hinaus aufs Land bekommen würde. Am Tag vor dem heiligen Abend trafen sie ein.

Und am Tag vor dem heiligen Abend traf auch Bernardo Bandini Baroncelli wieder in seiner Heimatstadt ein.

Er tat es nicht freiwillig. Bernardo war der letzte noch lebende der Mörder aus dem Dom. Es war auch nicht schwer zu erraten, weshalb er lieber nicht zurückgekehrt wäre. Das Todesurteil ließ schließlich nicht lange auf sich warten.

Bernardo war es gewesen, welcher als Erster sein Schwert in Giulianos Körper gestoßen hatte. Wenn Gianni die Augen schloss, konnte er diese Szene wieder vor sich sehen und die Worte hören – *nimm dies, Verräter* – die ihn hatten erstarren lassen. Er konnte Giuliano erneut taumeln sehen und am Boden liegend, die blicklosen Augen staunend zum Himmel gerichtet. Er meinte, den metallischen Gestank der riesigen Blutlache zu riechen und er spürte die eisige Kälte in seinem Inneren, als ihm bewusst wurde, was er verloren hatte.

Bernardo *wollte* er hängen sehen.

Mehr noch als Franceschino mit seinem hitzigen Temperament, der sein Leben ja bereits am Mordtag direkt gelassen hatte. Franceschino konnte er leichter verzeihen, war er doch selbst einmal Zeuge von dessen cholerischen Wutausbrüchen geworden. Franceschino de' Pazzi, wenn auch einer der Hauptagenten der Verschwörung, hatte an jenem Tag im Dom dergestalt die Kontrolle über sich verloren, dass er sich selbst verwundet hatte. Franceschino war in Giannis Augen einfach nicht normal gewesen.

Aber Bernardo hatte den ersten Stoß geführt. Bernardo war der andere gewesen, der Giuliano aus seinem Heim gelockt und in den Dom geführt hatte, damit er ihn töten konnte. Bernardo hatte einen derart klaren Kopf bewahrt, dass er hatte fliehen können und trotz der weitreichenden Arme der Medici für fast zwei Jahre ungefasst bleiben konnte.

Bernardo war kein Wahnsinniger. Bernardo war ein Mörder.

Und so stand Gianni trotz der Kälte an diesem Morgen kurz nach Weihnachten auf der Piazza und verfolgte äußerlich völlig ruhig und kalt, wie die Anklage und das Urteil verlesen wurden und wie man Bernardo den Strick um den Hals legte und ihn hinunterstieß.

„Es ist faszinierend“, sagte Leonardo neben ihm, wild kritzelnd, „der Tod eines Menschen. Die Entwürdigung eines Menschen. Sie haben ihm sogar die muslimischen Kleider angelassen. Als ob er aus der Christenheit ausgestoßen wurde!“

„Er hat es verdient“, sagte Gianni kalt und beobachtete, wie der Sterbende zuckte und seine Augen verdrehte. Er stand nahe genug, um solche Details zu erkennen und fragte sich plötzlich, ob das so eine gute Idee gewesen war.

„Der Turban gefällt mir“, fuhr Leonardo fort und zeichnete emsig weiter, „er ist nicht so üppig.“

„Für mich sieht das aus wie ein Tuch“, sagte Gianni gnadenlos, „als ob er nicht einmal dafür gut genug gewesen wäre.“

„Stimmt es, dass er bis an den Hof des Sultans nach Konstantinopel geflohen ist?“, fragte Leonardo neugierig.

Gianni zuckte mit den Achseln.

„Er hatte wohl gehofft, so entkommt er der Gerechtigkeit“, sagte er, „Trugschluss. Lorenzo hat lange verhandelt und nicht lockergelassen.“

„Das kann ich verstehen, immerhin ist er der Mörder seines Bruders“, meinte Leonardo nachdenklich. Er war fertig mit seiner kleinen Skizze, fügte lediglich ein paar letzte Striche an und schrieb dann sorgfältig an die Seite: *Bernardo Bandini Baroncelli, der Mörder Giuliano de' Medicis, in türkischen Kleidern hingerichtet durch den Strang*. Er schrieb immer noch in Spiegelschrift, wie Gianni mit einem Blick erkannte, aber den Inhalt konnte er trotzdem erraten.

„Antonio de' Medici hat ihn hergebracht“, sagte er unwillkürlich heftig, „es war richtig, dies zu tun! Es war richtig, ihn hier zu hängen und nicht irgendwo anders! Er musste genau hier büßen!“

Leonardo verstaute sein Skizzenheftchen und musterte ihn erstaunt.

„Schon gut, Gianni Montecaldo", sagte er leise, „ich verstehe ja deinen Zorn. Aber euren Giulio macht dies auch nicht mehr lebendig. Schau, er hat endlich aufgehört zu zappeln."

Gianni warf einen Blick nach vorne. Es stimmte, der Körper war zur Ruhe gekommen, der Verurteilte erstickt. Tot war Bernardo Bandini, der letzte der Mörder. Die Drahtzieher, die mutmaßlichen, die saßen natürlich nach wie vor auf ihren Plätzen und die würde man wohl kaum so richten können.

Aber Leonardo hatte Recht. Bernardos Tod löste keine Befriedigung in Gianni aus, sondern rührte nur wieder einmal an der tiefen Trauer, die er empfand.

„Wird es jemals wieder Frieden geben?", fragte er bitter.

Leonardo, der ihn ernst betrachtete, lächelte schwach.

„Meinst du etwa, die Welt ist schlecht?", sagte er nicht ohne Ironie.

Aber Gianni war nicht zum Scherzen zumute.

„Vielleicht hast du ja Recht", erwiderte er müde.

*

Gianni sollte mit seiner miesen Laune nicht ganz Unrecht behalten. Dabei gelang Lorenzo tatsächlich der Meisterschlag und zunächst sah alles ganz gut aus. Im März kehrte Lorenzo de' Medici triumphierend aus Neapel zurück, mit dem versprochenen Frieden in der Tasche. Er wurde begeistert von seiner Stadt empfangen.

Aber in den Tagen darauf erhielt man in der Via Larga die ersten Details des neuen Vertrages und dieser war weitaus ungünstiger als erwartet. In der endgültigen Fassung regelte der Friedensvertrag wirklich nur das Ende der Feinseligkeiten, ging mit keinem Wort auf die ungelösten Fragen ein und vor allem nicht auf die Sache mit dem Interdikt. Der Papst war nach wie vor unversöhnlich.

Aber nach wie vor unversöhnlich war Lorenzo ebenso – den Pazzi gegenüber. Jetzt, zwei Jahre nach dem Anschlag, saßen immer noch unschuldige Mitglieder dieser Familie in Haft. Vor allen Dingen der Gesundheitszustand der Gefangenen in Volterra hatte sich aufgrund der furchtbaren Bedingungen dramatisch verschlechtert. Aus diesem Grunde wohl startete im Mai Beatrice de Borromei, Tochter eines reichen Mailänder Kaufmannes und Gattin des Giovanni de' Pazzi, einen Befreiungsversuch, der scheiterte. Sie wurden alle gefangen genommen.

„Ich weiß nicht, von wem die Nachricht ist", sagte Gianni zum wiederholten Mal, „wie auch, es gibt weder Absender noch Unterschrift."

„Dann solltest du nicht hingehen", sagte Cesare beharrlich.

Gianni verzog das Gesicht.

„Natürlich werde ich hingehen", widersprach er, „es ist eine Bitte!"

„Es könnte eine Falle sein!", antwortete Cesare.

Gianni seufzte.

„Und wer sollte mir eine Falle stellen?", gab er zu bedenken, „haben wir Feinde, von denen ich nichts weiß?"

„Florenz hat Feinde, du *bist* Florentiner. Und Lorenzo hat Feinde und du gehörst zu seinen Anhängern", sagte Cesare.

„Aber wir haben Frieden!"

„Ein hohler Frieden", murrte Cesare.

Als Gianni daraufhin nur die Augen verdrehte, setzte er missmutig hinzu: „Was steht denn nun genau drin?"

„Was ich dir gesagt habe", meinte Gianni, „man bittet mich, heute Nachmittag zwei Meilen den Arno flussaufwärts zu reiten und dort zu warten. Ein Freund würde dringend meine Hilfe benötigen."

„Ein Freund!", begehrte Cesare auf, „ein Freund kann alles Mögliche sein! Ein ehemaliger Freund vielleicht! Wenn er ein echter Freund wäre, könnte er seinen Namen nennen!"

„Ich werd's nicht herausfinden, wenn ich nicht gehe!", entgegnete Gianni.

„Und was für einen Unterschied macht es, ob du es weißt oder nicht?", hielt Cesare dagegen.

Gianni schnaufte heftig durch die Nase.

„Nun, den Unterschied, dass tatsächlich einer meiner Freunde in Schwierigkeiten stecken könnte!“, schoss er zurück, „und falls dem so wäre, würde ich es lieber wissen!“

„Keiner unserer Freunde steckt in Schwierigkeiten“, beharrte Cesare.

„Cesare“, schnauzte Gianni, „ich habe Freunde, die du gar nicht kennst!“

Stille. Er hatte ziemlich offensichtlich Recht und es war genauso offensichtlich, dass dies seinem Bruder nicht gerade gefiel.

„Du scheinst mir recht viel Zeit für deine Freunde zu haben“, murmelte er.

Gianni biss sich in die Wangen, um nicht zu schreien.

„Viel weniger, als ich gerne hätte“, sagte er knapp.

Angelica schien den Zeitpunkt für gekommen zu sehen, sich in die Diskussion einzuschalten.

„Wenn ihr mich fragt“, sagte sie sanft, „so finde ich auch nicht, dass Gianni gehen sollte.“

Gianni wurde rot und hätte sie um ein Haar angefaucht, dass es sie ja nun wirklich nichts anginge, aber der mahnende Blick ihres Mannes hielt ihn zurück.

„Es geht mir nicht so sehr um Sicherheit“, fuhr Angelica fort, „wobei ich natürlich möchte, dass du auf dein Leben Acht gibst, Gianni. Ich denke nur, er kann sich verteidigen“, setzte sie an Cesare gewandt hinzu.

„Warum bist du dann dagegen?“, konnte Gianni sich verkneifen.

Angelica sah ihn offen an.

„Weil du keine Zeit hast“, erklärte sie schlicht, „das sagst du doch immer. Du hast schließlich noch immer keine Zeit gehabt, um die Bitte deines Vaters zu erfüllen. Und es *wird* allmählich Zeit.“

Diesmal war es Gianni, der schlucken musste. Sie hatte natürlich Recht – anderthalb Jahre war es her, dass der Vater ihn um das Bildnis der kleinen Castini gebeten hatte und er war noch immer nicht dort gewesen. Ausreden hatte er schließlich genug. Aber Ausreden waren nicht das Thema – der Vater war seit dem harten Winter sehr hinfällig geworden. Es würde nicht mehr sehr lange gut mit ihm gehen.

Er seufzte.

„Es ist ja nicht so, als ob ich mein Versprechen nicht halten wollte", gestand er, „es kommt mir nur einfach falsch vor, einen alten Mann damit zu behelligen. Castinis Tochter verschwand vor zehn Jahren. Allem Anschein nach hat er es nie verwunden! Warum soll ich jetzt hingehen und an diesem Schmerz rühren?"

„Zumal es nichts bringen würde", meinte Cesare, „nein, schon gut, Liebes, ich weiß. Gianni hat sein Versprechen gegeben, er wird es halten. Aber da wir gerade davon sprechen – etwas anderes: Der Kontrakt ist immer noch existent. Ich meine, auf dem Papier bist du nach wie vor versprochen, Gianni. Und allmählich kommst du in das Alter, wo man mal zumindest über eine Ehe nachdenken könnte."

Oh je – mit einem Schuss aus dieser Richtung hatte Gianni nun gar nicht gerechnet. Er wurde prompt zornig.

„Hatten wir nicht darüber gesprochen?", fauchte er, „und hatten wir uns nicht geeinigt, mit der Annullierung zu warten, bis Castini tot ist? Ich verstehe euch nicht! Warum ist der alte Mann euch so egal?"

„Warum ist er dir so wichtig?", hielt Cesare dagegen.

„Weil er ein Mensch ist!", fuhr Gianni auf, „er hatte nur dieses Mädchen! Jetzt sitzt er da, in diesem riesigen Palazzo, starrte die Wände an und hat vermutlich bloß noch ihr Bild als Erinnerung. Er hat ja nicht einmal mehr Familie! Nicht einmal Erben!"

„Seine Nichte Antonia lebt noch", gab Angelica zu bedenken, „sie ist vor Jahren nach Bologna gezogen."

„Aber sie kann nicht erben", meinte Gianni, „sie ist ein Mädchen. Castini hat gar nichts mehr. Ich finde, man sollte ihn in Ruhe lassen!"

„Vielleicht freut er sich, wenn du kommst und er mal wieder über seine Tochter sprechen kann“, sagte Angelica nicht ohne Hinterlist, „vielleicht muntert ihn das auf? Vielleicht schenkt er dir das Bild sogar?“

„Das glaube ich kaum“, sagte Gianni böse, „er kennt mich schließlich gar nicht. Vielleicht gibt er ja auch mir die Schuld an ihrem Verschwinden! Immerhin war es kurz vor unserer Hochzeit.“

„Das kann er nicht, du bist dem Mädchen schließlich nie begegnet“, widersprach Cesare, „ich begreife deine Sentimentalität nicht! Was soll dieser alte Vertrag! Was sollen diese Ausflüchte! Du musst dein Versprechen halten, Gianni, du musst hingehen. Und wenn du hingehst, sprich die Auflösung des Vertrages an!“

„Das finde ich auch“, sagte Angelica, „und zwar bald. Sag deinem Bruder die Wahrheit, Cesare.“

„Die Wahrheit?“, hakte Gianni irritiert nach.

Cesare musterte ihn streng.

„Vater ist krank“, sagte er.

Gianni rollte mit den Augen.

„Ja, ich weiß“, antwortete er sarkastisch.

Cesare schüttelte den Kopf.

„Nein, das meine ich nicht. Vater ist wirklich krank. Es geht mit ihm zu Ende, Gianni. Du musst ihm seinen Wunsch erfüllen, bevor er stirbt.“

„Genau“, bekräftigte Angelica, „und deshalb finde ich, du solltest jetzt gehen, heute. Du hast doch jetzt Zeit, oder?“

Gianni schnappte nach Luft.

„Nein, das habe ich nicht!“, schnauzte er, „ich muss heute noch zwei Meilen den Arno flussaufwärts reiten, um einem meiner Freunde in seiner Bedrängnis zu helfen!“

„Aber ich dachte, wir hätte uns geeinigt...“

„Wir haben uns überhaupt nicht geeinigt!“, fuhr Gianni auf, „was das anbetrifft, gibt es keine Einigung! Himmel noch mal! Ich arbeite meinen Rücken krumm für diese Familie, ich stelle alle meine Wünsche hintenan, all meine Träume, damit es der Casa Montecaldo gut geht!

Und ich tue das seit Jahren, ohne zu murren – für euch! Ich tue alles! Es ist mir schon klar, dass ich das unwichtigste Mitglied dieser Familie bin und ich stelle schließlich auch keine Ansprüche! Aber eines werdet ihr nie von mir verlangen können – dass ich einen Freund in Not im Stich lasse! Wer auch immer es ist, er hat sich an mich gewandt, ich werde da sein – und Umberto Castini kann weiterhin in Frieden schlafen, ohne dass jemand an alten Wunden rührt!"

Sprach's, machte voller Empörung auf dem Absatz kehrt und stürmte aus dem Raum. Auf das laute „Gianni!", seines Bruders, das ihm nachtönte, reagierte er nicht. Was maßten sie sich an? Wie konnten sie es wagen! Erwarteten sie denn immer, dass er nach ihrer Pfeife tanzte?

Nun, aber da lagen sie falsch!

Er war merklich abgekühlt, als er am späten Abend wieder nach Hause kam. Es war so spät, dass die Familie längst gegessen hatte und die Kinder zu Bett gebracht worden waren. Er rechnete eigentlich nicht mehr damit, dass noch jemand außer dem Pförtner noch auf war, aber er wurde überrascht. Denn als er die Stufen nach oben nahm, glomm ihm Licht aus dem kleinen Saal entgegen, an den seine Kammer grenzte. Er stieß die Tür auf.

Cesare saß im Stuhl, die Augen nachdenklich aus dem Fenster gerichtet. Er hatte offensichtlich gewartet. Nun, Gianni war es recht. Er hatte am Morgen deutlich überreagiert, er wusste das, und er musste sich entschuldigen. Außerdem konnte er jetzt gut jemanden zum Reden gebrauchen.

Er trat ein.

Cesare stand auf, stellte sein Glas ab und kam ihm ein paar Schritte entgegen.

„Ich bin froh zu sehen, dass es dir gut geht", sagte er leise, „auch wenn du es nicht hören magst, ich habe mir Sorgen gemacht."

„Vielleicht war das wirklich nicht ganz ohne Grund", gab Gianni zu, „obwohl man mir nicht gerade nach dem Leben trachtete. Aber du hattest schon Recht, als du meintest, eine Nachricht ohne Unterschrift sei verdächtig."

„Also doch", flüsterte Cesare, „also doch. Du bist hingegangen, nicht wahr? Was ist geschehen? Wer war es? Wer wollte dich sehen?"

Gianni legte seinen Mantel ab, setzte sich in einen der bequemen Stühle und goss sich ein Glas Wein ein. Er nahm erst einen Schluck, um das staubige Gefühl in seiner Kehle herunterzuspülen, bevor er antwortete. Cesare wartete geduldig.

„Es war Renaldo de' Pazzi", erklärte Gianni.

„Renaldo!" Cesare setzte sich in den gegenüberstehenden Stuhl, plötzliche Sorgenfalten auf der Stirn, „Himmel, Renaldo! Was wollte denn der von dir? Was wagt er sich überhaupt auf florentinisches Gebiet?"

„Er war natürlich inkognito hier", antwortete Gianni, „was damit auch die fehlende Unterschrift erklärt. Ich bin mir nicht sicher, wie Lorenzo reagieren würde, wenn er von Renaldos Anwesenheit erführe. Immerhin hat Renaldo damals schon keinen Hehl daraus gemacht, wem er nacheiferte."

„Aber du wirst es Lorenzo doch nicht sagen, oder?", entsetzte sich Cesare, „dass du mit einem Pazzi gesprochen hast? Mit einem, der vielleicht sogar an der Planung des Komplottes beteiligt war?"

„Ich weiß nicht, ob Renaldo mit der Planung zu tun hatte oder nicht", erwiderte Gianni, „das Thema haben weder er noch ich berührt. Doch ich werde Lorenzo sagen müssen, dass er hier war. Darum geht es ja schließlich."

„Was!", fuhr Cesare auf, „was soll das heißen? Was wollte Renaldo von dir?"

Gianni seufzte.

„Er hat an unsere alte Freundschaft appelliert", sagte er, „und an Sebastiano. Deshalb hat er sich an mich gewandt. Er braucht dringend jemanden, der sich bei Lorenzo für Beatrice verwendet."

„Welche Beatrice?", meinte Cesare verständnislos.

Gianni nahm noch einen Schluck.

„Beatrice de' Borromei", erklärte er, „oder besser, Beatrice de' Pazzi, die Frau von Giovanni. Erinnerst du dich? Sie hat versucht, ihren Mann und seine Brüder in Volterra zu befreien und sie ist erwischt worden. Jetzt ist sie selber eingesperrt. Renaldo sagt, Giovanni geht es richtig schlecht und dass er doch unschuldig sei. Beatrice habe nur aus ehelicher Liebe gehandelt."

„Das hat Renaldo gesagt?", hakte Cesare nach.

„Ja, so ungefähr", antwortete Gianni müde.

Das stimmte nicht ganz. Gesagt hatte Renaldo etwas ganz anderes. Auch wenn er mit keinem Wort auf eine eventuelle Mitwisserschaft seinerseits eingegangen war, mit Kritik und Hass gegen Lorenzo hatte er nicht gespart. Der ganze Zorn, die ganze Schmach, die seiner Familie angetan worden war, hatte sich nach oben gekämpft. Wütend hatte er Gianni seine Fakten vorgestellt, angefangen von der unrechtmäßigen Herrschaft der Medici über die Anklage wegen Mordes gegen ihn, nach Sebastianos Tod, bis hin zu dem Gesetz, das die Pazzi praktisch rechtlos machte. Und als Krönung empfand er die Festnahme der Frau seines Vetters, deren hehre Motive doch jeder nachvollziehen konnte.

Gianni hatte überhaupt nicht diskutieren wollen und es doch gemusst. Fein, Beatrice hatte sicherlich aus hehren Motiven gehandelt. Sie hatte eine berechtigte Angst um ihren Mann, dem es tatsächlich nicht gut ging. Aber auf der anderen Seite stand das Attentat und Giulianos Tod, eine in Giannis Augen kaum wieder gut zu machende Sünde. Und an dieser Stelle war Renaldo erstaunlicherweise eingeknickt. Giulianos Tod, so hatte er gesagt, bedauere er sehr. Doch ob der Mord an einem Einzelnen den Mord an vielen Unschuldigen rechtfertige, das solle Gianni doch bitte selber beurteilen.

„Ich finde, du solltest es nicht tun", sagte Cesare schließlich, „ich habe schon einmal gesagt, der Streit zwischen den Pazzi und den Medici ist nicht unserer."

„Aber wir können uns nicht heraushalten“, gab Gianni zu bedenken, „sieh doch, die Linie geht direkt durch unsere Familie. Renaldo war Sebastianos bester Freund. Und Giuliano war mein Freund. Außerdem hat Renaldo diesbezüglich Recht: Man kann einen Menschen nicht nur des Namens wegen verurteilen. Oder glaubst etwa du, dass Guglielmo zum Beispiel von dem Attentat gewusst hat?“

„Nein, das glaube ich nicht“, seufzte Cesare, „Giovanni ist aber etwas anderes. Guglielmo ist Lorenzos Schwager, er braucht seine Gunst, er ist ihm dankbar. Giovanni hingegen verdankt Lorenzo die Enterbung seiner Frau. Ich an seiner Stelle wäre wütend.“

„Bereit, einen Mord zu begehen?“

Cesare zögerte.

„Ich kann nicht von mir auf andere schließen“, sagte er dann, „ich würde nicht morden. Aber Franceschino konnte es.“

„Franceschino ist ein ganz anderer Fall“, hielt Gianni dagegen, „nun denn. Ich weiß nicht, ob Giovanni und seine Brüder in Volterra unschuldig sind. Aber ich weiß, dass sie Hilfe brauchen. Und dass Beatrice Hilfe braucht.“

Cesare griff nach seinem Glas, trank, schluckte, trank noch einmal.

„Das sehe ich ein“, sagte er schließlich, etwas unvermutet für Gianni, „ich sehe den Punkt. Vielleicht hast du Recht. Vielleicht ist es an der Zeit, dass mal jemand Lorenzo den Rat gibt, damit aufzuhören.“

„Womit aufzuhören?“, fragte Gianni perplex.

Cesare verzog das Gesicht.

„Damit, die Pazzi zu verfolgen“, erklärte er schlicht.

Gianni setzte sich gerade hin.

„Moment mal!“, sagte er scharf, „das habe ich überhaupt nicht gemeint! Das liegt auch gar nicht in meiner Absicht! Ich wollte zu Lorenzo gehen und ihm von Renaldo berichten und von seiner Bitte, Beatrice zu verschonen! Mehr nicht!“

„Ich weiß“, meinte Cesare begütigend, „aber ich sage es nur ungern – diesmal hat Renaldo Recht. Der Mord an einem Unschuldigen rechtfertigt nicht die Morde an vielen. Den Gefangenen in Volterra geht es wirklich nicht gut. Nichts, was Lorenzo ihnen antut, wird Giuliano ins Leben zurückbringen."

Gianni stockte. So, oder so ähnlich, hatte Leonardo gesprochen, an dem Tag, an dem Bernardo Bandini gehängt worden war. Und es stimmte – der Tod des Mörders half nicht, das Loch zu füllen, welches das Opfer hinterlassen hatte.

Sollte Giovanni de' Pazzi sterben, würde das Giuliano nicht zurückbringen.

Sollte Beatrice de' Borromei sterben, weil sie ihren Ehemann retten wollte, dann würde das allerhöchstens einen weiteren Fleck auf der Weste der Medici hinterlassen. Wiedergutmachen würde es nichts. Ändern würde es auch nichts mehr.

Also vielleicht stimmte es. Vielleicht hatten sowohl Renaldo als auch Cesare Recht. Vielleicht war es an der Zeit, dass jemand Lorenzo sagte – *hör auf!*

Aber warum zum Henker musste er derjenige sein?

„Ich kann mir nicht vorstellen, dass Lorenzo die Gefangenen einfach so freilassen wird", murrte er.

Cesare lächelte schwach.

„Und warum nicht?", erwiderte er, „wir haben Frieden, oder?"

„Einen hohlen Frieden hast du selbst gesagt."

„Dann muss man vielleicht ein Zeichen setzen."

„Lorenzo wird argumentieren, er habe genügend Zeichen gesetzt. Es ist an den Riario und dem Papst, ihm entgegenzukommen."

„Was sie niemals tun werden."

„Und warum nicht?"

„Das weißt du selbst", hielt Cesare dagegen, „sie sind nicht wie Lorenzo. Ein Girolamo Riario wäre niemals nach Neapel gegangen. Und ein Papst Sixtus kennt das Wort Versöhnung gar nicht, auch wenn es Menschenleben kostet."

Das waren harte Worte, aus dem Mund seines so gemäßigten Bruders. Ob sie wahr waren oder nicht, war dabei gar nicht so wichtig. Wichtig war die Botschaft, die mitklang, und die Gianni verstand: Lorenzo war ein Mensch wie sie. Also sollte er auch so handeln.

„Na gut", sagte er missmutig, „ich verstehe dich. Ich verstehe aber eines nicht, echt nicht."

„Und was?", fragte Cesare.

Gianni schnaufte ergrimmt.

„Warum, zum Teufel", sagte er zornig, „bleiben diese Aufgaben immer an mir hängen? Warum muss immer ich derjenige sein, der schlechte Nachrichten überbringt oder derjenige, den man losschickt, wenn es heikle Themen zu besprechen gilt?"

Er starrte Cesare wütend an.

„Immer ich!", begehrte er auf, „Andrea del Verrocchio malt nicht mehr – wer muss ihn nach seinen Gründen fragen? Gianni Montecaldo! Giuliano de' Medici ist traurig und hört auf zu essen – wer wird damit beauftragt? Gianni Montecaldo! Giuliano ist tot und niemand bringt es übers Herz, Lorenzo die Wahrheit zu sagen? Also schicken wir Gianni Montecaldo! Und das sind nur ein paar Beispiele von vielen!"

„Ich weiß", sagte Cesare milde.

„Du verstehst nicht!", fauchte Gianni, „ich kann einfach nicht nein sagen! Man lässt mir keine Chance! Niemand will's machen, na, dann nehmen wir halt Gianni, er wird's schon durchstehen!"

„Ganz so ist es nicht."

„Und ob es so ist! Immer scheinen alle von mir zu erwarten, dass ich die Welt wieder geraderichte, oder biege, oder wie auch immer! Ich bin der Depp, der die Kohlen aus dem Feuer holen muss, der Idiot, den man vorschicken kann, wenn's brennt oder..."

„Gianni!" Cesare beugte sich vor, unterbrach ihn und nahm seine Hände. Das war an und für sich schon derart erstaunlich, dass Gianni vor Verblüffung das Wort im Hals stecken blieb.

Cesare lächelte, was auch selten genug war.

„Ich weiß, was du sagen willst“, meinte er sanft, „aber es ist nicht so, wie du denkst. Du bist nicht der Depp, der nicht nein sagen kann. Du bist einfach der, der die Menschen am besten versteht.“

„He?“, machte Gianni, aus dem Konzept gebracht.

Cesare seufzte, ließ seine Hände los und stand auf.

„Ich will versuchen, ob ich es dir erklären kann“, sagte er, „vielleicht so. Du hast einmal etwas gesagt, was mich sehr getroffen hat. Es hat uns alle sehr getroffen, um ehrlich zu sein.“

„Tut mir leid“, meinte Gianni, unsicher, wovon die Rede war.

„Das muss es nicht“, wehrte Cesare ab, „im Gegenteil, es sollte uns leidtun. Du hast damals gesagt, dass Sebastiano sich geirrt hätte, als er behauptete, du seiest der Beste von uns allen. Und du hast gesagt, wärest du an seiner Stelle gestorben, wäre das Leben für uns praktisch normal weitergegangen.“

Gianni erinnerte sich. Er wurde rot.

„Ganz so habe ich es nicht ausgedrückt“, entgegnete er, „außerdem war ich wütend.“

„Mag sein“, räumte Cesare ein, „dennoch hast du es im Grunde so gemeint. Und da ist mir erst klar geworden, dass du es gar nicht siehst. Dass du gar nicht weißt, was die anderen in dir erkennen.“

„Ich glaube, ich kann dir nicht folgen“, meinte Gianni stirnrunzelnd, „aber wenn es dich tröstet, ich habe mit Giuliano darüber gesprochen. Er meinte, ich müsse mich als Mischung aus dir und Sebastiano verstehen und sollte aufhören, es euch beiden recht machen zu wollen.“

„Ein... interessanter Ansatz“, sagte Cesare nach einem Moment, „aber nicht das, worauf ich hinauswill. Du hast mit einem Recht, kleiner Bruder: Wenn es eine heikle Mission zu bewältigen gibt, dann fällt die Aufgabe in den meisten Fällen dir zu. Aber das liegt nicht daran, dass du ein Idiot bist. Es liegt daran, dass du es am besten kannst.“

Wie bitte?

„Jetzt bin ich verwirrt“, bekannte Gianni offen.

Cesare zog ein schiefes Lächeln.

„Ich glaube“, meinte er, „das erste Mal fiel es mir auf, als du in Venedig so einfach hinter das Geheimnis der Buchdruckerei kamst. Damit hatte wirklich niemand gerechnet! Aber du hast keine Tricks verwendet, du hast nicht spioniert oder geschmeichelt, sondern du bist einfach hingegangen, wie du warst, mit deinem echten, unverfälschten Interesse. Und das ist genau der springende Punkt. Du hast dies, das echte Interesse an den Menschen, und man spürt es. Deshalb vertraut man sich dir an, verstehst du? Du weißt... du weißt auf ein seltsame, mir unbegreifliche Art, was die Leute bewegt und was sie brauchen.“

„Tue ich das?“, fragte Gianni unsicher.

Cesare lachte trocken auf.

„Du nimmst es gar nicht wahr“, sagte er, „aber es ist so. Und es ist nicht nur mir aufgefallen. Sebastiano wusste es; ich bin sicher, Giuliano wusste es, und Lorenzo weiß es bestimmt auch. Du hast ein Gespür für die Menschen, Gianni. Deshalb bist du ein so guter Verhandlungspartner, deshalb hast du praktisch keine Feinde und deshalb vertrauen alle Leute auf dich, wenn es um heikle Missionen gibt. Du führst diese Dinge zu einem guten Ende. Oder bist du jemals gescheitert?“

Gianni schluckte. Er war sich nicht sicher, was er davon halten sollte.

„Ich bin schon oft gescheitert“, behauptete er.

Cesare lächelte.

„Nenn mir ein Beispiel.“

„Jetzt fällt mir keins ein.“

Cesares Lächeln vertiefte sich.

„Das spricht für sich selbst“, sagte er, „aber ich will dich nicht durcheinanderbringen. Ich will nur, dass du verstehst, dass du ein besonderes Talent hast. Sieh dir doch einmal deine Freunde an. Sie reichen von den Obersten der Stadt bis hin zu einem Geschwisterpaar praktisch aus der Gosse. Und du verstehst dich mit allen. Das ist eine Gabe, Gianni. Du kannst auf die Menschen eingehen, du erkennst ihre Nöte und sie danken es dir mit ihrem Vertrauen. Wenn ich eine heikle Mission zu vergeben hätte, dann würde ich immer dich damit bedenken. Nun ja, das tue ich ja auch schließlich ständig, nicht wahr?"

Was die Vertragsverhandlungen, die Gianni in Cesares Auftrag in den vergangenen Jahren durchgeführt hatte, in einem ganz anderen Licht zeigte. Und so weit her geholt war es ja nicht: Er, Gianni, mochte vielleicht keine Zahlen verstehen, aber er verstand Menschen. So viel zumindest stimmte.

„Hm", machte er unbestimmt.

Cesare legte ihm behutsam die Hand auf die Schulter.

„Wenn Sebastiano gelebt hätte und du nicht", sagte er leise, „einmal ganz abgesehen von den Reibereien zwischen ihm und mir. Ja, vielleicht hätte er Vaters Rolle besser übernehmen können als einer von uns – vorausgesetzt, er hätte es überhaupt gewollt. Vielleicht wäre er besser als einer von uns der Strahlende, das leuchtende Aushängeschild der Casa Montecaldo geworden. Vielleicht hätte Vater auch nicht der Schlag ereilt. Aber dieses Haus, Gianni, hätte einen ganz anderen, einen viel schlimmeren Verlust erlitten und das sage ich nicht, weil ich mich mit Sebastiano nicht verstand. Du bist das Herz der Casa Montecaldo, Gianni."

Das klang dramatisch und hätte Gianni sicherlich zu einem sarkastischen Kommentar verleitet, wenn es nicht zeitgleich so ernst geklungen hätte.

„Ich dachte, die Frau wäre das Herz des Hauses", rutschte ihm heraus.

Cesare lächelte, richtete sich auf und löste seine Hand von Giannis Schultern.

„Angelica ist die Seele", sagte er schlicht, „und ich mag der Kopf sein, wenn du so willst. Aber du bist das Herz, mein Lieber. Sag mir selbst, was ein Körper tut, wenn sein Herz nicht mehr schlägt."

Gianni konnte darauf nicht antworten. Stumm, mit einem dicken Kloß in der Kehle, sah er seinen älteren Bruder an, dem er solche Worte nicht in einer Million Jahre zugetraut hatte. Hinter Cesares Schale verbarg sich anscheinend sehr viel mehr, als er, Gianni, jemals hatte wahrhaben wollen. Ob die Dinge, die er gesagt hatte, nun wirklich der Wahrheit entsprachen oder nicht, spielte dabei eine untergeordnete Rolle. Wichtig war, dass Cesare sie ausgesprochen hatte und dass er sie offensichtlich glaubte.

Wichtig war, dass auch dieser Bruder ihn liebte.

„Er stirbt“, sagte er unwillkürlich, in dem Moment, in dem die Tür aufging.

Licht fiel vom Flur in das Zimmer.

„Nein“, sagte Angelica leise, „er ist gestorben. Cesare, Gianni – euer Vater ist so eben von uns gegangen.“

*

Francesco Montecaldo wurde in der Gruft der Familie neben seinem Lieblingssohn Sebastiano beigesetzt. Seine einzige Tochter Minerva war diesmal nicht dabei. Sie hatte Florenz schon seit Jahren nicht mehr betreten. Aber der Rest seiner Familie war anwesend und gab ihm das letzte Geleit, Gianni mit einem ziemlich schlechten Gewissen.

Er hatte das Versprechen an seinen Vater nicht gehalten, nicht zu dessen Lebzeiten. Er war nicht zu Umberto Castini gegangen und hatte nach dem Bildnis seiner verschollenen Verlobten gefragt. Angelicas Blick sprach diesbezüglich Bände. Richtig wäre es nun, so dachte Gianni insgeheim, sich sofort auf den Weg zum alten Castini zu machen und das Versprechen zumindest jetzt zu erfüllen. Richtig wäre es.

Er tat es trotzdem nicht.

Über die Gründe war er sich selbst nicht so ganz im Klaren. Vielleicht lag es wirklich an der Scheu, dem alten Castini gegenüberzutreten und eventuelle Wunden aufzureißen. Vielleicht war es die Tatsache, dass er ihr Bild gar nicht sehen wollte, dass er die Bezeichnung ‚kleine Castini‘ überhaupt nicht mit mehr Leben füllen wollte. Immerhin hatte ihr Verschwinden ihn schon damals ziemlich geplagt. Aber vielleicht, und das konnte er sich nicht einmal selbst eingestehen, war es auch ein spätes, unkontrollierbares Rebellieren gegen die Übermacht, die seine Kindheit und Jugend beherrscht hatte.

Vielleicht tat er es genau deshalb nicht, weil der Vater es gewollt hatte.

Zeit hatte er im Übrigen sowieso schon wieder nicht. Er war tatsächlich zu Lorenzo gegangen und hatte das Thema angesprochen, was alle anderen vermieden. Er hatte den Mut aufgebracht und eine Lanze für die Pazzi gebrochen, für Versöhnung geworben, um ein Zeichen gebeten. Durchschlagender Erfolg war ihm nicht gerade beschieden worden, aber damit hatte er auch nicht gerechnet. Was geschah, war, dass Beatrice wieder freigelassen wurde und dass den Gefangenen in Volterra ein paar Begünstigungen zugestanden wurden. Ein deutliches Zeichen setzte das nicht. Aber was ebenfalls geschah, ganz langsam über die nächsten Wochen und Monate hinweg, war ein behutsames, schleichendes Abbauen der Schikanen, mit denen die Familie bedacht worden war. Vereinzelte Freilassungen begannen, es wurde wieder über die Möglichkeit gesprochen, die zahlreichen Töchter der Pazzi zu verheiraten. Der Name durfte erneut erwähnt werden und die Generalschuld, die auf den unschuldigen Mitgliedern gelastet hatte, schien sich zu lichten. Aber das ging behutsam vonstatten, nicht Schlag auf Schlag. Und auch das konnte Gianni verstehen, denn der Papst stellte sich noch immer quer und erhob unfassbare Forderungen. Die dreisteste in den Augen Lorenzos und seiner Anhänger war die, dass er nach Rom gehen und sich für seine Sünden schuldig bekennen sollte.

„So wird man vom Opfer zum Täter“, sagte Lorenzo trocken dazu.

Aber dann, im Sommer, geschah etwas, was die Lage zu ändern begann.

„Es ist sicher“, sagte Gianni zu Susanna und Luca, „die Türken liegen vor Otranto. Und vermutlich wird es fallen. Wie seht ihr denn aus?“

Er versuchte immer noch, seit dem Tag, an dem die beiden in ihre Hütte zurückgezogen waren, sie so oft wie möglich zu besuchen und sich von ihrem Wohlergehen zu überzeugen. Es war beinahe so, als ob sie jetzt zu seiner Familie gehörten, zu denen, die er schützte, weil sie in seinem Haus gewohnt hatten. Er wünschte, sie würden zurückkommen und wusste, es war utopisch, darauf auch nur zu hoffen.

„Es hat gebrannt", sagte Luca, „hast du das nicht mitbekommen? Himmel, ein halbes Viertel von Florenz geht in Flammen auf und du kriegst nichts mit."

„Ich habe durchaus mitbekommen, dass es bei Porta Santa Maria gebrannt hat", sagte Gianni sarkastisch, „meine Frage ist nur, was ihr dort verloren hattet?"

„Wir haben geholfen", erklärte Luca schlicht, „wenn die Stadt abbrennt, könnten die Türken sie auch haben."

„Die Stadt ist aber nicht abgebrannt", schaltete sich Susanna sanft ein, „wir hatten Freunde dort, Gianni und denen haben wir geholfen. Schau nicht so, wir waren nicht einmal in Gefahr. Und jetzt sind wir es schon gar nicht mehr."

„Es sei denn, die Türken erobern Otranto?", spottete Luca.

Gianni blieb ernst.

„Es ist durchaus möglich, dass sie Otranto erobern", sagte er, „und das wäre dramatisch. Kein Christ kann es sich wünschen. Wenn das so weitergeht, stehen die Türken doch noch vor unserer Tür."

„Zumindest wissen wir schon, was sie anhaben werden", sagte Luca trocken, „dank unseres Freundes Bernardo. Nein, ich bin nicht bei der Hinrichtung dabei gewesen und Susanna ebenfalls nicht. Aber Leonardo hat uns seine Skizzen gezeigt."

„Schauerlich", sagte Susanna und schüttelte sich, „Leonardo malt wirklich entsetzliche Dinge!"

„Ja, er hat einen Hang für das Groteske", sagte Gianni nachdenklich.

„Im Übrigen redete er davon, nach Mailand zu gehen", fuhr Luca fort, „hier in Florenz bekäme er einfach keinen Fuß auf den Boden, meint er. Die Konkurrenz sei zu hoch."

Nun, die Konkurrenz war sicherlich gesalzen, aber das allein war nicht der Grund.

„Er wird auch in Mailand keinen Fuß auf den Boden kriegen, wenn er nichts fertig macht", seufzte Gianni, „aber was soll's. Ludovico Sforza ist vielleicht zurzeit ein besserer Förderer als ein Medici, dessen Staatskassen leer sind."

„Ist die Lage so bitter?", fragte Susanna tröstend.

Gianni verzog das Gesicht.

„Ich habe keine Einsicht in die Bücher", sagte er, „aber Cesare kann rechnen. Und er meint, die Medici haben kein Geld mehr. Florenz hat auch kein Geld mehr. Wenn nicht bald Frieden ist mit dem Papst, dann droht uns ein Staatsbankrott."

„Dein Bruder neigt dazu, die Welt schwarz zu malen", meinte Luca altklug.

„Stimmt", gab Gianni zu.

„Aber", Luca grinste, und das gab seinem rußgeschwärzten Gesicht etwas nahezu Dämonisches, „aber vielleicht sind die Türken ja unsere Rettung!"

„Indem sie uns erobern?", sagte Gianni ungläubig.

„Nein", erklärte Luca weise, „indem sie Otranto erobern. Vielleicht kommt der Papst ja dann zur Vernunft und sieht ein, dass eine Einheit unter den Christen wünschenswert wäre."

Und erstaunlicherweise war es auch so.

*

Die Eroberung von Otranto schien das Zeichen zu sein, was Papst Sixtus zum Einlenken bekehrte. Zwar nahm er nicht von all seinen Forderungen Abstand, zwar verwandelte er sich nicht plötzlich ins Gegenteil, aber er signalisierte Verhandlungsbereitschaft. Und das war, in Anbetracht der Situation, ein wahrhaft großer Fortschritt. Lorenzo schrieb nach Rom, einen möglichen Bußgang in Aussicht stellend, wenn auch an Bedingungen geknüpft und erntete offensichtlich Wohlwollen. Allmählich kamen die Dinge also wieder ins Laufen.

Aber die Pazzi-Verschwörung – wie sie mittlerweile getauft worden war – hatte auch noch andere Auswirkungen. Ein Beispiel konnte Schule machen, das hatte schon die Ermordung des Herzogs von Mailand gezeigt. Bereits im Vorjahr hatte es einen erneuten Anschlag auf Lorenzos Leben gegeben, der vereitelt worden war. Jetzt, Ende September 1480, tauchte im Haus in Poggio ein offenbar geistig verwirrter Einsiedler auf, der sich als Sendbote Gottes bezeichnete und abermals Lorenzo nach dem Leben trachtete. Er wurde festgenommen und nach Florenz zum Bargello geschickt, wo man ihn der Folter unterzog.

Zwei Tage später kam Leonardo da Vinci in den Palazzo Montecaldo gepoltert, ohne Rücksicht auf den Pförtner zu nehmen oder gar eine der Hausmägde, die einen Stapel Wäsche vorbeitrug. Sich die Laken von den Ohren wischend, rannte er brüllend die Treppe hinauf. Auf dem ersten Absatz fing ihn Cesare Montecaldo ab.

„Was in aller Welt's Namen ist hier los?", fauchte er, „was fällt dir ein? Und warum schreist du so?"

„Gianni!", keuchte Leonardo, völlig außer Atem, „Gianni! Ich muss zu Gianni!"

„Was willst du denn von meinem Bruder?", herrschte ihn Cesare an, „kannst du dich nicht wie ein normaler Mensch benehmen? Hey!"

Das galt dem Künstler, der einen Ausfall unternommen hatte und mit Erfolg. Er gelangte an Cesare vorbei, ein gutes Stück die Treppe weiter hoch, bevor jener ihn wieder am Schlafittchen packte. Aber der Lärm hatte inzwischen sein Ziel erreicht. Gianni beugte sich aus den oberen Stockwerken über das Geländer herab.

„Leonardo?", sagte er, „ist was passiert?"

„Ja!", schrie Leonardo hinauf, „was Furchtbares! Du musst sofort kommen! Los, beeil dich!"

Gianni kam tatsächlich, das hieß, er eilte die Stufen hinunter, wo sich Leonardo erneut von Cesare losgerissen hatte und wo mittlerweile die Hausdiener aufgetaucht waren, mit drohender Miene.

„Schnell, schnell!", keuchte Leonardo und wollte ihn weiterzerren, „keine Zeit zu verlieren!"

„Momentchen mal!", empörte sich Cesare.

„Leonardo!", wiederholte Gianni streng, „was ist passiert?"

„Du musst sofort mitkommen!"

„Ich komme ja auch mit – wenn du mir sagst, was geschehen ist!", schnauzte Gianni.

Leonardo hielt inne. Er sah zum Fürchten aus, mit gesträubten Haaren, kalkweißer Haut und aufgerissenen Augen. Aber Gianni wusste, welches Drama sein Freund verursachen konnte und dass er auch Drama sah, wo andere nichts daran fanden. Er war also zunächst einmal nicht erschüttert.

Die nächsten Worte belehrten ihn jedoch eines Besseren.

„Es geht um Luca und Susanna", sagte Leonardo schlicht, „man hat sie eingesperrt."

„Und mehr weißt du auch nicht?", bohrte Gianni noch einmal nach, während sie zur Stinche rannten, wo die Geschwister, laut Leonardo, eingekerkert worden waren.

„Mehr weiß ich auch nicht", schnaufte Leonardo, „es hat irgend etwas mit diesem komischen Kerl aus Poggio zu tun, diesem Menschen, der..."

„Lorenzo ermorden wollte, ja", vervollständigte Gianni, „das hast du schon gesagt. Aber was zum Henker haben die beiden damit zu schaffen?"

„Weiß ich eben auch nicht!", begehrte Leonardo auf, „ich habe nur zufällig mitbekommen, dass sie gestern früh wohl dort waren, um mit dem Gefangenen zu sprechen und dann muss etwas passiert sein, etwas Schlimmes – jedenfalls hat man sie sofort in die Zellen geworfen. Oh Gianni! Ich kann da nicht reingehen, nicht wieder! Nicht einmal für Susanna!“

Bei den letzten Worten war er stehengeblieben. Um die Ecke lag die Stinche, das berüchtigte Florentiner Gefängnis. Hier hatte Leonardo selbst einmal zwei Monate eingesessen, ständig die drohende Hinrichtung wegen Sodomie vor Augen. Hier hatte Susanna ihn besucht, als Gianni fort gewesen war.

Gianni konnte es verstehen. Außerdem fand er selbst, dass Leonardo, so aufgelöst wie er momentan war, eher ein Hindernis als eine Hilfe darstellte.

„Schon gut“, sagte er beruhigend, „warte hier auf mich. Ich gehe hinein und erkundige mich. Es kann sich ja nur um ein Missverständnis handeln.“

„Sie haben den Eremiten gefoltert“, sagte Leonardo verzweifelt, „was, wenn sie Luca auch gefoltert haben? Oder Susanna?“

Das war eine Vorstellung, der Gianni lieber nicht nachgeben wollte. Er räusperte sich.

„Alles in Ruhe“, sagte er so gelassen wie möglich, „du wartest, ich gehe hinein. Du wirst sehen, es klärt sich alles schnell wieder auf.“

Aber das tat es nicht. Zunächst einmal wurde Gianni gar nicht vorgelassen. Erst, als er wiederholt auf seinem Namen beharrte und schließlich damit drohte, Lorenzo selbst dazu zu holen – was ihm vermutlich nicht gelungen wäre – bekam er endlich ein paar Auskünfte. Es war, wie er inzwischen schon befürchtet hatte. Luca und Susanna hatten aus irgendeinem unerfindlichen Grunde dem Gefangenen einen Besuch abgestattet, dieser hatte plötzlich angefangen zu schreien, von göttlichen Visionen zu faseln und die beiden als seine Helfershelfer bezeichnet.

Im Florenz der heutigen Tage nahm man solche Anschuldigungen äußerst ernst, wie Gianni erfuhr.

„Das finde ich ja auch gut", erklärte er schnell dem zuständigen Beamten, „Giuliano de' Medici war einer meiner besten Freunde. Ich spreche beinahe täglich mit Lorenzo und ich möchte sehr wohl, dass er am Leben bleibt. Aber diese zwei, das schwöre ich, sind unschuldig. Ich verbürge mich für sie."

„Sie könnten Euch getäuscht haben", sagte der Beamte hartnäckig, „Herr, Ihr kennt dieses Gesindel nicht. Oder besser, Ihr solltet dieses Gesindel nicht kennen. Mir hingegen sind die zwei bekannt. Der Junge ist der Enkel der alten Hexe Rosalba. Sie konnte zaubern!"

„Ist das bewiesen?", fragte Gianni mit hochgezogenen Augenbrauen, „ich bin der alten Frau auch einmal begegnet. Und für mich war sie nur ein Weib mit einem ziemlich stechenden Blick."

„Aha!", rief der Beamte triumphierend, „sie wird Euch verhext haben! Als Schutz für ihre Brut!"

„Das ist doch..." begann Gianni zornig, bevor er sich zusammenriss und zur Ruhe zwang.

„Ich bin mitnichten verhext worden", stellte er streng klar, „und ich kenne die beiden Geschwister schon seit Jahren..."

„Geschwister? So?", sagte der Beamte höhnisch, „ich kenne sie auch. Ich habe in ihrer Nachbarschaft gewohnt. Und ich weiß, dass die Alte jahrelang allein mit dem Jungen lebte, bevor sie das Mädchen holten, weiß Gott woher. Geschwister, pah! Und die Kleine, als sie kam, verließ ein Jahr lang nicht die Straße, ging fast nie aus dem Haus und im Inneren ihrer Hütte haben sie seltsame Beschwörungen durchgeführt!"

„Ich glaube, Ihr fantasiert", sagte Gianni kalt, „das ist doch alles Nonsens!"

„Und ist es auch Nonsens, dass man den Eremiten im Medici-Haus in Poggio aufgegriffen hat?", rief der Beamte beleidigt, „in der offensichtlichen Absicht, Il Magnifico zu töten?"

„Das habe ich nicht bezweifelt, aber..."

„Genauso ist es kein Nonsens, dass die drei einander kennen und vor dem heutigen Tag gekannt haben und dass Rosalbas Brut kam, um nach dem Mörder zu schauen!“

„Er ist doch gar nicht zum Mörder geworden...“

„Und als sie kamen, hat er sie da etwa nicht als seine Gehilfen bezeichnet? Hat er etwa nicht Namen und Daten genannt? Hat er nicht geschworen, die Wahrheit zu sagen?“, schloss der Beamte mit Nachdruck.

„Mag sein!“, sagte Gianni heftig, „das mag ja alles sein! Aber das ist doch kein Beweis! Für mich kann ein Mann, der sich allein nach Poggio begibt und so dilettantisch vorgeht, nur ein Verrückter sein! Und ja, vielleicht kennen sie sich irgendwoher, ich kenne auch viele Leute! Aber wenn mich ein Irrer als Mitwisser bezeichnen würde, würdet Ihr mich dann ebenfalls einsperren?“

Der Beamte musterte ihn.

„Man hat sie im Dom gesehen“, sagte er schlau, „am Mordtag vor zwei Jahren. Sie haben für Aufruhr gesorgt. Selbst da hatten sie schon etwas mit den Verschwörern zu schaffen!“

Gianni verfluchte sich plötzlich dafür, dass er die Sache nie klargestellt hatte. Sicher, er hatte Susanna schützen wollen, aber vielleicht wäre es besser gewesen, ihr Name hätte in offiziellen Dokumenten auf der richtigen Seite gestanden, anstatt Gerüchten Tür und Tor offen zu lassen.

„Ich habe damals mit ihr gesprochen“, sagte er fest, „und sie hatte ganz bestimmt nicht die Absicht, Giuliano oder Lorenzo zu töten.“

„Nein, aber sie hat geholfen!“

„Auch das hat sie nicht!“, donnerte Gianni, „verflucht noch mal! Ihr habt überhaupt keine Beweise, nur Hörensagen!“

„Man kann nicht vorsichtig genug sein!“, hielt der Beamte erbittert gegen.

Gianni holte tief Luft. So kam er nicht weiter.

„Ich will sie sehen“, sagte er knapp.

„Das ist leider unmöglich."

„Das ist es nicht. Mir steht ein Besuch zu. Ich will sie sehen."

„Nun", der Beamte, jetzt, wo er gewonnen zu haben schien, warf ihm nur noch einen gelangweilten Blick zu, „mag sein, dass Ihr Sonderrechte habt. Aber es geht nicht, weil das Mädchen zu krank ist, um zu sprechen."

Susanna zu krank, um zu sprechen? Gianni wurde plötzlich eiskalt.

„Und der Junge?", fragte er mit blassen Lippen.

Er erntete einen weiteren Blick, diesmal höhnisch.

„Der Junge", sagte der Beamte befriedigt, „wird gerade der Folter unterzogen."

„Es handelt sich um ein Missverständnis", sagte Gianni zum wiederholten Male.

Nur mit Geschrei, drohendem Aufstand und allen Mitteln, die ihm einfielen, war es ihm schließlich gelungen am Beamten vorbei zum Bargello selbst zu gelangen. Dieser war vielleicht einem Montecaldo gegenüber etwas aufgeschlossener, aber noch lange nicht so, als dass er Angeklagte einfach so wieder gehen ließe.

„Die Beschuldigungen", sagte er, während er die Papiere vor sich noch einmal durchsah, „richten sich anscheinend in erster Linie gegen den jungen Mann. Luca di Cammino, korrekt? Er soll mit dem Eremiten verwandt sein, ein Onkel, glaube ich. Und er soll sowohl von diesem als auch von dem ersten Attentat gewusst haben. Laut des Einsiedlers war er einer der Anstifter."

„Luca *di Cammino*?", sagte Gianni mit hochgezogenen Augenbrauen, „auf einer Stufe mit einem Pazzi, einem Salviati und dem Papst?"

„Ob der Papst es wirklich gewusst hat, ist nicht bewiesen."

„Dass Luca es gewusst haben soll, ist ebenfalls nicht bewiesen", sagte Gianni schnell, „fein, es gab diesen Aufruhr in der Kirche. Aber dabei ging es um mich und um Giuliano. Das ist alles nur ein Missverständnis. Luca und Susanna könnten keinem Menschen ein Haar krümmen!"

„Man kann sich in Menschen täuschen", sagte der Bargello vorsichtig, „versteht mich nicht falsch. Aber Florenz hat eine Menge für die Medici geopfert. Wenn wir Il Magnifico verlieren würden, wäre das alles umsonst gewesen. Wir müssen vorsichtig sein."

„Da stimme ich Euch zu, auf jeden Fall", bekräftige Gianni, „mein Punkt ist bloß, dass Luca und Susanna nichts damit zu tun haben. Dieser Einsiedler scheint doch verrückt zu sein. Für mich klingt es so, als sei er ein verrückter Verwandter der zwei. Sie haben von seiner Gefangennahme gehört und ihn aus Mitgefühl besucht. Dass er dann vielleicht wieder durchdrehte, ist nicht ihre Schuld. Nun seid doch mal ehrlich – hat nicht jeder von uns einen Verwandten, der nicht mehr ganz richtig ist?"

„Hm", machte der Bargello, „das wäre möglich. Aber was ist mit dem Aufruhr im Dom vor zwei Jahren? Wir haben Zeugenaussagen dazu."

Gianni seufzte und verfluchte sich erneut.

„Es ist meine Schuld, dass dies damals nicht offiziell geworden ist", gestand er, „Susanna muss irgend etwas überhört haben, irgendetwas, was darauf hinwies, dass Giuliano in Gefahr war. Und sie wusste, wie viel er mir bedeutete. Also kam sie in die Kirche, um mich zu warnen und dazu zu bringen, Giuliano aus der Kirche zu holen. Und ich war auch auf dem Weg zu ihm. Mein Fehler war, dass ich ihr nicht wirklich glaubte. Ich war zu langsam."

Der Bargello musterte ihn daraufhin eindringlich und Gianni hielt dem Blick entschlossen Stand. Es musste auch dem Polizeikommissar bekannt sein, wie eng Gianni Montecaldo und Giuliano de' Medici befreundet gewesen waren und dass Gianni sich in den Stunden und Tagen nach dem Mord entschieden an die Seite der Medici gestellt hatte. Dennoch – jetzt, in der Retrospektive, klang dies alles seltsam.

„Und es ist nicht zur Anzeige gekommen?", hakte der Kommandant nach.

Gianni errötete.

„Ich habe die Geschwister damals zu uns gebracht, in das Haus meiner Familie“, erklärte er, „dort sind sie geblieben. Zunächst einmal war ja alles so durcheinander. Und dann – Susanna war völlig verschreckt. Ich wollte sie keiner Befragung aussetzen. Sie wusste ja praktisch nichts.“

„Was genau wusste sie denn? Und wie hat sie es herausgefunden?“

Nun, an dieser Stelle musste Gianni passen. Er hatte diesen Punkt schließlich niemals verfolgt.

„Ich bin mir nicht sicher“, sagte er rasch, „sie hat vielleicht etwas gehört – ich habe sie nie gefragt, um ehrlich zu sein. Aber ich kenne sie. Sie ist ein sanftes Mädchen, ein gutes Mädchen. Sie wäre niemals zu einem Mordkomplott fähig.“

Der Blick, den der Bargello ihm danach zuwarf, gefiel ihm nicht sehr, weil er ihn zu sehr als naiven, verliebten Jungen abwertete, aber er verkniff sich eine Reaktion.

Der Polizeikommandant seufzte.

„Dummerweise können wir sie nicht fragen“, sagte er, „sie fiebert und ist seit Tagen nicht ansprechbar.“

„Sie fiebert“, wiederholte Gianni bang, und jetzt war es ihm völlig egal, wie er angesehen wurde, „vielleicht stirbt sie! Das Gefängnis ist kein Ort für sie! Erlaubt mir wenigstens, sie hieraus zu bringen. Sie kann in unserem Haus unter Arrest gestellt werden!“

„Habt Ihr das mit Eurem Bruder besprochen?“, fragte der Bargello streng.

Nein, das hatte Gianni natürlich nicht. Und Cesare würde auch wenig begeistert sein.

„Mein Bruder wird mich unterstützen“, sagte er trotzdem, „ich schwöre, die beiden sind unschuldig. Ich mag keine anderen Beweise als meine Aussage haben – aber dann habt Ihr ja auch keine anderen Beweise als Aussagen.“

„Das ist nicht ganz von der Hand zu weisen“, sagte der Bargello, „dennoch. Ich bin Lorenzo de’ Medici verpflichtet. Ihr sagtet doch, Ihr seid gut mit Il Magnifico befreundet? Fragt ihn. Wenn er Euch glaubt, will ich die beiden gerne freilassen."

„In Ordnung", sagte Gianni, „das ist nur fair. Darf ich dann wenigstens darum bitten, dass man bis dahin Luca nicht mehr foltert und Susanna in ein besseres Zimmer bringt? Und vielleicht eine Pflegerin? Ich würde auch dafür zahlen!"

„Wenn Ihr meint", sagte der Bargello augenrollend, „was die Folter anbetrifft, so setze ich sie aus, bis neue Beweismittel aufgetreten sind. Wir haben sowieso noch genug mit diesem Einsiedler zu tun."

„Wer weiß, vielleicht widerruft er seine Aussage ja auch", sagte Gianni hoffnungsvoll, „aber so oder so, ich werde Euch nicht lange warten lassen!"

Er gehörte zum Stab Lorenzo de' Medicis, zu seinen Vertrauten und er hatte seine Treue bereits unter Beweis gestellt. Das Problem schien von daher nicht unbedingt die Zusage zu sein, das Problem war eher die Zeit. Lorenzo war ein vielbeschäftigter Mann.

An diesem Tag schien alles wie verhext. Gianni rannte dem inoffiziellen Herrn der Stadt hinterher und kam immer ein bisschen zu spät. Abends musste er sogar feststellen, dass Lorenzo kurzfristig die Stadt verlassen hatte, vermutlich, um nach seiner Frau und seinen Kindern zu sehen, aber auf welchem Landgut diese sich nun gerade befanden, ob in Careggi oder in Poggio oder wo auch immer, konnte ihm niemand sagen.

Am nächsten Tag pfiff ihn Cesare zurück und drohte mit ernsthaften Konsequenzen, sollte Gianni wieder so unvernünftig davonrennen und Termine platzen lasen. Gianni, der zwar innerlich vor Ungeduld brannte, sah die Vorwürfe ein, zumal er sowieso nichts machen konnte, solange Lorenzo nicht da war. Er tröstete sich damit, indem er einen Diener zum Bargello schickte und herausfinden ließ, dass Luca tatsächlich nicht mehr gefoltert wurde und dass Susanna ein Bett und eine Pflegerin bekommen hatte.

Aber wohl war ihm nicht. Wohl war ihm schon gar nicht, als ein weiterer Tag erfolglos verstrich und Leonardo ihm am Abend entsetzt berichtete, der Attentäter aus Poggio sei an den Folgen der Folter verstorben. Von ausgerenkten Füßen, durch Feuer und Salz zerstört, war die Rede.

Gianni wurde schlecht vor Angst.

Am nächsten Morgen war er daher vor allen anderen auf, fand sich in der Via Larga ein, noch bevor die Türen richtig geöffnet wurden, und hatte Glück. Lorenzo war am Vorabend heimgekommen und bereits wach.

„Ich muss ihn sprechen", beharrte Gianni.

„Jeder will ihn sprechen", wurde er zunächst beschieden und er stellte verbittert fest, was für einen Unterschied es machte, Aufträge zu erhalten oder mit Bitten zu kommen. Er wusste allerdings auch, dass er, seitdem er sich für die Pazzi verwandt hatte, in Lorenzos Augen einen Knacks abbekommen hatte.

Das machte die Sache nicht unbedingt einfacher.

Sigismondo della Stufa war es schließlich, der ein Einsehen mit ihm hatte, sich ebenfalls für Gianni einsetzte und mit dessen Hilfe es ihm gelang, ein Gespräch unter vier Augen zu erhalten. Nach dem ersten Blick wurde Gianni zumindest eines klar – Lorenzo wusste längst, weshalb er kam, und es war kein Zufall, dass er ihn so lange nicht hatte erreichen können. Kein besonders ermutigendes Zeichen.

Er warf sich entschieden in den Kampf.

„Ich kenne Luca und Susanna schon mein halbes Leben lang", schloss er schließlich, „sie waren es, bei denen ich nach Sebastianos Tod Unterschlupf fand. Giuliano kannte sie. Leonardo da Vinci kennt sie. Es sind gute, unbescholtene Leute. Sie trachten dir bestimmt nicht nach dem Leben."

Lorenzo hatte aufmerksam zugehört, aber auch sehr skeptisch.

„Man sagt, die Großmutter sei eine Hexe gewesen, aus dem Volk der Fahrenden", erwiderte er.

„Sie war eine seltsame alte Frau, das weiß ich“, wiegelte Gianni ab, „aber sie starb bei dem Kirchenbrand in Santo Spirito. Was oder wer auch immer sie war, ist lange vorbei. Luca arbeitet bei den Gewürzhändlern und er hat einen guten Leumund. Vorher war er als Apothekengehilfe bei einem Händler namens Landucci tätig. Susanna macht diese Arbeit jetzt.“

„Ist das so?“, sagte Lorenzo erstaunt, „mir wurde gesagt, das Mädchen würde nicht mehr arbeiten. Mir wurde auch gesagt, dass sie für ihre Behausung nie eine offizielle Genehmigung hatten. Es wird da alles etwas obskur. Mir scheint, als ob diese Rosalba ihre eigenen Methoden hatte, sich Vorteile zu verschaffen.“

„Es geht aber nicht um Rosalba, sondern um Luca und Susanna“, widersprach Gianni schnell, „Lorenzo. Ich weiß, du hast berechtigte Sorge um dein Leben. Du weißt, dass ich meines für Giuliano gegeben hätte. Er war mir wie ein Bruder und ich hätte weiß Gott darauf verzichten können, noch einen vor meinen Augen zu verlieren. An meiner Treue hast du keinen Zweifel. Ich verbürge mich für sie.“

„Du hast dich auch für die Pazzi verbürgt, wenn ich mich recht entsinne“, sagte Lorenzo langsam „dieses Frühjahr. Und Renaldo de’ Pazzi war praktisch die andere Hälfte deines Bruders Sebastiano.“

„Renaldo war Sebastianos Freund, nicht meiner“, sagte Gianni schnell, „und ja, ich habe für sie gesprochen. Aber das tat ich nicht nur für sie, sondern auch für dich und für Florenz. Diese Sache musste ein Ende haben! Du weißt es doch selbst!“

„Wird es jemals ein Ende haben“, murmelte Lorenzo wie zu sich selbst.

Dann straffte er sich.

„Nein, du hast Recht“, gab er unvermittelt nach, „die Reaktion gegen die Pazzi war zu Beginn sehr harsch. Meine eigene Schwester hat inzwischen für sie gebeten und wenn ich an Biancas Treue zu zweifeln beginne, kann ich auch gleich an mir selber zweifeln. Du bist Giulio ein guter

Freund gewesen, das weiß ich. Du kannst seinen Tod nicht gewollt haben."

„Ich war auch dir ein guter Freund", erwiderte Gianni leise, „es kränkt mich, dass du Zweifel daran hast."

Lorenzo lachte gequält auf.

„Wie soll ich keine Zweifel haben, wenn man mich schon wieder bedroht?", sagte er bitter.

Gianni holte tief Luft.

„Aber man wird dich immer bedrohen", erwiderte er mutig, „du wirst es nicht ändern können. Giulio sagte zu mir, du willst, dass jedermann dein Freund ist und dass es dir nicht gelingen kann. Er hatte Recht, Lorenzo. Solange du in dieser Stadt an der Macht bist, wird es immer Neider geben oder Wahnsinnige oder welche, die sich von Gott erleuchtet fühlen."

„Wobei das zweite dem dritten praktisch gleichkommt", meinte Lorenzo nicht ohne Spott, „ich sehe, was du meinst. Aber gerade, weil es so ist, wie es ist, muss ich vorsichtig sein. Ich habe viel gewagt. Ich will es nicht verlieren."

„Du wirst es nicht verlieren", sagte Gianni, „zumindest nicht an Luca und Susanna di Cammino. Lorenzo, ich bitte dich. Und wenn du mir nicht glaubst, schau sie dir selber an. Schau sie an und sag mir, ob du sie für Attentäter hältst."

„Der äußere Anschein kann trügen", meinte Lorenzo unbehaglich, „und ich habe wenig Zeit."

„Aber Florenz liebt dich gerade wegen deiner Nähe", sagte Gianni nicht ohne Hinterlist.

Und damit hatte er Erfolg.

In der Stinche reagierte man natürlich erschrocken und teilweise durchaus etwas panisch, als Gianni Montecaldo mit Lorenzo de' Medici höchstpersönlich zurückkam. Es war wohl auch möglich, dass der ein oder andere Beamte blass wurde, als Lorenzo verlangte, dieses Geschwisterpaar di Cammino zu sehen, und zwar unverzüglich. Man gehorchte selbstverständlich.

„Der Junge ist hier“, sagte der Bargello und ließ die Tür zu einer der Zellen öffnen, „wir haben ihn isoliert. Der junge Mann, sollte ich wohl besser sagen. Ich habe, wie versprochen, die Folter zunächst ausgesetzt.“

Gianni wurde ganz weich in den Knien, als er Lorenzo in das enge Gelass folgte. Der Schweiß brach ihm aus und er fürchtete, nicht ertragen zu können, was er jetzt sehen würde. Der Eremit war an den Folgen seiner Folter gestorben.

Aber Luca war nicht tot. Luca war sogar bei Bewusstsein. Luca, auf einer Lage Stroh in der Ecke ausgestreckt, bemühte sich tatsächlich, sich ein wenig aufzurichten, als der Besuch die Zelle betrat. Dass es ihm nicht gelang, lag vor allem an dem gebrochenen Bein. Es war das Lahme, wie Gianni mit raschem Blick feststellte.

Wenn Luca Schmerzen hatte, so zeigte er es nicht. Ruhig glitten seine Augen über die Versammelten, blieben bei jedem einzelnen einen Moment lang hängen, forschend, wie abtastend. Am Ende richtete er den Blick auf Gianni und ein kaum wahrnehmbares Lächeln zeigte sich um seinen Mund.

„Du bist Luca di Cammino?“, fragte Lorenzo.

Luca nickte, bewegte sich und verzog jetzt doch kurz das Gesicht.

„Der bin ich“, antwortete er, „und ich weiß, wer Ihr seid, Herr. Verzeiht, wenn ich nicht aufstehe. Aber ich war schon vorher nicht so gut zu Fuß.“

Lorenzo musterte ihn genauer.

„Dein Bein ist verkrüppelt“, stellte er fest.

„Gebrochen und falsch zusammengewachsen“, antwortete Luca frei, „was ich meinem Onkel verdanke – demselben übrigens, der mich hierhergebracht hat. Ich weiß, Herr, dass Euch die Familie beinahe über alles geht – aber meine lässt doch manchmal sehr zu wünschen übrig.“

„Dann war der Eremit also tatsächlich dein Onkel?", hakte Lorenzo nach.

Lucas Augen flackerten kurz bei dem Wörtchen *war* auf, blieben aber ansonsten ruhig.

„Das habe ich nie bestritten", gab er zur Antwort, „ein Onkel, ja. Wir erfuhren, dass er festgenommen war, und wollten etwas Familiensinn zeigen. Ein Fehler, offensichtlich."

„Das heißt, du behauptest, vor eurem Besuch hier keinen Kontakt zu diesem Onkel gehabt zu haben", bohrte Lorenzo weiter nach.

Luca nickte.

„So ist es, Herr."

„Und gibt es einen Grund, weshalb dein Onkel dir... hm... nicht besonders freundlich gesonnen sein sollte?"

Eine höfliche Umschreibung dafür, dass eine möglicherweise falsche Beschuldigung den Neffen an die Folter ausgeliefert hatte. Aber Luca zeigte lediglich ein trockenes Lächeln.

„Ich hätte gedacht, er hasst eher meine Großmutter als mich", gab er zu, „ich scheine mich geirrt zu haben. Ich verdanke ihm dieses Bein – beziehungsweise, so, wie es noch vor ein paar Tagen war."

„Weshalb hat er das getan?", wollte Lorenzo wissen.

„Krüppelkinder bringen mehr beim Betteln", antwortete Luca schlicht.

Lorenzo verzog das Gesicht – offensichtlich dachte er an seine eigene, stetig wachsende Kinderschar.

„Das scheint mir eher ein Grund für dich zu sein, ihn zu hassen, als umgekehrt", stellte er fest.

„Hass bringt einen nicht weiter", sagte Luca gelassen, „aber ich sollte vielleicht erklärend hinzufügen, dass meine Großmutter, als sie dahinterkam, mich von seinem Wagen holte, ihn verfluchte und ihm das Körperteil nahm, das er gebraucht hätte, um für eigenen Nachschub zu sorgen. Was Kinder anbetrifft, meine ich. Meine Großmutter war eine sehr resolute Frau."

Stille folgte auf diese Eröffnung. Lorenzo starrte Luca an, der starrte unbeirrt zurück. Der Bargello räusperte sich.

„Es ist tatsächlich so, Herr, dass dem Eremiten dieses – hm – Körperteil fehlte", sagte er leise, „warum, wollte er uns nicht sagen."

Lorenzo starrte noch immer. Dann fing er sich.

„Das, so scheint mir", erklärte er nicht ohne Ironie, „ist durchaus ein Grund zu hassen. Hast du noch andere Beweise für deine Unschuld?"

„Ich war nie in Poggio", antworte Luca, „aber das kann Euch kein Beweis sein, schließlich hätten wir uns verständigen können. Ich kann auf die Bibel schwören, dass ich mit diesem Anschlag nichts zu tun habe."

„Mit diesem? Und was ist mit dem Ersten? Der meinem Bruder das Leben kostete?", hakte Lorenzo nach.

Luca warf einen raschen Blick auf Gianni und dieser trat vor.

„Ich habe ihm erzählt, was damals passiert ist", sagte er, „dass Susanna etwas gehört haben muss, dass sie versuchte, mich zu warnen und dass ich ihr nicht glauben wollte. Ich habe ihm auch erzählt, es ist meine Schuld, dass wir diese Tatsache nie formell angezeigt haben."

Luca wandte sein Gesicht wieder Lorenzo zu. Er war jetzt völlig ernst.

„Susanna trifft keine Schuld", sagte er mit Nachdruck, „sie schöpfte auf dem Vorplatz vor dem Dom Verdacht, als uns der Pazzi und der Baroncelli mit Eurem Bruder entgegenkamen. Die Missstimmung zwischen den Medici und den Pazzi waren auch uns bekannt. Susanna sah, wie die beiden Eurem Bruder immer wieder gegen Bauch, Rücken und Brust schlugen. Vielleicht hat sie auf den ersten Blick überreagiert. Aber auf den zweiten hatte sie Recht."

Er beugte sich vor, obwohl ihm dies sichtlich Schmerzen bereitete.

„Susanna hätte niemals den Tod Eures Bruders gewollt, Herr", sagte er eindringlich, „sie ist diejenige, die sich um Gianni kümmerte, als Sebastiano Montecaldo starb. Sie hätte alles getan, um Gianni wieder eine solche Situation zu ersparen. Es ist zutiefst bedauerlich, dass es ihr nicht gelang."

Lorenzo räusperte sich und Gianni spürte, dass er tiefrot geworden war und dass der Bargello ihn wieder so unangenehm musterte.

„Es wurde mir auch berichtet, du hättest versucht, sie zurückzuhalten, damals im Dom", sagte Lorenzo leise.

Luca schnaufte durch die Nase.

„Hättet Ihr das nicht auch, Herr, aufgrund solch magerer Hinweise?", erwiderte er, „aber sie hatte den richtigen Riecher. Nicht ich."

„Hm", machte Lorenzo.

„Herr", wiederholte Luca mit Nachdruck, „meine Schwester ist unschuldig. Sie ist ein gutes, sanftes Mädchen, das niemandem Böses will. Wenn Ihr jemanden strafen wollt, dann mich. Aber Susanna... bitte lasst sie gehen."

„Sie ist sehr krank, wusstest du das?", fragte Lorenzo schonungslos.

Luca schloss für einen Moment die Augen.

Als er sie öffnete, waren Tränen darin. Er sprach kein Wort.

Lorenzo räusperte sich erneut.

„Man hat sie nicht misshandelt, wie mir gesagt wurde", setzte er wie entschuldigend hinzu.

„Das ist richtig, Herr", beeilte sich der Bargello zu sagen, „es ist ein Fieber. Sie wurde bereits am ersten Tag krank."

Luca richtete seinen Blick auf Lorenzo, tief und offen.

„Herr", sagte er, und mehr nicht.

Der Besuch bei Susanna gestaltete sich deutlich kürzer. Sie lag in einer kleinen, ebenerdigen Kammer mit vergittertem Fenster und hatte zumindest eine Pritsche und eine Decke. Aber ihre Haare waren feucht von Schweiß, ihre Haut noch bleicher als an besagtem Ostersonntag und ihre Augen öffneten sich nicht.

„Sie hat ein wenig getrunken, mehr nicht", berichtete die Frau, die man als Pflegerin angestellt hatte, „die Pest ist es nicht. Keine Schwellungen, kein blutiger Husten. Glaubt es mir, ich kenne mich damit aus. Schließlich habe ich die Pest selbst überlebt."

Das war rar und erntete beeindruckte Blicke, änderte aber nichts an Susannas Zustand. Lorenzo trat an ihr Lager und sah auf ihr Gesicht herab, ohne sie zu berühren. Als er sich abwandte und Gianni den Zutritt verschaffte, konnte der sich nicht zurückhalten und fuhr behutsam an ihrer Wange entlang. Ihre Haut glühte.

Und mehr konnte man nicht tun.

Zurück im Zimmer des Bargello schwieg Lorenzo zunächst. Die Sache hatte inzwischen länger gedauert, als er vermutlich geplant hatte, aber sie war wohl auch nicht mehr ganz so einfach wie ursprünglich erwartet. Der Bargello wartete geduldig, aber Gianni zitterte innerlich vor Anspannung.

„Der Junge scheint ehrlich", sagte Lorenzo schließlich, „obwohl es schwerwiegende Anschuldigungen sind und er keine Beweise für seine Unschuld hat. Außerdem hat er versucht, dass Mädchen an ihrer Warnung zu hindern. Sie könnte auch über ihn von dem Anschlag erfahren haben."

Gianni hätte schreien können.

„Lorenzo – bitte!", sagte er flehend, „glaubst du wirklich, Luca hätte..."

„Ich kann alles Mögliche glauben und mich dennoch täuschen, Gianni", schnitt Lorenzo ihm das Wort ab, „man sagt ebenfalls, seine Großmutter wäre eine Hexe gewesen. Alles in allem kann ich ihn nicht einfach so freisprechen. Aber..."

„Aber...?", hakte Gianni mit aufkeimender Hoffnung nach.

„Aber ich kann ihn auch nicht einfach so verdammen", seufzte Lorenzo, „ein aufgeweckter Kerl. Ich verstehe, weshalb du ihn magst. Also gut, Gianni Montecaldo. Er wird freigesetzt. Aber er muss Florenz heute noch verlassen und ich will ihn hier vorerst auch nicht mehr sehen. Ist das klar?"

„Eindeutig klar“, sagte Gianni, der vor Erleichterung ganz weiche Knie bekam, „und Susanna?“

Hier wurde Lorenzos Blick erstaunlich weich.

„Sie scheint nun wirklich unschuldig zu sein“, bekannte er, „und sie ist zu krank, um transportiert zu werden. Lasst sie gehen. Ich nehme an, Gianni, dass du dich um ihr weiteres Wohlergehen kümmern wirst?“

„Das werde ich“, sagte Gianni, „ich kümmere mich um beide. Ich sorge für Lucas Transport und ich bringe Susanna zu meiner Schwägerin. Angelica hat unseren Vater gepflegt, sie wird mir helfen. Ich danke dir, Lorenzo. Ich danke dir wirklich!“

„Na“, sagte Lorenzo grinsend, „das ist gut zu wissen. Danke es mir, indem du mir hilfst. Wir haben noch viel zu tun!“

Zunächst einmal aber hatte Gianni selbst zu tun, und zwar zu organisieren. Er wartete keine Sekunde mehr länger, ließ von Leonardo, der wieder vor dem Gefängnis gewartet hatte, ein paar Träger besorgen und eine Trage, auf der man Luca aus seinem Verließ holen konnte. Die Bewegung des gebrochenen und schlecht geschienten Bein tat deutlich weh und Lucas Gesicht war so verkniffen vor Schmerz, dass er Gianni nicht einmal danken konnte. Aber das war dessen kleinste Sorge.

Susanna trug er höchstpersönlich hinaus. Er kümmerte sich auch nicht um die neugierigen Blicke, die man ihm im Palazzo und auf der Straße zuwarf. Er schickte Leonardo voraus, um seine Familie vorzuwarnen und war ansonsten ganz damit beschäftigt, Susanna zu tragen. Ihr Fieber schien an der frischen Luft nicht mehr ganz so heftig zu sein.

Im Palazzo angekommen war sein Glück ihm treu, denn Cesare war außer Haus. Angelica, krisengewohnt, fackelte nicht lange. Sie ließ Susanna in die kleine Kammer bringen, in der sie auch zwei Jahre zuvor die Geschwister hatte schlafen lassen und dann warf sie Gianni hinaus.

„Das hier ist Frauensache“, sagte sie kurz angebunden, „Himmel, das arme Mädchen! Kümmere du dich um ihren Bruder.“

Luca hatte man samt der Trage im Hof stehen lassen und an seiner Seite war bereits Leonardo eifrig beschäftigt. Der notdürftige Verband von dem gebrochenen Bein war entfernt worden, vermutlich gegen Lucas Widerstand.

„Wir brauchen einen Wundarzt", meinte Gianni.

„Nein", widersprach Leonardo, „ich mache das. Gianni, vertrau mir! Ich kann ihm helfen. Es ist nicht ganz gerade."

„Das war es vorher auch nicht", sagte Luca, kreideweiß vor Schmerz, „bitte, lass es einfach in Ruhe. Ich hinke schon mein ganzes Leben lang. Da macht dies auch nichts mehr aus."

„Aber was, wenn du in Zukunft gerade gehen könntest?", fragte Leonardo lockend.

„Was, wenn es gebratene Tauben vom Himmel regnet?", gab Luca bissig zurück, „lasst mich zufrieden, Herrgott nach mal! Habe ich nicht schon genug mitgemacht?"

„Es muss zumindest neu geschient werden", meinte Gianni ernsthaft, „ich lasse einen Wundarzt kommen. Warte – halt – Leonardo!"

Aber Leonardo hatte bereits mit kräftigen, entschlossenen Händen das Bein umfasst, hatte am unteren Teil gezogen und am oberen gedrückt. Es gab ein hartes Krachen, Luca schrie auf. Dann war es still.

„Er ist ohnmächtig geworden", sagte Gianni kopfschüttelnd, „Himmel, Leonardo, musste das sein? Ich glaube, du hast es ihm noch einmal gebrochen!"

„Es war bereits angeknackst", sagte Leonardo, „das konnte man fühlen. Gut, dass er bewusstlos ist. Hier, halte mal."

„Was willst du denn… Leonardo!"

Wieder umsonst. Wieder hatte Leonardo nicht gezögert, gezogen, gedrückt und wieder knackte es, diesmal aber nicht ganz so schauerlich. Er schwitzte vor Anstrengung, löste jedoch seinen Griff nicht mehr.

„Jetzt brauchen wir feste Latten und ganz viel Binden", sagte er, „sieh doch. Es ist viel gerader als zuvor!"

Nun, das war nicht ganz falsch, wie Gianni zugeben musste. Der böse Knick, der Lucas Bein so verkürzt hatte, war deutlich kleiner geworden. Vielleicht wusste Leonardo mit seiner Faszination für Knochen und Muskeln tatsächlich, was er tat. Vielleicht sollte man einfach mal das ewige „Leonardo!" beiseiteschieben und vertrauen.

Er half beim Schienen.

Als Lucas Bein sicher verpackt war, war auch das Fuhrwerk abfahrbereit, dass ihn aus Florenz fortbringen sollte. Leonardo erklärte sich bereit, den Verletzten zu begleiten. Gianni setzte noch einen hastigen Brief an seine Schwester auf, in der er sie bat, sich um Luca zu kümmern, bis dieser wieder gesund war und bis sie von ihm, Gianni, gehört hatte und gab diesen Leonardo mit.

Beim Verladen wurde Luca wieder wach. Gianni beugte sich über ihn.

„Mach dir keine Sorgen", sagte er, „du musst aus Florenz fort, heute noch. Leonardo und unsere Diener bringen dich auf das Landgut meiner Familie. Meine Schwester Minerva ist dort. Sie ist zwar etwas herrisch und manchmal ziemlich launisch, aber sie hat einen guten Kern."

Luca sah ihn an, die Augen unlesbar.

„Susanna?", fragte er leise.

Gianni verzog das Gesicht.

„Sie bleibt vorerst hier", antwortete er, „ich kann dir nichts versprechen. Lorenzo hat ihr gestattet zu bleiben, im Gegensatz zu dir. Aber ich werde dich wissen lassen, wie es ihr geht. Ich werde für sie sorgen."

Lucas Blick wurde ganz dunkel und ein wenig schwammig.

„Gianni Montecaldo", murmelte er, „bei Gott, Gianni Montecaldo."

Das war alles. Aber seine Hand, die zitternd nach Giannis Fingern fasste und diese schwach drückte, sagte mehr als genug.

*

„Ich weiß, du bist wütend", sagte Gianni zu Cesare, „und ich weiß, du hast Grund dazu. Ich habe unsere Beziehungen ausgespielt, Leute aus dem Gefängnis geholt, hierher, und all dies für zwei Menschen, die der Casa Montecaldo nicht von Nutzen sein können. Du kannst mich sicher nicht verstehen."

„Es fällt mir schwer", gab Cesare zu, etwas irritiert darüber wirkend, dass Gianni ihm mit dieser Selbstanklage den Wind aus den Segeln genommen hatte. Gianni lächelte gewinnend.

„Es war trotzdem richtig", sagte er mutig, „glaube es mir."

„Aha", machte Cesare, „dann können sie uns doch irgendwie von Nutzen sein?"

„Nein."

„Aber in Zukunft?"

„Auch nicht."

„Aha", wiederholte Cesare, „sehr *richtig*, ich verstehe. Den Jungen hast du aufs Land geschickt?"

„Zu Minerva", erwiderte Gianni ehrlich, „er musste sofort die Stadt verlassen und das schien mir das einfachste."

„Zu Minerva?"

„Ja."

„Nun gut", Cesare holte tief Luft. Man sah ihm an, dass er sich um Verständnis bemühte und damit versagte. Dass jetzt auch noch ihre Schwester in die Sache hineingezogen wurde, passte ihm bestimmt nicht.

„Der Junge musste die Stadt sofort verlassen, obwohl er unschuldig war?", vergewisserte er sich.

Gianni nickte.

„So ist es."

„Und warum?"

„Es gab keine Beweise für seine Unschuld", gestand Gianni.

Cesares Gesicht verfinsterte sich.

„Aber“, setzte Gianni hastig hinzu, „es gab auch keine Beweise für seine Schuld! Und Lorenzo hat selbst mit ihm gesprochen! Ich denke, Lorenzo hätte ihn ohne Bedingungen freigelassen, wenn man ihm nicht ständig nach den Leben trachten würde.“

„Womit dieser Junge natürlich nichts zutun hat“, sagte Cesare trocken.

„Natürlich nicht“, antwortete Gianni fest, „er ist auf dem Land, Cesare. Er hat ein gebrochenes Bein und kann nicht weglaufen. Und ich bin ziemlich sicher, dass Minerva mit ihm fertig wird.“

„Möglich“, sagte Cesare nach einem Moment, „also gut. Nehmen wir das hin. Aber das Mädchen ist hier. Sie ist krank.“

„Ja. Ist das wichtig?“

„In Anbetracht der Tatsache, dass sie in unserem Haus liegt, wo meine kleinen Kinder herumlaufen, wo unsere Dienstleute arbeiten und dass sie, wie ich vermute, in just diesem Moment vermutlich gerade von *meiner* Frau gepflegt wird – ja, es interessiert mich durchaus, dass sie krank ist. Es interessiert mich auch, was sie hat!“

„Die Pest ist es nicht“, beeilte sich Gianni zu sagen.

Cesare wurde blass.

„Das wäre ja auch noch schöner!“, fuhr er auf, „wenn du die Pest in unser Heim schleppen würdest!“

„Sie hat nicht die Pest“, wiederholte Gianni mit Nachdruck, „die Pflegerin im Gefängnis hat es gesagt und die hat selbst die Pest überlebt. Susanna hat etwas anderes.“

„Und was?“

„Ein Fieber.“

„Das ist sehr beruhigend“, spottete Cesare.

Gianni holte tief Luft.

„Schau, Cesare“, sagte er so ruhig wie möglich, „sie sind meine Freunde. Sie waren schon einmal hier, du erinnerst dich? Sind sie da unangenehm aufgefallen? Nein – Susanna hat fast nichts gesagt und

Luca hat mitgeholfen, wo er konnte. Sie haben keine Arbeit gemacht und keine Unruhe verursacht!"

„Was diesmal, wie du mir Recht geben musst, anders ist", entgegnete Cesare, „sie haben bereits für Unruhe gesorgt, sie haben unser Haus in eine fragwürdige Position gerückt und das Mädchen ist krank."

„Ich habe mit Lorenzo höchstpersönlich gesprochen", hielt Gianni dagegen, „er hat sie selbst freisetzen lassen!"

„Und was musst du dafür tun?", fragte Cesare.

Gianni seufzte. Wunder Punkt, kalt erwischt.

„Ich helfe ihm wieder", sagte er, „die unangenehmen Aufgaben, wie immer."

„Du meinst die heiklen Missionen", berichtigte Cesare, „unangenehme Aufgaben sind etwas anders. Mit denen hast du hoffentlich nichts zu tun."

„Mir sind diese Aufgaben schon unangenehm genug", sagte Gianni bitter, „es wird eine Gesandtschaft geben, zum Papst."

Cesare fuhr auf.

„Und du bist dabei?", rief er schockiert.

Gianni schüttelte den Kopf.

„Nein", sagte er, „ich helfe bei der Vorauswahl und ich helfe dabei, sie richtig einzustimmen."

„Ihnen zu sagen, was sie dem Papst sagen sollen", folgerte sein Bruder.

Gianni verzog das Gesicht.

„Jetzt klingst du wie Sebastiano", murmelte er.

Cesare hielt kurz inne. Dann brach sich ein seltenes Lächeln Bahn auf seinem Gesicht.

„Ist da so", sagte er mit feinem Spott.

Gianni hielt inne, sah seinen Bruder forschend an. Und fasste einen spontanen Entschluss.

„Möchtest du einmal wie Sebastiano sein?", fragte er.

Cesare zog irritiert die Brauen hoch.

„Was meinst du?“, erwiderte er argwöhnisch.

Er hatte nicht nein gesagt, dachte Gianni, er hatte nicht sofort widersprochen. Interessant.

Er musterte seinen Bruder, biss sich kurz auf die Lippen und dann sagte er einfach: „Begleite mich morgen Nachmittag.“

Er hatte Cesare nicht gesagt, wohin, aber das war auch nicht so wichtig. Es wurde auch nicht gleich der nächste Tag, weil Gianni wieder einmal keine Zeit hatte, sondern die nächste Woche – was aber, wie er wusste, gerade noch vertretbar war. Auch in Florenz war man mit der Gesandtschaft beschäftigt.

Leonardo kehrte vom Land zurück und berichtete, Luca sei vergleichsweise gut angekommen – wobei er, in der Villa Montecaldo, das Bein des Versehrten gleich noch einmal gebrochen hatte, aus medizinischen Erwägungen. Luca sei danach nicht sehr gut auf ihn zu sprechen gewesen, erzählte Leonardo vergnügt, und Minerva sei sehr seltsam gewesen.

„Und dennoch findest du das gut?“, meinte Gianni kopfschüttelnd.

„Luca wird sehr gut auf mich zu sprechen sein, wenn er wieder steht“, erklärte Leonardo grinsend, „warte es nur ab. Und was deine Schwester anbetrifft – oh, die zwei werden miteinander klarkommen. Ist vielleicht mal ganz gut, dass sich wieder jemand um sie kümmert.“

Gianni hatte danach natürlich ein schlechtes Gewissen.

Er hatte noch einmal ein schlechtes Gewissen, als er bei Lorenzo saß und sie die Namen der Gesandtschaft durchsprachen. Da diese Mission nun wirklich heikel und für Florenz von eklatanter Wichtigkeit war, konnte es Lorenzo gar nicht genau genug gehen. Ein Platz war noch offen.

„Was ist mit Umberto Castini?“, sagte da einer, „er ist ein unbescholtener florentiner Geschäftsmann, reich wie Krösus. Wäre er nicht geeignet?“

Gianni war unwillkürlich zusammengezuckt. Aber bevor er etwas sagen konnte, meldete sich ein anderer und erwiderte: „Der alte Castini geht nicht – er ist vor drei Wochen gestorben. Habt ihr nicht gesehen, dass man sein Haus versiegelt hat?“

„Sein Haus versiegelt?“, platzte Gianni verblüfft heraus.

Eigentlich wollte er etwas anderes sagen. Eigentlich wollte er sagen – tot? Auch der alte Castini? Wie sein eigener Vater, Francesco Montecaldo?

Aber das sagte er natürlich nicht.

„Ja“, wurde ihm geantwortet, „das Haus ist vorerst versiegelt worden, weil es keine Erben gibt. Er hat praktisch keine Familie außer einer Nichte in Bologna.“

Nun, das hatte Gianni gewusst. Das immense Vermögen des alten Castini stand sozusagen im Nichts. Es gab auch kein Testament, wie er noch erfuhr, denn der Alte hatte bis zum Schluss behauptet, seine Tochter würde noch leben. Dass sie nach den neuen Gesetzen in Florenz gar nicht mehr erbberechtigt war, hatte er dabei erfolgreich verdrängt.

Gianni hingegen hatte etwas anderes verdrängt. Und deshalb, weil es nun wirklich an der Zeit war und weil es keine einzige Ausrede mehr gab, ging er nach der Besprechung zu Lorenzo und bat darum, das Porträt der kleinen Castini aus dem Nachlass zu erhalten.

„Großer Gott – ich erinnere mich“, sagte Lorenzo erstaunt, „ihr wart mal verlobt, nicht war? Da wart ihr ja noch Kinder...“

„Sie verschwand im Karneval vor unserer Hochzeit“, erklärte Gianni, „ich weiß, dass es ein Porträt gibt – Perugino hat es gemalt. Ich glaube, es war sogar mein Vater, der es in Auftrag gab. Ich hätte es einfach gerne.“

Lorenzo musterte ihn erstaunt.

„Na“, sagte er nach einem Moment, „wenn du meinst. Ich will sehen, was ich tun kann.“

Von dieser Sache erzählte er Cesare natürlich lieber nichts. Cesare hätte nur wieder die Verträge gesehen und die Tatsache, dass mit dem Tod des Alten die letzte Möglichkeit erloschen war, die Verlobung zu annullieren. Auf der anderen Seite, so dachte Gianni trotzig, was tat das denn auch. Vater und Tochter waren fort, beide vermutlich tot und wenn er, Gianni, eines Tages eine andere Frau heiraten würde, würde kein Hahn mehr nach der alten Vereinbarung krähen.

Und deshalb machte es wenig Sinn, Cesare darauf anzusprechen.

Mit Cesare hatte er etwas anderes vor, was, wie er hoffte, etwas mehr Verständnis bei seinem Bruder für Lucas und Susannas Lage schaffen würde. Dass er dabei ein Geheimnis verriet, würde in Zukunft nicht mehr von Bedeutung sein.

Auf der anderen Seite, vielleicht war es doch keine so gute Idee.

„Was soll ich?", fragte Cesare ungläubig.

Gianni, einen Fuß schon auf den Steinen, sah ihn ein wenig zweifelnd an. Cesare, in seinen feinen Strümpfen, seinem edlen Wams und dem großen Barett auf dem Kopf, wirkte gelinde gesagt schockiert. Er wirkte wie ein ehrwürdiger, alteingesessener Florentiner Bürger – und nicht wie jemand, der über Mauern turnte.

Nun, aber es musste sein.

„Du wolltest doch mit, oder?", sagte Gianni aufmunternd, „na los, überwinde dich. Den einen Fuß dahin, den anderen dorthin und dann bist du schon fast drüber. Mach's mir einfach nach."

Er zog sich hoch, auf die Mauer hinauf, und nach einem Moment des fassungslosen Zögerns gab Cesare tatsächlich nach, setzte sich in Bewegung und erklomm vorsichtig, steif und unbeholfen die Mauer. Die Treppe auf der anderen Seite stieg er mit sichtlichem Argwohn hinunter.

Dann befanden sie sich auf der kleinen, sonnenbeschienenen Terrasse am Arnoufer, still und uneinsehbar.

„Was für ein versteckter Platz!", entfuhr es Cesare.

„Nicht wahr?", meinte Gianni, „aber nicht unser Ziel. Komm."

Er ging die kleine Gasse an der uferfernen Seite der Terrasse entlang, bis er gegen die Holzwand stieß. Hier wurde es ein wenig schwierig. Er hatte nur einmal gesehen, wie Susanna die Tür öffnete und obwohl er sich daran erinnerte, wie auch an seine eigene Verwunderung diesbezüglich, war er damals doch reichlich benommen und fernab der Welt gewesen.

Das war an Sebastianos Todestag geschehen.

So brauchte er eine Weile, bis er die verborgene Lasche fand und dann noch etwas länger, bis er kapierte, daran ziehen und gleichzeitig gegen die Tür drücken zu müssen, damit er sie aufbekam. Cesare, in seinem Rücken, wurde spürbar ungeduldig, obwohl er den Mund hielt.

Doch dann war die Tür offen. Gianni trat ein.

Er hatte das Zuhause der Geschwister nicht mehr von innen gesehen, seitdem er am Morgen nach seiner einzigen Nacht mit Susanna von Luca vor die Tür gesetzt worden war. Irgendwie hatte er es größer in Erinnerung gehabt, luftiger, und heller. Aber dann, die vordere Tür war zu. Er hatte auch nicht die Absicht, sie zu öffnen.

„Was um alles in der Welt ist das für ein Ort!“, rief Cesare entgeistert.

Gianni hielt inne und bemühte sich, die Hütte mit den Augen seines Bruders zu sehen – jemandem, der noch nie innerhalb eines Florentiner Hauses gewesen war, mit dem er weder verwandtschaftliche noch geschäftliche Beziehungen pflegte. Natürlich, die Hütte war klein. Natürlich, es roch etwas seltsam, was daran liegen mochte, dass Luca und Susanna nicht damit gerechnet hatten, nie wieder zurückzukommen. Vermutlich befand sich in dem kleinen Eisenkessel am Herd noch etwas von ihrer berühmten Kastaniengrütze – oder was nach mehreren Wochen davon übrig war.

Aber die Hütte war ordentlich, von etwas Staub und ein, zwei neuen Spinnenweben abgesehen. Zwischen den Dachsparren hingen Kräuter, in der Ecke standen ein paar seltsame Gerätschaften, doch ansonsten war es aufgeräumt und sauber. Lucas Lager, Susannas Lager, wie er es in

Erinnerung hatte. Sein Blick blieb einen Moment an ihrem Bett hängen, bevor er sich zwang, weiterzusehen. Der kleine Tisch mit den beiden Stühlen, eine Truhe, die Haken mit den Kleidern – es hatte sich nur wenig verändert.

Er holte tief Luft.

„Was tun wir hier?“, fragte Cesare ungläubig.

Gianni drehte sich um.

„Hier wohnten Luca und Susanna“, sagte er ruhig.

Cesare musterte ihn.

„Das habe ich mir schon gedacht“, erwiderte er, „aber es beantwortet meine Frage nicht.“

Gianni atmete erneut tief ein.

„Sie wohnten hier“, betonte er, „sie werden nicht zurückkommen. Lorenzo hat angeordnet, dass die Hütte abgerissen wird. Sie hatte nie eine offizielle Baugenehmigung.“

„Aha“, machte Cesare, wobei ihm anzusehen war, dass er befürchtete, in Zukunft die beiden Geschwister überhaupt nicht mehr loszuwerden. Gianni ignorierte dies.

„Was auch immer aus ihnen wird“, betonte er, „diese Hütte wird es nicht mehr geben. Und sie sind krank, alle beide. Keiner von ihnen kann herkommen und sich die Sachen holen, die ihnen gehören, oder die sie behalten wollen, als Andenken.“

Cesare starrte ihn an.

„Deshalb sind wir hier?“, fragte er verblüfft, „um Andenken zu sammeln?“

„Wenn du es so ausdrücken willst“, sagte Gianni resolut, „da, der Korb ist leer. Schau dich um. Was von diesen Dingen würdest du behalten wollen?“

„Ich?“, sagte Cesare, „nichts.“

„Du weißt, was ich meine.“

„Möglich. Ich glaube aber nicht, dass ich verstehe“, erwiderte Cesare trocken. Etwas freundlicher setzte er nach einem weiteren Moment hinzu: „Such du lieber aus, Gianni, du kennst die beiden. Ich kann hier nicht zwischen wertvoll und Unsinn unterscheiden.“

„Wenn du meinst“, murmelte Gianni.

Es fiel ihm selber schwer. Er hatte lediglich gedacht, dass der Verlust ihrer Heimat den Geschwistern schon schlimm genug ankommen würde, der Verlust ihrer Habe zusätzlich, aber diese Dinge konnte man ersetzen. Was nicht verloren gehen durfte, waren die unersetzlichen Dinge.

Er fand ein paar. Ein zerlesenes Buch, eines der ersten, welche Fra Domenico hatte drucken lassen, machte auf ihn durchaus den Eindruck eines wichtigen Utensils. In einer Schachtel entdeckte er etwas einfachen Schmuck, darunter auch einen silbernen Ring und eine wirklich wertvolle Kette. In der Truhe in der Ecke hingegen fand er nun merkwürdige Dinge, über deren Bedeutung er lieber nicht nachdenken wollte. Vielleicht war die Großmutter der beiden doch eine Hexe gewesen.

„Hier“, sagte Cesare zu seinem Erstaunen, „das wird sie behalten wollen. Denke ich.“

In der Hand hielt er einen Spitzenschal von außerordentlicher Feinheit. Gianni hatte nie gesehen, dass Susanna diesen getragen hätte. Er vermutete, dass sie nicht einmal ein Kleid besaß, zu dem ein solch edler Schal passen würde. Aber er gehörte ziemlich offensichtlich ihr.

Er nahm ihn Cesare ab und fühlte vorsichtig über den Stoff. Susanna war noch immer nicht aufgewacht. Seit einer Woche lag sie im Palazzo Montecaldo, zwischen Fieber und Traum.

Er schluckte.

„Den wird sie behalten wollen“, bestätigte er heiser.

Er rührte sich nicht sofort, um den Schal in die Kiste zu legen. Zu seinem Erstaunen blieb Cesare stumm neben ihm stehen, den Blick genauso wie er auf das zarte Gespinst gerichtet.

Dann räusperte sich sein Bruder.

„Hier bist du damals hergekommen, nicht wahr?“, fragte er leise.

Gianni war verwirrt.

„Was genau meinst du?“, entgegnete er.

„Als Sebastiano verunglückte“, erklärte Cesare, „und du verschwunden warst. Da warst du hier.“

Da war er hierhergekommen, richtig. Auf die Terrasse hatte er sich gelegt, zusammengekrümmt wie ein Kind, fassungslos und verloren in seinem Schrecken. Bis Susanna gekommen war und ihn an die Hand genommen hatte. Was sie damals für ihn getan hatte, zahlte er heute zurück.

„Ja“, sagte er rau.

Cesare räusperte sich erneut.

„Ich verstehe es nicht“, bekannte er, „ich versuche, es zu begreifen, aber es gelingt mir nicht. Dass Sebastianos Tod furchtbar für dich war – für uns alle – ja, das begreife ich. Aber warum bist du nicht heimgekommen, zu uns, deiner Familie? Was... was hast du hier gefunden, was es bei uns nicht gab?“

Und ganz leise setzte er hinzu: „Wir hätten dich gebraucht, damals.“

Gianni wusste erst nicht, was er sagen sollte. Natürlich, mit Cesares Augen war dies eine dunkle, staubige Hütte mit moderigem Geruch, ungemütlich und ohne einen Hauch des Komforts, den man in der Casa Montecaldo gewohnt war. Außerdem lebten hier fremde, einfache Leute – nicht die eigene Familie, in deren Schutz man aufgewachsen war. Wieso also sollte Gianni hier Zuflucht finden wollen, wenn er ein Heim hatte?

Es war vielleicht nicht gut, jetzt mit den Streitereien und dem Geschrei anzufangen, was seine Kindheit bestimmt hatte, mit dem Zorn des Vaters und der gefühlten Kälte des Zuhauses. Es gab vielleicht einfach ein paar Sachen, die besser unberührt blieben.

Er schluckte.

„Ich schätze“, sagte er unbeholfen, „ich konnte einfach nicht ertragen... ich konnte mir nicht ansehen, wie sie Sebastiano durch die Straßen trugen – als Leiche, meine ich. Und dann hätten sie ihn bei uns aufgebahrt, und ich... vermutlich war ich einfach feige. Zumindest war ich nicht für euch da."

„Und wir nicht für dich", sagte Cesare, „du hast es nicht zugelassen."

Gianni verzog das Gesicht.

„Vielleicht wärt ihr damit auch überfordert gewesen", sagte er spontan, „ich habe immerhin drei Tage nicht geredet."

Cesare stockte. Dann runzelte er die Stirn.

„Aber sie hier waren nicht überfordert?", erwiderte er skeptisch.

Gianni erinnerte sich zurück. Ein kleines Lächeln stahl sich um seine Mundwinkel.

„Ich schätze nicht", gab er zu, „zumindest haben sie mir geholfen. Und deshalb... deshalb helfe ich ihnen. Verstehst du es jetzt?"

Cesare musterte ihn lange, bevor er sprach.

„Ja", sagte er, „und nein. Eines zumindest weiß ich – du hilfst ihnen nicht nur deshalb. Du bist einfach so. Aber warum du so bist, das begreife ich noch immer nicht."

Er kräuselte die Oberlippe und wirkte zeitgleich resigniert und amüsiert.

„Vielleicht", setzte er schlicht hinzu, „werde ich das auch nie."

*

Die Gesandten für Rom waren endlich ernannt und verließen Florenz am Folgetag, Hoffnungen im Gepäck. Für Gianni bedeutete dies etwas weniger Arbeit – oder besser ausgedrückt, die Möglichkeit, liegen gebliebene Dinge zu erledigen. Er beklagte sich nicht, was hätte es genützt. Die kleine Hütte am Arnoufer wurde Anfang November abgerissen, wie Leonardo ihm berichtete.

Am selben Tag erwachte Susanna.

Gianni war nicht da, als sie zum ersten Mal die Augen aufschlug und diese klar anstatt fieberverschleiert waren. Er war auch nicht da, als Angelica ihr beim Essen und Waschen half und ihr schließlich den Korb gab, in dem der gesamte Rest ihrer weltlichen Habe lag. Es war Angelica, die Susanna sagte, was aus ihrem Heim geworden war und aus Luca.

Gianni kam erst am Folgetag aus Fiesole zurück, wo er geschäftlich unterwegs gewesen war. Aber Angelica fing ihn bereits beim Eintritt ab.

„Sie ist wach", sagte sie, „sie möchte dich sehen. Außerdem ist heute morgen ein Brief von ihrem Bruder für dich gekommen. Ich glaube, Minerva hat ihn geschrieben."

Das waren natürlich hervorragende Nachrichten, welche die Anstrengungen der vergangenen Wochen plötzlich nichtig erschienen ließen. Gianni nahm sich kurz die Zeit, den Reisestaub abzuwaschen, ein frisches Wams überzuziehen und etwas zu trinken, bevor er die Stufen zu der kleinen Kammer emporstieg, in der Angelica Susanna untergebracht hatte.

Sie war wach. Sie lag im Bett, die Hände über dem sauberen Laken gefaltet, links und rechts je ein frischgewaschener Zopf. Sie war wach, verdammt blass und sehr dünn, aber bei weitem nicht mehr so krank und fiebrig, wie er sie in Erinnerung hatte.

Er lächelte vor Erleichterung und sie erwiderte sein Lächeln nach einem Moment schwach.

Gianni zog sich einen Stuhl heran, nahm an ihrer Seite Platz und nickte bedächtig.

„Du hast also beschlossen, zu uns zurückzukommen", sagte er sachlich, weil Emotionen jetzt zu gefährlich gewesen wären.

„Dank dir, wie ich gehört habe", erwiderte sie leise.

Gianni lachte verhalten.

„Gesund bist du wohl eher dank Angelica und dir selbst geworden", entgegnete er, „damit hatte ich nichts mehr zu tun."

Sie hingegen blieb ernst.

„Natürlich hast du damit zu tun", erklärte sie, „du hast mich und Luca aus dem Kerker geholt. Du hast mich in dein Haus getragen, meinen Bruder in Sicherheit gebracht und deine Schwägerin hat mich gepflegt, weil du sie darum batest."

Gianni war ein wenig errötet.

„Ich habe Angelica nicht darum gebeten“, erwiderte er hastig, „so etwas tut sie von ganz allein. Ich glaube beinahe“, setzte er nach einem Moment hinzu, „dass sie es gerne tut, ja, dass sie nur glücklich ist, wenn sie so etwas tun kann.“

Susanna musterte ihn.

„Weshalb sagst du das?”, fragte sie.

Er lächelte.

„Du hast sie nicht gekannt, bevor Sebastiano starb und Vater so krank wurde“, erklärte er, „glaub mir, für Angelica warst du vermutlich ein Segen. Sie hatte ja gar nichts mehr zu tun, seitdem Vater tot ist.“

Sie verzog das Gesicht.

„Das kann ich mir nicht vorstellen“, erwiderte sie, „bei einem derart großen Haus. Sie wird mehr als genug machen müssen.“

Er wusste gar nicht genau, womit die Frauen des Hauses ihre Zeit so ausfüllten, also beschloss er, das Thema zu wechseln.

„Dir geht es wieder besser“, stellte er fest.

„Dank dir“, sagte sie, und fügte rasch an: „Nein, Gianni, warte. Dies muss gesagt werden. Was du für uns getan hast – wieder – ist kaum in Worte zu fassen.“

„Dann tu’s nicht“, unterbrach er sie, „ehrlich, Susanna, ich muss es nicht hören. Du lebst, Luca wird wieder gesund, das reicht fürs Erste. Wir werden gemeinsam überlegen, wie es für euch weitergehen soll. Aber erst einmal musst du wieder gesund werden – richtig, meine ich. Du bist viel zu bleich und schmal. Und du bist müde, nicht wahr?“

„Sehr“, gab sie zu, „dennoch. Gianni, ich...“

„Ich weiß“, sagte er rasch, „ich weiß es doch. Schon gut. Werd gesund, Susanna. Dann bringe ich dich aufs Land, zu Luca. Du weißt, dass es eure Hütte nicht mehr gibt?“

Sie nickte, nach einem Moment und wies mit dem Kopf in die Ecke, in welcher der Korb stand.

„Angelica hat mir gesagt, was du getan hast“, sagte sie.

„Ich hoffe, ich habe nichts übersehen“, antwortete Gianni schnell, bevor sie wieder mit der Dankerei anfing, „es ist nicht viel. Mach dir jetzt über die Zukunft keine Sorgen, ja?“

Sie musterte ihn, ihr Gesicht unlesbar.

„Gianni Montecaldo“, flüsterte sie in demselben Tonfall, den auch Luca benutzt hatte.

„Gianni", wiederholte Angelica streng von der Tür her, „es ist jetzt genug. Das Mädchen braucht noch viel Ruhe. Du kannst morgen wieder kommen.“

Ihre Stimme ließ keinen Widerspruch zu. Gianni erhob sich folgsam, aber beugte sich, aus einem Impuls heraus, einmal vor und küsste ihre Stirn.

„Werd gesund, Susanna“, sagte er sanft, „bis morgen.“

Die Tür schloss sich hinter ihm, die beiden Frauen sahen sich an. Susanna seufzte und schloss die Augen.

„Wie kann ich das jemals wieder gut machen?“, flüsterte sie.

Angelica trat näher, nahm den Stuhl und stellte ihn wieder in seine Ecke.

„Ich denke, du dankst es ihm, in dem du gesund wirst“, sagte sie freundlich.

Aber zwischen Susannas Wimpern quollen plötzlich unerklärlicherweise ein paar Tränen hervor.

„Ihr wisst nicht alles“, sagte sie nur.

Die folgenden zwei Wochen sollte Gianni für immer als glückliche Zeit in Erinnerung behalten. Alles schien ihm plötzlich leichter, die gesamten Sorgen der vergangenen Jahre gelöst oder kurz vor der Lösung, alles schien möglich. Er hörte positive erste Meldungen von der Gesandtschaft aus Rom, er las Lucas Briefe – die tatsächlich Minerva schrieb – und die gefüllt waren mit der richtigen Mischung aus Dankbarkeit und Ironie, dazu ein Spritzer der Lebensweisheit, für die er Luca so schätzte. Gelegentlich klang etwas Sorge mit durch, die Gianni nicht ganz zuordnen konnte. Aber dann schob er das wieder auf das Gefühl der Schuld, in der sich die Geschwister ihrem eigenen Verständnis nach befanden.

Er, Gianni, sah das ganz anders.

Für ihn war es immens beruhigend zu wissen, wo sie waren und dass es ihnen gut ging. Für ihn war es wunderbar, Susanna in ihrer Kammer besuchen zu dürfen und dann, als sie wieder aufstehen durfte, sie abends gelegentlich im kleinen Saal zu sehen. Cesare, der zunächst argwöhnisch gewesen war, legte sein Misstrauen ab, als deutlich wurde, wie sehr Angelica wieder aufblühte und wie zurückhaltend und vorsichtig Susanna war. Er schien nicht einmal etwas dagegen zu haben, wenn sie sich mit der Familie in den Saal setzte – in der Regel dann, wenn die Kinder nach ihr verlangten, die einen Narren an ihr gefressen hatten.

Denn Susanna konnte, was Gianni mit Erstaunen lernte, wundervolle Geschichten erzählen und das tolerierte sogar Cesare.

Es war eine herrliche Zeit.

„Ich gebe zu“, sagte Cesare, „du hattest vielleicht doch Recht damit, das Mädchen ins Haus zu holen. Sie hat uns gutgetan, auf eine gewisse Art und Weise. Weißt du eigentlich schon, was aus ihnen werden soll, wenn sie wieder gesund ist?“

„Nein“, sagte Gianni, „sie ist auch noch nicht gesund. Du siehst doch selbst, wie blass und müde sie ist. Angelica hat gesagt, ihre Genesung wird noch Wochen brauchen.“

„Angelica sagt das, damit das Mädchen bleibt“, erwiderte Cesare, „ich kenne meine Frau. Ich war schon verwundert, dass sie der Kleinen erlaubt hat aufzustehen. Sie wird sie vermissen, wenn sie fort ist. Vielleicht solltest du nicht so lange warten.“

„Was willst du damit sagen?“, fragte Gianni verwirrt.

Cesare musterte ihn streng.

„Was ich gesagt habe – warte nicht zu lange“, wiederholte er, „die beiden können nicht bleiben, das wissen wir doch. Der Junge darf ja nicht einmal zurück nach Florenz. Und ich will nicht, dass meine Frau sich zu sehr an das Mädchen gewöhnt. Irgendwann wird sie gehen. Bald, schätze ich." Und mit Bedacht setzte er hinzu: „Sie kann auf dem Land vermutlich besser gesund werden als hier. Und dort hätte sie die Gesellschaft ihres Bruders."

Gianni sah ihn an und kaute auf seiner Unterlippe herum. Natürlich, Susanna würde zu Luca wollen und Luca durfte nicht mehr nach Florenz. Natürlich, Angelica hatte sich mit Leib und Seele auf die Pflege Susannas gestürzt und schien diese beinahe wie ein weiteres Kind zu behandeln. Natürlich hatte Cesare Recht, wenn er seine Frau schützen wollte. Und er hatte auch Recht, dass es nicht gut war, zu lange zu warten.

Vor allem nicht für ihn, Gianni, wie er erschrocken erkannte.

So beobachtete er schweren Herzens, wie Susanna am Abend mit den Kindern herumsprang und ganz und gar nicht mehr hinfällig wirkte. Im Gegenteil, die wenigen Wochen Ruhe und Pflege hatten ein wahres Wunder bewirkt: Ihre Haut leuchtete, ihre Haare glänzten und ihre Wangen waren nicht mehr eingefallen, ihre Augen nicht mehr tief.

Sie war eindeutig auf dem Weg der Besserung.

Er dachte auch an den Brief von Luca, den er am Morgen erhalten hatte und in dem dieser ganz ernsthaft und zum ersten Mal offen danach gefragt hatte, wann Susanna kommen würde. Luca würde dabei nicht an Angelica denken. Luca würde daran denken, wie Gianni und Susanna bereits einmal unter einem Dach gelebt hatten, ohne dass er ständig an der Seite seiner Schwester geblieben und was daraus geworden war. Luca würde mit jedem Tag, den Susanna praktisch allein bei Gianni lebte, unruhiger werden.

Zu Recht, wie er zugeben musste.

„Jetzt reicht es", rief Angelica und klatschte in die Hände, „Paolo, Lucrezia – wir haben genug. Susanna soll sich setzen und ihr geht nach oben zur Nanna. Nein, keine Widerrede. Wir hatten genug Abenteuer für einen Abend!"

Die Kinder, die eben noch lebhaft gespielt hatten – ein Rollenspiel anscheinend, basierend auf einer von Susannas märchenhaften Geschichten – verzogen sich schmollend, aber dennoch brav. Susanna protestierte natürlich auch nicht. Sie verabschiedete sich von den Kindern zur Nacht und setzte sich gehorsam in den ihr zugewiesenen Stuhl. Ihre Wangen leuchteten, sie wirkte etwas erhitzt, jedoch glücklich. Sie lächelte Gianni an.

„Du fühlst dich wieder wohl, oder?“, sagte er unwillkürlich.

Das Rot ihrer Wangen vertiefte sich, sie senkte die Lider und nickte.

„Ja“, sagte sie leise.

„Man sieht es“, meinte er, „das ist gut, sehr gut. Dann...“

Er musste abbrechen, holte tief Luft und rief sich zur Ordnung. Gar nicht gut, gar nicht, dass sie so lange geblieben war. Cesare hatte Recht, sie hatten sich alle schon viel zu sehr an Susannas Gegenwart gewöhnt.

„Dann“, wiederholte er fester, „dann sollte ich dich wohl morgen zu Luca bringen, was? Er fragt schon nach dir. Er vermisst dich und er braucht dich auch.“

Sie hob ruckartig den Kopf. Die Farbe war schlagartig aus ihrem Gesicht verschwunden und er registrierte bestürzt, dass die bevorstehende Trennung sie anscheinend genauso traf wie ihn.

Es war also mehr als nur an der Zeit!

„Morgen?“, wiederholte Angelica erschrocken, „morgen? Gianni – bist du verrückt? Es wird Winter! Die Straßen sind nass und kalt und dieses Mädchen war sehr krank! Wie kannst du sie bei einer solchen Witterung durch die Lande schleifen?“

„Es hat heute aufgeklart“, mischte sich Cesare sachlich ein, „vermutlich wird morgen schönes Wetter. Außerdem ist es nicht weit. Wenn Gianni sie hinter sich aufs Pferd nimmt, können sie innerhalb eines halben Tages dort sein. Ich glaube schon, dass sie das schafft.“

„Luca und Susanna waren sehr lange getrennt“, setzte Gianni bekräftigend hinzu, schnell, bevor ihn der Mut verließ.

Angelica, den Mund bereits zum Protest geöffnet, schloss ihn wieder. Sie schluckte.

„Du vermisst deinen Bruder?“, fragte sie.

Susanna, die zunächst gar nichts gesagt hatte, schaute auf ihre Hände. Jetzt war sie wieder blass.

„Er ist alles, was ich noch habe“, sagte sie nach einem Moment, „aber ich will nicht... ich will nicht undankbar erscheinen.“

„Das tust du nicht“, meinte Cesare, der sie bislang noch nie direkt angesprochen hatte, „sei versichert, wir haben alle dein freundliches Wesen zu schätzen gelernt. Doch wenn dein Bruder nach dir verlangt, verstehen wir das.“

„Luca hat geschrieben?“, fragte Susanna leise.

Gianni nickte.

„Ja“, antwortete er, „er möchte, dass du kommst. Und ich... ich denke, wir können es bei gutem Wetter wirklich innerhalb eines Morgens schaffen. Vielleicht ist es gut, wenn ich dich jetzt bringe, bevor es zu kalt und nass wird. Sonst bist du am Ende noch zu Weihnachten von ihm getrennt.“

„Er wird nicht kommen können“, sagte sie wie für sich selbst.

„Er wird nicht kommen können“, wiederholte Gianni ehrlich, „ich habe ihm versprochen, ich bringe dich, sobald du gesund genug bist. Und das bist du jetzt.“

Er schaute sie nicht an, während er dies aussprach, weil er befürchtete, sich zu verraten. Wenn er Susanna jetzt aufs Land brachte, würde sie mit Luca zusammen einen Plan für ihre Zukunft entwickeln und er, Gianni, würde kein Teil davon sein. Er würde wahrscheinlich auch keinen Einfluss darauf haben, wie sich dieser Plan gestaltete.

Er würde sie verlieren.

Susanna sagte sehr lange Zeit nichts. Er konnte ihre Blicke spüren und guckte beharrlich nach unten. Er konnte auch Angelicas Blick spüren, die jetzt vermutlich verstand, warum er so handelte. Und er spürte

Cesares, welcher warnend von ihm zu Susanna, zu seiner Frau und wieder zurück glitt.

Susanna holte seufzend Luft.

„Ja, das bin ich“, gab sie zu, „ich danke dir, Gianni. Ich danke Euch allen. Du hast Recht. Bring mich morgen zu Luca.“

Und leiser setzte sie hinzu: „Ich werde jetzt schlafen gehen.“

Gianni sagte nichts, während sie aufstand und hinausging. Angelica sagte ebenfalls nichts, bis sie schließlich, nach einem weiteren Moment, sich erhob und die Treppe emporstieg, um nach den Kindern zu sehen. Es war ganz still.

Schließlich räusperte sich Cesare.

„Du hast das Richtige getan“, sagte er, „wirklich, es ist das Richtige.“

„Ich mache es nicht für Angelica“, sagte Gianni mit aufflammendem Missmut, „sie so hinauszuwerfen, meine ich. Und nichts anderes war das ja!“

„Wir haben sie aufgenommen“, gab Cesare zu bedenken, „dass dies nicht für immer sein würde, muss auch ihr klar gewesen sein.“

„Es ist aber ziemlich kurzfristig.“

„Und trotzdem das Richtige.“

„Hm“, machte Gianni.

Cesare räusperte sich.

„Für wen tust du es denn, wenn nicht für Angelica?“, fragte er.

Erst wollte Gianni gar nicht antworten, dann tat er es doch. Er holte tief Luft.

„Es ist nicht gut, wenn sie bleibt“, sagte er mürrisch, „irgendwann würde es doch passieren. Es ist ja schon einmal passiert. Danach hat mich Luca rausgeschmissen.“

„Was ist passiert?“, hakte Cesare nach.

Gianni errötete unwillkürlich, ohne etwas zu sagen.

„Oh“, machte Cesare nach einem Moment, „ich – wie soll ich sagen... ich dachte sowieso, dass sie und du...“

Gianni setzte sich aufrecht hin.

„Nein", sagte er steif, „so ist das nicht, Glaubst du wirklich, ich bringe meine Hure in dieses Haus? Glaubst du wirklich, sie ist so?"

„Ich gebe zu, sie macht einen anderen Eindruck", erklärte Cesare.

„Das ist nicht nur ein Eindruck", erwiderte Gianni kalt, „das ist so. Sie ist ein anständiges Mädchen. Sie ist... sie war unberührt. Ich habe einmal... ich habe Luca versprochen, dass es nicht wieder geschieht. Deshalb muss sie gehen. Es ist für sie und für mich besser."

Cesare musterte ihn nachdenklich.

„Sie schien nicht gerade glücklich darüber zu sein", gab er zu bedenken.

Gianni hob das Kinn.

„Als meine Hure wäre sie erst recht nicht glücklich", sagte er fest.

Zumindest dachte er das. Oder besser ausgedrückt, er versuchte, es sich mit aller Macht einzureden. Cesare sah ihn noch immer so an.

„Du tust das Richtige", wiederholte sein Bruder, „was mich im Übrigen zu einem anderen Thema bringt, wo du anscheinend auch das Richtige getan hast."

„Ach ja?", fragte Gianni mürrisch, „und was war das?"

Cesare machte eine Kopfbewegung zur Wand hin, an der, bislang unbemerkt, ein verschnürtes Paket ruhte.

„Es ist heute angekommen", sagte er, „von Lorenzo, glaube ich. Ein Paket für dich. Ich versteh recht, dass du ihn um das Bild aus Castinis Nachlass gebeten hast?"

Das Bildnis – das Porträt von Castinis Tochter, seiner einstigen Verlobten. Gianni hatte es schon wieder völlig vergessen. Ja, er hatte darum gebeten, um das alte Versprechen seinem Vater gegenüber zu erfüllen. Er hatte es nicht getan, weil es ihm selbst so danach verlangte, das Bild anzuschauen. Vor elf, fast zwölf Jahren war es in Auftrag gegeben worden, aus den verschiedensten Gründen, für die es dann nie gebraucht worden war. Es hatte stattdessen einen anderen Zweck erfüllt.

Der alte Castini war nun tot, wie Giannis eigener Vater, und das Bild war hier. Ein Bild von diesem Mädchen, das er, dem Willen ihrer beider Eltern nach, hatte heiraten sollen, vor einer halben Ewigkeit. Damals hatte ihr Verschwinden ihn getroffen. Heute war es, in Anbetracht der Tatsache, dass er Susanna morgen fortbringen sollte, unwichtig geworden.

Er stand auf, trat hinüber und hob es hoch. Es war nicht besonders groß, in festes Leinen gehüllt und mit Schnüren umwickelt. Er legte es auf den Tisch.

Sah es an.

In seiner Umhüllung.

Dann drehte er sich spontan weg. Castinis Tochter ließ ihn tatsächlich noch immer nicht ganz kalt. Er wollte sich ihr genauso wenig stellen wie zu der Zeit, als sein Vater ihn um das Gemälde gebeten hatte. Er wollte ihr Gesicht noch immer nicht sehen – und schon gar nicht heute, wo er an ein anderes Mädchen denken musste und es nicht durfte.

„Willst du es nicht aufmachen?“, fragte Cesare behutsam.

Gianni trat einen Schritt zurück.

„Nein“, sagte er ehrlich, „nicht heute.“

Er ging zu Bett, nachdem er noch ein paar geschäftliche Dinge mit Cesare besprochen hatte. Susanna in die Villa der Familie zu bringen würde bedeuten, dass er zwei Tage aus Florenz fort sein würde. Er hätte auch nur einen Tag dafür veranschlagen können, aber das hätte bedeutet, mit dem ersten Tageslicht aufzubrechen und in Dunkelheit heimzukommen. Nicht einmal Cesare verlangte dies von ihm.

Zwei Tage hingegen bedeuteten noch eine weitere Nacht mit Susanna unter einem Dach und ein Abend in ihrer sowie Lucas Gesellschaft. Und in der Gesellschaft seiner Schwester, die er seit Jahren nur noch sporadisch gesehen hatte.

Die Gesandtschaft war fort, die politische Lage momentan ruhig, Lorenzo verlangte nicht nach ihm. Er konnte also ruhigen Gewissens gehen. Er konnte, wenn er recht überlegte, eigentlich öfter... nein, diese Gedanken führten zu nichts. Besser er konzentrierte sich auf seine Aufgaben. Cesare hatte davon gesprochen, ihn nach Venedig zu schicken. Vielleicht sollte er nach den Festtagen aufbrechen und sich beizeiten um die Geschäfte dort kümmern. Vielleicht war ein Abend bei Wendelin oder bei Francesco de Madiis genau das, was er brauchte. Er hatte sich auch schon sehr lange nicht mehr mit Büchern beschäftigt.

Ob er noch einmal das Projekt mit den Nonnen und Fra Domenico ansprechen sollte? Vielleicht war Cesare jetzt ja etwas zugänglicher geworden. Vielleicht sollte er diesmal aber auch mit einem besseren Konzept kommen. Er könnte sich ja schon einmal ein paar Gedanken zu dem Thema machen. Richtig müde war er eh noch nicht.

Gianni setzte sich auf, zog die Decke um sich und zündete die Kerze auf dem Nachtisch an. Daneben lagen Papier und Kohlestift – er hatte schon manches Mal abends im Bett noch gearbeitet.

Über schlichte Bücher hatten sie gesprochen, einfache Bücher für das Volk, keine hochgestochenen, teuren Exemplare. Was mochte es kosten, solche Bücher zu produzieren? Er wünschte, er hätte sich damals Notizen gemacht. Wie viel würden diese Bücher kosten und für wie viel würde man sie verkaufen können? Mit welcher Summe sollte man sich beteiligen?

Cesare war der Zahlenjongleur, nicht er, dachte er missmutig, während er zu kritzeln begann.

Die Kerze flackerte auf, ein Klacken ertönte. Schuld war der Luftzug oder besser, schuld war die Tür, die sich geöffnet und wieder geschlossen hatte.

Schuld war Susanna, die plötzlich den Raum betreten hatte.

Gianni fiel fast der Stift aus der Hand. Er konnte sie nur offenen Mundes anstarren. Susanna stand mitten in seiner Kammer, in einem schlichten Hemd, ein wollenes Tuch um die Schultern. Ihre Haare waren offen, ihr Gesicht blass, ihr Füße nackt.

Ihre Augen wirkten entschlossen – und ängstlich.

Er schluckte. Beinahe automatisch legte er Papier und Stift beiseite. Sie trat näher und er, dem schlagartig bewusst wurde, dass er unbekleidet war, zog hastig die Decke höher.

Sie blieb vor dem Bett stehen.

„Gianni“, sagte sie leise.

Dann holte sie tief Luft, schien etwas mehr Mut zu fassen und setzte hinzu: „Du wirst mich morgen zu Luca bringen, nicht wahr?“

Er nickte, nach wie vor sprachlos.

Sie nickte auch, bedächtig.

„Morgen“, wiederholte sie, „werden sich unsere Wege trennen. Vielleicht ist das für immer. Luca darf nicht nach Florenz zurück.“

Und sie würde dort sein, wo ihr Bruder war. Er wusste das schließlich selbst.

„Nicht gleich morgen“, sagte er schnell, „ich bleibe über Nacht in der Villa.“

Sie hielt kurz inne, bevor sie mit den Schultern zuckte.

„Dann eben übermorgen“, folgerte sie, „welchen Unterschied macht es. Morgen verlasse ich dieses Haus und damit dich. Es wird keine Abende mehr am Arnoufer geben, keine Besuche von dir, gar nichts.“

„Auch das wissen wir nicht“, sagte er beklommen, „vielleicht widerruft Lorenzo seinen Entschluss und lässt Luca zurück nach Florenz. Es wäre nicht das erste Mal, dass ein Verbannter heimkehren darf. Sieh dir die Strozzi an.“

„Luca ist kein Strozzi“, meinte sie milde.

„Und selbst wenn“, setzte er hinzu, „ihr werdet erst einmal in der Villa bleiben – ihr müsst, bis Lucas Bein verheilt ist. Und vielleicht bleibt ihr ja auch für immer dort! Vielleicht gefällt es euch ja!“

Ein kleines Lächeln flackerte um ihren Mund.

„Gianni“, sagte sie sanft, „wir können nicht ewig von der Gunst deiner Familie abhängen.“

„Warum nicht? Andere tun das auch.“

„Dann sagen wir eben, dass weder Luca noch ich das wollen", erwiderte sie, „fein, wir werden bleiben, bis sein Bein verheilt ist. Aber dann werden wir fortgehen. In einer anderen Stadt... in einer anderen Stadt sind wir vermutlich besser aufgehoben."

Dazu konnte er nichts sagen. Er senkte den Kopf.

Und riss ihn erschrocken hoch, als sich plötzlich ihre Hand auf seine nackte Schulter legte und die Matratze unter ihrem Gewicht nachgab. Sie hatte sich auf die Bettkante gesetzt, direkt neben ihn.

„Unsere Wege werden sich trennen", wiederholte Susanna leise, beinahe wehmütig, „du weißt es so gut wie ich. Es ist richtig so. Gianni... ich habe dich sehr gern. Auch das musst du wissen."

Er schluckte ohne zu antworten.

„Ich habe dich lieber, als ich sollte", fuhr sie fort, „das war schon immer so. Es ist, als ob... unwichtig. Morgen gehe ich. Aber ich kann nicht gehen... du hast so viel für uns getan... ich möchte so gerne..."

Sie errötete, biss sich auf die Lippen, schien um Fassung zu ringen. Er wusste aber auch ohnehin schon, was sie wollte. Er wollte es schließlich ebenso.

Das war nicht gut.

„Bitte", flüsterte sie, „schick mich nicht fort."

Ihre Hand glitt von seiner Schulter zu seinem Gesicht, blieb dort liegen, an seiner Wange. Ihre Augen standen in Tränen und darin lag zudem eine flehende, verzweifelte Bitte. Er begann zu zittern.

„Wir haben es versprochen", erinnerte er sie heiser, „ich habe Luca versprochen..."

Ihre Hand legte sich über seinen Mund. Sie schüttelte den Kopf.

„Luca wird es verstehen", sagte sie, „er versteht immer."

Gianni hatte sein Zittern kaum noch unter Kontrolle. Er fasst ihr Handgelenk und zog ihre Finger fort.

„Das ist nicht richtig", sagte er rau.

„Doch", sagte sie, „das ist es. Wie kann es falsch sein, wenn wir es beide wollen?"

Er war versucht, sein Begehren abzustreiten, erkannte jedoch die Sinnlosigkeit dieses Vorhabens. Er räusperte sich.

„Du hast selbst einmal gesagt, dass du es nicht ertragen würdest, meine Hure zu sein“, erinnerte er sie, „und ich will nicht, dass du unglücklich bist.“

„Es wäre bloß diese Nacht“, widersprach sie, „und unglücklich werde ich so oder so sein, wenn du uns übermorgen verlässt. Ich hätte nur gerne... ich hätte gerne diese Erinnerung... es ist so lange her. Schick mich bitte nicht fort.“

Genau das sollte er tun – sie fortschicken. Genau das wäre das Richtige, genau deshalb wollte er sie ja zu ihrem Bruder bringen, fort von sich selbst. Er konnte weder sich noch ihr trauen – und Luca, der das wusste, schrieb immer drängendere Briefe.

Bei Fioretta hatte er solche Skrupel nie gehabt.

Aber Susanna war nicht Fioretta.

Susanna war hier. Susanna saß neben ihm, in einem dünnen Hemd, in der winterkalten Luft seiner Kammer. Sie hatte ihre Hand aus seinem Griff befreit, seine Finger genommen und streichelte über die Gelenke. Sie sah ihn an.

Sie zitterte.

„Du musst ja frieren“, sagte er erstickt.

Dann rutschte er beiseite, schlug die Decke auf und zog sie darunter.

Es war anders als beim ersten Mal. Beim ersten Mal war er blind gewesen, verzweifelt, erfüllt von dem Begehren, etwas anderes zu spüren als diesen Schmerz. Beim ersten Mal hatte Unsicherheit sein Handeln bestimmt, das mangelnde Wissen über sein Tun und wie es zu tun war. Zwischen diesem ersten Mal und der jetzigen Nacht lagen Jahre und seine Zeit mit einer Kurtisane.

Er war ihr an Erfahrung weit voraus. Ein Teil von ihm registrierte dies voller Schuld, weil es bedeutete, dass er in der Verantwortung stand und die Sache hätte beenden sollen, bevor sie eskalierte. Ein anderer

Teil war voller Glück, weil es hieß, dass niemand außer ihm bei ihr gelegen hatte. Sie war wie damals, ein wenig scheu, aber bereit, zärtlich und ängstlich zugleich.

Er war anders. Einmal zu der Entscheidung durchgerungen, stellte er Schuld und schlechtes Gewissen zurück und setzte alle Energie dahinein, dies zumindest zu einem unvergesslichen Erlebnis zu machen, für sie beide. Er wandte alle Tricks, alle Kniffe auf, die Fioretta ihn gelehrt hatte, um sein Ziel zu erreichen, um Susanna zu zeigen, was es bedeuten konnte.

Er war sich ziemlich sicher, dass es ihm gelang.

Sie hielten sich danach fest, schweigend, ohne Worte, wie damals. Er streichelte ihren Rücken, sie hatte ihre Wange an seine Schulter geschmiegt. Und dann, nach einer Weile, begann er von vorne, denn wenn sie schon Versprechen brachen und sündigten, dann wenigstens richtig.

Die Nacht war wundervoll. Und sehr kurz.

*

Das Morgenlicht weckte Gianni. Es war schon spät, denn die Sonne ging schließlich nicht mehr so früh auf. Er hatte tief und traumlos geschlafen und viel länger als sonst. Er blinzelte.

Susanna lag noch immer in seinem Arm, auch ein Unterschied zum ersten Mal. Vielleicht war sie bloß erschöpfter als damals, immerhin war sie sehr krank gewesen. Vielleicht war es Absicht gewesen, um die Nacht so lang wie möglich zu halten. Zumindest war sie nicht gegangen, sondern schlief fest. Er betrachtete ihr Gesicht und ihre bloße Schulter eine Weile, ohne Schuld, und strich vorsichtig über ihre Haare.

Dann, nicht ohne eine gehörige Portion Bedauern zu verspüren, zog er seinen Arm unter ihr hervor und erhob sich.

Er würde sie irgendwie aus seiner Kammer hinaus in die ihre bringen müssen, bevor aufflog, was in der Nacht geschehen war. Das würde nicht sehr leicht werden, immerhin war der gesamte Haushalt bereits auf den Beinen. Aber bevor er dies tat, konnte er sie durchaus noch etwas schlafen lassen. Immerhin lag ein anstrengender Tag vor ihr.

Behutsam, leise, um sie nicht zu wecken, streifte er einen Morgenmantel über und huschte hinaus. Er würde sich später richtig anziehen.

Der kleine Saal neben seiner Kammer war verlassen. Aus dem Nebenraum, in dem sie aßen, vernahm er Geräusche – vermutlich saßen Cesare und Angelica beim Frühstück. Sie würde sich vielleicht wundern, wenn er so leicht bekleidet erschien, aber nicht übermäßig. Er hatte Hunger. Außerdem fühlte er sich wie befreit, als ob ein drohendes, quälendes Bedürfnis endlich gestillt worden wäre. Wenn er später Luca gegenübertreten würde, würde er vermutlich erneut ein schlechtes Gewissen haben, aber in diesem Moment war es nicht so. Die Nacht war einfach zu schön gewesen. Er dachte voller Zärtlichkeit zurück an Susanna und dieses Empfinden wollte er sich nicht durch Schuld und Reue zerstören, jetzt noch nicht. Er würde etwas essen, sie dann wecken und hinauf in ihre Kammer bringen, damit sie sich anziehen und ihre Sachen holen konnte, bevor sie gemeinsam aufbrachen. Und zwischen diesem und ihrer Ankunft in der Villa lag ein Ritt, bei dem sie ihm zum letzten Mal ganz nahe sein würde.

Die Nacht hatte es erträglicher gemacht, fand er, während er durch den kleinen Saal zum angrenzenden Frühstücksraum ging.

Auf seinem Weg kam er an dem Tischchen vorbei, mit dem verschnürten Paket darauf. Er hielt unwillkürlich inne. Das Bildnis von Castinis Tochter, das er nie hatte sehen wollen – vielleicht war das ja wirklich albern. Vielleicht sollte er es einfach hinter sich bringen. Und vielleicht würde es ihn überhaupt nicht so berühren, wie er fürchtete.

Selbst wenn, er hatte doch die Erinnerung an Susanna, um sich zu trösten.

Gianni blieb vor dem Tisch stehen. Daneben stand ein Korb mit Obst und einem Messer. Er nahm es kurzentschlossen, durchtrennte rasch die Schnüre, die das Paket umwickelten.

Er schlug das Leinen auseinander.

Er hob das Bild hinaus.

Und sah es an.

Es war das Poltern, sollte Cesare Montecaldo zu einem viel späteren Zeitpunkt angeben, das Poltern, was ihn aufschreckte und dazu bewog, nach dem Rechten zu sehen. Das Poltern, das klang, als ob jemand einen schweren Gegenstand plötzlich und unerwartet oder vielleicht sogar mit Absicht hatte fallen lassen. Dazu kam ein dumpfer Schlag, den er nicht ganz einordnen konnte. So stand er lieber auf und streckte seinen Kopf durch die Tür in den Nachbarraum.

Gianni stand mit dem Rücken an der Wand, neben sich ein umgefallener Stuhl, kreideweiß, zitternd.

„Ist alles in Ordnung?", fragte Cesare mit hochgezogenen Augenbrauen.

Gianni musste erst einmal tief Luft holen. Der Begriff *in Ordnung* hatte schlagartig, urplötzlich vor einem Moment aufgehört zu existieren. Es war, als ob ihm jemand den Boden unter den Füßen weggezogen hatte.

„Gianni!", wiederholte Cesare, diesmal etwas lauter, „was ist passiert?"

Er konnte nichts sagen. Er war ganz stumm. Da, auf dem Tisch, lag der Beweis dafür, dass er belogen worden war, viele Jahre lang, aus einer Richtung, aus der er nie damit gerechnet hatte – aus der einzigen Richtung, der er immer vertraut hatte, um genau zu sein. Eine Lüge. Es war alles eine Lüge. Und dort lag der Beweis.

Er spürte Cesares Hand an seiner Schulter.

„Gianni!", sagte sein älterer Bruder mit Nachdruck, „was ist los? Hast du einen Geist gesehen? Was hast du denn?"

Und zu Angelica, die inzwischen ebenfalls das Frühstück verlassen hatte und in der Tür stand, sagte er besorgt: „Ich glaube, er ist krank!"

Gianni holte erneut tief Luft, als ob er sich sogar an das Atmen erinnern musste.

„Gianni?“, fragte Angelica besorgt, „was ist denn? Was ist passiert?“

Er konnte sprechen. Er musste schließlich. Eine Lüge, alles eine Lüge. Er war verraten worden.

„Da“, sagte er rau und zeigte auf den Tisch.

Cesare warf einen Blick hinüber, registrierte die zerschnittenen Schnüre, das aufgeschlagene Leinen und dazwischen eine Holzwand, bemalt.

„Ist es das Bild von Castinis Tochter?“, fragte er, „Himmel! War sie so hässlich?“

Gianni schüttelte den Kopf. Nein, sie war nicht hässlich. Sie war nicht entstellt. Das Bild zeigte ein sehr junges Mädchen, sittsam gekleidet, mit nur einem Hauch Dekolletee unter dem Brusttuch. Ihre Haare waren so straff nach hinten gebunden, dass man die Farbe nicht richtig erkennen konnte und ihre Augen waren dunkel, mit bisschen Grün darin. Sie war nicht bildschön, aber sie war auch nicht hässlich. Das war nicht das Problem.

Das Problem war, dass er sie kannte.

„Du hast es dir angesehen und das hat dich so erschreckt?“, fragte Angelica, wobei zu erkennen war, dass sie seine Zurechnungsfähigkeit bezweifelte.

Gianni schüttelte den Kopf.

„Es war nicht die Idee eines senilen Greises“, sagte er rau.

„Was?“, machte Cesare verwirrt.

Gianni räusperte sich.

„Vater“, sagte er erklärend, „ich dachte manchmal, er bittet um das Gemälde, weil er mich schikanieren will oder weil er nicht mehr weiß, was er tut – aber das stimmt nicht. Er wusste genau, was er tat. Er war der Einzige... er war der Einzige, der es je gesehen hat. Er hat sie erkannt.“

Leise setzte er hinzu: „Er hat es gewusst, die ganze Zeit. Und ich habe nicht zugehört.“

„Was denn gewusst?“, fragte Angelica verblüfft, während Cesare, der etwas pragmatischer reagierte, Gianni losließ, zum Tisch ging und das Porträt persönlich ansah.

Sie konnten hören, wie er zischend zwischen den Zähnen Luft einsog.

„Heilige Muttergottes“, flüsterte er.

Gianni schloss die Augen, aber auch das half nichts. Er konnte das Bild immer noch sehen, den ernsten, traurigen Ausdruck des Mädchens, die steife, etwas ungelenke Haltung, mit der sie eine Blume gegen ihre Brust drückte. Eine Lüge. Sie waren nie ehrlich zu ihm gewesen, nie.

Da er nicht reagierte, gab auch Angelica auf, trat zu ihrem Mann und sah über seine Schulter.

„Bei allen Heiligen!“, rief sie spontan aus, „das ist doch Susanna!“

Susanna. Susanna Castini, zwölf Jahre alt. Susanna di Cammino, Enkeltochter einer Hexe, zwölf Jahre später. Wann hatte er sie das erste Mal gesehen? Richtig, nach Piero de' Medicis Tod, auf dem Hof vor Verrocchios David. Sie hatte die Statue sehen wollen, des Modells wegen. Und plötzlich ergaben auch Lucas Worte einen Sinn. Sie hatte sehen wollen, wie der Junge ausschaute, vor dem sie davongelaufen war und sie hatte ihm nicht in persona begegnen wollen, denn es war ja möglich, dass er das Bild kannte und damit auch sie.

Anderthalb Jahre später hatte er diese Furcht ohne Wissen selbst zerstreut, als er sie auf der Straße angesprochen hatte. Wie erschrocken sie gewesen war – und wie rasch sie sich beruhigt hatte, als er sie mit Lucas Schwester titulierte. Danach hatte sie vielleicht ein wenig mit dem Feuer gespielt, indem sie ihn mitgenommen hatte. Aber sie musste schnell begriffen haben, wie ahnungslos und ungefährlich er war.

Vollkommen ahnungslos, sozusagen. Er hatte nichts begriffen. Hatte nicht verstanden, warum Luca ihn einmal als seinen Bruder bezeichnet hatte, so, wie Susanna seine Schwester wäre. Hatte nicht kapiert, weshalb sie über ihre erste gemeinsame Nacht gesagt hatte, es wäre für sie aus bestimmten Gründen richtig gewesen. Hatte die Zurückhaltung fehlinterpretiert, die Tatsache, dass sie seine Großzügigkeit nicht auszunutzen schienen – und die Angst, die Susanna bei ihrem ersten Aufenthalt in diesem Haus empfunden hatte.

Sie hatte zu Recht Angst gehabt. Sie *war* erkannt worden – von Francesco Montecaldo. Und er, Gianni, hatte seinem kranken Vater einfach nicht zugehört.

„Vielleicht ist es nur eine zufällige Ähnlichkeit?“, meinte Cesare vorsichtig.

Gianni schüttelte den Kopf. Pietro Perugino war ein hervorragender Maler. Und wenn man die Wahrheit kannte, waren die Zeichen überwältigend.

„Nein, sie ist es“, sagte er rau.

„Vielleicht“, meinte Angelica behutsam, „vielleicht ist ihr etwas zugestoßen. Ich meine, vielleicht hat sie vergessen, wer sie ist. Vielleicht ist das der Grund.“

Er schüttelte erneut den Kopf.

„Nein“, wiederholte er, „sie weiß es. Sie hat es immer gewusst.“

Und nicht nur sie – auch Luca hatte es gewusst, Luca, der überhaupt nicht ihr Bruder war, nicht sein konnte. Castini hatte eine Tochter gehabt, keinen Sohn. Es gab keinen männlichen Erben. Luca und Susanna waren keine Geschwister.

Sie waren keine Geschwister und lebten seit zwölf Jahren unter demselben Dach, die meiste Zeit davon vollkommen allein.

Er hatte sich nie über die Nähe der beiden, über ihre innige Zuneigung zueinander gewundert. Vielleicht hätte man dies auf die Tatsache schieben können, dass sie nur noch einander hatten. Vielleicht aber lag es auch daran, dass sie keine Geschwister waren, sondern etwas ganz anderes.

„Wir sollten sie holen“, sagte Angelica entschlossen, „wir sollten sie anhören. Es hilft doch jetzt nichts, Vermutungen anzustellen. Wenn unsere Susanna wirklich Castinis Tochter ist, wird sie uns erklären können, wie es dazu gekommen ist. Ich werde sie rufen lassen.“

Sie ging zur Tür und hatte diese schon halb geöffnet, als Gianni sie mit einer Handbewegung unterbrach.

„Nein“, sagte er erstickt.

„Aber wir sollten...“ begann Angelica irritiert.

„Nein“, wiederholte er, „das meine ich nicht. Da ist sie nicht. Sie ist nicht... sie ist nicht in ihrer Kammer.“

Angelica drehte sich herum, ganz langsam, in ihrem Gesicht ein Ausdruck, den ihre Kinder zu fürchten gelernt hatten.

„Wo ist sie dann?“, fragte Cesare.

Gianni fuhr sich über das Gesicht.

„Sie ist dort“, sagte er bitter und wies auf seine Kammertür, „sie schläft in meinem Bett.“

Er konnte Cesare nicht ansehen und erst recht nicht Angelica, die daraufhin steif durch den Raum schritt, die andere Tür aufriss und darin verschwand. Erst am Abend zuvor hatte er Cesare gesagt, was er Luca versprochen hatte und wie viel ihm an Susannas Ehre gelegen war. Und jetzt hatte er dies nicht nur widerlegt, sondern war auch noch als vollkommener Dummkopf hingestellt worden. All seine edlen Beweggründe, all diese guten Absichten – und dabei waren es Lügen und Verrat gewesen.

Ihm war schlecht.

Susanna wirkte erschrocken, als Angelica sie kurz darauf in den Saal hinausschob, erschrocken und ein wenig desorientiert, wie jemand war, der rüde geweckt worden war. Sie trug das dünne Hemd, hatte das Tuch hastig um die Schultern geschlungen – nur ihre Haare, die waren noch immer offen und fielen zerzaust über ihren Rücken.

Sie wurde tiefrot, als sie sah, wie Cesare sie musterte.

„Susanna“, sagte Angelica leise, „wir möchten eine Erklärung.“

Susanna sah auf ihre Hände und schwieg. Ihre Wangen brannten.

„Wir warten, Susanna“, sagte Cesare scharf.

Jetzt hob sie den Kopf. An ihren Wimpern schimmerten Tränen und ihr Blick glitt hilfesuchend zu Gianni. Er konnte sehen, wie sich ihre Augen erschrocken weiteten und plötzlich verlor er die Geduld.

Plötzlich konnte er es nicht mehr ertragen.

Mit ein, zwei großen Schritten war er bei ihr und packte ihren Arm. Er ignorierte Angelicas Protestruf, riss Susanna grob fort, zerrte sie zu dem Tisch und stieß sie davor.

„Erklär mir dies!“, fauchte er sie an, „na los! Erklär mir, wer du bist!“

Sie verlor sämtliche Farbe, als sie schlagartig verstand, was man wirklich von ihr wollte. Sie starrte auf das Bild, als wäre es die Hölle selbst, mit großen, panisch geweiteten Augen. Sie zitterte.

Gianni spürte die Übelkeit wie einen heißen Ball in der Kehle und wich angeekelt vor ihr zurück.

„Du kennst das Bild, oder?“, sagte er böse. „du hast es schon einmal gesehen. Du warst dabei, als es gemalt wurde.“

Sie reagierte nicht, so dass er sie anschrie: „Das bist du! Das bist doch du, Susanna *Castini*!“

„Gianni, bitte“, sagte Cesare besorgt.

Er ignorierte auch das. Noch nie in seinem Leben hatte er sich so verraten, so bloßgestellt gefühlt, so vorgeführt. Erbittert wandte er sich ab.

„Eine Lüge“, sagte er kalt, „alles eine Lüge. Ich dachte, wir wären Freunde. Ihr wisst alles über mich. Wie müsst ihr euch amüsiert haben – über diesen armen Dummkopf, diesen Idioten, diesen leichtgläubigen, naiven Narren!“

Jetzt hob Susanna den Kopf von dem Bild. Sie wirkte fassungslos.

„Gianni!“, sagte sie erschrocken.

„Gianni!“, äffte er nach, „ich bin so ein Trottel! Ich mache mir Vorwürfe, weil ich mit dir geschlafen habe, ich lasse mich von Luca deswegen rauswerfen und schäme mich – und dabei ist er derjenige, der betrogen hat! Er ist derjenige, der mir die Braut gestohlen hat! Bei Gott! Was ich für Schuldgefühle hatte, weil du damals fortgelaufen bist, wie ich mich fragte, ob es an mir lag – und wie einfach die Lösung ist! Du bist mit ihm fortgelaufen, mit deinem Liebhaber, nicht wahr? Und die ganze, verfluchte Zeit über, in der ich euer Freund sein wollte, habt ihr den größten Witz aller Zeiten geteilt – auf meine Kosten!"

„Nein", keuchte sie.

„Was – nein?", höhnte er, „wie kaltblütig, wie dreist, jetzt auch noch zu leugnen! Wie selbstsüchtig du bist – und ich hielt dich für einen Engel! Dein Vater ist tot, Susanna – hast du das gewusst? Er starb vor wenigen Wochen, völlig allein in seinem riesigen Haus, bis zum Ende davon überzeugt, dass du zurückkehren würdest! Er hat an dich geglaubt!"

Bitter setzte er hinzu: „Ich habe an dich geglaubt. Ich habe an euch beide geglaubt. Ich war ein solcher Narr."

„Gianni", flüsterte sie – weinend, aber das berührte ihn nicht.

„Hör auf damit!", fuhr er sie an, „hör auf! Du bist durchschaut, verstehst du das nicht?"

„Nein!", wiederholte sie.

„Natürlich!", schnauzte er, „natürlich! Du hast gelogen – ihr beide habt mich belogen und benutzt und ich Idiot habe es nie gesehen! Ich habe euch geschützt, ich habe das Wohl meiner Familie und mein Ansehen bei Lorenzo für euch aufs Spiel gesetzt – und ihr habt mich belogen! Von Anfang an habt ihr gelogen!"

„Gianni", flehte sie.

„Nichts, Gianni!", brüllte er, „nichts mehr davon! Oh Gott, ich Narr! Ich armseliger Narr! Wie sehr musst du dich mit deinem Liebhaber amüsiert haben und ich habe euch geglaubt! Ich habe euch mehr vertraut als meiner eigenen Familie! Ihr habt mich benutzt! Ihr habt mich vorgeführt! Ihr habt..."

„Nein!", schrie sie auf, „nein! Das ist nicht wahr!"

Und schluchzend setzte sie hinzu: „Luca *ist* mein Bruder!"

„Ach, hör endlich auf!", fauchte Gianni sie an, „das hier bist du! Susanna Castini! Und Susanna Castini *hat* keinen Bruder!"

„Aber ich habe einen!", rief sie verzweifelt, „bitte, Gianni! Bitte – hör mir doch endlich zu!"

„Gianni", sagte Cesare warnend, „du solltest dich vielleicht wirklich ein wenig beruhigen."

Gianni holte tief Luft.

„Na gut", sagte er hart, „also fein. Ich beruhige mich. Antworte, ich höre. Bist du das auf diesem Bild, Susanna?"

Die Tränen liefen ihr ungehindert über das Gesicht und sie zitterte, aber er war weit von Mitleid entfernt. Sie fuhr sich mit der Hand über die Wangen.

„Ich hatte eine solche Angst vor diesem Bild", flüsterte sie.

„Oh", höhnte Gianni, „das glaube ich! Entlarvt es doch dich und deinen Liebsten!"

„Das ist nicht wahr!", schluchzte sie, „Luca ist mein Bruder!"

„Hör bitte auf zu lügen!", schrie er.

„Ich lüge nicht!", begehrte sie auf und dann, leiser, „ja. Er ist nicht mein leiblicher Bruder. Das stimmt."

Endlich die Wahrheit. Gianni spürte, wie ihn plötzlich der Zorn verließ, als ob jemand die Luft aus einem Ball gelassen hätte. Plötzlich war er müde, unendlich erschöpft.

Aber dennoch nicht bereit, nachzugeben.

„Na endlich", sagte er hart.

Susanna wischte erneut über ihre Augen.

„Er ist vielleicht nicht mein leiblicher Bruder", wiederholte sie bittend, „aber er ist es in jeder anderen Beziehung. Er war nie etwas anderes für mich!"

„Und das soll ich dir glauben", spottete Gianni.

Sie hob den Kopf.

„Du musst", sagte sie, „weil es die Wahrheit ist. Luca und ich sind durchaus verwandt, nur nicht so eng. Unsere Großmütter waren Schwestern."

Das wurde ja immer besser!

„Bitte?“, empörte sich Gianni, „ich habe die alte Hexe doch selber gesehen! Und so jemand soll mit Umberto Castini verwandt sein?“

Susanna schluckte sichtlich, aber sie hielt ihren Kopf hoch.

„Es mag euch unglaubwürdig erscheinen“, erwiderte sie, „dennoch ist es so. Meine Großmutter und Rosalba waren Schwestern. Sie entstammten beide einer Familie von Fahrenden, von Gauklern und Wahrsagern. Der Unterschied zwischen ihnen war jedoch, dass meine Großmutter das Leben auf der Straße nicht mehr ertrug.“

Etwas leiser fügte sie an: „Sie hat unter der Pest sehr gelitten. Sie hatte Angst. Deshalb kam sie nach Florenz, nahm einen anderen Namen an und verleugnete ihre Herkunft. Sie war... sie hatte Fähigkeiten. Über kurz oder lang fand sie einen Mann, einen Perli. Er war zu dem Zeitpunkt gerade dabei, sich hochzuarbeiten. Sie wurde seine Frau und sprach nie wieder mit ihrer Familie. Sie hat auch mit ihrer Tochter Caterina nie darüber gesprochen. Und meine arme Mutter wusste bloß, dass da draußen auf den Straßen etwas war, was ihr und mir gefährlich sein sollte. Sie hat nie begriffen, um was es ging, nie begriffen, wozu sie fähig war. Sie hat geglaubt, sie sei vom Teufel besessen. Deshalb hat sie ständig gebetet. Deshalb verlor sie den Verstand.“

In Giannis Erinnerung tauchte plötzlich ein Satz auf, den Messer Jacopo vor ewigen Zeiten gesagt hatte – *Über Caterinas Familie gab es seltsame Gerüchte...* Und von einer Benedetta hatte er gesprochen, die Marco Perli geheiratet hatte, mit einem obskuren Namen und noch obskurerer Herkunft.

Er runzelte die Stirn.

Susanna hatte sich wieder ein wenig gefangen. Sie trat an das Bild heran und strich ganz behutsam mit einem Finger darüber.

„Ich hatte solche Angst davor“, bekannte sie, „aber nicht aus dem Grund, den du annimmst. Ich hatte Angst davor, als es gemalt wurde. Ich fürchtete... ich fürchtete immer, es würde mich verraten.“

„Was verraten?“, fragte Gianni konsterniert.

Sie errötete, biss sich auf die Lippen.

„Susanna!“, warnte er, „wenn du mich noch mal anlügst, werfe ich dich auf die Straße, hole Luca nach Florenz und sperre ihn höchstpersönlich wegen Mädchenraubes in die Stinche!“

Sie hob entsetzt den Kopf.

„Nein!“, keuchte sie, „nicht Luca! Er ist unschuldig! Er kann nichts dafür!“

„Wofür?“, hakte er böse nach.

Sie schluckte.

Dann drehte sie sich um, sah ihn voll an und ihre Augen wirkten schrankenlos offen.

„Ich habe nie gehört, wie die Pazzi oder sonst wer Giuliano de' Medicis Ermordung planten“, gestand sie, „ich habe auch nie etwas Verdächtiges gesehen. Aber ich wusste es.“

„Was?“, machte Gianni irritiert.

„Ich wusste es“, wiederholte sie, „Luca und ich begegneten ihnen auf dem Weg zum Dom – Giuliano und seinen Mördern, meine ich. Sie lachten und scherzten und sie schienen ganz normal. Sie schlugen ihm auf die Schultern und auf den Rücken und niemand hätte sich etwas dabei gedacht. Aber ich...“

Sie brach erneut ab. Sie wirkte verzweifelt.

„Aber du?“, wiederholte er drohend.

Und da nahm sie ihren ganzen Mut zusammen.

„Aber ich“, sagte sie, „konnte in ihren Schatten lesen und ich sah, dass sie nach einer Rüstung suchten und dass sie ihn töten wollten. Ich konnte erkennen, wie Bernardo Bandini sich den besten Platz für den ersten Stoß aussuchte.“

Gianni starrte sie an.

Susanna hob ihr Kinn und fuhr entschlossen fort: „Das ist der Grund für mein Fortlaufen. Ich bin anders, Gianni Montecaldo. Ich war es schon immer. Als Kind glaubte ich, jeder hätte diese Fähigkeiten, aber ich wurde schnell eines Besseren belehrt. Von da ab hatte ich ständig Angst, weil ich es nicht kontrollieren konnte, weil ich es nicht verstand.

Und ich fürchtete immer, entdeckt zu werden. Ich fürchtete, den Verstand zu verlieren wie meine Mutter. Ich wusste überhaupt nicht, was mit mir los war, bis ich Luca gegenüberstand und in seinem Schatten das Gleiche las wie bei mir."

Sie holte tief Luft.

„Er ist mein Bruder, Gianni", sagte sie, „er ist wie ich. Wir stammen aus derselben Familie. Rosalba war eine Hexe – du weißt es, ich habe es dir selber gesagt. Wir können vielleicht nicht zaubern, aber wir sehen Dinge, die andere nicht erkennen. Rosalba hat Luca zu mir geschickt, um mich zu holen – damit sie mir beibringen kann, wie ich damit umgehen muss, damit ich nicht durchdrehe wie meine Mutter. Ich habe ihn an diesem Karnevalstag zum ersten Mal gesehen. Und ich bin ihm gefolgt, weil ich wusste, es ist meine einzige Chance."

Gianni fand seine Sprache wieder.

„Das ist doch Unsinn", sagte er heiser, „absoluter Blödsinn!"

„Ist es das?", hielt sie ihm entgegen, „aber hat Luca es dir nicht selber sogar schon einmal gesagt? Erinnere dich – Leonardo war dabei. Du hast uns nur nicht geglaubt, das ist alles."

„Und das tue ich noch immer nicht", sagte er grimmig.

„Wenn das so ist – woher wusste ich dann von der Gefahr, die Giuliano drohte?", erwiderte sie, „woher wusste ich, dass ich dir trauen kann – dir, einem reichen Jungen mit lauter Freunden, die sich einen Dreck um ein armes Mädchen scheren würden?"

„Was... was weiß ich!", fuhr er auf, „meine Güte, Susanna! Wenn du die Zukunft sehen konntest – warum bist du dann zu diesem Verrückten ins Gefängnis gegangen? Hast du nicht gesehen, dass man Luca foltern wird?"

„So ist das nicht", sagte sie bittend, „ich kann es nicht herbeirufen. Ich kann nur... ich kann es verstehen. Und ich kann es verdrängen, wenn ich nichts sehen will. Ich schaue nie in Lucas Schatten und er nicht in meinen."

„Nun, dann ist das dumm“, sagte Gianni höhnisch, „ihr könntet euch doch ziemlich viel Leid ersparen!“

Sie schüttelte den Kopf. Sie wirkte plötzlich traurig.

„Du verstehst es nicht“, sagte sie, „ich kann es sehen, aber ich kann es nicht ändern. Rosalba hat es uns immer wieder gesagt – dass wir niemals versuchen sollten, die Dinge zu verändern, die wir sehen. Wir würden in das Schicksal eingreifen, wir wüssten nie, was darauf werden würde. Und besser machen könnten wir es sowieso nicht, nur schlimmer. Ich habe nur ein einziges Mal versucht, etwas zu ändern – am Ostersonntag, im Dom, deinetwegen. Du hast selbst gesehen, wie viel Erfolg ich damit hatte.“

Ernst fügte sie hinzu: „Kannst du verstehen, wie schlimm es ist, Dinge vorauszusehen, die man nicht beeinflussen kann? Ich sah den Tod meiner Cousine Lucia lange, bevor sie erkrankte. Rosalba wusste, dass sie in Santo Spirito sterben würde. Glaubst du, ich würde Lucas Tod sehen wollen – oder den deinen?“

„Lass mich da raus“, wehrte Gianni heftig ab, „ich glaube nicht an solchen Schwindel! Ich glaube nicht, dass man Dinge sehen kann, die gar nicht da sind!“

„Wirklich nicht?“, fragte sie, „aber du tust es doch selbst!“

Er fuhr zusammen, vom Donner gerührt.

„Was!“, machte er.

„Du siehst auch Dinge, nur nicht bewusst, so wie wir“, hielt sie ihm entgegen, „du spürst sie. Du spürst, wenn Menschen unglücklich sind und was sie brauchen. Deshalb sagt Luca immer, du bist ein wenig wie wir. Deshalb sagt er, auch du bist sein Bruder.“

Gianni wich einen Schritt zurück, bis an die Wand.

„Nein“, sagte er vehement, „das ist Unsinn! Das ist ein Lügenmärchen, was du dir ausgedacht hast, um deinen Betrug zu kaschieren! Um deinen Liebhaber zu schützen!“

„Er ist nicht mein Liebhaber!“, begehrte sie auf, „ich habe überhaupt keinen!“

Das traf und er wurde gemein.

„Wieder eine Lüge“, sagte er bösartig, „vermutlich hast du Hunderte. Vermutlich lügst du, wenn du den Mund aufmachst!“

Sie begann erneut zu weinen.

„Das ist nicht wahr“, flüsterte sie, „du weißt das.“

Er schüttelte den Kopf und wich zurück.

„Ich weiß gar nichts mehr“, wehrte er ab, „gar nichts. Ich dachte, ich täte es. Ich dachte... Gott, ich habe euch so vertraut!“

„Ich kann verstehen, wenn du mir meine Gabe nicht glauben willst“, sagte sie verzweifelt, „ja, das kann ich verstehen. Aber du kannst mir nicht ernsthaft unterstellen, Luca wäre mein Liebhaber! Und dass wir dir nicht die Wahrheit gesagt haben – Gianni, wie hätte ich das denn jemals gekonnt!“

„Das weiß ich nicht“, sagte er, „ich weiß gar nichts mehr. Und ich kann dies nicht mehr ertragen.“

Er drängte sich an ihr vorbei, an Angelica, in seine Kammer. Mit raschen, hastigen Bewegungen zog er sich an.

„Gianni“, sagte Cesare, der ihm nachgekommen war, „nun warte doch mal. Das ist alles sehr verwirrend.“

„Findest du?“, fragte Gianni hart, schob sich an seinem Bruder vorbei und trat wieder hinaus in den Saal. Angelica hatte sich nicht gerührt und Susanna stand noch immer in der Mitte, regungslos, wie eine Verurteilte.

„Ich hingegen“, sagte Gianni bitter, „finde es alles viel zu klar.“

Er musterte Susanna von oben bis unten. Der Blick sollte ihr weh tun und er tat es, sichtlich. Sie errötete und schloss die Augen.

„Ich muss hier raus“, sagte Gianni kalt, „ich brauche Luft.“

Und an Cesare gewandt setzte er hinzu: „Lasst sie nicht aus den Augen, bis ich zurück bin.“

Er rannte beinahe auf die Straße, im Laufschritt das Pflaster hinunter. Er wusste nicht, wohin er sich wenden sollte. Es schien, als habe er alle verloren, die ihm in einer solchen Situation hätten zur Seite stehen können, es schien, als sei er mit seinem Zorn, seinem Schmerz und seinem Entsetzen ganz allein.

Sebastiano war verunglückt, Giuliano ermordet worden. Luca und Susanna fielen aus offensichtlichen Gründen fort und dann blieb da nicht mehr viel. Er war allein. Das war beinahe so, als sei auch sein gesamtes Leben bislang eine Lüge gewesen.

Auf seinem sinnlosen, ziellosen Weg durch die Straßen wurde er schließlich langsamer, ließ sich treiben. Die kalte Lüft kühlte Stirn und Wangen, wirkte beruhigend, beinahe einschläfernd. Er erinnerte sich wieder an das Gefühl der dumpfen Taubheit, in das er sich willentlich begeben hatte nach Sebastianos Tod. Vielleicht war das die Lösung. Aber dann, er wollte nicht wieder so werden.

Und plötzlich stand er vor Andrea del Verrocchios Werkstatt.

Sie war noch immer groß, auch wenn die Konkurrenz gewachsen war. Die Brüder Pollaioulo arbeiteten nach wie vor, Domenico Ghirlandaio hatte eine eigene Bottega errichtet, Sandro Botticelli erhielt einen Auftrag nach dem anderen. Leonardo hatte ganz Recht, wenn er sagte, dass es in Florenz schwierig war, sich zu etablieren, selbst wenn man Gönner hatte. Außerdem waren die Staatskassen und Lorenzos Kassen nach dem Krieg stark angegriffen.

Aber es gab Andrea del Verrocchios Bottega noch, in der er praktisch groß geworden war. Und es gab auch noch einen Freund, an den er bislang nicht gedacht hatte, der aber am besten verstehen würde, wie er sich fühlte, weil er Luca und Susanna kannte.

Er ging hinein in der Hoffnung, Leonardo dort zu finden.

„So“, sagte Leonardo viel später, als sie sich ein windgeschütztes Eckchen gesucht hatten und Gianni voller Zorn, Empörung und Trauer sein Herz ausgeschüttet hatte, „das muss ich erst einmal verdauen. Susanna und Luca sind keine Geschwister?“

Die Bitterkeit wallte wieder in Gianni hoch, ätzend wie Säure.

„Das sind sie nicht“, sagte er hart, „vielleicht sind sie tatsächlich verwandt, aber dann über mehrere Ecken.“

„Und Susanna ist in Wirklichkeit dieses Mädchen, das vor Jahren kurz vor eurer Hochzeit weglief?“

„Sie verschwand spurlos im Karneval“, erklärte Gianni, „niemand hat je wieder von ihr gehört.“

„Aber du hast sie erkannt.“

„An dem Bild, ja. Mein Vater gab ein Bild in Auftrag, vor unserer Hochzeit. Es war ein Trick, um die Mitgift hochzudrücken.“

„Und dieses Bild hast du bekommen“, folgerte Leonardo, „du hast es bekommen und erfahren, dass sie dich belogen haben. Deshalb bist du jetzt so wütend.“

Das klang sachlich und gar nicht so, wie er es empfunden hatte. Aber es stimmte.

„Ja“, sagte er unglücklich, „sie haben uns etwas vorgemacht. Susanna hat mir eine haarsträubende Geschichte erzählt – dass sie wahrsagen könnte oder so ähnlich.“

„Was du ihr nicht glaubst.“

„Würdest du ihr glauben?“, hielt Gianni dagegen.

Stille. Leonardo seufzte.

„Ich weiß es nicht“, bekannte er schließlich, „ich weiß überhaupt nicht, was ich davon halten soll. Eines weiß ich allerdings doch und das tust du auch, wenn du ehrlich bist.“

„Und das wäre?“, fragte Gianni zweifelnd.

Leonardo sah ihn offen an.

„Luca und Susanna sind kein Liebespaar“, erklärte er.

Gianni starrte ihn an.

„Das kannst du nicht wissen!“, protestierte er.

„Möglich“, schränkte Leonardo ein, „nicht mit hundertprozentiger Gewissheit. Aber ich halte es für äußerst unwahrscheinlich.“

„Und wieso?“, fuhr Gianni auf.

Leonardo holte tief Luft.

„Erstens“, zählte er auf, „du hast gesehen, wie sie miteinander umgehen, seit Jahren schon. Sie hängen sehr aneinander, ja. Aber da war nie auch nur ein Funke von erotischer Spannung, keine Andeutung, gar nichts. Ich hätte ihnen die Geschwister sofort und immer abgekauft.“

„Dann sind sie eben sehr gute Schauspieler!“

„Vielleicht. Aber es gibt einen weiteren Punkt“, fuhr Leonardo fort, „du hast selbst gesagt, du wärst der Erste gewesen, der bei Susanna gelegen hätte – und vermutlich sogar der Einzige.“

„Das habe ich geglaubt!“, begehrte Gianni auf, „das weiß ich nicht!“

„Ich gebe zu, ich bin kein Experte auf dem Gebiet“, räumte Leonardo ein, „aber es gibt da doch wohl den einen oder anderen stichhaltigen Hinweis, ob ein Mädchen wirklich noch Jungfrau ist oder nicht. Also?“

Gianni hielt inne. Gut, diesen einen oder anderen Hinweis hatte es tatsächlich gegeben. Er hatte es gespürt. Sie hatte geblutet. Er schluckte.

„Sie kann mir etwas vorgemacht haben“, sagte er schwach.

Was unwahrscheinlich war in Anbetracht der Tatsache, dass die Initiative von ihm ausgegangen war, und dass sie keine Zeit für Vorbereitungen gehabt hatte.

„Außerdem beweist das nicht, dass sie nach mir nicht bei anderen gelegen hat“, setzte er kräftiger hinzu.

„Schon“, sagte Leonardo, „aber jetzt erklär mir doch mal, warum sie hätte warten sollen. Wenn Luca und sie ein Paar sind, dann hatten sie zu dem Zeitpunkt, als Sebastiano starb und du zu ihnen kamst, bereits Jahre miteinander gelebt und zwar allein. *Warum* hätten sie warten sollen?“

Dazu fiel Gianni nichts ein. Er zuckte mit den Schultern.

„Und selbst, wenn sie dir etwas vorgemacht haben sollte“, meinte Leonardo vernünftig, „ist es doch so, dass, wenn eine Frau und ein Mann miteinander schlafen, über kurz oder lang ein Kind dabei herausspringt. Hast du jemals Anzeichen für eine Schwangerschaft bemerkt? Also ich nicht.“

„Vielleicht ist sie unfruchtbar", murmelte Gianni.

„Das sind ganz schön viele vielleichts, nicht wahr?", lächelte Leonardo, „und ich habe noch ein Argument."

„Ich höre", sagte Gianni lustlos.

Leonardo schubste ihn leicht an.

„Warum", sagte er behutsam, „warum um alles in der Welt hätten sie sich diesen Ärger machen sollen? Susanna ist weggelaufen und hat eine vollkommen neue Identität angenommen. Warum als Lucas Schwester – wenn sie auch seine Frau hätte sein können? Warum so ein Risiko eingehen? Für was? Welchen Nutzen haben sie denn davon, wenn sie der Welt vormachen, sie wären Geschwister, obwohl sie es gar nicht sind? Kannst du mir das erklären?"

Das konnte Gianni nicht. In der Tat, es gab überhaupt keinen Grund für diese Scharade – nicht einen winzigen Grund, weshalb sie etwas vorgeben sollten, was sie nicht so empfanden. Gut, vielleicht hätte zu Beginn die alte Großmutter noch eine Rolle spielen können – aber nach ihrem Tod hätten sie die Stadt verlassen und sich anderswo eine Existenz als Paar aufbauen können. Es gab keinen Grund für ihren Status als Geschwister – es sei denn, Susanna hatte Recht und sie empfanden sich tatsächlich so, waren tatsächlich einfach Familie.

Plötzlich konnte Gianni besser atmen.

„Wenn das so wäre..." begann er langsam, „wenn das so wäre, warum sollte sie dann fortgelaufen sein?"

„Aus dem Grund, den sie dir genannt hat?", schlug Leonardo vor.

Gianni hob den Kopf.

„Diesen Unsinn mit in die Schatten sehen?", fragte er skeptisch, „glaubst du das etwa?"

„Ich weiß es nicht", gab Leonardo zu, „aber die Welt ist voller Wunder. Ich könnte es mir vorstellen. Luca und Susanna waren manchmal schon ein wenig sehr hellsichtig. Manchmal haben sie durchaus Dinge verstanden, ohne dass man sie erklären musste. Aber dann – ich glaube auch daran, dass die Menschen eines Tages fliegen können und unter

Wasser gehen werden. Ich bin also vielleicht nicht gerade die beste Referenz."

Gianni ignorierte den letzten Teil, sondern konzentrierte sich auf den ersten. Auch da hatte Leonardo Recht – manchmal hatten die Geschwister fast zu gut verstanden, was ihn quälte oder woraus er hinaus wollte. Und er erinnerte sich wieder an das, was Susanna zu ihm gesagt hatte und was Cesare – dass er, Gianni, ähnlich sei, weil er ein Gespür für Menschen hatte, weil er sie ohne Worte verstand, weil er manchmal einfach sah, was sie brauchten.

Vielleicht, so dachte er plötzlich, war es ja gar nicht so, dass die einen Hexen waren und die anderen nicht. Vielleicht waren diese Übergänge fließend. Vielleicht hatte Susanna tatsächlich eine Gabe und er auch – nur deutlich schwächer als sie.

Und wenn er, ungewollt und überraschend, ständig eine schlimme Zukunft in den Schatten der Menschen sehen würde, die er liebte, vielleicht hätte er dann ebenso Angst vor Wahnsinn.

Vielleicht also hatte sie tatsächlich die Wahrheit gesagt. So abstrus klang dies plötzlich gar nicht mehr.

„Du kannst Dinge nicht einfach ausschließen, Gianni", sagte Leonardo behutsam, „bloß, weil du sie nicht verstehst oder noch nie gesehen hast."

Er nickte abwesend. Damit hatte Leonardo sicherlich Recht. Er hatte sich die beweglichen Lettern auch nicht vorstellen können, bevor er sie gesehen hatte und dennoch gab es sie. Er konnte sich ebenfalls nicht vorstellen, wie ein Mensch jemals würde fliegen können und trotzdem hielt er es plötzlich für möglich. Seine eigene Unzulänglichkeit war kein Argument gegen die Genialität, die Fähigkeiten der anderen. Vielleicht also konnte sie Dinge sehen, die sonst kaum einer wahrnahm. Zumindest aber glaubte sie es.

Und dann fiel ihm etwas auf, was ihn bis ins Innerste traf.

Es war schon ziemlich spät, als Gianni nach Hause kam. Die Sonne ging unter, Lichter wurden angezündet. Er hatte lange gebraucht – und war dennoch schneller gewesen, als er eigentlich geglaubt hatte.

Im Palazzo wurde er schon erwartet, was nicht weiter verwunderlich war, wenn man bedachte, wie er am Morgen hinausgestürmt war. Die neugierigen Blicke des Hauspersonals ignorierte er jedoch. Er stieg hoch in den ersten Stock, wo er, wie vermutet, Cesare antraf.

Und wie er ebenfalls vermutet hatte, war Erleichterung die hervorstechendste Emotion im Gesicht seines Bruders.

„Du bist wieder da", sagte Cesare.

„Ja", sagte Gianni, „bin ich. Und ich habe mich beruhigt, wenn du so willst. Was habt ihr mit ihr gemacht?"

„Angelica hat sie in ihrer Kammer eingesperrt", antwortete Cesare, „es schien uns das einfachste zu sein, bis du zurück bist. Keiner hatte Kontakt zu ihr – das Essen hat Angelica ihr selbst gebracht."

Gianni nickte bedächtig.

„Was hält deine Frau von alldem?", fragte er langsam.

Cesare setzte sich behutsam in einen Sessel.

„Wir haben natürlich darüber gesprochen", sagte er, „sie ist schockiert, wie ich auch. Sie ist wohl ebenfalls ein wenig verletzt, aber nicht so wie du. Sie meint, sie kann das Mädchen verstehen."

„Meint sie das", wiederholte Gianni, „glaubt sie ihr auch?"

„Was genau meinst du?"

„Alles."

„Nun", Cesare seufzte, „zu der Sache mit diesem Bruder kann man nicht viel sagen. Angelica meint nur, dass Susanna nie anders als wie von einem Bruder von ihm gesprochen hat. Und dass sie bislang davon ausging, sie sei ein braves, ein anständiges Mädchen."

„Das bin ich auch", meinte Gianni nicht ohne Ironie, „was ist mit dieser anderen Sache – der Hellsichtigkeit?"

Cesare zog die Stirn kraus.

„Darüber haben wir nicht geredet", gab er zu, „ich vermute allerdings... ich vermute, dass Angelica ihr dies glauben könnte."

„Und du?", hakte Gianni nach.

Cesare wirkte zweifelnd.

„Es mutet seltsam an, nicht wahr?", meinte er, „auf der anderen Seite habe ich ein paar Nachforschungen anstellen lassen. Caterina Castinis Mutter kam tatsächlich aus dem Nichts. Und es gab seltsame Gerüchte."

„Ja, das weiß ich auch", meinte Gianni nachdenklich.

„Also glaubst du ihr?", fragte Cesare.

Gianni antwortete nicht sofort.

„Glaubst du ihr?", fragte er schließlich.

Cesare zuckte mit den Schultern.

„Sie scheint es zumindest zu glauben", sagte er, „davon bin ich inzwischen überzeugt. Sie glaubt es. Also ist sie entweder hellsichtig oder wahnsinnig. In dem Fall würde ich Ersteres vorziehen."

„Ich auch", antwortete Gianni, „aus einem ganz bestimmten Grund."

„Aha", machte Cesare, „und der wäre?"

Gianni holte tief Luft und setzte sich gerade hin.

Dann sagte er es Cesare.

Susanna fuhr zusammen, als der Riegel sich hob und die Tür aufging. Aber falls sie gehofft hatte, dass Gianni gekommen war, wurde sie enttäuscht. Angelica stand im Zimmer. Sie war in Begleitung einer Hausmagd mit einem Nadelkissen und Susanna erhob sich vorsichtshalber. Seit dem Morgen war auch Angelica sehr kühl zu ihr.

„Ist Gianni zurück?", fragte Susanna unwillkürlich.

„Ja", antwortete Angelica, „er ist unten."

„Kann ich ihn sehen?"

„Momentan ist das schlecht, er hat zu tun", sagte Angelica, „so wie wir. Hier. Ich möchte, dass du dies einmal anprobierst."

Sie streckte ihr ein Bündel Stoff entgegen.

Kühle hin oder her – Angelica war bis vor kurzem sehr gut zu ihr gewesen. Susanna argumentierte deshalb nicht, sondern gehorchte einfach nur. Sie streifte ihre eigenen, ungefärbten Kleider ab und zog das andere über. Es war aus feinem, dunkelgrünem Tuch, sehr weich anzufassen.

Angelica ging einmal kritisch um sie herum.

„Wie ich es mir gedacht hatte", murmelte sie, „wir müssen es etwas enger machen. Hier, steck das ab. Und hier auch."

„Was ist dies?", wagte Susanna zu fragen, während die Hausmagd sich wie befohlen an die Arbeit machte.

„Es ist eines von Minervas Kleidern", antwortete Angelica, „sie hat sie da gelassen, als sie aufs Land ging und das ist Jahre her – von daher denke ich nicht, dass sie es zurück haben will. Etwas Besseres können wir in der Kürze der Zeit nicht finden."

„Etwas Besseres?", echote Susanna begriffsstutzig.

„Nun, du musst doch etwas anziehen, nicht wahr?", sagte Angelica, „gut. So und jetzt zieh es aus, damit die Mädchen es ändern können."

Susanna gehorchte wieder, streifte das abgesteckte Kleid ab und reichte es zurück, allerdings nicht, ohne diesmal zu sagen: „Aber ich brauche kein Kleid. Ich habe etwas anzuziehen."

Angelica warf nur einen Blick auf den Haufen am Boden.

„Indiskutabel von nun an", sagte sie, „du bekommst neue Kleidung. Es kann allerdings etwas dauern. Gianni bringt dich morgen in die Villa und bis dahin werden wir maximal zwei oder drei Kleider geändert haben. Aber Minerva wird dir vermutlich helfen."

Aufs Land? Morgen? Nun doch?

Susanna wurde ganz anders.

„Wo ist Gianni?", fragte sie bang, „kann ich mit ihm reden?"

„Wie gesagt, er hat zu tun, so wie wir", entgegnete Angelica, „komm. Wir haben ein Feuer in unserer Kammer angezündet. Da ist mehr Platz."

„Wozu brauchen wir denn mehr Platz?", fragte Susanna besorgt, während sie Angelica brav die Stiegen hinunterfolgte und den großen Schlafraum des Ehepaares betrat. Die Antwort lag jedoch auf der Hand, sobald sie sich umsah: Vor dem Kamin war die Badewanne aus Zink aufgestellt und eine andere Magd füllte gerade den letzten Eimer heißes Wasser ein.

„Deshalb", sagte Angelica, „hier, zieh dich aus, wasch dich. Lisetta wird dir zur Hand gehen. Trödele nicht, wir haben nur etwa eine Stunde und deine Haare müssen noch trocknen. Ich komme zu dir, sobald das Kleid fertig ist."

Das war zu viel.

Susanna streckte hastig eine Hand aus und hielt Angelica fest.

„Wartet!", bat sie flehentlich, „wartet doch! Ich verstehe nicht! Was habt Ihr mit mir vor? Was geschieht jetzt?"

Erst schien es, als ob Angelica nicht reden wollte. Aber dann drehte sie sich langsam, beinahe widerwillig um.

„Kannst du es nicht sehen?", fragte sie völlig neutral.

Susanna spürte, wie ihr die Tränen in die Augen stiegen.

„So ist das nicht", sagte sie erstickt, „ich kann es nicht erzwingen. Und ich kann es erst recht nicht, wenn ich aufgeregt bin oder Angst habe. Bitte."

Angelicas Blick besänftigte sich daraufhin. Sie schüttelte den Kopf.

„Dies ist nicht richtig", murmelte sie, „er sollte dies tun, nicht ich."

„Was?", hakte Susanna ängstlich nach, „was sollte er tun? Und wer?"

Angelica seufzte.

„Gianni", antwortete sie ergeben, „er sollte hier sein und dir sagen, was er vorhat."

„Was hat er denn vor?", bat Susanna verzweifelt.

Das schien die andere Frau nun endgültig zu rühren. Mit einem jetzt wirklich freundlichen, nahezu mitleidigen Blick trat Angelica näher, nahm ihre Hand und sagte sanft: „Du wirst heute Abend heiraten."

Susanna setzte sich. Glücklicherweise stand hinter ihr eine Bank, so dass sie nicht auf dem Boden landete, was ebenso gut hätte passieren können. Plötzlich sauste es in ihren Ohren, plötzlich verschwamm die Welt.

„Heute Abend?“, hauchte sie.

„Ja“, hörte sie Angelicas Stimme.

Sie leckte sich über die trockenen Lippen.

„Und wen?“, setzte sie wispernd hinzu.

Angelica seufzte. Dann knarrte die Bank, weil sich die Frau neben Susanna hinsetzte und wieder ihre Hände nahm.

„Nun, Gianni natürlich“, sagte sie, „er hat schon alles besorgt. Er war auch bei Lorenzo. Der Priester kommt ins Haus, damit wir das Gerede erst einmal in Grenzen halten können. Und morgen geht ihr beide aufs Land zu Minerva. Cesare meint, nach zwei bis drei Wochen könnte Gianni mit dir zurückkommen, dann haben sich die Gemüter etwas beruhigt.“

Sie würde heiraten? Gianni heiraten? Heute?

„Aber... aber... wieso?“, flüsterte Susanna.

Angelica lächelte.

„Ihr seid seit der Wiege miteinander verlobt“, erklärte sie, „der Vertrag wurde nie annulliert.“

„Wirklich nicht? Obwohl ich fort war?“, fragte Susanna fassungslos.

Angelica zuckte mit den Schultern.

„Gianni wollte es nie“, sagte sie, „als ob er geahnt hätte... egal. Der Vertrag besteht noch und er wird dich jetzt heiraten.“

Susanna wurde wieder ganz kalt.

„Glaubt er denn, dass er das muss?“, keuchte sie.

Angelica schüttelte den Kopf.

„Er muss nicht, er will“, sagte sie.

Susanna starrte sie an.

„Er will?“, wiederholte sie wie dumm.

Jetzt wurde der Blick der anderen Frau wieder etwas bedauernd.

„Du hast es vielleicht vergessen", sagte sie behutsam, „aber du warst eine der reichsten Erbinnen von Florenz. Und dein Vater ist vor ein paar Wochen gestorben. Es gibt keine anderen Nachfolger."

„Doch", widersprach Susanna, „Antonia, meine Cousine. Sie lebt in Bologna."

„Aber sie ist nicht erbberechtigt, sie ist eine Frau", erwiderte Angelica.

„Das bin ich auch", sagte Susanna verständnislos.

„Stimmt", gab Angelica zu, „eigentlich würdest du ebenfalls nicht erben. Aber im Fall deines Vaters liegen die Dinge anders, da es wirklich keine männlichen Nachkommen gibt, nicht einen. Gianni hat mit Lorenzo gesprochen. Und der meint, dass man in einem solchen Fall wohl mit Fug und Recht behaupten könne, der Schwiegersohn sei der letzte männliche Verwandte des Verstorbenen."

Susanna stockte der Atem.

„Das heißt also..." flüsterte sie.

Angelica lächelte mitleidig.

„Das heißt", sagte sie, „wenn Gianni dich zur Frau nimmt, wird er erbberechtigt. Und damit wird er auf einen Schlag reich."

Es war warm im Zimmer. Das Feuer knackte, die Badewanne dampfte. Susanna fror. Sie wusste gar nicht, wie lange sie so stumm auf der Bank gesessen hatte, neben ihr Angelica, die ebenfalls nichts sagte und die sie nicht ansehen konnte.

Dann, nach einer Ewigkeit, bewegte sie sich.

„Ich habe Angst", flüsterte sie.

Angelica seufzte.

„Das kann ich verstehen", erklärte sie milde, „aber gewöhn es dir ab. Es nützt dir nichts."

Susanna hob den Kopf.

Angelica lächelte schwach.

„Ich hatte immer viel Angst", erklärte sie, „ich verlor mein Kind, als es noch so klein war und ich starb fast vor Angst, dass mir dies wieder passieren würde. Jede Krankheit, jede Bedrohung verwandelte mich in ein Nervenbündel. Und dann schlug das Schicksal zu und ich habe eines erkannt."

„Was?", wisperte Susanna.

Angelica seufzte.

„Am besten wird man seine Angst los, indem man sie konfrontiert", sagte sie schlicht, „also. Nimm dein Bad, zieh das Kleid an, geh hinunter und heirate ihn. Wenn du wirklich die Wahrheit gesagt hast, wird er das vermutlich irgendwann verstehen. Und ich persönlich glaube, es gibt Schlimmeres, als Gianni Montecaldos Frau zu sein."

Susanna erlebte ihre Hochzeit wie im Traum.

Sie wusste, dass man sie einigermaßen feierlich hergerichtet hatte, mit Minervas Kleid und ihrem alten, eigenen Spitzenschal aus der Zeit der Susanna Castini. Man hatte ihre Haare gewaschen und kunstvoll aufgesteckt und irgendwer hatte sogar etwas Grünes aufgetan, was zusammen mit den Perlen und Spangen darin befestigt wurde. Sie wusste auch, dass Angelica sie schließlich hinunter in den Saal führte, in dem man auf sie wartete und dass Gianni ihre Hand auf seinen Arm legte, ganz vorsichtig, fast, ohne ihre Haut zu berühren.

Sie kniete nieder und sagte ja und Amen an den richtigen Stellen.

Sie spürte Giannis offiziellen Kuss wie einen Hauch auf ihrer Wange.

Sie nahm die etwas gestellten Glückwünsche ihres neuen Schwagers und ihrer Schwägerin entgegen, so wie die des obersten Hausdieners, in Vertretung für das verblüffte Personal. Sie aß zu Abend. Es gab Wild, wenn sie das recht erinnerte und zum Nachtisch eine süße, duftige Eierspeise.

Und die gesamte, komplette Zeit über wagte sie es nicht einmal, den Kopf zu heben und die Leute um sie herum anzuschauen, voller Angst, was sie dann entdecken würde – vor allem, was sie bei Gianni entdecken würde. Sie würde es sehen, sie wusste es und sie wollte es so lange wie möglich hinauszögern.

Warum nahm er sie zur Frau? Tat er es, weil ihm so unverhofft der Geldsegen in den Schoß fiel, wie Angelica gemutmaßt hatte? Tat er es, um Rache an Luca zu nehmen, der, wie er vielleicht glaubte, ihm seine Braut gestohlen hatte und von dem er sie jetzt zurück stahl? Tat er es, weil er sich schuldig fühlte, mit ihr geschlafen hatte, obwohl sie nun doch kein simples Mädchen von der Straße war?

Sie wusste es nicht. Sie wusste auch, sie würde es herausfinden, über kurz oder lang, es würde ihr gar nicht erspart bleiben. Angelica hatte sicher Recht, wenn sie behauptete, am besten ginge man mit seiner Angst um, in dem man sich ihr stellte – aber an diesem Abend war die Furcht und die Ungewissheit und die Verletzlichkeit in Susanna so groß, dass sie nicht glaubte, dazu in der Lage zu sein.

Doch noch war der Abend nicht vorüber.

Es war nach dem Essen, der letzten Frucht, dem letzten Schlückchen Wein, dass sie Giannis Hand wieder an ihrem Ellenbogen spürte. Man musste schon ein Narr sein, um nicht zu merken, wie sehr er Berührungen den ganzen Abend über vermieden hatte. Er hatte auch nicht mit ihr geredet. Das tat er jetzt ebenfalls nicht, aber seine Hand, die sie zum Aufstehen zwang, sprach ihre eigene Sprache.

„Wir ziehen uns zurück“, sagte Gianni, „es ist schon spät. Und morgen wird ein anstrengender Tag. Cesare, Angelica.“

„Gute Nacht“, sagte Cesare, „wir sehen uns am Morgen.“

„Gute Nacht“, sagte Angelica, „ich werde das Gepäck für euch fertig haben.“

„Danke“, erwiderte Gianni, stellvertretend für sie beide. Susanna schaffte es noch immer nicht, den Kopf zu heben oder gar den Mund aufzukriegen. Sie ließ sich stumm und widerstandslos aus dem Raum führen, in die kleine Kammer, die jetzt auch die ihre war.

Wie aufgeregt und vorfreudig sie am Abend zuvor hierher gekommen war! Und wie lähmend dagegen jetzt ihre Angst! Sie blieb still im Zimmer stehen, nachdem die Tür sich hinter ihr schloss. Ihr Herz schlug wie wild.

Gianni stellte sich vor sie. Sie konnte den Stoff seines Wamses erkennen.

„Susanna“, sagte er.

Sie nickte. Ihr Mund war staubtrocken, ihre Zunge klebte am Gaumen. Sie war davon überzeugt, sie hätte nicht einmal sprechen können, wenn sie gewusst hätte, was sagen.

„Susanna“, wiederholte er, „irgendwann musst du mich ansehen.“

Ja, das wusste sie. Das machte es nicht besser. Sie nickte wieder und hielt den Kopf gesenkt.

Sie hörte ihn seufzen. Dann waren plötzlich seine Hände links und rechts an ihren Wangen und bogen ihr Gesicht zurück. Sie schloss vor Schreck die Augen.

„Verflucht“, sagte er, „ist es so schlimm?“

Sei keine Närrin, schalt sie sich, reiß dich zusammen! Er hat allen Grund, wütend zu sein. Aber du kennst ihn. Du kennst sein gutes Herz. Bring es hinter dich!

„Was soll so schlimm sein?“, flüsterte sie, um noch etwas Zeit zu schinden. Eine Träne rann unter ihren Wimpern hervor, was sie gerne vermieden hätte.

„Das, was du siehst“, erwiderte er.

Er ließ sie los und trat einen Schritt zurück. Sie erschrak erneut und öffnete diesmal die Augen.

„Soll das heißen, du glaubst mir?“, fragte sie zitternd.

Gianni zuckte mit den Schultern, wandte sich ab und setzte sich auf die Truhe am Ende seines Bettes, um die Schuhe aufzuschnüren.

„Ich weiß nicht“, gab er zu, „ich bin mir nicht sicher. Ich habe zumindest eines kapiert, was du Leonardo verdanken kannst.“

„Was?“, fragte sie.

Er sah hoch, einen Moment nur, in ihr verheultes Gesicht und dann schnell wieder nach unten.

„Du bist kein Flittchen“, antwortete er rau, „es war falsch von mir, so was zu behaupten.“

Das löste etwas in ihr, eine Beklemmung, eine Angst, die sie noch gar nicht richtig wahrgenommen hatte, in diesem Wirrwarr von Emotionen. Es löste sie und gab ihr Kraft zurück. Sie machte ein, zwei schnelle Schritte, sank in die Knie vor ihm und nahm seine Hände.

„Ich habe die Wahrheit gesagt!“, sagte sie beschwörend, „Luca ist mein Bruder. Er ist nie etwas anderes gewesen!“

Gianni, der sich sichtlich erschrocken hatte, ließ seine Hände jetzt still in ihren ruhen. Er zuckte lediglich noch einmal mit den Achseln.

„Ja, das hat mir Leonardo klar gemacht“, gestand er, „es war der Schock, verstehst du? Ich hätte nie gedacht, dass ausgerechnet ihr mich betrügen würdet. Viele andere, ja, nur nicht ihr.“

„Es tut mir leid“, flüsterte sie, „wirklich. Aber ich hatte auch nie damit gerechnet, dir überhaupt eines Tages zu begegnen und dann noch zu erkennen... zu erkennen, was für ein guter Mensch du bist.“

Gianni machte eine abwehrende Bewegung.

„Gut ist relativ“, sagte er, „aber das hast du erkannt, hm?“

„Also glaubst du mir auch das?“, hakte sie nach, „meine Gabe?“

Er lächelte schwach, löste seine Hände und fing an, das Wams aufzuschnüren. Sie rückte ein wenig von ihm ab und hockte sich auf ihre Fersen, ohne ihn aus den Augen zu lassen.

„Nun ja“, begann er nach einem unbehaglichen Moment, „da ich nicht denke, dass du mir Theater vorspielst...“

„Das tue ich auch nicht!“, beteuerte sie rasch.

Er warf ihr einen schiefen Blick zu, streifte das Wams ab, stand auf und zog sie hoch.

„Da ich das nicht denke“, wiederholte er, „lässt es nur noch zwei Möglichkeiten. Darf ich das abmachen?“

Es war das grüne Blätterzeug in ihren Haaren, was er meinte. Sie nickte abwesend.

„Was für zwei Möglichkeiten?“, fragte sie.

Er entfernte behutsam das Grünzeug aus den Haaren und löste auch gleich den feinen Schleier, der von ihrem Hinterkopf über ihre Schultern fiel.

„Diese zwei Möglichkeiten“, erklärte er, „entweder, du hast recht und bist tatsächlich so oder du bist vollkommen verrückt.“

Nun, die zweite Variante war ein wenig ernüchternd. Sie biss auf ihre Lippe.

„Wenn du mich für verrückt hältst, dann hast du mich doch wegen des Erbes genommen!“, warf sie ihm vor, ohne nachzudenken.

Er verzog das Gesicht.

„Ach, das Erbe“, sagte er wegwerfend, „ich gebe zu, wir können das Geld gebrauchen, gerade nach den Schäden, die der Krieg hinterlassen hat. Aber vor allem war es mein Argument, um Cesare zu überzeugen. Er hätte sonst nie ja gesagt. Dafür bin ich Lorenzo mal wieder etwas schuldig.“

Sie starrte ihn an. In ihrem Inneren löste sich eine weitere Beklemmung und Wärme stieg auf.

„Aber wenn du mich nicht wegen des Geldes genommen hast, weshalb denn dann?“, flüsterte sie.

Gianni lächelte. Seine Arme legten sich um ihre Taille und zogen sie heran.

„Weil“, sagte er sanft, „ich dich doch so gern hab, selbst, wenn du verrückt sein solltest. Und eigentlich solltest du das längst wissen, vor allem, wenn du wirklich in meinem Schatten lesen kannst.“

Es war die Erleichterung, die sie diesmal zum Weinen brachte. Sie konnte nichts sagen, biss sich auf die zitternde Unterlippe und nickte unter Tränen.

„Ich zumindest“, setzte er liebevoll hinzu, „ich glaube, dass du mich ebenfalls gern hast, wozu ich übrigens keinen Zauber brauche. Und deshalb habe ich einfach mal für uns beide entschieden und beschlossen, dass wir den alten Vertrag ehren sollten.“

Sie musste lächeln.

„Es ist kein Zauber“, brachte sie heraus.

„Was auch immer.“

„Und soll es heißen, dass ich überhaupt kein Mitspracherecht hatte?“

„Du hättest protestieren können. Ich gebe allerdings zu“, schränkte er ein, „dass ich dir die Möglichkeiten dazu sehr beschnitten hatte. Ich war mir eben nicht ganz sicher. Und dem war es nun wirklich nicht förderlich, dass du den ganzen Abend meinen Blicken ausgewichen bist und so aussahst, als würdest du jeden Moment zusammenbrechen. Susanna. Du bist einmal vor unserer Hochzeit davongelaufen. Ist es so schlimm, dass sie jetzt doch stattgefunden hat?“

„Nein“, bekannte sie, „ich bin aber auch nie vor dir davongelaufen. Es hatte nichts mit dir zu tun. Ich habe dich ja gar nicht gekannt.“

„Wenn du mich gekannt hättest...“ begann er.

„Ich kenne dich jetzt“, unterbrach sie ihn und zog sein Gesicht herunter.

An nächsten Morgen standen sie gemeinsam auf, nahmen ihr Frühstück ein und brachen auf wie geplant, um zum Familiengut in der Toskana zu reiten. Als sie Florenz verließen, begannen gerade die Glocken zu läuten.

Die Stadt erfuhr zu dieser Stunde, dass der Papst sie wieder gesegnet hatte. Das Interdikt war zu Ende.

EPILOG: WAS BLEIBT, SIND DIE BILDER

„Also“, sagte Sandro stolz, „was hältst du davon?“

Gianni trat einen Schritt zurück. Das Gemälde war ziemlich groß, und es war vor allem deshalb ungewöhnlich, weil die Frau darauf nackt war. Er zog die Augenbrauen hoch.

„Hast du sie jemals nackt gesehen?“, fragte er.

Sandro zuckte mit den Schultern.

„Nein, habe ich nicht“, gab er zu, „aber man darf ja wohl noch träumen, oder? Nun sag schon! Wie gefällt es dir?“

„Du hast Simonetta gut getroffen“, meinte Gianni ehrlich, „das heißt ihr Gesicht.“

„Ja, das finde ich auch“, sagte Sandro befriedigt, „damit habe ich sie wirklich unsterblich gemacht. Ich nenne es *Die Geburt der Venus*.“

„Damit hast du dich selbst auch unsterblich gemacht“, urteilte Gianni, „ich wette, an dieses Bild wird man sich noch in fünfhundert Jahren erinnern!“

„Warum nur in fünfhundert Jahren?“, fragte Sandro.

Gianni hob die Achseln.

„Bloß so ein Spruch“, erklärte er, „Meister Andrea hat so etwas mal über Leonardo gesagt.“

„Ach, Leonardo – der“, sagte Sandro abwertend, „der soll mal schön in Mailand bleiben und für Il Moro seine Phantasien spinnen. Er will ein riesiges Reiterstandbild machen – aus Bronze! Er ist vollkommen verrückt. Das kriegt er doch nie fertig.“

„Möglich“, sagte Gianni lachend, „wer weiß das schon. Wolltest du mir nur das Bild zeigen oder weshalb sollte ich kommen?“

„Ich wollte dir auch dieses Bild zeigen“, sagte Sandro geheimnisvoll, „aber vor allem solltest du ein anderes sehen. Hier, ich habe es nur kurz zurückbekommen, weil ich etwas ausbessern soll.“

Er zog Gianni hinüber zu einem anderen Bild, ähnlich großformatig wie die Geburt der Venus, aber mit einem anderen Motiv.

„Ich kenne das schon“, meinte Gianni erstaunt, „hast du es nicht letztes Jahr für Lorenzo di Pierfrancesco gemalt, zu seiner Hochzeit?“

„Stimmt“, sagte Sandro, „und schon hat es eine Macke. Wie die mit meinen Bilder umgehen... aber ehrlich. Sieh es dir einmal genau an.“

Gianni trat auch diesmal einen Schritt zurück. Das Bild zeigte die Göttin Flora, umgeben von Nymphen und Faunen, wie sie aus dem Wald trat. Sandro hatte es *Der Frühling* genannt. Gianni musste zugeben, dass er dem Bild bei der Hochzeit von Lorenzo de’ Medicis Cousin nicht sehr viel Aufmerksamkeit geschenkt hatte. Mann, hatte er am nächsten Tag Kopfschmerzen gehabt.

Aber in Anbetracht des Bildes, was er vorher gesehen hatte, war es nicht schwer, worauf Sandro hinaus wollte.

„Du hast wieder Simonetta gemalt“, sagte er nach einem Moment, „hier, die linke der tanzenden Nymphen ist es. Du machst sie wirklich unsterblich!“

„Ich hätte sie gerne als Flora gemalt“, gestand Sandro, „aber zur Hochzeit einer anderen Frau – na, das war nicht erwünscht. Immerhin konnte ich sie dort verewigen. Aber jetzt schau noch einmal genau hin. Die Nymphe neben Simonetta – wer ist wohl das?“

Gianni trat näher an das Bild heran. Die Frau, die Sandro meinte, war nur im Profil getroffen, aber dieses Profil kannte er gut. Er sah es jeden Tag und oft genug nachts.

„Susanna?“, fragte er ungläubig, „du hast Susanna gemalt?“

„Sieh weiter hin!“, rief Sandro, der sich diebisch freute.

Gianni kniff die Augen zusammen.

„Du hast auch Luca gemalt!“, rief er nach einem Moment verblüfft, „als Nymphe! Die dritte Nymphe ist Luca!“

„Wird er sich da nicht ärgern?“, lachte Sandro, „so, du Blinder. Und jetzt helfe ich dir. Wer ist Merkur?“

Merkur stand ganz links im Bild und wies die Wolken in ihre Schranken. Er wandte sich von der Göttin Flora ab, sah in dieselbe Richtung wie die zweite Nymphe, die wiederum ihn anschaute.

Gianni wurde rot.

„Soll ich das etwa sein?“, fragte er fassungslos.

„Blitzmerker“, grinste Sandro.

„Aber so sehe ich nicht aus! Ich habe nicht solche Muskeln! Und ich bin größer!“

„Susanna meint, ich hätte dich gut getroffen“, sagte Sandro zufrieden, „und sie war auch nicht böse, dass ich sie gemalt habe. Leonardo hat ja immer behauptet, sie würde sich nicht zeichnen lassen.“

„Das hatte andere Gründe“, sagte Gianni abwesend.

Er musterte noch einmal das Bild und schüttelte den Kopf. Gut, ein Maler musste Modelle verwenden, die er in der Regel auf die ein oder andere idealisierte. Und er, Gianni, der so oft bei Künstlern ein und ausgegangen war, durfte sich eigentlich nicht wundern, wenn er sich auf den Bildern wiederfand – mal als Putte, mal als Faun oder eben hier, als Gott Merkur. Im Grunde genommen war das schmeichelhaft.

Er lächelte Sandro an. In den vier Jahren, die auf seine überstürzte Hochzeit gefolgt waren, hatte sich so einiges zum Guten gewandelt. Zum einen hatte Castinis Erbe dafür gesorgt, dass sie einen Bankleiter einstellen konnten und Gianni nicht mehr so oft reisen musste. Zum anderen hatte es ihm bereits zwei entzückende Kinder beschert, für die er Gott jeden Tag dankte, so wie für seine einzigartige Frau.

Die Gemüter hatten sich nach der Hochzeit schneller beruhigt als erwartet. Der Frieden zwischen Lorenzo und dem Papst hatte sowieso jegliche Neugier und Skandalfreudigkeit im Keim erstickt. Aber Susanna hielt sich ganz von selbst von den feinen Kreisen fern, suchte kaum Anschluss unter ihresgleichen, sondern orientierte sich lieber an ihrer eigenen Familie. Ihr Verhältnis zu Angelica war inzwischen herzlich zu nennen und sie hatte wie Gianni eine Schwäche für die Künstler, mit denen sie sich rasch angefreundet hatte. Kein Wunder also, wenn Sandro Botticelli, der das schöne Geschlecht so liebte, ihr die Ehre antat und sie in seinen Bildern verewigte.

„Dies wird überdauern“, sagte Gianni unwillkürlich, „unsere Namen wird man vergessen, aber diese Bilder werden bleiben.“

Sandro musterte ihn plötzlich ernst.

„Am Ende bleibt nur Gott“, sagte er schlagartig düster.

Aber dann fing er sich, lächelte und sagte: „Du hast schon Recht, Gianni Montecaldo. Diese Bilder werden bleiben.“

Gianni fuhr ganz behutsam mit dem Finger über die Konturen des Fußes der zweiten Nymphe.

„Diese Bilder werden bleiben“, wiederholte er, „in diesen Bildern werden wir weiterleben.“

Botticelli sagte nichts dazu.

ANMERKUNGEN DER AUTORIN

Auch dies ist wieder zuallererst eine Geschichte, die Geschichte von Gianni und Susanna. Sie ist natürlich erfunden. Es gab weder eine Familie Montecaldo in Florenz noch eine Familie Castini. Auch ist mir kein Venezianer namens Paolo Malipiero bekannt – obwohl es diese Familie durchaus gegeben hat, wie viele der anderen erwähnten Personen. Und selbst, wenn es damals in Florenz und Umgebung fahrende Gaukler mit der Bezeichnung *di Cammino* gegeben haben sollte, so wären sie vermutlich nirgends verzeichnet. Der Einsiedler von Poggio, der versuchte, Lorenzo in seinem eigenen Haus zu ermorden, und der wirklich existiert hat, besaß meines Wissens keine weiteren Verwandten.

Die Geschichte von Susanna und Gianni spielt in der zweiten Hälfte des fünfzehnten Jahrhunderts, zu einer Zeit, zu der eine Bewegung von Italien aus ihren Weg über ganz Europa nahm, die in der Rückschau die Renaissance genannt wird – Renaissance für Wiedergeburt, weil man nach dem Mittelalter die Werte, Werke und Ideen der Antike wieder entdeckte. Im Zentrum dieses Zeitalters stand Florenz, die Stadt der Medici. Es war eine bunte Zeit, voller Vielfalt und künstlerischem Schaffens und sie brachte ungeahnte Genies hervor wie Leonardo oder Michelangelo, um nur zwei Beispiele zu nennen. Es war zudem eine faszinierende Zeit, was sich in der Vielfalt der Quellen, der Sekundär- und Trivialliteratur widerspiegelt. Dennoch sind über fünfhundert Jahre seitdem vergangen und manches ist verloren, manches vielleicht verfälscht.

Bei meinen Recherchen war ich, da weder des Lateinischen noch des Italienischen mächtig, auf Sekundärliteratur angewiesen. Hier gibt es eine Vielzahl von Quellen, die sich allerdings auch manches Mal widersprechen. In solchen Fällen habe ich mich immer für die mir wahrscheinlicher erscheinende Variante entschieden. Es kann aber auch durchaus sein, dass ich damit falsch gelegen habe. Außerdem habe ich ein paar Dinge geändert, um sie besser in die Geschichte integrieren zu können. Hier die Richtigstellung:

Fra Filippo Lippi starb erst im Herbst des Jahres 1469, nicht im Sommer. Zudem heißt es, dass sein Sohn Filippino nach seinem Tod in Spoleto blieb, um die Fresken zu vervollständigen und erst ab 1472 Lehrling bei Botticelli wurde. In Anbetracht der Tatsache, dass Filippino beim Tod seines Vaters aber lediglich zwölf Jahre alt war, erschien es mir logischer, ihn erst zu Botticelli zu schicken, und ihn dann die Fresken vervollständigen zu lassen.

Der David, den Andrea del Verrocchio im Auftrag der Medici schuf, mag ebenfalls erst später entstanden sein. Erstmals ist er 1476 verzeichnet, als er von Lorenzo und Giuliano an die Signoria von Florenz verkauft wird. Wann genau Verrocchio ihn schuf, ist unklar. Unklar ist auch, welches Modell er verwendete – wobei der ein oder andere in dem hübschen Jungen mit der Rüstung Leonardo wieder erkannt haben will, welcher zu diesem Zeitpunkt in Verrocchios Werkstatt arbeitete.

Simonetta Cattaneo, die schöne Frau des Florentiners Marco Vespucci, hat ebenfalls gelebt und wurde, wie beschrieben, universell von Florenz angebetet. Sie starb sehr jung an den Folgen der Schwindsucht, wobei es unterschiedliche Angaben zu ihrem Alter sowie auch unterschiedliche Angaben zum Alter ihres Ehemannes gibt. Vermutlich ist sie übrigens erst 1472 nach Florenz gekommen.

Was die Liebesgeschichte zwischen ihr und Giuliano betrifft – es gibt Hinweise darauf, aber keine verlässlichen Quellen. Möglich ist, dass sich zwei Menschen, die von den Florentinern für ihre Schönheit bewundert wurden, tatsächlich fanden, möglich ist aber auch, dass ihnen nur etwas angedichtet wurde oder dass lediglich Giuliano für Simonetta schwärmte wie so viele andere. Dass sie beide tragisch starben und dies auch noch am selben Tag mit bloß zwei Jahren Differenz, lädt natürlich zu romantischen Spekulationen ein. Aber selbst, wenn sie sich zueinander hingezogen fühlten, bleibt immer noch fraglich, ob es sich lediglich um Bewunderung oder um eine echte Liebesaffäre mit allen Konsequenzen handelte. Dasselbe gilt übrigens für Lorenzo und Lucrezia Donati. Deren Zuneigung ist zwar verbürgt, aber eben nicht das Ausmaß. Es ist ein Brief von Giovanfrancesco Venturi überliefert, in dem er seinen Freund auffordert, doch endlich mal zur Sache zu kommen. Ob Lorenzo dies tat oder nicht, bleibt Spekulation. Genauso bleibt es Spekulation, Lorenzo als Oberhaupt der Stadt – und mit einem ebenfalls verbürgten, ausgeprägten sexuellen Appetit – eine Liaison mit Simonetta nachzusagen, wie es mancherorts geschehen ist. Diese Annahme beruht meines Erachtens auf zwei simplen Vermutungen: Erstens, dass der Regent einer Stadt sich immer nehmen kann, was er will, und zweitens, dass die Gedichte, die Lorenzo nach ihrem Tod schrieb, ein klares Indiz für Liebe waren. Vor allem Letztes möchte ich bezweifeln – gedichtet wurde immer und überall, eben auch zum Tod der heute vergessenen Albiera degli Albizzi. Und was Lorenzos Regentschaft betrifft, so war sie eben nicht mit der Tyrannei anderer Städte gleichzusetzen.

Es ist ebenfalls viel über eine Liebschaft zwischen Sandro Botticelli und Simonetta Vespucci spekuliert worden, aber auch dafür gibt es keine Beweise. Wir wissen heute nicht einmal, ob die Frau, die man auf diversen von Botticellis Bildern wiederfindet, tatsächlich Simonetta ist. Ein sicher verbürgtes Bild von ihr ist meinem Wissen nach nicht überliefert.

Franceschino de' Pazzi befand sich vermutlich bis zum September 1477 in Rom, bis er auf Wunsch der Medici nach Florenz beordert wurde – also auch deutlich später, als ich es beschrieben habe.

Über Andrea del Verrocchio schreibt Vasari im sechzehnten Jahrhundert die Anekdote, dass jener, nachdem sein Schüler Leonardo den Engel an einem Auftragsbild für die Mönche von Vallombrosa gemalt hat, den Pinsel für immer beiseite legte, weil er voller Ehrfurcht dessen Talent erkannte. Die Verlässlichkeit von Vasaris Biographien wird heutzutage angezweifelt, so dass diese Episode vermutlich niemals stattgefunden hat. Ich habe mir dennoch die Freiheit genommen, sie in die Geschichte einzubauen.

Florenz ist im fünfzehnten Jahrhundert nicht mehr die riesige Metropole wie in den Zeiten vor der Pest, aber es umfasst immer noch mehrere zehntausend Einwohner. Ob sich all die Leute kannten, die ich beschrieben habe, ist deshalb fraglich. Als Lorenzos Freunde sind Gionigi Pucci, Sigismondo della Stufa, Giovanfrancesco Venturi und Braccio Martelli verbürgt, über Giulianos Freunde habe ich gar keine Quellen gefunden. Fraglich ist auch, ob die jungen Leute der Oberschicht solchen Umgang mit den Handwerkern pflegten – und Maler waren damals Handwerker. Aber hier habe ich mich an Lorenzo orientiert, der sie zumindest alle kannte, und an der Tatsache, dass Leonardo an den Gesprächskreisen der Platonischen Akademie (die damals übrigens nicht so hieß) teilgenommen haben soll.

An dieser Stelle wieder einmal ein Wort zu den Namen. Familiennamen gibt es inzwischen – die Pazzi, die Medici, die Salviati sind Beispiele. Aber hier handelt es sich um die Oberschicht von Florenz. Die einfachen Leute nahmen auch damals eher Bezeichnungen an, anstatt dass sie Familiennamen trugen. So hieß Leonardo mitnichten mit Familiennamen *da Vinci* – es war eine Ortsbezeichnung, die vermutlich auf die Stätte seiner Geburt hinwies. Auch Botticellis Name ist in Anlehnung an einen Beruf entstanden, wobei sich hier die Quellen widersprechen, ob es sein Bruder oder sein Vater war, welcher Fassmacher war und so die Bezeichnung *Fässchen* in die Familie brachte. Andrea del Verrocchio benannte sich im Übrigen nach seinem Lehrer, ursprünglich lautete sein Name Andrea di Michele di Francesco da Cioni, sowie Botticelli eigentlich Alessandro di Mariano Filipepi hieß.

Unter den Künstlern der Renaissance, die wie Andrea del Verrocchio in der Regel mehrere Künste gleichzeitig beherrschten, sticht Leonardo hervor. Wie kein Zweiter ist er ein Genie in fast allen Lebensbereichen. Michelangelo und Raffael mögen lebenstüchtiger und produktiver gewesen sein, aber Leonardo war nicht nur ein Künstler. Leonardo forschte auf den Gebieten der Naturwissenschaften, der Medizin, der Physik, war Mathematiker und Musiker, war Maler und Ingenieur. Er entwarf unter anderem einen Taucheranzug, eine Art Panzer und ein Fluggerät, das, modernen Erkenntnissen zufolge, wirklich hätte funktionieren können. Seine Aufzeichnungen hinterließ er in Spiegelschrift. Leider tauchten sie erst Jahrhunderte später wieder auf, als die meisten seiner Erfindungen bereits noch einmal erfunden worden waren. Der Welt wird er aber vor allem als der Maler der *Mona Lisa* in Erinnerung bleiben, dem wohl berühmtesten Gemälde der Welt. An dieser Stelle: Es lohnt sich, sich einmal in den Louvre in Paris zu begeben, den Touristen zu trotzen und nachzuschauen, ob sie nun wirklich lächelt oder nicht. Moderne Erkenntnisse von Augenwinkel und Mundstand würde ich dabei schlichtweg einmal außen vor lassen.

Es ist bei Leonardo allerdings auch so, dass er fast nichts in seinem Leben richtig fertigstellte. Die Ursache mag sein Perfektionismus gewesen sein – die Mona Lisa beispielsweise hat ihren Auftraggeber nie erreicht, sondern reiste mit ihm bis nach Paris, wo sie ja noch heute hängt. Auch das Reiterstandbild, was Leonardo für Ludocivo Il Moro Sforza schaffen sollte, kam nicht zustande. Eine Vorlage aus Terrakotta fiel den französischen Soldaten bei der Eroberung Mailands 1499 für Schießübungen zum Opfer. Und das berühmte Abendmahl, was er für Ludovico schuf, begann aufgrund seiner neu erfundenen Techniken bereits zwanzig Jahre nach seinem Entstehen zu verfallen. Die Reste kann man allerdings heute noch in Mailand bewundern, wenn man sich früh genug für einen der raren Besucherplätze anmeldet.

Dennoch muss man sagen, dass Leonardo ein Ausnahmegenie gewesen ist, ein wahrer *uomo generale*, wie die Renaissance ihn so liebte. Überliefert ist auch, dass er in seiner Jugend von anziehendem Äußeren und freundlichem Wesen gewesen sein soll. Was seine sexuelle Orientierung anbetrifft, so ist darüber viel spekuliert worden. Beweise existieren weder für Homo- noch Heterosexualität. Allerdings gibt es Hinweise

– die Tatsache, dass er 1476 tatsächlich wegen Sodomie (der alte Begriff für Homosexualität, nicht zu verwechseln mit dem heutigen Verständnis von Geschlechtsverkehr mit Tieren) eingekerkert wurde und dies wohl als gravierenden Eingriff in sein Leben empfand, oder die Tatsache, dass er sich bis ins Alter mit jungen Männern umgab, denen er ihr teilweise scheußliches Benehmen nachsah. Ich persönlich glaube nicht, dass ich ihm sehr Unrecht getan habe, indem ich ihn als homosexuell charakterisierte. Man darf nicht vergessen, dass diese Orientierung auch im Florenz der Renaissance ein solches Delikt darstellte, dass man dafür eigens Ordnungshüter bereitstellte. Es ist also nicht davon auszugehen, dass irgendjemand, wäre er homosexuell gewesen, dies damals offen ausgelebt hätte.

Leonardo ist nur einer der Protagonisten der Geschichte, der wirklich gelebt hat. Eine andere wichtige Rolle spielen die Medici. Sie unterscheiden sich von sämtlichen anderen Regenten ihrer Zeit, weil sie keinen offiziellen Status innehatten. Von Cosimo dem Alten bis hin zu Piero dem Unglücklichen regierten sie allein aufgrund ihres Ansehens, ihres taktischen Geschickes und eines weit verzweigten Netzes von Anhängern und Gefolgsleuten. Man darf sie dabei sicher nicht mit modernen, demokratisch gewählten Führern gleichsetzen – Lorenzos Handeln den Pazzi gegenüber nach Giulianos Ermordung zeigt durchaus tyrannische Züge. Man kann ihn auf der anderen Seite aber genauso wenig einem Galeazzo Maria Sforza gleichstellen, der seinen Thron erbte und dermaßen Schindluder damit getrieben hat, dass man ihn schließlich ermordete.

Wenn man wie die Medici so viel Macht ausübte, hatte man naturgemäß Feinde, und dazu gehörte ein Teil der Pazzi. Die Pazzi-Verschwörung hat ihren Namen eigentlich nicht verdient, denn die Pazzi waren vermutlich nicht die Initiatoren und schon gar nicht war die gesamte Familie daran beteiligt, wie die Racheaktionen vermuten lassen. Die Pazzi waren ebenfalls eine angesehen Familie von Florenz, wie die Medici, legten aber im Gegensatz zu diesen deutlich mehr Wert auf Titel und Privilegien, wenn man den Quellen glauben darf. So etwas führt natürlich nicht gleich zum Putsch. Viel wahrscheinlicher ist es da, dass die Initiative von der Riario-Familie ausging – von den Neffen des Papstes.

Konflikte zwischen weltlicher und kirchlicher Macht hat es in jedem Zeitalter gegeben. In der Renaissance stachen diese Konflikte dadurch hervor, dass es oft um rein machtpolitische Fragen ging und um ein Phänomen, was man als Nepotismus (Grob: Vetternwirtschaft) bezeichnet. Nepotismus haben wohl alle Päpste dieser Zeit betrieben, aber die herausragendste Figur ist Sixtus IV, der frühere Kardinal Francesco della Rovere. Seine Expansionsbestrebungen im Namen seiner zahlreichen Neffen führten zu einer deutlichen Missstimmung unter den Städten Norditaliens. Den größten Konflikt hatte er mit Lorenzo de' Medici und das, obwohl sie zu Beginn fast Freunde geworden wären. Lorenzo stellte sich den Plänen des Papstes in den Weg und hätte dafür beinahe mit seinem Leben bezahlt. Ob der Papst nun vor dem Attentat davon wusste oder nicht, wie die katholische Kirche noch heute behauptet, kann wohl nicht mehr zweifelsfrei geklärt werden. Zumindest liegt das ihn belastende Geständnis des Condottiere Montesecco vor. Auch wirft die unversöhnliche, ja nahezu hasserfüllte Haltung des Papstes im Anschluss an den misslungenen Putsch kein besonders gutes Licht auf ihn. Es gehört schon einiges dazu, von einem Mann, der knapp dem Mordanschlag entrann, zu erwarten, nach Rom zu gehen und sich für seine Verteidigung zu entschuldigen. Giulianos Ermordung scheint bei der Reaktion des Papstes sowieso überhaupt keine Rolle gespielt zu haben.

Über Giuliano de' Medici ist weitaus weniger bekannt als über seinen Bruder Lorenzo. Er lebte nur halb so lange und hinterließ keinerlei literarischen oder politischen Werke. Poliziano bezeichnet ihn als freundlichen, umgänglichen jungen Mann, der von allen geliebt wurde und sehr an seinem Bruder hing. Er galt zudem als schön, als *bello Giulio* – wobei ich in Anbetracht der Porträts, die Botticelli uns von ihm hinterlassen hat, nur sagen kann, dass Schönheit im Auge des Betrachters liegt. Es spricht aber einiges für sein umgängliches Wesen, was vermutlich den gesamten älteren Zweig der Medici gekennzeichnet hat. Es spricht auch einiges für ein enges Verhältnis zwischen den Brüdern, obwohl sie sicherlich ihre Konflikte ausfochten. Heute liegen sie nebeneinander in demselben Grab in der von Michelangelo gestalteten Neuen Sakristei der Kirche San Lorenzo von Florenz.

Dass Giuliano de' Medici einen nachgeborenen Sohn hatte, der einen Monat nach dem Mord an seinem Vater zur Welt kam, ist verbürgt. Über die Identität der Mutter hingegen habe ich widersprüchliche Angaben gefunden. Mal heißt sie Fioretta Gorini, mal Antonia und mal heißt es, sie sei unbekannt. Auch ist meinem Wissen nach nicht überliefert, was sie war – und ich hoffe, ich habe ihr nicht allzu Unrecht getan, indem ich sie als Mätresse darstellte. Über ihren Sohn ist weitaus mehr bekannt als über sie. Er wurde von den Medici aufgenommen, für legitim erklärt und als einer der ihren aufgezogen. Wie sein Vetter Giovanni schlug er eine kirchliche Laufbahn ein und wie dieser (Leo X.) erreichte auch Giulio de' Medici das höchste Ziel: Er wurde im sechzehnten Jahrhundert Papst Clemens VII.. So ist Giulianos Sohn tatsächlich Papst geworden.

Es gibt Diskussionen darüber, welcher der Medici der herausragendste gewesen ist – Cosimo der Alte, der den Aufstieg begründete, Lorenzo, dem man den Beinamen der Prächtige gab oder vielleicht einer der jüngeren Linie, die es im sechzehnten Jahrhundert zu Großherzögen der Toskana schafften. Sicher ist zumindest, dass Cosimo den Grundstein legte und dass Lorenzo auf dem Gipfel der Macht der älteren Linie gut zwanzig Jahre lang über Florenz herrschte. Dies müssen gute Zeiten gewesen sein, die mit seinem frühen Tod endeten. Sein Sohn Piero verhielt sich dermaßen ungeschickt, dass er die Regierung verlor und aus Florenz verbannt wurde. Der Mönch Girolamo Savonarola errichtete stattdessen seinen kurz andauernden Gottesstaat auf Erden in Florenz. Zu seinen Anhängern, die unter anderem auch Bilder verbrannten, gehörte im Übrigen Sandro Botticelli.

Ein letztes Wort zu der Gicht, dem Leiden der Medici. In Anbetracht der Tatsache, dass sie vermutlich nicht anders aßen und lebten als die restliche Oberschicht von Florenz, litten sie außerordentlich schwer unter dieser Krankheit. Ihre Folgen sollen immerhin sowohl Piero den Gichtigen als auch Lorenzo den Prächtigen getötet haben. Das lässt eigentlich nur den Schluss zu, dass es sich um einen genetisch bedingten Enzymdefekt handelte.

Eine Menge Dinge müssen hier unerklärt bleiben, weil es einfach den Rahmen sprengen würde. Für das komplizierte florentinische Regierungssystem mit den verschiedenen Räten verweise ich auf die entsprechende Sekundärliteratur, ebenso für die verwickelten Hintergründe, die letztendlich zur Pazzi-Verschwörung geführt haben. Mein Ziel war es nicht, dies im Detail zu erklären. Mein Ziel war es, eine Geschichte zu erzählen: Die Geschichte von Gianni und Susanna.

Ich hoffe, es ist mir gelungen.

Anna K. Thomas
Im Herbst 2008

Interesse an Hintergrundinfos, Übersichten und Bonuskapitel?
All dies und mehr auf: www.annakthomas.de

ANHANG

Personenverzeichnis

Erfundene Personen

Caterina	Castini	Tochter von Benedetta di Cammino, Frau von Umberto Castini. Nach der Geburt der einzigen Tochter verstorben
Susanna	Castini	Einziges Kind von Umberto Castini und dessen verstorbener Frau Caterina
Umberto	Castini	Ein Kaufherr in Florenz
Netta		Susannas Zofe
Lucia		Cousine von Susanna, Tochter von Umbertos Schwester
Antonia		Cousine von Susanna, Tochter von Umbertos Schwester
Luca	di Cammino	Enkelsohn von Rosalba
Rosalba	di Cammino	Susannas Großtante
Benedetta	di Cammino	Susannas Großmutter, Schwester von Rosalba
Francesco	Montecaldo	Ein Kaufherr in Florenz
Cesare	Montecaldo	Ältester Sohn des Francesco Montecaldos
Minerva	Montecaldo	Tochter des Francesco Montecaldos
Sebastiano	Montecaldo	Mittlerer Sohn des Francesco Montecaldos
Gianni	Montecaldo	Jüngster Sohn des Francesco Montecaldos
Angelica	Montecaldo	Frau des Cesare Montecaldo

Paolo	Montecaldo	Überlebender Sohn von Angelica und Cesare
Andrea	Montecaldo	Verstorbener Sohn von Angelica und Cesare
Carlo		Leibwache der Montecaldos
Luigi		Leibwache der Montecaldos
Paolo	Malipiero	Verwandter der Frau des Francesco Montecaldos
Renaldo	de' Pazzi	Neffe von Jacopo de' Pazzi
Cristina	de' Pazzi	Renaldos Schwester

Historische Personen

Name	von	bis	Kurzbeschreibung
Agnolo Ambrogini, gen. Poliziano	1454	1494	Florentinischer Gelehrter, Humanist und Dichter, Sohn eines Juristen aus Montepulciano, der dort für Piero de' Medici sein Leben ließ. Seit 1470 Hausgast der Medici
Alessandra Macinghi	1407	1471	Florentiner Bürgerin, schrieb ihren Söhnen im Exil (u.a. Filippo Strozzi) viele heute sehr aufschlussreiche Briefe
Amerigo Vespucci	1454	1512	Später Seefahrer; der Kontinent Amerika wird nach ihm benannt, obwohl Christoph Columbus ihn entdeckte. Amerigo kam als erster Europäer auf die Idee, nicht in Indien, sondern auf einem ganz neuen Kontinent gelandet zu sein

Andrea del Verrocchio, eigentlich Andrea di Michele Cioni	1435	1488	Goldschmied, Maler und Bildhauer, führte eine der einflussreichsten Werkstätten von Florenz
Andrea Gritti	1455	1538	Späterer Doge von Venedig, verbrachte einen Großteil seines frühen Lebens in Konstantinopel
Antonio del Pollaiolo	1429	1498	Maler und Bildhauer, führte mit seinem Bruder eine angesehene Werkstatt in Florenz
Antonio Squarcialupi	1416	1480	Florentiner Organist
Arnold Pannartz und Konrad Sweinheim		1476	Druckten vermutlich als Erste in Italien, bei Rom
Benozzo Gozzoli	1420	1497	Florentiner Künstler, malte die Kapelle im Palazzo Medici aus
Bernardo Bandini Baroncelli		1478	Florentiner Bürger, eines der Mitglieder der Pazzi-Verschwörung
Bernardo Cennini	1415	1498	Evtl. der erste Florentiner Drucker
Bernardo Rucellai	1449	1514	Florentiner Bürger und Gelehrter, Schwager von Lorenzo dem Prächtigen
Bona von Savoyen	1449	1503	Zweite Ehefrau des Galeazzo Maria Sforza
Braccio Martelli			Florentiner Bürger, Freund Lorenzos
Caterina Cornaro	1454	1510	Venezianerin, Königin von Zypern

Caterina Sforza	1463	1509	Illegitime Tochter des Herzogs von Mailand (Galeazzo Maria), in erster Ehe mit Girolamo Riario verheiratet
Cesare Petrucci	1390	1473	Podesta von Prato zum Zeitpunkt des Angriffs von Nardi
Clarice Orsini	1453	1488	Römerin, Frau von Lorenzo dem Prächtigen
Contessina de' Bardi	1390	1473	Ehefrau von Cosimo dem Alten
Cosimo di Giovanni de' Medici, genannt il vecchio (der Alte)	1389	1464	herrschte als Erster aus der Medici-Dynastie inoffiziell über Florenz
Domenico Ghirlandaio	1449	1494	Florentinischer Maler und Bildhauer, älterer Bruder von Davide und Benedetto; wenn von Ghirlandaio die Rede ist, ist in der Regel er gemeint
Donatello (Donato di Niccolò di Betto Bardi	1386	1466	Florentiner Künstler, bekannt v.a. durch seinen David
Ercole I d'Este	1431	1505	Herzog von Ferrara, Condottiere
Federico da Montefeltro	1422	1482	Graf, bzw. Herzog von Urbino, war für seine Bildung bekannt, aber gleichzeitig ein berühmter Söldnerführer
Ferrante (Ferdinand) von Neapel	1423	1494	König von Neapel
Filippino Lippi	1457	1504	Sohn des Fra Filippo Lippi und der Lucrezia Buti, Maler

Filippo Strozzi der Ältere	1428	1491	Florentiner Bürger, Sohn der Alessandra Macinghi, war zeitweise aus Florenz verbannt, kehrte aber zu Lorenzos Lebzeiten zurück. Den wuchtigen Palazzo Strozzi in Florenz hat er gebaut.
Fra Domenico da Pistoia			Prokurator eines Domenikanerinnenklosters in Florenz, vermutlich Initiator der sog. Ripoli-Druckerei
Fra Filippo Tommaso Lippi	1406	1469	Florentiner Maler, eigentlich ein Mönch, führte aber ein wenig religiöses Leben und bekam von einer Nonne namens Lucrezia Buti einen Sohn (Filippino Lippi)
Francesco de Madiis			Um 1480 Buchhändler in Venedig
Francesco de' Pazzi	1444	1478	Florentiner Bürger, wegen seiner geringen Größe auch Franceschino genannt, Verschwörer von 1478, einer der Mörder von Giuliano de' Medici
Francesco di Tommaso Soderini	1453	1524	Sohn von Tommaso Soderini, der Lorenzo langjährig zur Seite stand.
Francesco Petrarca	1304	1374	Berühmter Dichter der Toskana
Francesco Salviati Riario	?	1478	Erzbischof von Pisa, einer der Hauptakteure bei der Pazzi-Verschwörung
Friedrich III von Habsburg	1415	1493	Römischer Kaiser

Galeazzo Maria Sforza	1444	1476	Sohn des Francesco Sforza, Herzog von Mailand
Gaspar van Weerbeke	1445	1516	Flämischer Sänger und Chorleiter
Gentile de' Becchi		1497	Lehrer von Lorenzo und Giuliano de' Medici
Gionigi Pucci			Florentiner Bürger, Freund Lorenzos
Giovan Battista da Montesecco	?	1478	Condottiere, der den Riarios nahestand und Teil der Pazzi-Verschwörung war. Anscheinend weigerte er sich, an einem Mord in einer Kirche teilzuhaben. Gefasst wurde er dennoch, legte ein umfangreiches Geständnis ab, das u.a. den Papst belastete, und wurde geköpft
Giovanfrancesco Venturi			Florentiner Bürger, Freund Lorenzos
Giovanni Boccaccio	1313	1375	Berühmter Dichter der Toskana, von ihm ist das Dekamerone
Giovanni Borromei			Mailänder Kaufmann
Giovanni Cavalcanti	1444	1509	Florentiner Dichter, Mitglied einer bedeutenden Florentiner Familie und spezieller Freund von Marsilio Ficino
Giovanni de' Medici, bekannt als il Popolano	1467	1498	Florentiner aus der jüngeren Linie der Medici, begründet die Linie der Großherzöge der Toskana

Giovanni de' Pazzi	1439	1481	Heiratet Beatrice de' Borromei, die Tochter eines reichen Mailänder Kaufmannes. Wird nach der Pazzi-Verschwörung unter teilweise wohl unmenschlichen Bedingungen in Volterra eingesperrt. Stirbt kurz nach seiner Befreiung
Giovanni di Giovanni	1350	1365	Sechzehnjähriger, der aufgrund von homosexuellen Aktivitäten grausam hingerichtet wird
Girolamo Riario	1443	1488	Ein Neffe des Papstes Sixtus IV, heiratet Caterina Sforza, vermutlich einer der Mit-Initiatoren der Pazzi-Verschwörung
Girolamo Savonarola	1452	1498	Dominikanermönch, der nach der Vertreibung der älteren Linie der Medici einen Gottesstaat in Florenz errichtet und schließlich selbst auf der Piazza verbrannt wird
Giuliano della Rovere	1443	1513	Neffe von Sixtus IV., späterer Papst Julius II.
Giuliano de' Medici	1453	1478	Florentiner Bürger, Bruder von Lorenzo dem Prächtigen
Guglielmo de' Pazzi	1437	1516	Angehöriger der Florentiner Pazzi-Familie, Ehemann von Bianca de' Medici, vermutlich nicht in die Verschwörung eingeweiht
Jacopo de' Pazzi	?	1478	Patriach der Pazzi-Familie

Jacopo Saltarelli			Geistig behinderter (?) Malerbursche des Andrea del Verrocchio bzw. Modell und Prostituierter (?); 1476 wird Leonardo vorgeworfen, sich an dem damals 17j. Jacopo sexuell vergangen zu haben. Die Anklage wird schließlich fallen gelassen
Jean Cordier	1440	1501	Flämischer Sänger, der für kurze Zeit in Florenz weilte
Johann von Speyer	?	1470	oder Giovanni da Spira, Goldschmied, erster Buchdrucker in Venedig
Leonardo da Vinci	1452	1519	Unehelicher Sohn eines Notars und eines Bauernmädchens. Neben Michaelangelo das Inbild des „Universalgenies“ der Renaissance – Mathematiker, Maler, Bildhauer, Architekt etc. etc. Leonardo war für sein gewinnendes Wesen und seine absolute Undiszipliniertheit bekannt. Nur wenige seiner Werke vervollständigte er. Das berühmteste davon ist sicherlich die Mona Lisa.
Lorenzo de' Medici, genannt Il Magnifico (Der Prächtige)	1449	1492	Florentiner Bürger, herrschte de facto von 1469 bis zu seinem Tod 1492 über die Stadt. Die Florentiner gaben ihm den Beinamen selbst

Lorenzo di Credi	1459	1537	Florentiner Künstler und „Erbe“ des Andrea del Verrocchio
Lorenzo di Pierfrancesco de' Medici, genannt il Popolano	1463	1503	Florentiner aus der jüngeren Linie der Medici
Louis XI von Frank-reich, genannt die Spinne	1423	1483	Französischer König
Luca Landucci	1436	1516	Florentiner Händler. Sein Tage-buch, dass er bis zu seinem Tode geführt hat, ist bis heute erhalten
Luca Pitti	1398	1472	Florentiner Bürger und Politiker, er herrscht in der Endzeit von Cosimos Leben beinahe wie ein Regent. Er beteiligt sich nach Cosimos Tod an der Verschwö-rung gegen Piero de’ Medici, was ihn seine Ehre kostet, auch wenn er, im Gegensatz zu den anderen, in Florenz bleiben darf
Lucrezia Tornabuoni	1425	1485	Ehefrau von Piero dem Gichtigen
Ludovico Sforza genannt il Moro "Der Moor"	1452	1508	Ergreift nach dem Tod Galeazzo Maria Sforzas die Regentschaft in Mailand (übernimmt sie anstelle der Herzogin Bona für ihren Sohn). Nach dem Tod des eigent-lichen Erben wird er Herzog von Mailand. 1499 wird er durch Ludwig von Frankreich vertrie-ben. Mäzen von Leonardo

Luigi Pulci	1432	1484	Italienischer Schriftsteller, berühmt für sein Epos „Morgante" und seinen beißenden Humor
Marco Vespucci	?		Ehemann der schönen Simonetta, Cousin von Amerigo Vespucci, wird nach der Pazzi Verschwörung verbannt
Marsilio Ficino	1433	1499	Einer der einflussreichsten Humanisten der italienischen Renaissance, Mittelpunkt des seit dem 17. Jhdt. genannten Gesprächskreises der Platonischen Akademie unter dem Schutz der Medici und der Pazzi
Maximilian I von Habsburg, genannt der letzte Ritter	1459	1519	Sohn des Kaisers Friedrich und nach ihm Kaiser.
Michelangelo di Lodovico Buonarroti Simoni	1475	1564	Maler und Bildhauer, gilt als der größte Konkurrent Leonardos, bekannt für sein unwirsches Wesen; der steinerne David von Florenz ist von ihm, ebenso das Grabmal für Lorenzo und Giuliano de' Medici
Niccolò di Bernardo dei Machiavelli	1469	1527	Florentiner Bürger und Politiker, schrieb später *Der Fürst*, wobei er sich sowohl an Lorenzo de' Medici als auch an Cesare Borgia orientierte. Seine teilweise sehr pragmatische Einstellung zur Politik schuf den Begriff des Machiavellismus

Pasquale Malipiero	1392	1462	Doge von Venedig, 1457-1462
Piero Benci Pollaiolo	1441	1496	italienischer Maler und wahrscheinlich auch Bildhauer und Goldschmied, jüngerer Bruder von Antonio
Piero de' Medici; genannt il Gottoso („der Gichtige“)	1416	1469	Sohn von Cosimo dem Alten, Vater von Lorenzo dem Prächtigen. De facto Herrscher über Florenz von 1466 bis 1469
Piero di Lorenzo de' Medici, genannt il sfortunato (Der Unglückliche) oder il fatuo (Der Eitle)	1571	1503	Sohn von Lorenzo de' Medici, verspielt die Macht der älteren Linie
Piero di Tommaso Soderini	1450	1513	Politiker, Sohn von Tommaso Soderini, der Lorenzo langjährig zur Seite stand.
Piero Vespucci			Vater von Marco Vespucci, wird nach der Pazzi-Verschwörung zunächst eingesperrt, weil er einem Freund zur Flucht verhalf
Pietro Perugino	1446	1524	Maler
Pietro Riario	1445	1474	Neffe des Papstes, Erzbischof von Florenz. Starb unter etwas obskuren Umständen, wobei man heute eher von einem Magendarminfekt infolge Völlerei und nicht von Gift ausgeht
Raffaele Sansoni Galeoti Riario	1461	1521	Ein Großneffe von Papst Sixtus, mit sechzehn Kardinal

Rinaldo Orsini	?	?	Verwandter von Clarice Orsini, auf Lorenzo de' Medicis Betreiben Erzbischof von Florenz, hat die Stadt allerdings niemals gesehen
Sandro Botticelli, eigentlich Alessandro di Mariano Filipepi	1445	1510	Berühmter florentinischer Maler, u.a. „der Frühling" und „die Geburt der Venus." Botticelli bedeutet das Fässchen. Nach Vasari verdankt er seinen Spitznamen Leonardo da Vinci, nach anderen Quellen jedoch seinem ältesten Bruder
Sigismondo della Stufa			Florentiner Bürger, Freund Lorenzos
Sigismondo Pandolfo Malatesta, genannt der Wolf von Rimini	1417	1468	Gefürchteter Söldnerführer seiner Zeit
Simone del Pollaiolo	1457	1508	Italienischer Architekt, jüngster Bruder (?) von Antonio und Piero
Simonetta Cattaneo de Vespucci, bekannt als la bella Simonetta	1453	1476	Genuesin, durch Heirat mit Marco Vespucci Florentiner Bürgerin
Taddeo Manfredi	1431	1486	Herr von Imola, verkauft es wegen Schulden an Mailand
Tommaso Portarini			Leitete die Brügger Medici-Niederlassung zu Zeit von Piero und Lorenzo
Tommaso Soderini			Florentiner Bürger, Freund und Helfer der Medici

Vespasiano da Bisticci	1421	1498	Florentiner Buchhändler und Verleger
Wendelin von Speyer			oder Vendelino da Spira, Johanns jüngerer Bruder, führt nach dessen Tod die Druckerei mit Johann von Köln fort

Begriffsverzeichnis

Auripigment	Gelbe Farbe zum Malen
Bargello	Der „Polizeikommandant", heute ist nach ihm der alte Palazzo del Podesta in Florenz benannt
Bleiweiß	Weiße Farbe zum Malen
Capitano del Popolo	Der „Volkshauptmann"
Carro	Wagen, beinhaltet die Rahmen, Papier und Druckformen
Cassa	Kasten, in dem die Typen aufbewahrt werden
Cassettinos	Einzelne Boxen in der cassa für die unterschiedlichen Typen
Compositoio	Schiene zum Zusammensetzen der Typen für eine Buchstabenreihe
Condottiere	Söldnerführer
Florin	Florentische Goldmünze
Forma	Druckform, Rahmen mit den eingesetzten Schienen und Typen
Fraschetta	Mit Papier oder Pergament bezogener Rahmen, am timpano befestigt
Gesso	Feiner Gips zum Herstellen von Abdrücken
Gonfaloniere	Der „Bannerträger", oberstes Amt von Florenz, wechselte teilweise alle zwei Monate
Karmin	Rote Farbe zum Malen
Levatrice	Hebamme
Massicot	Grüne Farbe zum Malen
Piano	Tiegel, bringt den nötigen Druck auf die Form
Podesta	Der „Stadtvogt", wurde im Mittelalter in Norditalien gerne mit ortsfremden Personen besetzt
Signoria	Der offiziell regierende Rat

Strega	Hexe
Timpano	Mit Papier oder Pergament bezogener Rahmen, am carro befestigt
Type	Metallene Buchstaben zum Drucken

Printed in Poland
by Amazon Fulfillment
Poland Sp. z o.o., Wrocław

89363772R00350